Titre original : *The Girl on the Cliff*

Traduit de l'anglais par Jocelyne Barsse

Présente édition :

76, boulevard Pasteur
75015 Paris – France
www.editionscharleston.fr

ISBN : 978-2-38529-194-5

Maquette : Patrick Leleux PAO

Pour suivre notre actualité, rejoignez-nous sur Facebook (Éditions.Charleston), sur Instagram (@editionscharleston) et sur TikTok (@editionscharleston) !

Charleston s'engage pour une fabrication écoresponsable ! Amoureux des livres, nous sommes soucieux de l'impact de notre passion et choisissons nos imprimeurs avec la plus grande attention pour que nos ouvrages soient imprimés sur du papier issu de forêts gérées durablement.

Lucinda Riley

LA JEUNE FILLE SUR LA FALAISE

Roman

Traduit de l'anglais
par Jocelyne Barsse

POCHE CHARLESTON

De la même autrice, aux éditions Charleston :

L'Ange de Marchmont Hall
La Belle Italienne
La Chambre aux papillons
Le Domaine de l'héritière
La Lettre d'amour interdite
La Maison de l'orchidée
Les Mystères de Fleat House
La Rose de minuit
Le Secret d'Helena

La série *Les Sept Sœurs* :
Les Sept Sœurs – Maia (tome 1)
La Sœur de la tempête – Ally (tome 2)
La Sœur de l'ombre – Star (tome 3)
La Sœur à la perle – CeCe (tome 4)
La Sœur de la Lune – Tiggy (tome 5)
La Sœur du Soleil – Électra (tome 6)
La Sœur disparue (tome 7)
Atlas, l'histoire de Pa Salt (tome 8)

Retrouvez toute l'actualité de l'autrice :
fr.lucindariley.co.uk
www.thesevensistersseries.com
www.facebook.com/lucindarileyauthor
www.twitter.com/lucindariley

Pour Stephen

« Car c'est ainsi que nous allons,
barques luttant contre le courant,
qui nous ramène sans cesse vers notre passé. »

F. Scott Fitzgerald, *Gatsby le Magnifique*

Aurora

Je suis moi.

Et je vais vous raconter une histoire.

Au dire de tous, ces mots sont les plus difficiles à écrire pour un écrivain. En d'autres termes : comment commencer ? J'ai plagié mon petit frère, la première fois qu'il s'est essayé à raconter une histoire. Sa première phrase m'a toujours frappée par sa simplicité.

Voilà, j'ai commencé.

Je dois vous avertir que je ne suis pas écrivain. En fait, je ne me souviens même pas de la dernière fois que j'ai pris la plume. Je me suis toujours exprimée avec mon corps, vous voyez. Comme je ne peux plus le faire désormais, j'ai décidé de parler avec mon esprit.

Je n'écris pas cette histoire dans l'intention de la faire publier. C'est beaucoup plus égoïste que ça, j'en ai bien peur. Je suis arrivée à un stade de mon existence que tout le monde redoute : celui où l'on remplit ses journées avec le passé car il reste très peu d'avenir.

Ça me donne quelque chose à faire.

Et je pense que mon histoire – la mienne et celle de ma famille, qui a commencé près de cent ans avant ma naissance – est intéressante.

Je sais que tout le monde pense la même chose de sa propre histoire. Et c'est vrai. Chaque être humain a une vie fascinante, remplie de bonnes mais aussi de mauvaises personnes.

Et presque toujours, quelque part sur sa route, un peu de magie.

Je porte le nom d'une princesse dans un conte de fées célèbre. C'est peut-être pour cette raison que j'ai toujours cru en la magie de l'existence. Et quand j'ai grandi, j'ai compris qu'un conte de fées n'est qu'une allégorie de la danse de la vie que nous exécutons dès l'instant où nous venons au monde.

Et il n'y a aucun moyen de s'échapper avant le jour de notre mort.

Chers lecteurs – je peux m'adresser à vous ainsi, car je présume que mon histoire a trouvé un public si vous me lisez – laissez-moi vous la raconter.

Puisque de nombreux personnages sont morts bien avant ma naissance, je ferai de mon mieux pour les faire revivre grâce à mon imagination.

En réfléchissant à l'histoire que je m'apprête à vous raconter, une histoire transmise par deux générations, je constate qu'elle est traversée de bout en bout par un seul et unique thème : l'amour, et les choix qu'il nous pousse à faire.

Beaucoup d'entre vous penseront immédiatement que je fais référence à l'amour entre un homme et une femme, et oui, naturellement il y a beaucoup de cela. Mais il existe aussi d'autres formes d'amour tout aussi précieuses et puissantes. L'amour d'un parent pour son enfant, par exemple. Et puis il ne faut pas oublier l'amour obsessionnel, destructeur, qui fait des ravages.

Un autre thème récurrent dans cette histoire est le thé, dont nous consommons une quantité phénoménale. Mais je m'écarte du sujet. Pardonnez-moi, c'est souvent ce que font les personnes qui se sentent vieilles. Je vais donc poursuivre.

Je serai là pour vous guider et j'interviendrai quand il me semblera nécessaire d'expliquer quelque chose avec plus de détails, car mon histoire est complexe.

Je crois que je vais commencer, pour compliquer encore un peu plus les choses, vers la fin, quand je n'étais encore qu'une petite fille de huit ans, sans maman, sur une falaise surplombant la baie de Dunworley, le plus bel endroit du monde à mes yeux.

Il était une fois…

1

Baie de Dunworley, ouest du comté de Cork, Irlande

La petite silhouette se tenait dangereusement au bord de la falaise. Ses longs cheveux roux et luxuriants se soulevaient derrière elle à chaque rafale de vent. Une robe blanche en coton fin tombait sur ses chevilles, laissant apparaître ses minuscules pieds nus. Ses bras étaient tendus, ses paumes tournées vers la masse écumeuse de la mer grise au-dessous, son visage pâle levé vers le ciel comme si elle s'offrait en sacrifice aux éléments.

Grania Ryan l'observait, hypnotisée par cette vision spectrale. Ses sens étaient trop brouillés pour lui dire si ce qu'elle voyait était réel ou imaginaire. Elle ferma les yeux pendant une fraction de seconde puis les rouvrit et constata que la silhouette était toujours là. Ses yeux envoyèrent le message approprié à son cerveau et elle fit quelques pas hésitants vers la falaise.

En s'approchant, Grania réalisa que la silhouette était celle d'une enfant et que la robe en coton blanc était en fait une chemise de nuit. Elle vit les nuages noirs qui s'amoncelaient au-dessus de la mer et les premières gouttes d'eau salée, annonçant la pluie imminente, cinglèrent ses joues. La fragilité de cette petite créature face à cet environnement sauvage la poussa à hâter le pas pour rejoindre l'enfant.

Le vent sifflait dans ses oreilles et avait commencé à exprimer sa rage. Grania s'arrêta à une dizaine de mètres de la petite fille, toujours immobile. Elle remarqua les minuscules orteils bleus à même la roche tandis que le vent, de plus en plus violent, fouettait son corps frêle comme un jeune saule. Elle s'approcha un peu plus de l'enfant, s'arrêtant juste derrière elle, ne sachant que faire. Son premier réflexe aurait été de courir vers elle et de la saisir, mais si elle sursautait et se retournait, le moindre faux pas pourrait causer une tragédie, condamnant la fillette à une mort certaine sur les roches couvertes d'écume, près de trois cents mètres au-dessous d'elles.

Prise de panique, Grania tenta désespérément de trouver un moyen d'éloigner l'enfant du danger. Elle n'eut pas le temps de prendre une décision que déjà la fillette se retournait et la fixait sans la voir.

Grania tendit instinctivement les bras. « Je ne te veux aucun mal, je te le promets. Viens vers moi, tu ne crains rien. »

La fillette continuait à la fixer, elle n'avait pas bougé du bord de la falaise.

« Je peux te raccompagner chez toi si tu me dis où tu habites. Tu vas attraper froid, ici. S'il te plaît, laisse-moi t'aider », la supplia Grania.

Elle fit un pas vers l'enfant, et soudain, comme si la fillette se réveillait d'un rêve, une ombre de peur passa sur son visage. Elle se tourna immédiatement vers la droite et s'éloigna de Grania en courant, longeant le bord de la falaise. Elle ne tarda pas à disparaître de sa vue.

« J'étais à deux doigts d'envoyer une équipe de secours à ta recherche. C'est une véritable tempête !

— Maman, je te rappelle que j'ai trente et un ans et que j'ai passé les dix dernières années de ma vie à Manhattan, répondit Grania d'un ton sec en entrant dans la cuisine et en suspendant sa veste mouillée au-dessus de l'énorme cuisinière Rayburn. Tu n'as pas à t'inquiéter pour moi. Je suis une grande fille, tu te souviens ? » Elle sourit et s'avança vers sa mère, occupée à mettre la table pour le dîner. Elle planta un baiser sur sa joue. « Je t'assure.

— Peut-être bien, mais je connais des hommes beaucoup plus forts que toi qui ont été emportés par des grands vents comme celui-là ». Kathleen Ryan montra la violence des rafales qui agitaient les tiges rachitiques et nues de la glycine tapant tristement contre les vitres de la fenêtre de la cuisine.

« Je viens de faire du thé, dit Kathleen en s'essuyant les mains sur son tablier et se dirigeant vers la cuisinière. Tu en veux une tasse ?

— Avec plaisir, Maman. Et si tu t'asseyais un peu ? Je m'en occupe. » Grania conduisit sa mère vers une chaise et la fit asseoir doucement.

« Cinq minutes alors. Les garçons vont rentrer à six heures et ils voudront boire leur thé. »

Tandis que Grania versait le liquide fort dans deux tasses, elle haussa silencieusement les sourcils, s'étonnant encore du dévouement de sa mère, qui se pliait à toutes les exigences de son mari et de son fils. Rien n'avait changé depuis qu'elle était partie, dix ans auparavant, Kathleen avait toujours fait passer leurs besoins et leurs désirs en premier. Néanmoins, le contraste entre la vie de sa mère et la sienne, où l'émancipation et l'égalité des sexes étaient la norme, la mettait mal à l'aise.

Et pourtant… bien qu'elle fût libérée de ce que la plupart des femmes qualifieraient de tyrannie masculine d'un autre temps, était-elle plus heureuse que sa mère ? Grania soupira tristement en ajoutant un peu de lait dans la tasse de sa mère. Elle ne connaissait que trop bien la réponse.

« Et voilà, Maman ! Tu veux un biscuit ? » Grania posa la boîte en fer devant Kathleen et l'ouvrit. Comme d'habitude, elle était pleine à ras bord de biscuits fourrés, de gâteaux au chocolat et de sablés. Encore un vestige de l'enfance que ses contemporaines new-yorkaises, soucieuses de leur ligne, considéreraient avec la même horreur que s'il s'agissait d'un engin nucléaire.

Kathleen en prit deux et dit : « Manges-en un toi aussi, pour me tenir compagnie. Tu as vraiment un appétit d'oiseau. »

Grania mangea consciencieusement son biscuit, tout en songeant que depuis son arrivée, dix jours auparavant, elle avait constamment l'impression d'être sur le point d'exploser après les repas copieux préparés par sa mère. Pourtant, elle pensait avoir bien meilleur appétit que la plupart des femmes de sa connaissance à New York. Et elle, au moins, ne se servait pas de son four pour y ranger des assiettes mais bien pour cuisiner.

« La promenade t'a sûrement permis de mettre un peu d'ordre dans tes idées, hasarda Kathleen, tout en prenant son troisième biscuit. Quand une question me turlupine, je vais marcher, et en général, quand je reviens, j'ai trouvé la réponse.

— En fait... » Grania but une gorgée de thé. « J'ai vu quelque chose de bizarre dehors. Une petite fille de huit ou neuf ans, au bord de la falaise, en chemise de nuit. Elle avait de magnifiques cheveux roux et bouclés... On aurait dit qu'elle était somnambule, parce qu'elle s'est retournée pour me regarder quand je me suis approchée d'elle et ses yeux étaient... – Elle s'interrompit pour chercher le mot juste – ... vides, sans expression. Comme si elle ne me voyait pas. Puis, elle a semblé se réveiller et a détalé comme un lièvre effarouché sur le chemin qui longe la falaise. Tu as une idée de qui ça peut être ? »

Grania vit Kathleen blêmir.

« Ça va, Maman ? »

Kathleen fit visiblement un effort pour se ressaisir. Elle dévisagea sa fille. « Tu dis que tu l'as vue il y a quelques minutes pendant ta promenade ?

— Oui.

— Sainte Marie mère de Dieu ! » Kathleen se signa. « Ils sont revenus.

— Qui est revenu ? demanda Grania inquiète de voir sa mère si ébranlée.

— Pourquoi sont-ils revenus ? demanda Kathleen en regardant la nuit par la fenêtre. Pourquoi voudraient-ils revenir ? Moi qui pensais… que c'était fini, qu'ils étaient partis pour de bon. » Kathleen prit la main de Grania. « Tu es sûre que c'était une petite fille que tu as vue, pas une femme ?

— Absolument certaine, Maman. Comme je te l'ai dit, elle avait entre huit et neuf ans. J'étais inquiète pour elle. Elle était pieds nus et semblait frigorifiée. Pour être honnête, je me suis demandé si je ne voyais pas un fantôme.

— En quelque sorte, Grania, oui, marmonna Kathleen. Ils ont dû arriver il y a quelques jours seulement. J'étais sur la colline vendredi dernier et je suis passée juste devant leur maison. Il était plus de dix heures du soir et il n'y avait pas de lumières aux fenêtres. La vieille maison était fermée.

— Et elle est où, cette vieille maison ?

— C'est Dunworley House.

— La grande bâtisse déserte en haut de la falaise, juste derrière nous ? demanda Grania. Elle est vide depuis des années, non ?

— Oui, elle est restée vide pendant ton enfance, mais… » Kathleen soupira. « Ils sont revenus après ton départ pour New York. Et puis, après… l'accident, ils sont repartis. On pensait tous qu'on ne les reverrait plus jamais dans le coin. Et on était bien contents, souligna-t-elle. Il y a une histoire entre eux et nous, qui remonte à très loin. Bon… » Kathleen donna une petite tape sur la table et se leva. « Le passé est le passé et si tu veux mon avis, tu ferais mieux de les éviter. Ils n'ont causé que des problèmes à notre famille, vraiment. »

Grania regarda sa mère se diriger vers la cuisinière et sortir la lourde marmite en fer contenant le repas du soir d'un des fours. Elle avait le visage dur.

« Franchement, si l'enfant que j'ai vue a une mère, je dois la prévenir du danger que sa fille a couru aujourd'hui.

— Elle n'a pas de mère, répondit Kathleen en remuant le ragoût avec sa cuillère en bois.

— Elle est morte ?

— Oui.

— Ah… et qui s'occupe de cette pauvre fille ?

— Ne me demande pas comment ils se sont organisés, dit Kathleen en haussant les épaules. Je m'en fiche et je ne veux pas le savoir. »

Grania fronça les sourcils. Cela ne ressemblait pas du tout à sa mère de réagir de cette façon. Le grand cœur maternel de Kathleen battait fort pour tous les êtres dans la peine et sans défense. C'était toujours la première à soutenir des membres de la famille ou des amis qui avaient des problèmes. Surtout quand leurs enfants étaient concernés.

« Comment est morte sa mère ? »

La cuillère en bois cessa de tourner dans la marmite et le silence régna quelques secondes dans la pièce. Puis, Kathleen poussa un profond soupir et se tourna pour regarder sa fille.

« Autant te le dire, tu l'apprendras de toute façon de la bouche de quelqu'un d'autre. Elle a mis fin à ses jours, voilà.

— Elle s'est suicidée ? Quand ?

— Elle s'est jetée du haut de la falaise, il y a quatre ans. Son corps a été retrouvé deux jours plus tard, il avait été rejeté sur le rivage sur la plage d'Inchydoney. »

Ce fut au tour de Grania de garder le silence. Puis elle demanda : « D'où s'est-elle jetée dans le vide ?

— D'après ce que tu m'as dit, de l'endroit où tu as vu sa fille aujourd'hui. Je dirais qu'Aurora cherchait sa maman.

— Tu connais son nom ?

— Bien sûr. Ce n'est pas un secret. Tout Dunworley appartenait autrefois à la famille Lisle, y compris cette maison. C'étaient les maîtres et les seigneurs ici, il y a très longtemps. Ils ont vendu leurs terres dans les années soixante mais ils ont gardé la maison sur la falaise.

— J'ai vu ce nom quelque part – *Lisle*…

— Ils ont leurs tombes dans le cimetière du village. C'est là qu'elle est enterrée, elle aussi.

— Et tu as déjà vu la petite fille – Aurora – sur la falaise ?

— C'est pour ça que son père l'a emmenée loin d'ici. Après *sa* mort, la pauvre petite marchait le long de la falaise et l'appelait. Elle était folle de chagrin. »

Grania vit à l'expression de son visage que sa mère s'était adoucie. « Pauvre petite, dit-elle dans un souffle.

— Oui, ça faisait mal au cœur de la voir errer ainsi et elle n'avait certainement pas mérité ça, mais il y a une méchanceté dans cette famille… N'oublie pas ce que je t'ai dit, Grania. Ne les fréquente surtout pas.

— Je me demande pourquoi ils sont revenus, murmura Grania comme si elle se parlait à elle-même.

— Ces Lisle ne connaissent d'autre loi que la leur. Je ne sais pas et je m'en fiche. Bon, rends-toi utile et aide-moi à mettre la table pour le dîner. »

Grania monta dans sa chambre à vingt-deux heures passées, comme elle le faisait tous les soirs depuis son arrivée. En bas, sa mère s'affairait dans la cuisine et dressait la table pour le petit déjeuner. Son père somnolait dans son fauteuil devant la télévision et son frère, Shane, était au pub du village. Tous les deux s'occupaient de la ferme de deux cent cinquante hectares. La majeure partie des terres était utilisée pour les troupeaux de vaches laitières et de moutons. À vingt-neuf ans, le « gars », comme on l'appelait encore affectueusement, ne semblait avoir aucune intention de quitter le nid. Les femmes allaient et venaient mais franchissaient rarement le seuil de la ferme familiale. Kathleen ne pouvait s'empêcher de hausser les sourcils en songeant au célibat de son fils mais Grania savait que sa mère serait perdue sans lui.

Elle se glissa sous les draps et écouta la pluie qui tambourinait contre les vitres. Elle pensa à la pauvre Aurora en espérant qu'elle était bien au chaud et en sécurité dans son lit. Elle tourna les pages d'un livre mais se surprit à bâiller, incapable de se concentrer. Peut-être était-ce le bon air de la campagne qui la faisait dormir ? À New York, elle se couchait rarement avant minuit.

Quel contraste avec la vie de sa mère ! C'est tout juste si Grania se souvenait d'une ou deux occasions où sa mère n'avait pas passé la soirée à la maison. Et s'il lui arrivait de découcher pour s'occuper d'un parent malade, elle organisait tout militairement pour que sa famille ne manque de rien en son absence. Quant à son père, il n'avait pas dû dormir ailleurs que dans son lit une seule fois en trente-quatre ans de mariage. Il se levait tous les matins à cinq heures et demie et se rendait à la salle de traite. Il revenait tous les soirs au crépuscule. Chacun savait toujours où sa moitié se trouvait. Ils étaient unis et inséparables.

Et leurs enfants étaient le ciment de leur couple.

Quand Matt et elle avaient emménagé ensemble huit ans auparavant, ils savaient qu'un jour ils auraient des enfants. Comme tous les couples modernes, en attendant le moment opportun, ils avaient croqué la vie à pleines dents et avaient privilégié leur carrière.

Puis, un matin, comme à son habitude, Grania avait enfilé son survêtement et son sweat-shirt à capuche pour courir le long de l'Hudson jusqu'à Battery Park. Elle s'était arrêtée à Winter Gardens pour boire un café au lait et manger un bagel. Et c'est là que tout avait commencé. Elle était en train de siroter son café quand elle avait regardé la poussette à côté de la table voisine. À l'intérieur, il y avait un minuscule nouveau-né qui dormait à poings fermés. Grania avait soudain été prise d'une envie irrépressible de prendre le bébé dans son landau, de le porter en tenant sa tête douce et duveteuse contre sa poitrine. Quand la mère lui avait souri nerveusement, puis s'était levée et avait éloigné le landau de son regard inopportun, Grania était rentrée à la maison en courant, et était arrivée hors d'haleine à cause de l'émotion que cette vision avait éveillée en elle.

Persuadée que cette sensation allait finir par disparaître, elle avait passé la journée dans son atelier à modeler l'argile malléable pour réaliser sa dernière commande, mais le désir était resté bien présent.

À dix-huit heures, elle avait quitté l'atelier aménagé dans leur appartement et avait passé des vêtements plus élégants pour se rendre à l'inauguration d'une galerie à laquelle elle avait été conviée ce soir-là. Avant de partir, elle s'était servi un verre de vin et s'était approchée de la fenêtre qui donnait sur les lumières scintillantes du New Jersey, de l'autre côté du fleuve Hudson.

« Je veux un enfant. »

Grania avait bu une bonne gorgée de vin. Et avait ri de l'absurdité des mots qu'elle venait de prononcer. Alors, elle les avait répétés, juste pour voir.

Et ils lui avaient paru toujours aussi pertinents. Non seulement pertinents mais aussi complètement naturels, comme si cette pensée et ce désir l'avaient accompagnée toute sa vie et que toutes les raisons pour ne pas franchir le pas s'étaient évaporées et semblaient désormais ridicules.

Grania s'était rendue à l'inauguration de la galerie d'art, avait discuté avec les artistes, les collectionneurs, les mécènes, pourtant, dans sa tête, elle pensait aux aspects pratiques de la décision capitale qu'elle venait de prendre. Devraient-ils déménager ? Non, pas à court terme en tout cas. Leur loft dans le quartier de Tribeca était spacieux et ils pourraient facilement transformer le bureau de Matt en chambre d'enfant. Il l'utilisait rarement de toute façon, préférant s'installer avec son ordinateur portable dans le séjour pour y travailler. Ils habitaient au quatrième étage mais l'ascenseur était suffisamment grand pour monter une poussette. Battery Park, avec ses jeux et son air vivifiant grâce à la proximité du fleuve, ne se trouvait qu'à quelques pas de chez eux et ils pourraient facilement aller s'y promener. Grania travaillait chez elle, dans son atelier, ainsi, même s'il fallait engager une nourrice, elle ne serait jamais loin de son bébé.

Plus tard, Grania s'était couchée dans son grand lit vide et avait laissé échapper un soupir irrité en pensant qu'il lui faudrait garder encore un peu ses projets et son enthousiasme pour elle. Matt était parti en début de semaine et ne serait pas de retour avant deux jours. Ce n'était pas le genre de sujet qu'on pouvait aborder au téléphone. Elle avait fini par s'endormir au petit matin, imaginant le regard fier de Matt quand elle lui tendrait leur nouveau-né.

À son retour, Matt s'était montré tout aussi enthousiaste qu'elle. Ils avaient immédiatement mis leur plan à exécution, d'une façon très agréable. Ils étaient d'autant plus heureux qu'ils avaient désormais un projet commun secret, qui les unirait, les lierait un peu plus, comme ses parents avant elle. C'était la pièce manquante qui ferait d'eux une unité homogène et codépendante. En clair, une famille.

Grania était couchée dans son lit étroit d'enfant, écoutant le vent qui soufflait violemment autour des murs en pierre de la ferme. Elle prit un mouchoir et se moucha bruyamment.

C'était il y a un an. Et ce projet commun ne les avait pas unis. Il les avait détruits. C'était la triste vérité.

2

Quand Grania se réveilla le lendemain matin, la tempête de la veille s'était envolée comme un souvenir, entraînant avec elle les nuages gris.

Le soleil éclairait le paysage vallonné, donnant un peu plus de netteté au vert infini des champs, parsemés çà et là de points blancs et laineux formés par les moutons qui broutaient au loin.

Grania savait d'expérience que cet état de choses n'allait pas durer ; le soleil dans l'ouest du comté de Cork ressemblait à une diva capricieuse. Il faisait une brève apparition hivernale, illuminant la scène de sa gloire, avant de disparaître aussi vite qu'il était arrivé.

En raison de la pluie incessante des dix derniers jours, elle n'avait pas pu faire son jogging du matin. Aussi se leva-t-elle d'un bond, fouillant sa valise, qu'elle n'avait toujours pas défaite, à la recherche de son legging, de son sweat-shirt à capuche et de ses baskets.

« Tu es tombée du lit ce matin ? demanda sa mère quand Grania entra dans la cuisine. Tu veux du porridge ?

— J'en prendrai à mon retour. Je vais courir.

— Ne te fatigue pas trop. Franchement, tu es d'une pâleur maladive. Où sont passées les belles couleurs sur tes joues ?

— J'essaie justement de les faire revenir, m'man, dit Grania en réprimant un sourire. À tout à l'heure.

— Ne va pas attraper froid ! » dit Kathleen à sa fille qui s'éloignait déjà. De la fenêtre de sa cuisine, elle regarda Grania courir sur la rue étroite coupant à travers le champ et bordée d'un muret en pierres sèches, qui débouchait sur une route, puis sur le sentier de la falaise.

Elle avait été choquée par l'apparence de sa fille à son retour. Trois ans qu'elle ne l'avait pas vue. Grania avait toujours été jolie et sportive. Avec son teint de pêche, ses cheveux blonds bouclés et ses yeux vifs couleur turquoise, elle faisait fondre les cœurs. Pourtant, elle semblait avoir perdu de sa vitalité. Comme Kathleen l'avait fait remarquer à son mari John, Grania ressemblait à présent à un chemisier rose vif qu'on aurait lavé par erreur avec des vêtements sombres et qui serait ressorti tout terne de la machine.

Kathleen connaissait la raison. Grania lui avait expliqué quand elle avait appelé de New York pour savoir si elle pourrait passer quelque temps à la maison. Elle avait accepté bien sûr, trop heureuse de l'occasion. Pour autant, Kathleen ne comprenait pas les motifs de Grania. C'était sûrement une période où elle et son compagnon avaient besoin d'être ensemble, de se soutenir dans leur peine. Pourquoi avait-elle mis une telle distance – un océan – entre eux ?

Et cet adorable Matt qui téléphonait tous les soirs pour lui parler, mais Grania refusait obstinément de répondre à ses appels. Kathleen avait toujours eu un faible pour lui ; avec son allure soignée, son accent doux du Connecticut et ses manières exquises, Matt lui rappelait les stars de cinéma qui la faisaient craquer quand elle était plus jeune. Il avait tout d'un jeune Robert Redford. Elle ne comprenait vraiment pas pourquoi Grania ne l'avait toujours pas épousé. Et à présent, sa têtue de fille était certainement sur le point de le perdre pour de bon.

Kathleen ne savait peut-être pas grand-chose du monde, mais elle connaissait les hommes et leur ego. Ils n'étaient pas faits comme les femmes – ils supportaient beaucoup plus mal d'être rejetés – et elle était persuadée que les appels du soir cesseraient bientôt et que Matt finirait par renoncer.

Mais peut-être ne savait-elle pas tout…

Elle soupira tout en débarrassant la table du petit déjeuner. Grania était son enfant chérie, la seule représentante du clan Ryan qui avait quitté le nid et avait tout fait pour que sa famille, en particulier sa mère, soit fière d'elle. Tout le monde voulait avoir de ses nouvelles, fasciné par les coupures de presse sur sa dernière exposition à New York et par les clients nantis qui la chargeaient d'immortaliser le visage de leur enfant ou de leur animal dans le bronze…

Réussir en Amérique – c'était toujours le rêve ultime des Irlandais.

Kathleen essuya les bols et les couverts et les rangea dans le vaisselier en bois. Bien sûr, personne n'avait la vie parfaite, elle le savait bien. Elle avait toujours cru que la maternité ne faisait pas rêver Grania et l'avait accepté. N'avait-elle pas un fils fort et beau pour lui donner un jour des petits-enfants ? Visiblement, elle s'était trompée. Malgré sa vie raffinée à New York, que Kathleen considérait comme le centre de l'univers, Grania n'était pas entièrement satisfaite. Elle voulait des enfants. Et tant qu'elle n'en aurait pas, elle ne serait pas heureuse.

Kathleen ne pouvait pas s'empêcher de penser que Grania l'avait bien cherché. Malgré tous les médicaments ultra-modernes censés aider et encourager le miracle de la nature, il n'y avait pas encore de substitut à la jeunesse. Elle avait seulement dix-neuf ans quand elle avait mis au monde Grania. Et elle avait eu suffisamment d'énergie pour s'occuper d'un autre bébé deux ans plus tard. Grania avait trente et un ans. Et n'en déplaise à ces femmes modernes qui voulaient faire carrière, on ne pouvait pas tout avoir.

Ainsi, bien qu'elle partageât la douleur de sa fille, Kathleen acceptait ce qu'elle avait, sans s'appesantir sur ce qu'elle n'avait pas. C'était sa façon à elle de réagir aux événements. Elle monta à l'étage pour faire les lits.

Grania se laissa tomber sur un rocher humide, couvert de mousse, pour reprendre son souffle. Elle haletait comme une femme âgée ; la fausse couche et le manque d'exercice avaient laissé des traces. Elle mit sa tête entre ses jambes et tenta de retrouver une respiration normale tout en donnant des coups de pied dans les touffes d'herbe rêche sous ses baskets. Elles refusaient obstinément de se faire déloger, ancrées dans le sol par des racines puissantes. Si seulement la petite vie en elle avait fait la même chose...

Quatre mois... quand Matt et elle s'étaient enfin crus à l'abri d'un incident – tout le monde savait qu'à ce stade, on avait passé la période critique. Et Grania, très inquiète jusque-là, avait commencé à se détendre et s'était laissée aller à envisager son avenir de *mère*, un rêve sur le point de se concrétiser.

Ils avaient annoncé la nouvelle aux grands-parents ; Elaine et Bob, les parents de Matt, les avaient emmenés à L'Escale, près de leur immense villa de Belle Haven, à Greenwich. Bob avait demandé de but en blanc s'ils allaient enfin se marier, à présent que Grania était enceinte. Après tout, ils n'avaient pas encore de petits-enfants et attendaient celui-ci avec impatience. Bob leur avait bien fait comprendre qu'il devrait porter son nom de famille. Grania était hors d'elle. Chaque fois qu'elle se sentait acculée, elle faisait front, en particulier contre le père de Matt, et avait répondu qu'elle et Matt n'en avaient pas encore discuté.

Une semaine plus tard, un livreur de Bloomingdale's s'était annoncé à leur appartement de Tribeca, avec une chambre d'enfant complète. Grania, trop superstitieuse pour installer les meubles et les objets si tôt, les avait fait déposer au sous-sol. En regardant les cartons qui s'empilaient dans un coin, Grania avait compris qu'Elaine n'avait rien oublié.

« On peut faire une croix sur notre virée à Bloomie's pour choisir un berceau ou la marque de couches que je préfère, avait marmonné Grania avec une certaine ingratitude.

— Maman essaie juste de nous aider, Grania, avait répondu Matt un peu sur la défensive. Elle sait que je ne gagne pas grand-chose et que tes revenus, quoique confortables, sont irréguliers. Je devrais peut-être envisager de travailler dans l'entreprise de Papa après tout, maintenant que le bébé est en route. » Matt avait montré le petit ventre de Grania, déjà bien visible néanmoins.

« Non, Matt ! avait protesté Grania. Nous étions d'accord pour éviter à tout prix ce cas de figure. Tu n'aurais plus de vie, plus aucune liberté si tu travaillais pour ton père. Il ne te lâchera plus, tu le sais. Il est très oppressant. »

Grania renonça à arracher l'herbe à ses racines et regarda la mer. Elle eut un sourire amer en repensant au terme, bien faible, qu'elle avait utilisé pour qualifier le père de Matt. Quand il s'agissait de son fils, Bob voulait tout régenter. Si elle comprenait qu'il fût déçu par le refus de Matt de reprendre la société d'investissement familiale, elle était en revanche profondément agacée de son manque d'intérêt pour la carrière qu'avait choisie son fils. Jamais il n'avait exprimé la moindre fierté. Matt s'en sortait très bien et était devenu une véritable autorité dans le domaine de la psychologie de l'enfant. Il avait une chaire à Columbia et était sans cesse sollicité par d'autres universités de tous les États-Unis pour y faire des conférences. Bob traitait aussi Grania avec condescendance, il ne cessait de faire des commentaires lourds de sous-entendus sur son éducation et son niveau de formation.

Avec le recul, Grania se félicitait d'avoir toujours refusé, avec Matt, l'aide financière de ses parents. Même les premiers temps, alors qu'elle essayait de se faire un nom comme sculptrice et que Matt terminait son doctorat, quand ils avaient du mal à payer le loyer de leur minuscule appartement d'une pièce, elle était intraitable. Et à juste titre, pensa-t-elle. Les filles du Connecticut, lisses et parfaitement habillées, de l'entourage de Matt et sa famille ne pouvaient pas être plus différentes d'elle, l'Irlandaise simple, originaire d'un trou perdu, qui avait été à l'école dans un couvent. Peut-être leur relation était-elle vouée à l'échec dès le départ ?

« Bonjour. »

Grania sursauta au son de la voix. Elle regarda autour d'elle, mais ne vit personne.

« J'ai dit "Bonjour". »

La voix venait de derrière elle. Elle se retourna. C'était Aurora. À son grand soulagement, elle portait un jean et un anorak, trop amples pour sa frêle silhouette, et un bonnet en laine qui cachait sa magnifique chevelure rousse hormis quelques mèches rebelles. Son visage en cœur était minuscule mais charmant. Ses yeux immenses et ses lèvres roses charnues semblaient trop grands pour son visage.

« Bonjour Aurora ».

Les yeux de la fillette trahirent sa surprise. « Tu connais mon nom ? Comment ça se fait ?

— Je t'ai vue hier.

— Vraiment ? Où ?

— Ici, sur la falaise.

— Ah bon ? » Aurora fronça les sourcils. « Je ne me souviens pas d'être venue ici, hier. Et encore moins d'avoir parlé avec toi.

— Tu ne m'as pas parlé, Aurora. Je t'ai vue, c'est tout, expliqua Grania.

— Alors comment est-ce que tu connais mon nom ? » Aurora parlait avec un accent anglais prononcé et saccadé.

« J'ai demandé à ma mère qui était la petite fille avec de magnifiques cheveux roux et elle m'a dit.

— Et comment le sait-elle ? demanda la petite fille d'un ton impérieux.

— Elle a toujours vécu au village. Elle a dit que vous étiez partis d'ici il y a des années.

— C'est vrai. Mais nous sommes de retour. » Aurora regarda la mer et fit un grand geste circulaire avec les bras pour embrasser la côte. « Et j'adore cet endroit, pas toi ? »

Grania avait le sentiment que la question d'Aurora était plutôt une affirmation qui ne tolérait aucun avis contraire. « Bien sûr que je l'aime. C'est là que je suis née et que j'ai grandi.

— Bon. » Aurora s'assit gracieusement sur l'herbe à côté de Grania et elle la fixa de ses yeux bleus pénétrants. « Comment est-ce que tu t'appelles ?

— Grania, Grania Ryan.

— Eh bien, je ne peux pas dire que déjà entendu parler de toi. »

Grania dut réprimer un sourire en entendant les paroles d'Aurora qui s'exprimait comme une adulte. « Je ne vois pas pourquoi tu aurais entendu parler de moi. Ça fait presque dix ans que je suis partie d'ici. »

Le visage d'Aurora rayonna de joie tout à coup et elle tapa des mains. « Ça veut dire qu'on est toutes les deux revenues dans un endroit qu'on aime.

— En effet.

— Alors on va pouvoir se tenir compagnie. Tu seras ma nouvelle amie.

— C'est très gentil à toi, Aurora.

— En fait, tu dois te sentir seule.

— Tu as sans doute raison, dit Grania en souriant. Et toi ? Tu te sens seule, ici aussi ?

— Parfois, oui, dit Aurora en haussant les épaules. Papa travaille toujours et il voyage beaucoup. Il ne reste alors que la gouvernante pour jouer. Et elle n'est pas douée pour les jeux. » Aurora fronça son nez en trompette, piqueté de taches de rousseur, pour manifester son mécontentement.

« Oh », lâcha Grania faute d'inspiration. Elle était à la fois désarmée et décontenancée par le charme désuet de la petite fille. « Tu dois bien avoir des amis à l'école ?

— Je ne vais pas à l'école. Mon père préfère que je reste à la maison, avec lui. J'ai une préceptrice à la place.

— Et où est-elle aujourd'hui ?

— On a décidé avec Papa qu'on ne l'aimait pas alors on l'a laissée à Londres. » Aurora pouffa soudain. « On a fait les bagages et on est partis, comme ça !

— Je vois, dit Grania, qui en réalité ne voyait pas du tout.

— Tu as un travail ? demanda Aurora.

— Oui, je suis sculptrice.

— Ah, c'est quelqu'un qui fait des statues avec de l'argile, c'est ça ?

— C'est à peu près ça, oui », confirma Grania.

Le visage d'Aurora s'illumina. « Et le papier mâché, tu connais ? J'*adore* le papier mâché. J'avais une nourrice avant qui m'a montré comment faire des bols et on les a peints ensuite et je les ai offerts à Papa. Tu veux bien venir faire du papier mâché avec moi ? S'il te plaît. »

Grania était charmée par l'enthousiasme et l'ardeur d'Aurora. « Très bien. Pourquoi pas ?

— Tu viens maintenant ? dit Aurora en lui prenant la main. On pourrait aller à la maison et faire quelque chose pour Papa avant son départ ? » Aurora tendit la main et tira sur la manche de Grania. « Dis oui, s'il te plaît.

— Non, Aurora. Je ne peux pas venir maintenant. Il faut que j'aille chercher du matériel. En plus, ma mère va croire que je me suis perdue », ajouta Grania.

Grania vit le visage d'Aurora s'assombrir, la lueur disparaître de ses yeux et son corps s'affaisser. « Je n'ai pas de maman. Avant j'en avais une mais elle est morte.

— Je suis désolée, Aurora. » Grania tapota instinctivement l'épaule d'Aurora. « Elle doit beaucoup te manquer.

— Oui. C'était la femme la plus belle et la plus extraordinaire du monde. Papa dit toujours que c'était un ange et que c'est pour ça que les autres anges sont venus la chercher, pour qu'elle puisse aller au ciel, là où est sa place. »

Grania fut touchée par la douleur manifeste d'Aurora. « Je suis sûre que ton papa a raison, dit-elle. Et au moins, tu l'as lui.

— Oui, admit Aurora. Et c'est le meilleur papa du monde et le plus beau. Je sais que si tu le voyais, tu tomberais amoureuse de lui. Toutes les femmes tombent amoureuses de lui.

— Dans ce cas, il faut absolument que je fasse sa connaissance, dit Grania en souriant.

— Oui. » Aurora se leva d'un bond. « Il faut que j'y aille. Tu reviens demain à la même heure. »

Ce n'était pas une demande, c'était un ordre.

« Je…

— Parfait. » Spontanément, Aurora se jeta dans les bras de Grania et la serra contre elle. « Prends tout ce qu'il faut pour le papier mâché, comme ça, on ira chez moi et on passera la matinée à faire des bols pour Papa. Au revoir, Grania. À demain.

— À demain. » Grania lui fit un signe de la main et regarda Aurora s'éloigner en sautillant et en dansant comme une jeune gazelle le long de la falaise. Même en anorak et en baskets, elle était gracieuse.

Quand Aurora eut disparu, Grania prit une profonde inspiration, comme si elle avait été envoûtée. Sous la coupe d'une petite créature éthérée. Elle se leva, secoua la tête pour remettre de l'ordre dans ses idées et se demanda ce que sa mère allait dire quand elle lui annoncerait qu'elle allait se rendre à Dunworley House, le lendemain, pour jouer avec Aurora Lisle.

3

Ce soir-là, quand son père et son frère sortirent de table, laissant à Kathleen le soin de débarrasser leurs assiettes, Grania aida sa mère à faire la vaisselle.

« J'ai revu Aurora Lisle aujourd'hui », dit Grania d'un air détaché tout en essuyant les assiettes.

Kathleen haussa un sourcil. « Elle était encore en chemise de nuit, déguisée en fantôme ?

— Non, elle était habillée. C'est une petite fille étrange, tu ne trouves pas ?

— Je ne peux pas te dire, répondit Kathleen les lèvres pincées.

— J'ai accepté d'aller chez elle pour lui montrer comment on fait des objets en papier mâché. Elle a l'air si seule. »

Kathleen marqua une pause avant de répondre : « Je te l'ai dit, Grania, je te déconseille vivement de fréquenter cette famille. Mais tu es une grande fille maintenant et je ne peux pas t'empêcher d'y aller.

— Mais, Maman, c'est juste une petite fille adorable qui se sent seule. Elle a l'air perdue… Elle n'a pas de maman. Je ne vois pas le mal qu'il y a à passer quelques heures avec elle !

— Je n'ai aucune envie d'en rediscuter avec toi, Grania. Tu as entendu mon avis sur la question et tu dois prendre tes décisions. C'est tout. »

La sonnerie du téléphone vint rompre le silence qui s'ensuivit. Grania ne se leva pas pour décrocher, sa mère non plus. À la septième sonnerie, Kathleen mit les mains sur ses hanches : « Tu sais parfaitement qui c'est, n'est-ce pas ?

— Non, répondit Grania avec une mauvaise foi certaine. Comment veux-tu que je le sache, Maman ? Ça pourrait être n'importe qui.

— Nous savons toutes les deux qui c'est à cette heure-là, ma fille, et je suis trop gênée pour lui parler cette fois. »

Le téléphone continua à sonner, brisant le silence forcé de la mère et de la fille. Le bruit s'interrompit enfin et les deux femmes se fixèrent.

« Je ne peux pas tolérer une telle impolitesse sous mon toit, Grania. Je ne sais plus quoi lui dire à la fin. Que t'a donc fait ce pauvre homme pour mériter un tel traitement ? Tu as perdu… ton bébé, mais ce n'est quand même pas sa faute, non ?

— Je suis désolée, m'man, répondit Grania en secouant la tête. En fait, tu ne comprends pas.

— Pour une fois, je suis d'accord avec toi. Et si tu m'expliquais justement pour que je comprenne ?

— M'man, s'il te plaît… Je ne peux pas. » Grania se tordit les mains dans un geste de frustration. « Je ne *peux pas*…

— Si tu veux mon avis, Grania, ça n'est pas une raison valable. Ce qui s'est passé affecte tout le monde et nous avons le droit de connaître la situation exacte. Je…

— C'est Matt, ma chérie, dit son père en entrant dans la cuisine, le combiné du téléphone à la main. On a bien discuté tous les deux mais je crois que c'est à toi qu'il veut parler. » John lui sourit d'un air contrit en lui tendant le téléphone.

Grania fusilla son père du regard et lui prit le combiné des mains. Elle sortit de la cuisine et monta les escaliers pour rejoindre sa chambre.

« Grania ? C'est toi ? » En entendant le son familier et doux de la voix de Matt, elle sentit immédiatement sa gorge se serrer. Elle ferma la porte derrière elle et s'assit au pied du lit.

« Matt, je t'ai demandé de ne pas me contacter.

— Je sais, mon ange, mais mince ! Je ne comprends pas ce qui se passe. Qu'est-ce que j'ai fait ? Pourquoi tu m'as quitté ? »

Grania pressa sa main libre sur sa cuisse, pour tenter de garder son calme.

« Grania ? Tu es toujours là, ma chérie ? Si tu pouvais m'expliquer ce que j'ai fait pour mériter ça, je pourrais peut-être me défendre. »

Grania ne répondit pas.

« Grania, *s'il te plaît*, parle-moi. C'est Matt, l'homme qui t'aime, qui a partagé ta vie pendant huit ans. Et je deviens fou ici, parce que je ne sais toujours pas pourquoi tu es partie. »

Grania prit une profonde inspiration. « S'il te plaît, ne m'appelle pas. Je ne veux pas te parler. Et ça perturbe mes parents que tu appelles comme ça tous les soirs.

— Grania, s'il te plaît, je comprends que c'était vraiment dur pour toi de perdre le bébé, mais on pourra réessayer, non ? Je t'aime, ma chérie, et je ferai n'importe quoi…

— Au revoir, Matt. » Grania raccrocha. Elle ne pouvait pas en entendre davantage. Elle resta immobile, au bord du lit, fixant sans les voir les fleurs passées du papier peint de sa chambre d'enfant. C'était un motif qu'elle avait regardé tous les soirs en rêvant de son avenir, comme toutes les jeunes filles. Elle rêvait de son Prince charmant qui l'emmènerait vivre le parfait amour. Matt représentait tout cela à ses yeux, et bien plus encore… Elle l'avait adoré dès l'instant où elle avait porté son regard sur lui. Et ils *avaient* vécu un conte de fées.

Grania s'allongea sur le lit et serra son oreiller contre elle. Désormais, elle ne croyait plus à cet amour capable de tout vaincre, capable de surmonter tous les obstacles, de résoudre tous les problèmes sur son chemin.

Matt Connelly se laissa tomber sur le canapé, le téléphone portable à la main.

Depuis que Grania était partie subitement, deux semaines auparavant, il n'avait cessé de s'interroger sur les raisons qui avaient pu la pousser à s'enfuir. Aucune ne lui venait à l'esprit. Que pouvait-il faire ? Grania lui avait bien fait comprendre qu'elle ne voulait avoir aucun contact avec lui. Leur relation était-elle vraiment terminée ?

« Et merde ! » Matt lança le téléphone portable à travers la pièce et le regarda s'écraser au sol. Oui, il comprenait combien la fausse couche l'avait bouleversée mais ce n'était quand même pas une raison pour le rejeter lui, pour l'exclure de sa vie ? Peut-être devrait-il prendre un avion pour la rejoindre en Irlande ? Mais si elle ne voulait pas le voir ? S'il ne faisait qu'aggraver les choses en agissant ainsi ?

Matt se leva, il venait de prendre une décision. Tout en prenant place devant son ordinateur, il se dit qu'il n'y avait rien de pire que l'incertitude dans laquelle il se trouvait actuellement. Grania lui annoncerait peut-être que tout était fini mais mieux valait en avoir le cœur net plutôt que de rester dans l'ignorance.

Matt commença à consulter les horaires des vols entre New York et Dublin, quand on sonna à l'Interphone.

Il ignora la sonnerie. Il n'attendait personne et n'avait nullement envie de recevoir quelqu'un. Pourtant, comme l'appareil continuait à vibrer avec insistance, Matt, irrité, traversa le salon et appuya sur le bouton pour répondre. « Qui est-ce ?

— Salut mon chou, comme je passais par là, je me suis dit que j'allais sonner chez toi pour prendre de tes nouvelles. »

Matt appuya immédiatement sur le bouton « Entrée ». « Désolé, Charley, monte. » Il laissa la porte entrouverte et retourna à son écran. Charley était l'une des rares personnes dont il supportait la présence en ce moment. C'était une amie d'enfance qu'il avait perdue de vue, comme beaucoup de ses copains d'alors, quand il s'était mis en couple avec Grania. Grania ne se sentait pas à l'aise avec son groupe d'amis du Connecticut, il avait donc préféré prendre ses distances avec eux pour le bien de son couple. Quelques jours auparavant, Charley l'avait appelé de façon complètement inattendue. Elle avait appris par les parents de Matt que Grania était repartie en Irlande. Elle avait traversé la ville et l'avait emmené manger une pizza. Ça lui avait fait du bien de la voir.

Quelques minutes plus tard, il sentit deux bras s'enrouler autour de son cou et Charley déposa un baiser délicat sur ses joues. Elle posa une bouteille de vin sur le bureau à côté de son ordinateur.

« Je me suis dit qu'un peu de vin te ferait peut-être du bien. Tu veux que j'aille chercher deux verres ?

— Ça serait super, merci Charley ! » Matt continua à comparer les prix et les horaires pendant que Charley débouchait le vin et remplissait leurs verres.

« Qu'est-ce que tu cherches ? demanda-t-elle en enlevant ses bottes d'un coup de talon et en repliant ses longues jambes sur le canapé.

— Des vols pour l'Irlande. Si Grania ne revient pas, c'est moi qui vais aller la voir. »

Charley haussa ses sourcils parfaitement épilés et dessinés. « Tu penses que c'est raisonnable ?

— Tu peux me dire ce que je suis censé faire d'autre ? Me morfondre ici, devenir fou à force de me demander ce que j'ai fait et me heurter chaque fois à un mur ? »

Charley rejeta en arrière sa longue chevelure noire et brillante et but une gorgée de vin. « Et si elle avait juste besoin qu'on la laisse tranquille ? Le temps qu'elle se remette de… Enfin, tu vois ce que je veux dire. Tu risques d'empirer les choses, Matty. Est-ce que Grania t'a dit qu'elle voulait te voir ?

— Bien au contraire ! Je viens de l'appeler et elle m'a demandé d'arrêter de lui téléphoner. » Matt se leva, but une grande gorgée de vin et vint rejoindre Charley sur le canapé. « Tu n'as pas tort, concéda-t-il en soupirant. Je devrais lui laisser un peu de temps et peut-être qu'elle finira par revenir à la raison. Ça a été un coup terrible pour elle de perdre le bébé. Tu sais que Papa et Maman étaient impatients de voir arriver la prochaine génération. Papa n'a pas franchement caché sa déception quand il est passé à l'hôpital après la fausse couche.

— J'imagine, dit Charley en levant les yeux au ciel. La délicatesse et ton père, ça fait deux ! Non pas qu'il m'ait offensée un jour ! Vous êtes un peu de la famille pour moi, alors je suis habituée ! Mais je comprends que pour quelqu'un de l'extérieur, comme Grania, un tel comportement puisse être difficile à supporter.

Matt posa les coudes sur ses genoux et prit sa tête dans ses mains. « Je ne l'ai peut-être pas suffisamment protégée. Je sais qu'elle se sentait mal à l'aise parce qu'on ne vient pas du même milieu.

— Matty, mon chou, franchement ! Tu n'aurais pas pu en faire davantage. Tu m'as même mise au rebut quand Grania a fait irruption dans ta vie. »

Matt la dévisagea en fronçant les sourcils. « Eh, tu n'es pas sérieuse, j'espère ! Notre petite histoire n'aurait jamais pu durer sur le long terme ! On était tous les deux d'accord là-dessus si mes souvenirs sont bons.

— Bien sûr, Matty. » Charley lui sourit pour le réconforter. « On savait tous les deux que ça arriverait, non ?

— Bien sûr. » Matt était rassuré de constater qu'ils pensaient la même chose.

« Tu sais, reprit Charley l'air songeur, parfois quand je vois mes amies en pleine crise conjugale, je remercie le ciel d'être encore célibataire. Il n'y a pas une personne de mon entourage qui ne traverse pas une période difficile dans son couple actuellement. Pourtant, je croyais vraiment qu'entre vous deux, tout allait bien.

— Mais tout allait parfaitement, répondit-il tristement. Tu n'envisages pas sérieusement de rester célibataire toute ta vie ? Dans la bande de Greenwich, tu étais celle qui avait le plus de chances de... ; Sorority Queen, meilleure étudiante de la promo, et la plus belle aussi. Devenue rédactrice en chef d'un grand magazine... Laisse-moi te dire, Charley, que tu pourrais avoir qui tu veux.

— C'est peut-être justement ça le problème, dit Charley en soupirant. Je suis devenue trop difficile et personne ne trouve grâce à mes yeux. En tout cas, ce n'est pas le moment de parler de ça. C'est toi qui es dans le pétrin. Qu'est-ce que je peux faire pour t'aider ?

— Tu crois que je devrais prendre un avion pour Dublin demain afin d'essayer de sauver mon couple ? demanda-t-il.

— Matty, c'est à toi de décider, répondit Charley en fronçant le nez, mais puisque tu me demandes mon avis, à ta place je laisserais un peu de temps à Grania. À l'évidence, elle a besoin de réfléchir, de digérer ce qui s'est passé. Je suis sûre qu'elle reviendra quand elle se sentira prête. Elle t'a demandé de la laisser tranquille, non ? Alors pourquoi ne pas faire ce qu'elle te demande ? Tu pourras prendre une décision dans une ou deux semaines. En plus, je croyais que tu étais débordé de travail.

— C'est vrai, acquiesça Matt dans un soupir. Et tu as peut-être raison. Je vais la laisser tranquille comme elle me l'a demandé. » Il tendit la main et tapota doucement la jambe de Charley. « Merci frangine. Tu es toujours là pour moi.

— Oui, mon chou. » Charley sourit en battant des paupières. « Je serai toujours là pour toi. »

Quelques jours plus tard, on sonna de nouveau à l'Interphone de Matt.

« Salut, mon chéri, c'est Maman. Je peux monter ? »

Matt ouvrit la porte d'entrée, surpris par cette visite inattendue. Ses parents honoraient rarement de leur présence ce quartier et ne passaient jamais à l'improviste.

« Comment vas-tu, mon chéri ? » Elaine embrassa son fils sur les deux joues puis le suivit à l'intérieur.

« Ça va à peu près », répondit Matt, trop déprimé et fatigué pour faire l'effort d'en dire davantage. Il regarda sa mère enlever son manteau de fourrure, rejeter la tête en arrière pour arranger sa coiffure et ses mèches blondes puis s'asseoir élégamment sur le canapé. Inutile de préciser qu'elle était extrêmement svelte. Il s'empressa d'enlever ses baskets et deux bouteilles de bière vides à côté de ses pieds minuscules chaussés de talons hauts.

« Qu'est-ce qui t'amène ?

— J'étais en ville pour un déjeuner de charité et avant de rentrer, comme ton appartement était sur mon chemin, j'ai voulu voir comment se portait mon fils, répondit Elaine en l'observant – il était pâle, il avait les traits tirés et ses gestes trahissaient sa tristesse. Alors, tu as des nouvelles de Grania ?

— Je l'ai appelée et je lui ai parlé brièvement il y a quelques jours mais il est clair qu'elle n'a aucune envie de discuter avec moi.

— Est-ce que tu sais au moins pourquoi elle est partie ?

— Non, répondit Matt en haussant les épaules. Je ne sais pas ce que j'ai fait. Mais ce bébé, c'était tout pour elle, Maman.

— Elle n'a presque rien dit le jour où on est allés la voir à l'hôpital. Quand elle est sortie de la salle de bains, j'ai bien vu qu'elle avait pleuré.

— Oui, et le lendemain quand je suis allé la voir après le travail, j'ai appris qu'elle était sortie de l'hôpital. Elle avait laissé un mot à l'appartement, disant qu'elle était retournée en Irlande, chez ses parents. Et je ne suis pas arrivé à la faire parler depuis. Je comprends qu'elle souffre mais je ne sais pas comment l'aider.

— Tu dois souffrir toi aussi, mon chéri. C'était ton bébé tout autant que le sien, commenta Elaine, ébranlée de voir son fils adoré dans la peine et seul avec sa souffrance.

— Oui, ce n'est pas la grande forme. On était sur le point de fonder une famille. C'était mon rêve… Merde ! Désolé, m'man. » Matt fit de son mieux pour contenir ses larmes. « J'aime tellement Grania et ce petit bout qui n'a pas survécu et qui faisait partie de nous… Je…

— Oh chéri. » Elaine se leva et prit son fils dans ses bras. « Je suis vraiment, vraiment désolée. Dis-moi ce que je peux faire pour t'aider. »

Matt aurait préféré que sa mère ne le vît pas dans un tel moment de détresse. Il puisa au plus profond de lui-même la force de se ressaisir. « Je suis un grand garçon maintenant. Ça va aller, vraiment. Si seulement je savais ce qui a poussé Grania à s'enfuir ainsi… Je ne comprends pas.

— Et si tu venais t'installer à la maison pour quelque temps ? Je n'aime pas te savoir seul ici.

— Merci, Maman. Mais j'ai une tonne de travail. Il ne me reste plus qu'à espérer que Grania va revenir quand elle se sentira prête, une fois qu'elle aura pansé ses plaies. Elle a toujours obéi à ses propres règles. C'est sans doute pour ça que je l'aime tant.

— C'est vrai qu'elle est unique en son genre, admit Elaine. Elle ne se soucie pas des règles auxquelles nous nous conformons presque tous.

— C'est peut-être parce qu'elle n'a pas été élevée dans le même moule que nous, répliqua Matt qui n'était pas d'humeur à supporter des commentaires méprisants ou des remarques du genre "Je te l'avais bien dit" de la part de ses parents.

— Oh non, Matt, tu n'as pas compris, s'empressa de rectifier Elaine. J'admire sincèrement Grania, je vous admire tous les deux, parce que vous avez osé vous affranchir des conventions, osé vivre ensemble simplement parce que vous vous aimiez. Nous devrions tous écouter notre cœur plutôt que de rester prisonniers de notre milieu, ajouta Elaine en soupirant. Je ferais mieux de rentrer à la maison. Ton père reçoit ses amis du golf pour leur dîner annuel. »

Matt alla chercher le manteau de fourrure de sa mère et l'aida à l'enfiler. « Merci d'être passée, m'man. Ça m'a fait plaisir.

— Je suis contente de t'avoir vu, Matt. » Elle planta un baiser sur sa joue. « Tu sais que je suis fière de toi, tu le sais, non ? Et si tu as besoin de parler, je serai toujours là pour toi, chéri, vraiment. Je comprends… ce que tu dois ressentir. » Une ombre de tristesse passa dans ses yeux puis disparut aussi vite qu'elle était apparue. « Au revoir, Matty. »

Matt ferma la porte derrière elle, persuadé qu'elle compatissait vraiment avec lui. Il ne l'en aima que davantage tout en réalisant pour la première fois qu'il ne savait au fond pas grand-chose de la femme qui se cachait sous le vernis de l'épouse et de la mère parfaite du Connecticut.

4

Le lendemain matin, quand Kathleen partit acheter les provisions de la semaine à Clonakilty, Grania alla dans la grange où étaient entreposés les vieux journaux et en prit une pile. Elle fouilla dans l'atelier désordonné de son père et, à sa grande joie, finit par trouver une boîte de colle pour papier peint, tachée de moisissure. Après avoir mis le tout dans un grand sac en plastique, Grania descendit la petite route pour rejoindre le sentier qui longeait la falaise. Si Aurora ne venait pas – et comme elles n'avaient fixé aucune heure pour se retrouver, il était peu probable qu'elle la vît –, elle retournerait tout simplement à la maison.

Tout en marchant, Grania s'interrogea sur l'état d'hébétude dans lequel elle se trouvait. Elle avait l'impression que ce n'était pas elle qui vivait sa vie, mais quelqu'un d'autre. Comme si elle avançait dans le brouillard et qu'elle n'arrivait plus à atteindre ses propres sentiments. Elle ne pouvait ni pleurer, ni se résoudre à affronter Matt, ni se demander si sa réaction avait été rationnelle.

Il aurait fallu pour cela accepter de regarder sa douleur en face. Pour l'heure, elle préférait se protéger en se renfermant sur elle-même. Ce qui était fait était fait et ne pouvait pas être effacé.

Grania s'assit sur un rocher donnant sur la mer au sommet de la falaise et soupira. Elle avait vraiment cru, tandis que Matt et elle voyaient leurs couples d'amis se séparer les uns après les autres, qu'ils étaient différents. Elle ne put s'empêcher de rougir de honte en repensant à leurs petites conversations d'alors, pleines de suffisance. Elle gardait désormais de ces commentaires – « Ça ne nous arrivera jamais » et « Les pauvres, on a vraiment de la chance » – un souvenir cuisant. Eux aussi avaient été entraînés dans ce tourbillon complexe ; l'état dans lequel se retrouvent plongés un homme et une femme essayant de vivre ensemble dans l'harmonie.

Grania regarda la mer froide et grise et conçut soudain un immense respect pour ses parents. Quelque part, ils avaient réussi l'impossible – faire des compromis, accepter leur destin et, plus que tout, rester heureux pendant trente-quatre ans.

C'était peut-être tout simplement parce que les couples modernes étaient devenus trop exigeants. La hiérarchie des besoins avait évolué. Un couple n'avait plus les mêmes priorités. Autrefois, on se préoccupait avant tout de trouver de quoi manger pour ses enfants, de gagner quelques pièces supplémentaires pour finir le mois, on se demandait même si ses enfants allaient survivre à une maladie infantile particulièrement grave. Aujourd'hui, on ne se demandait plus si on arriverait à passer l'hiver au chaud mais plutôt quelle marque de vêtements on allait porter pour ne pas avoir froid. Rares étaient les femmes dans les sociétés occidentales qui disaient au revoir à leurs époux sans savoir quand et si elles les reverraient parce qu'ils partaient au combat. En bref, on avait depuis longtemps dépassé le stade de la simple survie.

« À présent, on *exige* d'être heureux. On pense qu'on le mérite. » Grania prononça ces mots à voix haute, enviant, plutôt que de prendre en pitié le stoïcisme de ses parents, cette capacité qu'ils avaient à accepter ce sur quoi ils n'avaient aucune prise. Ils n'avaient pas beaucoup de possessions matérielles et leur horizon était limité. Les choses sans importance les faisaient sourire, d'un sourire qui témoignait de leur compréhension mutuelle et de l'acceptation de leur sort. Leur monde était petit mais au moins était-il sûr, bien délimité et il les unissait. À l'inverse, Matt et elle vivaient dans une grande métropole où le ciel était leur seule limite et où les restrictions manquaient cruellement.

« Bonjour Grania. »

La voix d'Aurora retentit derrière elle. Grania se retourna et, en la voyant, se dit qu'Aurora ressemblait à un lutin, apparaissant sans bruit sur le territoire qu'elle habitait.

« Bonjour Aurora, comment vas-tu ?

— Je vais très bien, merci. On y va ?

— Oui, j'ai apporté ce qu'il nous faut.

— Je sais, j'ai déjà vu ce qu'il y avait dans ton sac en plastique. »

Grania se leva docilement et elles se dirigèrent toutes les deux vers la maison.

« Je pourrais te présenter Papa, proposa Aurora. Il est dans son bureau. Remarque, il se peut qu'il ait la migraine, il a très souvent la migraine.

— Vraiment ?

— Oui. C'est simplement parce qu'il ne porte pas ses lunettes et il se fatigue les yeux à force de lire tous ces documents pour le travail.

— C'est vraiment stupide.

— Maintenant que Maman est morte, il n'a personne pour s'occuper de lui, à part moi.

— Et je suis sûre que tu fais ça très bien, dit Grania pour la rassurer tandis qu'elles s'approchaient du portail qui s'ouvrait sur le jardin.

— Je fais de mon mieux, admit Aurora en poussant l'un des battants. C'est ma maison, Dunworley House. Elle appartient à la famille Lisle depuis deux siècles. Tu es déjà venue ?

— Non », répondit Grania en suivant Aurora dans le jardin.

Le vent qui mugissait dans leurs oreilles sur le sentier longeant la falaise se calma subitement. C'était grâce à l'épaisse haie de mûriers sauvages et de fuchsias, caractéristiques de l'ouest du comté de Cork, qui entourait la maison. Elle protégeait la demeure et ses occupants des plus fortes rafales de vent.

Grania contempla, ébahie, le magnifique jardin à la française, parfaitement entretenu, formant un écrin de verdure à l'édifice gris et austère qui se dressait au milieu. Le chemin qui conduisait à la maison était bordé de haies de lauriers assez basses.

Et tout en emboîtant le pas à Aurora vers l'entrée de la bâtisse, Grania remarqua les parterres de rosiers nus et ternes à cette période de l'année, mais qui, au cœur de l'été, devaient donner un peu de douceur à cet environnement désolé.

« Nous n'utilisons jamais la porte d'entrée, expliqua Aurora en tournant à droite et en s'engageant sur le chemin qui longeait l'avant de la maison et permettait d'accéder à l'autre côté. Papa dit qu'elle a été verrouillée pendant les Troubles et quelqu'un a perdu la clé. C'est par cette porte que nous entrons toujours. »

Grania se trouvait à présent dans une grande cour, accessible depuis la route. Une Range Rover flambant neuve était garée là.

« Viens », dit Aurora en ouvrant la porte.

Grania la suivit dans le vestibule qui débouchait sur une grande cuisine. Un immense vaisselier en pin occupait un pan de mur entier et ployait presque sous le poids des assiettes bleues et blanches et de toute la vaisselle. Une cuisinière se dressait le long d'un autre mur, face à un vieil évier en émail carré, entre deux plans de travail en mélamine. Au milieu de la pièce, une longue table en chêne était jonchée de piles de journaux.

Ce n'était pas une pièce confortable et douillette, pas un endroit où une famille se réunissait autour de la table pendant que la mère, devant sa cuisinière, préparait un délicieux dîner. La cuisine était spartiate, fonctionnelle et inhospitalière.

« Je n'aurais pas eu besoin d'apporter tous ces journaux, constata Grania en montrant les piles sur la table.

— Oh, Papa les utilise pour allumer tous les feux dans la maison. Il craint le froid. Et si on faisait un peu de place sur la table pour réaliser notre projet ? proposa Aurora en regardant Grania les yeux pleins d'espoir.

— Oui... mais tu ne crois pas qu'on devrait avertir quelqu'un de ma présence ?

— Oh non, répondit Aurora en secouant la tête. Papa ne veut pas être dérangé et j'ai dit à Mrs Myther que tu venais tout à l'heure. » Elle jeta les piles de journaux par terre, autour de la table, et montra à Grania l'espace qu'elle avait dégagé sur la table. « Qu'est-ce qu'il nous faut d'autre ?

— Il nous faut de l'eau pour préparer la colle. » Grania vida le contenu de son sac en plastique, gênée d'être là sans s'être présentée à qui que ce soit.

« Je vais en chercher. » Aurora sortit une carafe du buffet plein à craquer et la remplit.

« Ah, et aussi un grand récipient pour mélanger la pâte. »

Aurora en trouva un également et le posa sur la table devant Grania. Tandis qu'elle mélangeait la pâte, Aurora la regardait, les yeux vifs et brillants.

« C'est vraiment amusant. J'adore faire ce genre de choses. Ma dernière nourrice m'interdisait tout parce qu'elle avait toujours peur que je me salisse.

— Je passe ma vie à me salir, dit Grania en souriant. Je réalise des sculptures avec des matériaux similaires à celui-ci. Maintenant, viens t'asseoir à côté de moi, je vais te montrer comment faire un bol. »

Aurora était une élève pleine de bonne volonté, qui apprenait très vite. Une heure plus tard, un bol en papier mâché fut déposé fièrement sur la plaque chauffante de la cuisinière.

« Une fois qu'il sera sec, on pourra le peindre. Tu as de la peinture ici ? demanda Grania en se lavant les mains dans l'évier.

— Non, j'ai des tubes de peinture à Londres mais je les ai laissés là-bas.

— J'en trouverai peut-être chez moi.

— Je pourrai venir chez toi ? Ça doit être marrant de vivre dans une ferme.

— Je ne vis pas tout le temps là-bas, Aurora, expliqua Grania. J'habite à New York. Je suis juste venue passer quelques semaines chez mes parents.

— Oh. » Le sourire d'Aurora s'évanouit. « Tu veux dire que tu vas bientôt partir ?

— Oui, mais je ne sais pas exactement quand. » Tout en s'essuyant les mains sur le torchon à côté de l'évier, Grania sentit le regard pénétrant d'Aurora posé sur elle.

« Pourquoi est-ce que tu es triste ? demanda Aurora.

— Je ne suis pas triste, Aurora.

— Si, je le vois dans tes yeux. Est-ce que quelqu'un t'a fait du mal ?

— Non, Aurora, je vais bien, je t'assure. » Grania se sentit rougir sous le regard insistant de l'enfant.

Aurora croisa ses petits bras sur sa poitrine. « Je sais que tu es triste. Je sais ce que c'est. Et quand je suis triste, je me réfugie dans mon endroit magique.

— Et c'est où ?

— Je ne peux pas te le dire sinon il ne serait plus magique et il ne serait plus rien qu'à moi. Tu devrais en avoir un toi aussi.

— C'est une excellente idée, je trouve. » Grania jeta un coup d'œil à sa montre. « Je ferais mieux d'y aller. Il est midi. Tu dois avoir faim. Est-ce que quelqu'un va venir te préparer quelque chose à manger ?

— Oh, Mrs Myther a dû laisser quelque chose », répondit Aurora en montrant nonchalamment le garde-manger. C'est sûrement encore de la soupe. Tu ne veux pas voir le reste de la maison avant de partir ?

— Aurora… je…

— Allez, viens. » Aurora prit Grania par le bras et l'entraîna vers la porte. « Je veux que tu voies ma maison, elle est magnifique. »

Une fois sortie de la cuisine, Grania se retrouva dans un grand vestibule dont le sol était recouvert de carreaux noirs et blancs. Dans un coin, un escalier en chêne élégant conduisait à l'étage supérieur. Aurora lui fit traverser le vestibule et la fit entrer dans un salon dont les grandes portes-fenêtres s'ouvraient sur le jardin. Il régnait une chaleur insupportable dans la pièce, un grand feu de bois brûlait dans la belle cheminée en marbre.

Un portrait au-dessus du manteau de la cheminée accrocha tout de suite son œil de sculptrice. C'était une jeune femme dont le visage en forme de cœur était encadré de boucles vénitiennes. Ses traits délicats étaient parfaitement symétriques, constata Grania, c'était là le signe de la vraie beauté. Ses yeux bleus saisissants ressortaient sur sa peau pâle. Ils étaient innocents mais pleins de sagesse. Grania sut immédiatement que le portrait avait été réalisé par un artiste talentueux. Elle se tourna pour regarder Aurora et fut frappée par la ressemblance.

« C'est ma mère. Tout le monde dit que je suis son portrait craché.

— C'est vrai, répondit doucement Grania. Comment s'appelait-elle ? »

Aurora prit une profonde inspiration. « Lily, elle s'appelait Lily.

— Je suis vraiment désolée qu'elle ne soit plus là », murmura Grania gentiment tandis qu'Aurora fixait le portrait.

Aurora ne répondit pas. Elle continuait à contempler le tableau.

« Qui est-ce Aurora ? »

Une voix masculine venait de retentir derrière elles et Grania sursauta.

Elle fit volte-face, tout en se demandant depuis quand l'homme écoutait leur conversation à leur insu. Quand elle le vit à l'entrée du salon, elle cessa de respirer quelques secondes.

Elle n'avait jamais vu un homme aussi beau. Elle se maudit d'avoir une telle pensée si proche du cliché, mais c'était indéniable. Il était grand, il devait mesurer plus d'un mètre quatre-vingt. Sa tête était couronnée de cheveux épais, couleur ébène, parfaitement coiffés, juste assez longs pour que ses boucles retombent sur sa nuque. Il avait des lèvres charnues, mais pas pulpeuses au point d'être féminines, et des yeux bleu marine profonds bordés de cils noirs et épais.

Par réflexe, Grania contempla son ossature parfaite : ses pommettes saillantes, sa mâchoire puissante et son nez magnifique. C'était un visage dont Grania voulait graver chaque détail dans sa mémoire, afin de pouvoir le sculpter plus tard.

Quant à son corps, il était svelte et parfaitement proportionné. Les yeux de Grania furent attirés par les doigts fins et délicats qui se crispaient puis se relâchaient, trahissant une certaine tension intérieure. Cet homme était d'une singulière élégance, une qualité qu'elle n'associait pas d'ordinaire au sexe masculin. Chaque fois qu'il entrait dans une pièce, toutes les têtes devaient se retourner sur son passage, aussi bien celles des hommes que celles des femmes.

Grania soupira involontairement. Sa réaction professionnelle face à un homme qui frôlait pour elle la perfection physique et son admiration devant une telle beauté la privèrent provisoirement de l'usage de la parole.

« Qui êtes-vous ? » demanda-t-il de nouveau.

Aurora brisa le silence au grand soulagement de Grania. « C'est mon amie Grania, Papa. Tu te souviens ? Je t'ai dit que j'avais fait sa connaissance hier, sur la falaise. On s'est bien amusées ce matin dans la cuisine. On a fait un bol avec de la colle et du papier journal. Une fois qu'il sera peint, je te l'offrirai. » Aurora s'avança vers son père et enroula ses bras autour de sa taille.

« Je suis content que tu te sois bien amusée, ma chérie. » Il caressa ses cheveux affectueusement et ébaucha un sourire en toisant Grania sans se départir complètement de son air suspicieux. « Alors, Grania, vous êtes de passage à Dunworley ? »

Grania fit tout son possible pour se calmer, constata qu'elle avait la gorge sèche et déglutit avec peine. « Je suis née et j'ai grandi au village mais je vis depuis dix ans à l'étranger. Je suis venue rendre visite à ma famille.

— Je vois. » Son regard se porta sur les grandes portes-fenêtres et la magnifique vue sur la mer derrière le jardin. « C'est un endroit unique et magique. Et il te plaît beaucoup, n'est-ce pas, Aurora ?

— Tu sais bien que oui, Papa. C'est là qu'est notre place.

— Oui, c'est vrai. » Il reporta son attention sur Grania. « Pardonnez-moi, je ne me suis pas présenté. » Aurora toujours cramponnée à sa taille, il s'avança vers Grania et tendit la main. « Alexander Devonshire. » Ses longs doigts fins se refermèrent sur ceux de Grania.

Grania fit de son mieux pour s'extraire de la torpeur dans laquelle l'avait plongée cette scène surréaliste. « Devonshire ? Je croyais que c'était la famille Lisle qui vivait ici ? »

Alexander haussa presque imperceptiblement ses sourcils noirs. « Il est vrai que cette maison appartient à la famille Lisle, dans laquelle je suis entré par alliance. Ma femme était l'héritière de Dunworley House et un jour, c'est notre fille qui héritera de cette demeure », dit-il en regardant furtivement le portrait.

— Je suis désolée… je ne savais pas.

— Ne vous en faites pas, Grania, j'ai l'habitude qu'on m'appelle “Mr Lisle” par ici. » Alexander attira sa fille contre lui, il semblait perdu dans ses pensées.

« Je ferais mieux de rentrer à la maison, dit Grania mal à l'aise.

— Oh, Papa, faut-il vraiment qu'elle parte ? Elle ne peut pas rester manger avec nous ? » Aurora leva la tête vers son père, l'implorant du regard.

« Merci, mais je dois vraiment y aller.

— Bien sûr, dit Alexander. C'est très gentil à vous de passer du temps avec ma fille.

— Elle est beaucoup plus amusante que la vieille nounou, Papa. Pourquoi ce n'est pas elle qui me garde ?

— Chérie, je suis sûr que Grania a beaucoup de choses à faire. » Alexander sourit d'un air contrit à Grania par-dessus la tête d'Aurora. « Et nous ne pouvons pas abuser de son temps.

— Ça ne m'a pas du tout dérangée. J'ai passé une très bonne matinée.

— Tu reviendras demain avec les peintures quand le bol sera sec ? » la supplia Aurora.

Grania interrogea du regard Alexander qui donna silencieusement son assentiment. « Bien sûr, je vais voir ce que je peux trouver. » Grania commença à se diriger vers la porte, Alexander s'effaça et tendit de nouveau la main.

« Merci, Grania. C'est très gentil à vous de prendre le temps de distraire ma fille. N'hésitez pas à passer quand vous en avez envie. Au cas où je ne serais pas là, il y aura Mrs Myther pour s'occuper d'Aurora. » Il conduisit Grania à travers le vestibule et rejoignit la cuisine. Aurora lui tenait la main. « Aurora, tu veux bien aller voir Mrs Myther et lui dire que nous sommes tous les deux prêts pour le déjeuner ?

— Oui, Papa, dit-elle docilement. Au revoir, Grania, à demain. » Aurora tourna les talons et disparut dans les escaliers.

Alexander traversa la cuisine et se dirigea vers la porte de derrière. Quand il l'ouvrit, il se tourna vers Grania. « Je dois vous dire qu'Aurora peut être très persuasive; ne la laissez pas vous convaincre de passer plus de temps avec elle que vous n'en avez réellement l'intention.

— Comme je vous l'ai dit, j'ai passé une très bonne matinée. » La proximité d'Alexander, tenant la porte à quelques centimètres d'elle, troubla Grania au point qu'elle n'avait plus les idées claires.

« Je vous conseille juste d'être prudente. Je sais comment elle peut être.

— Je ferai attention.

— Je suis sûr que nous vous reverrons très vite. Au revoir, Grania.

— Au revoir. »

Tout en s'engageant sur le chemin menant au portail, Grania n'avait qu'une envie : regarder derrière elle pour voir si l'homme se tenait toujours sur le pas de la porte. Une fois qu'elle eut franchi le portail, elle marcha d'un bon pas sur le sentier de la falaise puis s'arrêta vers son rocher préféré. Elle se laissa tomber dessus, un peu haletante et désorientée.

Elle prit sa tête dans ses mains, tentant de mettre de l'ordre dans ses idées. Le visage d'Alexander apparut dans son esprit. Elle était bouleversée, presque effrayée à l'idée qu'un homme qu'elle n'avait vu que cinq minutes puisse lui faire un tel effet.

Elle leva la tête et contempla la mer. Elle était calme, aujourd'hui, paisible, un monstre endormi qui pouvait se réveiller et faire des ravages en quelques minutes.

Lorsqu'elle se releva et prit le chemin du retour, Grania se demanda si cette comparaison valait aussi pour l'homme qu'elle venait de rencontrer.

« Salut, c'est moi. Je peux monter ?

— Bien sûr. » Matt appuya sur le bouton pour ouvrir la porte et retourna l'air abattu devant le match de base-ball qu'il regardait à la télévision.

Charley apparut à la porte et la ferma derrière elle. « J'ai apporté de quoi manger. J'ai pris quelque chose chez le Chinois. Ton plat préféré, du canard bien croustillant, ajouta-t-elle en se dirigeant vers la cuisine. Tu as faim ?

— Non, répondit Matt tandis que Charley prenait deux assiettes dans la cuisine et ouvrait la bouteille de vin qu'elle avait apportée.

— Il faut que tu manges, mon chou. Tu vas dépérir sinon. » Elle le dévisagea en posant la nourriture et les assiettes sur la table basse devant lui. Matt soupira, se pencha et mordit dans un morceau de viande, mâchant la nourriture sans le moindre appétit.

« Tu veux en parler ?

— Il n'y a pas grand-chose à dire, dit Matt en haussant les épaules. Ma copine m'a quitté pour des raisons que j'ignore ou qui dépassent mon entendement et refuse de m'expliquer sa décision. » Il secoua la tête, désespéré. « Si au moins je savais ce que je suis censé avoir fait, je pourrais peut-être agir... Et, au fait, ta stratégie du silence n'a pas marché. Grania ne m'a pas appelé une seule fois. Voilà ce que c'est que de jouer l'indifférent, ajouta-t-il d'un ton morose.

— Je suis désolée, Matty. Je croyais vraiment que si tu laissais Grania tranquille pendant quelque temps, elle finirait par réagir. Je pensais qu'elle t'aimait.

— Moi aussi, dit Matt avec une moue amère. Je me suis peut-être trompé, après tout. Il s'agit sans doute plus de ses sentiments envers moi que d'un quelconque faux pas que j'aurais pu faire. Peut-être qu'elle ne veut tout simplement plus de moi, continua Matt en passant distraitement la main dans ses cheveux. Parce que j'ai beau me creuser la tête, je n'arrive pas à trouver ce qui, dans mon comportement ou dans mes actes, aurait pu la blesser. »

Charley posa la main sur le genou de Matt. « Peut-être que la perte du bébé… a fait évoluer ses sentiments, murmura-t-elle en haussant les épaules. Désolée, je suis à court de lieux communs.

— Non, il n'y a rien à dire de toute façon. Elle est partie, et plus les jours passent moins je crois en son retour. » Il regarda Charley. « Tu penses que je devrais prendre un vol pour l'Irlande comme je l'avais envisagé ?

— Je ne sais pas, Matty. Je ne voudrais pas être négative, mais j'ai l'impression qu'elle ne veut rien avoir à faire avec toi pour le moment. C'est ce qu'elle t'a fait comprendre, non ?

— Ouais, tu as raison. » Matt vida son verre de vin et le remplit à nouveau. « Je ne fais que me bercer d'illusions. Je veux continuer à croire que ce n'est pas fini entre nous mais elle a déjà pris sa décision.

— Et si tu te laissais jusqu'à la fin de la semaine ? Tu verras bien si elle appelle. Et si c'est le cas, tu pourrais lui dire que tu es prêt à prendre le premier vol à destination de l'Irlande.

— Peut-être, mais je commence à en avoir assez d'endosser le rôle du méchant. En plus, j'ai une tonne de travail et je vais m'absenter pendant deux semaines. J'ai des conférences.

— Mon pauvre Matty, roucoula Charley. C'est pas la joie en ce moment ! Je te promets que ça ira mieux. Tu sais, on traverse tous des mauvaises passes. Des moments où on croit que le monde s'écroule autour de nous.

— Je sais, je m'apitoie un peu trop sur mon sort en ce moment, admit Matt. Désolé. Je crois que tu ferais mieux de me laisser. Je ne suis pas de bonne compagnie.

— Mais les amis sont là pour ça, Matty. Ils doivent être là quand on a besoin d'eux. D'ailleurs, pour changer de sujet une seconde, je suis venue te demander un service, dit Charley.

— Ah oui, quoi ?

— Les décorateurs déboulent chez moi dans deux jours. Ils vont travailler un mois dans mon appartement environ et je me demandais si je pouvais m'installer dans ta chambre d'amis en attendant. Je te paierai un loyer, bien sûr, ajouta Charley. Et tu me connais, je sors presque tous les soirs et tous les week-ends.

— Tu n'as pas besoin de me verser un loyer. Comme je te l'ai dit, je suis débordé de travail et je passe beaucoup de temps hors de chez moi. N'hésite pas à t'installer quand tu veux. » Matt se leva, fouilla dans son bureau et finit par trouver une clé qu'il lui tendit.

« Pour être honnête, contrairement à ce que je t'ai dit, un peu de compagnie ne me fera pas de mal. C'est toi qui me rends service au bout du compte.

— Dans ce cas, c'est parfait. J'apprécie ton accueil. »

Matt tapota sa jambe. « Et moi, j'apprécie le fait que tu sois là pour moi.

— Pas de problème, Matty, dit Charley en souriant. Pas de problème ! »

5

« Et où vas-tu aujourd'hui ? demanda Kathleen en regardant Grania qui boutonnait son manteau. Tu t'es lavé les cheveux et tu t'es maquillée.

— Pour répondre à ta question, je vais voir Aurora. Et c'est interdit de se laver les cheveux et de mettre un peu de mascara dans ces contrées ? répondit Grania d'un ton de défi.

— Tu retournes à Dunworley House, alors ?

— Oui. »

Kathleen croisa les bras. « Je t'avais pourtant prévenue, Grania. Ce n'est pas une bonne idée de fréquenter ces gens !

— Maman, j'essaie juste de distraire une petite fille, je n'emménage pas chez elle ! Je ne vois pas où est le problème.

— Je te l'ai déjà dit mais je vais le répéter encore une fois. Cette famille n'a causé que des ennuis à la nôtre. Et tu as déjà suffisamment de problèmes de ton côté pour ne pas rajouter les leurs par-dessus.

— Bon sang, m'man ! Aurora est une petite fille sans maman qui vient de revenir ici et qui ne connaît personne. Elle se sent seule, dit Grania sans cacher son exaspération. À tout à l'heure. »

Grania sortit en claquant la porte et Kathleen soupira. « Oui, murmura-t-elle, et toi tu es une mère sans enfant. »

Kathleen s'attela à son travail le cœur lourd. Elle se demanda si elle devait parler à John de Grania et de ses visites à Dunworley House. Cette semaine, Grania y avait passé toutes ses journées et la veille, elle n'était rentrée à la maison qu'à la nuit tombée. Il suffisait à Kathleen de regarder les yeux de sa fille pour comprendre que quelque chose l'attirait là-bas, comme d'autres avant elle avaient été attirées…

« Eh bien, ma fille, murmura Kathleen pour elle-même tout en faisant le lit de Shane, plus vite tu retourneras à New York auprès de ton homme, mieux ça sera. Pour nous tous. »

Grania savait à présent que, quelque part sur le sentier qui longeait la falaise et menait à la maison, Aurora apparaîtrait et descendrait en courant la colline pour la rejoindre et l'accompagner jusqu'au portail. Grania adorait la regarder approcher. Elle n'avait jamais vu une enfant aussi gracieuse. Quand Aurora marchait, elle flottait, et quand elle courait, elle dansait. Et voilà qu'à présent, elle décrivait des cercles autour d'elle comme un feu follet, telle une créature éthérée sortie tout droit des légendes irlandaises que sa mère lui lisait.

« Bonjour Grania. » Aurora lui donna l'accolade, puis lui prit la main et l'entraîna sur la colline. « Je te guettais depuis la fenêtre de ma chambre. Je crois que Papa veut te voir.

— Vraiment ? » Grania n'avait pas vu Alexander de toute la semaine. Aurora avait dit qu'il souffrait d'une atroce migraine et qu'il ne pouvait pas quitter son lit. Quand Grania s'était inquiétée de sa santé, Aurora avait haussé les épaules avec nonchalance.

« Il va vite se rétablir. Il lui faut juste un peu de calme et de tranquillité. »

Souvent, le soir, alors qu'elle était sur le point de s'endormir, Grania se surprenait (à sa grande consternation) à penser au père d'Aurora. Et le fait qu'Alexander se trouvait quelque part à l'étage et pouvait descendre d'une minute à l'autre engendrait une sensation de plaisir coupable en elle. Elle ne comprenait pas pourquoi il lui faisait un tel effet. Ce qu'elle savait, en revanche, c'était qu'elle passait moins de temps à penser à Matt qu'auparavant. Ce qui était certainement positif.

« Pourquoi veut-il me voir ? » ne put s'empêcher de demander Grania.

Aurora pouffa. « C'est un secret. » Elle se dirigea vers le portail en faisant des pirouettes, et quand Grania la rejoignit, la fillette avait déjà ouvert l'un des battants.

« Tu as pris des cours de danse à Londres, Aurora ? Je pense que tu serais douée pour cette discipline.

— Non, Maman ne voulait pas. Elle a toujours détesté la danse classique. »

Aurora se frotta le nez puis ferma le portail derrière elle. « J'aimerais bien apprendre pourtant et j'ai trouvé de vieux livres au grenier pleins d'images de femmes magnifiques qui faisaient des pointes. Si Maman n'avait pas autant détesté ça, je crois que j'aurais aimé être danseuse étoile. »

Grania regarda Aurora sautiller sur le chemin devant elle. Elle avait envie de lui dire que Lily était morte, et que ça ne lui ferait plus rien désormais qu'elle apprenne la danse, mais ce n'était pas son rôle. Aussi suivit-elle Aurora dans la cuisine sans prononcer un mot.

« Bon, dit Aurora en lui souriant et en mettant les mains sur les hanches, qu'est-ce qu'on fait aujourd'hui ? Qu'est-ce que tu as caché dans ton sac magique ? »

Grania sortit une boîte d'aquarelles et une petite toile. « Comme il fait beau, je me suis dit qu'on pourrait aller dehors et peindre la vue. Qu'est-ce que tu en penses ? »

Aurora hocha la tête. « On n'a pas besoin d'un chevalet ?

— Je suis sûre qu'on pourra s'en passer mais si tu préfères, je peux t'emmener à la boutique d'art à Cork pour qu'on en achète un. »

Le visage d'Aurora s'illumina. « On pourrait y aller en bus ? J'ai toujours rêvé de monter dans un bus. »

Grania haussa les sourcils. « Tu n'as donc jamais pris le bus ?

— Non, il n'y en a pas beaucoup par ici et quand on habitait à Londres, le chauffeur de Papa nous emmenait partout. Tu pourrais peut-être demander à Papa s'il est d'accord quand tu le verras ? »

Grania acquiesça d'un hochement de tête et quand elles entrèrent dans le grand salon pour accéder à la terrasse, Mrs Myther, la gouvernante, apparut dans les escaliers avec un panier de linge. Grania l'avait déjà vue deux fois et elle semblait plutôt gentille.

« Je peux vous parler, Grania ? s'enquit Mrs Myther. Seule à seule, murmura-t-elle.

— Aurora, si tu allais sur la terrasse pour chercher l'endroit d'où la vue est la plus belle. Je te rejoins dans deux secondes. »

Aurora hocha la tête et ouvrit les portes-fenêtres pour rejoindre la terrasse.

« Mr Devonshire voulait vous inviter à dîner avec lui ce soir ou demain soir. Il aimerait vous parler d'Aurora.

— Je vois. »

Grania devait paraître inquiète car Mrs Myther lui tapota le bras en souriant. « Vous n'avez aucune raison de vous inquiéter. Mr Devonshire vous est très reconnaissant de consacrer autant de temps à Aurora. Moi aussi d'ailleurs. Quel jour vous conviendrait le mieux ? Ce soir ou demain soir ? À l'évidence, il ne veut pas qu'Aurora participe à la conversation.

— Ce soir, c'est parfait pour moi.

— Dois-je lui dire que vous serez là autour de huit heures ?

— Oui.

— Parfait. Puis-je me permettre d'ajouter que vous êtes exactement ce dont cette petite fille a besoin, dit Mrs Myther. Elle revit depuis qu'elle vous connaît. »

Grania traversa le grand salon et sortit sur la terrasse, tout en s'efforçant de ne pas trop penser à Alexander et au sujet qu'il voulait aborder avec elle. Elles passèrent une agréable matinée au soleil encore un peu faible de l'hiver. Grania enseigna à Aurora les bases de la perspective. Quand il se mit à faire un peu trop frais, elles regagnèrent la cuisine pour peindre leur esquisse. Aurora s'assit sur les genoux de Grania qui lui montra comment mélanger un peu de rouge et de bleu pour obtenir le violet délicat des falaises lointaines au bout de la baie. Une fois qu'elles eurent terminé et tandis qu'elles admiraient leur œuvre, Aurora se jeta au cou de Grania et l'étreignit.

— Merci, Grania, c'est magnifique et je l'accrocherai dans ma chambre partout où je vivrai. Ainsi ça me rappellera toujours la maison. »

Mrs Myther était revenue dans la cuisine et remuait la soupe sur le feu. Grania profita de son arrivée pour partir.

« Qu'est-ce qu'on fait demain ? interrogea Aurora avec enthousiasme. Tu pourras demander à Papa ce soir si je peux prendre le bus avec toi pour aller à Cork ? »

Surprise, Grania regarda Aurora. « Comment sais-tu que je viens ce soir ?

— Je le sais, c'est tout. » Aurora tapota son nez. « Tu lui demanderas, n'est-ce pas ?

— Promis », répondit Grania en hochant la tête.

Grania avait informé sa mère qu'elle ne dînerait pas avec eux. Cette annonce avait provoqué un haussement de sourcils mais aucun commentaire.

« J'y vais, dit Grania en descendant les escaliers. À tout à l'heure. »

Kathleen la dévisagea. « Tu t'es mise sur son trente et un, on dirait ! Comme si tu cherchais à séduire un homme. C'est ça, Grania ?

— Oh, Maman ! Le père d'Aurora veut juste me parler de sa fille. Je ne l'ai vu qu'une seule fois jusqu'à présent. Ça n'a rien à voir avec un rendez-vous galant. »

Grania gagna l'entrée le plus rapidement possible et prit une lampe torche sur une étagère.

« Et que dois-je dire à ton homme s'il appelle ? »

Sans daigner répondre à sa mère, Grania claqua la porte derrière elle et partit d'un bon pas en direction de la maison sur la falaise. Elle n'avait aucune raison de se sentir coupable, tout comme sa mère n'en avait aucune de la soupçonner d'avoir des arrière-pensées. Quant à Matt, il n'avait plus le droit de lui dire qui elle devait voir et ce qu'elle devait faire. C'était *lui* qui avait détruit leur relation. Et tant pis si sa mère avait toujours eu un faible pour lui. De plus, depuis son arrivée, trois semaines auparavant, elle avait dîné tous les soirs à la maison. Une petite sortie ne lui ferait pas de mal.

Armée de pensées rebelles, Grania alluma sa lampe torche et s'engagea sur la petite route.

Une fois à Dunworley House, elle frappa à la porte de derrière mais personne ne vint lui ouvrir.

Faute d'alternative, elle se glissa à l'intérieur et resta quelques secondes dans la cuisine, ne sachant trop quoi faire. Finalement, elle poussa la porte et s'avança d'un pas hésitant dans le vestibule. « Bonsoir ? » appela-t-elle, mais une fois encore elle n'obtint pas de réponse. Elle traversa le vestibule et frappa à la porte du grand salon. Après l'avoir ouverte, elle aperçut Alexander assis près de la cheminée dans un fauteuil, plongé dans la lecture d'un document. En voyant Grania, il sursauta et se leva, visiblement gêné.

« Je suis désolé, je ne vous avais pas entendue arriver.

— Ce n'est pas grave, répondit Grania, mal à l'aise et intimidée.

— Donnez-moi votre manteau et allez vous asseoir près du feu. Je trouve qu'il fait très froid dans cette maison, fit-il remarquer en l'aidant à enlever son manteau. Je vous sers un verre de vin ? À moins que vous ne préfériez un gin tonic ?

— Un verre de vin sera parfait.

— Installez-vous, je reviens dans une minute. »

Au lieu de se diriger vers le fauteuil en face de celui qu'occupait Alexander auparavant devant la cheminée, Grania, trouvant que la chaleur dans la pièce était oppressante, s'assit sur un canapé damassé élégant mais peu confortable. Elle songea que la pièce était tout de même très agréable le soir.

Alexander revint avec une bouteille de vin et deux verres.

« Merci d'être venue, Grania, dit-il en lui tendant son verre et en retournant s'asseoir dans le fauteuil à côté de la cheminée. Je voulais avant tout vous exprimer toute ma gratitude pour vous être occupée d'Aurora cette semaine.

— Tout le plaisir a été pour moi, vraiment. Je me suis autant amusée qu'elle.

— Il n'en reste pas moins que c'était très gentil de votre part. Aurora m'a dit que vous étiez sculptrice. En avez-vous fait votre métier ?

— Oui. J'ai un atelier à New York.

— Cela doit être merveilleux de vivre de son art ! dit Alexander en soupirant.

— Oui, acquiesça Grania. D'un autre côté, je ne sais rien faire d'autre.

— Mieux vaut exceller dans un domaine que d'être moyen en tout, comme c'est malheureusement mon cas, observa-t-il.

— Puis-je me permettre de vous demander ce que vous faites ?

— Je place de l'argent dans le monde entier ; l'argent des autres naturellement. Et tout en les enrichissant, je m'enrichis moi aussi. On peut dire que je suis un vautour. Je ne retire aucun plaisir de cette activité. C'est complètement futile, ajouta Alexander d'un ton morose.

— Je crois que vous êtes un peu trop dur avec vous-même, objecta Grania. C'est un véritable savoir-faire. J'en serais bien incapable.

— Merci pour votre gentillesse. Mais contrairement à vous, je ne crée rien. Vous, vous créez un objet qui procure du plaisir à celui qui le regarde. J'ai toujours admiré les personnes dotées d'un don artistique, car pour ma part je n'en ai aucun, continua-t-il après avoir bu une gorgée de vin. J'aimerais voir votre travail. Vous exposez vos œuvres parfois ?

— Oui, à l'occasion, mais il est vrai que ces derniers temps, la plupart des sculptures que je réalise sont des commandes. »

Il la fixa. « Donc, je pourrais vous commander quelque chose ?

— Oui, répondit Grania en haussant les épaules. Je pense.

— C'est peut-être exactement ce que je vais faire, dit-il avec un sourire tendu. Que diriez-vous de passer à table à présent ?

— Oui, quand vous voudrez », répondit Grania d'une voix mal assurée.

Alexander se leva. « Je vais dire à Mrs Myther que nous sommes prêts. »

Grania le regarda quitter la pièce. Elle n'arrivait pas à comprendre comment un homme tel que lui pouvait paraître si mal à l'aise. D'après son expérience, les hommes riches et brillants, dotés d'un physique avantageux comme Alexander, étaient d'ordinaire plutôt arrogants et sûrs d'eux, habitués à être sans cesse admirés.

« Tout est prêt, annonça Alexander en passant la tête par la porte. Nous mangeons dans la salle à manger. Je trouve qu'il y fait beaucoup plus chaud que dans la cuisine. »

Grania suivit Alexander dans le vestibule, puis dans la pièce à l'autre bout. La longue table en acajou, parfaitement cirée, était dressée pour deux. Un feu brûlait dans l'âtre et Grania se dirigea vers la chaise la plus éloignée de la cheminée.

Alexander s'assit en bout de table, à côté d'elle, et Mrs Myther ne tarda pas à entrer dans la pièce avec deux assiettes qu'elle posa devant chacun d'eux.

« Merci », dit Alexander en faisant un signe de tête à la gouvernante qui quittait déjà la salle à manger. Il regarda Grania et lui adressa un sourire ironique. « J'espère que vous nous excuserez pour le plat plutôt simple que nous vous servons ce soir. La nouvelle cuisine n'est pas le point fort de Mrs Myther.

— Il se trouve que le colcannon au jambon est l'un de mes plats préférés, le rassura Grania.

— À Rome, il faut vivre comme les Romains… et c'est un plat que Mrs Myther cuisine assez bien. Mangez pendant que c'est encore chaud. »

Ils mangèrent en silence pendant quelques instants, Grania jetant de temps à autre des coups d'œil furtifs à son compagnon. Finalement, elle rompit le silence. « Puis-je vous demander pourquoi vous désiriez me voir ?

— Je voulais savoir quels étaient vos projets pour le mois prochain, expliqua Alexander. Je suppose que si vous rendez simplement visite à votre famille, vous allez bientôt repartir pour New York. »

Grania posa sa fourchette. « À vrai dire, je n'ai pas encore décidé de ce que j'allais faire.

— Dois-je en conclure que vous fuyez quelque chose ? »

C'était une observation très perspicace de la part d'un homme qu'elle connaissait à peine.

« Je pense qu'on peut voir les choses ainsi, en effet, admit-elle doucement. Comment le savez-vous ?

— Eh bien, dit Alexander après avoir terminé son repas et s'être essuyé la bouche. Premièrement, il y a chez vous un certain raffinement et il est peu probable que vous l'ayez acquis dans le village de

Dunworley. Deuxièmement, je vous ai vue, peut-être avant Aurora, vous promener le long de la falaise. Vous étiez perdue dans vos pensées. J'en ai déduit que vous deviez vous débattre avec un problème. Enfin, il est étonnant qu'une femme comme vous ait le temps ou l'envie de passer toutes ses journées avec une petite fille de huit ans. »

Grania se sentit rougir. « Je dirais que vous avez plutôt bien résumé ma situation actuelle, oui.

— Ma fille vous adore et je ne pense pas trop m'avancer en disant que vous aussi, vous êtes prise d'affection pour elle.

— Je trouve en effet que c'est une petite fille adorable et nous avons passé une semaine très agréable ensemble, dit Grania. Mais je crois qu'elle se sent seule.

— Oui, c'est vrai, admit Alexander en soupirant.

— N'envisagez-vous pas de l'envoyer à l'école ? Il y a une très bonne école primaire à moins de deux kilomètres d'ici. Elle pourrait peut-être se faire des amis de son âge.

— Ça ne servirait à rien, répondit-il en secouant la tête. J'ignore combien de temps nous allons rester ici et il ne serait pas bon pour elle de s'attacher à des personnes qu'elle ne reverra plus jamais par la suite.

— Alors pourquoi ne pas l'inscrire dans un bon pensionnat ? Peu importe où vous serez et elle aura au moins une certaine stabilité, suggéra Grania.

— Bien sûr, cette pensée m'a déjà traversé l'esprit. Le problème, c'est qu'après la mort de sa mère, Aurora a eu des problèmes – des problèmes émotionnels – qui l'empêchent de vivre en communauté.

Ainsi, même si c'est loin d'être idéal, il faut qu'elle soit instruite à la maison. Ce qui nous amène à la raison pour laquelle je vous ai invitée ce soir.

— C'est-à-dire ?

— Mrs Myther travaillait pour nous dans notre maison de Londres et a gentiment accepté de nous accompagner ici quand nous sommes partis. Elle ne devait rester que les premières semaines. Sa famille est de retour à Londres et elle souhaite naturellement la rejoindre dès que possible. J'ai contacté plusieurs agences pour essayer de trouver une nourrice pour Aurora et une gouvernante pour Dunworley mais mes recherches ont été vaines pour l'instant. Et je dois partir dans quelques jours. Je voulais vous demander, Grania, si vous accepteriez de vous installer ici avec Aurora et de vous occuper d'elle en attendant que je trouve le personnel nécessaire ? »

Grania ne s'était pas du tout attendue à ça. « Je… »

Alexander leva la main pour l'empêcher de poursuivre.

« Je sais parfaitement que vous n'êtes pas nourrice et je ne vous considère pas du tout comme telle. Malheureusement, cette fois, Aurora ne peut pas m'accompagner et je dois trouver quelqu'un de toute urgence, quelqu'un en qui j'ai confiance et avec qui elle se sent bien. J'espère que vous ne m'en voudrez pas de vous avoir demandé.

— Pas du tout, répondit-elle. Je suis flattée que vous me jugiez digne de confiance. Vous me connaissez à peine, après tout.

— Oh je vous connais, Grania, dit-il en souriant. Aurora ne parle que de vous. Je ne l'ai jamais vue s'attacher à quelqu'un de cette façon depuis la mort de sa mère. Alors, pardonnez-moi de vous demander cela. Je comprends parfaitement que vous ayez d'autres projets. Je vous promets que ça ne sera que pour un mois. Juste le temps pour moi de faire ce que j'ai à faire... » Il baissa la voix. « Et de trouver quelqu'un pour s'occuper d'elle à long terme.

— Un mois... Alexander. » Grania se mordit la lèvre. « Honnêtement, je ne sais pas.

— S'il vous plaît, prenez le temps de réfléchir. Ne me donnez pas votre réponse tout de suite. Et il y a autre chose que je souhaitais vous demander : j'aimerais que vous réalisiez une sculpture d'Aurora. Ce qui signifie que vous pourriez travailler dessus en même temps. Naturellement, je vous paierai à la fois pour la sculpture et pour le temps que vous passerez avec Aurora. Généreusement, si je puis me permettre de préciser. »

Grania sentit qu'elle se noyait dans le bleu profond de ses yeux et se ressaisit. « Il faut que je rentre à la maison et que j'y réfléchisse parce que je ne sais pas vraiment ce que je vais faire.

— Bien sûr, dit Alexander en hochant la tête. Je vous demande juste de m'informer de votre décision le plus rapidement possible. Je pars dimanche. »

Quatre jours plus tard donc.

« Que ferez-vous si je refuse ? s'enquit-elle.

— Je n'en ai pas la moindre idée, répondit Alexander en haussant les épaules. Je pourrais peut-être convaincre Mrs Myther de rester plus longtemps et doubler son salaire. En tout cas, ce n'est pas votre problème et je suis désolé si vous avez le sentiment que je vous ai mise dans une position difficile. Vous devez faire ce qui est bon pour vous. Pardonnez-moi de vous avoir demandé cela, mais Aurora m'a supplié de le faire.

— Je peux vous donner ma réponse demain ?

— Oui, et à présent si vous voulez bien m'excuser, j'ai une affreuse migraine.

— Bien sûr. Je peux faire quelque chose pour vous aider ? »

Alexander la fixa et elle lut dans ses yeux une profonde tristesse. « Non, malheureusement non. » Il posa la main sur la sienne. « Merci d'avoir demandé. »

Sur le chemin du retour, tout en longeant la falaise à la lueur de sa lampe torche, Grania repensa au contact de la main d'Alexander sur la sienne et eut honte, rétrospectivement, de sa réaction. À cet instant, elle aurait pu faire n'importe quoi pour l'aider. N'importe quoi. Elle ignorait qui il était, ce qu'il était. Pourtant la douleur qu'elle avait perçue dans ses yeux l'accompagna tandis qu'elle se glissait sans bruit dans la ferme, montait les escaliers pour rejoindre sa chambre et se laissait tomber sur son lit, soudain épuisée.

C'était ridicule… elle était sculptrice et vivait très bien de son art à New York, elle avait une vie… Comment pouvait-elle *envisager* une seconde d'aller s'installer dans une maison perdue sur une falaise, pour s'occuper d'une petite fille dont elle ignorait encore l'existence une semaine auparavant ? Pour plaire à un homme dont elle ne savait rien ? En outre, l'histoire de la famille Lisle et les relations que Grania entretenait désormais avec elle mettaient à l'évidence sa mère très mal à l'aise.

Et pourtant…

Tandis que les heures de la nuit s'égrenaient doucement, Grania eut le sentiment qu'elle avançait sur un terrain miné. Comme la sécurité, la stabilité, la normalité de la vie qu'elle avait menée pendant huit ans lui manquaient tout à coup !

Sa relation avec Matt était-elle terminée ?

Elle s'était enfuie si vite… blessée comme un animal affolé.

Elle ne lui avait jamais laissé la chance de s'expliquer. Et si elle avait *mal* compris ? Et s'il n'y avait eu qu'une série d'événements malencontreux entre lesquels elle avait établi des liens pour créer un scénario qui pourrait être facilement explicable. Après tout, elle avait juste perdu son bébé… son bébé tant attendu. Avait-elle réagi de façon excessive à cause du choc et des hormones libérées dans son corps ? Grania soupira et se retourna encore dans son lit étroit. L'immense lit que Matt et elle partageaient lui manquait. Tout comme ce qu'ils avaient partagé dedans. Sa vie lui manquait. *Il* lui manquait.

Grania prit une décision. Il était peut-être temps d'affronter la vérité, de laisser Matt donner sa version des faits.

Elle jeta un coup d'œil au réveil et constata qu'il était trois heures du matin, soit vingt et une heures à New York. Sans réfléchir davantage, Grania se redressa dans son lit, alluma la lumière et prit son portable. Elle tomba sur la boîte vocale et raccrocha immédiatement. Elle composa ensuite le numéro du loft et, au bout de deux sonneries, une voix répondit.

« Allô ? »

C'était une voix féminine. Et elle la connaissait.

Grania, muette de stupeur, regarda dans le vide pendant que la voix répétait : « Allô ? »

Oh mon Dieu ! Oh mon Dieu !

« Qui est à l'appareil ? »

Grania raccrocha.

6

Le lendemain matin, Alexander entra dans la cuisine, le visage plein d'espoir, au moment où Grania et Aurora arrivaient du sentier de la falaise.

« C'est d'accord. Je suis d'accord pour m'occuper d'Aurora, pendant un mois du moins.

— C'est merveilleux, Grania, merci ! Vous ne pouvez pas imaginer combien c'est important pour moi de savoir Aurora en sécurité ici, avec quelqu'un qu'elle apprécie. » Alexander regarda sa fille. « Tu es contente, Aurora ? »

Aucun d'eux n'avait besoin d'une réponse. La joie se lisait sur le visage de la fillette. « Oh oui ! » Elle alla étreindre son père puis s'approcha de Grania pour la serrer dans ses bras, elle aussi.

« Merci, Grania, je te promets que je serai gentille.

— Je n'en doute pas, répondit Grania en souriant.

— Et vous trouverez peut-être le temps d'ouvrir quelques livres d'école qui traînent en haut, n'est-ce pas ? » Alexander haussa les sourcils tout en regardant Grania. « Aurora est venue ici chargée de livres et de cahiers, avec un mois de travail préparé par son ancienne préceptrice de Londres. Je ne sais pas si elle a daigné les ouvrir une seule fois.

— Mais, Papa, j'ai appris à faire de l'art.

— Je veillerai à ce qu'Aurora fasse quelques devoirs, s'empressa de dire Grania.

— Tu as demandé à Papa si je pouvais prendre le bus avec toi pour aller à Cork ? demanda Aurora avec enthousiasme tout en se tournant vers son père. Grania doit acheter quelques fournitures pour le dessin et elle a dit que je pouvais l'accompagner. Je peux Papa ? Je n'ai encore jamais pris le bus.

— Je n'y vois aucun inconvénient si Grania veut bien que tu l'accompagnes.

— Bien sûr, confirma Grania.

— Peut-être pourriez-vous en profiter pour acheter le matériel qu'il vous faudra pour réaliser votre sculpture, dit Alexander.

— Oui, si vous voulez vraiment que je la fasse. Je pourrais vous montrer quelques-unes de mes sculptures sur Internet.

— En fait, j'ai consulté votre site ce matin. Et je vous confirme ma commande. Bien sûr, nous devons encore nous mettre d'accord sur le salaire que vous recevrez pour le mois que vous passerez en compagnie d'Aurora en plus de ce que je vous donnerai pour la sculpture. Autre chose... je me demandais si vous connaissiez quelqu'un au village qui accepterait de venir s'occuper de la maison quelques heures par jour. Inutile de préciser que ce n'est pas à vous de vous charger des tâches ménagères. »

Grania songea à l'antipathie qu'éprouvait sa mère pour la famille Lisle et se demanda si les autres villageois ressentaient la même chose.

« Je peux me renseigner, dit-elle d'une voix mal assurée. Mais… »

Alexander leva la main pour l'interrompre. « Je sais que notre famille n'a pas bonne réputation ici. Je n'ai jamais découvert la véritable raison de cette aversion, car je suis pour ainsi dire un nouveau venu, mais je peux vous assurer que c'est de l'histoire ancienne.

— Les gens en Irlande n'oublient pas facilement, reconnut Grania. Mais je vais voir ce que je peux faire. »

Aurora tira sur la manche de Grania. « Si on ne part pas bientôt, on va sûrement louper le bus.

— Le prochain passe à midi. On a dix minutes.

— Dans ce cas, je vous laisse les filles, dit Alexander en hochant la tête. Merci encore, Grania. Je vous reverrai avant de partir pour que nous puissions régler les derniers détails. »

Après avoir emmené Aurora à Cork, d'où elle revint les bras chargés de fournitures, Grania rentra juste au moment où sa mère servait le dîner.

« Et où as-tu passé la journée si je peux me permettre de demander ?

— À Cork, répondit Grania en posant ses sacs dans l'entrée et en enlevant son manteau. J'avais besoin de matériel.

— J'ai appris que tu étais accompagnée d'une amie, dit Kathleen tout en servant le ragoût de bœuf dans des bols.

— Oui, j'ai emmené Aurora avec moi. Elle n'avait jamais pris le bus et elle était tout excitée. Je peux t'aider, m'man ? »

Kathleen ignora son offre et posa les bols sur la table.

En s'asseyant à table, bientôt rejointe par son père et son frère, Grania eut le sentiment que c'était elle, la petite fille de huit ans qu'on avait surprise dans un bus en train de faire l'école buissonnière.

Après le dîner, une fois Shane parti au pub et son père assis dans son fauteuil dans la pièce d'à côté, Grania aida sa mère à débarrasser la table. « Et si je faisais bouillir de l'eau pour un thé ? J'ai des nouvelles pour toi.

— Tu retournes à New York auprès de ton adorable fiancé ? » Le visage de Kathleen s'illumina pendant quelques secondes mais Grania secoua la tête.

« Non, m'man, je suis désolée. Je doute que ça arrive un jour, dit-elle tristement en posant la bouilloire sur la cuisinière.

— Ce que je ne comprends pas, Grania, c'est pourquoi tu te retrouves dans une telle situation. Je sais que c'est terrible pour toi d'avoir perdu ton bébé, mais…

— Il n'y a pas que ça, Maman, s'il te plaît. Et je n'ai aucune envie d'en parler.

— Pourtant, on dirait bien que Matt, quoi qu'il ait pu faire, cherche à réparer ses torts. Tu ne veux pas lui donner une deuxième chance, ma chérie ? insista Kathleen.

— Je t'assure, Maman, s'il y avait une solution, je ferais tout pour que ça marche. Mais je crois que c'est trop tard. Et comme tu l'as toujours dit, rien ne sert de pleurer sur le lait renversé. Il faut que je passe à autre chose.

— Alors, qu'est-ce que tu as l'intention de faire ?

— En fait, je sais que ça ne va pas te plaire, dit Grania en sirotant son thé brûlant, mais le père d'Aurora doit s'absenter pendant un mois et j'ai accepté d'emménager à Dunworley House et de m'occuper d'Aurora jusqu'à son retour.

— Mon Dieu ! » Kathleen porta les mains à ses joues. « C'est de pire en pire !

— S'il te plaît, Maman... Ce qui s'est passé, c'est de l'histoire ancienne. Et ça n'a certainement rien à voir avec cette pauvre petite fille. Ni avec moi d'ailleurs, observa Grania tout en essayant de garder son calme. Alexander veut que je réalise une sculpture d'Aurora pendant que je suis là-haut. Il va me payer, et tant que la situation n'est pas réglée avec Matt, j'aurai certainement besoin de cet argent, Maman. Surtout que je ne sais pas du tout si je vais retourner à New York. »

Kathleen avait pris sa tête dans ses mains. « Mon Dieu ! On dirait que l'histoire se répète. Mais tu as raison. » Elle leva les yeux vers sa fille. « Pourquoi le passé te concernerait-il ?

— Si au moins je connaissais le passé, je comprendrais. En tout cas, j'ai accepté la proposition d'Alexander. Je ne vois pas pourquoi je refuserais.

— Tu ne vois pas pourquoi… ? murmura Kathleen, faisant un gros effort pour se ressaisir. Eh bien, si tu veux mon avis, le problème c'est que nous sommes toutes les deux dans l'ignorance. Je ne sais pas ce qui s'est passé entre Matt et toi et tu ne comprends pas pourquoi tes relations avec la famille Lisle me contrarient. Tu me dis que monsieur ne sera pas là pendant que tu travailleras à Dunworley House ?

— Non, il doit partir.

— Et que penses-tu du père d'Aurora ?

— Il a l'air très gentil, répondit Grania en haussant les épaules. Je ne le connais pas très bien.

— Je pense que c'était… que c'est un homme bien. Mais cette famille semble avoir une mauvaise influence sur tous ceux qui ont le malheur de la fréquenter. Et c'est aussi valable pour toi, Grania, reprit Kathleen en agitant le doigt.

— Maman, je n'ai aucune envie de te contrarier, mais tant que je ne sais pas…

— Oui, tu as raison », l'interrompit Kathleen. Elle esquissa un sourire et tapota tristement la main de sa fille. « Moi qui croyais que tu étais la seule à avoir échappé à tout ça.

— Ce n'est que pour un mois, Maman, souligna Grania. Et dis-toi qu'au moins, je ne serai plus dans tes pattes.

— Et tu crois vraiment que c'est ce que je souhaite, Grania ? Alors que ces dix dernières années je ne t'ai pratiquement pas vue ? C'est un plaisir de t'avoir ici et ça le sera toujours.

— Merci, Maman. Je me disais que je pourrais emmener Aurora ici une fois, pour que tu fasses sa connaissance ? hasarda Grania. Quand tu l'auras rencontrée, tu comprendras. C'est vraiment une petite fille adorable…

— N'exagère pas, Grania. Je suis sûre que tu as raison, mais les esprits s'échauffent vite dans cette maison. Il vaut mieux que tu oublies cette idée pour le moment.

— D'accord. » Elle bâilla. « Excuse-moi, je n'ai pas beaucoup dormi la nuit dernière. Je vais me coucher. Bonne nuit, Maman, dors bien.

— Toi aussi, ma chérie. »

Quand Kathleen entendit la porte de Grania se fermer en haut des escaliers, elle se leva et rejoignit son mari dans le salon.

« Je m'inquiète pour notre fille, dit-elle en soupirant. Elle vient d'accepter d'aller s'installer à Dunworley House pour un mois afin de s'occuper de la fille Lisle.

— Vraiment ? » John détourna son attention de la télévision pour étudier l'expression inquiète de sa femme.

« Qu'est-ce qu'on peut faire ? demanda Kathleen.

— Rien, je dirais. C'est une grande fille maintenant.

— John, tu ne vois donc pas ce qui se passe ? Grania a tendance à se refermer sur elle-même quand elle est confrontée à des difficultés. C'est exactement ce qui se produit en ce moment. Il est évident qu'elle souffre mais elle refuse de se confier.

— Elle est comme ça, Kathleen. Un peu comme son père, répondit John calmement. Chacun réagit à sa façon. Et aucune réaction n'est meilleure ou pire que les autres.

— Tu ne trouves pas ça bizarre ? Elle n'a pas versé une larme depuis qu'elle a perdu son bébé !

— C'est ce que je viens de te dire… Chacun gère les problèmes et les difficultés à sa façon, chérie. Laisse-la tranquille.

— John. » Kathleen perdait patience. Comment son mari pouvait-il rester aussi calme alors qu'une catastrophe se préparait ? « Notre fille reporte tous ses sentiments maternels sur cette enfant. Elle se sert d'Aurora pour combler le vide laissé par ce qu'elle a perdu. Et pour couronner le tout, elle considère peut-être le père de la petite fille comme un successeur possible à Matt. Et pendant qu'elle investit toute son énergie dans cette famille, elle ne réfléchit pas à sa vie et n'entreprend rien pour affronter ses problèmes.

— Ah, Kathleen…, répondit John, réagissant enfin à la détresse de sa femme, je comprends que cette situation te contrarie, que tu veuilles protéger notre fille, mais je ne vois vraiment pas ce que nous pouvons faire. Tu as une idée ?

— Non », admit Kathleen après avoir marqué une longue pause. Bien que consciente que John ne puisse pas plus qu'elle trouver une solution, elle s'en agaçait néanmoins. Elle se leva. « Je vais me coucher.

— J'arrive dans cinq minutes », répondit John à sa femme qui avait déjà tourné le dos. Il soupira. Quand Kathleen se faisait du mauvais sang pour l'un de ses enfants adorés, il savait d'expérience qu'il ne pouvait pas faire grand-chose pour la réconforter.

Trois jours plus tard, Grania arriva à Dunworley House dans la voiture de son frère qui avait tenu à l'emmener.

« Merci, Shane, dit Grania en descendant du véhicule.

— N'hésite pas à m'appeler si tu as besoin que je vous dépose quelque part, toi et la petite. Fais attention à toi. »

Grania récupéra son sac dans le coffre de la voiture et entra dans la cuisine par la porte de derrière. Une petite tornade fonça sur elle et se jeta dans ses bras.

« Tu es là ! Je t'ai attendue toute la matinée.

— Bien sûr que je suis là, répondit Grania en souriant. Tu ne croyais tout de même pas que je n'allais pas venir ? »

Aurora pinça ses lèvres roses. « Parfois les adultes disent qu'ils vont faire quelque chose et ils ne le font pas.

— Je ne fais pas partie de cette catégorie d'adultes, la rassura Grania.

— Ouf ! Bon, Papa a dit qu'il fallait que je te montre ta chambre dès que tu arriverais. Je t'ai installée à côté de moi, comme ça tu ne te sentiras pas trop seule. Viens. »

Aurora prit Grania par la main et l'entraîna avec elle. Elles sortirent de la cuisine, traversèrent le vestibule et s'engagèrent dans les escaliers.

Une fois à l'étage, Aurora conduisit Grania dans une jolie chambre avec un lit en fer forgé orné d'un couvre-lit en dentelle blanche. Les murs étaient roses et des rideaux à fleurs encadraient la fenêtre offrant une vue imprenable sur le promontoire.

« Le rose est ma couleur préférée, annonça Aurora tout en sautant sur le grand lit. Et toi ?

— J'aime le rose, le bleu et le violet, répondit Grania qui vint rejoindre Aurora et se mit à la chatouiller. Mais aussi le jaune, le rouge, l'orange et le vert... »

Aurora rit de plaisir et c'est ainsi qu'Alexander les trouva quand il frappa à la porte et entra.

« Mon Dieu ! Quel vacarme ! »

Aurora se redressa immédiatement. « Désolée, Papa. J'espère qu'on ne t'a pas dérangé.

— Non, ma chérie, pas du tout. » Il esquissa un sourire qui, aux yeux de Grania, ressemblait plutôt à une grimace. Il était pâle comme la mort.

« Si Aurora accepte de se passer de vous pendant une demi-heure, nous pourrions régler quelques détails avant mon départ, proposa Alexander.

Grania se leva et se tourna vers Aurora. « Et si tu allais chercher ces livres d'école dont ton père m'a parlé ? Je te retrouve dans la cuisine dans un petit moment. »

Aurora hocha docilement la tête et alla dans sa chambre, tandis que Grania et Alexander descendaient au rez-de-chaussée. Il la fit entrer dans une petite bibliothèque dotée d'un bureau sur lequel trônait un ordinateur.

« Asseyez-vous, Grania. »

Grania s'exécuta et Alexander lui tendit une feuille imprimée. « Voici les numéros auxquels vous pouvez me joindre. J'ai ajouté les coordonnées de Hans, mon notaire. Si vous n'arrivez pas à me contacter, c'est à lui qu'il faudra vous adresser. Je l'ai prévenu. Il sait que vous risquez de l'appeler.

— Je peux vous demander où vous allez ?

— Aux États-Unis et ensuite en Suisse peut-être... » Alexander haussa les épaules. « Je suis désolé de ne pas pouvoir vous en dire davantage. J'ai également ajouté les coordonnées d'un plombier et d'un électricien au cas où vous auriez des problèmes dans la maison. Les radiateurs et le chauffe-eau sont régulés par un programmateur électrique qui se trouve dans la chaufferie juste à côté de la cuisine. Un jardinier vient une fois par semaine. C'est lui qui apporte les bûches pour les cheminées.

— Très bien, dit Grania. Et je crois que j'ai trouvé quelqu'un pour le ménage, au moins temporairement. C'est la fille de la dame qui tient l'épicerie au village. Elle a l'air très bien.

— Parfait. Merci, Grania. Vous noterez que je vous ai fait un chèque dont la somme correspond à votre salaire pour le mois à venir et au paiement de la sculpture. J'ai également ajouté de quoi payer les dépenses courantes comme la nourriture ainsi qu'une somme destinée aux urgences et imprévus avec laquelle vous pourrez payer la femme de ménage. Vous trouverez tous les détails sur la feuille que je vous ai donnée. Au cas où vous auriez besoin de plus, n'hésitez pas à contacter Hans. »

Grania regarda le chèque. Il était d'un montant de douze mille euros.

« Mais c'est beaucoup trop, je...

— Je sais que vos sculptures se vendent au minimum à dix mille dollars, Grania.

— Oui, mais en général les clients veulent voir le résultat avant de verser toute la somme.

— Dans mon cas, c'est inutile. Mais assez parlé d'argent. Si vous n'étiez pas là, je ne pourrais pas partir.

— C'est un plaisir, vraiment, répéta Grania. J'ai beaucoup d'affection pour Aurora.

— Et vous devez savoir que c'est réciproque. Je n'ai pas vu ma fille s'attacher à quelqu'un comme elle s'est attachée à vous depuis la mort de sa mère. Je trouve cela… très touchant, conclut Alexander en soupirant.

Ses yeux se voilèrent de tristesse, cette tristesse qu'elle avait déjà surprise dans son regard. Elle faillit lui prendre la main dans un geste de réconfort. Au lieu de quoi, elle se contenta de dire doucement : « Je vous promets que je prendrai bien soin d'elle pour vous.

— Je sais… Je voulais aussi vous avertir… c'est difficile de formuler cela… Aurora parle parfois de sa mère comme si elle était toujours présente dans cette maison. » Alexander secoua la tête. « Nous savons tous deux que c'est simplement le fruit de l'imagination d'une enfant accablée de chagrin. Je vous assure qu'il n'y a pas de fantômes ici, mais si cette pensée peut réconforter Aurora, je ne vois pas ce qu'il y a de mal à ça.

— Moi non plus, admit Grania.

— Bon, je crois que c'est tout. Je pars dans une heure environ. Un taxi vient me chercher pour m'emmener à l'aéroport de Cork. Ma voiture est naturellement à votre disposition. Les clés sont pendues au porte-clés mural dans le cellier.

— Merci. » Grania se leva. « Je vais voir où en est Aurora et je vais essayer de la persuader d'ouvrir ses livres.

— J'appellerai le plus souvent possible, dit Alexander en hochant la tête. Mais surtout ne vous inquiétez pas si vous n'avez pas de nouvelles pendant quelque temps. Aurora ne doit pas s'inquiéter non plus. Et, au fait, ajouta-t-il en montrant le tiroir supérieur gauche de son bureau, s'il devait m'arriver quelque chose, tous les papiers dont vous pourriez avoir besoin sont enfermés dans ce tiroir. Mon notaire vous indiquera où se trouve la clé. »

Grania frémit soudain en voyant l'expression sur le visage d'Alexander. « Espérons que je n'aurais pas à passer ce coup de téléphone. Je vous revois dans un mois. Faites bon voyage.

— Merci. »

Elle se tourna pour se diriger vers la porte, mais Alexander la rappela, lui adressant soudain un grand sourire. « Je vous invite à dîner dès mon retour. Vous m'avez littéralement sauvé la vie. »

Grania hocha la tête et s'empressa de quitter la pièce en silence.

Grania et Aurora étaient assises sur la banquette dans la chambre d'enfant et regardaient le taxi d'Alexander s'éloigner sur la route qui serpentait dans la colline. Grania passa instinctivement le bras autour des épaules d'Aurora mais la petite fille semblait calme. Elle leva les yeux vers Grania. « Ça va, je ne suis pas triste. Je suis habituée. Je sais qu'il doit me laisser de temps en temps pour son travail. Et cette fois, c'est mieux parce que tu es là avec moi. » Aurora se jeta au cou de Grania. « Grania, tu crois qu'on pourrait aller au salon, allumer un feu dans la cheminée et faire griller des guimauves, comme ils font dans le livre d'Enid Blyton que je viens de lire ?

— Je trouve que c'est une excellente idée. À condition que tu passes une heure à faire des additions et des soustractions sur la table de la cuisine pendant que je prépare le dîner. Marché conclu ? » demanda Grania en tendant la main.

Aurora la prit et sourit. « Marché conclu. »

Plus tard dans la soirée, une fois que Grania eut bordé Aurora dans son lit, après s'être laissée convaincre de lui faire la lecture beaucoup plus longtemps qu'elles ne l'avaient décidé au départ, elle retourna dans le salon. Tout en s'agenouillant devant le feu pour l'alimenter, elle écouta le silence dans la maison et se demanda pourquoi elle avait accepté l'offre d'Alexander. Elle réalisa que c'était tout simplement une réaction primaire au choc qu'elle avait ressenti en entendant la voix de Charley dans *son* loft l'autre soir. Était-ce raisonnable de s'enfermer pendant un mois dans une maison avec une petite fille qu'elle connaissait à peine ?

Elle voulait que Matt appelle chez ses parents, elle voulait que sa mère lui dise qu'elle n'était plus chez eux, elle avait besoin qu'il sache que ce qu'il lui avait fait ne la détruirait pas, qu'elle était déjà passée à autre chose…

Elle remplaça non sans mal le visage de Matt qui hantait son esprit par celui d'Alexander. Avait-elle imaginé l'expression sur ses traits quand il lui avait proposé de l'inviter à dîner à son retour ? Était-elle en ce moment à ce point vulnérable qu'elle se raccrochait, comme si sa vie en dépendait, à quelques mots qu'il avait très bien pu prononcer par simple politesse et sans la moindre arrière-pensée ? Grania soupira en comprenant qu'elle devrait attendre un mois avant d'obtenir une réponse.

Après avoir éteint les lumières du rez-de-chaussée, elle monta à l'étage. Elle prit un long bain dans la profonde baignoire à pieds, attenante à sa chambre, avant d'enfiler son pyjama et de se coucher dans le grand lit confortable. Elle se cala contre les oreillers, savourant l'espace dont elle disposait, elle qui avait passé des semaines à dormir dans le lit étroit de sa chambre d'enfant.

Demain, pensa-t-elle tout en éteignant la lumière, elle commencerait à dessiner Aurora, pour appréhender au mieux la forme de son visage, décider quelle expression apparaissait le plus souvent dans ses yeux…

Kathleen était assise à la table de la cuisine, une tasse de thé dans les mains. Elle entendit dans la pièce d'à côté que le journal télévisé de vingt-deux heures venait de se terminer. Une fois qu'il aurait regardé la météo, John éteindrait la télévision et les lumières puis viendrait dans la cuisine pour remplir un verre d'eau pour la nuit.

Kathleen se leva et se dirigea vers la porte de derrière. Elle l'ouvrit et regarda sur la gauche. Aucune lumière ne brillait dans la maison en haut de la falaise. Grania était certainement couchée. Kathleen ferma la porte derrière elle et frissonna légèrement tout en la verrouillant. Elle s'interrogea sur le malaise qu'elle ressentait en pensant à sa fille là-haut dans cette bâtisse. Quand elle retourna dans la cuisine, John se tenait devant l'évier.

« Je vais me coucher, tu viens ? » Il regarda sa femme et lui sourit tendrement.

Kathleen laissa échapper un profond soupir et prit son visage dans ses mains. « Oh John, je ne sais plus où me mettre. »

John s'approcha de sa femme et la prit dans ses bras. « Qu'est-ce qu'il y a ? Ça ne te ressemble pas de te mettre dans des états pareils. Dis-moi ce qui te tracasse.

— C'est de savoir Grania… là-haut dans *cette* maison, toute seule. Je sais que tu vas me dire que je suis ridicule, mais… » Elle leva les yeux vers son mari. « Tu connais les sentiments que m'inspire cette famille et tu sais le mal qu'elle nous a fait.

— Oui, je sais, dit John en calant doucement une mèche grisonnante derrière l'oreille de sa femme. Mais c'était il y a longtemps. Grania et la petite appartiennent à une nouvelle génération.

— Tu crois que je devrais lui dire ? » demanda Kathleen en suppliant son mari du regard comme s'il pouvait décider pour elle.

John soupira. « Je ne sais pas si c'est une bonne ou une mauvaise idée. Mais à l'évidence, ça te perturbe de ne rien lui dire. Si tu penses que ça peut te soulager, alors, oui, tu devrais lui parler. Même si je doute que ça fasse une grande différence au bout du compte. Tu sais aussi bien que moi qu'on ne peut pas reprocher à la nouvelle génération les péchés commis par la précédente. »

Kathleen posa la tête contre le torse puissant de son mari. « Je sais, John, je sais. Mais ce qu'*ils* ont fait à notre famille… » Elle secoua la tête. « Ils ont failli nous détruire, John, tu le sais. » Elle leva la tête vers lui, les yeux remplis de peur. « Et j'ai vu le visage de Grania quand elle parle du père d'Aurora. Deux générations ruinées à cause de cette famille et voilà que ça recommence sous mon nez.

— Allons, chérie, notre Grania est plus forte que ça, la rassura John. Tu sais très bien que personne ne peut forcer notre fille à faire quelque chose contre son gré.

— Mais si elle voulait de *lui* ?

— Dans ce cas, nous ne pourrions rien faire. Grania est une femme, pas une enfant, Kathleen. Mais tu as sans doute imaginé le pire des scénarios ? Il n'est même pas dans la maison avec elles. Elle s'occupe seulement de sa fille pendant son absence, il n'y a rien qui puisse suggérer que... »

Kathleen rompit son étreinte avec John et se tordit les mains de désespoir. « Non ! Tu te trompes ! J'ai déjà vu cette expression, John, et c'est cette même lueur que je vois briller dans les yeux de Grania quand elle parle de lui. Et Matt ? Je devrais peut-être l'appeler, lui dire de venir... Elle ne sait pas, elle ne comprend pas.

— Kathleen, calme-toi. Tu ne peux pas te mêler des affaires de ta fille. Elle ne nous a pas tout dit à propos de Matt. Nous ne pouvons rien faire tant qu'elle n'a pas décidé de nous en parler. Ça ne nous regarde pas. Mais peut-être que tu te sentirais mieux si tu lui parlais du passé. Ça ne peut pas lui faire de mal et elle comprendra sans doute pourquoi tu es si affectée par tout ça. »

— Tu crois ?

— Oui. Ensuite, elle pourra prendre sa décision en toute connaissance de cause. Pour ma part, je décide qu'il est grand temps d'aller se coucher. Et tant que je serai son père, je te jure que je ne laisserai personne faire du mal à notre fille. »

Plus calme à présent, Kathleen esquissa un sourire en regardant son mari.

« Merci, mon chéri. Je sais. »

Grania fut réveillée par un claquement bruyant. Elle se redressa et chercha à tâtons l'interrupteur tout en se demandant si le bruit était bien réel ou si elle l'avait entendu dans son rêve. Elle jeta un coup d'œil au réveil à côté de son lit et constata qu'il était trois heures passées. Un silence total régnait à présent alors elle éteignit la lumière et tenta de se rendormir.

Quand les lattes du plancher craquèrent légèrement sur le palier à quelques pas de sa chambre, elle se redressa de nouveau. Elle tendit l'oreille, perçut des bruits de pas, puis celui d'une porte qui s'ouvrait. Grania se leva, tira doucement la porte de sa chambre et jeta un coup d'œil dans le couloir. Au fond de celui-ci, une porte était entrouverte, laissant apparaître un petit rai de lumière. Grania se dirigea vers elle, constatant que les lattes du plancher craquaient aussi sous ses pas. Une fois devant la porte, elle la poussa. La chambre était baignée par le clair de lune grâce à la porte-fenêtre qui donnait sur un petit balcon doté d'une balustrade. Il y faisait un froid glacial car la porte-fenêtre n'était pas fermée. Grania avança nerveusement vers elle, son cœur battant à tout rompre dans sa poitrine. Elle se retrouva sur le balcon.

Aurora se dressait devant elle, silhouette fantomatique au clair de lune, les bras tendus vers la mer comme la première fois que Grania l'avait vue. « Aurora, murmura-t-elle, réalisant tout à coup que la balustrade séparant l'enfant du vide et du sol à près de six mètres au-dessous n'arrivait qu'à la hauteur des cuisses de la petite fille. Aurora », appela-t-elle à nouveau, doucement, mais la fillette ne réagit pas. Instinctivement, elle tendit la main pour prendre le bras d'Aurora qui ne semblait pas consciente de sa présence. « Rentre s'il te plaît, ma chérie. Tu vas attraper froid ici. » Elle sentait le corps glacé d'Aurora sous sa chemise de nuit légère.

Soudain, Aurora tendit la main vers la mer.

« Elle est là-bas, juste là… tu la vois ? »

Grania porta son regard sur le bord de la falaise. Elle retint son souffle. Une silhouette vague se détachait dans le clair de lune, à l'endroit même où elle avait vu Aurora pour la première fois… Grania déglutit avec peine, ferma les yeux puis les rouvrit. Elle regarda de nouveau et ne vit rien. Prise de panique, elle tira sur la manche d'Aurora.

« Aurora ! Rentre maintenant. »

Sur quoi Aurora se retourna, le visage aussi pâle que la lune. Elle sourit à Grania, sans dire un mot, et la laissa la reconduire à l'intérieur, lui faire traverser la chambre et le couloir, et la ramener dans sa chambre. Tandis que Grania la bordait, remontant une couverture qui se trouvait au pied du lit afin de la réchauffer, l'enfant ne dit rien. Elle se tourna sur le côté et ferma les yeux. Grania resta assise auprès d'elle. Quand elle entendit sa respiration régulière, elle comprit qu'Aurora s'était rendormie. Alors, tremblant de froid et de peur, elle sortit de la pièce sur la pointe des pieds et regagna sa chambre.

Une fois dans son lit, elle ne pouvait faire disparaître de son esprit l'image de la silhouette en haut de la falaise.

C'était sûrement le fruit de son imagination. Sûrement, oui. Elle n'avait jamais eu peur de l'inconnu. Elle se moquait toujours de sa mère quand elle lui parlait du monde des esprits auquel elle croyait et mettait cela sur le compte de son imagination débordante.

Mais ce soir… là-bas sur la falaise…

Grania soupira. Elle se dit qu'elle était ridicule.

Elle ferma les yeux et essaya de se rendormir.

7

Quand Grania se réveilla, les pâles rayons du soleil s'infiltraient par la fenêtre de sa chambre. Elle s'étira, se retourna et constata qu'il était plus de huit heures. Normalement, à la maison, elle ouvrait les yeux lorsque son père et son frère quittaient la ferme à l'aube pour la salle de traite. Elle se cala contre ses oreillers et repensa en frissonnant aux événements étranges de la nuit passée. N'était-ce que le fruit de son imagination ? Tout en se levant et en s'habillant, elle se dit qu'à présent qu'il faisait jour, il était en effet facile de croire qu'elle n'avait fait qu'imaginer cette silhouette.

Aurora était déjà dans la cuisine et mangeait un bol de céréales. Son visage se décomposa quand elle vit Grania. « J'allais t'apporter le petit déjeuner au lit, dit-elle en faisant la moue.

— C'est très gentil à toi mais je peux très bien le préparer moi-même. » Grania remplit la bouilloire et la posa sur le rond de la cuisinière. « Tu as bien dormi cette nuit ? demanda-t-elle l'air de rien.

— Très bien, merci. »

Aurora marqua une pause, sa cuillère remplie de céréales à mi-chemin entre son bol et sa bouche. « Parfois, Grania, je fais des rêves très étranges.

— Vraiment ?

— Oui. » La cuillère était toujours immobile, en suspens. « Parfois, je rêve que je vois ma mère, là-bas, sur la falaise. »

Grania ne dit rien, continua à s'affairer avec son thé et regarda la cuillère de céréales entrer dans la bouche d'Aurora. Puis, elle s'assit, observant Aurora qui mâchait pensivement. La petite fille leva les yeux vers Grania.

« Mais ce n'est qu'un rêve, n'est-ce pas ? Maman est morte, elle ne peut pas revenir parce qu'elle est au ciel. C'est ce que dit Papa en tout cas.

— Oui. » Grania posa une main sur la frêle épaule d'Aurora pour la réconforter. « Ton papa a raison. Les êtres qui vont au ciel ne peuvent pas revenir, quel que soit notre désir de les revoir. »

Ce fut au tour de Grania de ressentir soudain la douleur du deuil. Son petit bébé adoré n'avait même pas eu la chance de venir au monde, il était mort dans son ventre avant de pousser son premier cri. Et pourtant, elle avait eu le temps, tant qu'il était en elle, d'imaginer ce qu'il deviendrait… la vie qu'il mènerait. Elle sentit les larmes lui monter aux yeux et fit de son mieux pour les refouler en clignant des paupières.

« Mais parfois je sens qu'elle est là, poursuivit Aurora. Et je suis sûre que je la vois. Mais quand j'en parle à Papa, il se met en colère et m'envoie chez un docteur alors je ne lui dis plus rien, ajouta-t-elle tristement.

— Viens. » Grania tendit les bras, attira Aurora contre elle et la fit asseoir sur ses genoux. « Je pense, Aurora, que ta mère t'aimait beaucoup et toi aussi, tu l'aimais. Même si ton papa a raison quand il dit que les gens ne reviennent pas une fois qu'ils sont au ciel, on a parfois le sentiment qu'ils sont avec nous, qu'ils veillent sur nous et qu'ils nous aiment.

— Et tu ne penses pas que c'est mal ? » Aurora la regardait avec le plus grand sérieux, dans l'espoir d'être rassurée. « Tu ne crois pas que je suis folle ?

— Non, je ne crois pas que tu es folle. » Grania caressa ses boucles roux doré et enroula une mèche autour de son doigt. « Bon, reprit-elle en déposant un baiser sur son front, je me disais que, ce matin, on pourrait faire un peu de devoirs, comme on l'a promis à ton papa, et je pourrais aussi réaliser quelques esquisses de toi pour la sculpture qu'il m'a commandée. Et ensuite, on pourra profiter de l'après-midi comme on l'entend ! Tu as des idées ? »

Aurora haussa les épaules. « Non. Et toi ?

— Eh bien, je pensais qu'on aurait pu passer prendre un sandwich à Clonakilty puis aller à la plage ensuite. »

Aurora se mit à applaudir, ravie. « Oh oui, s'il te plaît. J'adore la plage.

— Dans ce cas, l'affaire est réglée. »

Aurora s'installa à la table de la cuisine et s'appliqua à faire des opérations, puis elle remplit une fiche avec des questions sur la géographie. De son côté, Grania fit quelques croquis, rapides, sous différents angles, pour appréhender l'ossature d'Aurora. Au milieu de la matinée, tandis que Grania se préparait un café, elle réalisa que quelque chose manquait. « Aurora, tu as une radio ou un lecteur CD quelque part dans cette maison ? demanda-t-elle. J'adore écouter de la musique quand je suis dans mon atelier.

— Maman n'aimait pas la musique », déclara Aurora sans lever les yeux.

Grania haussa les sourcils mais ne fit aucun commentaire. « Et la télévision ?

— On en avait une dans notre maison à Londres. J'aimais bien regarder.

— Ton papa m'a laissé de l'argent. On pourrait aller en acheter une. Ça te dirait ? »

Le visage d'Aurora s'illumina. « Oh oui, Grania.

— Tu penses que ton papa serait d'accord ?

— Oh oui, il la regardait quand on était à Londres.

— Dans ce cas, on en achètera une en ville avant d'aller à la plage. Et je demanderai à mon frère Shane de venir l'installer plus tard. Il est doué pour ce genre de choses.

— Et on pourra prendre une glace à la plage ?

— Oui, répondit Grania en souriant. On pourra manger une glace. »

Après avoir acheté un téléviseur, elles déjeunèrent toutes deux à Clonakilty, puis Grania conduisit Aurora à la plage d'Inchydoney, connue pour sa beauté. Elle regarda Aurora danser et tourbillonner sur la vaste étendue déserte de sable blanc, prise d'une envie soudaine de reproduire la grâce des mouvements de l'enfant. Pour une petite fille qui prétendait ne jamais avoir suivi un cours de danse, elle se déplaçait avec une aisance naturelle époustouflante. Ses bras bougeaient autour d'elle, décrivant des formes magnifiques, traçant des lignes exquises tandis que ses jambes semblaient se lever sans effort dans un jeté parfaitement maîtrisé. Aurora vint rejoindre Grania et se laissa tomber sur une dune de sable. Ses joues avaient pris une belle couleur rose.

« Tu aimes danser, ça se voit, fit remarquer Grania.

— Oui. » Aurora cala ses mains derrière sa tête et leva les yeux vers les nuages qui couraient dans le ciel. « Je ne sais pas vraiment comment on fait, mais je…

— Oui ? l'encouragea Grania.

— C'est comme si mon corps savait, lui. Quand je danse, j'oublie tout et je suis heureuse. » Le visage d'Aurora s'assombrit soudain et elle soupira. « Si seulement ça pouvait être tout le temps aussi bien !

— Tu aimerais apprendre à danser ? Prendre des cours de danse classique, je veux dire ?

— Oh oui, j'aimerais beaucoup. Papa en a parlé à Maman une fois mais elle a dit non. Je ne sais pas pourquoi, répondit Aurora en fronçant son petit nez retroussé.

— Elle pensait peut-être que tu étais trop jeune, dit Grania avec prudence. Je suis sûre qu'elle serait d'accord si tu essayais maintenant, tu ne crois pas ? »

Grania savait que c'était à Aurora de prendre la décision, pas à elle.

« Peut-être… mais où est-ce que je pourrais apprendre ? demanda Aurora, l'air sceptique.

— Il y a un cours de danse à Clonakilty tous les mercredis après-midi. Je le sais parce que j'y allais.

— La professeure doit être très vieille alors.

— Pas si vieille que ça, jeune fille. » Grania ne put s'empêcher de rire de son effronterie. « Je ne suis pas si vieille, moi non plus. Alors ? Tu veux qu'on essaie demain ?

— Mais j'aurais sûrement besoin de chaussons de danse et du truc que les danseuses portent ? s'enquit Aurora.

— Un justaucorps, tu veux dire ? Je pense que tu peux faire un essai demain et si ça te plaît et que tu veux continuer, on pourrait retourner à Cork et acheter ce dont tu as besoin.

— Mais les autres filles vont se moquer de moi si j'y vais avec des vêtements normaux ? »

C'était la réponse typique d'une petite fille de huit ans timide. « Je pense qu'une fois qu'elles te verront danser, elles ne remarqueront même pas ce que tu portes.

— Bon d'accord, répondit Aurora encore un peu hésitante. Mais si ça ne me plaît pas, je ne serai pas obligée d'y retourner ?

— Bien sûr que non, ma chérie. »

Le soir même, Shane vint installer le téléviseur dans le grand salon. Aurora, tout excitée, sautillait autour de lui mais elle l'écouta avec attention quand il lui expliqua patiemment comment accéder aux différentes chaînes avec la télécommande. Laissant Aurora devant la télévision, le frère et la sœur allèrent dans la cuisine.

« Tu veux boire un verre ? demanda Grania. Je me suis acheté une bouteille de vin en ville, ajouta-t-elle en l'ouvrant.

— Pourquoi pas un petit verre, mais tu sais que le vin, c'est pas vraiment mon truc, répondit Shane en regardant autour de lui. Cette maison aurait bien besoin d'un coup de peinture, tu ne trouves pas ?

— Si, mais c'est un peu normal, elle n'a pas été habitée pendant quatre ans. Peut-être que s'ils restent ici, Alexander décidera de la rénover.

— C'est quand même vraiment un trou perdu. » Shane but son vin en deux gorgées, comme il l'aurait fait avec son demi de Murphy's. « Tu as bien du courage de rester ici toute seule avec juste la petite pour compagnie. Ça ne serait pas pour moi, c'est sûr. Et Maman n'est pas franchement ravie, elle non plus.

— Elle me l'a bien fait comprendre, crois-moi, dit Grania en remplissant de nouveau le verre de Shane. Maman n'est pas du genre à cacher ses sentiments. Tu sais pourquoi elle a une dent contre cette maison et cette famille ?

— Je n'en ai pas la moindre idée, répondit Shane en vidant à nouveau son verre de vin. C'est à cause du passé, c'est sûr. Un passé lointain et profond dont nous n'avons aucune idée tous les deux. Mais ne t'inquiète pas, Grania, tu n'es pas la seule à en souffrir. L'année dernière, je suis sorti pendant quelque temps avec une fille dont la mère était autrefois dans la classe de m'man. Elle n'avait jamais pu la sentir et elle a fait de ma vie un enfer, vraiment. Heureusement que ce n'était pas la femme de ma vie, ajouta-t-il en souriant. Mais tu sais comme moi que Maman a bon cœur.

— Oui, admit Grania en soupirant. Sauf qu'il est parfois difficile de savoir s'il y a quelque chose de tangible et réel derrière ses aversions.

— Tout ce que je sais, c'est qu'elle a parlé de toi hier avec Papa, alors il se pourrait bien que tu aies de la visite demain. Bon, je ferais mieux d'y aller. Le repas est sans doute déjà prêt et elle n'aime pas que nous soyons en retard, dit Shane en se levant. Quant à cette petite là-bas, elle est adorable. Elle a besoin d'une maman et d'un peu d'amour, je pense. S'il te faut quelque chose pendant les semaines que tu vas passer ici, n'hésite pas à m'appeler sur mon portable, Maman n'en saura rien. Une chose est sûre, ajouta-t-il en pinçant la joue de Grania, elle ne changera jamais. À plus ! »

Avant de se mettre au lit, ce soir-là, Grania alla jusqu'au bout du couloir et ouvrit la porte de la chambre qui donnait sur le balcon où elle avait trouvé Aurora la nuit précédente. Tout en allumant la lumière, elle huma un parfum léger qui flottait dans la pièce. Ses yeux se posèrent sur l'élégante coiffeuse à trois miroirs sur laquelle trônaient des objets typiquement féminins. Elle s'approcha et prit une magnifique brosse à manche d'ivoire sur le dos de laquelle on pouvait lire les initiales « L. L. » Elle la retourna et vit un long cheveu roux doré enroulé autour de ses poils. Grania frissonna, elle trouvait étranges et troublantes les traces que les morts laissaient derrière eux.

Elle se détourna de la coiffeuse et contempla le lit avec son couvre-lit en dentelle et ses jolis coussins comme s'il attendait encore son ancienne occupante. Elle contempla ensuite la grosse armoire en acajou et ne put s'empêcher de tourner la clé. Les vêtements de Lily étaient toujours pendus à l'intérieur et ils sentaient tous le parfum qui imprégnait toute la pièce.

« Tu es morte… Tu es partie. »

Grania prononça ces mots à voix haute pour se convaincre elle-même de cette réalité. En quittant la pièce, elle retira la clé de la serrure puis verrouilla la porte de l'extérieur. Une fois dans sa chambre, elle rangea la clé dans le tiroir de sa table de nuit. Tout en se couchant, elle se demanda si c'était une bonne chose pour Aurora que la chambre de sa mère soit restée telle quelle depuis sa mort. C'était une sorte de sanctuaire, confortant peut-être Aurora dans l'idée que sa mère vivait encore.

« Pauvre petite », murmura Grania d'une voix endormie. Même si sa mère avait tendance à exagérer dès qu'elle parlait de la famille Lisle, il fallait reconnaître que cette maison et ses occupants étaient bien curieux.

Grania se réveilla en sursaut en entendant des pas devant sa porte. Elle marcha sur la pointe des pieds pour aller l'ouvrir. La petite silhouette se tenait au fond du couloir et essayait de tourner la poignée pour entrer dans la chambre de sa mère.

Grania alluma la lumière du palier et s'avança vers elle. « Aurora, dit-elle doucement en posant une main sur l'épaule de la petite fille. C'est moi, Grania. »

Aurora se tourna vers elle, l'expression de son visage trahissant son angoisse et son trouble.

« Chérie, tu rêvais, retourne te coucher. » Grania voulut la tirer vers elle mais Aurora se dégagea d'un coup d'épaule et reporta son attention sur la poignée, tentant de la tourner avec une frustration grandissante. « Aurora, réveille-toi ! Tu dors, répéta-t-elle.

— Pourquoi est-ce qu'elle ne veut pas s'ouvrir ? Maman m'appelle, il faut que j'aille la voir. Pourquoi je ne peux pas entrer ?

« Aurora, dit Grania en la secouant doucement. Réveille-toi, ma chérie. » Elle tenta de décrocher les doigts de la petite fille de la poignée et y parvint enfin. « Viens, maintenant, je te ramène dans ton lit et je vais te border. »

Le corps d'Aurora n'opposa tout à coup plus aucune résistance et elle s'effondra contre Grania en sanglotant. « Elle m'appelait, je l'ai entendue… Grania, je l'ai entendue. »

Grania sentit Aurora frissonner contre elle. Elle la porta dans ses bras et la ramena jusqu'à sa chambre. Une fois Aurora allongée dans son lit, Grania essuya les larmes qui coulaient sur les joues de la petite fille et lui caressa les cheveux.

« Ma chère Aurora, tu ne vois donc pas qu'il s'agit d'un rêve ? Ce n'est pas la réalité, je te le promets.

— Mais je l'entends, Grania. J'entends sa voix. Elle me demande de la rejoindre.

— Je sais, ma chérie, et je te crois. Nombreux sont ceux qui revoient en rêve les êtres chers qu'ils ont perdus et qui leur manquent cruellement. Ces rêves sont si forts qu'ils croient que c'est la réalité.

Mais Aurora, ma chérie, ta maman est partie, elle est allée au ciel.

— Parfois, dit Aurora en s'essuyant le nez avec la main, je crois qu'elle veut que j'aille au ciel avec elle. Elle dit qu'elle se sent seule et qu'elle a besoin de moi pour lui tenir compagnie. Ils pensent que je suis folle… mais je ne suis pas folle, Grania, pas du tout.

— Je sais, chuchota Grania d'une voix apaisante. Et si tu fermais les yeux maintenant. Je vais rester ici jusqu'à ce que tu t'endormes.

— Oui, je me sens un peu fatiguée… » Aurora ferma docilement les yeux et Grania lui caressa le front. « Je t'aime, Grania. Je me sens en sécurité quand tu es là », murmura-t-elle.

Aurora finit par se rendormir et Grania retourna dans sa chambre sur la pointe des pieds. Elle était épuisée, elle aussi.

8

Le lendemain après-midi, Grania emmena Aurora à Clonakilty.

« Ne crains rien, si le cours ne te plaît pas, personne ne t'obligera à y retourner, dit-elle pour la rassurer car elle sentait que la petite fille était nerveuse.

— Je sais que la danse va me plaire, mais j'ai peur que les filles me regardent bizarrement, reconnut Aurora. Les filles de mon âge n'ont pas l'air de m'aimer.

— Je suis sûre que ce n'est pas vrai, Aurora. Et comme ma mère le dit toujours, il faut toujours faire un essai.

— Ta mère a l'air gentille, dit Aurora en descendant de la voiture. Tu pourras m'emmener dans ta ferme un jour ? J'aimerais bien faire sa connaissance.

— Je suis sûre qu'on pourra organiser ça. En fait, je vais justement boire un thé avec elle pendant que tu prends ton cours de danse. »

Grania accompagna Aurora dans la salle des fêtes. Miss Elva, l'ancienne professeure de danse de Grania, qu'elle avait contactée le matin même, embrassa Grania et adressa un sourire chaleureux à Aurora. « Grania, quel plaisir de te revoir ! Et tu dois être Aurora. » Miss Elva s'agenouilla devant l'enfant et prit ses mains dans les siennes. « Tu sais, n'est-ce pas, que tu portes le nom de la magnifique princesse dans le ballet *La Belle au bois dormant* ? »

Aurora ouvrit de grands yeux et secoua la tête. « Non, je ne savais pas.

— Viens avec moi, dit miss Elva en lui tendant la main. Je vais te présenter aux autres filles du cours. On va dire au revoir à Grania et on la reverra dans une heure environ.

— D'accord. » Aurora prit timidement la main de miss Elva et la suivit jusqu'à la salle de danse.

Grania quitta le bâtiment et marcha dans la rue étroite et animée, bordée de maisons peintes de couleurs gaies. Elle repéra sa mère à travers la vitre, déjà en train de siroter son thé à l'Odonovan's Café.

Grania l'embrassa sur les deux joues et s'assit en face d'elle, puis elle commanda une autre théière et un scone.

« Alors, comme ça, la petite est allée prendre son premier cours de danse ?

— Oui, et même si je ne suis pas experte en la matière, je pense qu'elle a vraiment le potentiel pour devenir une grande danseuse. Elle est si gracieuse, Maman. Je me surprends parfois à la contempler et à admirer l'élégance de ses mouvements.

— Oui, bien sûr. » Kathleen opina de la tête avec componction. « Pas étonnant qu'elle soit douée.

Elle a sûrement un don pour la danse, c'est dans ses gènes, dit-elle en soupirant.

— Vraiment ? dit Grania en haussant les sourcils. Sa mère était danseuse ?

— Non, mais sa grand-mère oui. Et elle était très célèbre à son époque.

— Je suis surprise qu'Aurora ne m'ait jamais parlé d'elle.

— Peut-être qu'elle ne le sait pas. Alors, comment ça se passe là-haut à Dunworley House ?

— Ça se passe bien... » Grania aurait voulu parler à sa mère des pérégrinations nocturnes d'Aurora et de l'étrange atmosphère qui régnait dans la maison, mais elle redoutait d'alimenter encore un peu plus le mécontentement de Kathleen. « Aurora est plus détendue, on dirait, elle commence à sortir de sa coquille avec moi. Comme tu le sais, je lui ai acheté un téléviseur et ça lui plaît. J'ai le sentiment qu'elle a besoin de... – Grania chercha un instant le terme approprié – ... normalité. Elle a été coupée du monde extérieur pendant la majeure partie de sa vie et je ne pense pas que ça soit très sain. La solitude lui laisse largement le temps de méditer et son imagination se déchaîne.

— Son imagination, tu dis ? » Kathleen eut un sourire ironique. « Elle affirme qu'elle voit sa mère, c'est ça ?

— Oui... mais on sait toutes les deux qu'elle rêve.

— Alors tu n'as pas encore aperçu sa mère sur la falaise ? demanda Kathleen avec une lueur malicieuse dans les yeux.

— M'man, un peu de sérieux s'il te plaît ! Dis-moi que tu plaisantes !

— Pas tout à fait, Grania, non. Pour ma part, je ne l'ai jamais vue mais il y a des gens au village qui jurent l'avoir aperçue.

— Et bien sûr, c'est ridicule. » Grania avala nerveusement une gorgée de thé. « Le problème, c'est qu'Aurora est persuadée que sa mère lui apparaît... Elle est... somnambule, et quand j'essaie de la réveiller, elle me dit que sa mère l'appelle. »

Kathleen se signa par habitude et secoua la tête. « Je ne comprends vraiment pas pourquoi son père s'est mis en tête de la ramener ici. En tout cas, ça ne nous regarde pas. Même si c'est toi qui te retrouves à t'occuper de cette pauvre petite.

— Ça ne me dérange pas. Je l'aime beaucoup et je veux essayer de l'aider si je peux, répondit Grania sur la défensive. Au fait, de quoi voulais-tu me parler ?

— Eh bien, Grania... » Kathleen se pencha et poursuivit en baissant la voix. « J'ai discuté avec ton père et il pense qu'il vaut mieux te dire ce qui explique en partie ma méfiance vis-à-vis de cette famille. Pourquoi, en fait, je suis perturbée par les relations que tu entretiens avec elle. » Kathleen sortit de son sac de provisions une épaisse liasse de lettres dont les bords jaunis indiquaient qu'elles étaient anciennes.

« Qu'est-ce que c'est, m'man ? Qui les a écrites ?

— Mary, ma grand-mère. »

Grania fronça les sourcils, cherchant en vain à se souvenir de son arrière-grand-mère.

« Je l'ai connue ?

— Non, malheureusement car c'était une femme extraordinaire et je l'aimais beaucoup. On pourrait dire qu'elle était en avance sur son temps. Elle avait énormément de tempérament et était très indépendante. Je trouve d'ailleurs que tu tiens d'elle, Grania, dit Kathleen en souriant.

— Je prends ça comme un compliment, Maman.

— Ç'en est un, et d'ailleurs tu lui ressembles beaucoup physiquement. » Kathleen ouvrit l'enveloppe en haut de la pile et tendit à Grania une petite photographie sépia. « C'est elle, c'est ton arrière-grand-mère. »

Grania contempla la photo et constata que sa mère avait raison. La femme coiffée d'une charlotte et vêtue de vêtements démodés qui posait devant l'objectif lui ressemblait trait pour trait, elle avait le même teint qu'elle. « Quand est-ce que cette photo a été prise ?

— Je dirais que Mary avait une vingtaine d'années à l'époque. Elle devait être à Londres alors.

— À Londres ? Qu'est-ce qu'elle faisait là-bas ?

— Eh bien, tu le découvriras en lisant les lettres.

— Tu veux que je les lise ?

— Tu n'es pas obligée naturellement, mais si tu veux comprendre comment tout a commencé avec les Lisle, je te conseille de le faire. En plus, ça te fera une occupation pendant les longues soirées que tu vas passer toute seule là-haut. C'est aussi l'endroit idéal pour les lire puisque Mary a elle aussi fréquenté cette maison.

— Et tu dis que ça explique tout ?

— Non, répondit Kathleen en secouant la tête. C'est seulement le début. Ce sera à moi de te raconter le reste. » Elle jeta un coup d'œil à sa montre. « Il faut que je file. »

Kathleen se leva et embrassa sa fille. « Fais attention à toi. À très bientôt.

— Au fait, ça te dérangerait si j'amenais Aurora à la ferme ? Elle veut à tout prix faire ta connaissance et voir les animaux.

— Si elle y tient vraiment, il n'y a sans doute pas de mal à ça, répondit Kathleen en soupirant, prête à capituler. Appelle-moi juste avant de venir.

— Merci, Maman », dit Grania en souriant.

Elle paya l'addition, rangea l'épaisse liasse d'enveloppes dans son sac à main et redescendit la rue pour aller chercher Aurora. Quand elle arriva, elle vit que les autres filles avaient quitté le studio pour se changer mais Aurora était toujours à l'intérieur avec miss Elva. Quand la professeure vit Grania regarder à travers la vitre, elle dit quelque chose à Aurora qui hocha la tête et sortit du studio pour la rejoindre.

« Ça s'est bien passé ? demanda Grania avec empressement.

— Cette petite fille est vraiment... » Miss Elva baissa la voix quand les autres élèves sortirent les unes après les autres du vestiaire. « ... incroyable. Tu dis qu'elle n'a jamais pris de cours de danse auparavant ?

— Non, répondit Grania en secouant la tête. C'est ce qu'elle m'a dit en tout cas et je ne vois pas pourquoi elle mentirait.

— Aurora a *tout* ce qu'on recherche chez une future danseuse. Un maintien naturel, les pieds cambrés, des proportions physiques parfaites... pour être honnête, Grania, je n'en reviens pas moi-même.

— Vous pensez qu'elle devrait continuer ?

— Et comment ! Mais elle doit s'y mettre rapidement. Elle a déjà quatre ans de retard par rapport aux autres, et une fois que le corps commence à changer, c'est beaucoup plus difficile d'apprendre. Mais ce n'est pas le bon cours pour Aurora. Elle les aura toutes dépassées dans quelques semaines. Je ne sais pas si sa famille serait d'accord, mais je serais prête à lui donner deux cours particuliers par semaine.

— Il faudrait d'abord poser la question à Aurora, c'est la principale intéressée.

— Je viens de lui demander ce qu'elle avait pensé du cours, si elle souhaitait continuer et elle m'a paru très enthousiaste. Grania, une fois que cette enfant aura acquis un peu de technique, je la vois tout à fait obtenir une place à la Royal Ballet School de Londres dans quelques années. Je pourrais peut-être parler à ses parents ?

— La mère d'Aurora est morte et son père est à l'étranger. C'est moi qui m'occupe d'elle en ce moment. Je vais discuter un peu avec elle et voir si elle a envie de continuer. »

Miss Elva hocha la tête au moment où Aurora, lasse d'attendre toute seule dans le studio, vint les retrouver.

« Ma chérie, miss Elva me dit que ton premier cours de danse t'a beaucoup plu. C'est vrai ? demanda Grania.

— Oh oui ! J'ai adoré. » Les yeux d'Aurora brillaient de plaisir.

« Bon, tu veux continuer alors ?

— Bien sûr. Miss Elva et moi en avons déjà parlé, pas vrai ? Je peux continuer, dis, je peux Grania ?

— Bien sûr que tu peux. Mais je devrais peut-être en parler à ton père d'abord pour voir s'il est d'accord.

— Oui, accepta Aurora à contrecœur. Au revoir, miss Elva et merci.

— J'espère te revoir la semaine prochaine, Aurora », lança miss Elva tandis que Grania et Aurora se dirigeaient vers la voiture.

Ce soir-là, Aurora débordait d'enthousiasme et elle tint à montrer à Grania toutes les positions qu'elle avait apprises en cours. Elle tourna sur elle-même, sauta, leva les jambes en tendant les pointes de pied dans la cuisine pendant que Grania préparait le dîner.

« Quand est-ce qu'on pourra aller à Cork pour acheter mes affaires de danse ? On pourra y aller demain ?

— Peut-être, répondit Grania après le dîner. Mais j'aimerais vraiment demander à ton papa d'abord.

— Si c'est vraiment ce que je veux, il ne pourra pas dire non, n'est-ce pas ? interrogea Aurora en faisant la moue.

— Je pense comme toi mais je voudrais juste m'en assurer. Tu veux que je te lise une histoire ?

— Oui, s'il te plaît ! Tu connais *La Belle au bois dormant*, là où il y a la princesse qui a le même nom que moi ? J'aimerais tellement interpréter ce rôle un jour, poursuivit-elle l'air rêveur.

— Je suis sûre que tu en auras l'occasion un jour, ma chérie. »

Lorsque Aurora se fut enfin suffisamment calmée pour trouver le sommeil, Grania descendit au rez-de-chaussée et se rendit dans le bureau d'Alexander. Elle consulta la liste qu'il lui avait donnée et composa le numéro de son téléphone portable. Elle tomba sur sa boîte vocale.

« Bonsoir Alexander. C'est Grania Ryan. Aurora va très bien et je suis désolée de vous déranger mais je voulais juste m'assurer que vous ne verriez pas d'inconvénient à ce qu'Aurora prenne des cours de danse. Elle en a suivi un aujourd'hui, ça lui a beaucoup plu, et elle aimerait continuer. Peut-être pourriez-vous me passer un petit coup de fil ou même m'envoyer un texto et... » Grania réfléchit rapidement avant de poursuivre : « Si je n'ai pas de nouvelles dans deux ou trois jours, je considérerai que vous êtes d'accord. J'espère que tout va bien pour vous, au revoir. »

Grania ne put s'empêcher de ressentir une certaine appréhension quand elle se mit au lit à vingt-trois heures. Elle tendit l'oreille, à l'affût de bruits de pas dans le couloir. Elle avait beau se tourner et se retourner dans son lit, elle ne parvenait pas à trouver le sommeil. À trois heures du matin, l'heure à laquelle elle s'était réveillée les nuits précédentes, Grania entra sur la pointe des pieds dans la chambre d'Aurora et vit qu'elle dormait paisiblement. Elle retourna dans le couloir toujours sur la pointe des pieds et, une fois de nouveau dans son lit, elle prit l'épaisse pile de lettres que sa mère lui avait donnée. Elle défit la ficelle qui entourait le paquet, ouvrit la première enveloppe, déplia la lettre et se mit à lire.

Aurora

L'histoire a commencé. Et certains de mes personnages sont entrés en scène. Y compris moi, bien sûr. Comme d'habitude, je joue le premier rôle. Avec le recul, je réalise que j'étais une enfant très précoce. Mais perturbée aussi, c'est sans doute pour cette raison que les adultes me pardonnaient presque tout.

Je ne veux pas gâcher l'histoire en donnant trop de détails sur mes pérégrinations nocturnes mais je les ai évoquées çà et là pour m'entourer d'un peu plus de mystère. De plus, dans l'acte II de La Belle au bois dormant, *c'est la princesse Aurore qui, avec l'aide de la Fée Bleue, ouvre le voile de tulle qui sépare la réalité des rêves.*

Qui peut dire ce qui relève de la réalité et ce qui appartient à l'imaginaire ?

Je vous ai prévenus dès le départ : je crois en la magie.

J'ai aussi découvert aujourd'hui que je porte le nom, non seulement d'une princesse dans un conte de fées, mais aussi de ces taches de lumière mystiques qui illuminent le ciel, la nuit, sous certaines latitudes. J'aime l'idée d'être une étoile qui brille dans le ciel, mais j'avoue que je suis bien contente de ne pas porter le nom de famille « Boréale ».

À présent, nous allons remonter dans le temps et je vais devoir faire preuve d'un réel talent d'écrivain. Jusqu'ici, je connaissais tous les personnages en chair et en os.

Grania, accablée de chagrin après avoir perdu son bébé, ne sait plus où elle en est avec l'homme qu'elle aime. Je vois à présent combien elle était vulnérable – une proie facile pour une petite fille qui a besoin d'une mère et pour un père, un homme très beau, qui se débat tout seul.

Kathleen qui, connaissant le lourd passé unissant les deux familles, cherche à tout prix à protéger sa fille, en vain.

Et Matt, ce cher Matt, si désorienté, si impuissant, à la merci d'une étrange espèce dont les hommes, me semble-t-il, ne peuvent se passer…

Les femmes.

Vous allez rencontrer beaucoup de femmes dans les cent prochaines pages. Vous ferez aussi la connaissance d'hommes bons et méchants, d'un ensemble de personnages dignes de n'importe quel conte de fées. C'était une époque beaucoup plus sombre alors, une époque où on accordait moins de valeur à la vie humaine, où on luttait pour avoir une chance de survivre.

J'aimerais pouvoir dire que nous avons tiré les leçons du passé.

Pourtant, les hommes regardent rarement derrière eux, jusqu'à ce qu'ils reproduisent les mêmes erreurs, mais alors il est trop tard car leur opinion ne compte plus. Ils sont apparemment trop vieux pour comprendre la jeunesse.

C'est pourquoi ils resteront toujours à la fois imparfaits et magiques.

Mais retournons en haut de la falaise au-dessus de la baie de Dunworley, où mon histoire a démarré.

9

Ouest du comté de Cork, Irlande, août 1914

« J'ai reçu mon ordre de mobilisation. Je dois partir demain pour Londres, je suis convoqué à la caserne Wellington. »

Mary, qui admirait le bleu inhabituel de la mer au-dessous d'elle – la chaude journée d'août avait transformé la baie de Dunworley aux couleurs ternes et menaçantes en une carte postale de la Côte d'Azur – s'arrêta net et lâcha la main de Sean.

« Quoi ? s'exclama-t-elle.

— Mary, mon amour, tu savais aussi bien que moi que c'était inévitable. Je suis réserviste dans les Irish Guards et maintenant que la guerre a éclaté, je dois aider les Alliés à la gagner. »

Mary fixa son fiancé, se demandant si le soleil lui était monté à la tête. « Mais on se marie dans un mois ! Notre maison est à moitié construite. Tu ne peux pas partir comme ça ! »

Sean la regarda en souriant avec ses yeux doux et compatissants : il comprenait qu'elle soit choquée par la nouvelle. À vrai dire, le choc avait été de taille pour lui aussi bien qu'il fût réserviste. Il y avait une grande différence entre une pensée dans le coin de son esprit et la réalité d'un ordre de mobilisation. Il se pencha pour attirer Mary contre lui : il était beaucoup plus grand qu'elle et dut se baisser mais Mary résista.

« Allons, Mary, je dois aller me battre pour mon pays.

— Sean Ryan ! dit Mary en mettant les mains sur les hanches. Ce n'est pas pour ton pays que tu vas te battre. C'est pour la Grande-Bretagne, le pays qui opprime *ce* pays depuis trois cents ans.

— Ah, Mary, c'est John Redmond en personne qui nous invite à nous battre pour les Britanniques. Tu sais très bien qu'un projet de loi va être voté au Parlement pour nous accorder l'autonomie politique, à nous, les Irlandais. Ils nous ont fait une faveur et désormais nous devons leur rendre la pareille.

— Une faveur ! Tu appelles ça une faveur, toi ! N'est-ce pas normal que ceux à qui appartient ce pays aient un mot à dire sur les lois qui le régissent ? Ah oui, continua Mary en s'asseyant lourdement sur un rocher, c'est une sacrée faveur qu'ils nous ont faite là. » Elle croisa les bras et porta son regard sur la baie, droit devant elle.

« Tu vas bientôt prendre ta carte au parti nationaliste, toi aussi ? » Sean la taquinait, mais il comprenait son besoin de rendre quelqu'un responsable de la catastrophe qui bouleversait sa vie.

« Si ça me permet de garder mon homme à mes côtés, là où est sa place, je suis prête à le faire. »

Sean s'accroupit par terre à côté d'elle, ses longues jambes touchaient presque ses oreilles quand il les pliait ainsi. Il voulut prendre sa main mais elle lui donna un coup de coude pour le repousser. « Mary, s'il te plaît. Notre projet est ajourné, c'est tout. Il n'est pas annulé. »

Mary s'obstina à regarder la mer, ignorant sa remarque. Finalement, elle soupira. « Et moi qui croyais que ces histoires de réserviste n'étaient qu'une lubie de petit garçon, l'occasion pour toi de jouer avec des fusils et de te prendre pour un héros. Je n'aurais jamais pensé que ça deviendrait une réalité. Et que j'allais te perdre...

— Chérie. » Sean tendit de nouveau la main et cette fois elle la prit. « Le fait que je sois réserviste n'a rien à voir finalement. John Redmond invite tous ses compatriotes irlandais à s'enrôler. Moi, au moins, j'ai eu l'occasion de m'entraîner puisque j'étais réserviste. Et les Irish Guards, c'est quelque chose : une très bonne institution. Je serai avec mes pairs là-bas, Mary. Et on va donner une bonne leçon aux Boches. Ne t'inquiète pas. Je reviendrai vite en Irlande auprès de toi. »

Un long silence s'ensuivit avant que Mary ne parvienne à exprimer ses pensées, la voix étranglée par l'émotion. « Ah, Sean, rien ne garantit que tu reviendras ! Tu le sais aussi bien que moi. »

Sean se leva et se tint bien droit devant elle. « Regarde-moi, Mary. Regarde ma stature, je suis fait pour me battre. Ton futur mari n'est pas une mauviette qui va se faire descendre à la première occasion par les Allemands. Je peux en combattre trois à moi tout seul, ils ne feront pas le poids à côté de moi. »

Elle leva la tête vers lui, les yeux remplis de larmes. « Mais une balle dans le cœur n'a que faire de ta taille.

— Chasse ces pensées de ton esprit, mon amour. Je suis capable de me débrouiller et je reviendrai plus tôt que tu ne le penses. »

Mary, en l'observant, vit une lueur d'excitation dans ses yeux. Tandis qu'elle redoutait pour sa vie, Sean, lui, ne songeait qu'à la gloire sur le champ de bataille. Elle comprit qu'il n'attendait que ça. « Alors tu pars pour Londres demain ?

— Oui, les réservistes de Munster partent de Cork pour rejoindre Dublin. De là, nous prendrons le bateau pour l'Angleterre. »

Mary baissa les yeux, cessant de scruter l'horizon pour porter son regard sur l'herbe rêche et épaisse sous ses pieds. « Quand est-ce que je te reverrai ?

— Mary, je ne peux pas le savoir, répondit doucement Sean. Bien sûr, ils vont nous donner des permissions et je reviendrai tout de suite à la maison, auprès de toi. Je sais que ce n'est pas le bon moment. Mais nous n'y pouvons pas grand-chose.

— Comment va faire ton père sans toi à la ferme ? demanda Mary d'une voix plaintive.

— Les femmes feront ce qu'elles ont toujours fait en temps de guerre. Elles vont prendre en charge le travail des hommes. Quand mon père a combattu pendant la guerre des Boers, ma mère s'est occupée de la ferme et s'en est très bien sortie.

— Tu lui as dit ?

— Non, je voulais te l'annoncer en premier. À présent, je dois aller lui dire. Ah, Mary, je ne sais pas quoi ajouter. » Sean passa le bras autour de ses épaules et la serra contre lui. « On se mariera dès mon retour. Tu veux retourner à la ferme avec moi ?

— Non, répondit Mary en secouant doucement la tête. J'ai besoin d'être seule. Va l'annoncer à ta mère. »

Sean hocha doucement la tête. Il déposa un baiser sur sa tête et se redressa. « Je passerai te voir plus tard, pour te dire au revoir.

— Oui », murmura-t-elle tout bas tandis que Sean redescendait lentement la colline. Elle attendit qu'il fût hors de vue puis elle prit sa tête dans ses mains et pleura. Elle était furieuse contre ce Dieu à qui elle avait si souvent confessé ses péchés. En cet instant, Mary ne parvenait pas à trouver ce qu'elle avait pu faire de mal pour mériter une telle catastrophe.

Dans son ancienne vie, la vie qui existait encore vingt minutes auparavant, avant qu'il n'annonce la nouvelle, elle allait devenir Mrs Sean Ryan. Elle aurait, pour la première fois de sa vie, une maison à elle, une famille et une certaine respectabilité. Et par-dessus tout, un homme qui se fichait de ses origines et l'aimait tout simplement pour ce qu'elle était. Le jour de son mariage, qui devait avoir lieu un mois plus tard, son passé aurait disparu. Elle aurait quitté son poste de domestique à Dunworley House, où elle frottait les sols et parcourait les couloirs de la grande maison pour répondre aux besoins des membres de la famille. Elle aurait pu frotter les sols de sa propre maison.

Non que le jeune Sebastian Lisle, son employeur, ne se fût pas montré gentil avec elle depuis qu'elle travaillait dans sa maison. Quatre ans auparavant, alors qu'elle n'avait que quatorze ans, il était venu voir les sœurs de l'orphelinat. Il cherchait une fille pour compléter son personnel de maison. Mary avait supplié les sœurs de la prendre en considération pour le poste. La Révérende Mère n'y était pas franchement favorable. Mary était une fille intelligente, elle travaillait dur et elle aidait les autres orphelines dans leur apprentissage de la lecture et de l'écriture. Elle était un véritable atout pour le couvent. Mary savait que la Révérende Mère souhaitait ardemment qu'elle prenne le voile et reste auprès d'elles toute sa vie.

Ce n'était pas le souhait de Mary. Elle avait beaucoup trop de doutes – qu'elle gardait pour elle – sur un Dieu qui laissait ses ouailles souffrir, comme ces nourrissons abandonnés à la porte des couvents, qui mouraient souvent quelques mois plus tard, sans amour et dans d'horribles souffrances lors d'une épidémie de diphtérie ou de rougeole. On lui avait enseigné que la souffrance était le lot de tous les mortels sur Terre avant que Dieu ne les rappelle auprès de lui au Ciel. Et elle faisait son possible pour croire en Sa bonté. Pourtant, elle savait au fond d'elle-même qu'elle n'était pas faite pour passer sa vie cloîtrée derrière les murs d'un couvent, sans jamais sortir ni voir le monde extérieur. Elle ne se sentait pas prête à consacrer toute son existence à Dieu.

La Révérende Mère avait fini par céder, de bonne grâce. Elle avait compris que Mary, avec son intelligence, son esprit vif et curieux, ne se déciderait pas pour la vie qu'elle avait elle-même choisie. Néanmoins, elle n'était guère satisfaite que sa protégée commence à travailler comme bonne.

« Je pensais que vous pourriez prendre un poste de gouvernante, avait-elle insisté. Vous êtes naturellement douée pour l'enseignement, les enfants vous adorent. Je vous promets de me renseigner quand vous aurez dix-huit ans pour vous aider à trouver un poste digne de vous. »

Pour Mary, il était impensable d'attendre encore quatre ans avant de se lancer dans la vie. « Ma Révérende Mère, peu m'importe ce que je ferai. S'il vous plaît, j'aimerais au moins avoir l'occasion de rencontrer Mr Lisle quand il viendra ici », l'avait suppliée Mary.

Finalement, la Révérende Mère avait accepté. « Vous pourrez le rencontrer, et si Dieu le veut, vous serez retenue. »

Par bonheur pour Mary, parmi les six filles que la Révérende Mère avait présentées pour le poste de servante, Sebastian Lisle l'avait choisie, elle.

Mary avait bouclé ses bagages, emportant avec elle ses maigres possessions, puis avait quitté le couvent sans jeter un regard en arrière.

Comme le soupçonnait la Révérende Mère, le poste en question était loin d'être à la hauteur de ses capacités. Pourtant, après toutes ces années passées au couvent, Mary n'avait pas peur de travailler dur. La chambre au grenier, qu'elle partageait avec une autre servante, suffisait à faire son bonheur, elle qui jusque-là avait dormi dans un dortoir avec onze autres filles. Mary faisait de son mieux et accomplissait ses tâches avec beaucoup de zèle.

Et le jeune maître ne mit pas longtemps à s'en rendre compte.

Quelques mois plus tard, Mary fut promue. Elle était désormais chargée de nettoyer l'argenterie, de mettre la table et de servir les repas. Au contact de son maître et de ses invités, Mary observait, écoutait, apprenait. La famille Lisle était anglaise. Elle était venue à Dunworley House, deux cents ans auparavant, pour prendre le contrôle des « barbares » irlandais habitant le pays, que les Britanniques considéraient comme le leur. Mary apprit à déchiffrer leur accent saccadé, s'habitua à leurs traditions étrangement formelles et à leur sentiment de supériorité profondément ancré et inébranlable.

Ses employeurs n'exigeaient pas trop d'elle. Le maître, Sebastian Lisle, un jeune homme de dix-huit ans, vivait là avec sa mère, Evelyn, qui avait perdu son mari lors de la guerre des Boers et comptait désormais sur son fils pour faire tourner la maison. Mary apprit aussi qu'Evelyn Lisle avait un autre fils, plus âgé, dénommé Lawrence, qui avait suivi les traces de son père dans le service diplomatique. Il se trouvait alors à l'étranger. Les Lisle possédaient une autre résidence à Londres, une grande bâtisse blanche, qui, aux yeux de Mary, présentait une certaine ressemblance avec un gâteau de mariage.

Un jour, rêvait Mary, elle quitterait l'Irlande et partirait à la découverte du monde. En attendant, elle économisait les quelques shillings qu'elle gagnait chaque semaine et les cachait sous son matelas.

Et deux ans plus tard, elle fit la connaissance de Sean Ryan.

Ce jour-là, l'intendante devait rester alitée à cause de ses bronches et ne voulait pas descendre la colline jusqu'à la ferme sous une pluie battante pour aller chercher les œufs et le lait. Elle envoya donc Mary.

Mary longea la falaise et arriva, trempée jusqu'aux os, devant la ferme de Dunworley. Après avoir frappé à la porte, elle attendit dehors, dégoulinante.

« Je peux vous aider, mademoiselle ? » demanda une voix grave derrière elle. Mary se retourna puis leva la tête, et dut la lever un peu plus encore pour croiser le regard doux d'un jeune homme aux yeux verts. Il était particulièrement grand et avait les épaules très larges – un homme taillé pour le travail de la terre, se dit-elle. Elle eut le sentiment que cet homme serait capable de la protéger de tous les maux. Avec ses bras forts et musclés autour de ses épaules, elle se sentirait toujours en sécurité quel que fût le danger.

Après cette première rencontre, Mary ne passa plus ses après-midi libres à errer sans but le long de la falaise près de la maison. Sean venait la retrouver avec sa charrette anglaise tirée par un cheval et ils partaient ensemble au village de Rosscarbery ou prenaient un thé à Clonakilty. Parfois, quand il faisait beau, ils marchaient tout simplement sur la plage toute proche. Ils parlaient sans arrêt, de tout et de rien, ils apprenaient à se connaître. Si Mary avait une certaine instruction après ses années passées au couvent, Sean connaissait la terre. Ils exprimaient leurs opinions sur l'Irlande, sur le conflit entre unionistes et nationalistes et évoquaient leurs rêves et leurs espoirs pour l'avenir. Ils avaient le projet commun de quitter l'Irlande pour tenter leur chance en Amérique. Il arrivait aussi qu'ils ne parlent pas du tout.

Le jour où Sean l'emmena à la ferme pour la présenter à sa famille, Mary sentit ses jambes flageoler quand il la fit entrer dans la cuisine. Mais Bridget, la mère de Sean, et Michael, son père, accueillirent Mary à bras ouverts et se montrèrent très gentils avec elle. Ils étaient aussi très curieux de savoir ce qui se passait dans la Grande Maison. Et quand elle leur récitait des passages entiers de la Bible et du catéchisme en latin, leur visage halé s'illuminait d'un sourire émerveillé.

« Tu t'es trouvé une brave petite, déclara Bridget. J'espère que tu feras bientôt d'elle une honnête femme. Il est temps que tu te maries, mon fils. »

Après l'avoir courtisée pendant un an et demi, Sean demanda Mary en mariage et la date fut fixée pour l'année suivante.

« Ta mère et moi, on a parlé de l'avenir, dit Michael, quelques jours plus tard autour d'un énième verre de whisky de contrebande. Notre ferme est vieille, humide et trop petite. Il faut qu'on songe à construire une nouvelle maison. Et je me disais qu'on pourrait le faire de l'autre côté des granges. Ça serait l'endroit parfait. Ta mère et moi, on est trop vieux pour déménager maintenant, mais pour toi et Mary, et les petits qui vont arriver, pour les enfants de leurs enfants, il faut le faire. » Michael posa un plan grossier devant Sean. « Qu'est-ce que tu en penses ? »

Sean étudia le plan : une grande cuisine, un salon, un séjour et une petite pièce à l'arrière pour installer des toilettes dans la maison même. Quatre chambres à l'étage avec un grenier qui pourrait être aménagé au fur et à mesure que la famille s'agrandirait. « Mais P'pa, où est-ce qu'on va trouver l'argent pour construire tout ça ? demanda Sean.

— Ne t'inquiète pas, fiston, j'en ai un peu de côté. Et dis-toi bien qu'on n'aura pas besoin de payer la main-d'œuvre. » Michael tapa du poing sur la table. « On la construira nous-mêmes, à mains nues.

— Pourtant, dit Sean en soupirant, avec tout l'argent et le travail qu'on investira dedans, elle ne nous appartiendra pas. On loue les terres et ce qu'il y a dessus aux Lisle après tout. »

Michael prit une bonne gorgée de whisky et hocha la tête. « Je sais, mon fils, pour le moment c'est comme ça. Mais je pense que beaucoup de choses vont changer en Irlande, ces prochaines années. La voix des nationalistes compte de plus en plus et les Britanniques commencent à écouter. Je suis sûr qu'un jour, les Ryan habiteront et travailleront sur une terre qui leur appartiendra. Et on doit penser à l'avenir, pas au passé. Alors, qu'est-ce que tu penses de mon idée ? »

Quand Sean parla à Mary des projets de son père, elle applaudit, aux anges.

« Oh, Sean, des toilettes à l'intérieur de la maison ! Et une nouvelle maison pour nous et nos enfants. On peut la construire bientôt ?

— Oui, chérie, répondit Sean en hochant la tête. Les gars du coin vont me donner un coup de main.

— Oui, mais qu'en est-il de nos projets ? » Le sourire de Mary s'évanouit. « On voulait partir à la découverte du monde, prendre le bateau pour l'Amérique…

— Je sais, je sais, dit-il en posant la main sur la sienne. Et on doit garder ce projet dans un coin de notre esprit. Mais si on part, les Ryan auront quand même besoin d'un nouveau toit au-dessus de leur tête. Et tu ne crois pas qu'on partirait le cœur plus léger en sachant qu'ils sont au moins mieux logés ?

— Je croyais qu'on voulait la même chose tous les deux, répondit Mary.

— Bien sûr, chérie, bien sûr, mais chaque chose en son temps. »

Ainsi, après avoir obtenu de Sebastian Lisle l'autorisation de construire une nouvelle ferme – comme Michael l'avait fait remarquer, le propriétaire n'était pas du tout perdant puisque ses terres n'en auraient que plus de valeur –, le père et le fils se mirent au travail et posèrent les fondations. Mary passait souvent devant, s'arrêtait et contemplait sa future demeure, émerveillée.

« Ma maison », murmurait-elle, incrédule.

Sean consacrait tout son temps libre à la maison, et tandis que les murs montaient et que les pièces, qu'elle habiterait un jour, commençaient à prendre forme, ils parlaient beaucoup moins de l'Amérique que des meubles qui orneraient les chambres et le séjour. Sean les fabriquerait dans son atelier. Ils parlaient aussi des personnes qu'ils inviteraient dans leur somptueuse demeure une fois qu'ils seraient mariés.

N'ayant jamais eu de famille, Mary avait adopté celle de Sean. Elle aidait sa jeune sœur, Coleen, à former ses lettres, sa mère à faire le pain et apprit par son père comment traire les vaches dans la laiterie. Appréciant sa générosité et son assistance efficace, les Ryan faisaient de leur côté tout ce qu'ils pouvaient pour elle.

Bien que la famille ne fût pas riche, elle percevait un revenu régulier grâce au demi-hectare de terres qu'elle cultivait. La ferme elle-même leur permettait de subvenir à leurs besoins, elle leur fournissait le lait, les œufs, la viande des moutons, dont ils utilisaient aussi la laine. Michael et Sean travaillaient de l'aube au crépuscule, veillant à tirer le profit maximum de l'exploitation.

Quand on lui présentait les familles du coin, Mary voyait bien à l'expression de leur visage qu'on l'enviait : elle s'était trouvé un bon parti.

Et maintenant, pensa Mary, tout en essuyant ses larmes avec un coin de son châle, elle allait tout perdre. Sean semblait persuadé qu'il reviendrait auprès d'elle, sain et sauf, mais si le destin en décidait autrement ?

Mary soupira. Elle aurait dû savoir que c'était trop beau pour être vrai. Elle avait déjà donné sa démission dans la Grande Maison et devait partir le mois suivant pour préparer son mariage. Mary se demanda si, dans les circonstances actuelles, elle devait s'en tenir à cette décision. Si elle vivait sous le même toit que les Ryan en attendant le retour de Sean, elle n'aurait plus d'indépendance, plus d'argent à elle. Et si Sean ne revenait pas, elle finirait sans doute vieille fille sous le toit de son fiancé mort au combat.

Mary se leva et se tourna vers Dunworley House. Si Mrs O'Flannery, l'intendante, ne l'aimait guère, elle était néanmoins suffisamment lucide pour apprécier son travail. Et le jour où Mary lui avait donné sa démission, elle avait surpris dans son regard une pointe de consternation. Sebastian Lisle et sa mère avaient eux aussi exprimé leur tristesse de la voir partir.

Tout en remontant le long de la falaise vers la maison, Mary se dit qu'elle pourrait certainement garder son poste plus longtemps. Du moins jusqu'au retour de Sean. Elle entra dans la cuisine en serrant les mâchoires. Même s'il lui faudrait ravaler sa fierté pour demander, et voir ensuite la lueur de satisfaction apparaître dans les yeux de l'intendante qui ne manquerait pas de se réjouir de son malheur, Mary décida que c'était là le moindre mal.

Elle avait passé la majeure partie de sa vie entre les quatre murs d'un couvent, sans pouvoir être maîtresse de son existence. Elle avait réussi à s'en échapper.

Elle n'avait aucune envie de se retrouver dans une nouvelle prison.

10

Après avoir fait ses adieux à Sean, Mary, serrant les dents pour contenir ses émotions, s'était sermonnée sur le chemin du retour à Dunworley House et s'était remise au travail.

Les mois passant, elle avait régulièrement des nouvelles du front, grâce à Sebastian Lisle, lecteur assidu du *Times* qu'on lui livrait de Londres une fois par semaine. De temps à autre, elle recevait une lettre de Sean, lui disant qu'il était déjà en France et qu'il avait participé à une bataille dans un endroit appelé Mons. Il semblait avoir un excellent moral et appréciait la camaraderie qui régnait entre les « Micks », comme on surnommait les membres des Irish Guards. Mais il y avait déjà eu des morts dans son bataillon – il parlait de ses amis disparus ou blessés.

Parfois, Mary passait voir les Ryan, mais la vue de la maison à moitié construite – elle n'avait pas bougé depuis le départ de Sean et des autres jeunes hommes mobilisés du village – lui fendait le cœur.

Sa vie était en suspens, dans l'attente que le destin décide de son sort.

Neuf mois passèrent, et les lettres de Sean se faisaient de plus en plus rares. Elle continuait à lui écrire toutes les semaines, lui demandant s'il allait bientôt avoir la permission qu'on lui avait promise. Dans sa dernière lettre, il lui disait qu'il avait été renvoyé à Londres, dans la caserne des Irish Guards, où il avait passé quatre jours, un laps de temps trop court pour entreprendre le voyage jusqu'à Cork. Mary lut dans le *Times* que des milliers de soldats alliés avaient perdu la vie dans un endroit nommé Ypres.

Sebastian Lisle avait quitté l'Irlande cinq mois auparavant, non pour combattre puisqu'il souffrait d'asthme, mais pour aider ce qu'il appelait le ministère des Affaires étrangères.

Dunworley House sombra dans la torpeur. Les trois employés de maison n'avaient plus grand-chose à faire maintenant qu'il n'y avait plus qu'Evelyn Lisle et qu'elle ne recevait plus aucun convive. La bonne fut renvoyée et Mary dut accomplir ses tâches en plus des siennes. Comme toutes les autres femmes en Europe, elle retint son souffle et attendit.

Dix-huit mois plus tard, Sebastian Lisle était de retour. Quel plaisir d'avoir au moins quelqu'un à servir à table ! Evelyn sortit de sa torpeur et prit ses repas dans la salle à manger en compagnie de son fils. Au bout de deux jours, Mary fut convoquée dans le bureau de Sebastian.

« Vous désiriez me voir, monsieur ? » demanda-t-elle en entrant.

Les yeux bleu pâle de Sebastian semblaient s'enfoncer encore un peu plus dans leurs orbites ; il avait l'air hagard, les traits tirés, faisait deux fois son âge. Ses cheveux roux s'étaient clairsemés et Mary se dit que la bonne naissance n'allait pas forcément de pair avec la beauté. « Il y a un poste de domestique vacant dans notre maison de Londres. J'ai pensé à vous, Mary, et j'en ai parlé à mon frère. Qu'en dites-vous ? »

Mary le dévisagea, étonnée. « Moi ? Aller à Londres ?

— Oui, maintenant que je suis de retour, nous pourrons nous en sortir avec Mrs O'Flannery et une femme de ménage du village. Tandis qu'à Londres, avec l'effort de guerre et les filles qui vont travailler dans les usines d'armement et remplacent les hommes pour conduire les bus, il est de plus en plus difficile de trouver du personnel de maison. Mon frère m'a demandé si je ne pouvais pas trouver quelqu'un en Irlande et j'ai immédiatement pensé à vous.

— Londres... », souffla Mary. C'était là que se trouvait la caserne de Sean. Peut-être pourrait-elle le voir la prochaine fois qu'il aurait une permission. De plus, c'était une aventure comme elle en avait rêvé et elle savait qu'elle ne pouvait pas manquer cette opportunité.

« Je pense que ça serait formidable, monsieur. Aurais-je les mêmes tâches qu'ici ?

— Plus ou moins, oui. La maison est beaucoup plus grande que celle-ci et comptait autrefois vingt domestiques. Il n'en reste plus que dix à présent et tout le monde met la main à la pâte. Vous aurez un bel uniforme, vous partagerez une chambre avec une autre domestique et vous percevrez un salaire de trente shillings par mois. Cela vous conviendrait-il ?

— Oui, monsieur, je pense que oui.

— Parfait, Mary. Informez-moi dès que vous aurez pris une décision ferme et définitive et je m'occuperai de vous réserver une place sur le bateau pour l'Angleterre. »

Quelques jours après cette conversation, Mary descendit la colline pour voir les parents de Sean et leur annoncer sa décision. Comme il fallait s'y attendre, ils n'étaient pas franchement favorables à ce que la fiancée de leur fils quitte l'Irlande pendant qu'il était au front.

« Mais, Bridget, si je veux partir, c'est parce que j'espère voir Sean la prochaine fois qu'il aura une permission à Londres, dit Mary pour la réconforter tandis qu'elles buvaient un thé dans la cuisine.

— Oui, d'accord, c'est bien joli, mais la fille de ma cousine est partie travailler à Londres l'année dernière. Ils n'aiment pas les domestiques irlandaises là-bas, c'est ce qu'elle a dit. Ils vont te regarder de haut comme tous les Anglais le font avec les Irlandais, la prévint Bridget en faisant la moue.

— Comme si je m'en souciais ! Je vais m'empresser de leur donner tort, ne vous inquiétez pas », répondit Mary en souriant, imperturbable. Une lueur d'impatience brillait dans ses yeux, bien malgré elle.

« Promets-moi, Mary, qu'à la fin de la guerre, tu reviendras ici, auprès de ton homme ! la supplia Bridget.

— Vous savez bien que je n'ai pas d'autre souhait que d'être auprès de Sean. Mais je me suis dit que ce poste me permettrait de faire quelque chose d'utile en l'attendant et de mettre de côté quelques shillings pour notre avenir.

— Fais bien attention à toi dans cette ville de barbares, dit Bridget frémissant à cette idée.

— Ne vous inquiétez pas, je ferai très attention. »

Mary n'eut pas la moindre appréhension quand elle entreprit son long voyage. Elle se rendit jusqu'à Dublin, d'où elle embarqua sur un bateau à destination de Liverpool. Ensuite, elle monta dans un train bondé pour descendre jusqu'à Londres. Il s'arrêta dans une immense gare. Elle souleva sa valise, descendit sur le quai et regarda autour d'elle. On lui avait dit que quelqu'un l'attendrait, muni d'une pancarte avec son nom dessus. Elle scruta la foule, composée essentiellement d'uniformes kaki. Certains se disaient au revoir en pleurant, d'autres, au contraire, de retour en permission, saluaient joyeusement leurs proches. Elle aperçut finalement un homme, vêtu d'un uniforme élégant, qui brandissait un bout de carton où figurait son nom.

« Bonjour, dit-elle en souriant tandis qu'elle s'approchait de lui. Je suis Mary Benedict. »

L'homme hocha solennellement la tête. « Veuillez me suivre. »

Une fois à l'extérieur de la gare, l'homme lui fit signe de monter à l'arrière d'une voiture noire rutilante. Elle fut émerveillée par le cuir doux qui recouvrait les sièges. Mary avait l'impression d'être une princesse. C'était la première fois qu'elle montait dans une voiture.

À travers la vitre, elle observa les lampes à gaz au-dessus d'elle, ressemblant à des sorbets au citron géants suspendus à de longs bâtonnets, mais aussi les gens qui se pressaient sur les trottoirs et les grands bâtiments qui bordaient les rues. Des trams circulaient en continu au milieu des rues. Elle remarqua que les femmes portaient des jupes au-dessus des chevilles. Ils longèrent un grand fleuve mais il faisait trop sombre pour voir quelque chose. Puis le chauffeur tourna à droite, s'éloignant du fleuve et traversa une grande place bordée d'immenses maisons blanches. Ils s'engagèrent enfin dans une étroite ruelle où le chauffeur gara la voiture et lui fit signe de sortir.

« Par ici, dit-il tandis que Mary le suivait dans la ruelle. C'est l'entrée des domestiques à Cadogan House, celle que vous utiliserez toujours. » Il lui fit descendre une volée d'escaliers et ouvrit une porte débouchant sur un petit vestibule.

Une autre porte menait à une cuisine, au plafond bas mais chaleureuse, au centre de laquelle trônait une table où étaient assises plusieurs personnes, toutes vêtues d'uniformes élégants.

« La nouvelle domestique est arrivée, Mrs C, annonça le chauffeur avec un hochement de tête à la femme corpulente qui se tenait au bout de la table.

— Venez plus près que je vous voie. » La femme fit signe à Mary de s'approcher et l'observa tandis qu'elle s'avançait.

« Bonjour madame, dit Mary en faisant la révérence. Je suis Mary Benedict.

— Et moi je suis Mrs Carruthers, l'intendante. » La femme termina son inspection et hocha la tête. « Au moins vous avez l'air en bonne santé contrairement à la dernière domestique irlandaise que nous avons eue ici. Elle est morte d'une bronchite une semaine après son arrivée. N'est-ce pas, Mr Smith ? » Elle se tourna vers l'homme chauve à côté d'elle et partit d'un grand rire. Sa généreuse poitrine se soulevait en même temps qu'elle riait.

« Je pense être en bonne santé, madame, répondit Mary. En fait, je n'ai jamais manqué un jour de travail parce que j'étais malade.

— Eh bien c'est déjà ça », en convint Mrs Carruthers.

Mrs Carruthers parlait l'anglais avec un étrange accent. Mary avait du mal à comprendre ce qu'elle disait.

« Je suppose que vous avez faim. Vous êtes toujours affamés, vous, les Irlandais. » Elle lui montra un siège au bout de la table. « Enlevez votre chapeau et votre manteau puis asseyez-vous. Teresa, servez une assiette de ragoût à Mary.

— Bien, Mrs Carruthers. » Une jeune femme coiffée d'une charlotte et vêtue d'une robe marron se leva immédiatement de table. Mary retira son chapeau, ses gants, son manteau et son châle qu'elle alla pendre dans le corridor comme on le lui avait dit. Elle prit place à côté d'une fille qui semblait être une femme de chambre.

« Bon, Mary, je présume que vous ne savez ni lire ni écrire ? En général, les filles de votre espèce sont illettrées et franchement ça ne me simplifie pas la vie, dit Mrs Carruthers en soupirant.

— Oh si, madame, je sais lire et écrire, répondit Mary en hochant la tête tandis qu'on posait une assiette de ragoût devant elle. C'est moi qui étais chargée d'apprendre la lecture et l'écriture aux petits à l'école du couvent.

— L'école, voyez-vous ça, dit Mrs Carruthers avec un sourire suffisant. Je suis sûre que vous allez bientôt m'apprendre à mettre la table. »

Les autres autour d'elle rirent consciencieusement. Mary choisit d'ignorer ses railleries et mangea son ragoût en silence. Le long voyage lui avait ouvert l'appétit.

« Vous avez travaillé pour le frère de Lawrence Lisle dans sa maison en Irlande d'après ce qu'on m'a dit, poursuivit Mrs Carruthers.

— Oui.

— Je ne sais pas comment ça se passe là-bas, mais je pense que vous allez trouver que c'est un peu différent ici, à Londres. Mr Sebastian m'a dit que vous saviez servir à table, c'est bien vrai ?

— Je pense que oui, dit Mary. Mais je suis sûre que vous avez raison. Les choses vont être différentes ici.

— Vous partagerez une chambre avec Nancy, la femme de chambre d'étage. » Mrs Carruthers montra la fille assise à côté de Mary. « Petit déjeuner à cinq heures et demie ; si vous avez cinq minutes de retard, ça sera tant pis pour vous. On ne vous le gardera pas au chaud. Compris ? »

Mary hocha la tête.

« Votre uniforme est posé sur votre lit. Veillez à ce que votre devantier soit toujours propre. Mr Lisle est très tatillon sur ce point : les uniformes doivent être impeccables.

— Devantier ?

— Votre tablier, ma fille, précisa Mrs Carruthers en haussant les sourcils. Demain matin, après le petit déjeuner, je vous expliquerai les tâches que vous aurez à accomplir. Quand Mr Lisle est présent, il y a beaucoup à faire. C'est un homme très important et il aime que sa maison soit parfaitement tenue. Heureusement pour vous, il est absent pour le moment, mais nous préférons ne pas nous relâcher, n'est-ce pas ? »

Tous les domestiques assis autour de la table hochèrent la tête avant de se lever.

« Nancy, emmenez Mary dans sa chambre.

— Bien, Mrs Carruthers », répondit docilement la jeune fille.

Nancy la conduisit jusqu'à un grand vestibule. Un immense lustre, plein d'ampoules électriques, était suspendu au-dessus de l'escalier. Elles montèrent encore trois volées d'escaliers avant d'atteindre le grenier.

« Mon Dieu ! Quelle maison ! C'est un vrai palace ! s'exclama-t-elle.

« Celui-là, c'est le tien », dit Nancy en la faisant entrer dans une chambre dépouillée qui comprenait deux lits. Elle montra la couche à côté de la fenêtre. « Tu es la dernière arrivée, tu devras supporter le courant d'air.

— Merci. » Mary esquissa un sourire ironique et jeta sa valise sur le lit.

« On va chercher l'eau chaude pour la cuvette des toilettes chacune à notre tour et il y a un pot sous le lit pour le reste, expliqua Nancy en s'asseyant sur le lit et en observant Mary. T'es vraiment jolie. Comment ça se fait que tu n'as pas les cheveux roux comme tous les Irlandais ?

— Je n'en sais rien, répondit Mary tout en déballant les quelques vêtements qu'elle avait emportés et en les rangeant dans la commode à côté du lit. Tous les Irlandais n'ont pas les cheveux roux, tu sais.

— Tous ceux que j'ai rencontrés, si, en tout cas. Mais toi, tu as de beaux yeux bleus et des cheveux blonds. Tu te fais des teintures ? »

Mary pouffa et secoua la tête. « On n'a pas ce genre de produits là d'où je viens. On attend toujours l'électricité chez moi.

— Mince alors ! » Nancy gloussa. « Je ne pourrais plus m'en passer aujourd'hui même si quand j'étais petite, on ne l'avait pas non plus. C'est pour ça que j'ai eu autant de frères et sœurs ! Tu as un chéri ?

— Oui, mais il est au front, en train de se battre contre les Boches. Ça fait dix-huit mois que je ne l'ai pas vu.

— Tu sais, les beaux jeunes hommes, ça court les rues, dit Nancy en souriant. Surtout ici, à Londres.

— Les autres garçons ne m'intéressent pas. Il n'y aura personne d'autre pour moi, rétorqua fermement Mary.

— Attends de voir un peu ! On en reparlera dans quelques mois. Il y a beaucoup de soldats esseulés en permission dans la ville, ils cherchent de jolies filles avec qui dépenser leur solde. Crois-moi. » Nancy commença à se déshabiller, son corset cachant à peine sa magnifique poitrine et ses hanches généreuses. Une fois qu'elle eut détaché ses longs cheveux blonds, elle ressemblait à un chérubin. « Si on a notre jour de congé ensemble, je te montrerai les monuments de la ville. Il y a toujours de quoi s'occuper à Londres, c'est sûr.

— Comment sont le maître et la maîtresse ? interrogea Mary en se mettant au lit.

— Oh, il n'y a pas encore de maîtresse. Mr Lisle vit seul, du moins quand il est là. Il n'a pas encore eu le coup de foudre. À moins qu'aucune femme ne veuille de lui ! dit Nancy en riant.

— Son frère Sebastian n'est pas marié non plus », fit remarquer Mary en se blottissant sous la fine couverture. Elle comprit immédiatement pourquoi Nancy s'était empressée de lui donner ce lit.

« D'après Mrs Carruthers, le maître est un espion, poursuivit Nancy. Je ne sais pas ce qu'il fait, mais en tout cas, c'est un homme important. Il reçoit des tas de gens connus à dîner. Une fois, on a même servi Lloyd George à table ! Tu te rends compte, le Premier Ministre était assis dans notre salle à manger !

— Sainte Marie mère de Dieu ! Tu veux dire que je vais peut-être le servir ? dit Mary en ouvrant de grands yeux, horrifiée.

— Chaque fois qu'on reçoit quelqu'un de connu à la maison et que je le vois de mes propres yeux, je l'imagine aux toilettes. Ainsi, j'oublie vite toutes mes appréhensions. »

Mary pouffa et se rendit compte qu'elle avait de la sympathie pour Nancy.

« Ça fait combien de temps que tu travailles ici ? demanda-t-elle.

— Depuis l'âge de onze ans, quand ma mère m'a envoyée ici. Au début, j'étais chargée de laver les pots de chambre. C'était dur de vider toutes leurs déjections… Qu'on soit une dame de la haute société ou une bonniche, ça sent la même chose… »

Les yeux de Mary se fermaient tout seul. Épuisée par le voyage et l'excitation, elle s'endormit tandis que Nancy continuait à parler.

11

Durant les premières semaines, Mary ne cessait de s'émerveiller à mesure qu'elle découvrait Cadogan House et le style de vie qu'on y menait ; car on y menait grande vie même quand le maître n'était pas présent. Elle ne pouvait s'empêcher de rester bouche bée devant les vastes pièces parfaitement décorées, avec leurs immenses fenêtres drapées de rideaux épais en soie damassée, leurs meubles finement sculptés et les énormes cheminées surmontées d'élégants miroirs.

Si Mary s'agaçait des plaisanteries quotidiennes sur ses origines irlandaises, elle appréciait néanmoins les autres domestiques de la maisonnée, qui formaient une bande sympathique. Nancy était une très bonne guide de Londres car elle avait passé toute sa vie dans la capitale. Elle fit monter Mary dans le tram jusqu'à Piccadilly Circus, où elles mangèrent des châtaignes chaudes sous la statue d'Éros, puis elles remontèrent le Mall pour admirer le palais de Buckingham. Elles prirent un thé accompagné de petits pains au lait au Lyons Corner House où deux jeunes soldats leur « firent de l'œil » comme le dit Nancy. Nancy était toute prête à répondre à leurs avances mais Mary ne voulut rien entendre.

Mary aimait ce monde nouveau et excitant. Les lumières brillantes et le tohu-bohu qui régnait dans la ville faisaient presque oublier que le pays était en guerre. Jusqu'à présent, la Grande-Bretagne avait été préservée de toute attaque sur son sol et, hormis l'apparition surprenante des femmes au volant des bus, aux commandes des tramways et derrière les comptoirs des magasins, la ville n'avait pratiquement pas changé.

Jusqu'à l'arrivée des Zeppelins.

Mary entendit l'énorme explosion au milieu de la nuit et apprit le lendemain, comme le reste de la ville, que les Allemands avaient bombardé un site dans le East End, tuant deux cents personnes. Soudain, Londres devint une vraie ruche avec des ballons de barrage suspendus au-dessus de la ligne des toits et la silhouette sombre des mitrailleuses qui se découpaient dans le ciel en haut des bâtiments les plus hauts tandis que, dans les caves de chaque maison, on se préparait à une nouvelle attaque.

Durant l'été 1917, alors que Mary était à Londres depuis plus d'un an, les sirènes avertissant la population d'une attaque aérienne imminente retentirent fréquemment. Le personnel se précipitait alors dans la cave, où l'on mangeait des biscuits secs et où l'on jouait aux cartes pendant que les mitrailleuses crépitaient au-dehors. Mrs Carruthers, assise sur sa chaise en bois descendue exprès de la cuisine, buvait subrepticement quelques gorgées du liquide contenu dans sa flasque pour calmer ses nerfs. Pourtant, même aux pires moments, lorsqu'un Zeppelin semblait se trouver juste au-dessus d'eux et que Mary lisait la peur sur les visages éclairés à la lueur des bougies, elle n'était pas vraiment effrayée. Elle se sentait… *invincible*, comme si l'horreur de ce qu'il se produisait autour d'elle ne pouvait pas l'atteindre.

Un matin, au printemps 1918, Mary reçut enfin une lettre de Sean. Bien qu'elle lui eût communiqué sa nouvelle adresse, elle n'avait reçu aucun courrier depuis son arrivée à Londres. Elle ignorait où il était, elle ignorait s'il était encore en vie. Elle culpabilisait et se maudissait chaque fois que Nancy et elle s'habillaient pour sortir en ville quand elles avaient un jour de congé, chaque fois qu'elles étaient prises de fous rires – elle avait un peu honte de ce sentiment de liberté que lui procurait cette ville immense et ouverte où tout semblait possible.

Et puis, pour être tout à fait honnête, elle avait l'impression d'avoir oublié Sean. Elle ouvrit la lettre et se mit à lire.

France
17 mars

Ma chère Mary,

Je t'écris pour te dire que je vais bien même si j'ai l'impression que nous nous battons depuis une éternité. J'ai bientôt une semaine de permission et j'ai reçu la lettre dans laquelle tu m'annonçais que tu travaillais à Londres. Dès mon arrivée à la caserne, je passerai te voir.

Mary, ma chérie, il ne nous reste plus qu'à espérer que cette guerre sera bientôt terminée et que nous pourrons reprendre notre vie à Dunworley.

C'est grâce à toi que j'arrive à supporter les jours et les nuits terribles que je passe ici.

Je t'aime.

Sean

Mary relut cinq fois la lettre. Puis elle s'assit et fixa en silence le mur blanchi à la chaux en face de son lit.

« Qu'est-ce qui se passe ? » Nancy l'observait l'air pensif.

« Mon chéri, Sean. Il va bientôt avoir une permission et va venir me voir.

— Dieu merci ! dit Nancy. Il n'est pas une création de ton imagination. »

Mary secoua la tête. « Non. C'est vrai, il est bien réel.

— Et visiblement, il résiste bien aux balles et aux Boches s'il a pu survivre dans les tranchées pendant les trois dernières années. La plupart des soldats ne tiennent pas plus de quelques semaines. T'en as de la chance d'avoir un chéri en vie ! Qu'est-ce que vont faire les filles comme moi qui n'ont encore personne ? Dieu sait combien de milliers de jeunes gars on a perdus dans cette guerre ! On va toutes finir vieilles filles. Ne laisse surtout pas partir le tien, veinarde ! »

Quelques semaines plus tard, alors que Mary était en train d'alimenter le feu dans le grand salon, Sam, le valet de pied, passa la tête par la porte.

« Il y a un monsieur du nom de Ryan qui te demande, Mary. Il s'est présenté à la porte principale, je l'ai envoyé derrière à l'entrée réservée aux domestiques. »

Les jambes tremblantes, elle descendit les escaliers pour retrouver son passé, priant pour que la cuisine soit vide et qu'elle puisse enfin passer un moment seule avec Sean. Toutefois, lassé par la monotonie de ses tâches quotidiennes, le personnel ne pouvait manquer un tel événement. La cuisine était donc pleine de domestiques curieux.

Mary s'avança vers la porte de derrière le plus rapidement possible, mais Nancy l'avait devancée. Les mains posées sur les hanches, elle gratifia d'un grand sourire le soldat décharné et à peine reconnaissable qui se tenait sur le seuil.

« Je crois bien que ce jeune homme s'appelle Sean, dit Nancy en se tournant vers Mary, et il veut te parler.

— Merci, répondit Mary.

— Tout Irlandais qu'il est, c'est un beau garçon », murmura Nancy à l'oreille de Mary.

Mary plongea les yeux dans ceux de Sean pour la première fois depuis trois ans et demi.

« Mary, ma Mary ! Je n'arrive pas à le croire. Tu es là, en face de moi. Viens dans les bras de ton fiancé », dit Sean d'une voix étranglée par l'émotion.

Elle vint se blottir contre lui. Elle huma son parfum qui semblait à la fois différent et familier et, tout en le serrant contre elle, elle sentit sa maigreur.

« Mary, susurra-t-il, c'est vraiment toi, ici, à Londres. Et je te tiens dans mes bras… Tu n'imagines même pas combien de fois j'ai rêvé de cet instant. Laisse-moi te regarder. Tu es encore plus belle que quand je t'ai laissée. »

Il lui souriait, la dévorait de ses yeux doux pleins de tendresse.

« Ne sois pas bête, répondit Mary en rougissant. Je suis restée la même, fidèle à ce que j'ai toujours été.

— Tu peux sortir aujourd'hui ? Je ne vais passer que deux nuits à Londres avant de repartir. »

Mary le regarda, l'air sceptique. « Ce n'est pas mon jour de congé normalement, Sean. Mais je peux toujours demander à Mrs Carruthers. »

Elle se tourna, s'apprêtant à retourner dans la cuisine, mais il l'arrêta. « Va te préparer pour sortir avec moi. Je me charge de demander à cette femme. Rares sont celles à Londres qui peuvent résister à un soldat. »

Effectivement, quand Mary réapparut, vêtue de sa plus belle jupe et coiffée de son nouveau chapeau, Sean était assis autour de la table avec Mrs Carruthers, un verre de gin à la main. L'intendante et le reste des domestiques l'écoutaient avec intérêt relater sa vie au front.

« Ils ne nous disent rien, déplora Mrs Carruthers. On ne sait pas ce qui se passe.

— Eh bien, Mrs Carruthers, si vous voulez mon avis, nous les aurons vaincus dans six mois. Il y a plus de victimes côté Boches que côté Alliés. On a appris à les combattre, vous voyez. On a mis le temps, mais je pense qu'on est du côté de la victoire à présent.

— Espérons, dit Mrs Carruthers avec ferveur. Les vivres se font rares et il devient de plus en plus difficile de poser de la nourriture sur la table.

— Ne vous inquiétez pas, Mrs Carruthers. Il y a des soldats courageux pour défendre cette nation et je veillerai personnellement à ce qu'il y ait une oie sur votre table à Noël », ajouta Sean avec un clin d'œil.

Mrs Carruthers se mit à rire et regarda Mary.

« Je dois bien reconnaître que vous vous êtes trouvé un charmant jeune homme, belle demoiselle. Allez, filez tous les deux. Je suis sûre que vous ne voulez pas gâcher une seconde de votre permission à parler avec une vieille bique comme moi !

— Ah, Mrs Carruthers, vous êtes exactement le genre de femme respectable pour qui les gars comme moi se battent au front. Nous sommes prêts à tout pour garantir votre sécurité. » Mary se tourna vers Mrs Carruthers. « À quelle heure voulez-vous que je revienne ?

— Prenez tout le temps que vous voulez. Je suis sûre que Nancy acceptera volontiers de prendre en charge vos tâches pour une fois, pas vrai, Nancy ?

— Oui madame, acquiesça Nancy à contrecœur, dépitée par la tournure des événements.

— C'est très gentil à vous d'autoriser Mary à prendre sa journée, Mrs Carruthers. Je vous promets que je la ramènerai à dix heures pile, ajouta Sean.

— Comme je vous l'ai dit, vous pouvez la ramener quand bon vous semblera. »

Mary et Sean quittèrent la maison et s'arrêtèrent dans la ruelle juste derrière.

« J'avais oublié que tu savais si bien t'y prendre avec les femmes, Sean Ryan, dit Mary en levant des yeux pleins d'admiration vers lui. Même cette vieille mégère de Mrs Carruthers n'a pas pu résister à ton charme. Où allons-nous ?

— C'est toi qui connais Londres, répondit Sean en haussant les épaules. Je te laisse le soin de choisir.

— Dans ce cas, on devrait aller dans un endroit calme d'abord. On pourrait s'asseoir un moment dans le jardin juste en face, personne ne viendra nous ennuyer. »

Sean prit ses mains dans les siennes. « Peu m'importe, tant que je peux regarder tes yeux magnifiques. »

Ils traversèrent la rue jusqu'au jardin et prirent place sur un banc.

Sean embrassa les mains de Mary.

« Ah, Mary, tu n'imagines pas ce que ça représente pour moi de te voir, je... », commença-t-il d'une voix étranglée par l'émotion, butant sur les derniers mots. Il s'interrompit et resta silencieux à côté d'elle.

« Qu'est-ce qu'il y a, Sean ?

— Je... »

Et il se mit à sangloter. De gros sanglots déchirants qui le faisaient trembler. Mary le regarda, en plein désarroi, ne sachant que dire ou que faire pour l'aider.

« Je suis désolé, Mary, désolé… » Sean essuya rapidement ses larmes avec ses grandes mains. « Je suis stupide, vraiment, mais l'enfer que j'ai vu… que j'ai vécu… et te voilà, aussi belle que dans mon souvenir. Je… » Ses épaules se soulevèrent. « Je ne peux pas t'expliquer.

— Il faut que tu essaies de me raconter, Sean. Je ne te promets pas que je pourrai t'aider mais je peux au moins t'écouter », dit doucement Mary.

Sean secoua la tête. « Je me suis juré que je ne m'effondrerais pas devant toi quand je te verrais, mais… Mary, comment pourrais-je te dire ce que j'ai vécu ? Combien de fois j'ai souhaité la mort… »

Mary caressa doucement sa main. « Sean, je suis là et tu peux me raconter, tu sais, je suis capable de tout entendre, je t'assure.

— La puanteur, Mary, l'odeur de la mort, des cadavres qui se décomposent… même ici, je la sens encore. Partout où on pose le regard, on voit des morceaux de corps dans la boue, piétinés par les autres. Et l'odeur de poudre, de gaz, et puis le bruit incessant des détonations qui nous hante jour et nuit et qui nous terrorise. » Sean prit sa tête dans ses mains. « Il n'y a pas de répit, Mary, aucun répit. Et tu sais, chaque fois que tu montes à l'assaut, qu'au mieux tu vas perdre des amis et qu'au pire, c'est toi qui vas mourir. Mais au bout du compte, ce serait peut-être préférable. Échapper à cet enfer. »

Mary le contempla, horrifiée. « Sean, tout ce qu'on entend, c'est que vous vous défendez bien. Qu'on va bientôt gagner.

— Ah, Mary. » Sean ne pleurait plus à présent. Pourtant, il cachait toujours sa tête dans ses mains.

« Ils ne veulent pas parler de la souffrance. Bien sûr que non. Aucun homme, même le plus courageux de tous, ne voudrait aller dans les tranchées s'il savait la vérité. » Il releva soudain la tête. « Et je ne devrais pas te raconter ça.

— Sean, dit Mary en lui caressant la tête, sentant ses cheveux rêches sous ses doigts. Tu as tout à fait le droit de me le raconter. Je serai ta femme dès que cette guerre sera finie. Et ça ne devrait plus être long, je pense, n'est-ce pas ?

— C'est ce que je me dis tous les jours depuis trois ans et demi, Mary, et je suis toujours au front », répondit-il l'air désespéré.

Ils restèrent silencieux quelques secondes.

« Tu sais, Mary, reprit enfin Sean, j'ai même oublié pourquoi nous nous battons. Et je ne sais même pas si j'aurais le courage d'y retourner.

— Bientôt, tu seras tiré d'affaire, affirma Mary tout en continuant à caresser ses cheveux. Et tu rentreras avec moi à Dunworley. Nous pourrons enfin nous installer chez nous, dans notre belle maison.

— Ne dis jamais à ma mère ce que je viens de te raconter. » Sean leva la tête vers elle, l'angoisse se lisait sur son visage. « Tu me le promets, Mary ? Je ne pourrais pas supporter qu'elle se pose des questions et qu'elle s'inquiète. Et tu as raison. Ça sera bientôt fini. Il le faut », dit-il en serrant sa main si fort que les doigts de Mary devinrent tout blancs.

Quand Mary rentra à Cadogan House et qu'elle monta discrètement dans sa chambre quelques heures plus tard, elle fut accueillie par Nancy, assise bien droite dans son lit, qui attendait visiblement son retour.

« Alors ? Comment c'était ? Je n'ai jamais vu Mrs C aussi impressionnée. C'est un vrai charmeur, ton Sean.

— Oui, c'est vrai. » Mary commença à se déshabiller avec lassitude.

« Où êtes-vous allés ? Il t'a emmenée danser ?

— Non, nous n'avons pas dansé ce soir.

— Il ne t'a pas emmenée dîner dans un club ? » Mary passa sa chemise de nuit.

« Non.

— Mais qu'est-ce que vous avez fait, alors ? » demanda Nancy, une pointe d'agacement dans la voix.

Mary se mit au lit. « Nous sommes restés assis dans le jardin tout près d'ici.

— Tu veux dire que vous n'avez pas bougé ?

— Non, Nancy, dit Mary en éteignant la lumière. Nous n'avons pas bougé. »

12

Le lendemain soir, Sean revint chercher Mary à Cadogan House. Cette fois, elle l'emmena en tramway jusqu'à Piccadilly Circus et ils mangèrent les *fish and chips* qu'ils avaient achetés sous la statue d'Éros.

« Dommage que je ne puisse pas rester plus longtemps. J'aurais aimé que nous allions dans un endroit spécial.

— Mais c'est déjà spécial pour moi, Sean. » Mary l'embrassa sur la joue. « C'est mieux que d'aller dans un club ou un restaurant bondé où nous devrons faire attention à nos moindres faits et gestes, tu ne crois pas ?

— Si ça te convient alors ça me convient aussi, dit Sean en engouffrant les frites. Mary, je veux que tu saches que je suis vraiment désolé pour hier soir. Tu n'avais pas à entendre tout ça. Je me sens mieux aujourd'hui.

— Ne t'en fais pas Sean, répondit Mary en haussant les épaules. Tu avais besoin d'en parler à quelqu'un et je suis la mieux placée pour t'écouter, non ?

— En tout cas, je ne veux plus penser à tout ça. Je serai bien assez vite de retour dans cet enfer. Parle-moi plutôt de toi, Mary, de ta vie ici à Londres. »

Tandis qu'ils marchaient main dans la main en direction du parc Saint-James, Mary raconta sa vie à Cadogan House. Quand elle eut terminé, Sean prit le visage de sa fiancée dans ses mains. « Mary, ça sera bientôt terminé et on rentrera tous les deux à la maison. » Il parut inquiet soudain. « Tu voudras bien retourner à Dunworley, n'est-ce pas ? » Sean fit un grand geste du bras pour montrer la ville autour. « Ça n'a rien à voir avec Londres, là d'où on vient.

— Non, admit Mary. Et on a grandi tous les deux depuis qu'on s'est rencontrés. Et le monde a changé aussi. Mais nous ferons notre vie ensemble, peu importe où.

— Mary, oh Mary. » Sean la prit dans ses bras et l'embrassa avec fougue. Puis, il rompit brusquement leur étreinte. « Il faut que je fasse attention à ne pas me laisser emporter par mes sentiments. » Il prit de profondes inspirations puis la serra de nouveau contre elle. « On ferait mieux de prendre le chemin du retour. Je ne veux pas que tu aies des ennuis avec Mrs Carruthers. »

Ils descendirent la rue sans se presser. La ville était encore très animée à onze heures du soir. « On se croirait à Clonakilty, un dimanche soir sous la pluie, remarqua Sean avec un sourire narquois.

Alors, comment tu trouves Lawrence Lisle ? Est-ce que c'est une chiffe molle comme son frère Sebastian, malgré toutes ses terres et sa grande maison ?

— Je ne saurais te dire, répondit Mary. Je n'ai ni vu à quoi il ressemblait ni entendu le son de sa voix depuis mon arrivée.

— Où est-il ?

— Personne ne le sait réellement. Il travaille pour le gouvernement britannique à l'étranger. Le bruit court qu'il est en Russie.

— Je ne sais pas si tu as entendu ce qui se passe là-bas, mais si ton Mr Lisle est bien en Russie, je pense que tu vas bientôt le voir rappliquer ici. Les Bolcheviks étendent de plus en plus leur pouvoir. Ah, poursuivit Sean en soupirant, notre monde est dans un drôle d'état. Je me demande bien comment tout ça va se terminer. »

Ils étaient arrivés dans la ruelle et restèrent en haut des escaliers sans prononcer un mot. Ils ne savaient pas comment se dire au revoir.

« Viens ici, ma Mary, serre-moi fort dans tes bras, donne-moi la force de m'éloigner de toi et de retourner dans cet enfer, murmura-t-il tandis qu'elle passait les bras autour de sa taille.

— Je t'aime, Sean, murmura-t-elle. Reviens-moi vite et fais attention à toi.

— J'ai tenu jusque-là, dit-il pour la rassurer. Je t'écrirai le plus souvent possible mais ne t'inquiète pas si tu n'as pas de mes nouvelles pendant quelque temps. J'ai l'impression que ça va être très difficile les prochains mois. Il va y avoir une grande campagne pour tenter de remporter la guerre une fois pour toutes.

— J'essaierai de ne pas m'inquiéter. Que Dieu te bénisse, mon chéri, et qu'il te ramène bientôt à moi, sain et sauf. Au revoir, Sean. » Mary essuya ses larmes sur le manteau de Sean et se mit sur la pointe des pieds pour l'embrasser.

« Au revoir, ma chérie. Si je tiens le coup, c'est grâce à toi. C'est toi qui vas m'aider à supporter tout ça. »

Sean se détourna à contrecœur, les larmes aux yeux. Puis, le dos voûté, il redescendit lentement la ruelle.

« Je ne sais pas ce qui te ronge en ce moment, dit Nancy quelques jours plus tard alors qu'elles venaient toutes deux de se mettre au lit. Je suppose que c'est d'avoir vu ton homme repartir à la guerre.

— Oui, répondit Mary en soupirant dans l'obscurité. Tout ce qu'il m'a raconté du front… je n'arrive pas à chasser ces images de mon esprit.

— Peut-être qu'il a exagéré pour que tu aies pitié de lui et que tu lui donnes encore un baiser.

— Non, je ne pense pas, Nancy, dit Mary en soupirant de nouveau. J'aimerais tellement que tu aies raison, mais Sean n'est pas un menteur.

— Si on en croit les journaux, la guerre sera bientôt finie et ton gars pourra bientôt te ramener dans le trou paumé d'où vous venez, dit Nancy en gloussant. Tu veux sortir avec moi en ville jeudi ? On pourrait faire du lèche-vitrine et boire un thé chez Lyons ? Ça te changera un peu les idées.

— Je verrai comment je me sens le moment venu.

— Comme tu voudras », siffla Nancy.

Mary se tourna sur le côté, ferma les yeux et essaya de dormir. Depuis qu'elle avait dit au revoir à Sean, trois jours auparavant, elle ne parvenait pas à ôter de son esprit les images d'apocalypse qu'il y avait fait naître. Et elle ne cessait de voir des hommes blessés de retour du front dans les rues : certains avaient des bandeaux qui leur barraient le visage, cachant un de leurs yeux, d'autres avaient perdu un bras ou une jambe. Cet après-midi, un soldat qui se tenait au milieu de Sloane Square criait et interpellait les passants comme s'il avait perdu la raison. Sean avait dit que le bruit continuel des pilonnages d'artillerie détraquait le cerveau des soldats. Mary avait détourné le regard, les larmes aux yeux, ne supportant plus de voir ce pauvre homme qui avait sombré dans la folie.

Les journaux ne parlaient que de la révolution bolchévique en Russie et de la famille impériale russe dont de nombreux membres avaient été arrêtés. On disait dans la cuisine que le maître devrait rentrer en Grande-Bretagne d'un jour à l'autre. Mrs Carruthers avait reçu un télégramme lui annonçant son arrivée imminente et lui demandant de préparer la maison. Mary et Nancy durent polir trois fois l'argenterie, jusqu'à ce que Smith, le majordome, donnât son approbation.

« Comme si le maître allait remarquer qu'il y a quelques traces sur sa petite cuillère ! s'exclama Nancy d'un ton irrité. Après tout le pataquès en Russie, je crois qu'il sera bien content de retrouver le confort de son lit. »

Bien que la maison fût dans l'expectative, Lawrence Lisle ne se montra pas. Puis, quatre jours plus tard, Mrs Carruthers, les yeux troubles, annonça au personnel que le maître était arrivé dans la nuit, à trois heures du matin.

« Et pour des raisons que vous découvrirez plus tard, je n'ai pas dormi depuis, se plaignit-elle. Honnêtement, dit-elle en haussant les sourcils, le regard tourné vers Smith, qui aurait pu croire ça de lui ? » Ils se dévisagèrent en silence, pendant quelques secondes, l'air incrédule. Puis Mrs Carruthers reprit : « Mary, le maître et moi voulons vous voir dans le grand salon à onze heures pile.

— Je vais avoir des ennuis ? demanda-t-elle nerveusement.

— Non, Mary, ce n'est pas vous qui avez des ennuis… mais je ne peux pas vous en dire plus tant que le maître ne vous aura pas vue. Veillez à ce que votre uniforme soit impeccable et qu'aucune mèche ne dépasse de votre charlotte.

— Oui, Mrs C.

— Je me demande bien ce qui se passe, dit Nancy une fois que Mrs Carruthers eut quitté la cuisine. On dirait qu'elle est dans tous ses états. Pourquoi veulent-ils te voir ?

— J'en saurai plus dans quelques heures », répondit Mary d'une voix un peu tendue.

Mary se présenta devant les portes du grand salon à onze heures pile et frappa. Mrs Carruthers vint lui ouvrir.

« Entrez, Mary, je vais vous présenter à Mr Lisle. »

Mary s'avança. Un homme de grande taille, qui ressemblait beaucoup à son frère cadet Sebastian, se tenait près de la cheminée. Mary constata que

Lawrence Lisle avait hérité du meilleur de leur patrimoine héréditaire.

« Bonjour, je suis Lawrence Lisle. Et vous... c'est Mary, n'est-ce pas ?

— Oui, monsieur, acquiesça-t-elle en faisant la révérence.

— Mary, cette maison se trouve confrontée... à une situation délicate. J'ai consulté Mrs Carruthers à ce propos et elle pense que vous êtes la personne la mieux à même de nous aider.

— Je ferai de mon mieux, monsieur, quand je saurai de quoi il s'agit, répondit nerveusement Mary.

— D'après ce que m'a dit Mrs Carruthers, vous avez été élevée dans un orphelinat tenu par des religieuses.

— C'est exact, monsieur.

— Et pendant que vous étiez au couvent, vous aidiez les religieuses à s'occuper des enfants, en particulier des plus petits.

— Oui, monsieur, quand les bébés étaient laissés sur le pas de la porte par les pauvres mères, je m'occupais d'eux avec les sœurs.

— J'en conclus que vous aimez les bébés.

— Oh oui, monsieur, beaucoup.

— Très bien, très bien, dit Lawrence Lisle en hochant la tête. Eh bien, Mary, la situation est la suivante. J'ai ramené de mon voyage un bébé dont la mère, tout comme les pauvres femmes qui laissaient leur bébé devant la porte du couvent, s'est trouvée dans l'incapacité de s'occuper de lui. Elle m'a demandé de le faire, jusqu'à nouvel ordre.

— Je comprends, monsieur.

— J'ai donc parlé avec Mrs Carruthers de mon intention d'engager une nurse mais elle a dit que vous pourriez tout à fait remplir ce rôle provisoirement. En ce moment, vous n'effectuez pas les tâches pour lesquelles nous vous avons engagée puisque nous recevons très peu et ça ne devrait pas changer dans les prochains mois. Ainsi, Mrs Carruthers et moi souhaiterions que vous vous occupiez dès à présent du bébé.

— Très bien, monsieur. Et quel âge a-t-il, ce bébé ?

— Elle doit avoir… voyons… Je dirais qu'elle n'a pas plus de quatre ou cinq mois.

— Bien, monsieur, et où est-elle ?

— Elle est là-bas. »

Il désigna un petit couffin posé sur une méridienne au fond du grand salon. « Allez la voir si vous le désirez.

— Merci, monsieur. »

Tandis que Mary s'approchait du couffin et jetait un regard furtif à l'intérieur, Lawrence ajouta : « Je la trouve plutôt mignonne pour un bébé, bien que je n'aie guère d'expérience en la matière. Et elle est assez sage aussi. Dans le train qui assurait la correspondance avec le bateau depuis la France, l'enfant n'a pratiquement pas pleuré. »

Mary contempla les cheveux noirs et soyeux du bébé et sa peau pâle mais parfaite. La petite fille avait mis son pouce à la bouche et elle dormait paisiblement.

« Je l'ai nourrie il y a tout juste une heure, commenta Mrs Carruthers. Elle n'oublie pas de se faire entendre quand elle veut sa pitance. Je suppose que vous savez donner le biberon à un bébé et changer sa couche.

— Bien sûr, Mrs Carruthers. » Mary regarda le bébé en souriant. « Comment s'appelle-t-elle ? »

Lawrence hésita avant de répondre : « Anna, elle s'appelle Anna.

— C'est vrai que c'est une jolie petite créature, murmura Mary. Et oui, monsieur, j'aimerais beaucoup m'occuper d'elle pour vous. »

Lawrence Lisle parut soulagé. « Parfait, dans ce cas, c'est réglé. Le bébé dormira au deuxième étage et sa chambre a déjà été préparée. Vous emménagerez avec elle dès aujourd'hui afin de pouvoir lui donner le biberon la nuit. Vous serez déchargée de toutes vos tâches ménagères pour l'instant. Mrs Carruthers et vous devez acheter tout ce dont l'enfant a besoin : un landau, des vêtements, etc.

— Elle n'avait donc aucun vêtement avec elle, monsieur ?

— La mère a préparé quelques affaires dans un sac pour le voyage. C'est tout ce qu'elle a. Très bien – il montra la porte – je suggère que vous l'emmeniez à l'étage et que vous vous installiez dans votre chambre.

— Puis-je vous demander de quel pays elle vient ? » s'enquit Mary.

Lawrence Lisle fronça les sourcils et marqua une pause. « À partir de maintenant, cette enfant est anglaise. Si quelqu'un vous interroge, y compris les membres du personnel de maison, vous répondrez que c'est le bébé d'un de mes amis proches dont la femme est tombée malade en la mettant au monde. Son père est mort au combat un mois plus tard. Je l'ai prise sous ma tutelle jusqu'à ce que sa mère soit suffisamment rétablie pour s'occuper d'elle. Vous comprenez, Mary ?

— Je comprends, monsieur, et je promets que je ferai de mon mieux pour m'occuper d'elle. »

Mary fit une petite révérence, quitta la pièce et monta au deuxième étage en portant avec précaution le couffin dans les escaliers. Elle attendit sur le palier, puis Mrs Carruthers vint la rejoindre.

Mrs Carruthers la conduisit dans le couloir jusqu'à une chambre qui donnait sur les jardins de la place. « Vous dormirez là désormais. Je vous ai installée dans cette chambre car c'est la plus éloignée de celle du maître. Il a beau dire, le bébé ne fait pas semblant de brailler quand il a faim et je ne veux pas qu'il soit dérangé. »

Mary regarda la jolie chambre, émerveillée. Elle contenait une coiffeuse et un lit en fer forgé confortable, dont le matelas était recouvert d'une courtepointe.

« N'allez surtout pas vous faire des idées, jeune demoiselle, ajouta Mrs Carruthers. Si vous êtes dans cette chambre, c'est uniquement parce que vous devez vous occuper du bébé la nuit.

— Je ne me fais pas d'idées, s'empressa de répondre Mary, consciente que son changement soudain de condition pouvait inquiéter Mrs Carruthers, soucieuse de conserver son rang.

— C'est provisoire. Je suis sûre que dès qu'il le pourra, le maître engagera une nurse professionnelle. Mais comme je lui ai fait remarquer, avec la guerre, c'est un peu comme chercher une aiguille dans une botte de foin. J'espère que vous êtes contente que j'aie pensé à vous pour ce poste, ma fille. Ne me décevez pas !

— Je ferai de mon mieux, Mrs Carruthers, je vous le promets, dit Mary pour la rassurer. Et il est inutile de dépenser de l'argent pour acheter des vêtements au bébé. J'adore coudre.

— Très bien. Allez chercher vos affaires dans votre ancienne chambre dès que vous le pourrez. Il y a des toilettes et une salle de bains à côté. Plus de pot de chambre pour vous, ma fille. Vous en avez de la chance !

— Oui, merci d'avoir pensé à moi, Mrs Carruthers.

— Vous avez beau être irlandaise, vous êtes une bonne fille, Mary. » Mrs Carruthers se dirigea vers la porte, puis s'arrêta. « J'sais pas, dit-elle. Y a quelque chose de bizarre dans cette histoire. Quand vous êtes partie avec le bébé, le maître a chargé Smith de monter une petite valise au grenier. Il a dit qu'il fallait la laisser là jusqu'à ce que la mère du bébé vienne la chercher. Cette petite fille n'a rien d'une anglaise, ajouta-t-elle en regardant le bébé dans le couffin. Vous n'êtes pas d'accord avec moi ?

— Elle a le teint très pâle, c'est sûr, répondit Mary avec prudence. Des cheveux très noirs et une peau si blanche…

— Je parie que c'est un bébé russe, affirma Mrs Carruthers. Mais nous ne le saurons jamais.

— Tout ce qui compte à présent, c'est que ce petit bout de chou soit en sécurité avec nous ici, dit Mary.

— Oui, vous avez raison, admit Mrs Carruthers. Je vous retrouve en bas tout à l'heure. »

Mary se retrouva enfin seule avec sa nouvelle protégée. Elle s'assit sur le lit avec le bébé dans son couffin à côté d'elle et contempla le minuscule visage d'Anna. Finalement, comme si elle avait senti qu'on l'observait, Anna remua et ouvrit les yeux, encore tout endormie.

« Bonjour, petite puce », murmura Mary en plongeant son regard dans les yeux noirs intenses du nourrisson. Elle vit leur expression changer et réalisa que c'était au tour du bébé de l'observer.

Le cœur débordant déjà d'amour pour l'enfant, Mary prit sa petite main dans la sienne. « Bonjour, Anna, c'est moi qui vais m'occuper de toi à présent. »

13

La guerre continuait à faire rage. Au cours des mois suivants, Mary ne reçut qu'une seule lettre de Sean. Il y disait que les Alliés allaient finir par remporter la guerre. Mary lui écrivait fidèlement toutes les semaines et priait pour lui tous les soirs.

Pourtant, Sean n'était plus le seul à occuper ses pensées, le petit être exquis dont elle s'occupait demandait toute son attention. Elle était avec le bébé vingt-quatre heures sur vingt-quatre. Le matin, après avoir pris son biberon, Anna dormait dehors dans le jardin, pendant que Mary faisait tremper ses couches et lavait les minuscules vêtements qu'elle avait cousus pour elle. Après le déjeuner, elle mettait Anna dans le grand landau et l'emmenait en promenade jusqu'aux jardins de Kensington. Mary s'asseyait avec le landau près de la statue de Peter Pan et écoutait les bavardages des autres nurses qui se réunissaient ici.

Elles ne lui adressaient jamais la parole. Mary savait qu'elles la méprisaient, vêtues comme elles l'étaient de leur robe grise simple, tandis qu'elle portait toujours son uniforme de domestique.

Au retour de leur promenade, quand le maître n'était pas à la maison, Mary emmenait le bébé dans la cuisine, où elle lui donnait à manger, pendant que les autres domestiques se pressaient autour d'elle. Anna aimait être le centre de l'attention. Elle se tenait bien droite dans sa chaise haute en bois et tapait sur la table avec sa cuillère tout en gazouillant. Chaque progrès accompli, chaque étape franchie étaient commentés et admirés par son public. Aucun des domestiques n'éprouvait le moindre ressentiment à l'égard de Mary, personne ne la jalousait parce qu'elle était montée en grade. Elle veillait sur le petit rayon de soleil qui illuminait Cadogan House. Anna était aimée de tous.

Le soir, assise à côté du couffin, Mary cousait des robes, ornant les cols de broderies délicates, et réalisait au crochet des gilets et des chaussons. Anna embellissait de jour en jour. Ses joues pâles s'arrondissaient et le bon air leur donnait un bel éclat.

Lawrence Lisle venait de temps en temps dans la chambre d'enfant, il contemplait le bébé, s'enquérait de sa santé puis repartait rapidement. Malheureusement, il ignorait la plupart du temps les commentaires de Mary, qui aurait été ravie de lui montrer les progrès de sa petite protégée.

Un soir d'octobre, alors que les rumeurs d'une victoire imminente allaient bon train à Londres, Mary se tenait à côté du berceau d'Anna et la regardait dormir. Les bonnes nouvelles qui circulaient étaient parvenues jusqu'à la maison où régnait une certaine effervescence. Tout le monde retenait son souffle dans l'attente de cet armistice qu'on promettait depuis si longtemps.

Comme des milliers d'autres femmes dont les hommes étaient au front, Mary avait souvent imaginé ce qu'elle ressentirait quand on annoncerait la fin de la guerre. À présent que la paix était toute proche, elle n'était plus si sûre.

Anna remua et murmura dans son sommeil.

« Qu'est-ce que tu vas devenir si je ne suis plus là pour m'occuper de toi ? »

Mary ne put empêcher les larmes de lui monter aux yeux.

L'armistice fut enfin annoncé trois semaines plus tard. Mrs Carruthers accepta de s'occuper d'Anna quelques heures pendant que Mary, Nancy et Sam, le valet de pied, se joignaient aux milliers d'autres Londoniens pour fêter la nouvelle. Mary fut entraînée sur le Mall jusqu'au palais de Buckingham par une foule en délire qui agitait des drapeaux, chantait et applaudissait. Tout le monde se mit à crier quand deux petites silhouettes apparurent sur le balcon – elle était trop loin pour les voir distinctement, mais elle savait qu'il s'agissait du roi George et de sa femme, son homonyme, Mary.

Elle se retourna et vit Nancy embrasser fougueusement Sam puis fut soulevée par deux bras puissants.

« N'est-ce pas une merveilleuse nouvelle, mademoiselle ? dit le soldat en la faisant tourner dans ses bras avant de la reposer à terre. C'est le début d'un nouveau monde. »

Nancy et Sam avaient rejoint le cortège qui redescendait le Mall en direction de Trafalgar Square pour poursuivre la fête. Mary prit seule le chemin du retour, se faufilant à travers la foule dans les rues bondées, savourant cette joie et cette bonne humeur contagieuses sans pouvoir y participer pleinement.

La fin de la guerre mettrait un terme à ces quelques mois de bonheur auprès d'Anna.

Un mois après l'armistice, Mary reçut une lettre de Bridget, la mère de Sean. Bridget n'avait jamais été douée pour l'écriture. Sa missive était courte et allait droit au but. Tous les garçons qui étaient partis au combat et avaient survécu étaient apparemment de retour à Dunworley. Sean n'était pas parmi eux. Quelqu'un se souvenait de l'avoir vu vivant lors de la dernière bataille de la Somme, mais une semaine auparavant, Bridget avait reçu une lettre du ministère de la Guerre lui annonçant que son fils était officiellement porté disparu.

Mary mit quelques minutes à saisir la signification de cette lettre. Sean était porté disparu. Était-il présumé mort ? Elle avait entendu que le chaos le plus total régnait en France tandis que les soldats commençaient à rentrer chez eux. Un grand nombre d'entre eux n'étaient pas encore rentrés. Il devait encore rester de l'espoir, pensa-t-elle sans pour autant y croire réellement.

Alors que le monde recommençait doucement à regarder vers l'avenir pour la première fois depuis cinq ans, Mary avait le sentiment que le sien était toujours aussi incertain. Et elle ne voyait pas l'intérêt de retourner en Irlande tant qu'elle n'aurait pas de nouvelles de Sean. Au moins était-elle occupée ici, à Londres, et le tas de shillings qu'elle cachait sous son matelas grossissait mois après mois.

« C'est sûrement mieux que je reste près de toi pour le moment, dit-elle à Anna en lui donnant le bain. Il n'y a rien pour moi en Irlande tant que Sean n'est pas rentré, rien, ma chérie. »

À l'approche de Noël, les invités refirent leur apparition à la table de Cadogan House. Un matin, à la mi-décembre, Lawrence Lisle convoqua Mary dans le grand salon.

Le cœur battant la chamade, Mary fit une petite révérence, résignée en attendant que le couperet tombe.

« Mary, veuillez vous asseoir. »

Elle haussa les sourcils, surprise. Il n'était pas d'usage que les domestiques s'assoient devant leurs maîtres. Elle s'exécuta, un peu hésitante.

« Je voulais vous demander comment se portait Anna ? Comment se développe-t-elle ?

— Ah, elle est merveilleuse, vraiment ! Elle se déplace à quatre pattes et elle va si vite que je dois être très vigilante ! Elle va bientôt marcher et c'est là que les ennuis vont commencer, répondit Mary en souriant.

— Très bien, très bien. Mary, vous avez certainement remarqué que la maison revient à la vie. À cette fin, nous devons envisager de pourvoir à nouveau le poste que vous occupiez pour servir à table. »

Le visage de Mary s'assombrit et son cœur se mit à tambouriner dans sa poitrine.

« Oui, monsieur.

— Comme c'était la place que vous occupiez quand vous avez été engagée, elle vous revient de droit.

— Oui, monsieur », murmura Mary les yeux baissés. Elle dut serrer les dents pour ne pas se mettre à pleurer.

« Toutefois, Mrs Carruthers semble penser que vous avez des affinités naturelles avec Anna. Elle dit que vous avez créé des liens très forts toutes les deux et que c'est excellent pour le développement de l'enfant. Je suis d'accord avec elle. C'est pourquoi, Mary, j'aimerais vous demander quels sont vos projets. J'ai été navré d'apprendre que votre fiancé était toujours porté disparu, mais voici mon offre : je suis prêt à faire de vous la nurse de l'enfant si, et seulement si, vous ne repartez pas immédiatement pour l'Irlande dès que votre fiancé sera retrouvé. »

Le maître et la servante échangèrent un regard et comprirent qu'ils pensaient tous deux la même chose : le retour du fiancé était de plus en plus improbable, l'espoir de le revoir vivant s'amenuisant de jour en jour.

« Monsieur, je ne peux pas savoir s'il reviendra, mais tant qu'il n'est pas là, je serais très heureuse de continuer à m'occuper d'Anna. Mais s'il… revenait, bégaya Mary, je devrais retourner avec lui en Irlande. Et je me dois de vous le dire, monsieur. »

Lawrence Lisle réfléchit quelques secondes, pesant mentalement le pour et le contre. « Eh bien, dans ce cas, chaque chose en son temps, n'est-ce pas ?

— Oui, monsieur.

— Il nous faut prendre chaque jour comme il vient et Mrs Carruthers m'a assuré que vous vous êtes parfaitement occupée d'Anna jusque-là. Ainsi, si vous acceptez cette place, vous recevrez une augmentation de dix shillings par mois et je demanderai à Mrs Carruthers de vous trouver un uniforme adéquat. Je ne veux pas que mes amis pensent que je ne fais pas ce qu'il faut pour l'enfant.

— Merci, monsieur. Je vous promets que je continuerai à prendre le plus grand soin d'Anna. C'est une enfant merveilleuse. Peut-être aimeriez-vous m'accompagner jusqu'à sa chambre pour la voir à moins que vous ne préfériez que je vous l'amène ? proposa-t-elle avec empressement.

— Quand j'aurai le temps, je vous le ferai savoir et vous me l'amènerez ici. Merci, Mary, et poursuivez votre excellente tâche.

— Bien sûr, monsieur. » Mary se leva et se dirigea vers la porte, puis elle se retourna. « Monsieur, pensez-vous que la Maman d'Anna viendra la chercher un jour ? »

Lawrence Lisle soupira puis secoua la tête. « Non, Mary, j'en doute fortement. Très fortement, même. »

Mary descendit les escaliers pour rejoindre la cuisine d'un pas léger… pourtant un peu coupable. Elle avait peut-être perdu son Sean adoré, mais elle était vraiment soulagée de ne pas avoir perdu Anna aussi.

Les mois passèrent sans que Mary n'ait toujours aucune nouvelle. Elle se rendit au ministère de la Guerre et attendit dans la file, avec les autres femmes. L'homme derrière le bureau, épuisé par le défilé de ces femmes désespérées, consulta la liste des soldats portés disparus pour voir si le nom de Sean figurait dessus.

« Je suis désolé, madame, mais je ne peux rien vous dire que vous ne sachiez déjà. Le sergent Ryan n'a toujours pas été identifié, ni vivant, ni mort.

— Cela signifie-t-il qu'il est peut-être vivant quelque part mais qu'il a… perdu la mémoire ?

— Peut-être, madame, l'amnésie est fréquente chez les soldats. Mais s'il était vivant, quelqu'un l'aurait certainement identifié. L'uniforme des Irish Guards est particulièrement reconnaissable.

— Oui, mais… dois-je garder espoir, devons-nous, sa famille et moi, continuer à espérer qu'il revienne un jour ? »

Elle comprit, en voyant l'expression de son visage, que c'était une question à laquelle il devait répondre plusieurs fois par jour.

« Tant que… qu'aucun corps n'a été trouvé, il y aura toujours de l'espoir. Mais ce n'est pas à moi de vous dire combien de temps, vous, tout comme sa famille, devez continuer à espérer. Si le sergent Ryan n'est toujours pas retrouvé dans les prochaines semaines, le ministère de la Guerre reprendra contact avec vous et votre fiancé sera considéré comme "porté disparu, présumé mort".

— Je vois. Merci. »

Mary se leva et quitta le bureau sans dire un mot.

Six mois plus tard, elle reçut une lettre du ministère de la Guerre.

Chère mademoiselle Benedict,

À la suite de votre demande concernant le sergent Sean Michael Ryan, j'ai le regret de vous informer que sa veste, portant son matricule et contenant ses papiers d'identité, a été retrouvée dans une tranchée ennemie, dans la Somme, en France. Bien qu'aucune dépouille n'ait été retrouvée à proximité, nous devons malheureusement en conclure que le sergent Ryan a trouvé la mort sur le théâtre des hostilités en servant son pays.

Nous vous présentons nos sincères condoléances, à vous et à sa famille, que nous informerons séparément. Sur une note personnelle, le fait que sa veste ait été identifiée dans une tranchée ennemie ne fait que confirmer ses états de service. Je peux vous informer qu'il a déjà été cité à l'ordre du jour.

À présent, le sergent Ryan pourrait être décoré de la médaille du courage à titre posthume.

Nous sommes conscients qu'il s'agit là d'une bien maigre consolation pour la perte d'un être cher mais c'est grâce à des hommes comme le sergent Ryan que la guerre a été gagnée et que la paix est revenue.

Bien à vous,
Edward Rankin

Après avoir lu le courrier, Mary emmena Anna dans la cuisine et demanda à Mrs Carruthers de s'occuper d'elle pendant une heure.

Les yeux chassieux de Mrs Carruthers étaient pleins de compassion. La pâleur de Mary ne lui avait pas échappé quand la jeune fille était entrée dans la pièce.

« Mauvaises nouvelles ? »

Mary hocha la tête. « J'ai besoin de prendre l'air, murmura-t-elle.

— Prenez tout le temps que vous voulez. Anna et moi, on va se débrouiller, pas vrai ? gazouilla-t-elle. Je suis désolée, Mary. » Un peu hésitante, elle posa la main sur l'épaule de Mary. « C'était un homme adorable et je sais que vous avez attendu patiemment son retour pendant ces longues années. »

Mary opina de la tête, l'air hébété, et alla dans le vestibule pour mettre son manteau et ses bottes. La compassion inhabituelle de Mrs Carruthers lui avait fait monter les larmes aux yeux et elle ne voulait surtout pas qu'Anna la voie pleurer.

Mary marcha jusqu'aux jardins de la place Cadogan et regarda les enfants jouer tandis qu'un couple flânait bras dessus, bras dessous. Ce nouveau monde, un monde en paix dans lequel il était désormais possible de vivre heureux et de profiter de plaisirs simples, était un monde que Sean avait contribué à préserver. Pourtant, il n'était plus là pour le voir.

Mary resta assise sur son banc, malgré la nuit qui tombait et tandis que le parc se vidait de ses visiteurs. Elle éprouva tour à tour le chagrin, la peur, la colère… jamais elle n'avait versé autant de larmes.

Elle relut vingt fois la lettre, les mots résonnant dans sa tête.

Sean… cet homme immense, énergique. Si fort… si jeune…

Mort.

Il ne respirait plus. Il n'était plus sur cette Terre. Il était parti. Ainsi que son doux sourire, ses réprimandes, son rire…

Ainsi que son amour.

Il faisait de plus en plus noir, mais Mary demeurait sur son banc.

Une fois qu'elle se fut calmée, qu'elle eut surmonté le choc initial, elle réfléchit aux conséquences de la disparition de son fiancé sur sa vie. Ils n'étaient pas mariés, elle n'aurait droit à aucune pension. La vie qu'elle avait imaginée auprès d'un homme qui l'aimerait, qui prendrait soin d'elle, qui la protégerait et lui donnerait un toit à elle et à sa famille, cette vie-là était terminée avant même d'avoir véritablement commencé.

Elle était de nouveau seule. Orpheline pour la deuxième fois de sa vie.

Mary était certaine que si elle retournait en Irlande, les parents de Sean l'accueilleraient à bras ouverts. Mais à quoi ressemblerait sa vie ? Bien qu'elle n'eût aucune intention de trouver un homme pour remplacer leur fils, Mary savait qu'elle ne pourrait plus jamais prendre part à une activité joyeuse sans risquer de blesser ses parents en deuil. Et sa présence leur rappellerait sans cesse celui qu'ils avaient perdu.

Mary s'essuya le visage avec la paume de ses mains. L'air du mois de mars devenait de plus en plus frais et elle se surprit à frissonner, sans savoir si c'était à cause du choc ou parce qu'elle avait froid. Elle se leva et regarda autour d'elle, inconsolable. Elle repensa au jour où elle et Sean avaient passé l'après-midi ici.

« Au revoir, mon amour. Que Dieu te bénisse. Fais de beaux rêves », murmura-t-elle avant de quitter le parc pour retourner vers la seule vie qu'il lui restait à présent.

14

Anna allait sur ses trois ans, ses cheveux noirs et brillants avaient poussé et contrastaient avec sa peau blanche comme l'ivoire. Elle marchait seule à présent, et sa grâce naturelle enchantait tous les domestiques. Lawrence Lisle avait même pris l'habitude de la faire venir dans le grand salon, lui demandant d'exécuter la révérence parfaite que Mary lui avait apprise.

Anna savait instinctivement que l'étranger qui l'appelait parfois jouait un rôle important dans sa vie. Mary avait le sentiment qu'elle faisait tout son possible pour le charmer, lui adressant ses plus beaux sourires et ouvrant les bras pour se serrer contre lui.

Malgré son développement physique, Anna ne parlait toujours pas correctement. Elle émettait des sons répétitifs et prononçait certains mots, aussi Mary essayait-elle de ne pas trop s'inquiéter.

« Comment parle-t-elle à présent ? A-t-elle progressé ? demanda un jour Lawrence Lisle tandis qu'Anna était assise avec lui dans le grand salon.

— Elle progresse doucement, monsieur, mais mon expérience m'a appris que chaque enfant évolue à son rythme. »

Au moment de partir, Anna se jeta au cou de Mr Lisle.

« Dis au revoir, Anna, lui demanda Mr Lisle d'un ton encourageant.

— Au re-revoir », balbutia Anna.

Lawrence Lisle haussa les sourcils. « Répète, Anna, tu veux bien ?

— Au re-rev-voir, répéta docilement la petite fille.

— Mmm... Mary, il me semble qu'Anna bégaie.

— Non, elle apprend simplement à prononcer les mots correctement. » Mary ne tenait pas à s'attarder sur le sujet. Le maître venait d'exprimer à voix haute les craintes qu'elle avait gardées pour elle jusque-là.

« C'est vous la spécialiste des enfants, mais j'aimerais que vous y prêtiez une grande attention.

— Oui, monsieur. »

Durant les mois qui suivirent, tandis qu'Anna apprenait de nouveaux mots, son bégaiement devint trop évident pour qu'on pût penser qu'il s'agissait d'une simple phase dans l'apprentissage de la parole. Mary se tracassa beaucoup à ce sujet et demanda conseil aux domestiques dans la cuisine.

« À mon avis, il n'y a rien à faire, dit Mrs Carruthers en haussant les épaules. Veillez juste à ce que la petite ne parle pas trop devant le maître. Vous savez comme moi que l'aristocratie n'aime pas voir des imperfections chez sa progéniture. Anna est un peu comme sa fille, si j'étais vous, je ferais tout mon possible pour lui cacher ce bégaiement. »

Mary ne s'avoua pas vaincue pour autant et se rendit à la bibliothèque où elle trouva un livre sur le sujet. Elle apprit ainsi que chaque fois qu'Anna serait nerveuse, dans une situation inconfortable, son bégaiement s'accentuerait. Et qu'elle se devait, elle qui passait beaucoup de temps avec Anna, de parler le plus distinctement possible, pour que la petite fille entende bien les mots et puisse les reproduire sans erreur.

Le personnel présent dans la cuisine riait de Mary quand elle parlait doucement à Anna, prononçant les mots avec le plus grand soin et invitant les domestiques à faire de même.

« Non seulement la petite va bégayer, mais elle aura l'accent irlandais et cockney si vous ne faites pas attention, pouffa Mrs Carruthers. À votre place, je la laisserais tranquille, laissez faire la nature. »

Mais Mary n'était pas prête à se résigner et elle persévéra avec l'enfant. Néanmoins, elle tint compte des conseils de Mrs Carruthers et apprit à Anna à rester silencieuse en présence du maître, espérant que sa belle révérence et son charme masqueraient son problème d'élocution. Elle apprit toutefois à Anna à prononcer correctement quelques mots pour qu'elle puisse communiquer avec lui.

Mr Lisle s'étonna plusieurs fois du silence d'Anna mais Mary balayait ses inquiétudes d'un revers de la main.

« P-pourquoi est-ce que je ne p-peux pas p-parler avec lui, M-mary ? demandait en chuchotant la petite fille tandis que Mary la ramenait du grand salon jusqu'à sa chambre.

— Chaque chose en son temps, tu pourras bientôt lui parler », la rassurait Mary.

Anna parvenait malgré tout à communiquer avec son tuteur, elle avait trouvé une façon bien à elle de s'exprimer.

En effet, quelques mois plus tard, une fois écoulée la demi-heure que Lawrence Lisle consacrait à sa pupille, quand Mary vint au grand salon pour chercher la petite fille, elle trouva Lawrence Lisle debout près de la cheminée, les yeux rivés sur Anna. Celle-ci se mouvait dans la pièce au son de la musique jouée par le gramophone.

« Regardez comme elle danse… quelle grâce ! dit-il dans un murmure sans quitter la petite fille du regard, fasciné. On dirait qu'Anna sait instinctivement ce qu'elle doit faire.

— Oui, elle aime danser. » Mary contempla fièrement la fillette qui virevoltait dans la pièce.

« Elle ne communique peut-être pas aussi bien que les autres avec les mots mais regardez comme elle s'exprime avec son corps, fit remarquer Lawrence.

— Quelle est cette musique, monsieur ? C'est magnifique, dit Mary tout en regardant la petite fille tendre bras et jambes, se pencher, tourner.

— C'est la musique du *Lac des cygnes,* un ballet de Fokine. Je l'ai vu une fois au Kirov à Saint-Pétersbourg… Je n'avais jamais vu quelque chose d'aussi beau », ajouta-t-il en soupirant.

La musique s'arrêta et l'aiguille continua à tourner, tourner. On n'entendait plus que les craquements du vinyle dans la pièce. Lawrence Lisle sortit de sa rêverie. « Et voilà, dit-il. Tu danses très bien, Anna. Tu aimerais prendre des cours ? »

Bien qu'elle ne comprît pas vraiment ce qu'on lui demandait, la petite fille hocha la tête.

Mary regarda nerveusement Anna puis Lawrence. « Vous ne pensez pas qu'elle est un peu jeune pour prendre des cours, monsieur ?

— Pas du tout. En Russie, les enfants commencent à cet âge. Et je connais beaucoup d'émigrés russes installés à Londres à présent. Je pense que je n'aurai aucun mal à trouver un bon professeur pour Anna. Je vous tiendrai informée.

— Très bien, monsieur.

— Je vous aime, m-monsieur Lisle », dit tout à coup Anna en lui adressant son plus beau sourire.

Lawrence Lisle parut déconcerté par le témoignage d'affection soudain de sa pupille. Mary prit la main d'Anna et la fit sortir rapidement avant que la petite fille ne puisse en dire davantage.

« Mary, je me demande si c'est bien approprié que ma pupille m'appelle "monsieur Lisle". C'est un peu formel à mon goût.

— Vous avez une autre idée ? s'enquit Mary.

— Peut-être pourrait-elle m'appeler "Oncle Lawrence" ? Je suis son tuteur après tout.

— Je trouve que c'est parfait, monsieur. »

Anna se tourna vers lui. « B-bonne n-nuit, Oncle Lawrence », dit-elle avant de quitter la pièce avec Mary.

Lawrence Lisle tint parole et, deux semaines plus tard, Mary se retrouva dans un studio clair avec de grands miroirs dans une maison appelée The Peasantry dans King's Road, à Chelsea. La professeure, une certaine princesse Astafieva, émaciée et enturbannée, fumant une Sobranie avec un étui à cigarette et vêtue d'une jupe en soie multicolore qui traînait derrière elle quand elle marchait, était exotique et inamicale à souhait.

Anna se cramponna à la main de Mary, son visage blême affichant une expression apeurée devant cette étrange femme.

« Mon bon ami Lawrence m'a dit que zette petite fille sait danser.

— Oui, madame, répondit nerveusement Mary.

— Dans ce cas, nous devrions mettre un peu de musique et voir comment zette petite réagit. Enlève ton manteau, mon enfant, ordonna-t-elle tout en faisant signe au pianiste de se mettre à jouer.

— Danse comme tu le fais devant monsieur ton oncle », murmura Mary en poussant Anna au milieu de la pièce.

Pendant quelques secondes, Anna sembla sur le point de fondre en larmes. Pourtant, dès qu'elle entendit la belle musique, elle commença à se balancer et fit des mouvements aussi gracieux que d'habitude.

Deux minutes plus tard, la princesse Astafieva cogna sur le plancher avec son bâton et le pianiste s'arrêta de jouer.

« J'en ai vu assez, Lawrence a raison. L'enfant sait bouger en rythme avec la musique. Je vais la prendre. Vous amènerez Anna tous les mercredis à trois heures.

— Oui, madame. Pouvez-vous me dire ce dont elle aura besoin ?

— De rien pour le moment. Juste son corps et ses pieds nus. À mercredi alors. » Après un bref signe de tête, la princesse Astafieva sortit rapidement de la pièce.

Mary dut promettre à Anna qu'elle lui ferait une robe rose avec un jupon en tulle pour son premier cours de danse et qu'elles goûteraient du thé et des buns à Sloane Square après le cours pour qu'Anna se laisse convaincre de retourner voir la princesse Astafieva.

Les autres domestiques haussèrent les sourcils quand ils apprirent les projets de Lawrence Lisle pour sa pupille.

« Il veut lui apprendre à danser avant même qu'elle ne marche et parle correctement ! dit Mrs Carruthers en levant les yeux au ciel. C'est sans doute tout le temps qu'il a passé en Russie qui lui a donné de drôles d'idées. Il n'arrête pas d'écouter cette musique triste sur son gramophone. Des histoires de cygnes qui meurent… »

Pourtant, quand Mary vint chercher Anna après son premier cours, la petite fille souriait. Autour du thé et des buns que Mary lui avait promis, Anna expliqua qu'elle avait appris à mettre ses pieds dans une drôle de position, comme un canard, et qu'elle devait maintenir ses bras dans différentes positions aussi.

« F-finalement c-c'est pas une s-sorcière, Mary.

— Mais tu es sûre de vouloir y retourner ? s'enquit Mary.

— Oh oui, je v-veux y retourner. »

Au printemps 1926, Anna fêta son huitième anniversaire. Comme Lawrence Lisle n'avait aucune idée de sa véritable date de naissance, il en avait inventé une à la mi-avril. Mary regarda fièrement Anna couper le gâteau que le maître avait acheté pour elle. Anna frémissait d'impatience en ouvrant le présent de son tuteur et trouva une paire de chaussons en satin rose à l'intérieur du paquet.

« M-merci Oncle Lawrence, ils sont m-magnifiques. Je p-peux les m-mettre tout de suite ?

— Une fois que tu auras mangé. Tu ne voudrais pas les salir avec des miettes de gâteau au chocolat ? l'admonesta Mary, une lueur malicieuse dans les yeux.

— Vous avez tout à fait raison, Mary. Quant à toi, Anna, tu pourrais peut-être venir au grand salon, avec tes nouveaux chaussons, et danser pour moi ? suggéra Lawrence.

— B-bien sûr Oncle Lawrence, dit la petite fille, ravie. Et v-vous p-pourrez peut-être d-danser avec moi ? ajouta-t-elle d'un ton taquin.

— J'en doute », répondit-il en laissant échapper un petit rire. Il salua d'un hochement de tête l'ensemble du personnel réuni dans la salle à manger puis partit pendant que sa pupille et les domestiques mangeaient le gâteau.

Une heure plus tard, Anna, parée de ses nouveaux chaussons roses, disparut dans le grand salon.

En refermant la porte derrière elle, Mary ne put s'empêcher de sourire. Il était évident que le lien entre Lawrence et Anna s'était renforcé. Quand il devait partir pour gérer des dossiers au ministère des Affaires étrangères, Anna surveillait son retour, postée devant la fenêtre de sa chambre. Lui aussi s'illuminait littéralement quand il la voyait. L'air froid et sévère qu'il arborait d'ordinaire s'évanouissait au moment où elle se jetait dans ses bras. Mary le disait souvent à la cuisine : Anna n'aurait pas pu rêver d'un père plus aimant. Lawrence avait même décidé d'engager une préceptrice pour parfaire l'éducation de sa pupille. « Il est sans doute préférable que nous nous chargions de son instruction à la maison. Je ne voudrais pas qu'on se moque de son bégaiement », avait-il dit.

Pourtant, Anna n'avait qu'une passion, qui occupait toutes ses pensées dès qu'elle se réveillait le matin : la danse. Elle vivait et respirait pour la danse, attendait avec impatience son cours et pratiquait tous les jours les nouvelles positions que la princesse Astafieva lui avait enseignées.

Quand Mary lui reprochait son manque de concentration pendant les leçons, Anna lui adressait un sourire rayonnant. « Je n-n'aurai p-pas besoin d-d'avoir des connaissances en histoire q-quand je serai grande. Je s-serai la meilleure d-danseuse du monde. Et t-tu viendras pour ma p-première M-Mary, j'interpréterai Odette d-dans *Le Lac des cygnes.* »

Mary la croyait volontiers. Anna réaliserait certainement son rêve si la concrétisation de celui-ci dépendait de sa seule détermination. Et comme la princesse Astafieva l'avait indiqué, Anna détenait le talent nécessaire pour y parvenir.

Un jour, Mary trouva la fillette en train de sauter et tourner à travers la chambre. Son visage trahissait son excitation.

« D-devine q-quoi ? Je v-vais aller voir les b-ballets russes de Serge de Diaghilev avec la princesse Astafieva et Oncle Lawrence. Ils se produisent à C-Covent Garden. Alicia M-Markova interprète la princesse Aurore dans *La Belle au bois dormant.* » Anna conclut sa danse en sautant dans les bras de Mary.

« Et alors, q-qu'est-ce que tu en dis ?

— Je suis ravie pour toi, ma chérie.

— Et Oncle Lawrence m'a dit que nous allions acheter une n-nouvelle robe d-demain. J'aimerais du velours avec un g-gros ruban autour de ma t-taille, expliqua-t-elle.

— Nous verrons si nous t'en trouvons une, dit Mary. Et maintenant, au bain. »

Mary ne le savait pas encore, mais le soir où Mr Lisle emmena Anna voir son premier ballet allait bouleverser leur vie à tous.

À son retour, Anna serrait le programme dans ses petites mains et ouvrait de grands yeux émerveillés. « M-Miss Markova était si b-belle, dit-elle l'air rêveur tandis que Mary la bordait dans son lit. Et son p-partenaire, Anton Dolin, la s-soulevait au-dessus de sa tête, on aurait dit q-qu'elle était légère c-comme une p-plume. La princesse Astafieva c-connaît miss M-Markova. Peut-être q-qu'un jour je pourrais la rencontrer. Imagine..., dit-elle en posant le programme sous son oreiller. B-bonne nuit, Mary.

— Bonne nuit, ma chérie, murmura Mary. Dors bien. »

Quelques semaines plus tard, Mrs Carruthers entra dans la cuisine dans un état de grande excitation.

« Le maître est en haut, dans le grand salon. Il m'a demandé de servir le thé. Et il est en compagnie… – Mrs Carruthers marqua une pause pour faire durer le suspense – … d'une *femme.* »

Les domestiques dressèrent immédiatement l'oreille.

« Qui est-ce ? Vous la connaissez ? demanda Nancy.

— Non, je ne la connais pas. Je me trompe peut-être, mais il y avait une lueur dans les yeux du maître quand il la regardait… J'ai le sentiment que… en fait, je n'en sais rien, reprit Mrs Carruthers en haussant les épaules. Je m'emballe sans doute, mais j'ai comme l'impression que notre célibataire endurci pourrait bien changer… »

Et les semaines suivantes vinrent confirmer l'intuition de Mrs Carruthers. Elizabeth Delancey rendait fréquemment visite au maître. En rassemblant les informations qu'ils collectaient chacun de leur côté, les domestiques parvinrent à se faire une idée assez précise du personnage. Mrs Delancey était apparemment la veuve d'un vieil ami de Lawrence Lisle ayant étudié avec lui à Eton. Son mari, officier dans l'armée britannique, avait perdu la vie dans la Somme, comme Sean.

« Cette Mrs Delancey est franchement pas commode, souffla la femme de chambre en redescendant le plateau de thé du grand salon un après-midi. Elle m'a dit que les scones étaient rances et qu'il fallait que j'en parle au cuisinier.

— Et pour qui elle se prend ? Qu'est-ce qui lui donne le droit de faire de tels commentaires ? s'exclama Mrs Carruthers. Elle m'a dit hier qu'il y avait des traînées sur le miroir du grand salon et que je devais veiller à ce que la domestique soit plus vigilante la prochaine fois.

— On dirait un cheval, ajouta Nancy, avec son visage long et ses yeux qui tombent.

— Ce n'est pas une beauté, c'est le moins que l'on puisse dire, admit Mrs Carruthers. Et elle est presque aussi grande que le maître. En réalité, ce n'est pas son apparence qui m'inquiète, mais plutôt son caractère. Elle fait vraiment comme chez elle et nous allons avoir de sérieux problèmes tous autant que nous sommes si elle s'installe ici définitivement. On en reparlera.

— Et depuis qu'elle fréquente cette maison, le maître ne demande plus à Anna de venir dans le grand salon, dit calmement Mary. En fait, il ne l'a pratiquement pas vue depuis un mois. La pauvre chérie n'arrête pas de me demander pourquoi il ne l'appelle plus.

— Elle est très froide et elle ne veut partager l'affection de l'élu de son cœur avec personne. Nous savons tous que le maître adore Anna, il tient à elle comme à la prunelle de ses yeux. Madame n'apprécie sans doute pas du tout, déclara Mrs Carruthers en agitant un doigt accusateur.

— Et s'il l'épouse ? demanda Mary inquiète, formulant à haute voix la question que tout le monde se posait.

— Nous allons avoir de sérieux problèmes, répéta sombrement Mrs Carruthers. Retenez bien ce que je vous dis. »

Trois mois plus tard, Mr Lisle convoqua ses domestiques dans la salle à manger. Elizabeth Delancey se tenait à côté de lui quand il annonça fièrement à son personnel de maison qu'il allait l'épouser.

Ce soir-là, l'humeur dans la cuisine était plutôt sombre. Les domestiques savaient que leur vie confortable allait bientôt changer. En sa qualité de nouvelle maîtresse de maison, Elizabeth Delancey serait responsable du personnel. C'était à elle désormais qu'ils devraient rendre des comptes.

« T-tu aimes bien Mrs D-Delancey ? demanda doucement Anna à Mary qui lui lisait une histoire avant de la coucher.

— À vrai dire, je la connais à peine. Mais je suis sûre que si ton oncle la trouve formidable, c'est qu'elle doit l'être.

— Elle m'a dit que je p-parlais bizarrement et que j-j'étais… – Anna se creusa la tête pour trouver le mot – efflanquée. Ça v-veut dire quoi "efflanqué", Mary ?

— Ça veut dire que tu es toute mignonne, ma puce, la rassura Mary tout en la bordant dans son lit.

— Elle dit que je d-devrai l'appeler "Tante Elizabeth", une fois qu'elle aura épousé Oncle Lawrence. » Anna posa la tête sur son oreiller, ses grands yeux trahissant sa nervosité. « Elle ne d-deviendra pas ma mère, n-n'est-ce pas, Mary ? Je sais que tu n'es p-pas vraiment ma mère, mais p-pour moi c'est tout comme.

— Non, ma chérie. Ne t'inquiète pas. Tu sais que je serai toujours là pour m'occuper de toi. Bonne nuit, dors bien. » Mary déposa un baiser délicat sur le front d'Anna.

Alors qu'elle éteignait la lumière et s'apprêtait à quitter la pièce, une voix s'éleva dans l'obscurité.

« Mary ?

— Oui, ma chérie.

— Je crois qu'elle ne m'aime p-pas.

— Ne sois pas ridicule. Tout le monde t'aime, tu le sais bien. Allons, arrête de t'inquiéter et ferme les yeux. »

Le mariage fut célébré dans une église près de la maison des parents d'Elizabeth, dans le Sussex. On demanda à Mary de faire asseoir Anna dans la nef. Les nièces de la mariée endossèrent le rôle de demoiselles d'honneur.

Cadogan House retint son souffle pendant un mois, tandis que les jeunes mariés étaient en voyage de noces dans le Sud de la France. Le jour de leur retour, Mrs Carruthers ordonna que la maison fût nettoyée, polie, lustrée de fond en comble. « Je ne veux pas que cette femme sous-entende que je ne sais pas tenir sa nouvelle maison », marmonna-t-elle à l'adresse du personnel.

Mary para Anna de sa plus belle robe pour saluer son oncle et sa nouvelle tante. Elle avait le cœur lourd comme si elle pressentait ce qui allait suivre.

Mr et Mrs Lisle arrivèrent à la maison à l'heure du thé. Les domestiques s'alignèrent dans le vestibule pour les saluer, puis applaudirent à contrecœur. Leur nouvelle maîtresse échangea quelques mots avec chacun d'eux. Anna se tenait à côté de Mary, au bout de la file, impatiente d'exécuter sa révérence parfaite. Mrs Lisle se contenta de la saluer d'un hochement de tête, puis se dirigea vers le grand salon. Mr Lisle lui emboîta le pas.

« Elle veut voir chacun de nous en tête à tête, demain, souffla Mrs Carruthers un peu plus tard. Et vous aussi, Mary. Que Dieu nous vienne en aide. »

Le lendemain matin, les domestiques entrèrent un par un dans le salon pour rencontrer leur nouvelle maîtresse. Mary attendait nerveusement son tour dans le vestibule.

Puis une voix l'invita à entrer et Mary s'exécuta.

« Bonjour, Mary, dit Elizabeth Lisle.

— Bonjour, Mrs Lisle. Puis-je vous féliciter personnellement pour votre mariage ?

— Merci. » Ses lèvres fines n'esquissèrent pas même un sourire. « Je tenais à vous informer qu'à partir de maintenant, c'est moi qui prendrais toutes les décisions concernant la pupille de Mr Lisle. Mr Lisle est très occupé au ministère des Affaires étrangères et il n'est pas acceptable qu'on l'ennuie avec une enfant et les détails la concernant.

— Oui, Mrs Lisle.

— Je préférerais que vous m'appeliez « madame », Mary. C'est ainsi que j'ai été habituée dans mon ancienne maison.

— Oui… madame. »

Elizabeth Lisle s'avança rapidement vers le bureau où étaient disposés les grands livres contenant les comptes mensuels. « Dorénavant, c'est moi qui m'occuperai de cela, dit-elle. À la place de Mrs Carruthers. Après les avoir étudiés, j'ai constaté qu'il y avait eu quelques négligences dans l'utilisation des finances. Je vais y mettre un terme immédiatement. Vous comprenez ?

— Oui, madame.

— Par exemple… » Mrs Lisle chaussa ses lunettes à monture d'écaille suspendues à une chaîne autour de son cou pour consulter les comptes. « Il est écrit ici que les frais d'Anna s'élèvent à plus de cent shillings par mois. Pouvez-vous m'expliquer où va tout cet argent ?

— Eh bien, madame, Anna prend deux cours de danse par semaine, qui coûtent quarante shillings par mois. Elle a aussi une préceptrice qui vient tous les matins l'aider avec ses leçons pour cinquante shillings par mois. Et puis il y a ses vêtements et…

— Ça suffit ! la coupa Mrs Lisle d'un ton brusque. Il est tout à fait clair que cette enfant a été bien trop gâtée et que les dépenses dont vous parlez ne sont pas nécessaires. J'en toucherai un mot à Mr Lisle dans la soirée. L'enfant a huit ans, n'est-ce pas ?

— Oui, madame.

— Dans ce cas, je ne pense pas qu'il soit nécessaire qu'elle prenne deux cours de danse par semaine. » Mrs Lisle haussa les sourcils et soupira pour montrer son mécontentement. « Vous pouvez disposer, Mary.

— Bien, madame. »

« M-mais, Mary, pourquoi est-ce que je ne peux pas prendre deux cours de danse par semaine ? Un ça ne suffit p-pas ! s'exclama Anna les yeux remplis d'angoisse.

— Ce n'est peut-être que provisoire, mais pour l'heure, ton oncle ne peut pas supporter le coût de ces deux cours.

— M-mais il vient j-juste d'obtenir un nouveau poste. Et à la cuisine, tout le monde ne parlait que du gros collier en d-diamant qu'il vient d'acheter à Tante Elizabeth. P-pourquoi ne pourrait-il pas d-dépenser dix shillings p-par semaine s'il p-peut acheter ça ? » L'émotion ne faisait qu'empirer son bégaiement et Anna fondit en larmes.

« Allons, allons ma chérie. » Mary passa le bras autour des épaules de la petite fille. « Les sœurs me disaient toujours d'être reconnaissante pour ce que j'avais. Au moins, tu peux toujours suivre un cours par semaine.

— M-mais ça ne suffit p-pas ! Ça ne suffit p-pas !

— Il te faudra pratiquer plus entre les cours. S'il te plaît, ne te mets plus dans un état pareil. »

Mais Anna était inconsolable, comme Mary l'avait pressenti.

Depuis son mariage, Lawrence Lisle était rarement à la maison. Quand il était présent, Anna attendait, à la fois angoissée et impatiente, qu'il la fasse venir au salon. Mary avait le cœur brisé chaque fois qu'elle lisait la déception sur le visage de la petite fille parce qu'il ne l'avait pas appelée.

« Il ne m-m'aime plus. Oncle Lawrence ne m-m'aime plus. Il aime Tante Elizabeth. Et il fait tout ce qu'elle lui d-dit. »

À la cuisine, les domestiques étaient entièrement d'accord avec elle.

« Elle le mène à la baguette et lui fait faire ce qu'elle veut, soupira Mrs Carruthers. Je n'aurais jamais cru que le maître puisse être aussi cruel, ajouta-t-elle. Pauvre petite puce ! Il ne parle pratiquement plus à Anna, ne lui accorde même plus un regard...

— La maîtresse lui filerait sûrement une claque s'il s'aventurait à le faire, intervint Nancy. Je crois qu'il a aussi peur d'elle que nous. Elle n'est jamais satisfaite, celle-là. J'ai beau faire, elle trouve toujours à redire à mon travail. Si ça continue, je vais finir par partir. Il y a d'autres places pour les femmes aujourd'hui, et mieux payées avec ça !

— Je pense la même chose que vous, approuva Mrs Carruthers. Mon amie Elsie m'a dit qu'ils cherchaient une intendante juste au coin de la place. Je vais peut-être me présenter. »

Mary les écoutait avec mélancolie. Elle savait qu'elle ne pourrait jamais partir.

Les domestiques étaient dans un état de tension permanent. Malgré tous leurs efforts, ils ne parvenaient jamais à satisfaire Mrs Lisle. La femme de chambre partit, puis le cuisinier. Smith, le majordome, décida qu'il était temps de prendre sa retraite. Mary faisait de son mieux pour ne pas attirer l'attention de la maîtresse. Anna et elle vaquaient à leurs occupations aussi silencieusement et discrètement que possible. Mais Anna était souvent convoquée au grand salon. Mary n'était pas autorisée à l'accompagner et attendait nerveusement son retour. La petite fille sortait en général le visage baigné de larmes. Elizabeth Lisle profitait de la moindre occasion pour la réprimander. De son parler hésitant au nœud trop lâche dans ses cheveux, en passant par les traces de pieds sales dans les escaliers, la liste de ses reproches était infinie.

« Elle me d-déteste, elle me d-déteste, dit un soir Anna en sanglotant au creux de l'épaule de Mary.

— Elle ne te déteste pas, ma chérie, elle est comme ça avec tout le monde.

— Eh bien, ce n'est p-pas très gentil d'être comme ça, p-pas vrai, Mary ? »

Mary ne pouvait pas la contredire.

15

À l'automne 1927, Lawrence Lisle partit à Bangkok où il avait été nommé consul britannique. Elizabeth Lisle devait le rejoindre trois mois plus tard. Anna avait neuf ans.

« Il faut voir le bon côté des choses. Nous n'avons plus que quelques semaines à la supporter, dit Mrs Carruthers. Avec un peu de chance, ils ne reviendront pas avant des années.

— Elle va peut-être mourir d'une maladie tropicale et ne jamais revenir », ajouta Nancy en faisant la grimace.

Lawrence Lisle prit congé d'Anna sèchement, sans lui témoigner la moindre affection. Sa femme se tenait à côté de lui et observait le moindre de ses mouvements. Puis ce fut au tour d'Elizabeth Lisle de dire au revoir à son mari.

Lawrence prit sa femme dans ses bras. « Nous nous reverrons à Bangkok, ma chérie, je t'attends.

— Oui, dit-elle en hochant la tête. Et ne te fais pas de souci pour la maison. Je veillerai à ce que tout se passe pour le mieux pendant ton absence. »

Deux jours plus tard, Mary fut convoquée dans le grand salon. Elizabeth Lisle lui adressa un sourire pincé.

« Mary, je vous ai demandé de venir pour vous annoncer que nous n'avons plus besoin de vos services dans cette maison. En raison de mon départ imminent pour Bangkok, j'ai décidé qu'il était préférable qu'Anna aille au pensionnat. Mr Lisle et moi allons certainement passer les cinq prochaines années à Bangkok et cette maison sera fermée. Nous n'allons pas gaspiller de l'argent à payer du personnel pendant notre absence. Je sais que vous vous occupez d'Anna depuis neuf ans et que ce sera un déchirement pour toutes les deux. C'est pourquoi vous serez payée un mois de plus, en guise de compensation. J'emmènerai Anna dans sa nouvelle école à la fin de cette semaine, vous partirez le même jour. Je lui annoncerai son départ demain, mais je pense qu'il est préférable que vous ne lui parliez pas du vôtre pour le moment. Je ne voudrais pas que l'enfant devienne hystérique. »

Les oreilles de Mary se mirent à bourdonner. « Mais... mais madame, je devrais avoir le droit de lui dire au revoir ! Je... je ne veux pas qu'elle pense que je l'abandonne. S'il vous plaît, Mrs Lisle... madame pardon, l'implora Mary.

— Anna s'en remettra. Vous n'êtes pas sa mère, après tout. Elle sera avec des jeunes filles de son âge et de sa classe, ajouta Elizabeth d'un ton plein de sous-entendus. Je suis sûre qu'elle finira par s'intégrer.

— Que va-t-elle faire pendant les vacances ?

— Comme beaucoup d'orphelins ou d'enfants dont les parents résident à l'étranger, elle restera tout simplement à l'école.

— Vous voulez dire que l'école sera sa nouvelle maison ? – Mary était atterrée.

— Si vous tenez à le formuler ainsi, oui.

— Pourrais-je au moins lui écrire ?

— Dans ces circonstances, je vous l'interdis. Je pense que ce serait trop perturbant pour elle de recevoir vos lettres.

— Dans ce cas – Mary savait qu'elle ne devait pas pleurer – puis-je savoir où vous l'emmenez ?

— Il vaut mieux que vous ne le sachiez pas. Ainsi, vous ne serez pas tentée de la contacter. J'ai rassemblé tout ce dont elle aura besoin pour sa nouvelle école. Il ne vous reste plus qu'à mettre une étiquette à son nom sur ses vêtements, préparer sa malle et vos bagages. » Elizabeth Lisle se leva. « Vous devez comprendre, Mary, qu'une enfant sous la garde de Mr Lisle et de moi-même ne peut pas être élevée par des domestiques. Elle doit apprendre les bonnes manières, les convenances pour devenir une dame.

— Oui, madame, dit Mary d'une voix étranglée.

— Vous pouvez disposer, Mary. »

Mary se dirigea vers la porte, puis s'arrêta. « Et ses cours de danse ? Enseignent-ils la danse classique dans sa nouvelle école ? Elle est si talentueuse... tout le monde dit... Et Mr Lisle tenait tellement...

— En tant qu'épouse de Mr Lisle et de tutrice de l'enfant pendant l'absence de mon mari, l'interrompit Elizabeth, je suis la mieux placée pour connaître les pensées de mon époux et les besoins d'Anna. »

Mary comprit qu'il était inutile d'insister. Elle se détourna et quitta précipitamment la pièce.

Les jours suivants s'écoulèrent péniblement, Mary souffrait en silence. Ne pouvant informer Anna de son départ imminent, elle fit de son mieux pour réconforter l'enfant et cousit des étiquettes au nom d'Anna sur ses uniformes, puis elle prépara la malle que la petite fille emporterait avec elle dans sa nouvelle école.

« Je ne v-veux pas aller d-dans cette école, Mary. Je ne v-veux pas vous quitter, toi et les autres, je ne v-veux pas abandonner mes c-cours de danse.

— Je sais, ma chérie. Mais ton oncle et ta tante pensent que c'est ce qu'il y a de mieux pour toi. Et tu apprécieras sûrement la compagnie d'autres petites filles de ton âge.

— Pourquoi aurais-je b-besoin d'elles alors que je t'ai, toi, et tous mes amis dans la cuisine, ici ? Mary, j'ai p-peur. S'il te plaît, dis à Tante Elizabeth de ne p-pas m'envoyer là-bas. Je te p-promets que je serai s-sage, la supplia Anna. S'il te plaît, dis-lui d-de me laisser ici ! » Mary prit Anna dans ses bras. La petite fille sanglota au creux de son épaule. « Tu diras à la princesse Astafieva que je r-reviendrai pour les v-vacances. Dis-lui que je c-continuerai à pratiquer à l'école, je ne la d-décevrai pas.

— Promis, je lui dirai, ma chérie.

— Et le temps v-va passer vite ? Les v-vacances seront bientôt là et je s-serai de nouveau avec toi. »

Mary dut retenir ses larmes tandis que l'enfant essayait de se rassurer face à l'inévitable. « Oui, ma puce, le temps va passer très vite.

— T-tu m'attendras ici ? Qu'est q-que tu feras pendant mon absence ? demanda Anna en levant un sourcil. T-tu vas t'ennuyer à mourir.

— Je vais peut-être prendre quelques vacances.

— N'oublie pas de revenir à t-temps pour mon retour.

— Bien sûr, ma chérie, promis. »

Le matin du départ d'Anna, on frappa à la porte de Mary. Anna apparut, vêtue de son nouvel uniforme d'écolière, qui était un peu trop grand pour elle, mais qui avait été acheté pour durer le plus longtemps possible. Son corps mince disparaissait presque sous l'étoffe et son visage en cœur était blême.

« Tante Elizabeth v-veut que je te d-dise au revoir ici. Elle ne v-veut pas de d-drame en bas. »

Mary hocha la tête et s'avança vers elle. Elle la prit dans ses bras et lui dit : « Je veux être fière de toi quand tu reviendras.

— Je v-vais essayer, Mary, mais j'ai s-si p-peur. » Le bégaiement d'Anna avait empiré au cours de la dernière semaine.

« Tu verras, dans deux jours, tu ne voudras plus partir de l'école. Ça va te plaire, j'en suis sûre.

— Non, je s-sais que je vais d-détester, répondit Anna d'une voix étouffée, la tête nichée contre l'épaule de Mary. T-tu m'écriras t-tous les jours, n'est-ce pas ?

— Bien sûr. Allons. » Mary repoussa doucement Anna, la contempla un instant et sourit. « Tu ferais mieux d'y aller. »

Anna hocha la tête. « Je sais. Au revoir, M-Mary.

— Au revoir, ma chérie. »

Anna se détourna et marcha doucement vers la porte. Quand elle arriva sur le seuil, elle s'arrêta et se retourna. « Q-quand les autres filles me p-poseront des questions sur ma mère, je leur p-parlerai de toi. T-tu crois que c'est b-bien ?

— Oh Anna. » L'émotion de Mary transparaissait dans sa voix, elle ne pouvait la cacher plus longtemps. « Si c'est ce que tu veux, c'est bien. »

Anna hocha silencieusement la tête, ses yeux immenses remplis de douleur.

« Et n'oublie pas, ajouta Mary. Un jour, tu seras une grande danseuse. Ne renonce pas à ton rêve.

— Non. » Anna esquissa un sourire. « Je te p-promets. »

De sa fenêtre, Mary regarda Anna monter dans la voiture à la suite d'Elizabeth Lisle. Elle observa en silence la voiture s'éloigner sur la route. Deux heures plus tard, Mary avait fini ses bagages et était prête à partir. Elizabeth Lisle lui avait déjà donné son dernier salaire et, grâce à Mrs Carruthers, Mary avait pu louer une chambre dans une pension à Barons Court, quelques kilomètres plus loin. Elle pourrait y rester le temps de mettre un peu d'ordre dans ses idées et de décider de ce qu'elle allait faire.

Trop éprouvée pour supporter d'autres adieux déchirants, Mary laissa deux lettres sur la table de la cuisine, l'une pour Mrs Carruthers, l'autre pour Nancy. Puis elle prit sa valise, ouvrit la porte de derrière et s'avança vers un avenir vide.

Aurora

Ainsi donc, la pauvre Mary, pourtant si gentille, a été mise à la porte par la méchante belle-mère. Peut-être est-elle la Cendrillon de mon conte de fées. Et Anna, la petite orpheline qui ne manquait pas de privilèges mais d'amour, devra désormais se débrouiller seule dans un pensionnat.

Les lettres de Mary à la femme qui aurait dû être sa belle-mère, Bridget, que Grania a lues assidûment jusqu'à une heure avancée de la nuit, s'arrêtent là. Avec le recul, je comprends que la fierté de Mary l'ait empêchée de continuer à écrire aux parents de Sean.

Je sais que Grania, après avoir lu la totalité des lettres, est allée voir sa mère et l'a suppliée de lui raconter ce qui était arrivé à Mary ensuite. Chers lecteurs, je ne vais pas vous ennuyer en vous relatant les détails de ces discussions à la ferme, ni en dénombrant les tasses de thé que Grania a bues tandis qu'elle écoutait le reste de l'histoire – c'est le métier d'écrivain qui rentre !

Il est vrai que le thé jouait un rôle important dans notre quotidien. J'en bois rarement aujourd'hui. Ça me donne des nausées. Mais il faut reconnaître que tout me donne la nausée.

Je digresse encore. Dans tout conte de fées qui se respecte, la triste princesse trouve le bonheur auprès de son prince.

Ce qui m'a toujours intriguée, c'est ce qu'il se passe après le : « Ils vécurent heureux et eurent beaucoup d'enfants. »

Par exemple, la princesse Aurore dans La Belle au bois dormant *se réveille un siècle plus tard. Juste ciel ! Vous imaginez ? Théoriquement, elle a cent seize ans. Son prince en a dix-huit. Une sacrée différence d'âge ! Et puis, il lui faudra affronter un monde qui, même à l'époque, devait être très différent de celui qu'elle avait connu cent ans plus tôt.*

Personnellement, je ne donnerais pas cher de leur relation.

Bien sûr, vous allez me dire que c'est le propre des contes de fées. Et pourtant, les épreuves auxquelles serait confrontée la princesse Aurore en se réveillant cent ans après sont-elles vraiment différentes de celles que Mary va rencontrer sur sa route, si par chance elle trouve son prince ? Après tout, la guerre, en particulier la guerre cruelle que Mary a connue, inflige des changements terribles, marquant à jamais l'âme des survivants. Nous verrons…

16

Le plus dur dans la nouvelle vie de Mary, c'était le temps dont elle disposait désormais pour penser. Durant les vingt-neuf ans qui s'étaient écoulés depuis sa naissance, chacune de ses journées – du moins celles dont elle se souvenait – était remplie de choses à faire. Il y avait toujours une tâche, une corvée à accomplir, pour les sœurs au début, puis pour ses maîtres. À présent, elle n'avait plus personne à contenter si ce n'était elle-même. Son temps lui appartenait et il semblait infini.

Elle réalisa qu'elle avait passé toute sa vie entourée de monde. Habituée aux parties communes des maisons dans lesquelles elle avait vécu, Mary trouvait insupportables les heures de solitude dans sa chambre exiguë.

Assise devant la flamme misérable du poêle à gaz, elle pensait sans cesse à ceux qu'elle avait perdus : ses parents, son fiancé et l'enfant qu'elle avait aimée comme sa propre fille. D'autres auraient sans doute été ravis de ne plus être réveillés à l'aube par une cloche ou par un coup brusque frappé à la porte, mais Mary avait le sentiment désagréable que plus personne n'avait besoin d'elle.

Elle n'avait pas de problème d'argent. Au cours des quinze années au service des Lisle, elle avait amassé un bon pécule qui pourrait lui permettre de passer les cinq prochaines années sans s'inquiéter. En fait, elle aurait même pu vivre dans un environnement beaucoup plus confortable.

Chaque après-midi, elle se rendait dans les jardins de Kensington où, assise sur un banc, elle observait les visages familiers des nurses. Elles ne lui parlaient pas plus à présent qu'elles ne le faisaient autrefois. Mary n'appartenait à aucun cercle, à aucun milieu, et personne ne dépendait d'elle. Elle regardait les gens évoluer devant elle, vivant une vie qu'elle ne connaissait pas.

Dans ses moments les plus sombres, Mary se disait qu'il n'y avait pas une âme sur cette Terre qui se souciait d'elle. Elle aurait pu vivre ou mourir dans l'indifférence générale. Elle se sentait insignifiante, remplaçable, inutile. Même Anna à qui elle avait donné tellement d'amour finirait par s'adapter à son nouvel environnement et passerait à autre chose. C'était le propre de la jeunesse.

Pour tuer le temps, Mary consacrait les longues heures de la soirée à se confectionner une toute nouvelle garde-robe. Elle avait acheté une machine à coudre Singer et, à la faible lumière de la lampe à gaz, elle cousait sur la petite table près de la fenêtre qui donnait sur Colet Gardens. Quand elle s'adonnait à cette activité, elle ne pensait à rien et trouvait un certain réconfort dans la création d'un vêtement à partir d'un simple bout de tissu. Parfois, elle faisait une pause pour détendre son bras droit las de tourner la roue de la machine et elle regardait dehors la vie qui continuait. Souvent, elle voyait un homme adossé à un réverbère juste au-dessous d'elle. L'homme semblait jeune, pas plus vieux qu'elle en tout cas, et il restait là pendant des heures, les yeux perdus dans le vague.

Mary se mit à guetter son arrivée, en général vers dix-huit heures, et elle l'observait tandis qu'il s'appuyait contre le réverbère, ignorant que quelqu'un l'épiait. Parfois, il ne disparaissait qu'à l'aube.

Sa présence réconfortait Mary. Il paraissait aussi seul qu'elle.

Les jours raccourcirent, l'hiver approchait, mais le jeune homme continuait à venir s'adosser au réverbère. Tandis que Mary enfilait les chaudes couches de vêtements qu'elle avait cousus, le jeune homme, dans la rue, semblait indifférent aux températures qui baissaient.

Un soir de novembre, Mary rentra chez elle un peu tard après avoir pris le thé avec Nancy. Elle passa devant lui. Puis elle s'arrêta, se retourna et le contempla. Il était grand et avait des traits finement dessinés : un nez aquilin, un menton affirmé, un teint pâle à la lumière de la lampe. Il était mince, émacié même, mais Mary se dit qu'avec quelques kilos en plus, il serait plutôt séduisant. Elle poursuivit son chemin, gravit les escaliers et tourna la clé dans la serrure. En entrant dans sa chambre, elle se dirigea immédiatement vers la fenêtre et elle se demanda comment il pouvait rester immobile si longtemps dans le froid glacial. Elle frissonna, alluma le feu, puis, s'enveloppant dans le châle qu'elle avait jeté sur ses épaules, elle eut une idée.

Une semaine plus tard, elle descendit les marches de sa pension et s'approcha du jeune homme toujours adossé à son réverbère.

« Tenez, c'est pour vous. Ça vous tiendra chaud pendant que vous vous appuyez contre le réverbère. » Mary lui tendit un paquet et attendit une réaction. Durant un long moment, le jeune homme ne parut même pas la remarquer pas plus qu'il ne prêta attention au paquet. Puis, juste à l'instant où elle allait tourner les talons, réalisant qu'on ne pouvait certainement plus rien faire pour lui, il pencha la tête vers elle, posa les yeux sur ce qu'elle avait dans les mains et esquissa un sourire.

« C'est un manteau en laine. Pour vous tenir chaud pendant que vous êtes là, dit-elle d'un ton encourageant.

— P-p-pour moi ? » Il n'avait de toute évidence pas l'habitude de parler. Sa voix était rauque et un peu forcée.

« Oui, répéta-t-elle. Je vis là-haut. – Mary montra la chambre éclairée au-dessus d'eux. – Et je vous ai observé. Je ne voudrais pas que vous mouriez d'une pneumonie sur le pas de ma porte, ajouta-t-elle, alors je vous ai fait ce manteau. »

Il regarda le paquet puis leva de nouveau les yeux vers elle, étonné. « V-vous avez fait ça p-pour *moi* ?

— Oui, et si vous pouviez le prendre, ça m'arrangerait. C'est lourd.

— M-mais… je n'ai p-pas d'argent sur moi. Je ne peux pas vous p-payer.

— C'est un présent. Quand je suis bien au chaud dans ma chambre, ça me fait mal au cœur de vous voir frissonner contre votre réverbère. Dites-vous que c'est surtout pour moi que je l'ai fait. Prenez-le, insista-t-elle.

— C'est… c'est vraiment g-gentil à vous, mademoiselle… ?

— Mary, je m'appelle Mary. »

Il prit le manteau de ses deux mains tremblantes et le passa.

« Il m-me va p-parfaitement ! Comment avez-v-vous…

— Vous êtes là tous les soirs, il me suffisait de vous regarder pendant que je cousais.

— C'est le p-plus beau cadeau qu'on m'ait f-fait. »

Mary constata que, malgré son bégaiement, il parlait avec un accent un peu affecté comme Lawrence Lisle.

« Maintenant que je vous sais au chaud dans votre manteau, je pourrai m'endormir plus facilement. Bonne nuit, monsieur.

— B-bonne nuit, M-Mary. Et… » Ses yeux exprimaient une telle gratitude que Mary en eut les larmes aux yeux. « M-Merci.

— Je vous en prie », répondit-elle. Puis, elle monta quatre à quatre les marches jusqu'à sa porte.

Deux semaines après cet épisode, alors que Mary commençait à penser que le seul moyen pour elle d'échapper à la solitude était de retourner en

Irlande et de mener une existence de vieille fille dans la famille de Sean, elle retrouva Nancy à Piccadilly pour prendre le thé.

« Dis donc, qu'est-ce que tu es élégante ! fit remarquer Nancy. Où as-tu trouvé ton nouveau manteau ? Je l'ai vu dans les magazines mais il coûte une fortune. Tu es devenue riche ou quoi ?

— Je l'ai vu dans les magazines moi aussi. Je l'ai juste recopié d'après la photographie.

— Tu l'as fait *toi-même* ?

— Oui.

— Je savais que tu étais douée pour les travaux d'aiguilles, mais on dirait le vrai manteau ! s'exclama Nancy d'un ton admiratif. Tu pourrais en faire un pour moi ?

— Bien sûr. Il faut juste que tu choisisses la couleur qui te convient.

— Que penses-tu d'un rouge vif ? Tu crois que ça m'irait au teint ? demanda-t-elle en agitant ses mèches blondes.

— Je pense que ça t'irait à merveille, acquiesça Mary. Il faudra que je te fasse payer l'étoffe par contre.

— Naturellement ! Et je te paierai aussi pour ton travail. Alors combien ? »

Mary réfléchit. « Je dirais dix shillings pour le matériel et quelques pièces pour la confection...

— Marché conclu. » Nancy tapa dans ses mains. « Sam m'emmène dîner mardi prochain. Et je pense qu'il va faire sa demande en mariage... Tu crois que tu l'auras fini ?

— Une semaine... Je ne vois pas pourquoi je ne l'aurais pas fini.

— Oh Mary, merci ! Tu es merveilleuse ! »

Le manteau rouge – Mary s'en souviendrait toujours – marqua un tournant dans sa vie. Nancy le montra à ses amies qui ne tardèrent pas à frapper à la porte de Mary, réclamant à grands cris le même modèle. Même Sheila, la jeune fille qui vivait à côté de chez elle et qui travaillait dans un grand magasin chic près de Piccadilly avait admiré le manteau de Mary dans la rue et lui avait demandé d'en faire un pour elle. Sheila vint chez Mary un soir pour faire des essayages et les deux femmes discutèrent autour d'un thé.

« Tu devrais t'installer comme couturière, Mary. Tu as vraiment du talent.

— Merci, mais je me demande si ça serait bien de choisir comme métier une activité que je fais pour me détendre.

— Bien sûr que si. J'ai beaucoup d'amies qui seraient prêtes à te payer pour que tu leur confectionnes les derniers vêtements à la mode. On sait toutes le prix qu'ils demandent dans les magasins.

— Oui. » Mary était appuyée sur le rebord de la fenêtre et regardait le jeune homme sous le réverbère bien au chaud dans son manteau en laine noire. « Tu sais qui c'est ? »

Sheila s'approcha de la fenêtre.

« Mon propriétaire m'a dit que sa fiancée vivait ici avant la guerre. Elle faisait son apprentissage d'infirmière à l'hôpital Saint-Thomas. Elle a été piétinée par un cheval terrifié dans la Somme et n'a pas survécu à ses blessures. Et il est revenu complètement traumatisé, le pauvre, dit Sheila en soupirant. Je crois que j'aurais encore préféré être à la place de la fille. Au moins, elle ne souffre plus à présent. Pas comme lui. Il revit cette horreur jour après jour.

— Il a une maison ?

— Apparemment il est issu d'une famille très aisée. Il vit avec sa marraine, juste en haut de la rue, à Kensington. Elle l'a pris chez elle quand ses parents ont refusé de le loger. Pauvre gars, quel genre d'avenir peut-il espérer ?

— Je ne sais vraiment pas », répondit Mary avec tristesse. Elle se sentait presque coupable d'avoir osé s'apitoyer sur son sort durant les dernières semaines. « Ça doit le réconforter de venir là. Et dans cette vie, il faut prendre le réconfort là où on le trouve. »

Mary vivait à Colet Gardens depuis près de trois mois et demi. Ses journées étaient désormais bien remplies par les commandes que lui passaient ses clientes : elle cousait les manteaux, les chemisiers, les jupes et les robes dont elles lui apportaient les modèles. Elle envisageait même de prendre une assistante et d'emménager dans un endroit plus grand où elle pourrait réserver une pièce à son activité de couturière. Quoique très occupée – elle disposait de beaucoup moins de temps pour penser –, elle ressentait souvent le besoin d'écrire à Anna. Pour lui expliquer qu'elle avait été forcée de la quitter, pour lui dire qu'elle l'aimait plus que tout au monde, qu'elle pensait à elle tous les jours. Elle savait pourtant que, dans l'intérêt d'Anna, il était préférable qu'elle se taise.

Mary réussissait à tromper le temps en comblant le vide de ses journées, mais son cœur, qui n'avait plus personne à aimer, était engourdi et fermé.

Chaque fois qu'elle était tentée de s'apitoyer sur elle-même, elle regardait le jeune homme adossé à son réverbère.

À l'approche de Noël, Mary, très occupée à honorer les commandes de ses clientes avant les fêtes, n'eut pas le temps de se demander ce qu'elle ressentait à l'idée de les passer sans Anna. Nancy avait invité Mary à Cadogan House pour Noël.

« Je serai la toute dernière à partir, avait-elle dit. Nous avons tous un mois de préavis. Je dois quitter la maison en janvier, une fois qu'elle aura été fermée. Je suis sûre que cette snobinarde nous aurait jetés dehors avant Noël si elle avait pu, mais heureusement il y avait des choses à faire.

— Elle est partie pour Bangkok ? demanda Mary.

— Oui, le mois dernier. Et je peux te dire que nous avons fait une sacrée fête dans la cuisine après son départ. En tout cas, Sam et moi, on s'est trouvé de bonnes places à Belgravia. Je serai gouvernante et lui majordome. Je ne serai pas fâchée de quitter cette cuisine ! C'est cette pauvre petite fille qui me fait de la peine. Elle pensait revenir à la maison pour Noël. On se demande comment les femmes peuvent être aussi cruelles, pas vrai, Mary ? Et les hommes si aveugles pour tomber amoureux d'elles », ajouta Nancy.

À deux jours de Noël, Mary passa toute la nuit devant sa machine à coudre pour honorer toutes ses commandes à temps. À seize heures l'après-midi suivant, après avoir reçu toutes ses clientes, Mary se laissa tomber, épuisée, sur le fauteuil près du feu.

Elle fut réveillée par un coup discret frappé à sa porte.

« Oui ?

— C'est moi, Sheila, ta voisine. Tu as de la visite. »

Mary se leva pour aller ouvrir. Et elle n'en crut pas ses yeux quand elle vit la personne qui se tenait à côté de Sheila, le visage pâle et anxieux.

« Mary ! » Anna se jeta dans les bras de Mary, la serrant si fort qu'elle lui coupa presque le souffle.

« Mon Dieu ! Anna qu'est-ce que tu fais là ? Comment m'as-tu trouvée ?

— Tu la connais alors ? demanda Sheila en souriant. Je l'ai trouvée sur le pas de ta porte comme une enfant abandonnée.

— Oh oui, je la connais. C'est mon Anna, pas vrai, ma chérie ? » Les yeux pleins de larmes, Mary regarda le visage adoré d'Anna.

« Dans ce cas, je vous laisse. Je crois que tu viens de recevoir ton cadeau de Noël, Mary.

— Oui, c'est exactement ça. »

Mary sourit, puis ferma la porte, et conduisit Anna jusqu'au fauteuil où elle la fit asseoir. « Et maintenant, explique-moi ce que tu fais ici. Je croyais que tu étais à l'école.

— Oui, je s-sais… mais… » Le visage d'Anna afficha une expression déterminée. « Je me suis enfuie et je n'y r-retournerai jamais, j-jamais.

— Allons, allons, Anna ma chérie, ne dis pas de bêtises. Je suis sûre que tu n'es pas sérieuse.

— Si je suis très s-sérieuse. Et si tu essaies de me faire r-retourner là-bas, je m'enfuirai de n-nouveau. La d-directrice est horrible, les f-filles sont horribles.

Elles me font courir en rond et jouer à quelque chose qu'elles appellent Lacrosse, c'est m-mauvais pour mes genoux et pire que tout le r-reste. Oh, Mary... » Anna enfouit sa tête dans ses mains. « J'étais s-si malheureuse. Je v-vivais pour les vacances de Noël, j'espérais te voir avec tout le monde à Cadogan House, puis la d-directrice m'a convoquée dans son bureau et m'a d-dit que je ne rentrerais pas à la maison. Elle m'a expliqué que Tante Elizabeth était allée rejoindre Oncle Lawrence à B-Bangkok et que la maison était f-fermée. Mary, s'il te plaît, ne m'oblige pas à retourner d-dans cet horrible endroit, s'il te plaît. »

Sur quoi, abandonnant toute réserve, Anna fondit en larmes.

Mary prit l'enfant sur ses genoux et Anna se lova contre sa poitrine et s'épancha, racontant d'horribles histoires de solitude, d'abandon et de tristesse.

Quand elle se fut calmée, Mary lui parla doucement. « Anna, nous devons informer la directrice le plus rapidement possible. Nous devons lui dire que tu es saine et sauve. Elle a dû envoyer la moitié des policiers du pays à ta recherche, ça ne m'étonnerait pas !

— Je m-me suis enfuie ce matin, répondit Anna en faisant la moue, et Mrs G-Grix, la directrice, est partie passer Noël chez sa sœur sur l'île de J-Jersey. Elle m'a laissée avec l'infirmière, qui boit tellement de g-gin qu'elle me v-voit en double même quand je ne suis pas l-là. »

Mary ne put s'empêcher de sourire de la tournure de phrase d'Anna.

« Dans ce cas, nous devons au moins contacter l'infirmière. Tu ne voudrais pas qu'elle s'inquiète, n'est-ce pas ? Quoi que tu ressentes Anna, ce n'est pas bien de causer du souci à cette dame.

— Alors p-promets-moi que tu ne d-diras pas où je suis. Ils pourraient v-venir me chercher et je ne v-veux pas y r-retourner. Plutôt mourir ! »

Mary savait que la petite fille était complètement épuisée et qu'il était inutile de discuter avec elle ce soir. « Je dirais juste que tu es rentrée saine et sauve à Cadogan House et que nous recontacterons l'école après Noël. Qu'est-ce que tu en penses ? »

La suggestion de Mary parut calmer Anna, qui hocha la tête, bien qu'à contrecœur.

« Je crois que tu as besoin d'un bon bain. Ce n'est pas exactement ce à quoi tu étais habituée à Cadogan House, mais au moins tu seras propre, ma chérie. »

Mary accompagna Anna dans la salle de bains commune en bas du couloir et lui fit couler un bain. Tout en la lavant, elle demanda à Anna comment elle avait trouvé son chemin jusqu'à Londres, puis jusque chez elle à Colet Gardens.

« C'était facile, répondit Anna. Je savais où était la gare parce que n-nous avions fait une excursion à Londres pour visiter la c-cathédrale Saint-Paul. Alors je suis s-sortie discrètement de l'école et j'ai marché. Puis je suis m-montée dans un train qui m'a emmenée dans une grande gare appelée Waterloo. J'ai pris un bus jusqu'à Sloane Square puis j'ai marché j-jusqu'à Cadogan House. Ensuite, Mrs Carruthers m'a fait monter dans un taxi qui m'a déposé chez toi.

— Mais, Anna, la directrice t'a pourtant dit que la maison était fermée. Qu'aurais-tu fait si tu n'avais trouvé personne ? » Mary aida Anna à sortir de la baignoire et l'enveloppa dans une serviette.

« Je n'y ai pas f-franchement réfléchi, admit Anna. Je savais que le l-loquet de la fenêtre de la cuisine était c-cassé. J'aurais pu facilement l'ouvrir et entrer. Mais Mrs Carruthers était là et m'a d-dit où tu habitais. »

Malgré son inquiétude, Mary regarda Anna avec une certaine admiration. La petite fille qui l'avait quittée quatre mois auparavant avait grandi. Et elle avait fait preuve d'un esprit d'initiative et d'un courage que Mary ne soupçonnait pas chez elle.

« Bon, dit Mary en ramenant Anna dans sa chambre, je vais te mettre au lit et je vais descendre pour appeler Mrs Carruthers à Cadogan House et lui demander de contacter immédiatement l'infirmière à l'école. » Mary vit le visage anxieux d'Anna. « Et non, nous ne lui dirons pas que tu es là avec moi. De plus, nous allons fêter Noël à Cadogan House demain à midi », ajouta Mary tout autant pour se réconforter que pour apaiser Anna.

Le visage d'Anna s'égaya considérablement. « Vraiment ? Comme je suis c-contente ! Ils m'ont tous t-tellement manqué. »

Mary vit Anna poser la tête sur l'oreiller et fermer doucement les paupières.

« Dors, ma chérie, et demain quand tu te réveilleras, ce sera Noël. »

17

À Cadogan House, les domestiques avaient emballé à la hâte de petits présents pour Anna. Quand Mary et Anna arrivèrent le lendemain matin, les six membres du personnel restants saluèrent la petite fille avec joie et affection. Mrs Carruthers, comme de coutume le jour de Noël, prépara le déjeuner pour tout le monde. Une fois qu'Anna eut ouvert ses cadeaux, ils prirent tous place autour de la table de la cuisine pour déguster l'oie et sa garniture. À la fin du repas, Nancy se leva et montra fièrement la pierre précieuse au quatrième doigt de sa main gauche. « J'aimerais vous annoncer que Sam et moi avons décidé de nous marier. »

On envoya Sam chercher une bouteille de porto à la cave pour fêter la nouvelle et porter un toast aux futurs mariés. Puis Nancy proposa, les yeux pétillants, qu'ils aillent jouer aux charades dans le grand salon.

« Oh oui ! dit Anna en battant des mains. J'adore les ch-charades. Allons-y ! »

Tandis qu'ils gravissaient les marches jusqu'au rez-de-chaussée, Mary demanda : « Vous croyez vraiment qu'on peut jouer dans *leur* salon ?

— Qui pourrait nous en empêcher ? ricana Mrs Carruthers, un peu éméchée par le gin et le porto. Et de plus, nous avons la jeune dame de la maison avec nous, elle nous a invités chez elle, pas vrai, Anna ? »

À vingt heures, après un jeu de charades particulièrement bruyant, ils redescendirent tous à la cuisine, épuisés mais heureux.

Mrs Carruthers se tourna vers Mary. « Vous dormez ici toutes les deux ce soir ?

— J'avoue que je n'avais même pas réfléchi à la question, répondit honnêtement Mary.

— Et si vous l'installiez dans son ancienne chambre ? Vous pourriez ensuite redescendre, histoire que nous discutions un peu. Je vais nous préparer une bonne tisane. »

Mary accepta et conduisit Anna, lasse de sa journée, dans son ancienne chambre.

« Oh, j'ai passé une si bonne journée. C'était l'un des m-meilleurs Noël de ma vie ! dit Anna en soupirant de plaisir tandis que Mary la bordait.

— J'en suis ravie, ma puce. Je ne m'attendais pas non plus à passer un si bon Noël cette année. Bonne nuit, dors bien.

— Bonne nuit, Mary. Mary ?

— Oui ?

— Toi et Nancy et Sam et Mrs Carruthers… vous êtes ma f-famille, n'est-ce pas ?

— J'aimerais le croire, ma chérie, j'aimerais le croire », dit Mary en quittant la pièce.

« Et maintenant, qu'allons-nous faire avec cette jeune demoiselle ? interrogea Mrs Carruthers quand Mary la rejoignit à la cuisine.

— Je n'en ai pas la moindre idée, répondit Mary en soupirant.

— Bien sûr, nous devrions envoyer un télégramme à Mr et Mrs Lisle pour les informer qu'Anna est revenue de sa propre initiative à Cadogan House.

— Oui, reconnut Mary. Mais j'ai promis à Anna qu'elle ne retournerait jamais dans cette école. Je crains que si nous la ramenons là-bas, elle s'enfuie de nouveau.

— C'est vrai, admit Mrs Carruthers. Nous devrions peut-être parler au maître, lui dire qu'Anna est très malheureuse à l'école et voir ce qu'il nous suggère.

— Et comment allons-nous faire pour le contacter sans que la maîtresse ne soit au courant ? rétorqua Mary en levant les yeux au ciel.

— Il faudrait que vous puissiez parler directement au maître. Ne pouvez-vous pas lui envoyer un télégramme qui lui soit personnellement adressé ?

— Même si Mrs Lisle n'interceptait pas le télégramme, il lui en parlerait certainement. Et elle dirait qu'Anna doit être ramenée à l'école dès que possible.

— Alors, je ne vois pas de solution, dit Mrs Carruthers en soupirant. Cette pauvre petite a été abandonnée par la personne qui avait promis de la protéger. Et c'est insupportable de voir ça.

— Je sais. Je ne peux pas l'abandonner à mon tour. Elle m'a raconté que les autres élèves la tyrannisaient et que les professeurs fermaient les yeux. Elle dit que tout le monde sait qu'elle est orpheline et en profite pour se moquer de son bégaiement. Que puis-je faire pour l'aider ? demanda Mary d'un ton implorant.

— Je ne sais pas, aucune idée ne me vient ce soir, ma chère. Mais j'ai moi aussi beaucoup d'affection pour Anna et je n'ai vraiment pas envie de voir cette petite souffrir. Allons nous coucher, nous en reparlerons demain après une bonne nuit de sommeil. Nous verrons bien si nous trouvons une idée.

— Vous savez que je ferais n'importe quoi pour la protéger, vous le savez ?

— Oui, Mary, je le sais », répondit Mrs Carruthers.

Mary ne dormit pas cette nuit-là. Elle arpenta sa chambre, réfléchissant à ce qu'elle devait faire pour protéger au mieux Anna. Si seulement elle pouvait la faire disparaître comme par magie, mais ce n'était pas à elle de décider du destin de l'enfant, quoi que lui dictent son instinct et ses sentiments.

À moins que… ?

Mary entra dans la cuisine à six heures du matin. Mrs Carruthers vint la rejoindre en bâillant. Elles préparèrent le thé et s'assirent à la table.

« J'ai réfléchi…

— Je le savais bien, Mary. Moi aussi, j'ai réfléchi mais je ne peux pas dire que je suis plus avancée qu'hier.

— J'ai peut-être une idée mais je dois vous demander quelques détails… »

Quarante minutes plus tard, elles en étaient à leur troisième tasse de thé.

Mrs Carruthers, les paumes moites de tension, soupira. « Je comprends ce que vous proposez Mary, mais vous êtes consciente que c'est très risqué, n'est-ce pas ? Et un délit par-dessus le marché ! Vous risquez de vous retrouver en prison si ça tourne mal…

— Je sais Mrs Carruthers, mais c'est la seule solution que j'ai trouvée pour protéger Anna. Et vous devez me promettre de n'en parler à personne.

— Vous savez que vous pouvez compter sur moi, ma chère. Tout comme vous, j'adore cette petite.

— Une dernière question : quand le maître a ramené Anna à la maison, la première fois, a-t-il dit quelque chose à propos de son acte de naissance ?

— Non, ça n'a jamais été mentionné, répondit Mrs Carruthers.

— A-t-il apporté quelque chose, n'importe quoi, avec le bébé qui pourrait indiquer qui elle est et d'où elle vient ?

— Vous vous souvenez à l'époque, je vous avais dit que Mr Lisle avait une petite valise avec lui. Il avait expliqué qu'elle appartenait à la mère du bébé et qu'il devait la garder jusqu'à ce qu'elle revienne chercher son enfant.

— Où est-elle à présent ?

— Toujours au grenier, je suppose. La mère n'est jamais revenue chercher ni l'enfant ni la valise que je sache ! répondit Mrs Carruthers en haussant les épaules.

— Vous pensez que je peux monter voir si elle y est toujours ? s'enquit Mary. Je sais que ce n'est pas bien de fouiller, mais…

— Si ça peut vous apprendre quelque chose sur les origines d'Anna, je ne vois pas où est le mal. Vous voulez que j'envoie Sam voir au grenier ?

— Oh oui, si ça ne vous dérange pas, Mrs Carruthers. En attendant, j'aurais donc besoin de voir l'écriture et la signature d'Elizabeth Lisle. Si vous pouviez trouver un document ou un bout de papier sur lequel elle a écrit… Il me faudrait également un papier à lettre à en-tête pour que je puisse rédiger la missive.

— Vous êtes vraiment prête à aller jusqu'au bout, Mary ? Je n'aimerais pas être à votre place…, souffla Mrs Carruthers. Je vais chercher le précieux livre de comptes de Mrs Lisle, celui qu'elle m'a pris parce que ma gestion des comptes de la maisonnée laissait à désirer ! »

Plus tard dans la journée, Mary repartit avec Anna jusqu'à Colet Gardens. Une fois Anna endormie, Mary s'assit à son bureau pour s'entraîner à imiter l'écriture de Mrs Lisle sur des morceaux de papier. Dieu merci, elle avait passé une grande partie de son enfance à copier les écritures pour parfaire son orthographe et le dessin de ses lettres. Elle avait aussi appris, en regardant le livre de comptes, que le prochain semestre avait déjà été réglé à l'école d'Anna, juste avant le départ de Mrs Lisle pour Bangkok.

Puis, quand elle se sentit prête, Mary prit le stylo-plume que Mrs Carruthers avait trouvé dans le bureau d'Elizabeth Lisle et se mit à écrire.

De retour de ses vacances à Jersey, Doreen Grix, la directrice de l'école d'Anna, s'assit à son bureau et passa en revue son courrier.

Cadogan House
Cadogan Place
Londres, SWI

26 décembre 1928

Chère madame Grix,

Mon départ à Bangkok a malheureusement été repoussé à la suite du décès d'un parent. J'ai dû passer Noël à Londres. Et qui s'est présenté à ma porte il y a quelques jours ? Ma pupille, Anna. La voyant si malheureuse d'être séparée de mon mari et de moi-même, j'ai décidé, en accord avec mon époux, qu'Anna m'accompagnerait à Bangkok et poursuivrait son année scolaire là-bas. Je sais qu'il est interdit de retirer son enfant de l'établissement au milieu de l'année, sous peine de pénalités financières, mais comme nous avons déjà versé la somme demandée pour le prochain semestre, je présume que le sujet est clos. Veuillez adresser toute correspondance à mon adresse de Londres, à l'attention de Mrs J. Carruthers, mon intendante, qui fera suivre.

Veuillez agréer, madame, l'expression de mes salutations respectueuses
Elizabeth Lisle

Doreen Grix ne fut nullement peinée par la perte de cette élève. Anna Lisle était une petite fille singulière qui n'avait rien apporté à l'école, et qu'il fallait de surcroît nourrir et loger pendant les vacances.

La directrice rangea la lettre dans son tiroir et considéra que le sujet était effectivement clos.

Quelques jours plus tard, alors que tous les domestiques, hormis Mrs Carruthers, avaient quitté la maison pour prendre leurs nouveaux postes, Mary retourna à Cadogan House après avoir confié Anna à Sheila. Elle avait expliqué à l'enfant qu'elle se rendait dans le Kent pour rencontrer la directrice de l'école et l'informer que son élève ne reviendrait pas dans l'établissement.

Mary trouva Mrs Carruthers à l'étage, occupée à ranger des draps et des couvertures dans des malles.

« Je suis venue vous dire au revoir », dit-elle.

Mrs Carruthers essuya la sueur de son front et se redressa. « Vous allez mettre votre plan à exécution alors ? »

Mary hocha la tête. « Oui. Je n'ai pas vraiment le choix.

— Non… si vous êtes consciente des risques que vous prenez. Anna sait-elle qu'elle ne pourra jamais revenir à Cadogan House ?

— Non, elle ne le sait pas. » Mary laissa échapper un soupir angoissé. « Vous pensez que j'ai tort ?

— Mary, parfois dans la vie, il faut savoir écouter son cœur. Et… tout ce que je peux vous dire, c'est que je regrette de ne pas avoir écouté le mien quand j'étais plus jeune. » Mrs Carruthers regarda par la fenêtre, les traits tordus par une soudaine douleur. « Il y avait un homme autrefois dans ma vie… et un bébé. L'homme a disparu, je devais travailler, j'ai confié l'enfant à l'adoption. Je regrette cette décision tous les jours que Dieu fait.

— Oh, Mrs Carruthers, je suis vraiment désolée, je ne savais pas…

— Non. Vous ne pouviez pas le savoir puisque je ne vous l'ai jamais dit, répondit Mrs Carruthers d'un ton brusque. Mais je vois que vous aimez Anna comme votre propre fille. Et je suis convaincue que vous agissez dans son intérêt à elle. Pas nécessairement dans le vôtre. Si on découvre ce que vous avez fait… »

Mary opina stoïquement de la tête. « Je sais.

— Vous savez aussi que je ne vous dénoncerai jamais, vous le savez ?

— Oui, je le sais.

— Mais vous devez comprendre qu'une fois que vous aurez mis votre plan à exécution, nous ne pourrons plus jamais nous revoir. Je serais considérée comme complice dans un enlèvement d'enfant et je n'ai aucune envie de passer les dernières années de ma vie à Holloway.

— Bien sûr, dit Mary. Je comprends. Merci Mrs Carruthers. » Mary se jeta instinctivement dans les bras de l'intendante.

« Ne me remerciez pas. Je vais me mettre à pleurer si vous continuez. Vous feriez mieux de filer, maintenant.

— Oui.

— Bonne chance ! », cria Mrs Carruthers quand Mary arriva devant la porte d'entrée.

Mary hocha la tête et quitta la maison, se demandant pourquoi sa vie ressemblait à une longue suite d'adieux douloureux.

Mrs Carruthers retourna à l'intérieur pour se préparer un thé, et c'est alors qu'elle remarqua la petite valise en cuir, dans le vestibule tout près de la porte de derrière. Elle ressortit sans attendre, mais la ruelle était vide et Mary était déjà loin. « Trop tard », se dit-elle en prenant la valise pour la remonter au grenier.

Mary descendit du train à Tunbridge Wells puis demanda le chemin du bureau de poste le plus proche.

Elle parcourut la courte distance à pied, entra dans le bâtiment et attendit patiemment dans la file, tout en essayant de dompter les battements de son cœur. Quand ce fut son tour, elle s'approcha du guichet et s'adressa à la jeune fille en face d'elle avec son meilleur accent anglais.

« J'aimerais envoyer un télégramme à Bangkok. Voici l'adresse et voici le contenu.

— Très bien, miss, répondit la jeune fille, en consultant son tableau. Pour Bangkok, ça vous fera six shillings et six pence. »

Mary compta la monnaie et déposa l'appoint sur le comptoir. « Puis-je savoir quand le télégramme parviendra à ses destinataires ?

— Au plus tard, ce soir. Nous envoyons tous les télégrammes à la fermeture des bureaux.

— Et quand puis-je attendre une réponse ? »

La jeune fille la regarda bizarrement. « Quand le destinataire souhaitera en envoyer une. Revenez demain après-midi. Nous aurons peut-être quelque chose pour vous. »

Mary hocha la tête. « Merci. »

Elle trouva une petite pension du centre-ville pour la nuit. Elle ne quitta pas sa chambre pour aller manger, en partie parce qu'elle n'avait pas d'appétit, mais surtout parce qu'elle voulait éviter autant que possible qu'on la voie. Elle passa les longues heures de la soirée à réfléchir à ses actes, se demandant si elle avait encore toute sa tête. Comment avait-elle pu faire une chose pareille ?

Sur le papier, elle tuait l'enfant qu'elle aimait, ou du moins ses chances de revivre un jour sous la protection d'une famille riche.

Pourtant, son instinct lui disait qu'il n'y avait guère d'espoir qu'Anna fût de nouveau accueillie et choyée par le tuteur qui avait promis de la protéger ou la femme qu'il avait épousée et qui la jalousait. De plus, ils ne seraient pas de retour à Londres avant cinq ans. Cinq ans durant lesquels, si elle n'agissait pas, Anna passerait le reste de son enfance seule et abandonnée dans un endroit qu'elle détestait. Et quoi qu'il en coûte, quels que soient les sacrifices qu'elle devrait faire, cela valait sûrement la peine de courir le risque. En fait, quand Mary revint à la poste le lendemain matin, le cœur tambourinant dans sa poitrine, elle comprit que son plan reposait entièrement sur sa conviction qu'en retirant subitement Anna à la famille Lisle, elle la soulageait d'un poids plutôt qu'elle ne la condamnait.

Mary prit le télégramme que lui tendait la jeune fille au guichet. Les mains tremblantes, elle sortit du bureau de poste et s'assit sur le banc le plus proche pour le lire. *Tout* dépendait de cette réponse.

CHÈRE MRS GRIX (STOP) C'EST AVEC BEAUCOUP DE TRISTESSE QUE NOUS AVONS APPRIS LA DISPARITION PRÉMATURÉE D'ANNA (STOP). COMME IL NOUS EST IMPOSSIBLE DE RENTRER EN ANGLETERRE, NOUS ACCEPTONS VOTRE OFFRE CONCERNANT LES FUNÉRAILLES AVEC RECONNAISSANCE (STOP) NOUS NOUS EN REMETTONS À VOTRE SUGGESTION ET NOUS PRENDRONS NATURELLEMENT EN CHARGE LES FRAIS (STOP). NOUS VOUS REMERCIONS POUR VOTRE GENTILLESSE (STOP) ELIZABETH LISLE (STOP).

Mary laissa échapper un petit cri de soulagement. Il était certes peu probable que Lawrence et Elizabeth Lisle décident d'embarquer sur-le-champ sur un bateau à destination de l'Angleterre mais ce n'était pas complètement exclu non plus. Ils avaient cru à son histoire d'épidémie de grippe et ne poseraient pas de question. Mary sortit son stylo et griffonna une réponse à l'arrière du télégramme. Il y avait quelques points de détail à régler. Comme elle l'avait appris en lisant les enquêtes de Sherlock Holmes qu'elle aimait tant, dans pareilles circonstances, il était important d'accorder une attention toute particulière aux détails. Dix minutes plus tard, elle retourna au bureau de poste et tendit sa réponse à la jeune fille au guichet.

« Je reviendrai dans quelques jours voir s'il y a une réponse », dit Mary tout en comptant sa monnaie et en donnant l'appoint à la jeune fille.

Mary quitta le bureau de poste et commença à envisager sa nouvelle vie avec sa chère Anna.

18

« Anna, ma chérie, dit Mary tandis qu'elles faisaient griller des crumpets sur le feu. J'ai parlé à ta directrice et elle sait que tu ne reviendras pas. »

Le visage d'Anna s'illumina.

« Oh Mary ! C'est m-merveilleux. » Puis elle fronça les sourcils.

« Et tu en as p-parlé à Oncle Lawrence et Tante Elizabeth ?

— Oui et ils sont d'accord. » Mary prit une profonde inspiration. Elle détestait devoir mentir mais elle savait qu'Anna ne devrait jamais apprendre ce qu'elle avait fait.

« Tu vois, je t'avais dit qu'Oncle Lawrence ne m'obligerait jamais à r-rester là-bas si j'étais malheureuse. Alors quand p-pouvons-nous rentrer à Cadogan House ? interrogea Anna en mordant dans son *crumpet* beurré.

— Le problème c'est que, comme tu le sais, la maison est fermée pendant que ton oncle et ta tante sont à Bangkok. Et bien qu'ils t'aiment beaucoup, ils ne peuvent pas se permettre de payer du personnel pour entretenir une maison de la taille de Cadogan House rien que pour une petite fille. Tu comprends ?

— Oui, bien sûr, je comprends. Alors où vais-je vivre ?

— En fait ils ont proposé que tu restes ici avec moi. »

Anna laissa son regard errer dans la petite pièce, ses yeux trahissant soudain sa déception, elle qui avait été habituée au luxe et au confort. « Tu veux dire que je vais v-vivre ici pour toujours ?

— Mon amie Sheila, ma voisine, se marie le mois prochain et va quitter son appartement. Son propriétaire a dit que nous pourrions le prendre si nous voulions. Il a deux chambres, un salon, une cuisine et sa propre salle de bains. Je me suis dit que nous pourrions le visiter.

— D'accord, dit Anna. Ça veut d-dire que nous ne serons pas obligées d'abandonner le pauvre homme dehors devant le r-réverbère. »

Mary dévisagea Anna. « Tu l'as remarqué ?

— Oh oui, confirma Anna en hochant la tête. Je lui ai p-parlé. Il avait l'air si triste et si s-seul dehors.

— Tu lui as *parlé* ?

— Oui.

— Et il a répondu ?

— Il a dit qu'il faisait de plus en plus f-froid. » Anna essuya le beurre aux coins de sa bouche. « Il a une maison ?

— Oui, il en a une.

— Alors il n'est pas orphelin, comme moi ?

— Non, il n'est pas orphelin.

— Et où vais-je aller à l'école ?

— En fait, j'ai pensé que tu pourrais peut-être étudier à la maison. Surtout si tu veux à nouveau suivre des cours de danse… Une école n'accepterait peut-être pas de te laisser des après-midi libres pour tes cours. Mais bien sûr, c'est à toi de décider.

— Je peux r-retourner chez la princesse Astafieva ? demanda Anna. Je trouve que c'est une très bonne professeure.

— Malheureusement, la princesse ne va pas très bien en ce moment. Mais je me suis renseignée et nous avons un excellent professeur à cinq minutes d'ici. Il s'appelle Nicolas Legat et était autrefois le partenaire d'Anna Pavlova ! » dit Mary d'un ton encourageant.

Anna ouvrit de grands yeux. « Anna Pavlova… La plus grande danseuse de tous les t-temps…

— Oui. Dans un ou deux jours nous irons le voir. Qu'est-ce que tu en penses ?

— Oh Mary ! » Anna tapa des mains. « Dire qu'il y a deux semaines encore j'étais d-dans cet endroit horrible ! Je ne pensais j-jamais pouvoir redanser. » Elle se jeta au cou de Mary. « Et comme un ange-gardien, tu es v-venue me sauver.

— Ah ma chérie, je n'aurais pas pu te laisser souffrir plus longtemps.

— Quand j'ai vu que tu ne m'écrivais pas, j'ai p-pensé que… que tu m'avais a-abandonnée.

— Tout le monde trouvait qu'il était préférable que je te laisse tranquille, le temps que tu t'adaptes. »

Anna la dévisagea. « Tu veux dire que c'est Tante Elizabeth qui t'a d-demandé de ne pas m'écrire ?

— Oui, mais uniquement dans ton intérêt.

— Mary, tu es si bonne avec tout le monde m-mais nous savons toutes les deux que Tante Elizabeth me d-détestait… Et quoi que tu sois pour moi, il n'y a pas une fille au monde qui a la chance d'avoir une aussi bonne mère », ajouta la fillette en l'embrassant sur la joue.

Les yeux de Mary s'emplirent de larmes. Elle se demanda si Anna serait aussi enthousiaste si elle lui avouait ce qu'elle avait fait. « Allons, ma puce, ne parlons plus du passé. Et comme tu vas vivre avec moi pendant les prochaines années au moins, il serait peut-être mieux que tu prennes mon nom de famille.

— P-puisque je n'ai p-plus d'autre famille, je pense que ça serait merveilleux de porter ton nom, acquiesça Anna.

— Comme tu le sais, les sœurs m'ont appelée Benedict, alors je n'ai pas vraiment de nom de famille, moi non plus. Je suggère que nous repartions de zéro, dit Mary en souriant, et que nous en inventions un.

— C'est possible ?

— Je ne vois pas ce qui nous en empêcherait.

— Comme c'est excitant ! Je peux ch-choisir ?

— Bien sûr que tu peux, tant que ce n'est pas le nom imprononçable d'une danseuse russe ! »

Comme toujours, quand Anna réfléchissait, elle mit son index dans sa bouche et le mordilla. « Je sais !

— Déjà ?

— Oui ! Je pensais à la musique de mon b-ballet préféré, *La Mort du cygne*[1], et je m'appelle Anna, comme Anna P-Pavlova. Alors j'aimerais que notre nom de famille soit Swan.

— Swan… » Mary s'entraîna à prononcer le nom plusieurs fois, puis se tourna vers Anna. « Oui, j'aime bien. »

Le lendemain, ce fut Anna Swan qui entra dans le studio de Nicolas Legat, accompagnée de Mary Swan, sa mère. Anna fut immédiatement acceptée à l'école et commença à prendre trois cours de danse par semaine.

Moins d'un mois plus tard, elles emménagèrent toutes les deux dans l'ancien appartement de Sheila, et Mary entreprit de repeindre et d'égayer leur nouvelle maison. Elle confectionna de beaux rideaux fleuris pour la chambre d'Anna avec sa machine à coudre et elle s'offrit du chintz bleu-gris pour le petit salon qui lui servirait aussi de pièce de couture. Quand elle suspendit les rideaux aux fenêtres puis qu'elle recula pour admirer son œuvre, Mary pensa à la nouvelle maison à Dunworley qui aurait dû être la sienne un jour. Ce rêve ne s'était jamais réalisé et elle mit toute son énergie à faire de cet appartement exigu un foyer agréable, car c'était désormais la seule maison qu'elle pouvait espérer.

« Tu as fait des m-miracles ! s'écria Anna, quand Mary lui montra fièrement sa chambre une fois qu'elle fut terminée. Et si nous invitions Nancy et

1. En anglais, *The Dying Swan.* (NdE)

Mrs Carruthers à venir prendre le t-thé ? J'aimerais leur montrer notre nouvelle demeure !

— Je suis désolée, Anna, mais elles ont toutes deux déménagé de Cadogan House et je ne connais pas leur nouvelle adresse, répondit calmement Mary.

— Oh mais c'est t-terriblement impoli de leur part de ne pas nous l'avoir c-communiquée, tu ne trouves pas ? C'étaient nos amies après t-tout.

— Je suis sûre qu'elles reprendront contact avec nous quand elles seront prêtes, ma chérie », déclara Mary non sans ressentir un fort sentiment de culpabilité.

Elles prirent toutes deux leurs habitudes. Mary faisait de son mieux pour qu'Anna s'installe au petit bureau dans un coin du salon et apprenne ses leçons. Elle empruntait des livres d'histoire et de géographie à la bibliothèque locale et encourageait Anna à lire le plus possible. Elle était consciente que ce n'était pas le genre d'éducation qu'aurait dû recevoir une jeune fille comme Anna, mais elle ne pouvait pas faire mieux. De plus, elle savait qu'Anna avait autre chose que ses leçons en tête.

Trois après-midi par semaine, Mary traversait Colet Gardens pour déposer Anna à son cours de danse. Elle jetait des regards nerveux derrière elle quand elle entrait dans le bâtiment et quand elle en sortait. Il en serait ainsi toute sa vie. Elle savait que c'était le prix à payer pour ce qu'elle avait fait.

Quand l'idée lui était venue la première fois, Mary s'était dit que la meilleure solution serait peut-être d'emmener Anna à l'étranger. Mais en y réfléchissant, elle s'était rendu compte que c'était impossible. Anna n'avait ni acte de naissance, ni passeport, pas même un document officiel indiquant qui elle était. Aussi étaient-elles bloquées en Angleterre. Elle avait alors envisagé de quitter Londres mais elle devait aussi songer à ses revenus. De plus, elles ne passeraient pas inaperçues dans une petite ville ou un village. À Londres, elles risquaient moins de se faire remarquer. Et puis Anna avait passé la majeure partie de son enfance entre les murs de Cadogan House et elle avait rencontré fort peu de monde durant cette période. Il était peu probable que quelqu'un la reconnaisse dans la rue.

Toutefois, Mary prenait soin de ne jamais s'approcher de leur ancien quartier de Chelsea et se rassurait en pensant que plus Anna grandirait, moins le risque serait grand qu'elle fût associée à la petite fille qui avait disparu prématurément dans des conditions tragiques.

Quant à l'avenir… Mary ne pouvait pas se permettre d'y penser. Elle avait fait ce qui lui semblait juste pour protéger l'enfant qu'elle aimait. Et si la mort de Sean, la perte de ses rêves et de ses espoirs lui avaient appris quelque chose, c'était bien qu'il fallait vivre dans l'instant présent.

Par une douce soirée de printemps, trois mois et demi après leur nouveau départ, Anna entra dans l'appartement, accompagnée d'un visiteur.

Mary leva les yeux de sa machine à coudre, ébahie. Aux côtés d'Anna se tenait timidement le jeune homme du réverbère.

« Mary, c'est Jeremy. C'est m-mon ami, n'est-ce pas Jeremy ? »

L'homme regarda nerveusement Anna et hocha la tête.

« J'ai dit à Jeremy qu'il pouvait v-venir pour que vous fassiez connaissance. J'ai dit que ça ne te dérangerait p-pas. Ça ne te dérange p-pas au moins, Mary ?

— Non… bien sûr que non, pas du tout. » Mary se troubla quand les yeux sombres et hagards de Jeremy se posèrent sur elle. « Jeremy, venez vous asseoir, je vais préparer du thé.

— M-Merci. »

Depuis la cuisine, Mary entendit Anna discuter gaiement dans la pièce d'à côté. Sa voix aiguë était parfois entrecoupée de marmonnements sourds quand Jeremy intervenait dans la conversation.

« Et voilà, dit Mary en posant le plateau sur la table. Vous prenez du sucre et du lait, Jeremy ?

— Oui, les d-deux. » Après une longue pause, il ajouta « M-Merci beaucoup. »

Mary servit le thé et tendit la tasse à Jeremy. Jeremy la prit d'une main tremblante et la tasse cliqueta contre la soucoupe. Mary la lui reprit doucement des mains et la posa sur la table à côté de lui.

« N'est-ce pas m-merveilleux ? C'est b-bien mieux ici que dehors, commenta Anna en montrant le réverbère par la fenêtre. De plus, j'ai dit à Jeremy que ma m-mère n'avait pas d'amis non plus. Alors j'ai pensé que vous p-pourriez être amis l'un et l'autre. »

Jeremy hocha la tête tout en dévisageant Anna. Mary surprit une émotion fugace dans son regard et comprit que cet homme étrange et triste avait visiblement beaucoup d'affection pour sa jeune amie.

« C'est très gentil à toi de penser à moi, Anna. Vous ne trouvez pas Jeremy ?

— S-Si. »

Mary versa le thé dans une autre tasse pour elle et s'assit. Elle garda le silence, se demandant ce qu'elle pourrait bien lui dire. Il serait maladroit de lui demander ce qu'il faisait puisqu'elle savait pertinemment qu'il passait le plus clair de son temps adossé au réverbère.

« M-Merci p-pour le manteau, dit Jeremy qui semblait faire un gros effort pour prononcer ces quelques mots. Il m-m'a tenu ch-chaud.

— Tu vois ? dit Anna. Il parle comme moi p-parfois. » Elle lui tapota affectueusement la main.

« C'est bien que vous ayez parlé tous les deux.

— A-Anna m'a d-dit qu'elle aimait d-danser, hasarda Jeremy. Elle aime *Le Lac des cygnes* de Tch-Tchaïkovski.

— Oui, confirma Anna avec enthousiasme. Et Mary a dit que dès que nous aurons suffisamment d'argent, nous p-pourrons acheter un gramophone comme celui que nous avions à Cadogan House. Ensuite, nous achèterons le d-disque et vous pourrez v-venir l'écouter, Jeremy.

— Merci, Anna. » Jeremy prit sa tasse de thé avec précaution et la porta à ses lèvres d'une main tremblante. Il avala d'un trait le contenu, visiblement soulagé que le liquide ait atteint sa bouche sans se renverser. « M-Merci pour le thé, Mary. Je ne veux pas vous d-déranger plus l-longtemps.

— Vous ne nous dérangez pas, p-pas vrai, Mary ? dit Anna quand il se leva.

— Non, pas du tout. » Mary raccompagna Jeremy à la porte de l'appartement. « N'hésitez pas à venir prendre le thé quand le cœur vous en dit.

— M-merci M-Mary. » Jeremy lui sourit avec une telle gratitude que Mary tendit instinctivement la main pour serrer la sienne.

« Nous nous reverrons bientôt, j'en suis sûre. »

Deux jours plus tard, Anna apparut dans l'après-midi, accompagnée de Jeremy, qui portait quelque chose sous une couverture.

« Jeremy nous a apporté un c-cadeau ! Je suis impatiente de voir ce q-que c'est. » Tout excitée, Anna dansait autour de Jeremy qui demanda à Mary où il pouvait déposer le paquet.

« Posez-le là-dessus. » Mary montra le buffet et Jeremy s'exécuta. Il retira la couverture dans un grand geste, dévoilant un gramophone avec une pile de disques sur le plateau.

« P-Pour vous et Anna.

— Oh Jeremy ! » Anna se mit à applaudir. « Quel c-cadeau merveilleux, tu ne trouves p-pas, Mary ?

— Oui, bien sûr, mais il nous le prête, Anna. C'est bien ça, Jeremy ? rectifia Mary.

— N-non, c'est pour vous. Vous p-pouvez le garder.

— Mais ces appareils coûtent une fortune. Nous ne pouvons pas…

— Si vous p-pouvez. J'ai d-de l'argent. Quel d-disque, Anna ? »

Tandis qu'Anna et Jeremy discutaient du choix du disque, hésitant entre *La Belle au bois dormant* et *Le Lac des cygnes*, Mary remarqua une pointe de détermination dans les yeux du jeune homme. Même brisé par la guerre, il gardait une lueur dans les yeux qui laissait entrevoir la personne qu'il avait été autrefois.

Il se tourna soudain vers Mary pendant qu'Anna déposait un disque sur le plateau et lui sourit. « C'est m-ma façon de vous r-remercier pour le m-manteau. »

À compter de ce jour, Jeremy Langdon fréquenta assidûment le salon de Mary. Tous les après-midi, Anna enlevait Jeremy à son réverbère et l'entraînait dans l'appartement à l'heure du thé. Pendant que Mary cousait, Jeremy et Anna écoutaient la musique de ballet. Anna virevoltait dans la pièce et Jeremy applaudissait bruyamment à la fin de chaque morceau. Anna ne manquait jamais de saluer avec une gracieuse révérence et Mary réalisa que l'enfant cherchait à revivre les moments qu'elle passait autrefois avec Lawrence Lisle dans le grand salon de Cadogan House.

« Elle est très d-douée, Mary, fit remarquer Jeremy un jour tandis qu'elle le raccompagnait à la porte.

— Vous trouvez ? En tout cas, elle est très déterminée.

— Elle est t-talentueuse, affirma Jeremy en hochant la tête. J'ai v-vu les m-meilleures avant la guerre. Elle p-pourrait se p-produire elle aussi. Au revoir, Mary.

— Où allez-vous dîner ce soir ? hasarda Mary. On dirait que vous n'avez pas mangé à votre faim depuis longtemps. J'ai des côtelettes dans le four et il y en aura largement assez pour tout le monde.

— Oh Jeremy, r-restez, insista Anna.

— V-Vous êtes très g-gentilles mais je ne v-veux pas vous d-déranger.

— Vous ne nous dérangez pas, n'est-ce pas, Mary ?

— Non, Jeremy, vous ne nous dérangez pas du tout », répondit Mary en souriant.

19

Bientôt, le réverbère fut privé de son vieil ami. Jeremy passait de plus en plus de temps avec Mary et Anna. Il arrivait toujours chargé d'une offrande, du chocolat pour Anna, ou du poisson frais que Mary cuisinait pour le souper. À mesure que sa confiance grandissait, il parlait plus distinctement, avec moins d'hésitation. Avec les encouragements délicats de ses deux amies, il commença à communiquer plus facilement.

Au fil des semaines, Mary constata que ses traits étaient moins émaciés, en partie grâce aux assiettes généreuses qu'elle lui servait le soir. Ses mains tremblaient moins quand il maniait son couteau et portait la fourchette à sa bouche. Il se hasardait même parfois à lancer quelques traits d'humour. Mary ne tarda pas à découvrir un homme qui, en plus de l'excellente instruction qu'il avait reçue, était aussi d'une grande sagesse. La douceur de Jeremy, sa prévenance et sa gentillesse, en particulier envers Anna, le rendaient d'autant plus sympathique aux yeux de Mary. Et quand l'expression hagarde quitta ses yeux vert sombre et que son corps se rempluma, Mary vit combien il était beau.

Un soir, alors que Mary bordait Anna dans son lit, elle réalisa combien l'enfant s'était épanouie depuis que Jeremy était entré dans leur vie.

« Je suis tellement heureuse, Mary, dit Anna dans un soupir en posant la tête sur son oreiller.

— Tant mieux, ma chérie.

— Oui…, murmura Anna. Toi et moi et Jeremy, c'est comme si on était une v-vraie famille ?

— Oui, si tu veux. Et maintenant ferme tes petits yeux et dors. »

Mary quitta la chambre et retourna à son bureau pour coudre mais elle était incapable de se concentrer. Elle regarda par la fenêtre et constata que Jeremy avait délaissé son réverbère, comme souvent ces derniers jours quand il partait de chez elles. Elle ne savait pas grand-chose de lui, au fond. Il n'était pas impossible qu'un jour, Jeremy disparaisse simplement et ne revienne plus jamais. Mary sentit son cœur se serrer à cette idée. Elle ne voulait pas qu'Anna perde encore une fois un être cher.

Elle ne voulait pas le perdre elle non plus.

Mary eut soudain l'estomac noué quand elle comprit qu'Anna n'était pas la seule à s'être entichée de ce visiteur régulier. Il y avait quelque chose chez Jeremy qui lui rappelait Sean, la dernière fois qu'ils s'étaient vus. Elle avait la même envie de le protéger. Elle ressentait la même attirance…

Mary secoua la tête. Il fallait qu'elle cesse immédiatement ses absurdités. Elle n'était qu'une vieille fille irlandaise, orpheline et ancienne domestique. Jeremy Langdon était à l'évidence un gentleman. Il était simplement un ami, un compagnon, quelqu'un qui, comme elle, avait connu une douleur terrible dans sa vie. Ça ne devait pas aller plus loin.

Quelques jours plus tard, Mary entendit un coup léger frappé à sa porte. Surprise, elle alla ouvrir, en se demandant qui cela pouvait bien être car Anna était à son cours de danse et elle n'attendait aucune cliente.

« Jeremy…, dit-elle étonnée – jamais il n'était venu dans son appartement sans être accompagné d'Anna. Vous… vous allez bien ?

— N-Non… »

Mary comprit en voyant la pâleur fantomatique de son visage et la détresse dans ses yeux qu'il s'était passé quelque chose.

« Venez. Anna n'est pas encore rentrée mais nous pouvons boire le thé en l'attendant.

— Je v-voulais vous parler, à vous, seul à seule.

— Asseyez-vous et mettez-vous à l'aise. Je vais nous préparer un thé.

— N-non. Je v-veux parler pas b-boire. »

Mary constata qu'il bégayait encore plus que ces dernières semaines. Elle le conduisit jusqu'au salon et le fit asseoir sur son fauteuil habituel.

« Vous êtes sûr que je ne peux rien vous offrir, Jeremy ? demanda-t-elle en s'installant dans le fauteuil en face de lui.

— Ma m-marraine est m-morte la n-nuit dernière.

— Je… Oh Jeremy… je suis désolée.

— Je… » Jeremy porta une main tremblante à son front. « Excusez-moi, dit-il tandis que les larmes coulaient sur son visage. C'était la seule p-personne qui se s-souciait de moi ! poursuivit-il d'une voix étranglée par l'émotion. La s-seule qui m'aimait. Comme je suis *m-maintenant.* »

Mary vit ses épaules se soulever dans son désespoir. Ne pouvant supporter de le regarder souffrir sans rien faire, elle s'approcha de Jeremy et le serra dans ses bras. « Allons, murmura-t-elle en le berçant comme un enfant et en caressant ses doux cheveux. Pleurez un bon coup. Il n'y a pas de honte à pleurer. »

Tandis que Jeremy continuait à sangloter, elle enroula ses bras autour de son torse et l'enlaça. « Je suis là, Jeremy. Anna, aussi. Et nous tenons toutes deux beaucoup à vous. »

Jeremy leva ses yeux pleins d'angoisse vers Mary. « V-Vous t-tenez à moi ? À une l-loque comme moi ? P-Pourquoi ?

— Parce que vous êtes un homme bon, gentil. Et vous n'êtes pas responsable de ce qui vous est arrivé là-bas, dans les tranchées. Ça ne change rien à la personne que vous êtes réellement. »

Jeremy laissa sa tête tomber sur son torse et Mary s'agenouilla pour le serrer contre elle. Il enfouit sa tête contre son épaule. « C-ce n'est p-pas ce que pensent mes parents, ils d-détestent l'homme que je suis d-devenu. Ils ont honte. Ils v-voulaient me c-cacher.

— Mon Dieu ! » Mary frémit, horrifiée. « Je suis navrée d'apprendre ce que vous avez enduré. Mais je vous assure que ça ne change en rien la personne que vous étiez et que vous êtes toujours. Ne l'oubliez pas, Jeremy. La guerre a fait des choses horribles à des hommes comme vous. Ici nous n'avions aucune idée de ce que vous subissiez pour préserver notre liberté.

— Vous le p-pensez v-vraiment ?

— Je ne le pense pas, je le *sais.* » Mary sentit les larmes de Jeremy mouiller l'étoffe de son chemisier sur son épaule. « J'avais un… quelqu'un, qui a combattu dans les tranchées pendant des années. Et il n'a pas survécu, il n'a pas vu la victoire des Alliés. »

En entendant ces mots, Jeremy releva la tête et fixa Mary. « V-Vous avez perdu votre b-bien-aimé ?

— Mon fiancé. Et tous les projets d'avenir que j'avais avec lui.

— M-Mary, je c-crois que vous êtes un ange. Vous vous occupez t-tellement bien d'Anna et de m-moi. V-Vous écoutez t-tout ce que nous avons à d-dire alors que vous avez tant p-perdu vous aussi.

— Oui mais je n'ai pas eu à affronter la peur, ni la souffrance, ni tous ces souvenirs qui ne cessent de vous hanter.

— Vous avez s-souffert comme moi à c-cause de cette f-fichue guerre, Mary ! »

Jeremy prit les mains de Mary encore posées sur ses épaules et les serra dans les siennes. « V-Vous voulez s-savoir ce que je pense, Mary ? Je p-pense q-que je vous aime. Je vous aime. » Jeremy fit un immense effort pour répéter la phrase sans bégayer.

S'ensuivit un silence de quelques secondes durant lequel Mary regarda Jeremy dans les yeux. Son bon sens et son pragmatisme naturels l'emportèrent.

Il était complètement bouleversé et avait besoin d'un peu d'affection. Elle ne devait pas le croire. « Jeremy, vous avez beaucoup de chagrin et vous ne savez plus où vous en êtes. C'est le choc, et…

— N-non ! Ce n'est pas le c-choc. Vous êtes si b-belle et si gentille. Je vous aime d-depuis l'instant où vous m'avez donné le m-manteau. Depuis, je ne me p-poste plus devant le réverbère pour penser à ma d-défunte bien-aimée. Mais p-pour avoir une chance de vous apercevoir, *vous*.

— Jeremy, arrêtez s'il vous plaît ! dit Mary au désespoir.

— C'est vrai ! J'ai observé Anna, j'ai compris que c'était votre fille, je lui ai parlé. Pour avoir l'occasion de mieux vous c-connaître. Et aujourd'hui, quand j'ai p-perdu la seule personne qui se s-souciait de m-moi, j'ai ressenti le b-besoin de vous faire part de mes sentiments. La v-vie est très courte ! »

Mary plongea son regard dans ses yeux remplis de larmes, ébahie. Pas uniquement parce que Jeremy prétendait l'aimer – l'*aimer*, elle –, mais aussi parce qu'il venait d'aligner plusieurs phrases dans le même souffle.

« Jeremy, c'est très gentil à vous, mais je pense, pour être tout à fait honnête, que vous venez de subir un choc terrible.

— Mary. » Les larmes de Jeremy avaient séché. Ses yeux s'adoucirent quand il la regarda. « Je sais que n-nous avons tous les deux s-souffert. Croyez-moi, je ne me p-permettrais jamais de jouer avec vos s-sentiments. Et les m-miens ne sont pas du tout confus. Mais peut-être que vous ne ressentez rien p-pour moi. »

Mary était assise aux pieds de Jeremy, les yeux baissés, les mains toujours dans celles du jeune homme.

« Je comprends, dit Jeremy en hochant la tête. C-Comment p-pourriez-vous aimer quelqu'un c-comme moi ? »

Mary leva de nouveau les yeux vers lui. « Non, ce n'est pas ça. C'est juste que j'ai aimé une fois et que j'ai perdu cet amour. Je… – Mary prit une profonde inspiration – … je tiens vraiment à vous. Je dirais même que je tiens beaucoup trop à vous. Et si vous deviez sortir de ma vie, je crois que vous me manqueriez beaucoup.

— Je s-sais que nous avons tous deux p-perdu un être cher. Nous p-partageons cette souffrance. Ne p-pourrions-nous pas désormais p-partager la joie d'avoir trouvé quelqu'un ?

— Oh, Jeremy, vous ne savez rien de moi, répondit Mary en secouant tristement la tête. J'ai fait beaucoup de choses, il y a beaucoup de choses sur moi…

— M-Mary, j'ai tué des hommes ! Vous pouvez me raconter ce que vous voulez, plus rien ne me choque après ce que j'ai v-vu. Et quoi que vous ayez fait, je veux que vous le partagiez avec moi ! Alors dites-moi et je vous r-raconterai tout m-moi aussi. C'est ça l'amour, la c-confiance, non ?

— Mais Jeremy, mon cher, murmura Mary. Je suis une orpheline. Vous êtes un gentleman, c'est d'une Lady dont vous avez besoin. Je ne serai jamais une dame, même pour vous, je ne le pourrai pas.

— Et vous croyez que je m'en soucie ? Ma mère est une vraie L-Lady et quand je suis revenu des t-tranchées, elle m'a mis dans un… a-asile ! » Jeremy dut fournir un véritable effort pour prononcer le mot. « Son propre f-fils ! » Il ravala ses larmes. « La guerre a tout changé, je n'ai rien b-besoin de savoir sur vous. Juste que vous êtes la personne la plus g-gentille que j'aie jamais rencontrée. Et vous avez un cœur m-magnifique. »

Mary retira ses mains de celles de Jeremy et sécha rapidement ses larmes.

Ce fut au tour de Jeremy de se pencher vers elle pour l'aider à se relever et l'enlacer. Et, après des années de solitude, aucun mot n'aurait pu décrire ce qu'elle ressentit dans ses bras. Son odeur, l'odeur d'un homme, si familière et si inconnue pourtant.

« Mary, reprit-il en lui levant le menton pour déposer un tendre baiser sur ses lèvres. Je ne vous f-ferai jamais de mal. Vous devez me croire. Je v-vois la peur dans vos yeux. Je l'ai vue si s-souvent déjà. »

Il l'embrassa délicatement sur le front, les yeux, les joues. Finalement, elle renonça à analyser ce qu'il se passait et se laissa aller. Des émotions qu'elle ne pensait plus jamais ressentir ressurgirent en elle tandis qu'il la caressait et l'embrassait. Mary sentit que, malgré ses apparentes infirmités, Jeremy était fort et viril.

Brusquement, Mary jeta un coup d'œil à la pendule sur le manteau de la cheminée et porta la main à sa bouche. « Oh mon Dieu ! Anna doit m'attendre. » Elle se dégagea de l'étreinte de Jeremy et recoiffa ses cheveux devant le miroir.

« Je peux v-venir la chercher avec vous ? »

Mary se retourna et lui sourit. « Si vous voulez, oui. »

Assise sur les marches du perron, devant l'école, Anna attendait, fort mécontente. Son expression changea immédiatement quand elle vit Mary et Jeremy apparaître au coin de la rue.

« Coucou, vous deux ! Vous êtes en r-retard, dit-elle en souriant.

— Oui, désolée, ma chérie. Mais Jeremy est venu me voir. Il a eu de mauvaises nouvelles aujourd'hui. »

Anna regarda Jeremy d'un air interrogateur. « Vous avez l'air très heureux p-pour quelqu'un qui a eu de mauvaises n-nouvelles », répondit-elle.

Jeremy sourit discrètement à Mary alors qu'ils reprenaient le chemin de la maison. Anna virevoltait gaiement devant eux. « C'est bon, je sais pourquoi. Ça fait des s-semaines que j'attends ce moment. » Elle s'arrêta subitement sur le trottoir et se tourna vers eux. « Vous vous aimez tous les deux, c'est ça ?

— Eh bien, je… » balbutia Mary dont les joues devinrent écarlates.

Jeremy prit sa main dans la sienne et la serra très fort. « Oui. Ça te d-dérange ?

— Bien sûr que non ! Je pense que je suis la fille la plus heureuse du monde ! Ça veut d-dire que si vous vous mariez, j'aurai une mère et un père ! Et on sera une v-vraie famille. » Anna se jeta spontanément dans leurs bras. « Parce que je vous aime b-beaucoup, beaucoup, beaucoup tous les deux ! »

20

À la mort de sa marraine, Jeremy hérita d'une grande maison à West Kensington, de suffisamment d'argent pour lui garantir une modeste rente à vie et d'une petite Ford noire. Une semaine après les obsèques, Jeremy emmena Mary et Anna visiter sa maison.

Anna courait joyeusement de pièce en pièce. « C'est presque aussi g-grand que Cadogan House, m-mais pas tout à fait. »

Mary se balança d'un pied sur l'autre, embarrassée par la comparaison d'Anna. Bien qu'elle fît entièrement confiance à Jeremy, toute allusion au passé, en particulier devant quelqu'un issu du même milieu que ses anciens employeurs, pouvait être dangereuse.

Anna dévala les escaliers pour regagner le vestibule, puis elle s'arrêta et se tourna vers Mary et Jeremy qui descendaient derrière elle avec un peu plus de bienséance. « Vous allez nous demander de venir v-vivre avec vous, Jeremy ? C'est une grande maison, j-juste pour vous. Et ça serait b-bête que Mary et moi vivions dans notre petit appartement alors que vous avez tout cet espace.

— Allons Anna. » Mary ne put s'empêcher de rougir de la franchise éhontée d'Anna. « Jeremy nous fait juste visiter sa maison. Ne lui pose pas de questions aussi impertinentes.

— Excuse-moi, Mary, je me disais j-juste que…

— Tu as raison, Anna, intervint Jeremy en souriant. La l-logique d'une enfant ! Alors, Mary, aimeriez-vous v-venir vivre ici ? »

C'en était trop. Mary dégringola les dernières marches, traversa le vestibule et s'enfuit par la porte d'entrée. Elle courut jusqu'à son appartement et ne s'arrêta qu'une fois en sécurité dans son salon.

Jeremy se présenta à sa porte dix minutes plus tard. Elle le laissa entrer, le visage baigné de larmes. « Où est Anna ? demanda-t-elle.

— J'ai demandé à Mrs Hawkins, la g-gouvernante, de lui donner le goûter. Je me suis d-dit que nous avions b-besoin de discuter, vous et moi. Vous v-voulez bien ? »

Mary hocha la tête en pleurant puis retourna dans le salon. « Jeremy, je ne sais pas ce que vous voulez de moi, mais c'est certainement quelque chose que je ne pourrai jamais vous donner. Vous ne savez pas qui je suis ! Je ne suis pas une dame, je vous l'ai déjà dit. Et votre gouvernante s'en est immédiatement rendu compte ! Je l'ai vu dans ses yeux. Je devrais vous servir, en aucun cas être votre *petite amie* ! »

Jeremy sortit un mouchoir et le lui tendit pendant qu'elle se laissait tomber dans un fauteuil. « Mary, j'ai été en votre compagnie p-pratiquement tous les jours depuis des mois à p-présent. Vous êtes tout ce qu'une dame d-devrait être. Quant à votre position s-sociale, j'ai appris dans les tranchées que les classes ne définissent en rien le c-caractère d'un être. Et pour les secrets que vous gardez au f-fond de vous, je peux juste vous d-dire que je suis là pour vous écouter. Plus rien ne p-peut me choquer à p-présent. » Il s'agenouilla devant elle et repoussa une mèche de cheveux rebelle qui tombait sur sa joue. « Je crois que l'amour peut tout p-pardonner et tout c-comprendre. Dites-moi, Mary, f-faites-moi confiance », insista-t-il.

Mary poussa un profond soupir, consciente qu'en lui révélant la vérité, elle risquait de compromettre leur avenir. Toutefois, pour donner une chance à cet avenir, elle *devait* lui parler.

Mary pria le ciel de lui venir en aide. Finalement, elle hocha la tête.

« Je vais vous le dire. »

« Vous savez tout maintenant, j'ai péché contre Dieu. J'ai prétendu qu'Anna était morte et je l'ai volée à ses tuteurs. J'ai volé un enfant. Oh, mon Dieu, aidez-moi... » Mary se tordait les mains de désespoir.

Jeremy s'avança vers elle et la prit dans ses bras en la serrant fort contre lui. « Mary, Mary, s'il vous plaît, cessez de vous t-torturer. Oui, vous avez fait quelque chose de m-mal mais pour les bonnes raisons. Vous l'avez fait parce que vous aimez Anna et que vous vouliez qu'elle s-soit heureuse et en sécurité.

— Mais l'ai-je vraiment fait pour Anna ? » Mary leva ses yeux pleins d'angoisse vers lui. « Ou l'ai-je fait pour moi, parce que j'avais besoin d'elle ?

— D'après ce que vous m'avez r-raconté et le danger auquel vous vous exposez si le secret venait à être d-découvert un jour, je dirais que vos m-motivations n'étaient nullement égoïstes.

— Vous le pensez vraiment ?

— Oui. » Jeremy prit les mains de Mary dans les siennes et les serra. « Oui, je le p-pense vraiment, Mary. Est-ce vraiment différent que de dire à des parents que leur fils est m-mort dans les tranchées sans souffrir, quand en vérité il hurlait de douleur ? Et… – Jeremy détourna les yeux – … q-qu'il a mis en réalité des jours pour mourir. Et qu'en est-il du capitaine qui envoyait ses hommes tous les j-jours à l'assaut en sachant p-pertinemment qu'ils allaient mourir ? Vous avez fait de votre mieux p-pour protéger une enfant que vous aimiez et vous ne devriez pas en avoir honte ! Jamais ! Je vous aime encore p-plus pour ce que vous avez fait.

— Vraiment ?

— Oui. Vous êtes courageuse, g-gentille, forte.

— Non, Jeremy, malheureusement non. Je suis terrifiée à l'idée qu'on découvre mon secret. J'ai peur qu'on me prenne Anna. Dès que je sors de cet appartement, je regarde derrière moi.

— Vous devriez être f-fière au contraire d'avoir protégé une orpheline c-comme vous. De plus, ajouta Jeremy en souriant, je pourrais p-peut-être vous aider, Anna et vous. Si vous m'épousez…

— Vous voulez toujours m'épouser après ce que je viens de vous raconter ? demanda Mary, étonnée.

— Plus que jamais, Mary. »

21

Ainsi, Mary Swan, orpheline, née de parents inconnus, devint Mrs Jeremy Langdon, châtelaine d'une grande maison à West Kensington. La seule autre personne présente au mariage était Anna Swan, une petite fille de dix ans.

L'année suivante, trois événements vinrent conforter Mary dans sa conviction qu'il y avait vraiment un Dieu pour la protéger. Elle tomba enceinte, une source de joie indescriptible pour Anna, Jeremy et elle-même. Puis Jeremy découvrit que Lawrence Lisle était mort neuf mois auparavant de la malaria, à Bangkok. Elizabeth Lisle s'était rapidement trouvé un nouvel époux, lequel avait obtenu un poste à Shanghai, et Elizabeth l'avait accompagné.

« Tu c-comprends ce que ça signifie, Mary ? Ça veut dire que tu es libre. Lawrence Lisle ne p-pourra plus jamais te demander des comptes. Et d'après ce que j'ai entendu, je d-doute qu'Elizabeth Lisle soit intéressée. »

Mary se signa, l'air coupable, parce qu'elle était soulagée d'apprendre la mort de Lawrence Lisle. « C'est une triste nouvelle, mais il faut bien reconnaître qu'elle me réjouit un peu malgré tout. Cependant, je crois que je n'aurai plus jamais l'esprit libre. Je serai toujours aux abois.

— Je sais, ma chérie, mais il ne p-peut plus t'atteindre là où il est, je te le promets. Je crois que je devrais faire les d-démarches nécessaires pour adopter officiellement Anna.

— Mais elle n'a pas d'acte de naissance. Pas même de nom de famille… »

Jeremy balaya ses inquiétudes d'un geste de la main, indiquant par là que ce n'était qu'un détail. « Laisse-moi faire, ma chérie. Je suis peut-être une l-loque à présent, mais le c-capitaine Jeremy Langdon peut toujours demander quelques faveurs au m-ministère des Affaires étrangères. Il y a un homme en p-particulier qui me doit la vie. »

Six semaines avant la naissance de leur bébé, Mary et Jeremy signèrent les documents d'adoption par lesquels Anna devint légalement leur fille.

« Plus personne ne pourra l'atteindre d-désormais, ma chérie. Plus personne ne pourra vous enlever à moi », murmura-t-il à son oreille.

Les larmes aux yeux, Mary regarda Anna danser autour de la table de la cuisine avec son certificat d'adoption.

« Anna Langdon, répéta-t-elle aux anges avant de sauter au cou de ses nouveaux parents. Je suis tellement heureuse que je n'arrive plus à r-respirer ! »

Le bébé vint au monde dix jours après le terme, à la grande frustration de Mary, mais l'accouchement se déroula sans incidents. Mary était allongée dans sa magnifique chambre, son nouveau-né posé sur sa poitrine, entourée de son mari adoré et de l'enfant qu'elle venait d'adopter officiellement. Jeremy et Anna gazouillaient et s'extasiaient de concert devant le bébé et la mère. Elle aurait voulu que le temps s'arrête tant elle était heureuse en cet instant. Le bébé, une petite fille potelée aux joues roses, qu'ils appelèrent Sophia, était placide et gai. Mary aimait voir Jeremy porter sa fille et la bercer dans ses bras.

Elle constata que ces derniers temps son bégaiement était à peine perceptible quand il lui parlait. Et les terribles cauchemars qui le hantaient la nuit s'espaçaient aussi de plus en plus. Mary avait lu tout ce qu'elle avait trouvé sur la psychose traumatique. Elle savait qu'on n'en guérissait jamais complètement mais qu'on pouvait au moins la contrôler en menant une existence tranquille. Jeremy quittait rarement la maison. Il se contentait de traverser les jardins de Kensington pour aller acheter son journal, le *Times*, mais dès qu'il s'aventurait plus loin, dans les rues bruyantes de Londres, il sursautait à chaque coup de klaxon intempestif. Son bégaiement s'accentuait alors pendant quelques jours, tout comme le tremblement de ses mains. Mary ne souffrait pas des restrictions que le traumatisme de Jeremy leur imposait. La joie et la sérénité de sa famille suffisaient à son bonheur.

Jeremy se mit à peindre et montra un certain talent. Quand Mary regardait la noirceur des tranchées qu'il représentait, elle ne pouvait s'empêcher de frémir, mais elle savait que c'était une catharsis pour lui, un moyen d'exprimer toute la douleur, la peur de la mort, le chagrin, le deuil qu'il avait connus et qui le hantaient encore tous les jours.

Pendant que Jeremy peignait, Mary s'occupait de son bébé. L'après-midi, quand le temps était ensoleillé, elle emmenait Anna et Sophia au parc, parfois même jusqu'à Piccadilly pour qu'Anna puisse choisir quelques vêtements. Mary n'en revenait toujours pas de pouvoir payer à sa fille les robes qu'elle désirait, sans se soucier du prix. Elle était désormais une femme riche, mariée à un gentleman fortuné.

Les années passèrent dans leur cocon paisible et confortable et Sophia ne tarda pas à ramper, puis à marcher et à courir dans toute la maison. Quant à Anna, elle poursuivait sans relâche son ambition de devenir un jour une grande danseuse. Sophia venait d'avoir quatre ans et Anna quinze quand, un soir, la jeune fille fit irruption dans la cuisine alors que Mary préparait le souper. Elle avait pris des formes et se transformait petit à petit en femme.

« Maman, tu as entendu que Ninette de Valois avait ouvert sa nouvelle école de danse ? demanda-t-elle.

— Non, Anna, je ne savais pas.

— Je peux y aller, Maman ? Je peux p-passer une audition ? Peut-être qu'un jour, je serai acceptée dans sa c-compagnie ! Je pourrais me produire au Sadler's Wells Theatre ! T-tu imagines ? » Anna se laissa gracieusement tomber dans un fauteuil et soupira de plaisir à cette idée.

« Je croyais que tu voulais danser pour les Ballets russes ?

— Oui, mais c'est encore mieux de faire partie de la première compagnie britannique ! » Anna tendit une jambe, enleva sa chaussure d'un petit coup sec et pointa son pied parfaitement cambré. « Je peux y aller, M-maman s'il te plaît ?

— Tu devrais peut-être en parler à ton père et voir ce qu'il en pense, suggéra Mary.

— Je devrais alors d-danser toute la journée, je n'aurais plus de temps à consacrer à l'anglais ni à l'arithmétique, mais que pourrais-je apprendre encore ? Je sais l-lire, écrire, calculer. Une danseuse n'a pas besoin d'en savoir d-davantage. Et je peux te dire les dates de la bataille d'Hastings, de Trafalgar et…

— Anna, répéta Mary, va en parler à ton père. »

Comme Mary l'avait suspecté, Anna obtint ce qu'elle voulait. Elle arrivait toujours à convaincre Jeremy. Anna allait donc passer une audition pour Ninette de Valois dans l'espoir d'obtenir une place à la Vic-Wells Ballet School.

« Je doute que notre chère Anna se concentre sur autre chose tant qu'elle n'aura pas tenté sa chance dans cette école », dit Jeremy secrètement fier.

Trois jours plus tard, Mary accompagna Anna en bus jusqu'à Islington où la Vic-Wells Ballet School proposait ses cours. Mary n'avait encore jamais vu les coulisses d'un théâtre, et quand on les conduisit à travers un labyrinthe de couloirs jusqu'à une petite pièce comprenant une barre et un piano, elle fut à la fois troublée et excitée par cet univers si différent de tout ce qu'elle connaissait. On posa quelques questions à Anna sur la formation qu'elle avait suivie jusqu'alors, puis miss Moreton, la professeure, lui fit faire des exercices, d'abord à la barre et ensuite au milieu de la salle. Mary ne put s'empêcher d'admirer les progrès qu'Anna avait faits au cours des dernières années. Elle avait toujours eu une grâce et un maintien naturels, mais sa silhouette mieux dessinée, ses formes plus prononcées conféraient encore plus de charme à ses mouvements.

Après le dernier enchaînement, miss Moreton resta silencieuse quelques instants tout en contemplant Anna. « Vous dansez comme une Russe. Êtes-vous russe ? Vous avez des traits qui pourraient le faire penser. »

Anna jeta un regard anxieux à Mary qui haussa légèrement les épaules et secoua discrètement la tête.

« Non, je s-suis anglaise.

— Mais elle a suivi des cours chez la princesse Astafieva et continue à se former chez Nicolas Legat, ajouta nerveusement Mary tout en se demandant si Anna allait ainsi marquer des points ou en perdre.

— Oui, ça se voit dans vos mouvements. Mais je suis sûre que vous le savez, Anna, à la Vic-Wells Ballet, nous sommes bien sûr influencés par l'école russe, mais nous sommes aussi la première compagnie britannique et miss de Valois essaie de développer son propre style. Vous êtes encore inexpérimentée mais talentueuse. Pouvez-vous commencer lundi ? »

Les yeux sombres d'Anna, jusqu'alors pleins d'angoisse, s'illuminèrent tout à coup.

« Vous voulez dire que je suis p-prise ?

— Oui. Je vais donner à votre mère la liste des vêtements dont vous aurez besoin pour les cours et vous devrez acheter vos chaussons chez Frederick Freed. Nous vous attendons lundi matin à la première heure. »

À la maison, ce soir-là, l'ambiance était à la fête. L'enthousiasme d'Anna était contagieux et toute la famille partageait sa joie.

« Tu me v-verras bientôt interpréter Odette sur scène, Sophia », gazouilla Anna, aux anges, tout en faisant danser sa petite sœur dans la cuisine.

« Plus rien ne l'arrêtera désormais, fit remarquer Jeremy en s'allongeant à côté de Mary un peu plus tard. Espérons qu'elle réalisera son rêve. »

Les cinq années suivantes, la détermination, l'engagement et les dispositions naturelles d'Anna commencèrent à porter leurs fruits. Elle fit ses débuts sur la scène du Sadler's Wells Theatre qui venait d'ouvrir ses portes sur Rosebery Avenue. Elle interprétait le jeune *Master of Treginnis.* Vêtue d'un costume digne du petit lord Fauntleroy et coiffée d'une perruque courte, Anna ouvrait le ballet et restait seule sur scène à la fin. Mary, Jeremy et Sophia, qui avait alors neuf ans, applaudirent et poussèrent des « hourras » au moment des rappels. Le rôle était bien loin des rêves emplis de tutus blancs et vaporeux d'Anna mais il signifiait que Ninette de Valois, la Reine de la compagnie, avait remarqué la jeune fille. D'autres petits rôles lui furent proposés, comme celui d'un des quatre cygnes dans l'acte II du *Lac des cygnes* et celui de la Créole dans *Rio Grande*.

En janvier 1939, peu de temps avant son vingt et unième anniversaire, Anna fit ses débuts dans le rôle d'Odette, dans *Le Lac des cygnes*. Le Sadler's Wells Theatre était bondé – c'était la première fois que de jeunes talents nés et formés en Angleterre jouaient les premiers rôles jusqu'alors réservés aux danseurs russes. Le monde de la danse avait repéré Anna et son talent. Mary, vêtue d'une nouvelle robe du soir et coiffée par un professionnel pour l'occasion, prit place dans une loge aux côtés de Jeremy et Sophia. Les premiers accords de l'introduction poignante de Tchaïkovski retentirent et le silence se fit dans la salle. Mary retint son souffle, et pria pour que cet instant, qu'Anna attendait depuis si longtemps, fût parfait pour elle.

Mary n'avait aucune raison d'en douter. Quand les bouquets s'amoncelèrent sur la scène pour couronner la jeune ballerine montante, Mary serra la main de Jeremy et laissa couler des larmes de bonheur sur ses joues. La loge d'Anna était déjà remplie d'admirateurs et Mary peina à se frayer un chemin pour aller féliciter sa fille. Anna, toujours vêtue de son tutu, et dont les yeux cerclés de noir paraissaient encore plus grands, s'avança vers sa famille et se jeta au cou de sa mère.

« Je suis si fière de toi, ma chérie. Tu as dit que tu aurais ce rôle et regarde, tu l'as eu !

— C'est grâce à toi, Maman » Des larmes perlaient aux coins de ses yeux. « Merci, murmura-t-elle, merci pour tout. »

Mary avait des sentiments mitigés quand elle repensait à l'instant où Anna avait réalisé son rêve. Avec le recul, elle avait compris que c'était à cette époque qu'elle avait commencé à perdre sa fille. Le monde qu'Anna habitait désormais, plein de personnages artistiques et colorés, avec leurs vêtements exotiques, leurs étranges habitudes et leurs inclinations sexuelles, était très loin de celui dans lequel Mary évoluait. Quand Anna fut proclamée jeune reine de la scène du ballet britannique et qu'on se pressa autour d'elle pour profiter de sa gloire, elle s'éloigna de sa famille et du doux cocon de la maison de West Kensington.

Mary avait jusqu'alors toujours attendu le retour d'Anna après une représentation, curieuse de savoir comment s'était passée la soirée. Elle préparait un chocolat chaud et des biscuits pour sa fille épuisée. Mais Anna ne rentrait désormais jamais avant trois heures du matin. Mary entendait ses pas dans l'escalier. Anna parlait le lendemain d'un dîner au Savoy Grill après la représentation ou d'une soirée dans un club à la mode avec de jeunes membres de la famille royale… rien que ça.

Mary ne contrôlait plus la vie de sa fille. Et comme Anna gagnait désormais suffisamment d'argent, elle ne pouvait pas faire de commentaires sur les robes osées qu'elle portait – le plus souvent sans corset – et la quantité de rouge qu'elle mettait sur ses lèvres. Elle savait au nombre de bouquets qui étaient livrés chez eux qu'Anna avait de nombreux admirateurs. Elle ignorait en revanche s'il y en avait un qui se détachait du lot. Chaque fois qu'elle essayait de poser des questions, elle devait se contenter des réponses évasives d'Anna.

Quand Mary se plaignait à Jeremy de la vie sociale un peu trop remplie d'Anna, et de ses fréquentations essentiellement masculines, Jeremy la réconfortait gentiment : « Ma chérie, Anna est une jeune femme très b-belle. C'est aussi une star. Elle fait ce qu'elle veut.

— Peut-être bien, mais je n'aime pas cette odeur de cigarette qui flotte dans notre chambre aux petites heures du matin. Et je sais qu'elle boit, répliqua un soir Mary, au summum de l'irritation.

— Ce n'est pas un crime de fumer, ni de b-boire un gin de temps à autre, Mary. En particulier pour une jeune femme qui doit donner le meilleur d'elle-même tous les s-soirs. C'est beaucoup de pression, tu sais. »

Mary se tourna et le toisa, agacée par la réponse de son époux qui semblait toujours prendre la défense d'Anna. « Je m'inquiète pour elle, c'est tout. Les gens qu'elle fréquente…

— Je sais ma chérie. Mais c'est une g-grande fille, maintenant. Et tu dois la laisser tranquille. »

La tension entre Mary et Anna atteignit son paroxysme quelques semaines plus tard, quand Anna décida d'inviter, sans prévenir ses parents, une petite troupe d'amis à la maison après la représentation. Le son de Cole Porter sur le gramophone et les éclats de rire des invités d'Anna dans le grand salon empêchèrent Mary et Jeremy de dormir jusqu'aux premières heures du matin. Le lendemain, bien décidée à rappeler à sa fille quelques règles élémentaires de savoir-vivre, Mary frappa à la porte d'Anna et entra dans sa chambre. Anna dormait à poings fermés. Tout comme le jeune homme allongé dans le lit à côté d'elle. Le souffle coupé, suffoquant d'horreur, Mary claqua la porte derrière elle et quitta la pièce.

Dix minutes plus tard, Anna apparut dans la cuisine, vêtue de son peignoir. Elle sourit d'un air penaud à sa mère qui entassait furieusement les assiettes du petit déjeuner dans l'évier. « Je suis désolée de vous avoir empêchés de dormir… J'aurais dû demander. Il était tard et j'ai p-pensé…

— Peu importe ! Qui était… qui est… » Mary n'arrivait pas à prononcer le mot.

« Tu veux dire Michael ? » Anna sortit ses cigarettes de la poche de son peignoir, en alluma une et s'assit gracieusement sur le bord de la table. « C'est mon partenaire sur scène, Maman. Et nous sommes… amants. » Elle tira une bouffée sur sa cigarette. « Ça ne te dérange pas, au moins ? Après tout, j'ai plus de vingt et un ans à présent.

— Si ça me *dérange* ? Bien sûr que ça me dérange ! Tu vis peut-être dans un monde où ce genre de comportement est acceptable, mais tu as une sœur de dix ans. Et tant que tu es sous mon toit, tu devras faire preuve d'un minimum de bienséance. Mais qu'est-ce qui t'a pris, Anna ? Sophia aurait pu entrer dans ta chambre et… le *voir* !

— Je suis désolée, Maman, dit Anna en haussant les épaules. Le monde a changé, tu sais. De nos jours, p-personne ne s'offusque de voi…

— Ne t'avise pas de prononcer ce mot ! dit Mary en frémissant. Comment as-tu osé te conduire de la sorte ? Tu devrais avoir honte ! Et je m'en veux de ne pas avoir réussi à t'inculquer un minimum de valeurs, de ne pas t'avoir fait comprendre que ce genre de comportement est un péché !

— Maman, que tu es étroite d'esprit, catholique et…

— Je te défends de me parler ainsi ma fille ! Je me fiche de savoir que tu es une star sur scène, quand tu es sous mon toit, tu obéis à nos règles ! Et je ne tolérerai pas ce genre de manigances ici. »

Anna fuma tranquillement sa cigarette. Elle laissa tomber la cendre par terre sans se soucier de salir le sol. Enfin, elle hocha la tête. « Très bien, Maman, je comprends. Et puisque tu n'approuves p-pas le genre de vie que je mène, je suis une grande fille à p-présent, je gagne ma vie, je pense qu'il est temps que je me trouve un toit. »

Anna quitta la cuisine et sans dire un mot claqua la porte derrière elle.

Le lendemain, elle fit ses valises et déménagea.

Jeremy tenta de consoler sa femme, l'assurant que le comportement d'Anna était normal pour une jeune fille moderne. Une jeune fille qui non seulement entrait dans l'âge adulte mais qui en plus était célébrée par un public en adoration devant elle. Malgré la justesse des arguments de Jeremy, Mary avait du mal à digérer le départ soudain d'Anna.

Durant les semaines qui suivirent, Anna ne chercha pas à contacter sa mère. Mary glana quelques nouvelles dans les nombreux articles de journaux consacrés à sa fille et dans les échos dont Anna semblait être une vedette régulière. Elle était photographiée aux côtés de stars de la scène et du grand écran lors d'événements somptueux mais aussi au bras de différents aristocrates. La petite fille timide que Mary avait sauvée en sacrifiant tellement de choses s'était transformée en une créature qu'elle ne comprenait pas, qu'elle ne connaissait plus. Et pourtant... Mary devait admettre que sa fille avait toujours fait preuve d'une détermination implacable. Anna avait en général obtenu ce qu'elle voulait. Il suffisait de la regarder évoluer à présent au sommet de son art pour s'en persuader. La facilité avec laquelle Anna avait rayé sa mère, son père et sa sœur de sa vie témoignait d'une insensibilité jusqu'ici insoupçonnée.

Toutefois, tandis que les nuages menaçants de la guerre s'amoncelaient au-dessus de l'Europe, Mary avait trop de problèmes sous son toit pour s'appesantir sur le départ de sa fille. Jeremy, qui avait tellement progressé depuis qu'elle l'avait vu pour la première fois sous son réverbère, se remit à faire des cauchemars. Le tremblement de ses mains et son bégaiement s'amplifièrent. Tous les matins, il blêmissait en lisant le *Times*. Il ne tarda pas à perdre l'appétit et Mary le vit se replier peu à peu sur lui. Elle avait beau lui dire que si la guerre éclatait, aucune armée ne voudrait de lui, la peur de Jeremy ne faisait que s'accroître. Jeremy craignait de retourner dans l'enfer des tranchées.

« T-tu ne c-comprends pas, Mary. Ils ne voudront peut-être pas de moi au départ, mais quand ils chercheront désespérément de la chair à c-canon, ils prendront n'importe qui pour affronter les Boches. Crois-moi, je l'ai vu de mes p-propres yeux. Ils envoyaient des hommes plus vieux que moi à l'assaut, juste pour gonfler les r-rangs.

— Mon chéri, ton dossier médical mentionne que tu souffres d'une psychose traumatique. Je t'assure qu'ils ne voudront pas te renvoyer au front.

— J'ai été renvoyé q-quatre fois dans les t-tranchées, Mary. Dans un état bien p-pire que celui dans lequel je me trouve aujourd'hui. » Il secouait la tête, désespéré. « Tu ne peux pas comprendre la g-guerre, Mary. N'essaie p-pas s'il te plaît.

— Mais tout le monde dit que ça sera différent cette fois. Il n'y aura pas de tranchées, disait-elle d'un ton implorant. Cette guerre, si elle éclate, sera menée avec les équipements modernes qui ont été mis au point. Aucun dirigeant, pas même le plus insensé, ne voudrait sacrifier une génération entière d'hommes comme la dernière fois. S'il te plaît, Jeremy, les choses ont changé. »

Chaque fois, Jeremy se levait, son visage exprimant toute sa colère, sa frustration et sa peur, et quittait la pièce.

Les nouvelles étaient de plus en plus alarmantes, la guerre semblait désormais inévitable et Mary souffrait intérieurement pour son époux. Jeremy ne dînait plus avec sa femme et sa fille dans la cuisine, il préférait manger seul dans son bureau.

« Qu'est-ce qu'il a, Papa ? demanda Sophia un soir alors que Mary la bordait.

— Rien, ma chérie, c'est juste qu'il n'est pas dans son assiette en ce moment, tenta de la réconforter Mary.

— Il va y avoir la guerre ? C'est pour ça que Papa est si inquiet ? interrogea la petite fille, levant ses grands yeux verts, qu'elle tenait de son père, vers Mary.

— Peut-être. S'il doit y avoir une guerre, nous ne pourrons rien faire pour l'empêcher. Ne t'inquiète pas, ma chérie. Ton père et moi avons survécu à la dernière et je ne vois pas pourquoi il en serait autrement cette fois.

— Mais tout est différent maintenant, Maman ! Anna est partie et Papa… On dirait que Papa est parti aussi, continua Sophia en soupirant. Plus rien n'est comme avant. J'ai peur Maman, je n'aime pas ça du tout. »

Mary prit alors sa fille dans ses bras, caressant ses cheveux, comme elle le faisait autrefois avec Anna, et murmura des paroles apaisantes auxquelles elle ne croyait plus.

L'été s'éternisait et la ville semblait se préparer à une guerre imminente. Mary avait l'impression que le pays entier s'était arrêté, retenant son souffle en attendant la catastrophe. Jeremy était catatonique. Il avait même déménagé de leur chambre à coucher et dormait désormais dans son cabinet, invoquant le fait que ses cauchemars perturbaient le sommeil de Mary. Le front plissé par l'anxiété, Mary le suppliait de contacter son ancien régiment pour calmer ses peurs.

« Tu as été déclaré invalide. Ils ne voudront plus de toi. S'il te plaît, Jeremy, écris cette lettre et rassure-toi. Peut-être qu'une fois que ça sera inscrit noir sur blanc, tu te sentiras mieux. »

Mais Jeremy, assis dans le fauteuil de son bureau, regardait dans le vague et ne l'entendait pas.

Quand la guerre fut annoncée, au début du mois de septembre, Mary fut presque soulagée. Peut-être allaient-ils enfin savoir où ils en étaient. Un soir, Mary lisait dans son lit quand on frappa à la porte de sa chambre.

« Je p-peux entrer ? demanda Jeremy.

— Bien sûr que tu peux entrer ! Voyons Jeremy, c'est ta chambre ! » Mary regarda Jeremy s'avancer vers elle en traînant les pieds. Il avait perdu beaucoup de poids et son visage émacié aux traits tirés lui rappelait l'époque où elle avait fait sa connaissance. Il s'assit sur le lit à côté d'elle et prit ses mains dans les siennes.

« Mary, je v-voulais te d-dire que je t'aime. Anna, Sophia et toi avez d-donné un sens à ma v-vie.

— Toi aussi tu as donné un sens à ma vie, répondit gentiment Mary.

— Je suis d-désolé d'avoir été d-difficile ces dernières s-semaines. Ça ne se r-reproduira plus, je te le p-promets.

— Je comprends, chéri. J'espère que maintenant que la guerre a commencé, tu te sens mieux.

— Oui », répondit-il dans un murmure. Jeremy se pencha et prit Mary dans ses bras. « Je t-t'aime ma chérie. Ne l'oublie j-jamais.

— Non.

— Reste forte, c-courageuse, gentille, comme tu l'as toujours été. » Il la lâcha, l'embrassa sur la bouche et lui sourit. « Ça ne te d-dérange pas si je d-dors ici avec toi, ce s-soir ? Je ne veux pas être seul.

— Mon amour, répondit tendrement Mary, c'est ton lit et je suis ta femme. »

Jeremy s'allongea à côté d'elle et Mary tint son mari dans ses bras, caressant ses cheveux, jusqu'à ce qu'elle entende sa respiration régulière. Incapable de trouver le sommeil, elle veilla sur Jeremy. Et ce n'est qu'au petit matin, quand elle eut la certitude qu'il dormait paisiblement, qu'elle se laissa elle aussi gagner par le sommeil.

22

Le lendemain matin, Mary laissa Jeremy dormir et descendit à la cuisine pour préparer le petit déjeuner de Sophia. Elles quittèrent toutes deux la maison à huit heures et quart et firent à pied le trajet jusqu'à l'école de Sophia, tout près de Brompton Road.

Mary regarda Sophia entrer dans l'école. C'était une belle journée ensoleillée et quand elle se dirigea vers la rangée de magasins où elle avait l'habitude d'acheter sa viande et ses légumes, elle était d'humeur joyeuse ce qui ne lui était pas arrivé depuis bien longtemps. Au moins Jeremy avait-il communiqué avec elle la nuit dernière, au moins semblait-il plus calme à présent. Bien que cette nouvelle guerre s'annonçât tout aussi cruelle et meurtrière que la précédente, Mary savait que tout irait bien tant que Jeremy et elle se soutiendraient. Elle s'attarda un peu plus qu'à l'accoutumée, écoutant les autres femmes qui discutaient avec le boucher de l'éventualité d'un nouveau rationnement et du moment où les Allemands bombarderaient Londres pour de bon. Quoi qu'il advienne, pensa-t-elle en rentrant chez elle, Jeremy et elle feraient face ensemble.

En arrivant à la maison, elle ne vit pas Jeremy. Mais son mari sortait souvent le matin pour aller acheter son journal, et au retour, il flânait dans les jardins de Kensington.

Mary accomplit ses tâches habituelles, en songeant que beaucoup trouveraient très étrange qu'elle préférât se charger elle-même des travaux domestiques, alors qu'elle pourrait engager quelqu'un pour le faire à sa place. Elle avait renvoyé la gouvernante quand elle avait épousé Jeremy, embarrassée par ce qu'elle prenait pour de la condescendance de sa part. Une jeune fille venait l'aider tous les jours à tenir la grande maison. C'était un plaisir et une joie pour elle d'offrir un intérieur bien entretenu à son mari et à sa fille.

À midi, elle avait préparé un repas léger pour Jeremy mais elle n'avait toujours pas entendu la clé tourner dans la serrure de la porte d'entrée.

Le bureau de Jeremy était vide, tout comme le grand salon, la bibliothèque et la salle à manger. Mary faillit céder à la panique. C'était grâce à la routine qu'il avait instaurée que Jeremy parvenait à survivre après le traumatisme qu'il avait connu. Ça ne lui ressemblait pas de ne pas revenir à l'heure du déjeuner. Mary se demanda alors si, épuisé comme il l'était la veille, il ne dormait pas toujours dans le lit, là où elle l'avait laissé le matin. Elle gravit les escaliers avec une certaine appréhension, ouvrit la porte de leur chambre et constata que le lit était vide.

Elle l'appela tout en traversant le palier pour rejoindre son cabinet. Elle frappa à la porte et, ne recevant aucune réponse, l'ouvrit.

Il lui fallut quelques minutes pour saisir ce qu'elle avait sous les yeux. Une paire de chaussures parfaitement cirées se balançait devant son nez. Elle leva la tête et vit le reste du corps pendu à une corde fixée au luminaire du plafond.

Après l'arrivée du docteur, qui constata le décès de Jeremy, puis celle de la police qui coupa la corde enserrant son cou, on allongea la dépouille sur le lit. Mary s'assit à côté de son défunt mari et ne put s'empêcher de caresser sa peau pâle et grise. Encore sous le choc, elle ne parvenait pas à comprendre ce qu'il s'était passé.

« Avez-vous une idée de ce qui aurait pu pousser Mr Langdon à se donner la mort, madame ? » demanda le policier.

Mary, qui tenait la main de son mari, hocha la tête. « Peut-être.

— Je suis désolé d'avoir à vous poser ces questions dans un moment si difficile pour vous, madame, mais je vous serais très reconnaissant si vous pouviez nous éclairer sur la cause de sa mort. Ensuite, nous ne vous dérangerons plus.

— Il... » Mary avait la gorge si serrée qu'elle peinait à parler. Elle s'éclaircit la voix. « Il croyait qu'il allait être mobilisé encore une fois. Il souffrait d'une psychose traumatique, vous voyez.

— Et allait-il vraiment recevoir un ordre de mobilisation ?

— Non, il avait été reconnu invalide après la première guerre. Je n'ai cessé de lui répéter qu'ils ne voudraient pas de lui, mais... » Mary secoua la tête, désespérée. « Il ne me croyait pas.

— Je vois. Si cela peut vous être d'une quelconque consolation, madame, mon oncle était pareil. Rien de ce qu'on pouvait faire ou dire n'atténuait sa peur. Vous ne devez pas vous sentir responsable.

— Non. Et pourtant si... si... »

La sonnette retentit au rez-de-chaussée. « C'est sans doute l'ambulance, madame. Ils viennent prendre la dépouille de votre mari. Je vais leur ouvrir. En attendant, auriez-vous la gentillesse de regarder dans les poches de votre mari et de prendre tout ce que vous désirez garder ? »

Mary hocha la tête. Elle regarda le policier quitter la pièce puis posa doucement la tête sur le torse de Jeremy. « Oh mon chéri, pourquoi nous as-tu quittées, Sophia et moi ? Tu ne nous faisais donc pas confiance ? Nous aurions pu t'aider à te sentir mieux. Je t'aimais de tout mon cœur... »

Au désespoir, Mary secoua la tête dans le silence, consciente qu'il ne lui répondrait plus jamais. Comme l'avait demandé le policier, elle enleva la montre au poignet de Jeremy, puis plongea la main dans ses poches pour voir s'il y avait laissé quelque chose. Elle sortit une enveloppe de sa poche gauche. Elle se redressa en voyant les mots « Au Service de sa Majesté ». L'enveloppe ressemblait à s'y méprendre à celle que Sean avait reçue et qui contenait son ordre de mobilisation dans les Irish Guards.

Mary la tourna et constata qu'elle n'avait pas été ouverte. Doucement, elle déchira le papier et sortit la lettre. Elle savait à présent pourquoi son mari s'était donné la mort.

Département des pensions de l'armée
Le 5 octobre 1939

Mr Langdon,

Nous vous informons par la présente lettre que votre pension passera de 5,15 £ par mois à 6,25 £ à compter du mois de janvier 1940.

Veuillez croire, Mr Langdon, à nos sentiments dévoués.

La griffe au bas était illisible.

Mary laissa tomber la lettre et posa de nouveau la tête sur le torse de son mari. Elle pleura, le cœur brisé.

Mary et Sophia assistèrent seules aux funérailles de Jeremy. Mary ignorait où se trouvaient les parents de Jeremy. L'absence d'Anna fut plus douloureuse cependant. Elle lui avait pourtant écrit pour l'informer.

Mary parvint à survivre à ce mois d'octobre si sombre en veillant sur Sophia qui avait besoin de réconfort. Elle était presque soulagée de ne pas avoir le temps de se concentrer sur sa propre souffrance. Sa douleur était en effet si profonde que si elle avait été seule, elle aurait peut-être choisi de mourir comme Jeremy. Elle savait aussi qu'elle devrait bientôt se pencher sur des questions beaucoup plus pratiques. Chaque semaine, Jeremy lui remettait une somme d'argent pour les courses et la maison. Elle utilisait actuellement ses propres économies, datant de l'époque où elle était domestique. Elle n'avait certes pas à craindre qu'elles s'épuisent rapidement et aurait, si nécessaire, toujours la possibilité de reprendre son activité de couturière, mais elle ignorait si elle pouvait toujours occuper la maison et si Jeremy avait prévu quelque chose pour elle dans son testament.

La situation lui fut expliquée la semaine suivante, quand un gentleman à la calvitie naissante, vêtu de noir, se présenta à sa porte.

« Mrs Langdon, je présume ?

— À qui ai-je l'honneur ? demanda Mary avec méfiance.

— Sidney Chellis de Chellis et Latimer, notaires associés. Ce sont Lord et Lady Langdon, les parents de votre défunt mari, qui m'envoient. Nous devons discuter d'une affaire. Puis-je entrer ? »

Mary hocha la tête avec lassitude. Quand elle le conduisit dans le salon, elle réalisa que Jeremy ne lui avait jamais dit qu'il était le fils d'un Lord. En fait, il lui avait très peu parlé de sa famille.

« Asseyez-vous, je vous prie. Je vous sers un thé ? proposa-t-elle.

— Non merci, ça ne sera pas nécessaire. Ce que j'ai à vous dire ne devrait pas durer très longtemps. » Le notaire sortit des documents de sa mallette et les posa sur son genou.

Mary s'assit nerveusement en face de lui. « J'ai… fait quelque chose de mal ?

— Non, Mrs Langdon, vous n'avez rien à vous reprocher. Pas que je sache en tout cas, dit-il en regardant par-dessus ses lunettes et en haussant les sourcils. Vous savez, j'en suis certain, que votre mari a rédigé un testament dans lequel il vous lègue sa maison, sa pension de guerre et sa rente privée ?

— Non, Mr Chellis, je ne me suis pas encore penchée sur la question. J'étais trop occupée par mon chagrin, répondit sincèrement Mary.

— Il l'a déposé dans notre étude qui s'occupe des biens de la famille Langdon depuis plus de soixante ans. Toutefois, il y a un petit problème.

— Et lequel ?

— Cette maison a été donnée à l'origine à la marraine de Mr Langdon par son grand-père. Elle est dans la famille Langdon depuis sa construction, il y a deux cents ans. Le codicille dans le testament de sa marraine stipule que votre mari a la jouissance de la maison jusqu'à sa mort, après quoi la demeure reviendra à la famille Langdon.

— Je vois, dit calmement Mary.

— Mr Langdon et vous avez eu un enfant ensemble, une fille nommée… – Mr Chellis consulta ses papiers – … Sophia May. C'est bien ça ?

— Oui.

— Et elle est actuellement âgée de dix ans.

— C'est exact.

— Le problème que nous avons ici, dit Mr Chellis en enlevant ses lunettes et en les essuyant sur son gilet, c'est, en bref, que Sophia est une fille. Quand elle se mariera, elle prendra le nom de son mari. Et si Sophia et son mari venaient à divorcer ou si Sophia mourait, la maison ne serait plus alors dans la famille Langdon. Vous me suivez ?

— Oui, Mr Chellis, malheureusement, je vous suis.

— Je dois vous dire qu'aux yeux de la loi, si vous désiriez contester le codicille, la Cour pourrait vous donner raison. Après tout, vous êtes la veuve de Mr Langdon et vous avez eu un enfant ensemble. Néanmoins, ce serait une démarche très coûteuse et… – Mr Chellis fit mine de frémir – … pas très digne. C'est pourquoi Lord et Lady Langdon ont une offre à vous faire. En échange de votre jouissance immédiate de la maison, ils sont prêts à vous verser une somme importante en guise de compensation. De plus, si vous abandonnez vos droits sur la rente de votre mari, ils feront une donation importante à votre fille, Sophia.

— Je vois… Ainsi, Mr Chellis, Lord et Lady Langdon souhaitent que ma fille et moi sortions de leur vie, tout comme leur fils ?

— Je ne formulerais pas les choses de cette façon, Mrs Langdon. Il est naturellement malheureux que Lord et Lady Langdon se soient éloignés de leur fils, mais ce n'est pas à moi, leur notaire, d'en juger. Ils ont proposé une somme de mille cinq cents livres en échange de la maison, à laquelle il faut ajouter cinq mille livres pour Sophia. »

Mary écouta en silence. Elle n'avait aucune idée de la valeur de la maison, pas plus qu'elle ne connaissait le montant de la rente de Jeremy, elle ne pouvait donc pas savoir si la somme proposée était juste. De plus, toute cette histoire lui donnait la nausée.

« J'ai détaillé l'offre ici pour que vous puissiez l'étudier. Mon adresse et mon numéro de téléphone figurent au-dessus. Je vous serais très reconnaissant de me contacter directement une fois que vous aurez réfléchi et pris une décision.

— Et qu'en est-il de Lord et Lady Langdon ? Ils ne souhaitent pas rencontrer leur petite-fille ? dit-elle l'air songeur sans vraiment s'adresser au notaire. Après tout, Sophia est la chair de leur chair.

— Comme je vous l'ai déjà indiqué, Mrs Langdon, je ne suis qu'un simple messager. En tout cas, ils ne m'ont pas fait part de leur désir de rencontrer votre fille.

— Non… bien sûr que non. » Mary leva les yeux et fixa Mr Chellis. « L'enfant d'une nurse irlandaise n'est pas acceptable pour l'aristocratie britannique, n'est-ce pas ? »

Mr Chellis baissa les yeux, embarrassé. Il rangea ses documents dans sa mallette pour se donner une contenance. « Comme je vous l'ai dit, je vous saurais gré de me contacter dès que vous aurez réfléchi à la question, je pourrai ainsi prendre les dispositions nécessaires. » Il se leva et la salua d'un signe de tête. « Merci de m'avoir reçu et j'espère de tout cœur que nous pourrons trouver un arrangement qui satisfera toutes les parties. »

Mary le suivit en silence jusqu'à la porte. « Au revoir, Mr Chellis, je vous recontacterai quand j'aurai eu le temps de penser à votre offre. »

Les jours suivants, Mary tenta de recueillir quelques informations sur la mystérieuse famille de son défunt mari. Elle découvrit que Jeremy était le fils cadet de Lord et Lady Langdon, dont la propriété familiale, entourée de deux cent cinquante hectares de terre, se trouvait dans le Surrey. Le domaine était connu pour son gibier abondant, on y chassait le faisan et le canard. Il renfermait aussi une collection de tableaux d'Holbein d'une grande valeur. Mary essaya également de savoir combien elle pourrait tirer de la maison, où elle avait fondé sa famille, si elle la vendait.

Ces démarches étaient certes douloureuses mais Mary devait penser à Sophia. Et à ce qui lui revenait de droit en tant que fille de Jeremy. Quelques années auparavant, elle aurait tout simplement refusé cette offre, mais elle était plus vieille et plus sage à présent et comprenait le monde. Elle savait que, dans l'intérêt de sa fille, malgré le dégoût que lui inspirait ce qui ressemblait fort à un chantage, elle devait aller jusqu'au bout.

Mary savait aussi que son passé et la décision qu'elle avait prise pour sauver Anna lui interdiraient de poursuivre la famille de Jeremy en justice. Qui savait ce qu'il se passerait si les journaux s'intéressaient à l'affaire. Et si quelqu'un issu de son passé la reconnaissait et faisait le lien avec Anna...

L'étude de Mr Chellis se trouvait dans Chancery Lane. Mary se présenta à sa secrétaire puis s'assit, attendant d'être reçue par le notaire. Elle s'arma de courage et tenta de contrôler ses nerfs et ses émotions.

Quand le notaire la fit entrer, elle s'assit sur le bord d'un fauteuil en cuir inconfortable et rassembla tout son courage pour prononcer les mots qu'elle avait répétés cent fois dans sa tête.

« J'ai réfléchi à votre offre, Mr Chellis... Et si vous êtes prêt à doubler le montant de la somme que je recevrai en échange de la maison, j'accepterai. »

C'est tout juste si Mr Chellis haussa un sourcil. Comme Mary l'avait soupçonné, il s'attendait à sa proposition.

« Je dois naturellement consulter Lord et Lady Langdon, mais je pense qu'ils devraient accepter un tel arrangement. Vous devrez bien sûr signer un document légal, indiquant que vous renoncez à tous vos droits sur l'héritage de votre mari. Et à toute revendication que Sophia pourrait avoir à l'avenir sur le domaine Langdon.

— Je comprends. » Mary se leva, ne souhaitant pas prolonger plus longtemps que nécessaire ce pacte avec le diable. « J'attends de vos nouvelles. Bonne journée, Mr Chellis. »

Deux mois plus tard, Mary se tenait dans le vestibule de sa maison et promenait une dernière fois son regard sur la demeure dans laquelle elle avait connu un si grand bonheur. Leur voiture allait arriver d'une minute à l'autre et les malles contenant leurs vêtements et leurs souvenirs les suivraient. Mary s'assit sur la dernière marche de l'escalier. Elle se sentait vidée de toute son énergie. Elle se consola en se disant que, même si elle avait pu rester dans cette maison, elle ne l'aurait probablement pas fait.

Le moindre objet, la moindre odeur dans ces murs lui rappelait ce qu'elle avait perdu.

Elle vit Sophia descendre les escaliers et tendit les bras vers sa fille. Sophia se blottit contre elle et Mary caressa ses cheveux. « Tu es prête ?

— Oui, répondit Sophia en hochant la tête. J'ai peur, Maman.

— Je sais, ma chérie. Mais c'est mieux ainsi, je t'assure. J'ai déjà connu une guerre à Londres et ils disent que cette fois, les bombardements seront pires.

— Je sais, Maman, mais… »

On frappa à la porte d'entrée. « La voiture est là, ma chérie. » Mary desserra son étreinte, puis sourit à Sophia et lui prit la main. Ensemble, elles franchirent lentement la porte, tout en disant silencieusement adieu à la vie qu'elles laissaient derrière elles.

Il était temps de rentrer à la maison.

Aurora

Oh mon Dieu ! Je suppose que ça ne se fait pas, un auteur qui pleure à cause des personnages de son récit… Mais je trouve l'histoire de Mary et Jeremy si triste… Ils s'aimaient tellement, pourtant, à la fin, l'amour n'a pas pu triompher et tout arranger. Parfois, comme je suis en train de l'apprendre à travers ce voyage dans l'histoire de ma famille, l'amour ne peut pas vaincre les terribles souffrances infligées à un être par le passé. Si seulement Jeremy avait ouvert l'enveloppe, s'il avait vu qu'elle contenait une augmentation de sa pension d'ancien combattant et non son ordre de mobilisation…

Si seulement…

Je suppose qu'on peut le dire à propos de n'importe quoi dans la vie. Surtout dans la mienne.

Mais si Jeremy avait ouvert l'enveloppe, le reste de mon histoire serait très différent et peut-être ne prendrais-je même pas la peine de l'écrire. Je commence à comprendre que la souffrance nous apporte aussi la force et la sagesse, et fait tout autant partie de la vie que le bonheur. Il y a un équilibre naturel en toute chose. Et comment saurions-nous que nous sommes heureux si nous n'étions pas tristes parfois ? Comment nous sentirions-nous en bonne santé si nous n'étions jamais malades ?

Mary et Jeremy ont eu un moment, un temps où ils ont été très heureux ensemble. Et peut-être que c'est ce genre de moments que nous autres humains sommes en droit d'espérer. Comme dans les contes de fées, il faut connaître le mal tout autant que le bien. Nous vivons dans l'espoir de revivre un jour ces bons moments. Et quand l'espoir disparaît, comme pour Jeremy, que nous reste-t-il ?

Pour être honnête, j'ai beaucoup de mal en ce moment à me raccrocher à cet espoir. Il ne m'en reste pas beaucoup.

Mais tant qu'il y a de la vie…

Assez parlé de moi. Je vais revenir à une époque plus récente. Retrouvons Grania à qui Kathleen vient de raconter l'histoire de son arrière-grand-mère. Après ça, elle m'a emmenée pour la première fois à la ferme de Dunworley.

23

Dunworley, ouest du comté de Cork, Irlande

« Je présume qu'à la maison, c'était l'Irlande ? » Grania était assise à la table de la cuisine dans la maison de ses parents, serrant dans ses mains une tasse de thé.

Elle avait décidé d'emmener Aurora à la ferme et d'en profiter pour demander à Kathleen si elle en savait plus sur l'histoire de Mary.

« Oui, Mary est revenue avec Sophia et a acheté un joli cottage à Clonakilty.

— Elle ne s'est jamais remariée ?

— Non. D'après ce que m'a dit ma mère, Mary avait eu assez de chagrin à Londres pour le reste de sa vie.

— Pourtant les liens avec la famille Ryan se sont poursuivis ?

— Oui, et c'est là l'ironie de l'histoire, admit Kathleen. Ce n'est pas Mary qui a épousé Sean finalement, mais sa *fille*, Sophia, qui s'est mariée avec Seamus Doonan, le fils de la sœur cadette de Sean, Coleen. Ils ont eu une fille ensemble et c'était moi !

— Oh mon Dieu, Maman ! » Grania n'en croyait pas ses oreilles. « Bridget et Michael Ryan étaient donc tes arrière-grands-parents ? Et s'il avait survécu, Sean aurait été ton grand-oncle ?

— Oui. Coleen s'est installée dans la nouvelle ferme, construite à l'origine pour Sean et Mary, quand elle a épousé Owen, mon grand-père. Ils l'ont transmise à leur fils, Seamus, qui s'est marié avec ma mère, Sophia. Et quand mon père est mort, c'est ton papa et moi qui avons repris les rênes de la ferme, expliqua Kathleen.

— Alors ta mère, Sophia, avait du sang anglais dans les veines, et du sang noble par-dessus le marché ? ajouta Grania. Ton autre grand-père était Jeremy Langdon ?

— Oui. Ce qui veut dire que Shane et toi avez aussi du sang noble, dit Kathleen, les yeux pétillants. Tu vois, toi qui te prenais pour une paysanne irlandaise, ce n'est pas tout à fait ça ! En tout cas, Sophia ne se comportait en rien comme une aristocrate. Ma maman était comme sa mère, Mary : gentille, casanière, elle n'était pas du genre à minauder. Pas comme cette Anna, sa sœur adoptée ! »

Grania remarqua l'inflexion dans la voix de Kathleen et vit son visage s'assombrir.

« Tu l'as connue ? demanda Grania, surprise. Je croyais que Mary et elle étaient brouillées ? »

Kathleen s'assit lourdement sur une chaise. « En fait, Grania, l'histoire est loin d'être terminée. Tu n'as donc pas fait le rapprochement ?

— Non. » Grania secoua la tête. « J'aurais dû ?

— Tu vis à Dunworley House et tu n'as pas fait le rapprochement ? Il y a pourtant suffisamment d'indices dans cette vieille bâtisse. Eh bien, la... »

À cet instant, Aurora entra par la porte de derrière, tenant délicatement dans ses bras un petit chiot colley qui venait de naître.

« Oh Grania ! Mrs Ryan ! » Aurora regardait le chiot, les yeux brillants de bonheur. « Elle est adorable ! Et Shane a dit que je pouvais choisir son nom ! J'ai pensé à Lily, comme ma mère. Qu'est-ce que vous en pensez ? »

Grania vit l'expression sur le visage de sa mère mais choisit de l'ignorer. « Je pense que ça serait parfait.

— Très bien. » Aurora déposa un baiser sur la tête du chiot qui venait d'être baptisé. « Tu crois que je pourrais... qu'il serait possible de...

— Il faudrait d'abord demander à ton père, Aurora, dit Grania qui avait lu dans ses pensées. De plus, Lily est encore trop petite pour être enlevée à sa mère.

— Mais est-ce que je pourrais venir la voir tous les jours ? supplia Aurora. Je peux, Mrs Ryan ?

— Je... »

Grania vit sa mère s'adoucir à contrecœur devant la petite fille si charmante et enthousiaste.

« Eh bien, oui, pourquoi pas.

— Merci ! » Aurora s'avança vers elle et déposa un baiser sur la joue de Kathleen. Elle soupira de plaisir. « J'adore cette maison. On se sent vraiment… – Aurora chercha l'expression correcte – … comme chez soi ici.

— Merci, Aurora. » Kathleen oublia ses dernières réserves. « Et qu'est-ce que vous allez manger toutes les deux, ce soir ?

— On n'y a pas encore réfléchi, pas vrai Aurora ? dit Grania.

— Dans ce cas, restez dîner avec nous.

— Youpi ! Comme ça, je pourrai rester plus longtemps avec Lily. Je vais retourner voir Shane. Il m'a promis de m'emmener dans la salle de traite. »

Grania et Kathleen regardèrent Aurora repartir dans la cour.

« Malgré ce que tu penses des Lisle, tu dois reconnaître qu'Aurora est une petite fille adorable, hasarda prudemment Grania.

— Tu as raison. Cette pauvre petite chérie n'a rien à voir dans tout ça. Et ses cauchemars ?

— Elle va mieux, on dirait. En tout cas, elle n'erre plus dans la maison la nuit. Maman… Quand tu m'as demandé si je n'avais pas fait le lien avant qu'Aurora n'arrive, je… »

Ce fut au tour de son père de les interrompre. « Fais-moi un thé, Kathleen, je meurs de soif, dit John en entrant à grands pas dans la cuisine.

— Tu vas aller prendre une douche pendant que je fais chauffer l'eau, répliqua Kathleen en fronçant le nez. Tu sens la vache et tu sais que je ne supporte pas cette odeur.

— J'y vais de ce pas, dit John en déposant un baiser sur la tête de Kathleen pour l'embêter. Et quand je redescendrai, je sentirai la rose pour boire mon thé. »

Ce soir-là, Grania n'eut pas l'occasion de reparler du passé avec sa mère, mais elle se réjouit de voir Aurora assise à la table des Ryan, les interrogeant avec enthousiasme sur tous les aspects de la vie à la ferme.

« Si je ne peux pas être danseuse, je deviendrai fermière, déclara-t-elle à Grania tandis qu'elles remontaient le sentier longeant la falaise. J'aime les animaux.

— Tu as déjà eu un animal domestique ?

— Non, Maman n'aimait pas les animaux. Elle disait qu'ils sentent mauvais.

— Elle n'avait peut-être pas entièrement tort, en convint Grania.

— Mais les êtres humains sentent mauvais eux aussi, dit tranquillement Aurora quand elles entrèrent dans la cuisine plongée dans la pénombre et que Grania alluma les lumières.

— Allez, mademoiselle. Au lit, il est tard. »

Une fois qu'elle eut couché Aurora, Grania erra dans la maison, incapable de se calmer. Elle pensait encore à Mary, son arrière-grand-mère, une femme remarquable d'après ce qu'elle avait appris sur elle. Elle n'avait toujours pas trouvé le chaînon manquant, ou fait le rapprochement, pour reprendre l'expression de sa mère, mais quelque chose la titillait au fond de son esprit. Un fait qu'elle ne parvenait pas à remettre à sa place mais qui permettrait d'assembler les pièces du puzzle. Ce n'était pas dans le grand salon, ni dans la bibliothèque, pas non plus dans le bureau d'Alexander… Grania ouvrit la porte de la salle à manger, repensant au soir où elle y avait dîné avec Alexander.

Et c'est là, au-dessus de la cheminée, que se trouvait la réponse. Quand elle était entrée dans cette pièce, le soir du dîner, elle l'avait à peine regardée et pourtant elle était restée gravée dans sa mémoire. Une huile sur toile représentant une danseuse vêtue d'un tutu blanc. Ses cheveux noirs étaient ornés de duvet de cygne. Les bras croisés sur les jambes, la tête posée sur ses genoux, elle ne laissait pas voir son visage. En bas du tableau, on pouvait lire : ANNA LANGDON, LA MORT DU CYGNE.

« Anna Langdon… » Grania prononça le nom à haute voix. C'était le chaînon manquant. Sa mère lui avait dit qu'Aurora tenait sa grâce et ses qualités de danseuse de sa grand-mère. C'était donc ça !

Grania gravit les escaliers une heure plus tard, incapable de confirmer sa théorie, car le visage de la danseuse était caché sur le tableau. Mais si la femme aux yeux noirs sur les photos en noir et blanc éparpillées dans la maison était bien la même que sur le tableau, Anna Langdon était la grand-mère d'Aurora.

Au petit déjeuner, le lendemain matin, Grania demanda d'un air détaché :

« Aurora, tu as connu ta grand-mère ? »

Aurora secoua la tête. « Maman m'a dit qu'elle était morte avant ma naissance. Mamie était déjà âgée quand elle a eu Maman, tu sais.

— Tu te souviens de son prénom ?

— Bien sûr que je m'en souviens ! répondit Aurora offusquée par la question. Elle s'appelait

Anna et était une grande danseuse. Comme moi plus tard. »

De retour à la ferme cet après-midi-là, Grania profita de l'absence d'Aurora, partie compter les moutons avec Shane dans les collines, pour interroger de nouveau sa mère.

« Comment se fait-il qu'Anna Langdon et le frère cadet de Lawrence Lisle, Sebastian, se soient rencontrés et qu'ils aient fini par se marier ? J'ai raison, n'est-ce pas ? La célèbre danseuse Anna Langdon est devenue Anna Lisle ? La mère de Lily et la grand-mère d'Aurora ?

— Oui, confirma Kathleen en hochant la tête. Je ne peux pas vraiment te donner les détails, Grania, parce que je n'étais qu'un bébé quand ils se sont mariés. Je l'ai rencontrée bien sûr, mais je ne connais pas les circonstances exactes de leur rencontre, je ne peux que faire des hypothèses. Et comme ce n'était pas le grand amour entre Sophia et sa sœur, ma mère me parlait rarement d'elle.

— Mais pourquoi Anna a-t-elle suivi sa mère et sa sœur en Irlande ? Alors qu'elle est devenue si célèbre ?

— N'oublie pas qu'Anna avait près de quarante ans quand elle est venue s'installer en Irlande. La gloire que connaissent les grandes danseuses et les beautés hors du commun est éphémère, ajouta Kathleen toujours très pragmatique.

— Tu te souviens d'elle, m'man ?

— Bien sûr que je me souviens d'elle. » Les mains de Kathleen, jusqu'alors occupées à rouler une pâte, interrompirent leur tâche. « Pour une petite fille comme moi, élevée dans un village, Tante Anna, c'était un peu comme une star de cinéma. La première fois que je l'ai vue, elle était vêtue d'un manteau de fourrure, de la vraie fourrure. Quand elle m'a serrée dans ses bras, j'ai senti la douceur des poils sur mon visage… puis elle l'a enlevé pour s'asseoir et boire le thé avec nous dans la pièce de devant. Je n'avais jamais vu une femme aussi menue. Quant à ses chaussures ! Elles avaient des talons immenses, de la hauteur d'une montagne à mes yeux. Et puis elle a allumé une cigarette noire. » Kathleen soupira. « Comment pourrais-je l'oublier ?

— Elle était belle ?

— C'était une présence… une force de la nature. Et ce n'est pas vraiment surprenant que le vieux Sebastian Lisle soit tombé éperdument amoureux d'elle à l'instant même où il l'a vue.

— Quel âge avait-il ?

— Il devait avoir dans les soixante ans. Il était veuf et s'était marié sur le tard. Adele, sa première femme, avait trente ans de moins que lui. Elle est morte en mettant au monde… *ce garçon.*

— Sebastian avait déjà un fils ?

— Oui, répondit Kathleen en frémissant. Il s'appelait Gerald.

— Donc Anna et Sebastian Lisle se sont mariés ?

— C'est bien ça.

— Que faisait Anna avec un vieil homme après la vie qu'elle avait menée à Londres, m'man ? interrogea encore Grania.

— Qui sait ? Elle était peut-être intéressée par son argent ? Ma mère a toujours dit qu'Anna était un véritable panier percé, elle aimait le luxe. Quant à monsieur, il a dû penser que tous ses vœux s'étaient exaucés le jour où ils se sont mariés… trois mois seulement après avoir échangé leur premier regard.

— Le frère du tuteur d'Anna, Lawrence…, dit Grania l'air pensif. Sebastian savait-il qui était Anna ?

— Oh oui, poursuivit Kathleen. Ils ont trouvé que c'était une bonne blague. Pendant toutes ces années, on avait cru qu'Anna était morte.

— Et Mary alors ? Elle n'a pas eu de problèmes quand Anna est venue vivre en Irlande ?

— Quand Anna a débarqué un jour en Irlande et qu'elle s'est présentée à la porte de Mary, puis qu'elle a rencontré Sebastian quelque temps plus tard, Mary a su qu'elle ne pourrait pas lui cacher la vérité plus longtemps. Elle devait lui raconter ce qu'elle avait fait pour la protéger quand elle était plus jeune, expliqua Kathleen. Elle l'avait fait pour de bonnes raisons. Qui sait ce qu'Anna serait devenue si Mary n'était pas intervenue ? Anna savait que si Mary n'avait pas dit à Lawrence Lisle qu'elle était morte, que si elle ne l'avait pas prise avec elle, elle n'aurait jamais pu avoir une carrière de danseuse.

— Et Mary a pardonné à sa fille de ne pas l'avoir contactée pendant toutes ces années ?

— Après ce qu'elles avaient vécu ensemble à Londres, il y avait un lien indéfectible entre elles. Et tu sais déjà que Mary aimait Anna comme sa propre fille. Elle lui aurait pardonné n'importe quoi. Ma mère, Sophia, a eu beaucoup plus de mal à l'accepter. Elle disait qu'Anna était la "fille prodigue".

— Elle était peut-être jalouse du lien qui les unissait, suggéra Grania.

— Il y avait certainement de ça, oui. Enfin, au moins elles se sont réconciliées avant la mort de Mary. Et après tout ce qu'elle avait fait pour aider Anna dans son enfance, ma grand-mère le méritait bien ! Je peux te dire, Grania, que sa tombe était toujours fleurie dans le cimetière de l'église de Dunworley. Anna apportait toutes les semaines un nouveau bouquet. Elle a continué jusqu'à sa mort. C'était sa façon de s'excuser et de dire qu'elle aimait la femme qu'elle avait toujours appelée “maman”. »

Grania sentit sa gorge se serrer soudain et se prit un peu de sympathie pour Anna.

« Et Sebastian n'a pas poursuivi Mary en justice pour avoir volé Anna à son frère des années auparavant ? demanda-t-elle.

— Non, il s'est laissé convaincre par le récit d'Anna. De plus, Lawrence Lisle était mort depuis longtemps et le passé était le passé. Pour Sebastian, Mary s'était occupée de l'amour de sa vie, et c'était tout ce qui comptait. Je t'assure, Grania, je n'ai jamais vu un homme aussi aveuglé par l'amour ! »

Grania avait du mal à digérer toutes ces informations. « Et ensuite Lily est née ?

— Oui. Lily est née. Paix à son âme, marmonna Kathleen.

— Et ils vécurent heureux à Dunworley House…

— Pas vraiment, ricana Kathleen. Tu crois qu'Anna Langdon allait se satisfaire de son nouveau rôle de mère ? Qu'elle allait s'occuper d'un bébé et de son beau-fils de trois ans dans une maison branlante au bout du monde ? » Kathleen secoua la tête. « Non. On a engagé une nurse pour s'occuper du bébé et Anna est partie quelques mois plus tard. Elle disait chaque fois qu'elle devait se rendre à Londres pour se produire sur scène et disparaissait pendant des semaines. Ma mère était persuadée qu'elle voyait d'autres hommes aussi.

— Alors Lily a grandi sans sa mère pour ainsi dire et Sebastian Lisle était un cocu esseulé ?

— C'est à peu près ça, oui. Je n'ai jamais vu un homme aussi malheureux que Sebastian. Il venait nous voir avec Lily. Il s'asseyait à table et demandait à ma mère si elle avait des nouvelles de sa sœur. Je n'avais que cinq ans à l'époque, mais je me souviens encore de son visage… L'image même du désespoir. Comme si elle l'avait ensorcelé, pauvre homme ! Il s'était vraiment bercé d'illusions. Et quand Tante Anna réapparaissait, parfois après des mois d'absence, il lui pardonnait toujours.

— Et Lily alors ? Quelle drôle de vie elle a dû avoir avec un père âgé et une mère absente ? »

Le visage de Kathleen se referma aussitôt. « Ça suffit maintenant ! Je ne veux plus parler de cette histoire. Et toi, Grania ? Qu'en est-il de ton avenir ? répliqua-t-elle. Le père d'Aurora va bientôt rentrer et ils n'auront plus besoin de toi après son retour.

— Tout comme tu n'as pas envie de parler du passé, je n'ai pas envie d'évoquer l'avenir. » Grania se leva. La mère et la fille étaient dans l'impasse. « Je vais récupérer quelques affaires dans ma chambre avant qu'Aurora ne revienne avec Shane.

— Comme tu voudras », dit Kathleen à Grania qui avait déjà tourné les talons. Elle soupira, elle se sentait vidée par ce passé qui la rattrapait. Elle savait que son récit était loin d'être terminé. Mais elle en avait assez dit pour l'instant, de plus… elle ne se sentait pas la force de parler du reste… elle ne l'aurait d'ailleurs peut-être jamais.

Aurora

Je sens que je dois intervenir ici… Tout allait bien jusqu'à ce que je réalise que si je lisais ces lignes comme vous, je serais complètement perdue. C'est compliqué. Ainsi, pour votre confort de lecture, je vais réaliser un arbre généalogique.

Ouf ! J'ai mis plus longtemps à concevoir cet arbre qu'à écrire les trois chapitres qui ont précédé. J'espère qu'il vous aidera à comprendre.

Je crains que vous ne pensiez qu'il y a trop de coïncidences. Mais en fait, pas du tout. Nous – les Ryan et les Lisle – vivions dans une petite localité isolée au bout du monde. Nous étions voisins depuis des centaines d'années. Il n'y a donc rien de surprenant dans le fait que nos vies et nos histoires soient entremêlées.

Je reconnais que l'élaboration de l'arbre a été difficile. Je sais que, bientôt, la deuxième date figurera aussi au-dessous de mon nom, je deviendrai à mon tour une partie du passé. Ce qui me frappe, c'est que nous vivons comme si nous étions immortels. Nous prenons des décisions, comme si nous allions vivre pour l'éternité, sans penser à l'inévitable, à ce qui nous attend tous au bout de notre route.

Bien sûr, c'est notre seul moyen de survivre.

Je crois qu'il est temps de quitter l'Irlande et le passé à présent, et de nous tourner vers l'avenir, vers l'Amérique, le pays de l'espoir, où les rêves peuvent se réaliser, où tout est possible.

Chers lecteurs, c'est tout à fait mon genre de pays !

En Amérique, on croit à la magie, tout comme moi, parce que cette jeune nation ne connaît pas encore le cynisme et la sagesse, qui ne viennent qu'avec l'âge.

Allons voir comment se porte Matt…

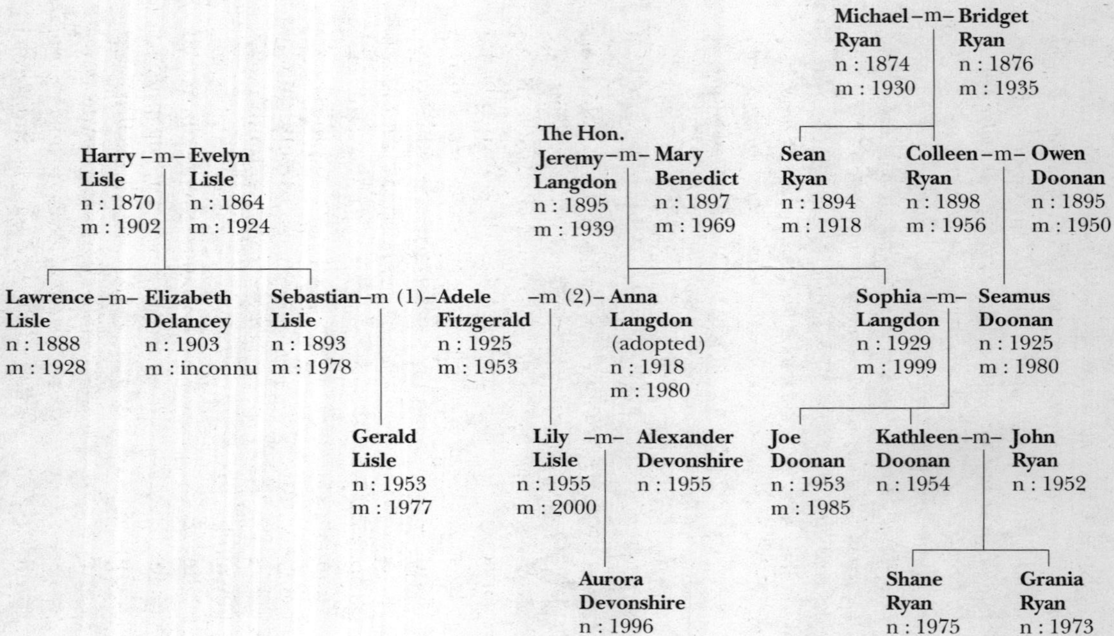
Michael –m– Bridget
Ryan n : 1874 m : 1930
Ryan n : 1876 m : 1935
Harry –m– Evelyn
Lisle n : 1870 m : 1902
Lisle n : 1864 m : 1924
The Hon. Jeremy –m– Mary
Langdon n : 1895 m : 1939
Benedict n : 1897 m : 1969
Sean Ryan n : 1894 m : 1918
Colleen –m– Owen
Ryan n : 1898 m : 1956
Doonan n : 1895 m : 1950
Lawrence –m– Elizabeth
Lisle n : 1888 m : 1928
Delancey n : 1903 m : inconnu
Sebastian–m (1)–Adele
Lisle n : 1893 m : 1978
Fitzgerald n : 1925 m : 1953
–m (2)– Anna
Langdon (adopted) n : 1918 m : 1980
Sophia –m– Seamus
Langdon n : 1929 m : 1999
Doonan n : 1925 m : 1980
Gerald Lisle n : 1953 m : 1977
Lily –m– Alexander
Lisle n : 1955 m : 2000
Devonshire n : 1955
Joe Doonan n : 1953 m : 1985
Kathleen –m– John
Doonan n : 1954
Ryan n : 1952
Aurora Devonshire n : 1996
Shane Ryan n : 1975
Grania Ryan n : 1973

24

Matt fit défiler les chaînes sur la télé mais aucun programme ne lui convenait. De toute façon, il aurait été incapable de se concentrer sur quoi que ce soit. Il n'avait plus les idées claires et il dormait mal. Grania était partie depuis plus de sept semaines maintenant. Et il ne lui avait pas parlé depuis pratiquement un mois. Les propos rassurants de Charley ne parvenaient plus vraiment à le réconforter. L'espoir s'amenuisait de jour en jour. Matt était quasiment certain qu'elle ne reviendrait pas. Et que leur vie commune était terminée.

Beaucoup de ses amis l'incitaient à tourner la page. Il était encore jeune, à son âge, la plupart d'entre eux ne s'étaient pas encore fixés. Il n'avait pas non plus épousé Grania – elle avait insisté pour vivre en concubinage avec lui, pour prouver à sa famille et à ses amis qu'elle n'était pas intéressée par son argent. C'était plus important pour elle que de porter une alliance à son doigt.

Au fond, ses amis avaient raison. Le loft qu'il partageait avec Grania était en location et ils n'avaient pas beaucoup de biens. Il n'avait pas à redouter un divorce long et douloureux. Il lui suffirait de donner son préavis, de trouver un autre endroit pour vivre et de partir. Il s'en sortirait indemne, pas de complications financières ni d'ordre pratique.

Émotionnellement, c'était une autre histoire.

Matt se remémorait la première fois qu'il avait vu Grania. Il était allé avec des amis à la soirée d'inauguration d'une minuscule galerie à Soho, dont l'un de ses copains connaissait le propriétaire. Ils avaient prévu d'y faire un saut, histoire de se montrer, puis d'aller dîner dans les quartiers chics. Ses copains étaient arrivés accompagnés de filles, impeccables comme toujours dans leurs jeans de marque et avec leurs brushings parfaits.

La galerie était bondée et Matt avait rapidement parcouru des yeux les œuvres modernes accrochées aux murs ; il n'aimait pas franchement le style. Puis son regard avait été attiré par une petite sculpture sur un socle dans un coin de la pièce. Il s'était approché pour l'admirer, c'était un cygne magnifiquement modelé.

Il avait envie de suivre avec ses mains le contour du cou élégant et des ailes dont le sculpteur avait parfaitement rendu le duvet. Cette sculpture l'interpellait. C'était un objet magnifique. Il consulta le prix et vit qu'il était dans son budget. Il trouva le propriétaire de la galerie, en grande conversation avec Al, son ami. On le conduisit à un comptoir où il sortit sa carte de crédit.

« Vous avez bon goût, monsieur. C'est l'une de mes œuvres préférées à moi aussi. J'ai le sentiment que sa créatrice va aller loin. » Le propriétaire de la galerie montra le fond de la salle. « C'est elle, là-bas. Vous voulez la rencontrer ? »

Matt regarda la petite silhouette vêtue d'un vieux jean et d'une chemise à carreaux. Ses cheveux blonds bouclés tombaient sur ses épaules. Ils n'étaient pas coiffés, à l'évidence, et peut-être même pas lavés. Quand le propriétaire de la galerie l'appela et qu'elle se retourna, Matt remarqua ses grands yeux turquoise, son nez retroussé parsemé de taches de rousseur et ses lèvres rose pâle. Avec son visage dépourvu de maquillage, elle ressemblait à une enfant et son naturel contrastait avec le raffinement des femmes qui accompagnaient Matt.

Quand la fille s'avança vers eux, Matt admira son corps mince, ses petites hanches et ses longues jambes. Cette fille n'était pas une beauté mais elle avait du charme et une lueur dans les yeux qui ne laissèrent pas Matt indifférent. En la contemplant, il ne savait pas s'il avait envie de la serrer dans ses bras pour la protéger ou de la déshabiller et de lui faire l'amour.

« Grania, je te présente Matt Connelly. Il vient d'acheter ton cygne. »

Elle lui sourit et fronça son joli nez. « J'en suis ravie. Comme ça, je pourrai manger les prochaines semaines ! »

Matt se demanda, avec le recul, si ce n'était pas cet accent irlandais, beaucoup plus doux à l'oreille et plus *sexy* que le timbre nasillard des New-Yorkais, qui l'avait fait craquer au bout du compte.

Il se surprit un quart d'heure plus tard à proposer à Grania de l'emmener dîner. Elle avait déjà prévu de sortir avec le propriétaire de la galerie et les autres artistes, toutefois, il réussit à lui soutirer son numéro de téléphone, prétextant qu'il voulait voir les autres sculptures qu'elle avait dans son atelier.

Matt, si beau, si aimable, si séduisant, n'avait jamais eu le moindre problème à persuader une fille de sortir avec lui. Avec Grania Ryan, c'était une autre histoire. Il l'appela le lendemain et laissa un message sur sa boîte vocale mais elle ne prit pas la peine de le rappeler. Il réessaya de la joindre quelques jours plus tard et, cette fois, elle décrocha mais apparemment elle était prise la plupart des soirs suivants.

Plus elle semblait l'éviter, plus Matt était déterminé à obtenir un rendez-vous. Finalement, elle accepta d'aller prendre un verre avec lui dans un bar qu'elle connaissait à Soho. Matt arriva affublé d'un blazer, d'un chino et de chaussures richelieu et se retrouva dans un lieu bohème où il détonnait vraiment. De toute évidence, Grania n'avait pas passé l'après-midi à inspecter sa garde-robe à la recherche d'une tenue adéquate pour l'occasion : elle portait le même jean que la dernière fois mais avec une vieille chemise bleue. Elle commanda un demi de Guinness et le but avidement.

« Je ne vais pas pouvoir rester longtemps. »

Elle ne précisa pas ce qui l'en empêchait.

Matt, qui avait réussi à la retenir quelques instants, s'efforça vaillamment de faire la conversation.

Grania semblait complètement indifférente à ce qu'il disait, elle était ailleurs. Finalement, elle se leva, s'excusa et dit qu'elle devait partir.

« On peut se revoir ? » s'enquit Matt en s'empressant de payer l'addition et en quittant le bar sur ses talons.

Une fois sur le trottoir, elle se tourna vers lui et demanda : « Pourquoi ?

— Parce que j'en ai envie. Ce n'est pas suffisant ?

— Pour être honnête, Matt, j'ai vu vos amis élégants entrer dans la galerie l'autre soir. Je ne pense pas être votre type et vous n'êtes certainement pas le mien. »

Matt la regarda, interloqué. Quand elle tourna les talons, il la suivit. « Et c'est quoi, mon type à votre avis, Grania ?

— Oh vous savez... Vous êtes né dans le Connecticut, vous avez fréquenté une bonne école privée, avant d'aller à Harvard et une fois votre diplôme en poche, vous êtes allé gagner votre fric à Wall Street.

— D'accord, vous n'avez pas entièrement tort. » Matt rougit. « Mais je n'ai pas l'intention de marcher sur les traces de mon père et de travailler dans sa société d'investissement. Il se trouve que j'étudie la psychologie à l'université de Columbia. Une fois que j'aurai passé mon doctorat, j'espère devenir maître de conférence. »

Sur ce, Grania s'arrêta et se retourna. Il vit à son regard qu'il avait éveillé un semblant d'intérêt chez elle. « Vraiment ? dit-elle en croisant les bras. Je suis surprise. Vous ne me donnez pas franchement l'impression d'être un pauvre étudiant si vous voyez ce que je veux dire. » D'un geste de la main, elle désigna sa tenue vestimentaire. « C'est quoi alors, cet uniforme ?

— Uniforme ?

— Oui, le look BCBG, pouffa-t-elle. On dirait que vous sortez tout droit d'une pub de Ralph Lauren.

— Il y a des filles à qui ça plaît, Grania.

— Pas à moi, en tout cas. Je suis désolée, Matt. Je ne suis pas du genre à me laisser berner par un gosse de riche qui croit qu'il peut acheter l'affection des gens. »

Les émotions de Matt oscillaient entre la colère, l'amusement et la fascination. Cette Irlandaise minuscule, fougueuse, qui ressemblait extérieurement à Alice au Pays des merveilles, mais qui avait manifestement le cœur dur et certainement pas la langue dans sa poche, le captivait.

« Eh doucement là ! cria-t-il tandis qu'elle repartait, cette sculpture que je vous ai achetée, vous vous souvenez ? J'ai dépensé l'héritage de ma tante pour la payer. Ça faisait des mois que je cherchais une œuvre qui m'interpelle. Ma tante avait stipulé dans son testament que je devais acheter un bel objet avec l'argent. » Matt réalisa qu'il était en train de crier sur la petite silhouette à cinquante mètres de lui et que les gens les regardaient. Pour la première fois de sa vie, il s'en fichait complètement. « J'ai acheté votre cygne parce que je le trouvais beau. Et sachez pour votre gouverne que mes parents sont furieux contre moi parce que je n'ai pas suivi les traces de Papa ! Le prince des quartiers chics n'a pas de *penthouse* à Park Avenue, madame. Il vit dans une chambre universitaire sur le campus, qui comprend un lit et un bureau. La cuisine et les toilettes sont communes. »

Grania s'arrêta et se retourna une nouvelle fois en haussant silencieusement un sourcil.

« Vous voulez la voir ? Mes copains des quartiers chics n'y viennent jamais. Ce n'est pas du bon côté de la ville. »

Grania sourit.

« Et… » Matt savait qu'il s'emballait mais il était impératif que cette fille sache qui il était vraiment. « Je n'hériterai pas un centime de mes riches parents si je ne fais pas ce qu'ils me demandent. Alors, si vous cherchez ce genre de type, dans ce cas il vaut mieux que nous nous en tenions là. »

Ils s'étaient dévisagés pendant vingt bonnes secondes tandis que les badauds les fixaient eux aussi, fascinés par cette dispute en pleine rue.

Puis ce fut au tour de Matt de s'éloigner. Il marcha vite, déconcerté par la colère qui s'était emparée de lui.

Ça ne lui ressemblait pas. Une minute plus tard, Grania le rattrapait.

« Vous avez vraiment utilisé votre héritage pour acheter mon cygne ? demanda-t-elle calmement.

— Bien sûr. Ma tante était une grande collectionneuse d'art. Elle m'a dit de n'acheter que les œuvres qui provoquaient une réaction instinctive chez moi. C'est ce qu'a fait votre sculpture. »

Ils continuèrent à marcher en silence pendant quelque temps, sans se soucier de la direction qu'ils prenaient. Finalement, Grania s'excusa. « Je suis désolée. Je vous ai jugé et je n'aurais pas dû.

— Ça ne fait rien. Mais pourquoi faire tout un plat de mes origines et de ma façon de m'habiller ? Je dirais que c'est tout autant votre problème que le mien.

— Épargnez-moi vos analyses psychologiques à deux balles, Mr Connelly. Je pourrais croire que vous essayez de m'impressionner.

— Et je pourrais en déduire que vous avez eu une mauvaise expérience avec un homme de mon genre par le passé. »

Grania s'arrêta soudain et leva les yeux vers lui. « Comment avez-vous deviné ?

— C'est simple, répondit Matt en haussant les épaules. Personne ne peut en vouloir à ce point à Ralph Lauren sans raison. Il fait vraiment de belles choses.

— D'accord. C'est vrai, mon mec était un crétin. Voilà… » Grania parut tout à coup incertaine. « Eh bien je pense…

— Écoutez, au lieu d'avoir cette conversation en marchant, pourquoi n'irait-on pas manger un bout quelque part ? dit Matt en lui faisant un clin d'œil. Et je vous promets qu'il n'y aura pas un blazer en vue. »

Cette nuit-là et les semaines qui suivirent comptèrent sans doute parmi les plus belles de la vie de Matt. Grania l'épatait avec son naturel, sa fraîcheur et son honnêteté. Habitué aux femmes guindées et chics qui cachaient leurs véritables pensées et sentiments derrière un voile de raffinement, si bien qu'un homme devait jouer aux devinettes pour savoir où il en était avec elles, Matt voyait Grania comme une bouffée d'oxygène. Quand elle était heureuse, il le savait immédiatement, quand elle était énervée, en colère ou frustrée par la sculpture sur laquelle elle travaillait, il le savait aussi. Et elle considérait sa future carrière et le travail qu'il fournissait pour y parvenir avec le plus grand respect. Au contraire de ses amis, elle ne pensait pas que ce n'était qu'un jeu pour lui, une petite parenthèse avant qu'il ne finisse par capituler et par rejoindre son père dans le monde auquel il était destiné.

Bien qu'elle n'ait pas fait d'études supérieures comme Matt, Grania était intelligente, curieuse et elle absorbait toutes les informations comme une éponge. Elle les intégrait et les mémorisait, se servant de son bon sens pour analyser ce qu'elle avait entendu. La seule ombre au tableau était qu'il avait dû mettre un terme à sa relation avec Charley. Pour lui, ce n'était de toute façon qu'une aventure sans lendemain qui ne mènerait à rien de permanent. Charley prenait plutôt bien leur rupture, semblait-il, et plus le temps passait, moins il la voyait, elle et toute la troupe d'amis qu'il fréquentait avant. Grania était complètement étrangère à ce milieu, et à travers ses yeux, il réalisa combien les gens qui l'entouraient pouvaient être superficiels. Mais c'était néanmoins son monde, et s'il s'était éloigné de ses amis, il ne pouvait pas congédier aussi facilement sa famille.

Un week-end, il l'emmena à la maison pour lui présenter ses parents. Grania avait passé les jours précédents à essayer de nombreuses tenues convenant à la circonstance, puis dans sa frustration, elle avait fondu en larmes quelques heures seulement avant le départ. Matt l'avait serrée dans ses bras. « Écoute, chérie, ce que tu portes n'a aucune importance. Ils t'aimeront simplement pour la personne que tu es.

— Mouais, avait-elle répondu. J'en doute. Je ne veux ni t'embarrasser ni te décevoir, Matt.

— Ça ne risque pas, je t'assure. »

Le week-end se passa aussi bien que possible. Si sa mère, Elaine, était parfois envahissante, elle agissait et parlait avec les meilleures intentions pour son fils. Son père était moins accessible. Bob Connelly était issu d'une génération où les hommes étaient de « vrais » hommes et n'étaient pas censés se mêler des tâches domestiques et encore moins des dilemmes affectifs de leurs femmes. Grania fit de son mieux, mais Bob n'était pas un homme avec qui on pouvait parler à cœur ouvert de n'importe quel sujet.

Durant le trajet du retour, Grania resta silencieuse et Matt tenta toute la semaine suivante de la rassurer, lui répétant sans cesse que ses parents l'avaient beaucoup appréciée. Il se dit alors qu'il devait donner à Grania la sécurité dont elle avait besoin, lui montrer que leur relation n'était pas qu'un simple flirt pour lui. Six mois plus tard, ils partirent en vacances à Florence, et un jour, après lui avoir fait l'amour dans leur chambre aux volets clos, non loin du Dôme, Matt demanda Grania en mariage. Elle leva la tête vers lui et le regarda avec de grands yeux.

« Tu veux qu'on se marie ? T'es sérieux, Matt ? »

Matt la chatouilla. « Non, non, c'était juste une blague ! Grania, bien sûr que je suis sérieux.

— Ah, souffla-t-elle. En fait, je suis un peu choquée…

— Je ne vois pas ce qu'il y a de si choquant ! répliqua Matt en haussant les sourcils. On a dépassé l'âge légal depuis longtemps. Je t'aime et je pense que tu m'aimes. C'est une évolution naturelle. C'est ce que font les gens normaux dans ces circonstances, non ? »

Le regard de Grania s'assombrit. Elle semblait au bord des larmes. Ce n'était pas franchement la réaction à laquelle Matt s'était attendu, ni celle qu'il avait souhaitée d'ailleurs.

« Chérie, je ne voulais pas te contrarier. Qu'est-ce que j'ai fait de mal ?

— Rien, murmura-t-elle. C'est juste que je ne peux pas… non Matt, je ne pourrai jamais t'épouser.

— Très bien. Je peux te demander pourquoi ? »

Grania enfouit son visage dans l'oreiller et secoua la tête. « Je t'aime, ce n'est pas la question, dit-elle d'une voix assourdie. Mais je ne peux pas devenir Mrs Matthew Connelly. Tes parents et tes amis seraient horrifiés, Matt, quoi que tu en dises. Et je passerais le reste de ma vie à me sentir coupable et tout le monde me prendrait pour une fille intéressée par ton argent. En plus, je perdrais mon identité.

— Grania, ma chérie, je ne comprends pas pourquoi tu te soucies à ce point de ce que pensent les autres, dit Matt en soupirant. Ce n'est pas d'eux dont il s'agit mais de nous ! Et de ce qui *nous* rend heureux ! Je serais très heureux si tu acceptais de devenir ma femme. À moins, bien sûr, que ça ne soit qu'une excuse pour cacher le fait que tu ne m'aimes pas.

— Ne sois pas ridicule, Matt. Tu sais très bien que ce n'est pas ça. » Grania se redressa et passa une main dans ses cheveux ébouriffés. « C'est ma fierté, Matt. J'ai toujours été très fière. Je ne supporterais pas qu'une seule personne me regarde en pensant que je t'épouse pour les mauvaises raisons.

— Et c'est plus important à tes yeux que de faire ce qui est bien pour nous ?

— Tu me connais, chéri, quand j'ai une idée en tête, rien ne peut me faire changer d'avis. Écoute, reprit Grania en prenant les mains de Matt dans les siennes, si tu entends par là que tu veux passer le reste de ta vie avec moi, alors oui. Moi aussi, c'est ce que je souhaite. Tu veux qu'on essaie, Matt ? Sans l'alliance, le nom et tout le tralala ?

— Tu veux qu'on vive ensemble ? »

Grania rit en voyant l'expression choquée de Matt. « Ça se fait aujourd'hui, tu sais. De plus, je ne connais pas vraiment les lois ici, mais au bout de quelques années, je serais certainement considérée comme ta concubine. Tu crois vraiment qu'on a besoin d'un bout de papier pour montrer au monde entier qu'on s'aime ? Tu ne crois pas que ça en dirait beaucoup plus sur nous si on vivait ensemble, tout simplement ? »

Malgré les efforts sincères de Matt pour aller à l'encontre de tous les principes que ses parents lui avaient inculqués dans le seul but de rester avec la femme qu'il aimait, c'était un peu plus difficile pour lui de renoncer à ce mariage. Il n'avait jamais envisagé de vivre en concubinage avec une femme. Il avait toujours pensé qu'il se marierait comme ses parents et ses amis.

« Je… » Il secoua la tête. « Il faut que j'y réfléchisse.

— Je comprends. » Grania baissa les yeux. « Tu sais, je serais ravie de porter une bague si tu veux bien en acheter une. On pourrait aller chez Tiffany, comme Audrey Hepburn dans *Diamants sur canapé.*

— Et quand on aura des enfants, on fera comment ?

— Tout doux, tout doux, répondit Grania en souriant. Je ne peux pas me projeter si loin. Il s'agït juste dans un premier temps de mettre en commun les quelques meubles qu'on a.

— Oui, bien sûr. Mais je veux être sûr qu'on en reparlera quand on envisagera de fonder une famille. Je fais de mon mieux, chérie, mais je ne pourrai pas supporter l'idée que mes enfants soient illégitimes.

— Bon, je suis prête à faire des compromis. Si tu acceptes de vivre dans le péché avec moi pour commencer, je veux bien reparler mariage quand on aura un bébé. »

Matt garda le silence quelques secondes puis il pouffa et l'embrassa affectueusement sur le nez. « Madame, tu es le rêve d'un poète romantique. Très bien, si c'est ce que tu veux, alors marché conclu ! Et non, dit-il en la toisant, je ne te serre pas la main pour sceller notre accord. Je connais un bien meilleur moyen de le faire. »

Ainsi, pour préserver sa relation avec la femme de sa vie, fière, indépendante, frustrante et grisante à la fois, mais toujours surprenante, Matt piétina tous ses principes et emménagea avec Grania. Il lui acheta une bague chez Tiffany et elle la porta fièrement.

Quand ils avaient vu l'anneau, ses parents n'avaient eu qu'une question en tête. Quand allaient-ils fixer la date du mariage ?

Ce jour-là n'était jamais venu.

Huit ans plus tard, Matt n'avait rien de plus que ce jour-là à Florence. Il se surprit même à regretter de ne pas connaître la souffrance d'un divorce difficile. Cela aurait peut-être donné la mesure de l'histoire qui était en train de se terminer. Ils n'avaient même jamais eu de compte joint à la banque. Il n'y avait presque rien à séparer. C'était simplement ce désir d'être ensemble qui les unissait. Matt s'approcha de la fenêtre et regarda dehors. Peut-être devrait-il accepter le message que Grania lui avait fait passer et tirer un trait sur leur histoire. Mais comment pouvait-il jeter l'éponge alors qu'il ne savait même pas ce qu'il avait *fait* ? Que pouvait-il faire si elle ne voulait pas le lui dire ni même en parler ?

« Salut chouchou, tu as passé une bonne journée ? » Charley ferma la porte derrière elle, se posta derrière lui et l'enlaça.

« Ah tu sais..., répondit Matt en haussant les épaules.

— Tu es déprimé ? Oh Matty, ça fait des semaines que ça dure. Ça fait mal au cœur de te voir dans cet état.

— Qu'est-ce que tu veux que je te dise ? C'est la vie... » Matt se libéra de son étreinte et alla dans la cuisine pour se chercher une bière. « Tu veux boire quelque chose ?

— Pourquoi pas ? » Charley se laissa tomber sur le canapé. « Je suis claquée.

— Dure journée au bureau ? demanda Matt sur le ton de la conversation en décapsulant sa bière et en servant un verre de chardonnay bien frais à Charley.

— Ouais, répondit-elle en souriant. La fille que tu vois devant toi aurait bien besoin de faire la fête.

— Le type devant toi aussi. »

Charley se redressa et but une gorgée de vin. « Dans ce cas, tu sais ce qu'il nous reste à faire. On va s'organiser une petite soirée ! Je pourrais appeler quelques membres de notre vieille bande. Ils seraient tous vraiment contents de te revoir. Qu'est-ce que tu en penses ?

— Je ne sais pas si je suis d'humeur à faire la fête, répondit Matt en haussant les épaules.

— Eh bien, tu ne le sauras jamais si tu n'essaies pas ! » Charley sortit prestement son téléphone portable et composa un numéro. « Si tu ne le fais pas pour toi, fais-le au moins pour ta coloc à qui tu rebats les oreilles avec tes peines de cœur depuis des semaines. Salut Al, dit-elle dans son téléphone. Tu as quelque chose de prévu ce soir ? »

Une heure et demie plus tard, Matt était assis dans un bar élégant des quartiers chics, qu'il n'avait pas fréquenté depuis des années, avec un groupe de vieux amis. Charley l'avait forcé à ressortir son blazer et son chino du placard. Quand il était avec Grania, il était toujours vêtu d'un jean, d'un t-shirt et d'une veste en tweed que Grania avait trouvée sur un marché aux puces et qui lui donnait, assurait-elle, un look très prof.

On commanda du champagne et Matt constata avec plaisir que ses anciens amis semblaient vraiment heureux de le revoir. Il réalisa que, bizarrement, il n'était pas sorti avec eux depuis huit ans. Aucun d'eux ne s'était encore fixé et ils menaient toujours la même vie trépidante de jeunes types branchés et brillants. Quand il attaqua son deuxième verre de champagne, il eut le sentiment d'avoir fait un bond dans le passé mais ce n'était pas désagréable. La présence de Grania dans sa vie l'avait forcé à prendre ses distances, ce qu'il avait fait volontiers parce qu'il l'aimait. Mais Grania n'était plus là…

Après avoir consommé trois bouteilles de champagne, ils se rendirent tous les six dans un restaurant japonais qui venait d'ouvrir ses portes. Le repas fut animé et bruyant. Ils burent beaucoup trop de vin en évoquant le passé. Après la solitude et la souffrance des dernières semaines, Matt se sentait grisé par l'alcool et le plaisir d'être en compagnie de vieux amis qu'il connaissait depuis l'enfance.

Ils sortirent du restaurant à deux heures du matin. Un peu chancelant, Matt héla un taxi pour rentrer chez lui avec Charley.

« Ça m'a fait plaisir de te revoir, mon pote, dit Al en lui donnant une tape dans le dos. Je suppose qu'on aura désormais l'occasion de se voir plus souvent.

— Peut-être, admit Matt, en s'installant à côté de Charley sur la banquette arrière du taxi.

— Viens passer quelques jours à Nantucket pour Pâques. Papa et Maman seraient vraiment contents de te revoir.

— D'accord Al. Fais attention à toi », bafouilla-t-il gaiement.

Quand le taxi s'engagea dans la rue, Matt ferma les yeux. Sa tête semblait tourner à la vitesse d'une assiette sur une tige. Une sensation qui lui rappelait sa deuxième année d'études. Il la pencha d'un côté pour voir s'il se sentirait mieux ainsi et elle se retrouva sur l'épaule de Charley. Il sentit ses doigts effleurer ses cheveux.

« Tu t'es bien amusé, mon chou ?

— Ouais, marmonna Matt qui avait la nausée.

— Je t'avais dit que ça te ferait du bien de revoir toute la bande. On t'aime encore, tu sais. »

Matt sentit des lèvres douces frôler ses cheveux.

Le lendemain matin, il se réveilla avec un mal de tête carabiné. Allongé dans son lit, il fixa le plafond. Il ne se rappelait pas avoir payé le taxi, être monté dans l'ascenseur, s'être mis au lit. Matt changea de position pour tenter de calmer sa migraine lancinante.

Quand il y vit plus clair, il constata, horrifié, qu'il n'était pas seul, il était aussi incapable de se rappeler comment Charley avait atterri dans le lit à côté de lui.

25

Grania essayait de convaincre Aurora de manger un peu de maquereau frais que Shane avait pêché quand le téléphone sonna.

« C'est Alexander Devonshire.

— Bonjour Alexander. » Grania coinça le combiné entre sa joue et son menton, en appuyant sa tête sur son épaule et répondit au « C'est Papa ? » d'Aurora, articulé en silence, par un « Oui » tout aussi silencieux.

« Comment va Aurora ?

— Très bien.

— Parfait. J'aimerais naturellement lui parler mais je voulais aussi vous informer que je serais de retour samedi.

— Je suis sûre qu'elle sera ravie. Vous lui manquez. »

Aurora hocha vigoureusement la tête pour confirmer.

« Elle aussi, elle me manque. Tout va bien sinon ?

— Tout va très bien, je vous assure.

— Parfait, parfait. »

Sentant que la conversation s'épuisait, Grania s'enquit : « Vous voulez lui parler tout de suite ? Je suis sûre qu'elle a beaucoup de choses à raconter.

— Avec plaisir. À samedi, Grania.

— Oui, je vous passe Aurora. »

Grania tendit le téléphone à Aurora et quitta discrètement la pièce. Elle savait qu'il allait être question de chiots et de cours de danse. Elle monta à l'étage pour faire couler un bain à la petite fille.

Assise sur le rebord de la baignoire qui se remplissait doucement, elle réalisa que le retour imminent d'Alexander allait l'obliger à prendre une décision.

Aurora et Grania passèrent le plus clair de leur temps à la ferme en attendant le retour d'Alexander. Une belle relation était née entre Aurora et la famille Ryan. Comme le père de Grania l'avait dit, c'était une petite fille extraordinaire. Kathleen, si prompte à se défier des uns et des autres, réclamait à présent Aurora à la ferme avant le petit déjeuner, pour que l'enfant puisse ramasser les œufs frais avec elle. Aurora avait ainsi baptisé toutes les poules du poulailler et avait été inconsolable quand un renard s'était déchaîné et avait mangé Beauté et Giselle.

« Malgré le raffinement des Lisle, cette petite semble faite pour s'occuper des animaux. Elle ferait une parfaite femme de fermier un jour, fit remarquer Shane un soir tandis qu'Aurora disait au revoir à chacune des vaches dans l'étable.

— Et ça ne s'invente pas », ajouta John.

Grania donna un bon bain à Aurora le matin du retour d'Alexander. Elle ne voulait pas que l'enfant sente la vache, la poule, tous les animaux avec qui elle avait passé beaucoup de temps. Elle pensa fièrement qu'Aurora avait l'air en pleine forme avec ses joues bien roses et qu'elle n'aurait pas pu être plus mignonne. Elles se trouvaient dans la chambre d'Aurora quand elles virent le taxi d'Alexander remonter la route sinueuse qui menait à la maison. Aurora se précipita au rez-de-chaussée pour accueillir son père. Grania resta à l'étage.

Finalement, Grania entendit qu'on l'appelait et descendit les rejoindre. Aurora se tenait dans le vestibule, son visage exprimait à la fois la joie et la consternation.

« Oh Grania ! Je suis tellement contente que Papa soit rentré ! Mais je pense qu'il travaille trop. Il est très mince et il a la mine un peu grise. Il faut absolument qu'on l'emmène à la plage pour qu'il prenne un bon bol d'air frais. » Aurora saisit la main de Grania et l'entraîna vers la cuisine. « Viens lui dire bonjour. J'étais en train de lui préparer un thé mais je ne me débrouille pas très bien. »

Quand Grania entra dans la cuisine, elle s'efforça de dissimuler le choc qu'elle ressentit en voyant Alexander. Les termes utilisés par Aurora pour décrire son père étaient bien en deçà de la réalité. Alexander avait une mine épouvantable. Elle lui demanda comment s'était passé son voyage et finit de préparer le thé qu'Aurora avait commencé.

« Je dois dire qu'Aurora respire la santé. Je ne l'ai jamais vue aussi épanouie, reconnut Alexander.

— Oui, Papa. Je t'avais bien dit que Londres ne me convenait pas. J'aime la campagne. L'air frais est très bon pour toi. Grania, Papa a dit que je pourrais prendre Lily quand elle sera prête à se séparer de sa mère. C'est merveilleux, non ?

— Oui, acquiesça Grania en se tournant vers Alexander. Je suis désolée si ce n'est pas ce que vous voulez. Mes parents ont dit qu'Aurora pourra venir voir le chiot à tout moment à la ferme si ça vous pose un problème de le prendre chez vous.

— Non. Je suis certain que nous trouverons une place dans cette immense maison pour un petit chien. En particulier si ça fait plaisir à Aurora. » Alexander regarda sa fille, ses yeux exprimant toute l'affection qu'il avait pour elle.

« Je vais peut-être rentrer chez moi... »

L'angoisse se peignit sur les visages du père et de la fille.

« Ne pars pas, Grania ! la supplia Aurora.

— Non, s'il vous plaît, ne partez pas tout de suite, ajouta Alexander. Restez au moins ce soir. Et peut-être pourriez-vous emmener Aurora à la ferme cet après-midi ? Le voyage a été long.

— Bien sûr, acquiesça Grania en voyant l'expression lasse d'Alexander. Que dis-tu de manger là-bas, Aurora ? Comme ça, ton papa pourra se reposer un peu.

— C'est très gentil à vous, Grania. »

Grania essaya d'ignorer les larmes qui perlaient dans les yeux d'Alexander. Elle ne voulait surtout pas qu'Aurora les remarque.

« Allez, enfile ton manteau et tes bottes de caoutchouc. On y va, comme ça ton papa sera tranquille. » Grania s'efforça de sourire. « À tout à l'heure. »

« Alexander a… une mine épouvantable, dit Grania en soupirant. Il a perdu du poids et il y a un je ne sais quoi dans ses yeux… De toute évidence, quelque chose ne tourne pas rond.

— Tu as fait tout ce que tu as pu pour t'occuper d'Aurora pendant l'absence de monsieur, dit Kathleen d'un ton brusque, retrouvant sa mauvaise humeur maintenant qu'Alexander était de retour. Ses problèmes, quels qu'ils soient, ne te regardent pas et tu n'as pas à t'en soucier.

— Comment peux-tu dire une chose pareille, Maman ? répliqua Grania avec colère. Si Alexander ne va pas bien, ça va forcément affecter Aurora. Et j'aime cette petite, que ça te plaise ou non.

— Excuse-moi, dit Kathleen en soupirant. Tu as raison. Mais tu ne vois pas que l'histoire se répète ? Tu as pourtant lu les lettres de Mary et écouté ce que je t'ai raconté ! Tous les enfants Lisle semblent avoir besoin de notre amour. Il faut toujours qu'il y en ait un sous notre toit.

— Arrête, m'man, s'il te plaît, dit Grania avec lassitude.

— Tu ne pourras pas m'empêcher de penser ce que je pense. On dirait que les destins de nos deux familles sont inexorablement liés et qu'on ne peut pas y échapper.

— Eh bien, puisqu'on ne peut rien y changer, autant l'accepter alors. » Grania se leva, elle n'était pas d'humeur à supporter les absurdités de sa mère. « Je vais chercher Aurora pour le dîner. »

Quand Grania et Aurora rentrèrent à Dunworley House un peu plus tard, tout était silencieux.

« Ton papa était tellement épuisé qu'il a dû se coucher, murmura Grania en conduisant Aurora jusqu'à sa chambre. Il vaut mieux ne pas le réveiller. C'est loin, l'Amérique. Il a fait un long voyage. »

Aurora ne broncha pas et laissa Grania la border, mais la petite fille semblait inquiète.

Cette nuit-là, Grania eut du mal à trouver le sommeil. La présence d'Alexander dans la maison la rendait nerveuse. Elle avait remarqué qu'il dormait à l'autre bout du couloir, loin de la chambre qui avait été autrefois celle de Lily. Elle se demanda s'ils avaient toujours fait chambre à part. Elle avait tourné la poignée de la porte de Lily avant de se coucher et avait constaté qu'elle était toujours fermée.

Alexander ne descendit pas à la cuisine pour prendre le petit déjeuner. Grania et Aurora reprirent donc leurs habitudes du matin. Grania malaxait l'argile et lui donnait la forme du visage d'Aurora pendant que son sujet fronçait les sourcils, penché sur ses additions, et suçait machinalement son pouce. À l'heure du déjeuner, Grania était franchement inquiète pour Alexander. Aurora ne mentionna pas son absence, trop impatiente d'aller à son cours de danse à Clonakilty. Juste au moment où elles s'apprêtaient à partir, Alexander apparut dans la cuisine. Il sourit faiblement. « Vous partez ?

— Oui, Papa. Je vais prendre mon cours de danse.

— Maintenant ? » Alexander s'efforça de sourire.

« Ça ne vous dérange pas ? demanda nerveusement Grania.

— Pourquoi voulez-vous que ça me dérange ? Bien au contraire. Amuse-toi bien, ma chérie !

— Oui Papa ! » lança Aurora qui se dirigeait déjà vers la porte, impatiente de partir.

— Grania, dit-il soudain. Je me demandais si vous vouliez vous joindre à moi pour le dîner ce soir ? En fait... je ne sais pas ce qu'il y a dans le réfrigérateur. Je pense que je devrais formuler ma question autrement : puis-je me joindre à vous pour le dîner ce soir ?

— Je suis sûre que je pourrai improviser un repas simple. Je ne savais pas si je devais continuer à faire les courses maintenant que vous êtes de retour.

— Et si nous en parlions justement ce soir ? »

Pendant qu'Aurora était à son cours de danse, Grania alla chez le boucher et chez le marchand de fruits et de légumes. De retour à la maison, elle mit à rôtir doucement l'agneau dans le four, baigna Aurora et l'autorisa à regarder la télévision pendant une heure. Elle fit rissoler les pommes de terre dans l'huile tout en fredonnant et ajouta du romarin frais pour parfumer.

« Quelque chose sent bon par ici », dit-il Alexander en entrant dans la cuisine, visiblement ravi.

Grania constata avec plaisir qu'il avait bien meilleure mine. Fraîchement lavé et rasé de près, il portait une chemise en lin bleu foncé et un chino parfaitement repassé.

« Où est Aurora ?

— Dans le salon, elle regarde la télé. Je lui en ai acheté une, j'espère que ça ne vous embête pas...

— Grania, vous voulez bien arrêter de me demander si ça me dérange ! Je n'ai peut-être jamais vu ma fille aussi heureuse. Si quelques cours de danse et une télévision suffisent à faire son bonheur, je peux juste vous exprimer ma gratitude. Et si vous ouvriez cette bouteille ? ajouta-t-il en tendant une bouteille de vin rouge à Grania. Pendant ce temps, je vais mettre Aurora au lit. »

Tandis qu'elle dressait la table et versait le vin dans les verres, Grania s'inquiéta du plaisir que lui procurait la préparation du repas, de cette parfaite scène de bonheur domestique, de son impatience à l'idée de manger en tête à tête avec Alexander. L'adrénaline qui irriguait soudain ses veines n'avait rien à voir avec l'agneau qui finissait de cuire dans le four.

« Je l'ai bordée et elle était sur le point de s'endormir quand j'ai quitté sa chambre, dit Alexander quand il rejoignit Grania dans la cuisine. Elle respire la santé. Voilà des années que je ne l'avais pas vue aussi calme. » Il leva son verre de vin et trinqua avec Grania. « Merci, Grania. Vous lui avez communiqué votre belle énergie.

— Franchement, tout le plaisir a été pour moi. Et oui, je pense qu'elle s'est épanouie. Même si, au début… Elle était somnambule. Je l'ai trouvée une nuit sur le balcon de l'autre côté du palier. J'ai cru… Pendant quelques secondes, j'ai cru qu'elle allait sauter. »

Alexander soupira et s'assit. Après un bref silence, il déclara sombrement : « Elle me dit qu'elle voit sa mère, là-bas, sur la falaise.

— Je sais, répondit calmement Grania. J'ai… pris la liberté de fermer la porte de la chambre. Si vous souhaitez la rouvrir, j'ai la clé.

— Vous avez bien fait. Je pense que cette porte doit rester fermée. Vous avez peut-être deviné que c'était la chambre de ma défunte femme.

— Oui. »

Alexander but une gorgée de vin. « J'ai naturellement emmené Aurora chez un certain nombre de psychologues. Je les ai consultés à cause des cauchemars qu'elle faisait constamment et de son somnambulisme. Ils m'ont dit qu'elle souffrait du syndrome de stress post-traumatique et qu'avec le temps, ça lui passerait. Vous m'avez bien dit qu'elle n'avait plus fait de cauchemars depuis deux ou trois semaines ? Elle n'est plus somnambule non plus ?

— Non.

— Alors ce jour est peut-être arrivé.

— Espérons. Aurora était-elle proche de sa mère ?

— Il est difficile d'en juger, répondit Alexander en soupirant. Je ne saurais vous dire si Lily était capable d'être proche de quelqu'un. Mais il est certain qu'elle aimait sa fille et Aurora l'adorait.

— Oh. » Grania ne trouva rien d'autre à répondre. Elle continua à égoutter les pois frais et les ajouta aux pommes de terre et à l'agneau. « Voilà, dit-elle en posant les assiettes sur la table. Je ne sais pas si vous aimez le jus de viande mais il y en a dans la saucière et il y a aussi de la sauce à la menthe fraîche.

— Ça par exemple ! Quel festin. Après des semaines de nourriture américaine artificielle, j'en rêvais. Merci, Grania, dit Alexander avec gratitude.

— C'est un plaisir pour moi aussi. J'aime votre fille de tout mon cœur, mais c'est bien d'avoir la compagnie d'un adulte pour changer, répondit-elle en souriant.

— Oui, vous avez dû vous sentir plutôt isolée ici, d'autant que vous êtes habituée à la vie new-yorkaise.

— Au moins, j'ai mes parents à côté. Et ils se sont eux aussi attachés à Aurora. Mangez avant que ça ne refroidisse », dit Grania en prenant son couteau et sa fourchette.

Ils mangèrent tous deux en silence pendant quelque temps, puis Alexander reprit la parole : « Alors Grania, quels sont vos projets pour l'avenir ? Avez-vous pris une décision ?

— J'étais bien trop occupée avec votre fille pour faire des projets, répondit Grania en riant. Je me disais justement hier que ce mois à Dunworley House était exactement ce dont j'avais besoin.

— Une période de réflexion, vous voulez dire ?

— Exactement.

— Allez-vous retourner à New York ?

— Je n'ai pas encore pris de décision définitive...

— Grania, il faut que je vous demande quelque chose. »

Elle leva des yeux interrogateurs vers lui. L'urgence soudaine dans la voix d'Alexander ne lui avait pas échappé.

« Serait-ce envisageable pour vous de rester ici, avec Aurora et moi, un peu plus longtemps ? Je vais être très occupé et je n'aurai pas le temps de lui donner l'attention dont elle a besoin.

— Je... ne sais pas, répondit-elle honnêtement.

— Non, bien sûr que non. Pourquoi une jeune et belle femme comme vous voudrait-elle rester coincée ici avec une petite fille ? Désolé, je ne suis pas fier de vous demander ça. Mais vous êtes naturellement la première personne à qui j'ai pensé. Aurora a l'air tellement heureuse, tellement bien depuis que vous vous occupez d'elle.

— Ça serait pour combien de temps ? s'enquit Grania en le dévisageant.

— À vrai dire, je n'en sais rien. » Alexander secoua la tête. « Je n'en sais vraiment rien.

— Vous avez des problèmes avec votre travail ?

— Non... c'est difficile à expliquer, dit-il. Pardonnez-moi d'être aussi vague. Je me disais que, si par hasard vous acceptiez, vous pourriez faire vos sculptures dans une grange que j'ai convertie en atelier à l'époque où Lily voulait s'essayer à la peinture. Elle ne l'a finalement jamais utilisé mais c'est un endroit très agréable pour travailler, avec une vue magnifique sur la baie.

— Alexander, c'est très gentil à vous de me le proposer, mais je n'ai pas vraiment le temps de travailler quand j'ai Aurora toute la journée avec moi...

— En fait, j'ai aussi réfléchi à votre idée de l'inscrire à l'école du village, puisqu'elle semble aller beaucoup mieux. Ainsi, vous auriez toute la journée pour travailler.

— Je pense qu'en effet, ça ferait beaucoup de bien à Aurora d'être avec des enfants de son âge. Elle passe trop de temps toute seule ou en compagnie d'adultes. Mais... »

Alexander posa sa main sur celle de Grania. « Je comprends, Grania. Je suis égoïste. Vous avez une vie loin d'ici et aussi un talent à exploiter. Je ne veux surtout pas vous freiner dans votre vie personnelle ni dans votre carrière. J'aimerais néanmoins vous demander, à condition que vous n'ayez rien de plus urgent à faire naturellement, si vous pouviez rester avec nous pendant deux semaines encore. J'ai une pression considérable sur les épaules et je n'aurai pas suffisamment de temps à consacrer à Aurora. Ni d'énergie, d'ailleurs, ajouta-t-il en soupirant.

— Très bien. Je reste deux semaines de plus. » Grania savait qu'elle réagissait surtout au contact de la main d'Alexander sur la sienne, que sa décision n'était pas le fruit d'une mûre réflexion. « Il faut que je finisse la sculpture d'Aurora de toute façon.

— Merci.

— Et si vous voulez vraiment inscrire Aurora à l'école, la directrice est une cousine de ma mère, reprit Grania. Je suis sûre qu'elle pourrait lui parler d'Aurora et demander si votre fille peut commencer tout de suite.

— Formidable ! Et bien sûr, je paierai votre famille pour le chiot qu'Aurora tient absolument à avoir.

— Franchement, Alexander, ça ne sera pas nécessaire. » Grania se leva et commença à débarrasser les assiettes. « Vous voulez un café ?

— Non merci. Le café ne fait qu'aggraver mes maux de tête. Vous savez, poursuivit-il en la regardant s'affairer dans la cuisine, ma femme croyait aux anges.

— Vraiment ?

— Oui, elle disait qu'il suffisait de les appeler. » Alexander sourit tristement en contemplant Grania. « Elle avait peut-être raison, après tout. »

Cette nuit-là, seule dans son lit, Grania était en plein désarroi. Elle venait d'accepter de partager encore deux semaines (au moins) la vie des Devonshire. Cette fois, il ne s'agissait pas uniquement d'Aurora mais aussi d'Alexander. Peut-être était-ce sa nature maternelle qui la rendait sensible à la vulnérabilité d'Alexander, tout aussi fragile que sa fille. À moins qu'il ne s'agisse d'une sorte de transfert, comme l'appelleraient les thérapeutes new-yorkais. Peut-être reportait-elle ses émotions et ses sentiments contrariés pour Matt sur un autre homme. La situation avec Matt n'était toujours pas résolue. Et pourtant, elle était en train de fantasmer sur le foyer douillet que représentaient Alexander et Aurora. Une vraie famille, avec un enfant.

Grania soupira et se retourna dans son lit. Les années qu'elle avait passées avec un homme, docteur en psychologie, capable d'analyser une saucisse s'il en avait envie, l'avaient sans doute plus affectée qu'elle ne le pensait. Peut-être était-ce tout simplement parce que sa vie avait pris un tournant inattendu et qu'Alexander et Aurora lui apportaient le réconfort provisoire dont elle avait besoin.

De plus, elle avait juste décidé de prolonger son engagement de deux semaines, en attendant qu'Alexander règle ses problèmes urgents et qu'Aurora s'habitue à sa nouvelle école. Elle n'avait pas pris une décision qui pourrait changer le cours de sa vie. Grania l'avait appris à ses dépens, les décisions capitales pouvaient parfois tourner très mal.

26

Les deux semaines suivantes ne firent rien pour aider Grania à se projeter dans l'avenir. Trois jours plus tard, après avoir déposé Aurora pour la première fois à l'école, Grania trouva Alexander qui l'attendait dans la cuisine avec un trousseau de clés.

« Pour l'atelier dans la grange, dit-il en le lui tendant. Allez jeter un œil, vous me direz si ça vous convient.

— Merci.

— Je ne crois pas que Lily ait touché à quoi que ce soit dans cette pièce. Vous pouvez déplacer tout ce qui vous gêne et utiliser cet atelier comme s'il était à vous. » Alexander lui fit un signe de tête et quitta la cuisine.

Grania traversa la cour et ouvrit la porte de l'atelier. Elle regarda, bouche bée, la vue qui s'offrait à elle, grâce à l'immense fenêtre qui laissait entrer à flot la lumière naturelle que tout artiste recherchait. La pièce donnait sur la baie de Dunworley. Grania promena son regard dans l'atelier. Elle vit un chevalet immaculé, qui n'avait jamais été utilisé, des tubes de peinture et un assortiment de pinceaux en poils de vison, encore recouverts de leur film protecteur.

Les placards regorgeaient de toiles, de blocs à dessin vierges, mais il n'y avait pas une éclaboussure de peinture dans la pièce. Grania se posta devant la fenêtre et contempla la falaise tout en se demandant pourquoi Lily n'avait jamais profité d'un atelier aussi magnifique. N'importe quel artiste professionnel aurait donné deux de ses meilleurs tableaux, ou sculptures, pour avoir le privilège de travailler dans un lieu aussi beau. Il y avait même une antichambre contenant des toilettes et un grand évier carré dans lequel on pouvait laver et nettoyer les pinceaux.

Grania n'aurait pas pu rêver mieux.

Cet après-midi-là, elle emporta la sculpture à moitié finie d'Aurora dans l'atelier et la posa sur l'établi devant la fenêtre. Le seul inconvénient, pensa-t-elle en s'asseyant et en regardant rêveusement la vue, c'était qu'elle risquait de passer ses journées à admirer le paysage plutôt que de se concentrer sur son travail.

Quand elle alla chercher Aurora à l'école, la petite fille avait une foule d'histoires à lui raconter sur ses nouvelles amies et elle lui annonça fièrement qu'elle était la meilleure en lecture de toute la classe. Ce soir-là, durant le dîner, Alexander et Grania écoutèrent Aurora raconter ses exploits, comme deux parents très fiers de leur progéniture.

« Tu vois, Papa, l'instruction que j'ai reçue n'était pas aussi mauvaise que tu le pensais. En fait, je suis plutôt intelligente. »

Alexander ébouriffa ses cheveux. « Je sais que tu es intelligente, ma chérie.

— Je tiens de qui d'après toi ? De toi ou de Maman ?

— Oh, de Maman sans aucun doute. J'ai toujours été un cancre à l'école.

— Maman était intelligente ? l'interrogea Aurora.

— Très.

— Pourtant, elle avait l'air de passer beaucoup de temps dans son lit, ou loin de la maison, comme toi.

— C'est vrai. Mais Maman était souvent fatiguée.

— Il est temps d'aller prendre ton bain, mademoiselle. » Grania avait vu le visage d'Alexander se tendre. « Il faut qu'on se lève tôt demain pour ne pas arriver en retard à l'école. »

Quand Grania redescendit au rez-de-chaussée, elle trouva Alexander dans la cuisine en train de faire la vaisselle. « Laissez, dit-elle gênée, c'est mon job.

— Pas du tout, objecta Alexander. Vous n'êtes pas là pour faire les tâches ménagères mais pour vous occuper d'Aurora.

— Ça ne me dérange pas, dit Grania en prenant un torchon et en venant se poster tout naturellement devant l'évier à côté de lui. C'est enraciné en moi. Je suis la fille dans une famille d'hommes.

— Vous êtes un modèle parfait pour Aurora. Vous êtes très maternelle, Grania. Avez-vous déjà songé à avoir des enfants ?

— Je... »

Alexander sut immédiatement qu'il avait touché un point sensible. « Désolé, j'ai dit ce qu'il ne fallait pas ?

— Non. » Grania sentit que la digue contenant toutes ses larmes refoulées menaçait de lâcher. « J'ai perdu un bébé il y a quelques semaines.

— Oh... Je suis vraiment désolé. Ç'a dû être... Ça doit être difficile pour vous.

— Oui, je... » Grania soupira. « C'est un moment difficile.

— Est-ce pour cette raison que vous avez quitté New York ?

— Oui. » Grania sentit les yeux bleu nuit d'Alexander la fixer. « Pour cette raison et d'autres aussi. En tout cas...

— Vous en aurez un autre, j'en suis certain.

— Oui. Je les range dans le buffet ? »

Alexander la regarda en silence tandis qu'elle s'éloignait de lui. Il comprit que sa réticence à en dire davantage était liée à sa douleur. Il changea de sujet.

« Comme je vous le disais il y a quelques minutes, vous avez une très bonne influence sur Aurora. Sa mère n'était pas vraiment une femme d'intérieur.

— Eh bien peut-être avait-elle d'autres talents.

— Mais vous aussi.

— Merci. » Grania se sentit rougir sous son regard.

« J'espère que vous ne m'en voudrez pas, mais quand vous êtes allée chercher Aurora à l'école, j'ai fait un saut dans votre atelier. La sculpture que vous avez faite d'elle est absolument magnifique.

— Elle est loin d'être terminée. Je suis en train de me débattre avec son nez, ajouta Grania.

— C'est le nez des Lisle, toutes les femmes de la famille en ont hérité. J'imagine qu'il doit être difficile à reproduire dans l'argile.

— Votre femme était très belle.

— Oui, c'est vrai, mais... » Alexander soupira. « Elle avait beaucoup de problèmes.

— Vraiment ?

— Des problèmes d'ordre psychologique, ajouta-t-il.

— Oh. » Grania ne savait que répondre. « Je suis désolée.

— C'est incroyable, mais la beauté peut masquer beaucoup de défauts. Je ne dis pas que c'était la faute de Lily, bien sûr, mais quand je l'ai rencontrée, je n'aurais pas pensé une seule seconde qu'une femme d'une telle beauté puisse... être comme elle était. Enfin... » Le regard d'Alexander se perdit dans le vague.

Le silence s'installa dans la cuisine. Grania essuya le reste des assiettes et les rangea dans le buffet. Quand elle se retourna, elle vit qu'Alexander l'observait.

« Enfin, répéta-t-il, c'est un plaisir pour Aurora et pour moi d'avoir une femme équilibrée dans cette maison. Il manquait un modèle féminin à Aurora. Lily faisait de son mieux naturellement, s'empressa-t-il d'ajouter.

— Beaucoup pensent que je ne suis pas vraiment équilibrée, dit Grania en riant. Vous n'avez qu'à demander à mes parents et à certains de mes amis à New York. Ils vous diront tout autre chose.

— Grania, pour moi vous êtes exactement ce qu'une femme devrait être. Et ce qu'une mère devrait être aussi. Je suis vraiment désolé que vous ayez perdu ce bébé… » Alexander continuait à la fixer. « Je vous ai mise dans l'embarras. Je suis désolé. Je… ne suis pas moi-même en ce moment.

— Je vais prendre un bain à l'étage. Et merci de me permettre d'utiliser votre magnifique atelier. C'est un rêve, vraiment. » Grania esquissa un sourire et quitta la cuisine.

Plus tard, dans son lit, Grania se reprocha d'avoir laissé sa carapace se fendiller. Pourtant, la vulnérabilité évidente d'Alexander derrière sa façade stoïque reflétait la sienne. Il la touchait parce qu'elle se reconnaissait en lui.

Pour la première fois, Grania laissa ses larmes couler librement. Elle pleura pour la vie minuscule et fragile qui s'était éteinte. Et quand elle s'allongea pour essayer de dormir deux heures plus tard, elle se sentait plus calme, comme si quelque chose en elle s'était cassé puis avait été recollé.

Plus les jours passaient, plus les apparitions d'Alexander au rez-de-chaussée étaient fréquentes. Parfois, il allait même jusqu'à l'atelier et la regardait travailler. Il se joignait à elle à midi, et quand elle dit qu'elle aimait écouter de la musique en sculptant, un lecteur CD apparut dans son atelier. Et avec le temps, Alexander se confia de plus en plus sur sa relation avec Lily.

« Au départ, j'aimais la façon dont son esprit passait d'un sujet à l'autre rapidement comme si elle avait du vif-argent dans les veines. Elle était envoûtante, dit Alexander en soupirant. Elle semblait toujours heureuse, pour elle la vie était une aventure excitante. Elle ne se laissait jamais abattre. Lily parvenait toujours à obtenir ce qu'elle voulait parce qu'elle charmait tous ceux qui croisaient son chemin. Elle m'a littéralement ensorcelé. Il lui arrivait d'être d'humeur noire, quand son monde avait fait une rotation complète pour revenir à son point de départ. Elle pouvait se mettre à pleurer à cause d'un lapin mort qu'elle avait trouvé dans le jardin, ou parce que la lune décroissait et qu'il faudrait attendre un mois avant de revoir l'astre entier. Je mettais ça sur le compte de sa grande sensibilité. Mais, quand ses humeurs noires sont devenues de plus en plus longues et de plus en plus fréquentes, éclipsant presque totalement les moments de bonheur, j'ai compris que quelque chose ne tournait pas rond. Deux ans après notre mariage, Lily s'est mise à passer des journées entières au lit. Elle disait qu'elle était trop épuisée et trop déprimée pour se lever. Puis, soudain, elle réapparaissait, vêtue de sa plus belle robe, les cheveux fraîchement lavés, et elle insistait pour que nous fassions quelque chose d'excitant. Elle avait alors un besoin presque frénétique de courir après le bonheur. Quand elle était dans une de ces phases, c'était trépidant mais magnifique. Je peux vous dire que nous avons vécu quelques aventures ensemble. Lily n'avait pas de limites et son exubérance était contagieuse.

— Je veux bien vous croire, dit calmement Grania.

— Et bien sûr, chaque fois qu'elle était comme ça, j'espérais, je croyais que ses humeurs noires ne reviendraient pas. Pourtant, elles finissaient toujours par réapparaître. Les années suivantes, elle n'a cessé d'osciller entre l'euphorie et la déprime. Et moi, j'étais dépendant de son tempérament, j'essayais de gérer ses sautes d'humeur. Et puis… » Alexander expira et secoua tristement la tête. « Elle a ensuite connu une longue période de dépression qui a duré plusieurs mois. Elle refusait catégoriquement de voir un docteur. Elle entrait dans une rage hystérique quand je lui suggérais de consulter un professionnel. Quand elle a refusé de s'alimenter et de boire pendant près d'une semaine, j'ai fini par appeler un médecin. Il lui a administré des tranquillisants et elle a été hospitalisée. Le médecin a diagnostiqué une psychose maniaco-dépressive et des tendances schizophrènes.

— Alexander, je suis désolée. Vous avez connu des périodes très difficiles.

— Ce n'était pas sa faute, elle était malade, insista Alexander. Elle avait un côté très puéril, ce qui n'a pas arrangé les choses. Elle ne semblait pas comprendre ce qui lui arrivait. Et, bien sûr, quand j'ai dû la mettre dans une institution spécialisée, ça m'a brisé le cœur. Elle hurlait et se cramponnait à moi, me suppliant de ne pas la laisser dans cette maison de fous, comme elle l'appelait. Mais à cette époque, elle était un danger pour elle-même. Elle avait fait plusieurs tentatives de suicide. Elle était violente aussi, et s'en est prise plusieurs fois à moi, me menaçant avec des ustensiles de cuisine. Elle aurait pu me blesser gravement si je ne m'étais pas défendu.

— Oh mon Dieu, Alexander, c'est horrible. Je suis étonnée que vous ayez eu Aurora, dit Grania, vraiment choquée par ce qu'elle venait d'entendre.

— Aurora a été une surprise. Lily avait presque quarante ans quand elle a découvert qu'elle était enceinte. Mais les docteurs ont pensé que ce bébé, dont elle devrait s'occuper, pourrait aider Lily, à condition qu'elle ne soit jamais seule avec lui. Et vous savez, Grania, quand Lily prenait ses médicaments correctement, elle était stable. Mais je vivais toujours dans la peur d'une nouvelle rechute, je devais toujours veiller personnellement à ce qu'elle prenne ses médicaments. Elle détestait prendre ses "pilules de zombie", comme elle les appelait. Même si elles arrêtaient les humeurs noires, elle avait aussi le sentiment qu'elles empêchaient les moments d'euphorie. Et naturellement, elle avait raison. Les médicaments la calmaient, l'apaisaient, mais elle disait qu'elle avait l'impression de vivre sa vie derrière un rideau de brouillard. Rien ne semblait vraiment réel, vraiment joyeux ni vraiment douloureux quand elle les prenait.

— La pauvre, murmura Grania. Et son état s'est-il amélioré après la naissance d'Aurora ?

— Oui. Durant les trois premières années, Lily a été la mère parfaite. Pas comme vous, Grania, puisque je vous l'ai dit, ce n'était pas une femme d'intérieur, dit Alexander en souriant. Lily avait une armée de domestiques qui faisaient tout ce qu'elle demandait. Elle se concentrait uniquement sur sa petite fille et j'y ai cru. Je me suis dit qu'il y avait enfin un espoir pour l'avenir. Ça n'a pas duré. » Alexander passa la main dans ses cheveux. « Et malheureusement, Aurora en a fait les frais. Un jour, quand je suis rentré à la maison, j'ai trouvé Lily endormie dans son lit et Aurora avait disparu. Je l'ai réveillée pour lui demander où était notre fille, et Lily m'a regardé et m'a dit qu'honnêtement elle ne s'en souvenait pas. J'ai retrouvé Aurora, transie de froid et terrorisée, seule tout près de la falaise. Elles étaient allées se promener et Lily l'avait simplement oubliée.

— Oh Alexander, c'est horrible ! » Grania eut les larmes aux yeux en pensant à Aurora abandonnée sur la falaise.

« J'ai alors réalisé que je ne pourrais plus jamais laisser Aurora seule avec Lily, même quelques secondes. Mais je n'aurais pas dû m'inquiéter pour ça. L'état de Lily s'est détérioré et il a fallu l'hospitaliser de nouveau. Et par la suite, Aurora n'a vu sa mère que sporadiquement. Nous sommes retournés vivre à Londres pour que je puisse travailler à proximité de l'hôpital de Lily. Aurora a eu de nombreuses gouvernantes, mais aucune d'elles n'a fait long feu comme vous le savez. Puis, quand Lily s'est de nouveau stabilisée, elle a insisté pour que nous revenions à Dunworley House. Je n'aurais jamais dû accepter, mais elle se plaisait tellement ici… Elle disait que la beauté de l'environnement l'aidait.

— Ma mère m'a dit qu'elle s'était donné la mort, dit doucement Grania.

— C'est la triste vérité. Et je suis persuadé qu'Aurora a vu sa mère se suicider. J'ai entendu des hurlements venant de la chambre de Lily et j'ai trouvé Aurora sur le balcon, vêtue de sa chemise de nuit, elle pointait du doigt les falaises au-dessous. Deux jours plus tard, ils ont trouvé Lily sur la plage d'Inchydoney. Son corps avait été rejeté sur le rivage. Je ne saurai jamais quel effet son suicide aura eu sur Aurora. Ni le fait d'avoir eu une mère qui, sans le vouloir, ouvrait et fermait si abruptement le robinet de l'amour dont sa fille avait tant besoin. »

Grania s'efforça de nc pas laisser transparaître son émotion. Elle était horrifiée à l'idée qu'Aurora ait pu voir sa mère sauter du haut de la falaise pour se donner la mort. Elle posa la main sur celle d'Alexander pour le réconforter. « Compte tenu de ce qu'elle a vécu, je peux vous dire qu'Aurora est une petite fille très équilibrée.

— Vous trouvez ? » Alexander dévisagea Grania, le regard empreint de désespoir. « La réaction d'Aurora à la mort de sa mère a naturellement inquiété les médecins. Ils se sont demandé si Aurora avait hérité de l'instabilité mentale de sa mère. Le fait qu'Aurora croie voir sa mère sur la falaise, qu'elle croie l'entendre l'appeler, ses cauchemars... Il est possible que ce soit les germes de la maladie de Lily.

— Ou, comme vous l'avez dit, Aurora est peut-être juste une petite fille traumatisée essayant de surmonter la mort de sa mère.

— Oui, espérons. » Alexander sourit faiblement. « Et elle semble avoir fait de gros progrès depuis qu'elle est avec vous. Je vous suis tellement reconnaissant, Grania. Vous n'imaginez pas ce que cette petite fille représente pour moi.

— Savez-vous si Lily a souffert d'un traumatisme quand elle était enfant ou adolescente ? demanda Grania. Parfois, ils peuvent enclencher toutes sortes de problèmes.

— Pour une sculptrice, dit Alexander en haussant un sourcil, vous semblez avoir de solides connaissances sur le sujet.

— Mon… ex-compagnon était docteur en psychologie. Son domaine de prédilection était justement les traumatismes de l'enfance, confessa Grania.

— Je comprends maintenant, dit Alexander en hochant la tête. Pour en revenir à votre question, je ne sais presque rien de l'enfance et de la jeunesse de Lily. Quand je l'ai rencontrée, elle vivait à Londres. Elle a toujours été réticente à évoquer son passé. Je savais qu'elle était née ici, dans cette maison, et qu'elle y avait passé la majeure partie de son enfance.

— Je crois que ma mère sait quelque chose sur l'époque où Lily vivait ici, dit doucement Grania.

— Vraiment ? Vous pensez qu'elle pourrait me le dire ?

— Je n'en suis pas certaine, répondit Grania en haussant les épaules. Elle reste évasive quand j'aborde le sujet. Mais je suis pratiquement sûre qu'il s'est passé quelque chose, parce que chaque fois que je prononce le nom de Lily, elle a une réaction négative.

— Oh mon Dieu, dit Alexander en haussant les sourcils. Ça n'augure rien de bon. Mais cela m'aiderait si je pouvais reconstituer le puzzle de la vie de Lily…

— Je vais voir ce que je peux lui faire dire. Mais n'y comptez pas trop. Ma mère est têtue comme une mule. Vous risquez d'attendre très longtemps.

— Malheureusement, je dispose de très peu de temps, marmonna Alexander. Je dois repartir dans dix jours. Avez-vous réfléchi à ce que vous alliez faire ?

— Non, répliqua Grania d'un ton brusque, consciente qu'elle nageait de plus en plus à contre-courant.

— Très bien. Je ne veux pas vous mettre la pression, mais il faut naturellement que je prenne des dispositions pour Aurora si vous ne souhaitez pas rester.

— Vous savez combien de temps vous serez absent ?

— Un mois, peut-être deux.

— D'accord, dit Grania en hochant la tête. Vous aurez la réponse demain. » Elle se leva et commença à débarrasser la table.

« Grania. » Alexander se tenait à côté d'elle. Il lui prit les assiettes des mains et les reposa sur la table. Il prit les mains de Grania dans les siennes. « Je voulais vous dire que, quoi qu'il advienne, j'ai été ravi de faire votre connaissance. Vous êtes une femme vraiment spéciale. »

Il l'embrassa très légèrement sur les lèvres, puis se retourna vivement et quitta la cuisine.

Grania passa les heures suivantes à analyser les raisons qui avaient pu pousser Alexander à l'embrasser. Ce baiser inattendu la tourmentait. Il avait été si bref qu'elle se demandait même s'il était bien réel.

Ce qui voulait certainement dire que ça ne voulait *rien* dire. Alexander n'avait pas semblé en vouloir plus. D'un autre côté, n'était-ce pas inapproprié d'embrasser la nourrice de sa fille ?

Alexander, son comportement et ses sentiments étaient une véritable énigme. Il n'y avait aucun doute là-dessus. Pourtant, elle sentait que les remparts qu'elle avait dressés autour de ses émotions s'écroulaient petit à petit. L'empathie qu'ils ressentaient l'un pour l'autre, parce qu'ils connaissaient tous deux la douleur du deuil, les rapprochait inexorablement.

Grania comprit qu'elle s'enlisait doucement dans les sables mouvants de la passion. Et si éphémère fût-elle, il fallait immédiatement y mettre un terme.

« J'ai pris ma décision, Alexander, lui annonça-t-elle le lendemain matin après avoir déposé Aurora à l'école.

— Et quelle est-elle ?

— Je ne peux pas rester. Je suis vraiment désolée. J'ai des… problèmes qu'il me faut absolument régler à New York. Vous savez combien j'aime Aurora mais…

— Vous n'avez pas besoin d'en dire davantage. Merci de m'avoir informé. Il faut que je m'emploie désormais à vous trouver une remplaçante. Je dois faire vite. » Il tourna les talons et sortit de la cuisine.

Grania rejoignit son atelier, tourmentée par un sentiment de culpabilité. Elle avait presque l'impression d'être un charlatan. La sculpture d'Aurora était pratiquement terminée, il ne restait plus qu'à la faire cuire puis à y couler le bronze. Elle soupira. Il fallait absolument qu'elle quitte cette maison. Le plus tôt serait le mieux.

Elle passa la matinée à effacer toutes les traces qu'elle avait pu laisser dans l'atelier. Elle se demanda si sa mère n'avait pas raison, après tout. L'effet qu'avaient les Lisle sur les Ryan était insidieux, irrépressible. En tout cas, il était évident qu'elle avait désormais le cerveau complètement embrouillé. Même pour Aurora, elle ne pouvait pas s'impliquer émotionnellement avec un homme qu'elle connaissait à peine. Qui avait peut-être de l'affection pour elle parce qu'elle s'occupait de son enfant... qui avait sans doute essayé de la corrompre avec un baiser, et peut-être plus...

Son instinct lui disait de partir au plus vite.

Quand elle alla chercher Aurora à l'école cet après-midi-là, Grania vécut un moment difficile. Aurora était pleine de projets pour l'avenir et ils incluaient tous Grania. Il lui était presque insupportable de penser que, dans quelques jours, la petite fille serait confiée à la garde de quelqu'un d'autre.

« Tu pars ? Qu'est-ce que tu veux dire ?

— Oh Aurora, ma chérie, tu savais bien que ma présence ici était temporaire, que je ne pouvais pas rester à Dunworley House pour toujours. »

Depuis qu'Alexander avait tourné les talons la veille, Grania ne l'avait pas revu. Mais elle savait qu'elle devait annoncer son départ à Aurora et permettre à l'enfant de se préparer à ce que la petite fille considérerait certainement comme un nouvel abandon de la part d'un adulte.

« Mais Grania, tu ne peux pas partir ! » Les grands yeux d'Aurora se remplirent de larmes. « Je t'aime et je pensais que tu m'aimais ! On est amies, on s'amuse bien, Papa t'aime et... »

Aurora éclata en sanglots déchirants.

« Chérie, ne pleure pas, s'il te plaît. Bien sûr que je t'aime. Mais tu sais que je vis à New York. J'ai une vie et une carrière qui sont très importantes pour moi.

— Tu retournes en Amérique et tu me laisses !

— Pas tout de suite, mon cœur, je vais d'abord retourner vivre chez mes parents à la ferme. Je serai juste en bas de la rue.

— Ah bon ? Dans ce cas, je pourrai venir vivre là-bas avec toi ? Ta famille m'aime, n'est-ce pas ? Je promets que je les aiderai à traire les vaches, que je garderai les moutons et…

— Aurora, tu pourras venir nous voir aussi souvent que tu le voudras. » La détermination de Grania commençait à vaciller dangereusement.

« S'il te plaît, emmène-moi avec toi ! Ne me laisse pas ici ! Les cauchemars vont revenir, Maman va revenir. » Aurora sauta au cou de Grania et la serra si fort que Grania n'arrivait plus à respirer.

Les sables mouvants se refermaient au-dessus de la tête de Grania, elle devait absolument s'échapper. « Chérie, je vais te parler de femme à femme. » Grania leva le menton d'Aurora et la regarda droit dans les yeux. « Ce n'est pas parce que quelqu'un ne se trouve pas dans la même pièce que toi, ou qu'il n'est pas avec toi en ce moment, qu'il ne t'aime pas. Franchement, j'aurais aimé que tu *sois* ma fille, j'aurais aimé pouvoir t'emmener avec moi. » Grania ravala ses larmes et dut faire un grand effort pour continuer. « Mais tu ne peux pas venir avec moi, Aurora, parce que tu ne peux pas laisser ton papa tout seul. Il a besoin de toi, mon cœur. Tu le sais. Et parfois, dans la vie, nous devons faire des choses qui sont vraiment dures.

— Oui. » Aurora la fixa à son tour et Grania lut dans son regard qu'elle comprenait. « Tu as raison, répondit-elle en soupirant. Je sais que je dois rester là pour Papa. Et que tu ne peux pas rester avec moi. Tu as ta vie et elle est très importante. » Aurora retira subitement ses mains et tourna le dos à Grania. « Tout le monde a une vie plus importante que la mienne. Les adultes sont comme ça.

— Un jour, tu seras toi aussi une adulte, Aurora. Et tu comprendras.

— Oh je comprends, mais j'espère que je te reverrai.

— Je te le promets, ma chérie. Chaque fois que tu auras besoin de moi, il te suffira de m'appeler. Je te jure que je serai toujours là pour toi.

— Oui. Bon, je crois qu'il est temps d'aller à l'école », dit Aurora en hochant la tête.

Aurora garda le silence durant tout le trajet et Grania comprit, quand la petite fille sortit de la voiture et alla rejoindre ses amies dans la cour, sans jeter un regard en arrière, que la blessure était profonde. Elle se sentait une nouvelle fois rejetée et elle en souffrait terriblement.

Grania encaissa comme elle put et pensa à Mary, qui avait tout abandonné pour protéger une enfant qui n'était même pas la sienne – Anna qui, au bout du compte, avait tourné le dos à Mary quand elle n'avait plus eu besoin d'elle. Malgré ce qu'elle ressentait pour Aurora, elle ne pouvait pas la prendre sous sa responsabilité. Et elle ne pouvait pas laisser l'histoire se répéter.

« C'est affreux, Maman, son visage… si triste et pourtant si fier et si courageux… Tu n'imagines pas ce que cette petite fille a enduré. » Grania était assise à la table de la cuisine avec sa mère. Les larmes coulaient sur ses joues.

« Je sais, ma chérie, dit Kathleen pour la réconforter. Mais tu as fait ce qu'il fallait, même si c'est dur. Tu as raison, cette enfant n'est pas sous ta responsabilité. Elle est sous celle de son père.

— Je ne sais pas ce qu'elle va faire sans moi. Tout le monde l'a abandonnée, m'man. Tout le monde. Et elle pensait que je l'aimais, que je tenais à elle et…

— Je sais. Mais rien ne pourra rompre le lien qui existe entre vous deux. Et tu pourras dire à Aurora de ma part qu'elle sera toujours la bienvenue à la maison. On l'aime tous vraiment. Viens là et laisse ta maman te serrer dans ses bras. »

Grania s'exécuta. Si Kathleen l'irritait parfois, elle réalisa à cet instant combien elle avait de la chance de l'avoir.

Les trois jours suivants furent étonnamment calmes à Dunworley House. Aurora semblait avoir parfaitement accepté la situation.

Elle ne prit pas ses distances avec Grania mais lui demanda au contraire de passer le temps qu'il leur restait ensemble à faire les choses qu'elle préférait. Elles partirent donc pour de longues promenades le long de la falaise, passèrent un après-midi à fabriquer des objets en papier mâché, puis le dernier soir, elles dînèrent chez les parents de Grania.

Quand elles durent reprendre le chemin de Dunworley House, Grania vit sa mère étreindre Aurora comme si c'était sa propre fille.

« Je pourrai venir te voir souvent Kathleen ? Je pourrai rendre visite à Lily ?

— Bien sûr que tu pourras. Et Grania ne va pas repartir de sitôt. Notre porte te sera toujours ouverte, promis, la réconforta Kathleen en jetant un regard désespéré à Grania. Au revoir, poussin. »

Quand elles arrivèrent à la maison, Alexander les attendait à la cuisine.

« Aurora, monte dans ta chambre et mets-toi en pyjama. Il faut que je parle à Grania.

— Oui, Papa », dit docilement Aurora avant de quitter la pièce.

Des enveloppes étaient disposées sur la table de la cuisine pour Grania.

« C'est la totalité de la somme que je vous dois.

— Merci. » Grania se demanda pourquoi elle était si embarrassée et si mal à l'aise alors que c'était elle qui lui avait fait une faveur quand il avait eu besoin de son aide.

« J'ai trouvé une fille très gentille au village. Elle sera là demain à dix heures. Auriez-vous la gentillesse d'emmener Aurora à l'école puis de passer quelques heures avec Lindsay pour lui expliquer le travail ? Lindsay ira chercher Aurora à la fin de la journée.

— Bien sûr. » Grania prit les enveloppes sur la table. « Je vais coucher Aurora.

— Oui », dit Alexander en hochant la tête.

Tandis que Grania se dirigeait vers la porte, il la rappela.

« Grania… »

Elle se retourna et vit le chagrin dans ses yeux.

« Un jour, j'espère que vous comprendrez pourquoi je… » Il secoua la tête. « Si je ne vous vois pas demain, je vous souhaite bonne chance pour l'avenir. Comme je vous l'ai dit l'autre soir, vous êtes une femme exceptionnelle. J'espère que votre vie vous apportera beaucoup de bonheur. »

Grania opina de la tête sans répondre, quitta la cuisine et monta à l'étage pour souhaiter une dernière fois bonne nuit à Aurora.

27

Aurora ne montra pas le moindre signe de désespoir, elle ne la supplia pas non plus de rester quand Grania la déposa à l'école le lendemain matin.

« Je vais rencontrer ta nouvelle nourrice maintenant, expliqua Grania. Elle s'appelle Lindsay et elle a l'air adorable. Tu sais que ton papa n'engagerait jamais quelqu'un de méchant pour s'occuper de toi. »

Aurora hocha la tête. « Je sais.

— Et tu sais aussi que je serai dans la ferme, en bas de la route, et que tu peux venir nous rendre visite aussi souvent que tu le souhaites ?

— Oui.

— Au revoir, ma chérie. Viens me voir dès que tu pourras.

— Oui, au revoir, Grania. » Aurora sourit, tourna les talons et entra dans l'école.

Lindsay semblait gentille, expérimentée, et parfaitement au courant de la situation. « Je suis habituée à m'occuper d'enfants seuls, ce n'est vraiment pas un problème pour moi, Grania, déclara-t-elle.

— Oui, je suis sûre que vous vous débrouillerez bien mieux que moi. Je ne suis qu'une amatrice, j'ai juste dépanné Alexander. »

Néanmoins, Grania ne put s'empêcher de recenser tous les besoins particuliers d'Aurora. Elle lui expliqua où il fallait poser le nounours sur l'oreiller, comment il fallait la border. Elle lui dit aussi qu'elle était très chatouilleuse sur le côté droit du cou…

Grania avait demandé à Shane de venir la chercher. En quittant Dunworley House, elle ressentit un certain soulagement, pourtant mêlé d'appréhension.

Trois jours s'étaient écoulés depuis le retour de Grania à la ferme et toute la famille était sur les charbons ardents en attendant de voir la petite silhouette gracieuse d'Aurora descendre la route d'un pas léger pour venir les voir. Jusqu'à présent, elle ne s'était pas montrée.

« Ça veut sûrement dire qu'elle s'est habituée à sa nouvelle nourrice et que tout se passe bien, hasarda Kathleen.

— Oui, répondit Grania sans conviction.

— Elle viendra quand elle sera prête. Et tu n'as pas à t'inquiéter. Les enfants s'habituent à tout et Aurora est forte.

— Oui », répéta Grania.

Mais elles savaient toutes les deux que Kathleen avait tort.

Plus tard dans la soirée, le téléphone portable de Grania sonna. C'était Lindsay.

« Bonsoir, dit Grania en se réfugiant dans le salon pour être plus tranquille. Comment ça se passe ? Vous vous entendez bien toutes les deux ?

— Je pensais qu'on s'entendait bien. Jusqu'à cet après-midi, quand je suis allée la chercher à l'école, et qu'elle n'était pas là.

— Qu'est-ce que vous voulez dire ? Comment ça, elle n'était pas là ?

— Elle a disparu. Sa maîtresse a dit qu'elle était dans la cour et que l'instant d'après, elle s'était volatilisée.

— Mon Dieu », marmonna Grania qui sentit son cœur battre plus vite.

Elle jeta un coup d'œil à sa montre. Il était six heures moins dix. Ce qui signifiait qu'Aurora avait disparu depuis deux heures. « Où avez-vous cherché ?

— Partout, je... » Grania perçut le désespoir dans la voix de Lindsay. « Je vous appelais justement pour savoir si vous connaissiez des endroits où elle aimait aller, ou quelqu'un chez qui elle aurait pu se réfugier. Je pensais, du moins j'espérais, qu'elle était peut-être avec vous.

— Non, mais je vais quand même faire le tour de la maison et des granges. Elle est peut-être passée par les champs sans que nous ne nous en soyons aperçus. Alexander est à la maison ?

— Il est parti à Cork cet après-midi et il n'est pas encore rentré. J'ai essayé de le joindre plusieurs fois mais il ne répond pas.

— Vous êtes allée voir vers la falaise ?

— Oui, mais je ne l'ai vue nulle part. »

Grania se retint de demander si Lindsay avait regardé sur les rochers tout en bas.

« Bon, et si vous refaisiez le tour de la maison et des jardins pendant que j'inspecte la ferme de mon côté ? Si vous ne trouvez rien, restez à la maison au cas où Aurora reviendrait. Je vous rappelle si je la retrouve ou s'il me vient l'idée d'un endroit où la chercher. À tout à l'heure. »

Grania envoya Shane passer les granges au peigne fin pendant que John partit avec sa Land Rover pour inspecter les champs autour de la ferme. Kathleen se mit à appeler Aurora dans le jardin.

Au bout d'un moment, Shane retrouva Grania dans la cour. « Aucune trace d'Aurora, j'en ai bien peur, dit-il. Mais il semble que le chiot qu'elle aimait tant a disparu lui aussi.

— Vraiment ?

— C'est peut-être une coïncidence, mais tu crois qu'Aurora a pu venir ici et le prendre avec elle ?

— Si Lily a disparu, alors oui », répondit Grania, rassurée de savoir qu'Aurora était venue dans la grange peu de temps auparavant. Elle avait ainsi l'espoir que la petite fille allait quelque part avec le chien, et qu'elle ne gisait pas sur les rochers, son petit corps désarticulé et sans vie. « Je vais remonter le sentier de la falaise à vélo. Pourquoi tu ne partirais pas dans la direction opposée sur la route de Clon ? suggéra Grania en prenant une bicyclette rouillée appuyée sur le mur de la grange.

— D'accord, dit Shane qui prit un autre vélo et sauta en selle. J'ai mon téléphone sur moi, Papa aussi. M'man peut rester ici au cas où Aurora viendrait. »

Deux heures plus tard, les Ryan se retrouvèrent dans la cuisine. Aucun d'eux n'avait vu Aurora.

« Je me creuse la tête depuis tout à l'heure pour penser à une cachette où elle pourrait être, dit Kathleen en arpentant la cuisine. Mon Dieu ! S'il est arrivé quelque chose à cette petite puce, alors...

— On devrait peut-être prévenir la police ? avança John.

— Lindsay m'a dit qu'elle avait réussi à joindre Alexander qui est sur le chemin du retour. C'est à lui de prendre cette décision. » Grania se réchauffa les mains au-dessus de la cuisinière.

« Qui veut un thé ? demanda Kathleen.

— Moi, je veux bien, merci, dit John. Sans moyen de transport, une petite fille de huit ans et un chiot ne peuvent pas aller très loin. Quelqu'un va bien finir par les apercevoir. Je doute qu'elle ait de l'argent sur elle. Elle reviendra peut-être quand elle aura faim, poursuivit-il, pragmatique.

— En tout cas, le chiot ne va pas être très content de ne pas pouvoir téter sa mère », ajouta Shane.

Grania n'écoutait pas vraiment. Elle essayait de revoir en accéléré les dix dernières semaines, tentant de penser à un endroit où Aurora aurait pu aller. Soudain, elle entendit le crissement de pneus sur le gravier. C'était la voiture d'Alexander. Il bondit du véhicule et se dirigea à grands pas vers la porte de la cuisine. Quand il entra, toute la famille vit la teinte grise de la peur sur son visage émacié.

« Désolé de faire irruption ainsi, mais Lindsay m'a dit que vous étiez tous partis à la recherche d'Aurora. Vous avez des nouvelles ?

— Non, Alexander, nous ne l'avons pas encore trouvée. Nous avons fouillé partout. Au fait, je vous présente ma mère, mon père et mon frère, Shane, ajouta Grania.

— Ravi de faire votre connaissance, dit distraitement Alexander. Avez-vous une idée d'où elle aurait pu aller ?

— Eh bien, nous pensons qu'elle a pris le chiot qu'elle aimait tant avec elle, comme ça elle n'est pas toute seule, expliqua Shane.

— Tenez. » Kathleen tendit une tasse de thé bien chaud à Alexander. « Buvez ça, il y a plein de sucre dedans, c'est bon pour les chocs.

— Merci. Vous me dites qu'elle a pris le chiot ? Qu'est-ce que ça signifie au juste… ?

— Qu'elle est passée par la grange avant d'aller plus loin, monsieur », dit John.

Ils perçurent un certain soulagement dans les yeux d'Alexander. « Bon, c'est toujours ça. Quelle distance peut parcourir une petite fille avec un chiot en quelques heures ?

— Elle n'a pas pu aller très loin, à mon avis, avança Kathleen.

— Nous nous demandions, monsieur, s'il était temps de prévenir la police ? demanda Shane.

— Pas encore, s'empressa de répondre Alexander. Mais si dans deux heures nous ne l'avons toujours pas retrouvée, nous n'aurons pas d'autre choix.

— Je vais faire passer le mot à mes amis fermiers, déclara John. Ils pourront au moins inspecter rapidement leurs granges et leurs terres pendant qu'il fait encore un peu jour.

— Bonne idée », dit Kathleen tandis que John se levait et quittait la pièce. Elle fixa le fond de sa tasse. « Vous savez, c'est peut-être juste une impression comme ça, mais j'ai le sentiment que cette petite est quelque part, tout près d'ici.

— Ton intuition te trompe rarement, Maman, dit Shane qui regarda Alexander tout en hochant la tête. La question est de savoir où. »

Après d'autres vaines recherches en haut et en bas de la falaise, dans les granges et les champs environnants, Alexander capitula et dit qu'il était temps d'alerter les gardes.

Grania sortit et se posta dans le champ devant la maison. Le ciel était complètement noir à présent. Il n'y avait ni la lune ni les étoiles pour éclairer le chemin qu'avait pu prendre Aurora.

« Où es-tu, ma chérie ? » murmura Grania dans l'obscurité. Elle fit les cent pas devant la ferme. Quelque chose la turlupinait dans un coin de son esprit, mais elle n'arrivait pas à mettre le doigt dessus. Tout à coup, elle sut ce que c'était. Elle tourna les talons et s'élança vers la cuisine. Alexander avait prévenu les gardes et venait de raccrocher.

« Ils seront à Dunworley House dans dix minutes pour prendre quelques informations. Il vaudrait mieux que je parte tout de suite si je veux être là-bas pour les accueillir.

— Alexander, où a été enterrée Lily ? »

Alexander se tourna doucement vers Grania. « Dans le cimetière de l'église de Dunworley. Vous ne pensez tout de même pas…

— On peut prendre votre voiture ? »

Il ne se le fit pas dire deux fois. Ils sortirent précipitamment et partirent en trombe en direction de l'église de Dunworley, nichée sur un flanc de la colline.

Alexander rompit le silence tandis qu'ils approchaient de l'église. « Lily m'a toujours dit que c'était là qu'elle souhaitait reposer. Elle affirmait qu'elle aurait la meilleure vue du monde pour l'éternité. »

Ils garèrent la voiture sur le bord de la route et, munis d'une lampe torche, franchirent le portail en fer forgé qui s'ouvrit en grinçant et entrèrent dans le cimetière.

« Elle est à gauche, tout au fond. » Alexander ouvrait la marche, tandis qu'ils se faufilaient entre les tombes.

Grania retint son souffle quand ils furent suffisamment près pour éclairer la pierre tombale de Lily avec la lampe torche. Et là, pelotonnée au milieu des fleurs sauvages et des herbes qui avaient poussé sur la tombe, se trouvait Aurora. Elle tenait dans ses bras Lily, le chiot, qui dormait à poings fermés.

« Dieu merci », souffla Alexander la gorge serrée.

Grania vit des larmes de soulagement perler aux coins de ses yeux.

Il se tourna vers Grania et posa la main sur son épaule. « Merci, Grania, de connaître ma fille mieux que moi. »

Alexander s'avança sur la pointe des pieds vers Aurora et la souleva doucement dans ses bras. Les yeux d'Aurora s'ouvrirent à moitié et elle sourit en regardant son père.

« Coucou, Papa, dit-elle d'une voix endormie.

— Coucou, ma chérie. On va te ramener à la maison et te mettre au lit où tu seras en sécurité et bien au chaud. »

Grania suivit Alexander qui portait l'enfant. Elle s'installa sur la banquette arrière de la voiture et il déposa Aurora sur ses genoux.

« Coucou, Grania, dit Aurora en souriant. Tu m'as manqué.

— Toi aussi tu m'as manqué.

— Comment m'as-tu trouvée, Papa ? demanda-t-elle.

— Ce n'est pas moi qui t'ai trouvée, ma chérie, dit Alexander en remontant la route de la colline en direction de Dunworley House. C'est Grania qui a deviné où tu étais.

— Oui, je savais qu'elle trouverait, dit Aurora d'un ton presque suffisant. Elle est comme une vraie mère pour moi. Je t'aime, Grania. Tu ne me laisseras plus ? »

Grania lut le désespoir dans les yeux d'Aurora, elle déglutit la gorge serrée et répondit : « Non, ma chérie, je ne te quitterai plus jamais. »

Une fois Aurora confortablement installée dans son lit avec une bouillotte pour la réchauffer, le chiot de retour auprès de sa mère – Shane était venu le récupérer – et les gardes prévenus qu'Aurora avait été retrouvée, Alexander offrit un verre de cognac à Grania dans la cuisine.

Grania se laissa tomber sur une chaise et prit le verre entre ses mains.

« J'ai renvoyé Lindsay à la maison, chez sa mère à Skibbereen, dit Alexander. Elle était plutôt ébranlée. » Il s'assit à côté de Grania, l'air franchement épuisé. « Mon Dieu, quel soulagement ! Au moins, Aurora est saine et sauve. Elle est frigorifiée, mais elle est saine et sauve, répéta-t-il.

— Oui. Le pire, c'est que j'ai cru… » Grania fixa Alexander et il hocha la tête, tournant le visage en direction de la falaise lui aussi.

« Moi aussi. » Il tendit la main vers Grania. « Vous ne pouvez pas savoir combien je vous suis reconnaissant de l'avoir retrouvée pour moi. Si j'avais perdu Aurora… »

Alexander secoua la tête. « Je pense que ç'aurait été la fin de tout.

— Oui, je comprends.

— Grania, écoutez-moi, reprit Alexander d'une voix pressante. Aurora est une petite fille magnifique, gentille et intelligente. Mais tout comme sa mère, elle est manipulatrice. Ce soir, c'était un appel à l'aide, et ce n'est pas à moi qu'il était adressé. C'est vous qu'elle voulait. Je vous en prie, ne cédez pas à ce qui ressemble beaucoup à un chantage affectif.

— Je ne pense pas qu'elle voie les choses sous cet angle, Alexander.

— Oui, bien sûr, acquiesça-t-il. Elle essaie, avec les moyens d'une enfant de son âge, de vous faire revenir. Le fait qu'elle vous aime à ce point prouve que vous vous êtes très bien occupée d'elle. Tout comme le fait qu'elle se sente en sécurité avec vous. Mais, et j'insiste bien sur le mais, vous ne devez pas vous laisser influencer par une petite fille. Vous n'avez aucune obligation envers elle. Et je n'aimerais pas du tout qu'elle compromette vos projets. »

Quels projets ? pensa Grania, qui ne pouvait se concentrer en cet instant que sur la présence physique d'Alexander, si proche d'elle et dont la main frôlait la sienne.

« J'entends bien ce que vous me dites, Alexander, et j'apprécie votre sollicitude. Le problème, c'est que moi aussi je l'aime, dit Grania en soupirant.

— Je vous répète que vous n'êtes pas responsable d'elle. C'est moi qui le suis.

— Quels sont vos projets, Alexander ? » Grania le regarda droit dans les yeux. Elle avait besoin de savoir.

« Je… » Alexander retira sa main, poussa un profond soupir et passa ses doigts dans ses cheveux. « Grania, il faut que je vous dise quelque chose. » Il se tourna vers elle et prit ses deux mains dans la sienne. Il scruta son visage avant de secouer la tête. « Je ne peux pas. »

Le cognac avait atténué la timidité naturelle de Grania. Ce fut à son tour de serrer les mains d'Alexander dans les siennes. « S'il vous plaît, Alexander, dites-moi », l'implora-t-elle doucement.

Il se pencha vers elle, leurs genoux se touchaient à présent, et il déposa un doux baiser sur ses lèvres. Puis il l'attira contre lui, l'enlaça et l'embrassa pour de bon. Elle sentit son odeur l'envelopper, un parfum puissant et tellement désiré. Elle passa à son tour les bras autour de son torse, se cramponna à lui et lui rendit son baiser avec la même ferveur. Puis, soudain, il rompit leur étreinte.

« Pardonnez-moi ! Je ne peux pas… Je ne *dois* pas faire ça. Ça serait complètement injuste vis-à-vis de vous. Quels que soient mes sentiments pour vous.

Je… » Il se leva brusquement, ses traits déformés par la colère. Il prit son verre de cognac et le jeta contre le mur, d'où il s'écrasa sur le sol.

Grania considéra son geste à la fois surprise et horrifiée.

« Je suis désolé. Vous ne pouvez pas imaginer combien c'est difficile pour moi.

— Peut-être pourriez-vous essayer de m'expliquer… »

Il se rassit près d'elle, prit ses mains et les serra, puis se pencha pour embrasser tendrement son visage. « Si vous saviez les pensées que j'ai eues… Je vous trouve si belle… si gentille… si aimante, si *vivante.* Et je ne pourrai jamais vous rendre ce que vous avez donné à Aurora. Je ferais n'importe quoi pour vous porter dans mes bras et vous emmener en haut. Mais croyez-moi, Grania, il vaut mieux que vous quittiez cette maison maudite. Retournez vers votre vie et vivez-la ailleurs. Oubliez-moi, oubliez Aurora et…

— Alexander, le coupa gentiment Grania. Vous parlez comme dans un film. Arrêtez, s'il vous plaît. Ça ne nous mènera nulle part.

— Oui, vous avez raison. Lily disait toujours que j'avais un penchant pour le drame. Excusez-moi. Mais la soirée a été plutôt dramatique. » Il sourit sombrement, puis détourna le regard. « Je suis censé partir demain. Je devrais peut-être repousser mon départ pour Aurora.

— Combien de temps serez-vous absent ? Plus de deux mois ?

— Dans le pire des scénarios, mon absence pourrait être beaucoup plus longue.

— Écoutez, j'ai une proposition à vous faire..., commença Grania. Vous avez peut-être remarqué ce soir combien ma famille aime Aurora. Pourquoi ne l'emmènerais-je pas vivre à la ferme pendant votre absence ? Si je décide à un moment ou à un autre de retourner à New York et de reprendre ma vie là-bas, elle aura au moins ma famille auprès d'elle pour garantir une certaine continuité. Et à votre retour, vous pourrez prendre une décision.

— Vous pensez que ça ne dérangera pas vos parents ?

— Après le drame de ce soir, répondit Grania en haussant les sourcils, je peux vous dire avec certitude que non. Je n'ai pas réussi à leur donner de petits-enfants pour le moment, alors on dirait qu'ils ont adopté Aurora.

— Eh bien, c'est naturellement le scénario idéal pour moi. » Son visage crispé se détendit un peu. « Aurora sera dans une vraie famille. Je paierai naturellement tous les frais.

— Très bien, j'appellerai rapidement ma mère demain matin pour lui demander, mais je suis sûre qu'elle acceptera, décida Grania, encore ébranlée d'être passée par toute la gamme des émotions face aux changements de comportement d'Alexander. Si vous n'y voyez pas d'inconvénient, reprit-elle en se levant, je vais me coucher, je suis épuisée.

— Bien sûr. La soirée a été éprouvante. Soirée dont vous êtes l'héroïne, si je puis me permettre.

— Merci. Bonne nuit, Alexander. »

Il l'observa pendant qu'elle posait le verre de cognac dans l'évier. Elle le lava puis traversa la cuisine pour rejoindre la porte.

« Grania.

— Oui ?

— Pardonnez-moi, s'il vous plaît. Dans d'autres circonstances… »

Elle hocha la tête. « Je comprends », mentit-elle.

Aurora

Autant vous le dire avant que vous ne posiez la question, je ne suis pas fière de moi. Mon père avait raison, bien sûr – j'étais manipulatrice. Mais j'étais aussi désespérée. On m'avait dit que Grania allait venir s'occuper de moi pour longtemps, très longtemps, alors ça ne m'a pas fait plaisir quand j'ai vu que les choses ne se passaient pas comme prévu et qu'elle m'avait quittée.

J'ai dû beaucoup réfléchir pour trouver un endroit où aller et où me cacher. Il me fallait dénicher un lieu où elle me trouverait, si elle m'aimait, mais je ne voulais pas que ce soit trop évident non plus, comme la grange avec le chiot ou le sentier de la falaise.

Bien que je n'aie pas peur des fantômes, puisque je les connais et que je les comprends, je n'étais pas à l'aise, là-bas dans le cimetière, toute seule. J'avais l'impression d'être de trop, moi bien vivante au milieu de tous ces morts. Et je n'avais que huit ans…

Pauvre Grania ! Elle ne pouvait pas vraiment lutter, gentille comme elle était. Et, bien sûr, elle m'aimait. Ce qui, comme je l'ai déjà dit, sauve souvent la mise.

Je crois qu'elle aurait pu aimer mon père aussi, si les choses avaient été différentes…

Je dois arrêter de vouloir récrire cette histoire. Je suis sûre que le Grand Conteur qui tisse les fils délicats du destin est bien meilleur que moi à ce jeu-là. Et s'il est parfois difficile de comprendre « pourquoi », nous devons malgré tout croire qu'Il sait. Qu'Il connaît les raisons de ce qu'il nous arrive et qu'Il nous donnera à tous une Fin heureuse.

Même s'il se peut bien qu'elle soit derrière le voile de tulle que nous appelons la mort, ce qui signifie que nous ne pouvons pas la voir le temps que nous vivons.

Comme vous l'avez peut-être remarqué, je ne suis pas fan de la théorie de l'évolution, bien que j'aie lu L'Origine des espèces *de Darwin. Enfin, je viens de mentir, j'ai lu deux chapitres avant d'abandonner au profit de* Guerre et Paix, *dont la lecture est beaucoup plus facile.*

Je suis une créationniste.

Mais peut-être qu'en approchant de la fin de sa vie, on n'a pas d'autre choix que de l'être.

Pardonnez-moi, chers lecteurs, si je m'apitoie un peu trop sur moi-même. Les derniers jours ont été pénibles. Et on ne peut pas dire que Guerre et Paix *soit un conte de fées non plus.*

Je vais me plonger dans un Austen pour me revigorer un peu. J'aime les fins de Jane Austen… beaucoup plus que celle qui m'attend.

Mais revenons à notre histoire…

28

Grania ne comprenait pas. Tandis qu'elle descendait la colline en direction de la ferme de ses parents, Aurora et ses possessions les plus précieuses à l'arrière de la Range Rover, elle se demandait ce qu'il se passait dans la tête d'Alexander.

« On est arrivées ! » cria Aurora en sautant de la voiture et en s'élançant vers la porte de la cuisine. Elle se jeta dans les bras de Kathleen. « Merci beaucoup de m'accueillir chez vous ! Est-ce que Lily pourra dormir sur mon lit ? Je te promets que je la redonnerai à sa maman dès le matin pour qu'elle puisse téter.

— Doucement, doucement. D'abord on n'enlève pas les chiots à leur mère tant qu'ils ne sont pas prêts. Ensuite, les chiens ne sont pas admis à l'étage dans cette maison. À part pour les occasions spéciales, comme ta première nuit ici, par exemple. »

Kathleen caressa la joue d'Aurora et échangea un regard résigné avec sa fille par-dessus les magnifiques boucles de la fillette.

Avant l'heure du thé, Shane emmena Aurora dans le champ tout en haut où les brebis commençaient à agneler.

« C'est incroyable, remarqua Kathleen. Je t'avais bien dit que la famille Ryan était prédestinée à accueillir les enfants Lisle sous son toit.

— Oh Maman, arrête avec tes sornettes ! Et en parlant du passé, ajouta Grania, il est évident que tu l'adores. »

Kathleen eut la grâce de le reconnaître. « Oui. Je me suis prise d'affection pour cette enfant, malgré mes réticences. Quant à ton père, c'est une cause perdue. Je pense qu'il revit le passé, lorsque tu étais petite. Il a repeint la chambre d'amis en rose et est allé à Clon pour lui acheter des poupées. Tu les verrais ! Elles sont moches comme tout ! pouffa Kathleen. Mais il y met du sien. Et ton frère est lui aussi tombé sous le charme, ajouta-t-elle.

— Tu sais que ce n'est que provisoire, m'man, jusqu'au retour d'Alexander.

— Écoute bien ce que je vais te dire : il n'y a rien de provisoire quand les enfants Lisle viennent habiter chez la famille Ryan, décréta Kathleen en agitant le doigt. Mais je dois reconnaître qu'Aurora a redonné vie à cette maison, et je la défendrais sûrement bec et ongles s'il le fallait. Voilà, je viens d'avouer que je suis aussi incorrigible que les autres femmes de la famille avec les enfants Lisle. Mais qui pourrait m'en vouloir ? Je n'y peux rien si cette petite me redonne le sourire. » Elle se tourna vers sa fille et croisa les bras. « La question, Grania, c'est ce que toi, tu vas faire. Maintenant qu'Aurora est chez nous, qu'elle est heureuse et en sécurité, tu es libre ! Tu vas pouvoir réfléchir à ton avenir.

— Oui, m'man. Et ça me soulage. J'aimerais dire que j'ai déjà décidé ce que j'allais faire, mais ça ne serait pas vrai. On verra dans quelques jours, quand je me serai remise des événements d'hier.

— Oui, soupira Kathleen. Et cet Alexander, je dois reconnaître que c'est un bel homme. Il a de ces yeux…

— Maman ! Tiens-toi bien ! dit Grania en riant.

— Je me suis toujours bien tenue et voilà où ça m'a menée, gloussa-t-elle. Une femme peut bien rêver de temps en temps. Allez, je vais préparer un grand dîner pour ce soir. Je me suis dit que j'allais concocter un repas spécial pour notre petite princesse. »

À la ferme des Ryan, la soirée prit un tour inattendu. Après le repas, John, horrifié à l'idée qu'Aurora ne connaisse pas une seule chanson traditionnelle de son pays, sortit son banjo et se mit à jouer pour toute la famille. Shane renonça à ses bonnes vieilles habitudes et n'alla pas au pub. Ils dansèrent tous les cinq des gigues irlandaises jusqu'à ce qu'Aurora se mît à bâiller. Grania vit à ses yeux qu'elle était épuisée.

« Il est temps d'aller au lit, mon cœur.

— Oui », dit Aurora presque avec gratitude.

Grania gravit avec elle l'escalier étroit et l'emmena dans la chambre d'amis nouvellement repeinte, lui fit enfiler sa chemise de nuit et la borda dans son lit.

« J'aime ta famille, Grania. J'espère que je ne devrai plus jamais partir. » Aurora bâilla, les yeux mi-clos, une expression de contentement sur le visage.

Elle s'endormit avant que Grania n'ait quitté la pièce.

En rentrant, Matt posa son sac de vêtements dans la buanderie. Il s'en occuperait plus tard. Il alla dans la cuisine pour se préparer quelque chose à manger. Il n'était pas revenu chez lui depuis ce fameux matin, au lendemain de l'énorme beuverie avec Charley et sa bande de copains. Il s'aventura jusqu'au salon, constatant avec soulagement que le loft était vide pour le moment, et s'affala sur le canapé. Bien sûr, Charley avait peut-être déménagé. Son appartement devait être rénové à l'heure qu'il était.

Matt rougit en repensant à la dernière matinée qu'il avait passée ici, au sentiment d'horreur qui s'était emparé de lui quand il avait vu Charley et réalisé qu'elle était nue à côté de lui. Il s'était douché puis avait préparé son sac, y jetant tout ce dont il aurait besoin pour les deux semaines à venir, et il était sorti discrètement de sa maison comme un amant indésirable. Le pire était qu'il n'avait pas le moindre souvenir de ce qu'il avait pu faire ou ne pas faire la nuit précédente.

Charley ne l'avait pas contacté depuis, il avait donc échappé à la conversation un peu mièvre ou complice qu'auraient deux amants après avoir passé la nuit ensemble. Il n'avait pas cherché à la joindre non plus. Qu'aurait-il pu dire ?

Matt entendit la clé tourner dans la serrure. Charley franchit la porte et regarda Matt avec surprise.

« Salut, je ne m'attendais pas à te trouver ici.

— Vraiment ? lança Matt un peu nerveusement. C'est pourtant là que j'habite, bizarrement.

— Oui, bien sûr », dit-elle en traversant le salon pour rejoindre la cuisine où elle remplit un verre d'eau, puis elle se dirigea vers sa chambre.

« Ça va ? » demanda Matt. Ça ne lui ressemblait pas d'être aussi silencieuse.

« Oui, bien sûr que ça va. Je suis claquée, c'est tout. »

Il ne la revit pas de la soirée ni les soirs suivants. Quand ils étaient à l'appartement ensemble, Charley répondait par monosyllabes à ses questions, puis disparaissait dans sa chambre dont elle n'émergeait que le lendemain matin. Matt savait qu'elle l'évitait et comprenait pourquoi mais il ne voyait pas comment résoudre le problème, c'était au-dessus de ses forces.

Finalement, il décida qu'il n'avait pas d'autre solution que d'aborder Charley de front. Ce soir-là, quand elle rentra à la maison, il l'interpella.

« Charley, je crois vraiment que nous devrions parler.

— De quoi au juste ?

— Je pense que tu le sais très bien. »

Charley le considéra pendant quelques secondes. « Qu'est-ce qu'il y a à dire ? C'est arrivé, c'était une erreur, c'est évident que tu regrettes…

— Eh doucement ! » Matt leva instinctivement les mains. « Arrête tout de suite. Je propose qu'on aille manger un bout ensemble et qu'on parle de tout ça calmement.

— D'accord, dit Charley en haussant les épaules. Si ça peut te faire plaisir. Je vais prendre une douche. »

Une heure plus tard, ils étaient assis face à face à la table d'un restaurant italien à quelques blocks du loft. Matt buvait une bière mais Charley avait refusé de prendre une boisson alcoolisée et se contentait d'un verre d'eau.

« Tu te sens bien ? Physiquement, je veux dire ? Ça ne te ressemble pas de refuser un verre de vin, Charley, dit Matt en souriant, dans l'espoir de détendre l'atmosphère.

— Ce n'est pas la grande forme en ce moment.

— Tu devrais aller consulter un docteur, faire un bilan de santé, l'encouragea Matt.

— Ouais. » Charley avait les yeux baissés ; elle tripotait sa serviette, refusant de regarder Matt.

« Eh Charley, c'est moi Matt ! Apparemment, je t'ai blessée et cette idée m'est insupportable. »

Charley garda le silence et Matt poursuivit vaillamment :

« Le problème, c'est que j'étais un peu trop imbibé cette nuit-là. Qu'est-ce que tu veux, je vieillis, je ne supporte plus aussi bien l'alcool. »

Sa blague douteuse ne suscita aucune réaction.

« Écoute, essaya-t-il à nouveau. Je vais être honnête avec toi et te dire que j'ai l'esprit un peu embrouillé… au sujet de ce qui s'est passé cette nuit-là après le restaurant. Est-ce que nous avons… Est-ce que j'ai… ? »

Elle leva lentement les yeux vers lui. Il n'aurait su dire s'ils étaient pleins de tristesse ou de colère.

« Tu ne te… *souviens* pas ?

— Non, répondit Matt en rougissant. Je ne me souviens pas. Je suis vraiment désolé mais je préfère être honnête.

— Mon Dieu, dit Charley en soupirant. C'est le comble !

— Qu'est-ce que tu veux que je te dise ? Je suis très gêné et horrifié. Mais... ce n'était pas la première fois... que...

— Oh. Alors du coup, ça ne compte pas, ce n'est pas grave ? Le fait que m'aies sautée n'a rien de choquant parce qu'on l'avait déjà fait avant ! C'est ce que tu es en train de me dire, Matt ?

— Non, je... merde, Charley. » Matt passa distraitement la main dans ses cheveux puis la regarda. « Tu es sérieuse ? Tu as dit que je t'avais "sautée" ?

— Oui, Matt, c'est bien ça. Tu ne m'accuses quand même pas de mentir ?

— Non, bien sûr que non ! Nom de Dieu ! Je n'arrive pas à croire que j'aie pu faire ça. Je suis désolé, Charley ! Vraiment désolé, insista-t-il.

— Ouais pas tant que moi, dit Charley en haussant les épaules. Ne t'inquiète surtout pas, j'ai très vite compris le message. Que tu te souviennes ou non de ce qui s'est passé, le fait que tu n'aies pas donné de nouvelles durant les deux semaines suivantes m'a indiqué tout ce que je devais savoir. C'est au gentleman d'appeler sa dame au cas où tu l'aurais oublié, ajouta-t-elle. Tu t'es servi de moi, Matt. Et je ne pense pas que je méritais ça.

— Non, bien sûr que non, admit Matt, qui ne savait plus où se mettre tandis qu'elle le fixait froidement. J'ai vraiment l'impression d'être un pauvre type et si j'étais toi, je n'aurais certainement plus envie de fréquenter un mec pareil.

— J'avoue que l'idée m'a traversé l'esprit, rétorqua Charley au moment où leurs pizzas arrivaient.

Je pensais que nous étions au moins amis. Et tu ne devrais même pas traiter ton pire ennemi comme tu m'as traitée.

— Non. » Matt avait du mal à gérer un scénario auquel il n'arrivait pas à croire. Était-il vraiment à l'origine de cette scène ? Le comportement que Charley décrivait ne cadrait pas du tout avec sa personnalité. Il avait cependant peu d'arguments pour sa défense.

« Charley, je ne sais pas quoi dire. Je ne sais même plus qui je suis en ce moment. Moi qui me suis toujours vanté d'être un type bien, je vais devoir accepter le fait que je n'en suis pas un, après tout.

— Non. Il se peut bien tu ne sois pas un type bien, en effet. Et moi qui t'ai écouté t'épancher tous les jours, tous les soirs. Et Grania par-ci et Grania par-là. J'ai essayé d'être là pour toi quand tu avais besoin de moi. Et qu'est-ce que j'ai en retour ?

— Eh, Charley, je comprends, souffla Matt, hébété par ses attaques verbales. Je dois dire que tu sais vraiment comment t'y prendre pour enfoncer un type.

— Je suis désolée, Matt, en convint-elle. Mais cette nuit-là, avant de me baiser, tu as été très persuasif.

— Vraiment ?

— Ouais. Par exemple, tu as dit que tu m'aimais. »

Matt avait l'impression de se noyer dans un océan d'accusations. Et pourtant, elles étaient sans doute vraies. Pourquoi Charley mentirait-elle ? Ce n'était pas son genre. Ils avaient grandi ensemble. Il la connaissait mieux que n'importe quelle autre femme, à l'exception de Grania. Matt ne trouvait plus rien à dire. Il se contenta de rester assis en face d'elle et de la regarder.

« Écoute, Matt, reprit Charley en poussant un profond soupir. Je comprends que tu traverses une période difficile. Tu étais ivre cette nuit-là et tu as dit et fait des choses que tu ne pensais pas vraiment. Et moi, j'étais là et j'ai cru ce que tu m'as dit alors que je n'aurais pas dû. C'est sans doute ma faute aussi.

— Eh, Charley, ce n'est certainement pas ta faute ! C'est entièrement la mienne et tu n'as pas une once de responsabilité dans cette histoire. Si je pouvais appuyer sur le bouton "retour en arrière", je le ferais. Et tu as raison, je traverse une période difficile. Mais ce n'est pas ton problème. Je ne me pardonnerai jamais de t'avoir blessée. Je suis surpris que tu n'aies pas déménagé et que tu m'adresses encore la parole.

— Je serais partie si j'avais pu mais les travaux dans mon appartement durent beaucoup plus longtemps que prévu. Ne t'inquiète pas, Matt, dit-elle en haussant tristement les épaules, dès qu'il sera habitable, je déménagerai.

— C'est la fin de notre amitié ? demanda-t-il doucement.

— Je ne sais pas Matt, soupira-t-elle. Maintenant que nous avons parlé, j'ai besoin d'un peu de temps pour réfléchir.

— Bien sûr.

— Écoute Matty, je te demande seulement d'être honnête avec moi. Quand tu as dit… ce que tu as dit cette nuit-là avant que nous fassions l'amour, tu ne le pensais pas vraiment, n'est-ce pas ?

— Tu veux dire que je t'aimais ?

— Oui.

— Je t'*aime* Charley, hasarda-t-il. Tu sais que c'est vrai, je ne te mentais pas. On se connaît depuis toujours, tu es la sœur que je n'ai jamais eue. Mais… » Matt soupira, ne sachant comment formuler ce qu'il avait à dire.

— Ce n'est pas ce *genre* d'amour », termina Charley.

Matt marqua une pause avant de répondre. « Non.

— Parce que tu es toujours amoureux de Grania.

— Oui, je suppose. »

Matt vit Charley avaler un minuscule bout de pizza, puis elle se leva immédiatement. « Désolée, Matt, il faut que j'aille aux toilettes. »

Charley traversa la salle de restaurant le plus rapidement possible puis descendit quelques marches et disparut. Matt repoussa son assiette, posa les coudes sur la table et se frotta vigoureusement les joues avec les paumes de ses mains. C'était un cauchemar…

Matt se demanda ce qu'il lui arrivait. L'image qu'il avait de lui-même, à trente-six ans, était entièrement fondée sur le sentiment qu'il avait d'être un « type bien ». Il pensait avoir toujours traité les femmes avec respect, ne jamais avoir profité d'elles. Mais surtout, Matt avait toujours essayé d'agir avec intégrité et il se détestait pour s'être mal conduit avec Charley, l'une de ses plus proches amies.

Au moins avait-il eu le cran d'être honnête avec elle et lui avait-il fait comprendre qu'ils n'avaient aucun avenir ensemble. Il l'avait blessée, certes, il avait peut-être même condamné leur amitié à tout jamais, mais il savait au fond de lui qu'il avait bien fait.

Que ça lui plaise ou non, il était toujours amoureux de Grania, c'était la triste et douloureuse vérité.

Charley revint des toilettes, plus pâle que jamais.

« Ça va ? demanda Matt en haussant les sourcils. Tu as l'air malade.

— Non, répondit Charley en secouant la tête. Ça ne va pas. Ça ne va pas du tout.

— C'est moi ? C'est moi qui t'ai fait ça ?

— Oui, d'une certaine façon. » Charley le regarda, les yeux pleins de larmes. « Parce que le problème, Matt, c'est que je suis enceinte. »

29

En se réveillant un matin, Grania vit les premiers bourgeons de fuchsia sauvage qui transformeraient bientôt les haies bordant la route en un feu d'artifice de violettes et de roses. Ces bourgeons n'annonçaient pas seulement l'arrivée du printemps, avec l'été sur ses talons, ils rappelaient aussi à Grania qu'elle était en Irlande depuis près de quatre mois. Tout en s'habillant et en descendant au rez-de-chaussée pour prendre un petit déjeuner rapide avant d'emmener Aurora à l'école et de se rendre ensuite à Dunworley House, Grania s'étonna de la vitesse à laquelle elle avait adopté de nouvelles habitudes. Sa vie quotidienne ici lui paraissait tout aussi normale que la vie qu'elle menait à New York. En ouvrant la porte de son atelier, Grania se demanda si c'était en partie parce qu'elle travaillait sur un nouveau projet, toutes ses pensées accaparées par une sculpture.

Elle réalisa alors que, ces derniers temps, son travail l'avait rarement électrisée comme au début quand elle vivait des moments exaltants de création intense. Elle gagnait désormais sa vie en faisant des sculptures d'enfants ou d'animaux de compagnie pour les familles nanties de la côte est. Elle assurait ainsi sa subsistance tout en se ménageant suffisamment de temps et de calme pour se consacrer au projet qui lui tenait tellement à cœur, celui d'avoir un bébé.

Grania examina les deux sculptures actuellement posées sur son établi. Elle fut parcourue d'un frisson d'excitation. Elles étaient encore imparfaites, mais son œil de professionnelle ne la trompait pas : ce seraient peut-être ses plus belles œuvres. Et la raison était simple, pensa-t-elle : elle n'avait pas été forcée de les réaliser pour le compte d'un client, elle avait répondu à une inspiration subite, ce sentiment qui justement l'avait amenée vers la sculpture. Créer une image, une réminiscence de la beauté, se raccrocher au moment où on l'a vue, puis la reproduire dans un objet matériel qui l'immortalisait… c'était l'essence même de son art et c'était extrêmement vivifiant.

Elle avait eu cette inspiration un après-midi tandis qu'Aurora et elle remontaient le sentier de la falaise avec Lily, la petite chienne. Elle regardait Aurora danser devant elle avec une grâce exquise. Elle avait soudain ressenti le besoin de retranscrire ces mouvements, de les figer sur un support pour les reproduire plus tard. Elle avait sorti son téléphone et avait pris des photos de l'enfant dans différentes positions aussi gracieuses qu'exubérantes. Et le lendemain, elle avait commencé à travailler sur une série de sculptures.

Depuis, elle avait retrouvé une certaine paix intérieure. Elle travaillait toute la journée dans son magnifique atelier, au son de la musique classique, avec cette vue superbe annonçant l'arrivée d'une nouvelle saison.

Cet après-midi-là, Grania avait demandé l'autorisation à miss Elva pour venir regarder Aurora danser et la prendre en photo.

Grania s'était concentrée sur son travail toute la matinée et quand elle jeta un coup d'œil à sa montre, elle constata qu'il était quinze heures passées. Elle avait tout juste le temps d'aller chercher Aurora à l'école et de l'emmener à Clonakilty pour son cours de danse.

Un peu plus tard, à côté d'elle dans la voiture, la petite fille parla gaiement de sa nouvelle copine à l'école qui allait venir goûter à la ferme le lendemain pour voir le chiot. Tout en se garant, Grania se dit que les choses les plus simples, celles que les autres enfants trouvaient parfaitement naturelles, procuraient un immense plaisir à Aurora. Elle menait une vie normale pour la première fois depuis sa naissance.

Grania s'assit dans un coin du studio, préférant son carnet à croquis à l'appareil photo, qu'elle jugea finalement trop intrusif, pour saisir les mouvements d'Aurora pendant qu'elle dansait. Aurora avait fait des progrès impressionnants en deux mois. La grâce et l'aisance naturelles qu'elle possédait se pliaient doucement à la technique requise en danse classique.

À la fin du cours, miss Elva envoya Aurora se changer dans la petite pièce à côté du studio puis se tourna vers Grania. « Qu'en penses-tu ?

— C'est un plaisir de la regarder.

— Oui. Elle est de loin l'élève la plus talentueuse à qui j'ai eu la chance d'enseigner la danse, affirma la professeure d'un ton admiratif. Je craignais que ses débuts tardifs ne posent un problème et elle a encore quelques progrès à faire en technique, mais je pense qu'elle a toutes les chances d'être acceptée à la Ballet School. Tu as pu en parler à son père ?

— Il sait qu'Aurora prend des cours mais je ne lui ai pas parlé d'une école de danse à plein temps. Et je ne suis pas certaine que ce soit bien pour elle. Elle a une vie stable pour la première fois depuis bien longtemps. Quand devra-t-elle passer une audition ?

— Dans dix-huit mois au plus tard. À onze ans, elle devrait pouvoir se consacrer pleinement à la danse.

— Très bien. Laissons-nous encore un peu de temps pour voir comment elle progresse. Nous pourrons en reparler l'année prochaine. » Grania régla le cours, remercia miss Elva, puis alla chercher Aurora.

« Alors, dit-elle d'un ton léger sur le chemin du retour, tu crois qu'un jour, tu aimerais entrer au conservatoire et pratiquer la danse à plein temps ?

— J'adore la danse, tu le sais, Grania, confirma Aurora, mais qui s'occuperait de Lily, qui aiderait Shane à traire les vaches si je me consacrais uniquement à la danse ?

— Très juste ! en convint Grania.

— Et je ne voudrais pas laisser tous mes nouveaux amis de l'école, poursuivit Aurora. Peut-être quand je serai plus grande.

— Oui peut-être. »

Plus tard dans la soirée, alors que Grania s'apprêtait à monter se coucher, son téléphone sonna.

« C'est Alexander. »

La ligne devait être mauvaise car sa voix semblait faible et assourdie.

« Bonsoir Alexander, comment allez-vous ?

— Je... » Il y eut un silence, puis Alexander reprit. « Ça va. Et Aurora ?

— Elle est très heureuse et se sent bien à la ferme. Ça se passe très bien à l'école et elle s'est fait plein de nouveaux amis. J'ai parlé avec sa professeure de danse aujourd'hui et...

— Grania, l'interrompit Alexander, il faut que je vous voie. De toute urgence.

— Très bien. Quand serez-vous de retour ?

— C'est bien ça le problème. Il m'est impossible de rentrer pour le moment. Il faut que vous veniez me retrouver ici.

— Et c'est où, ici ?

— En Suisse. Je suis en Suisse.

— Eh bien, si c'est urgent, alors...

— Ça l'est, souligna Alexander. Pardonnez-moi de vous demander de faire le voyage, Grania, mais je n'ai pas vraiment le choix...

— D'accord. Aujourd'hui, c'est mercredi... nous avons la tonte à la ferme ce week-end, donc pourquoi pas mardi prochain ?

— Grania, il faut que vous veniez demain.

— Demain ?

— Oui. J'ai déjà réservé un vol pour vous. Vous décollez de l'aéroport de Cork à quatorze heures quarante-cinq, vous atterrissez à Londres à seize heures puis prenez le vol de British Airways à destination de Genève qui décolle à dix-huit heures. Mon chauffeur viendra vous chercher à l'aéroport et vous emmènera là où je me trouve.

— Très bien, dit Grania d'un ton un peu hésitant. Vous voulez qu'Aurora vienne avec moi ?

— Non, surtout pas… » La voix d'Alexander se perdit dans un murmure. « Oh, et pensez à prendre votre acte de naissance. Les Suisses sont très tatillons quand il s'agit de contrôler l'identité des voyageurs et il vaut mieux être préparé.

— Très bien.

— Je vous vois demain soir. Et… Grania ?

— Oui.

— Merci. »

Grania s'assit à la table de la cuisine, complètement hébétée. Elle se demanda ce qu'Alexander aurait dit si elle avait refusé de le rejoindre. Visiblement, l'affaire était réglée pour lui, avant même qu'il n'ait décroché le téléphone pour l'appeler.

« À quoi tu penses, Grania ? »

Kathleen se tenait sur le seuil de la cuisine et regardait sa fille.

« Je… je viens de recevoir un appel très étrange d'Alexander, dit doucement Grania. Il veut que j'aille le voir en Suisse demain. Il a déjà réservé un vol pour moi.

— Vraiment ? » Kathleen croisa les bras et haussa les sourcils. « Et tu y vas ?

— Je n'ai pas vraiment le choix, j'ai l'impression.

— Tu aurais très bien pu dire non.

— J'aurais pu, c'est vrai, m'man. Mais il y avait quelque chose dans sa voix… » Grania haussa les épaules. « Quelque chose ne tourne pas rond. Je le sais.

— Eh bien, si monsieur a un problème, ça serait à lui de se déplacer et de revenir jusqu'ici pour t'en parler. Ce n'est pas à toi de traverser la moitié de la planète pour lui courir après.

— Je suis d'accord, mais qu'est-ce que tu veux que j'y fasse ? Il m'a aussi demandé d'emporter mon acte de naissance. Il dit que les autorités pouvaient être très pointilleuses. Tu pourrais me le retrouver, m'man ?

— Je pourrais, oui, mais tout ça ne me dit rien qui vaille.

— À moi non plus, admit Grania. La meilleure chose à faire, c'est d'aller voir ce qu'il veut.

— Grania… Je ne veux pas me mêler de ce qui ne me regarde pas, mais… Y a-t-il quelque chose entre Alexander et toi ?

— À vrai dire, je n'en sais rien. » Le besoin qu'avait Grania de se confier à quelqu'un l'emporta sur sa réticence naturelle à parler de ses sentiments avec sa mère. « Je n'en sais vraiment rien.

— Il a… ? » Kathleen s'éclaircit la voix. « Quand tu étais là-haut…

— Nous nous sommes embrassés, avoua Grania. Et, oui, si tu veux tout savoir, je ressens quelque chose pour lui, mais ensuite… » Grania secoua la tête, ne sachant plus quoi penser. « Il a dit qu'il ne pouvait pas aller plus loin.

— Il t'a expliqué pourquoi ?

— Non. Peut-être qu'il aime encore Lily. Peut-être qu'il y a quelqu'un d'autre… qui sait ? En tout cas, moi, je n'en sais rien, dit Grania en soupirant.

— Je l'ai l'observé, ce fameux soir où Aurora a fugué. Je l'ai regardé *te* regarder. Je ne saurais dire si la tendresse que j'ai vue dans ses yeux alors s'expliquait par l'amour que tu as pour sa fille ou s'il y a plus que ça. En tout cas, Grania, il tient à toi. La question est de savoir si toi aussi tu tiens à lui.

— Oui, m'man. Je tiens à lui, mais comment, pourquoi, où cela mène-t-il, je ne peux pas te le dire. De plus, je… Je n'ai pas oublié Matt.

— Je sais, ma chérie. Et tu ne l'oublieras peut-être jamais. Mais tu m'as bien fait comprendre que c'était du passé. Ne te précipite pas vers un autre avenir possible, dit Kathleen.

— Non. » Grania se leva. « Je ferais mieux d'aller me coucher si je dois aller en Suisse demain. » Elle s'avança vers sa mère et la serra dans ses bras. « Merci, m'man. Comme tu le dis toujours, ça finira bien par s'arranger.

— Espérons. Bonne nuit. »

Kathleen regarda sa fille quitter la cuisine puis mit la bouilloire sur le feu. Son sixième sens, dont ses enfants et son mari se moquaient gentiment, mais auquel ils se fiaient quand ça les arrangeait, lui faisait redouter un drame à venir.

« Cette famille », marmonna-t-elle en resserrant son gilet autour de sa taille et en arpentant la cuisine pendant que l'eau chauffait. Elle s'assit avec une tasse de chocolat chaud en essayant de comprendre pourquoi elle avait le sentiment qu'elle devait raconter le reste de l'histoire à Grania tout de suite, tout de suite… avant qu'elle ne quitte la maison le lendemain pour s'envoler vers la Suisse.

« Je suis vraiment une vieille ridicule, pourquoi Grania devrait-elle en apprendre davantage sur le passé ? » marmonna-t-elle à nouveau. Après avoir bu son chocolat, elle poussa un profond soupir. « Je capitule », dit-elle en levant les yeux vers le ciel. Se sentant soudain très lasse, elle alla frapper à la porte de la chambre de Grania. « C'est moi, Maman, murmura-t-elle. Je peux entrer ?

— Bien sûr, m'man, dit Grania qui était assise en tailleur sur son lit, devant une valise à moitié pleine. Je n'ai pas sommeil non plus. Je me demande vraiment ce qui m'attend demain, dit-elle en haussant les sourcils.

— En fait, c'est pour ça que je suis venue te voir, expliqua Kathleen en s'asseyant sur le lit. Cette voix dans ma tête, eh bien, cette voix m'a dit qu'il fallait que je te dévoile la suite de l'histoire avant ton départ… L'histoire de Lily et de notre famille. » Kathleen prit la main de sa fille et la serra. « Ce n'est pas rien, et je vais mettre un certain temps à la raconter. Nous risquons de nous coucher tard, je te préviens.

— Ça ne fait rien, m'man, l'encouragea Grania. Au moins, comme ça, je ne penserai pas à ce qui m'attend demain. Je t'écoute. »

Kathleen déglutit avec peine. « Je n'ai encore jamais raconté cette histoire. Et je risque de verser quelques larmes.

— Oh, m'man. » Grania serra la main de sa mère. « Prends ton temps. On a toute la nuit devant nous. Inutile de se presser.

— Bon. » Kathleen s'arma de courage pour commencer. « Cette partie de l'histoire commence à l'époque où j'avais seize ans et Lily Lisle quinze.

— Vous étiez amies, m'man ? demanda Grania, surprise.

— Oui, répondit Kathleen en hochant la tête. Dis-toi que Lily passait beaucoup de temps à la ferme, je la considérais un peu comme ma petite sœur. Et mon grand frère…

— *Ton frère ?* » Grania dévisagea sa mère, ébahie. « Je ne savais pas que tu avais un frère, m'man. Tu ne m'as jamais parlé de lui.

— Non… Par quoi vais-je commencer ? »

30

Dunworley, ouest du comté de Cork, Irlande, 1970

Kathleen Ryan, alors âgée de seize ans, venait tout juste de se réveiller et bondit du lit pour ouvrir les rideaux et voir le temps qu'il faisait. Si le soleil brillait, Joe, Lily et elle iraient pique-niquer sur la plage de Dunworley. S'il pleuvait, ce qui était fréquent dans cette région même au cœur de l'été, ils devraient encore passer la journée à l'intérieur à jouer aux cartes ou à des jeux de société. Lily voudrait inventer un jeu, dans lequel elle tiendrait naturellement le premier rôle. Dans la grande maison, elle avait une malle contenant les vieilles robes du soir de sa mère et elle adorait se pomponner devant le miroir, affublée de robes trop grandes pour elle.

« Quand je serai grande, je serai magnifique et un beau prince viendra me chercher et m'emmènera loin d'ici », disait-elle en prenant la pose.

Il était évident que Lily serait belle, elle était déjà superbe à quinze ans. « Les garçons se bousculeront à sa porte plus tard, c'est certain », avait dit la mère de Kathleen un jour à Seamus, son mari.

Kathleen avait regardé tristement son corps massif dans le miroir, ses cheveux châtains ternes, son visage pâle et ses taches de rousseur ennuyeuses piquetant l'arête de son nez.

« Il faut plus que la beauté pour séduire et garder un homme, ma chérie, et ils t'aimeront pour tes autres qualités », l'avait réconfortée sa mère. Kathleen ne savait pas quelles étaient ses autres « qualités » exactement, mais finalement, ça ne la dérangeait pas d'être la fille banale. Ça ne la dérangeait pas que Lily veuille toujours être le centre de l'attention partout où elle allait.

Elle ne voyait pas non plus d'inconvénient à ce que son grand frère, Joe, vénère jusqu'au sol que Lily foulait. Kathleen savait qu'elle ne pourrait jamais rivaliser avec Lily, avec sa beauté exotique, sa mère glamour et son père riche dans la grande maison.

Elle ne l'enviait pas. En fait, elle avait un peu pitié d'elle. Tante Anna, la mère de Lily, qui était une danseuse célèbre, était rarement à la maison. Sebastian Lisle, son père, était un homme vieux et distant, que Kathleen voyait rarement. Apparemment, Lily le voyait tout aussi rarement. Elle était confiée à une série de gouvernantes, à qui elle essayait constamment d'échapper, la plupart du temps avec succès.

Tout en s'habillant à la hâte, pour accomplir ses tâches du matin – ramasser les œufs et apporter un seau de lait frais de l'étable –, Kathleen pensa à Lily qui dormait sans doute encore dans sa jolie chambre de la grande maison en haut de la falaise. Lily n'avait aucune corvée. Elle avait une femme de chambre, qui lui servait le petit déjeuner, le déjeuner et le dîner, qui lavait ses vêtements et lui apportait tout ce dont elle avait besoin. Parfois, Kathleen s'en plaignait auprès de sa mère quand il faisait froid et qu'elle n'avait pas envie de sortir.

« Mais Kathleen, tu as ce qui compte le plus et que Lily n'a pas… tu as une famille », répondait sa mère.

Pour Kathleen, Lily avait aussi une famille, puisqu'elle vivait plus ou moins sous leur toit. Et personne ne lui demandait jamais de lever le petit doigt.

Pourtant, malgré les privilèges de Lily et ses minauderies parfois agaçantes, Kathleen ressentait toujours le besoin de la protéger. Bien que Lily n'ait que dix-huit mois de moins qu'elle, elle avait encore un caractère enfantin, une vulnérabilité qui éveillait l'instinct maternel de Kathleen. Et elle ne semblait pas avoir une once de bon sens. Lily était toujours la première à proposer des aventures – descendre sur des rochers en équilibre précaire, sortir en catimini la nuit pour aller à la plage et se baigner –, elle n'avait peur de rien. Souvent, ses idées tournaient mal et Kathleen, non seulement sauvait Lily du danger mais elle était aussi punie comme si c'était elle l'instigatrice de la catastrophe.

Et bien sûr, Joe, cet ange, aurait suivi Lily jusqu'à l'autre bout de la Terre si elle le lui avait demandé.

Si Kathleen était très protectrice envers Lily, ce qu'elle ressentait pour son grand frère était incommensurable. Trois ans auparavant, elle était arrivée à la maison désespérée, après avoir trouvé Joe sur le chemin. Il avait servi de cible aux garçons du village après la récolte de marrons.

« Ils l'ont traité de tous les noms, Maman. Des insultes terribles. Ils ont dit que c'était l'idiot du village, qu'il était bête, qu'il devrait aller dans un foyer pour handicapés. Pourquoi est-ce qu'ils lui font ça, Maman ? Il veut juste être ami avec eux. »

Après avoir nettoyé les contusions de Joe avec de l'hamamélis, puis l'avoir envoyé dehors pour qu'il aide son père à rentrer les vaches, Sophia avait fermé la porte de la cuisine et avait expliqué à Kathleen pourquoi son grand frère était différent des autres garçons.

« La naissance a été longue et difficile. Les docteurs pensent que Joe a manqué d'oxygène pendant l'accouchement et que cela a eu des répercussions sur son cerveau.

— Mais Joe n'est pas stupide, pas vrai, Maman ? Il sait écrire son nom et aussi compter un peu.

— Non, ma chérie. Joe n'est pas stupide. Il est juste un peu… lent, comme diraient les docteurs.

— Et les animaux l'adorent, Maman, il leur parle si gentiment et ils lui font confiance.

— Oui, Kathleen, c'est vrai. Il faut dire que les animaux sont plus gentils que les humains, avait répondu Sophia en soupirant.

— Les garçons à l'école lui attirent toujours des ennuis. Et comme il les dépasse tous en taille, les professeurs croient que c'est Joe qui a commencé. En plus, il ne dit jamais rien pour se défendre. » Kathleen avait caché sa tête dans ses mains. « Je ne supporte pas de les voir le tyranniser. Il ne répond jamais à leurs coups, il se contente de sourire et d'accepter sa punition. Ce n'est pas juste, Maman, vraiment pas juste. Joe ne ferait pas de mal à une mouche, tu le sais bien. »

Peu de temps après, ses parents avaient retiré Joe de l'école. « Je pense qu'il n'en apprendra pas davantage et il sera plus heureux à la ferme avec les animaux et moi », avait décrété Seamus.

Son père avait raison. Joe l'aidait désormais toute la journée à la ferme. Son aisance avec les animaux et son incroyable force physique étaient un véritable atout pour l'exploitation familiale.

Tout en mettant les œufs dans son panier, Kathleen pensa à l'existence de Joe. Il était toujours content, ne semblait jamais déprimé ni en colère. Il se levait tôt le matin, prenait son petit déjeuner et passait la journée à travailler à la ferme. Le soir, il rentrait, prenait le repas qu'on lui avait préparé et allait se coucher. Joe n'avait pas d'amis en dehors de sa famille mais il ne semblait pas souffrir de la solitude. À dix-sept ans, il n'avait pas du tout les mêmes centres d'intérêt que les garçons de son âge. Le seul moment où les yeux de Joe s'illuminaient vraiment, c'était quand Lily venait chez eux. Il la regardait en silence tandis qu'elle faisait des cabrioles dans la cuisine, rejetant sa masse de cheveux blond-roux en arrière.

« Tigresse, avait soudain dit Joe un jour qu'ils se promenaient tous les trois.

— Où est la tigresse, Joe ? avait demandé Lily en parcourant des yeux la campagne environnante.

— Toi, tigresse !

— Lily la tigresse ! s'étaient exclamées en chœur Kathleen et Lily.

— Cheveux. » Joe avait montré Lily. « Couleur tigresse.

— Joe, c'est un très bon surnom pour moi, avait dit Lily en passant son bras fin et pâle sous celui gros et puissant de Joe. C'est l'un des personnages d'un livre appelé *Peter Pan* et c'est une princesse indienne.

— Tu es une princesse », Joe avait regardé Lily, les yeux débordant d'amour.

Malgré son égoïsme intrinsèque, Lily était très gentille avec Joe. Elle prenait le temps de l'écouter, tandis qu'il prononçait doucement les mots, et feignait de s'intéresser à la grive à l'aile cassée que Joe avait sauvée et qu'il soignait. Voilà pourquoi Kathleen était prête à pardonner tous les défauts de Lily. Si gâtée et égocentrique fût-elle, elle était douce et bienveillante avec Joe.

Kathleen rangea les œufs dans le garde-manger et alla dans la cuisine pour prendre son petit déjeuner. Joe était déjà assis à table en train de manger, sa grosse main serrant sa cuillère remplie de céréales.

« Il fait beau, Joe, on va à la plage ?

— Oui. Et Lily.

— Elle a dit qu'elle serait là vers onze heures. Elle a promis d'apporter à manger, mais c'est ce qu'elle dit toujours et au bout du compte elle oublie, dit

Kathleen. Je vais préparer des sandwichs pour nous trois. »

« Bonjour, tout le monde, je suis là ! » Lily apparut dans la cuisine et fit son entrée en scène habituelle. « Devinez qui est arrivé chez nous ? » interrogea-t-elle en levant les yeux au ciel puis en prenant une pomme dans le panier à fruits. Elle mordit dedans.

« Qui ? demanda Kathleen occupée à ranger les sandwichs dans le panier du pique-nique.

— Gerald ! Mon abominable demi-frère Gerald. » Lily se laissa tomber avec grâce dans un fauteuil. « Ça fait plus d'un an que je ne l'ai pas vu. Il a passé les dernières vacances chez des parents de sa mère, là-haut à Clare ! »

Kathleen et Joe regardèrent tous deux Lily avec compassion. Gerald, le fils unique de Sebastian Lisle et de sa première femme, Adele, leur empoisonnait la vie quand il venait à Dunworley. Ce petit garçon arrogant, qui prenait Kathleen et Joe pour des moins que rien, voulait néanmoins participer à leurs jeux mais passait le plus clair de son temps à les gâcher. Dès qu'il perdait, il se mettait à bouder, les accusait de tricher et s'en prenait agressivement à eux, en particulier à Joe, qui, ayant le même âge que lui, était la cible de toutes ses moqueries.

« Il ne vient pas à la plage au moins ? demanda anxieusement Kathleen.

— Non, il m'a dit ce matin qu'il avait presque dix-huit ans et qu'il était pratiquement un adulte. Heureusement, je crois qu'il ne veut rien avoir à faire avec nous. Il a beaucoup grandi, vraiment. C'est tout juste si je l'ai reconnu. On dirait un homme et il est presque aussi grand que Papa. Si ce n'était pas l'Abominable Gerald, je le trouverais plutôt beau, pouffa Lily.

— Pas avec la personnalité qu'il a, dit Kathleen en frémissant. Enfin, tant mieux s'il est trop bien pour se joindre à nous. Tu es prêt, Joe ? »

Joe, comme à son habitude, regardait Lily avec adoration. « Prêt », répondit-il.

Ils partirent tous trois vers la plage. Lily était à califourchon sur les épaules larges et puissantes de Joe, s'accrochant à lui comme un bébé singe, et hurlant d'une peur feinte quand il descendait sur les rochers.

« Et voilà, dit Kathleen à bout de souffle en posant le lourd panier du pique-nique sur le sable doux. Laisse descendre Lily, Joe, comme ça elle pourra m'aider à déballer le pique-nique.

— Oh, mais il fait si chaud ! Je veux aller me baigner tout de suite, répondit Lily qui enleva sa robe laissant apparaître un maillot de bain et les contours blancs et harmonieux de son corps qui prenait progressivement des formes. Le premier arrivé dans l'eau, Joe ! » cria-t-elle tout excitée en s'élançant vers la mer.

Kathleen vit Joe marcher pesamment derrière Lily. Il jeta son t-shirt à mi-chemin sur la plage et plongea dans l'eau, en short, quelques secondes plus tard. Kathleen disposa les couvertures sur le sable, et déballa le pique-nique qu'elle avait préparé. Elle regarda Lily, avec son corps gracieux et agile, qui criait et jouait dans les vagues. Puis, elle contempla son corps agile et regretta de ne pas avoir l'aisance et le naturel de sa cousine.

Dix minutes plus tard, Joe revint vers elle d'un pas lourd et montra la serviette. « Lily froid », dit-il.

Kathleen hocha la tête, lui tendit la serviette, et regarda Joe qui s'avançait déjà vers le rivage pour envelopper Lily, toute tremblante, dans sa chaleur. Elle se dit qu'elle avait de la chance de ne pas être d'une nature jalouse. Elle avait beau s'occuper de Joe depuis toujours, le protéger farouchement parce qu'il était incapable de se protéger lui-même, l'aimer et le défendre, elle savait bien que le cœur de Joe était entièrement acquis à Lily. S'il devait choisir entre sauver sa sœur ou sa cousine de la noyade, il opterait pour Lily sans hésiter. Joe vouait un véritable culte à Lily et s'illuminait dès qu'il la voyait. Il aurait pu ramasser et conserver précieusement la moindre miette qu'elle faisait tomber. Et si Lily rendait Joe heureux, où était le mal ? Kathleen espérait simplement que Joe supporterait de voir Lily s'éloigner de lui quand elle serait plus grande : elle était si belle qu'elle n'aurait aucun mal à trouver un homme à son goût.

Kathleen avait déjà compris que la beauté pouvait être une alliée. Même à l'école, les filles jolies s'en sortaient mieux que les filles ordinaires. Peu importe ce qu'elles étaient à l'intérieur – méchantes ou gentilles –, leur enveloppe extérieure leur donnait un avantage immédiat. Les gens vénéraient la beauté, en particulier les hommes. Beaucoup disaient que la beauté était superficielle mais Kathleen n'était pas d'accord. Toutes les stars de cinéma étaient belles, comme les dames qui vivaient dans de grandes maisons, et on trouvait rarement une jolie fille en train de faire la boniche au fond d'une cuisine. À part

Cendrillon bien sûr, mais son prince ne tardait pas à venir et savait immédiatement que c'était elle grâce à son pied minuscule et féminin.

« Oh, Kathleen, je meurs de faim ! Je peux prendre un sandwich ? » Lily était de retour, suivie de Joe quelques pas derrière elle.

« J'ai fait des sandwichs aux rillettes et des sandwichs à la confiture. » Kathleen tendit une serviette en papier à Lily avec les sandwichs dessus.

Joe ramassa l'autre couverture et l'enveloppa autour des épaules de Lily. Puis, il s'assit sur le sable, dans son short humide, à côté de sa sœur.

« Joe, mange ! dit Kathleen en lui montrant ses sandwichs.

— Joe, je peux échanger mon sandwich aux rillettes contre ton sandwich à la confiture. Je déteste les rillettes. »

Kathleen vit Joe tendre son sandwich à la confiture à Lily en silence. Lily les mangea en jetant les miettes sur le sable puis s'allongea et étira ses longues jambes minces en direction du soleil.

« Pourquoi suis-je née avec une peau irlandaise si pâle ? grogna Lily. Je ressemble à une lune blanche dans la nuit noire.

— Non, belle, dit Joe en souriant.

— Merci Joe. Tu sais quoi, Kathleen ? reprit Lily en s'appuyant sur ses coudes. Joe m'a demandé en mariage tout à l'heure quand on se baignait. » Elle gloussa. « Tu ne trouves pas que c'est mignon ?

— Oui, très mignon, répondit Kathleen qui n'apprécia pas le regard condescendant de Lily.

— Moi m'occuper de toi. » Joe hocha la tête tout en attaquant son deuxième sandwich aux rillettes.

« Merci Joe. Je sais que tu prendras toujours soin de moi. Et je te promets que je réfléchirai à ta proposition », dit Lily avec une étincelle malicieuse dans les yeux avant de se rallonger pour se faire dorer au soleil.

31

« J'espère que ça ne vous fait rien, Gerald a voulu venir. »

Kathleen fixa la grande et élégante silhouette qui se tenait derrière Lily sur le seuil de la cuisine.

Elle tenta de trouver dans cette version virile de Gerald quelque chose qui lui rappellerait le Gerald d'autrefois et ne tarda pas à remarquer le rictus familier sur ses lèvres minces. « Bonjour Gerald, dit-elle.

— Bonjour… » Gerald se gratta la tête. « Désolé, j'ai oublié ton nom.

— Moi, c'est Kathleen, Kathleen Doonan. Et voici mon frère, Joe.

— Bien sûr, excuse-moi. Comment allez-vous tous les deux ?

— Très bien, répondit Kathleen. Bon, on y va ?

— Bonjour Lily, dit Joe en attendant son accolade habituelle.

— Bonjour Joe, répondit Lily qui resta à côté de Gerald. On a piqué les cannes à pêche de Papa, pas vrai, Gerald ? ajouta-t-elle en souriant à son demi-frère.

— Oui et c'est quand même mieux qu'un bâton et une ficelle avec un morceau de lard au bout », avança-t-il en ricanant et en jetant un coup d'œil aux cannes à pêche de fortune de Kathleen et Joe.

Ils partirent tous les quatre en direction du torrent. Ils avançaient dans un silence pesant. Kathleen était perturbée par la présence de Gerald. Lily marchait au côté de son demi-frère et discutait gaiement avec lui, Joe fermait la marche. Quand ils arrivèrent au torrent, Gerald sortit une petite chaise pliante qu'il tendit immédiatement à Lily dans un geste théâtral. « Ça serait dommage de salir un si joli *derrière*[1], lança-t-il.

— Merci Gerald, c'est très gentil à toi », répondit Lily en s'asseyant.

Les trois autres s'assirent sur la berge et Gerald entreprit d'expliquer à Lily comment utiliser la canne à pêche. Ils restèrent silencieux, gênés par la présence de Gerald. Chaque phrase que Kathleen voulait formuler ne franchissait pas la barrière de ses lèvres. Joe fixait la rivière d'un air morose, dépité de ne pas être assis à côté de sa Lily adorée.

Bien sûr, Gerald fut le premier à avoir une prise. Lily le complimenta avec enthousiasme, en fit même des tonnes, tandis qu'une truite très respectable apparaissait au bout de l'hameçon.

---

1. En français dans le texte. (NdE)

« Bien joué ! lança-t-elle en souriant. Ça se voit que tu as le coup de main.

— C'est surtout que ces rivières sont encore riches en poissons. Papa s'est toujours très bien occupé de nos terres.

— Excuse-moi, Gerald, mais c'est notre torrent à présent. Mes parents ont acheté cette terre l'année dernière. » La fierté de Kathleen la poussa à corriger l'erreur de Gerald. « Nous espérons acheter le reste des terres que nous louons et la ferme quand ton père sera décidé à nous les vendre.

— Tiens, tiens, enfin propriétaires ! Il serait temps, ricana Gerald. Je présume que la mère de Lily n'est pas étrangère à tout ça ! Elle a sûrement voulu faire un cadeau à sa sœur.

— Pas du tout, mes parents ont acheté cette terre à la régulière, rectifia Kathleen rouge de colère.

— Je vois. » Gerald haussa un sourcil, à l'évidence la nouvelle ne lui faisait pas plaisir.

« Franchement, dit Lily en soupirant, quelle importance ? Que ce torrent appartienne à mon père ou à celui de Joe et Kathleen, ce poisson finira dans l'assiette de quelqu'un ce soir. Je pense qu'il s'en fiche. Tiens Joe, prends ma canne à pêche, j'ai chaud, je vais me baigner. »

Joe fit ce qu'elle lui demandait et Lily descendit la berge. Après avoir enlevé sa robe, elle plongea dans l'eau glacée. Kathleen regarda tour à tour Joe et Gerald, deux paires d'yeux masculins rivés sur Lily qui nageait dans la rivière.

« Je dois reconnaître, déclara Gerald une fois qu'ils eurent déjeuné, que cette région du monde est magnifique quand le soleil brille dessus. Dommage que ta mère ne soit pas là plus souvent pour en profiter, Lil. Où est-elle en ce moment au fait ?

— Oh, à Londres. Tu sais bien qu'elle déteste la campagne, répondit Lily avec désinvolture.

— Je suis surpris que Papa tolère un tel comportement. Ça doit être très difficile pour lui d'avoir une femme absente, fit remarquer Gerald.

— Oh tu connais Maman ! C'est un oiseau de paradis, elle a besoin d'être libre, dit tranquillement Lily. Elle regagnera son nid quand elle sera prête.

— Si ça arrive un jour, marmonna Gerald dans sa barbe. De toute façon, je ne serai pas là très souvent à l'avenir. Je vais entrer à Sandhurst pour devenir officier, annonça-t-il en toisant Kathleen et Joe. Quelque part, je vous envie tous les deux. Toujours la même chose, jour après jour. Compter les moutons, traire les vaches…

— Notre vie ne se résume pas à ça », répliqua Kathleen sur la défensive. Elle détestait l'air condescendant qu'affichait Gerald dès qu'il leur adressait la parole.

« Et qu'en est-il de sa vie à lui ? demanda Gerald en montrant Joe.

— Joe est heureux. Pas vrai Joe ? dit doucement Kathleen.

— Oui, répondit Joe en hochant la tête. J'aime Lily. Lily va bien, Joe va bien.

— Vraiment ? » Gerald haussa les sourcils. « Tu l'aimes, rien que ça ? Tu crois que Lil va t'épouser un jour, Joe ?

— Oui, moi épouser Lily. Prendre soin d'elle.

— Mon Dieu, ricana Gerald. T'as entendu ça, Lil ? Joe pense que tu vas l'épouser.

— Ne l'embête pas Gerald, il ne comprend pas, répliqua Lily.

— Il sera bien obligé de comprendre quand tu partiras au pensionnat dans quelques semaines. Tu ne seras bientôt plus là. »

Lily ramena ses genoux vers sa poitrine. « Ils ne pourront pas me forcer à y aller si je ne veux pas. Et je ne veux pas, c'est tout », dit Lily en faisant la moue.

Kathleen contempla le visage de son frère dont l'expression trahissait l'effroi.

« Lily part ? » demanda-t-il.

Lily se leva, s'avança vers Joe et s'assit à côté de lui en donnant une petite tape sur la main. « Ne t'inquiète pas, Joe, je te promets que je ne partirai pas quoi qu'en disent mes parents.

— Je ne pense pas que tu aies vraiment le choix, petite sœur, objecta Gerald.

— Lily reste. » Joe toisa Gerald et passa un bras protecteur autour des épaules de Lily.

« Tu vois, dit Lily en souriant, Joe ne me laissera pas partir.

— Non. » Joe se leva soudain et s'avança vers Gerald. « Lily reste ici.

— Ce n'est pas la peine de piquer une crise, Joe, c'est ses parents qui décident, pas moi. À vrai dire, je pense qu'il serait temps que Lily apprenne les bonnes manières. Il faut qu'elle sache se comporter comme une dame, dans son propre intérêt.

— Lily déjà une *dame* ! » Le coup fut asséné par Joe en une seconde, frappant Gerald en plein sur la mâchoire. Gerald fut sonné par sa force.

« Dis donc, c'est pas la peine de te mettre dans des états pareils, mon gars ! »

Kathleen resta pétrifiée, abasourdie par la réaction agressive de Joe. Elle ne l'avait jamais vu s'en prendre à quelqu'un auparavant. Et il n'aurait pas pu choisir victime plus malveillante.

« Joe, dit Kathleen en reprenant ses esprits. Tu présentes immédiatement tes excuses à Gerald pour l'avoir frappé. Je t'assure, Gerald, il ne voulait pas te faire de mal, c'est juste qu'il est très protecteur quand il s'agit de Lily. » Kathleen tira sur la manche de Joe. « Allez, excuse-toi Joe. »

Joe fixa ses pieds, prit une profonde inspiration, et dit : « Pardon.

— Y a pas de mal, allez. » Gerald se leva, s'épousseta, et se tourna vers Lily. « J'ai déjà pris des coups bien pires et j'ai survécu. »

Kathleen comprit que son ego était plus touché que sa mâchoire, d'autant que l'incident s'était déroulé devant Lily.

« Essayons d'oublier tout ça et de profiter du reste de la journée, dit Kathleen au désespoir.

— Bien sûr, confirma Gerald. N'en parlons plus. Serrons-nous la main, Joe. »

Joe tendit la main à contrecœur.

« C'est déjà oublié », dit Gerald.

Mais Kathleen savait que Gerald n'était pas près d'oublier ni de pardonner.

L'été avançait. Joe et Kathleen voyaient de moins en moins Lily. Joe passait des heures à scruter la route par la fenêtre de sa chambre dans l'espoir de la voir apparaître. Quand elle venait, elle semblait distraite, différente. Kathleen se disait qu'elle était peut-être hantée par le spectre du pensionnat.

« Il n'est pas question que je reste si ça ne me plaît pas, déclara Lily à Kathleen et Joe par une chaude soirée d'août, tandis qu'ils se promenaient sur le sentier de la falaise. Je m'enfuirai, tout simplement.

— Ah, je suis sûre que ça sera beaucoup mieux que tu ne le penses, Lily. » Kathleen considéra le visage triste et sérieux de Joe. « Tu verras, les vacances de Noël seront vite là et tu reviendras ici. Pas vrai, Joe ?

— Lily reste. Lily reste ici.

— Je te promets que je reviendrai, Joe. » Lily passa le bras autour des épaules de Joe. « Mais je dois partir à Londres dans une semaine pour acheter mes vêtements pour l'école. Maman vient me chercher ici et m'accompagnera en Angleterre. Papa est déjà tout frémissant à l'idée de la revoir. » Lily haussa les sourcils. « Franchement, je ne sais pas comment il fait pour la supporter. Elle écoute cette horrible musique de ballet toute la journée dans la maison. C'est tellement déprimant ! Je ne vois pas le plaisir qu'on peut trouver à regarder toutes ces danseuses sur une scène, debout sur une jambe, sans dire un mot pendant deux heures. C'est affreusement ennuyeux ! »

Kathleen avait entendu sa mère dire que Lily avait une aversion pour la danse classique parce qu'elle représentait la passion de sa mère, le centre de son monde, et l'éloignait inexorablement de sa fille. Mais au fond, Kathleen était plutôt d'accord avec Lily. Quand sa tante l'avait emmenée voir un ballet à Dublin, elle s'était endormie à la moitié du spectacle.

« Il faut que je file. Gerald m'apprend à jouer au bridge. Et je vais bientôt devenir une experte. » Lily embrassa Joe et Kathleen et partit en gambadant en direction de Dunworley House.

Joe la suivit du regard jusqu'à ce qu'elle ne fût plus qu'un petit point à l'horizon. Puis, il s'assit lourdement et contempla la mer. Kathleen s'agenouilla à côté de lui et passa son bras autour de ses larges épaules.

« Elle reviendra, Joe, tu le sais bien. »

Joe avait les larmes aux yeux. « Je l'aime, Kathleen, je l'aime. »

À l'odeur acre de son parfum et à la fumée de cigarette, Kathleen sut que sa tante Anna était venue leur rendre visite. Elle entendit le rire rauque de sa tante et le tintement des tasses en porcelaine que sa mère ne sortait de leur vitrine que quand Tante Anna leur faisait l'honneur de sa présence.

« Kathleen, ma chérie ! Comment vas-tu mon t-trésor ? dit Tante Anna quand Kathleen se pencha pour l'embrasser. Mon Dieu, tu as forci depuis la dernière fois.

— Merci, répondit machinalement Kathleen se demandant si c'était bien un compliment.

— Viens, reprit Tante Anna en tapotant la place sur le canapé à côté d'elle. Assieds-toi et racontemoi un peu ce que tu deviens. »

Kathleen s'assit et eut l'impression, comme toujours, d'être un cheval de labour à côté de sa tante si mince et si élégante. Les cheveux noirs de Tante

Anna (teintés, disait sa mère) étaient relevés en un chignon lisse et soyeux à la base de la nuque. Ses yeux immenses soulignés d'un trait de khôl, ses lèvres maquillées de rouge sur sa peau parfaitement blanche mettaient en valeur sa beauté singulière.

Kathleen était comme d'habitude trop intimidée par la présence de cette femme célèbre pour parler. On n'aurait pu imaginer contraste plus saisissant entre les deux sœurs. Elles n'avaient en réalité aucun lien de parenté, sa mère lui avait dit que ses parents avaient adopté Anna, mais elles avaient néanmoins grandi dans le même foyer. Dans cette petite pièce remplie de meubles sombres et ternes, Tante Anna ressemblait à une fleur exotique qui aurait poussé par erreur dans un marécage irlandais.

« Je suis en vacances et dans une semaine je reprends l'école, parvint à dire Kathleen.

— Tu as déjà une idée de la c-carrière que tu vas choisir ? » insista Anna.

Kathleen n'en avait pas la moindre idée, non. Comment pourrait-elle dire à sa tante qu'elle souhaitait simplement être une épouse et une mère ? Ce n'était certainement pas la réponse qu'elle attendait. « Je ne sais pas, Tante Anna.

— Et les garçons ? » Anna la poussa du coude en prenant un air conspirateur. « Les jeunes hommes se pressent sûrement à ta porte ? »

Kathleen pensa au jeune homme de Skibbereen qu'elle avait rencontré à un après-midi dansant. John Ryan avait dansé quatre fois avec elle, et ils avaient découvert qu'ils étaient vaguement cousins par leur grand-mère, Coleen. Mais dans cette région, tout le monde était parent avec tout le monde.

« Je vois qu'il y a quelqu'un ma ch-chérie. Tu rougis.

— Vraiment Kathleen ? demanda sa mère assise dans le fauteuil en face d'elle. Tu as un amoureux ? Elle ne m'en a jamais parlé, Anna.

— Oh, toutes les filles ont leurs petits secrets, dit Tante Anna en souriant.

— Je n'ai pas de secret, bredouilla Kathleen mais elle se sentit rougir de plus belle.

— Il n'y a pas de mal à avoir quelques secrets, n'est-ce pas, Sophia ? enchaîna Anna. Je suis sûre que ta maman t'a r-raconté que pour me protéger, Mary, ma mère adoptive, a dit à Lawrence Lisle, mon tuteur, que j'étais morte de la grippe au pensionnat ! Tu imagines ? » Anna partit d'un grand rire, ce rire si particulier reconnaissable entre tous. « Et ensuite je s-suis arrivée en Irlande et j'ai épousé le frère d'un homme à qui on avait dit que j'étais morte des années auparavant. Ça, c'est ce que j'appelle g-garder un secret !

— Personnellement, Anna, je trouve qu'il n'y a vraiment pas de quoi rire, répliqua Sophia en foudroyant sa sœur du regard. Tu sais aussi bien que moi que notre mère a tout fait pour te protéger. Et elle a pris de gros risques, je te rappelle. Elle aurait pu finir en prison.

— J'en suis consciente, petite sœur, et je lui s-suis infiniment reconnaissante. Tu le sais très bien.

— C'est pour ça que tu ne lui as pas parlé pendant quinze ans et que tu lui as brisé le cœur », rétorqua Sophia.

Assise entre elles, Kathleen aurait aimé rentrer sous terre.

« Franchement, Sophia, arrête de me sermonner, dit Anna en levant les yeux au ciel. Je n'ai fait que quitter le n-nid comme n'importe quelle fille normale à mon âge. N'oublie pas qu'à cette époque je ne savais pas ce que Mary avait fait. Je ne suis quand même pas responsable de ça ! Mais parlons plutôt de l'avenir. Tu sais que j'emmène Lily à Londres la semaine prochaine pour l'habiller ?

— Oui je sais. »

Kathleen vit que sa mère avait du mal à se calmer et réalisa qu'elle ignorait encore beaucoup de choses de l'histoire entre les deux sœurs.

« Dire que je pars lundi, je n'arrive pas à y croire », dit Lily. Kathleen et elle étaient allongées sur le sable et regardaient les étoiles. « Comment vais-je pouvoir vivre sans tout ça ? Tout cet espace et cette liberté... L'odeur de la mer qui entre par la fenêtre de ma chambre avec la brise le matin... Les tempêtes qui projettent furieusement les vagues contre les falaises. Et surtout, ajouta Lily en poussant un profond soupir, il n'y a personne. Je ne suis pas sûre d'aimer les gens. Et toi, Kathleen ? »

Kathleen était habituée aux pensées bizarres de Lily. « Franchement, je ne me suis jamais posé la question. Les gens sont là, tout simplement. Il faut vivre avec eux, non ?

— Oui, mais tu te vois dormir dans la même chambre que sept étrangères ? C'est ce que je vais faire dans une semaine. Je ne sais même pas si tu as un peu d'intimité pour te laver. Oh, Kathleen, tu imagines ? »

À vrai dire, Kathleen n'imaginait pas vraiment. Finalement, sa vie n'était pas si inconfortable. Elle ne comprenait pas pourquoi une fille qui avait été élevée dans le luxe comme Lily devait être soudain enlevée à sa famille et envoyée dans un établissement qui, d'après ce qu'en disait Lily, n'était guère mieux que ce qu'elle avait lu dans *Oliver Twist* de Charles Dickens.

« En tout cas, poursuivit Lily, comme je te l'ai dit, si ça ne me plaît pas, je m'enfuirai. J'ai volé un peu d'argent à Papa pour pouvoir payer mon trajet retour en Irlande. Et s'il le faut, je pourrai dormir dans une de vos granges. Tu m'apporteras à manger.

— Ah Lily, c'est sûrement beaucoup mieux que ce que tu penses, la réconforta Kathleen. Tu m'as dit que beaucoup de familles riches envoyaient leur fille dans l'école où tu vas aller. Tu vas te faire plein d'amies, j'en suis sûre.

— Mais je déteste les règles, tu le sais, gémit Lily. Je ne supporte pas qu'on m'impose des restrictions. »

Kathleen se demanda si c'était parce que Lily avait grandi sans qu'on lui fixe de limites ou si c'était simplement lié à son caractère. Sophia disait toujours de sa nièce que c'était un esprit libre et Kathleen trouvait que cette expression résumait plutôt bien sa personnalité.

« Je suis sûre que ce n'est pas si terrible que ça. C'est ce que font toutes les filles de bonne famille, non ?

— Gerald dit qu'il a adoré Eton », dit Lily en soupirant. Elle roula soudain sur le ventre et s'appuya sur ses coudes. Elle leva les yeux vers Kathleen. « En fait, je trouve que Gerald est plutôt beau, pas toi ?

— Ce n'est pas mon type, répliqua Kathleen, frémissant à cette pensée.

— Reconnais qu'il s'est quand même amélioré. Ce n'est plus l'ordure boutonneuse d'autrefois. Au fait, il a proposé que pour ma dernière soirée en Irlande, nous nous réunissions tous les quatre sur la plage, pour faire un feu et pique-niquer, histoire de fêter mon départ. Tu es partante ? Joe et toi ?

— Moi, oui bien sûr, mais Joe… Je ne pensais pas que Gerald voudrait le revoir… »

Lily balaya les inquiétudes de Kathleen d'un geste de la main. « Oh, Gerald a tout oublié. Dis juste à Joe que je serai là et je suis sûre qu'il voudra venir. Ça ne serait pas pareil sans lui.

— Non, reconnut Kathleen. Pas du tout pareil. »

32

Le visage de Joe s'illumina à l'idée de cette soirée sur la plage avec Lily.

Même s'il lui faudrait aussi supporter l'Abominable Gerald. Quand le ciel commença à s'obscurcir, Kathleen et Joe se dirigèrent vers la crique.

« N'oublie pas, Joe. C'est la dernière nuit de Lily et c'est une fête. Quoi que te dise Gerald, promets-moi que tu ne t'énerveras pas.

— Non Kathleen.

— Tu me promets, Joe ? »

Joe hocha la tête.

« Promis. J'ai quelque chose pour Lily. » Joe sortit de sa poche un minuscule ange magnifiquement sculpté. « Lily est un ange », dit-il.

Kathleen arrêta de marcher et contempla l'objet dans la paume de la main de son frère. Elle se demanda combien de temps Joe avait mis à sculpter le bois et comment ses mains immenses avaient pu créer une œuvre aussi délicate.

« Joe, dit Kathleen avec une sincère admiration, c'est vraiment magnifique. Tu es doué pour sculpter le bois. Et Lily sera enchantée, j'en suis sûre. »

Lily et Gerald avaient déjà tout installé quand Joe et Kathleen arrivèrent. Un petit feu brûlait sur le sable et Gerald avait commencé à faire griller les saucisses.

« Coucou vous deux ! lança Lily tout excitée. J'espère que vous avez apporté plein de choses à manger parce que je meurs de faim. N'est-ce pas merveilleux ? »

Ils regardèrent tous les trois Lily qui se mit à courir sur la plage, bondissant de bonheur, tournoyant sur elle-même.

« Bien qu'elle déteste la danse classique, elle a incontestablement hérité de la grâce de sa mère, tu ne trouves pas, Kathleen ? fit remarquer Gerald dont les yeux ne quittaient pas la silhouette dansante de Lily.

— Oui, c'est vrai. » Kathleen jeta un regard de biais à Joe qui fixait Lily, émerveillé. Elle prit les couvertures qu'elle avait apportées et les étala sur le sable.

« Assieds-toi là, Joe. »

Joe s'assit sans quitter Lily des yeux.

Lily revint hors d'haleine et se jeta par terre pour reprendre son souffle. « Oh, quand ce fichu pensionnat sera fini, je reviendrai ici et je vivrai à Dunworley pour toujours. Qui veut se baigner avec moi avant le dîner ? »

Kathleen secoua la tête. « Il fait trop froid pour moi Lily.

— Quelle froussarde tu es ! Où est passé ton goût pour l'aventure ? C'est mon dernier soir !

— Bon d'accord, accepta Kathleen à contre-cœur. Vous surveillerez les saucisses, les garçons ? »

Les deux garçons regardèrent les filles courir en direction des vagues. Gerald sortit une bouteille de son sac à dos. « Et pendant qu'elles se baignent, j'ai pensé que toi et moi on pourrait goûter un peu de ce breuvage pour ne pas prendre froid. »

Les yeux de Joe se détournèrent lentement de la silhouette de Lily disparaissant dans l'obscurité et se posèrent sur Gerald. Il considéra la bouteille dans sa main.

« C'est du poitín. Fait maison en plus. C'est l'un des métayers de mon père qui lui a donné. Tu as déjà goûté, Joe ? »

Joe secoua la tête.

« On va boire un petit coup tous les deux. À la tienne ! » Gerald but une bonne gorgée et passa la bouteille à Joe.

Joe renifla le contenu et fronça le nez.

« Allez, ne fais pas la poule mouillée ! Tout Irlandais qui se respecte devrait goûter au moins une fois la boisson nationale ! Tu ne voudrais pas que Lily te prenne pour une mauviette, Joe ? »

Joe porta la bouteille à ses lèvres, un peu hésitant d'abord, puis but une gorgée. Il s'étrangla, toussa et rendit la bouteille à Gerald.

« La première gorgée est toujours la pire. Je te promets que c'est meilleur au bout de quelques-unes. » Gerald but une autre gorgée.

Quand les filles revinrent, les saucisses étaient cuites et Joe et Gerald riaient à gorge déployée. Tremblante de froid, Kathleen s'enveloppa dans une couverture, heureuse de constater qu'il n'y avait aucune tension entre les deux garçons.

« Buvez un peu de jus aux baies de sureau. » Gerald fit un clin d'œil à Joe et tendit un verre à chacune des filles. Elles les vidèrent avidement.

« Beurk, bafouilla Lily. Il a un drôle de goût, ton jus. »

Kathleen toisa Gerald. « Qu'est-ce qu'il y a dedans ?

— Juste un petit quelque chose pour se protéger du froid. T'en veux, Joe ? »

Kathleen vit Gerald passer la bouteille à Joe à la lueur des flammes.

Quarante minutes plus tard, Kathleen était allongée sur le dos et regardait les étoiles, se demandant pourquoi elles tournaient tout à coup. Elle ne les avait jamais vues bouger auparavant. Elle entendait Gerald et Joe rire aux éclats et distinguait l'ombre de Lily danser devant les flammes.

Kathleen sourit, elle avait chaud, elle était heureuse. Elle ferma les yeux et s'endormit.

Elle se réveilla, désorientée et très nauséeuse.

« Mon Dieu », dit-elle, quand son estomac se souleva et que son contenu atterrit sur le sable à côté d'elle. Elle vomit encore deux fois, mais quand elle eut fini, sa tête avait arrêté de tourner. Elle eut soudain très soif et se tourna vers le feu pour prendre la bouteille d'eau qu'elle avait apportée.

Les couvertures à côté d'elle étaient vides et le feu s'était éteint.

Elle but avidement puis se leva pour voir si les trois autres étaient allés se baigner. Les jambes bizarrement chancelantes, elle s'avança vers le rivage mais n'entendit pas les rires et les cris habituels et ne distingua aucune silhouette dans les vagues. Retournant vers le camp, Kathleen se mit à les appeler mais n'obtint aucune réponse. Elle n'entendait que le son des vagues qui s'écrasaient régulièrement sur le sable.

C'est à cet instant qu'elle remarqua une bouteille vide couchée dans le sable. Elle la ramassa, renifla l'intérieur et grogna, comprenant pourquoi elle avait été si malade. Gerald avait dû mélanger leur jus avec du poitín. Cet alcool fait à base de pommes de terre était redoutable.

Un sentiment d'effroi s'empara de Kathleen. Quelle quantité avait bien pu boire Joe ? Il n'avait jamais avalé une goutte d'alcool de sa vie. Dieu seul savait l'effet que cela pouvait avoir sur lui.

Après avoir passé encore dix minutes à arpenter la plage et à les appeler, Kathleen réalisa, le cœur battant à tout rompre, qu'elle n'avait pas d'autre choix que de donner l'alerte. Elle n'avait aucune idée de l'heure qu'il était. Elle n'avait qu'un espoir : que les trois autres l'aient laissée dormir là où elle était et soient rentrés à la maison.

Sans se soucier de rassembler leurs affaires, Kathleen, plus inquiète que jamais, se dirigea vers le sentier de la falaise.

Soudain, elle entendit un cri venant du coin de la plage d'où on pouvait accéder, par-dessus les rochers, à la prochaine crique.

Elle se tourna et regarda derrière elle mais ne reconnut pas la silhouette au loin.

« Kathleen, c'est toi ?

— Oui ! cria-t-elle à son tour.

— C'est moi, Gerald ! » Il se mit à courir vers elle. Quand il arriva à sa hauteur, il était hors d'haleine et se pencha en avant pour reprendre son souffle. Puis, levant la tête vers elle, il demanda : « Tu les as vus ? Lily et Joe ? Ils m'ont dit qu'ils allaient se baigner, il y a une heure environ. J'ai dit que je gardais nos affaires puisque tu étais en train de dormir. Quand j'ai vu qu'ils ne revenaient pas, je suis parti à leur recherche. Mais ils n'étaient pas au bord de l'eau ni dans les vagues. Ils sont revenus ici ?

— Non, je suis restée là tout le temps et je ne les ai pas vus non plus.

— Mon Dieu, grogna Gerald en se redressant. Joe était plutôt éméché. J'espère qu'il ne leur est rien arrivé !

— Tu peux m'expliquer ce qui t'a pris de lui faire boire de l'alcool ? demanda Kathleen en mettant les mains sur les hanches.

— Joe est un grand garçon. Et il n'a pas dit non.

— Et Lily alors ? Et moi ? Tu as mis du poitín dans notre jus, espèce de crétin. Qu'est-ce qui t'a pris ? Et si Lily s'était noyée ? Ça serait *ta faute* ! Et comment pourras-tu vivre avec ça sur la conscience ? cria-t-elle hystériquement.

— Écoute, Kathleen, je n'ai rien fait d'autre que pimenter une fête qui aurait été plutôt ennuyeuse. Et personne ne peut le prouver de toute façon. À ton avis, qui vont-ils croire ? Toi ou moi ? De toute façon, ce n'est pas la question, poursuivit-il en haussant les épaules. Il faut qu'on retrouve Lily et Joe le plus vite possible. Je les ai cherchés partout et je n'ai pas vu la moindre trace de leur passage. »

Les yeux de Kathleen venaient de se poser sur une tache de sang épais maculant le short de Gerald.

« Qu'est-ce que c'est ? » interrogea-t-elle en montrant la tache.

Gerald baissa les yeux. « J'ai dû me couper en escaladant les rochers. Peu importe. Qu'est-ce qu'on fait ? On continue à chercher ou on appelle des renforts ?

— On va demander de l'aide.

— Très bien. Et je te préviens... » Gerald s'approcha tout près d'elle et elle se recroquevilla, effrayée. « Tu possèdes peut-être quelques hectares de marécages inutiles vers le torrent mais ta famille continue à louer des terres à mon père. Si tu dis un mot de la bouteille que j'ai apportée sur la plage, je demande à mon père de vous jeter dehors, toi et ta famille. Tu n'auras pas le temps de te retourner que tu n'auras plus ni toit sur la tête ni terre. Compris ?

— Oui, dit Kathleen en larmes. J'ai compris. »

Une heure plus tard, toute la communauté de Dunworley était sur le pied de guerre. Les villageois, une fois prévenus de l'urgence de la situation, s'étaient rassemblés sur la plage et inspectaient les criques et le rivage à la recherche de Lily et Joe.

À l'aube, un fermier du coin alerta les autres. Il les conduisit jusqu'à une petite grotte où Lily était allongée, inconsciente. Sa robe était déchirée et elle avait été brutalement battue. Le fermier la porta pour franchir les rochers et l'installa sur la banquette arrière d'une voiture qui attendait non loin de là. On l'emmena immédiatement à l'hôpital de Cork.

Vingt minutes plus tard, on retrouva Joe, qui dormait à poings fermés derrière un affleurement rocheux à moins de vingt mètres de l'endroit où on avait découvert Lily.

Quand ils le réveillèrent, il était complètement désorienté.

« Lily, murmura-t-il. Lily où ? »

33

Dans l'après-midi, on frappa à la porte de la ferme des Doonan. Quand Sophia ouvrit, elle se retrouva nez à nez avec deux gardes.

« Mrs Doonan, nous aimerions parler à vos enfants de ce qui s'est passé la nuit dernière, dit le garde.

— Ils n'ont pas d'ennuis au moins ? demanda nerveusement Sophia en les laissant entrer. Ce sont tous les deux de bons enfants, ils n'ont jamais fait de bêtises.

— Nous aimerions parler d'abord à votre fille, Mrs Doonan, dit l'un des gardes tandis que Sophia les conduisait au salon.

— Comment va Lily ? Elle a dû tomber des rochers. Kathleen, ma fille, a dit… Je…

— C'est justement ce dont nous aimerions parler avec elle, l'interrompit l'autre garde.

— Je vais la chercher. »

Kathleen entra dans la pièce quelques minutes plus tard, les genoux tremblants de peur.

« Assieds-toi, Kathleen. Tu n'as aucune raison d'avoir peur. Nous voudrions juste te poser quelques questions sur ce qui s'est passé hier soir.

— Lily va bien, n'est-ce pas ? demanda anxieusement Kathleen.

— Elle va se rétablir, ne t'inquiète pas, dit l'un des gardes. À présent, Kathleen, peux-tu nous raconter ta soirée ? À partir du moment où vous vous êtes retrouvés sur la plage.

— Eh bien, commença-t-elle en déglutissant avec peine, nous voulions faire un pique-nique pour célébrer le départ de Lily, avant qu'elle n'entre au pensionnat. Les garçons se sont occupés du feu et ont fait cuire les saucisses pendant que Lily et moi sommes allées nous baigner.

— Et ensuite ? l'encouragea le garde.

— Nous avons rejoint les garçons, nous avons mangé et… je me suis endormie.

— Tu étais fatiguée ?

— Sûrement, monsieur.

— À quelle heure t'es-tu réveillée ?

— Je ne sais pas, mais quand j'ai ouvert les yeux, Lily, Joe et Gerald avaient disparu. Je les ai cherchés partout mais je ne les ai pas trouvés. Puis j'ai vu Gerald revenir de la crique où Lily a été retrouvée. Il a dit qu'il les avait cherchés lui aussi. Ensuite nous avons décidé de donner l'alerte, conclut Kathleen en haussant les épaules.

— Kathleen, j'aimerais que tu me répondes honnêtement, dit le garde avec douceur. Avez-vous pris de l'alcool tous les quatre avec votre pique-nique ?

— Je… non, monsieur. Qu'est-ce qui vous fait penser ça ?

— On a trouvé une quantité importante d'alcool dans le sang de ta cousine Lily à l'hôpital. C'est donc la seule à avoir bu ? »

Kathleen repensa aux menaces de Gerald qui n'hésiterait pas à les jeter dehors elle et sa famille si elle disait la vérité. « Non, admit-elle, honteuse. Nous avons tous bu. Mais pas beaucoup, monsieur. Et je ne peux pas dire si Gerald a bu un verre, s'empressa-t-elle d'ajouter.

— Et ton frère Joe ?

— Je dirais qu'il a bu une ou deux gorgées, répondit honnêtement Kathleen.

— À vrai dire, quand nous avons interrogé Gerald Lisle, avant de venir ici, il nous a dit que ton frère était complètement ivre.

— Je ne pense pas, monsieur. Joe ne boit jamais. Le peu qu'il a bu lui est peut-être monté à la tête…

— Quelque chose a dû lui monter à la tête, en effet, marmonna l'autre garde dans sa barbe.

— Gerald Lisle nous a dit que ton frère aimait beaucoup Lily, continua le premier garde. C'est vrai ?

— Oh oui, monsieur, il l'adore, confirma Kathleen.

— Gerald a dit qu'il avait entendu Joe affirmer qu'il voulait épouser Lily ? A-t-il bien entendu ?

— Ah… » Kathleen réfléchit à une réponse adéquate. « Nous nous connaissons depuis l'enfance. Nous formons une famille. Joe a toujours aimé Lily.

— Oui, mademoiselle, mais vous n'êtes plus des enfants. Du moins pas votre frère. Diriez-vous que votre frère est un garçon agressif, miss Doonan ?

— Joe ? Non, pas du tout ! C'est sans doute l'homme le plus gentil de la Terre. Il ne ferait pas de mal à une mouche.

— Ce n'est pas ce que Gerald Lisle nous a dit, Kathleen. Il nous a raconté que Joe l'avait frappé au visage il y a quelques semaines. Il a affirmé que tu avais assisté à la scène, c'est vrai ?

— Je… » Kathleen, stressée par la situation, était en nage. « Oui, j'ai vu Joe donner un coup de poing à Gerald mais c'est parce que Gerald avait dit quelque chose à propos de Lily qui n'a pas plu à Joe. Il est très protecteur avec elle. Je vous assure, vous pouvez demander à tout le monde, Joe est inoffensif, ajouta Kathleen, désespérée. Il est gentil, affectueux, et il ne voulait pas faire de mal à Gerald, vraiment pas.

— Dirais-tu qu'il était obsédé par ta cousine Lily ? questionna le garde.

— Non. » Kathleen secoua la tête, sentant qu'on voulait lui faire dire des choses qui pourraient se retourner contre son frère. « Il l'adorait, c'est tout, hasarda-t-elle en haussant les épaules.

— Kathleen, as-tu déjà vu ton frère toucher Lily ?

— Oui bien sûr ! Tout le temps ! Il la portait sur son dos, la prenait et la jetait dans les vagues… Ils jouaient ensemble…

— Merci, Kathleen. Nous allons dire un mot à ta mère maintenant puis nous parlerons à Joe.

— Je ne comprends pas, monsieur. Joe n'a pas d'ennuis au moins ? Il a peut-être un peu trop bu hier, il a peut-être donné un coup de poing à Gerald l'autre fois, mais vous devez me croire, il ne ferait de mal à personne, surtout pas à Lily, insista-t-elle au désespoir.

— C'est tout pour le moment, Kathleen. Il se peut que nous ayons d'autres questions à te poser ultérieurement. »

Kathleen se leva et sortit du salon, sentant les larmes lui picoter les yeux. Sa mère attendait dans la cuisine. Elle leva la tête quand Kathleen entra, les yeux pleins d'angoisse.

« Que voulaient-ils, Kathleen ?

— Je ne sais pas, Maman, je ne sais vraiment pas. Ils m'ont posé beaucoup de questions sur Joe mais ils ne m'ont pas dit pourquoi. Je sais que Lily a été blessée, mais c'est parce qu'elle est tombée des rochers, non ? Pas parce que quelqu'un a… » Kathleen plaqua la main contre sa bouche. « Oh, Maman, tu ne crois quand même pas que les gardes pensent que Joe…

— Nous aimerions vous parler à présent, Mrs Doonan. »

L'un des gardes se tenait sur le seuil de la cuisine.

« Très bien », dit Sophia en soupirant. Elle se leva et les suivit.

Kathleen retourna dans sa chambre. Elle se mit à arpenter fébrilement la petite pièce. Elle savait que quelque chose ne tournait pas rond. Elle alla frapper à la porte de Joe. Ne recevant aucune réponse, elle la poussa et vit Joe allongé sur le lit, les mains sous la tête, en train de fixer le plafond.

Elle s'approcha du lit et s'assit au bord. « Joe, ça va ? »

Son frère ne répondit pas. Il continua à fixer le plafond, les yeux remplis de désespoir.

Kathleen posa sa main sur son gros bras. « Est-ce que tu sais ce qui est arrivé à Lily hier soir ? Et pourquoi les gardes sont là ? »

Joe secoua la tête.

« Tu l'as vue tomber et se blesser, Joe ? C'est ce qui *s'est* passé, non ? »

Finalement, il posa son regard sur Kathleen et secoua doucement la tête. « Je me souviens pas. Endormi.

— Oh, Joe, j'ai peur. Il faut absolument que tu fasses un effort pour te souvenir. Est-ce que tu as vu Lily tomber et se blesser ? répéta-t-elle.

— Non. Endormi.

— Joe, s'il te plaît. Il est important que tu m'écoutes, insista Kathleen. Essaie de comprendre ce que je te dis. Il se peut que les gardes pensent que tu as fait du mal à Lily. »

Joe se redressa et se tint droit comme un « i ». « Non ! Pas de mal à Lily ! Jamais !

— Moi je sais, Joe, mais pas eux. Et c'est à cause de ce qui est arrivé à Lily qu'ils sont là. Ils veulent découvrir ce qui s'est passé la nuit dernière. Et j'ai comme l'impression qu'ils vont essayer de te faire porter le chapeau.

— Non ! Jamais de mal à Lily ! » cria-t-il en tapant du poing sur son lit.

Kathleen vit une lueur de colère flamber dans les yeux de Joe.

« Ce n'est pas à moi qu'il faut le dire, Joe. Je sais combien tu aimes Lily. Mais peut-être que ces gardes en bas ne le savent pas, eux, et voient ce qui est arrivé à Lily d'un autre œil. Promets-moi que tu ne te mettras pas en colère s'ils te posent des questions qui ne te plaisent pas. S'il te plaît, Joe, essaie de rester calme s'ils te demandent si tu as blessé Lily, le supplia Kathleen.

— Pas blesser Lily ! J'aime Lily ! » répéta Joe.

Kathleen se mordit la lèvre, désespérée, réalisant que quoi qu'elle dise ou fasse, elle ne parviendrait pas à protéger son frère contre lui-même. « Ah, Joe, je suis peut-être trop pessimiste. Lily pourra sans doute donner sa propre version des faits. » Kathleen s'agenouilla sur le lit et passa le bras autour des épaules de Joe. « Reste toi-même et dis-leur que tu dormais.

— Oui », dit Joe en hochant vigoureusement la tête.

Kathleen le serrait encore dans ses bras quand leur mère entra, quelques minutes plus tard, le visage blême, et leur dit que Joe était attendu au rez-de-chaussée. Kathleen le regarda se lever péniblement et quitter la pièce avec un sentiment d'effroi.

Les gardes emmenèrent Joe cet après-midi-là pour continuer à l'interroger. Deux jours plus tard, un autre garde vint frapper chez eux et leur annonça que Joe était accusé du viol et de l'agression de Lily Lisle. Il serait incarcéré dans la prison de Cork jusqu'au procès.

Après le départ du policier, Sophia se laissa tomber sur une chaise dans la cuisine. Elle posa sa tête sur ses bras et pleura en silence. Seamus s'approcha d'elle et passa son bras autour de ses épaules. Il avait lui aussi les larmes aux yeux.

Kathleen regarda ses parents, dont les traits étaient marqués par le désespoir, et elle sut qu'ils ne s'en remettraient jamais.

Sophia leva enfin les yeux et serra la main de son mari. « Il n'a pas fait ça, n'est-ce pas ?

— Non, nous savons qu'il ne l'a pas fait, dit Seamus en secouant doucement la tête. Mais que pouvons-nous faire pour réparer cette injustice ? » Seamus se tourna vers Kathleen. « Il doit bien y avoir quelqu'un dans cette maison qui se souvient de ce qui s'est passé cette nuit-là ? Qu'est-ce qui t'a pris, ma fille, de boire du poitín ? Tu sais très bien les dégâts que fait cet alcool, en particulier sur un esprit lent comme Joe !

— Je suis désolée, Papa, je suis vraiment désolée. » Kathleen se tordit les mains, à deux doigts de lui dire la vérité, de lui révéler que c'était Gerald qui leur avait fait boire le breuvage à leur insu.

« Et évidemment les gardes croient l'Anglais. Je pourrais peut-être aller parler à Gerald ? suggéra Seamus en arpentant la cuisine.

— Et tu crois qu'il va te dire la vérité ? Quelqu'un a agressé Lily et nous savons que ce n'était pas notre Joe. Mais que pouvons-nous faire ? » Sophia secoua la tête, au supplice. « Si c'était Gerald, il ne l'admettra jamais. Jamais !

— Et Lily ? demanda Kathleen. Je pourrais peut-être aller la voir... »

Sophia interrogea son mari du regard. « Qu'est-ce que tu en penses, Seamus ? Tu crois que Kathleen devrait aller voir Lily ?

— Je dirais qu'au point où nous en sommes, ça ne coûte rien d'essayer. Nous n'avons plus grand-chose à perdre », répondit son père.

Le lendemain, Kathleen prit le bus pour Cork. Lily était soignée à l'hôpital Bons Secours.

Quand Kathleen entra dans la chambre, les yeux de Lily étaient fermés. Kathleen considéra son visage, le cercle noir et violet autour de son œil gauche, la coupure sur sa lèvre et les bleus sur sa mâchoire inférieure. Elle déglutit avec peine, car elle savait au fond d'elle-même que Joe n'aurait jamais été capable de faire une chose pareille à sa chère Lily. Ce n'était tout simplement pas envisageable. Elle s'assit dans un fauteuil à côté du lit en se disant que quand Lily se réveillerait et qu'elles parleraient, il lui faudrait rester calme et ne pas s'énerver devant l'horrible injustice dont était victime son frère.

Lily ouvrit enfin les yeux, elle les cligna puis aperçut Kathleen assise à côté d'elle. Kathleen lui prit la main. « Comment vas-tu ?

— Je suis endormie, répondit Lily. Complètement endormie.

— Ils te donnent sûrement des médicaments pour calmer la douleur. C'est sans doute ça qui te rend somnolente.

— Oui. » Lily passa la langue sur ses lèvres. « Tu peux me donner de l'eau ? »

Kathleen aida Lily à se redresser et à boire. Quand elle eut terminé et que Kathleen eut reposé le verre sur la table à côté d'elle, elle demanda doucement : « Qu'est-ce qui t'est arrivé, Lily ?

— Je ne sais pas. » Lily ferma à nouveau les yeux. « Je ne me souviens pas.

— Tu dois bien te souvenir de quelque chose, insista Kathleen. Tu ne penses pas… Je veux dire, tu sais bien que Joe n'aurait jamais pu te faire une chose pareille. Pas vrai, Lily ?

— Les policiers n'ont pas arrêté de me poser cette question et je n'ai pas pu leur répondre.

— Ils l'ont arrêté, Lily. Ils ont arrêté Joe, murmura Kathleen. Ils pensent que c'est lui qui t'a fait ça. Tu leur diras, n'est-ce pas ? Tu leur diras que Joe t'aimait, qu'il ne te ferait jamais de mal… tu le sais. S'il te plaît, Lily, dis-leur. »

Lily garda les yeux fermés. « Je ne crois pas qu'il serait capable de me faire du mal mais je ne peux pas raconter des événements dont je ne me souviens pas.

— Et Gerald ? A-t-il essayé… ? Est-ce que tu as dû te débattre pour le repousser… ? »

Lily ouvrit soudain les yeux. « Kathleen ! C'est mon demi-frère. Je ne peux pas l'accuser d'une chose pareille. Comme je te l'ai dit, je ne me souviens de rien. Et maintenant, s'il te plaît, je suis très fatiguée et je ne veux plus en parler.

— Lily, dit Kathleen en refoulant ses larmes. Si tu ne parles pas en faveur de Joe, ils l'enverront peut-être en prison ! S'il te plaît, je t'en supplie, je…

— Ça suffit ! » dit une voix derrière elle.

Tante Anna se tenait dans l'embrasure de la porte, les bras croisés.

« Je pense qu'il est temps pour t-toi de partir Kathleen. Comme Lily te l'a demandé.

— S'il te plaît, Tante Anna, supplia Kathleen. Ils pensent que c'est notre Joe qui a fait ça à Lily et tu sais bien qu'il l'a toujours adorée, qu'il voulait la protéger.

— Ça suffit, j'ai dit ! répliqua sa tante d'une voix sévère. Tu deviens hystérique et ce n'est pas b-bon pour Lily. Laisse la police faire son travail. Personne ne sait de quoi Joe est capable quand il a b-bu, et je pense que tu es mal placée pour faire des commentaires sur ce qui s'est passé, jeune fille. Apparemment, tu t'es endormie comme une m-masse après avoir trop bu et tu n'as rien vu et rien entendu.

— Oui, mais j'ai vu Gerald et il avait du sang…

— Assez, j'ai dit ! Je veux que tu quittes la chambre de ma fille *immédiatement*, ou je te ferai sortir de force. Et laisse-moi te dire que Sebastian et moi sommes entièrement d'accord sur un point : l'homme qui a agressé notre f-fille mérite d'être puni ! Et nous veillerons à ce qu'il le soit ! »

Kathleen s'enfuit de la chambre en courant, les yeux brouillés de larmes. Elle sortit de l'hôpital et s'assit sur un banc dans les jolis jardins à l'extérieur. C'était inutile, inutile… Et Joe, parce qu'il était Joe, n'était pas armé pour se défendre. Si Lily ou Tante Anna ne parlaient pas en sa faveur, il ne restait plus aucun espoir.

Trois mois plus tard, Kathleen assista avec ses parents au procès de Joe, qui fut condamné à la prison à vie pour le viol et l'agression de Lily Lisle. L'avocat de Joe avait réussi à obtenir que Joe fût placé, en raison de ses capacités mentales limitées, dans une institution sécurisée dans les Midlands.

Kathleen sut qu'elle n'oublierait jamais la peur et l'incompréhension qui se peignirent sur le visage de Joe quand deux gardes le prirent sans ménagement par les coudes pour le faire sortir.

Quand Joe fut conduit hors de la salle et qu'il disparut dans les escaliers, Sophia s'effondra sur son siège et se mit à pleurer. « Il va mourir là-bas, enfermé avec ces fous et loin de ses animaux adorés. Oh mon Dieu… Mon Dieu… »

Kathleen s'assit à côté de sa mère, avec son père, anéanti lui aussi, essayant de la calmer tout en fixant la salle devant elle.

Elle sut alors qu'elle ne pardonnerait jamais aux Lisle ce qu'ils avaient fait à sa famille.

Ferme de Dunworley, de nos jours

« Oh, Maman », dit doucement Grania en regardant les épaules de Kathleen se soulever pendant qu'elle pleurait. Elle s'approcha pour la prendre dans ses bras.

« Désolée, ma fille, c'est tellement douloureux de raconter cette histoire.

— Maman, je ne sais pas quoi dire…

— Tu dois sûrement penser que c'était il y a longtemps, dit Kathleen en essayant de se ressaisir, mais, Grania, je vois les yeux innocents et confiants de Joe tous les jours de ma vie. Il ne comprenait pas ce qui lui arrivait, tu vois. Ils l'ont mis dans cet endroit, dans cet horrible endroit, rempli de fous qui hurlaient et criaient à tue-tête, cognaient contre les portes fermées pour qu'on les laisse sortir. Ah, Grania, tu n'as pas idée…

— Non…, murmura Grania. Et vous avez essayé de faire appel ?

— Tu ne seras pas surprise si je te dis que l'avocat que nous avons consulté nous a déconseillé de le faire. Il a dit que nous gaspillerions notre argent. »

Kathleen rit tristement. « De plus, quand Joe a été placé dans cette institution, son état s'est détérioré. Il avait toujours eu du mal à parler, mais une fois qu'il a été là-bas, il a renoncé complètement. Je ne sais pas s'il a prononcé un mot en dix ans. Il restait assis à la fenêtre, regardait dehors, et même quand nous lui rendions visite, il ne semblait pas comprendre qui nous étions. Je pense qu'ils lui faisaient prendre des médicaments, comme à tous les pensionnaires. Quelque chose pour les calmer, pour faciliter le travail des infirmières.

— Il est toujours là-bas, Maman ?

— Non, répondit Kathleen en secouant la tête. Il est mort d'une crise cardiaque quand tu avais douze ans. C'est du moins ce qu'ils nous ont dit. Joe avait un souffle au cœur. Je pense que ce n'est pas lié à un dysfonctionnement physique mais plutôt au fait qu'il a eu le cœur brisé, ajouta Kathleen en soupirant. Que pouvait attendre ce pauvre garçon de la vie ? On l'avait accusé d'avoir agressé une personne qu'il aimait plus que sa propre vie. On l'avait privé de sa liberté. Joe n'avait pas des capacités intellectuelles suffisantes pour analyser ce qui lui arrivait. Il lui était impossible de comprendre la situation. Alors, il s'est replié sur lui-même, a disparu en lui-même. C'est ce que nous a dit le psychiatre en tout cas.

— Oh, maman ! C'est une terrible histoire… Est-ce que Lily t'en a reparlé ? Se souvenait-elle de ce qui s'était passé ?

— Je n'ai plus jamais reparlé à Lily Lisle depuis ce fameux jour à l'hôpital, répondit Kathleen. Tante Anna l'a emmenée à Londres dès qu'elle est sortie de l'hôpital et nous ne l'avons plus revue… jusqu'à ce qu'elle revienne à Dunworley House avec son mari, bien des années plus tard.

— Et Gerald ? demanda Grania. D'après ce que tu as raconté, c'était lui l'agresseur.

— C'est ce que je penserai jusqu'à la fin de mes jours, lâcha Kathleen d'un ton catégorique. C'était forcément l'un des deux garçons et ça ne pouvait pas être mon cher Joe. Mais j'ai au moins eu une consolation quelques années plus tard. J'ai appris par quelqu'un qui travaillait autrefois à Dunworley House pour Mr Sebastian Lisle – elle prononça son nom avec le plus grand mépris – que Gerald s'était fait tuer à l'étranger. Non pas au combat, en servant son pays, mais lors d'une bagarre devant un bar à Chypre alors qu'il était complètement ivre. Il est mort avant Joe, à l'âge de vingt-quatre ans. C'est comme ça que Lily a hérité de Dunworley House.

— Tu crois que ce qui s'est passé cette nuit-là a affecté Lily ? interrogea Grania avec prudence sachant que le sujet était particulièrement sensible. Alexander m'a dit que Lily souffrait de troubles mentaux graves…

— Je ne saurais te dire parce que Lily a toujours été étrange aussi bien enfant qu'adolescente, répondit Kathleen l'air songeur. Et elle n'a jamais dit si elle se souvenait de ce qui s'était passé cette nuit-là. Mais on peut imaginer que ça l'a affectée si elle se rappelait ne serait-ce que quelques bribes.

— Oui, bien sûr. Ça explique aussi pourquoi tu étais si inquiète quand je me suis engagée à m'occuper d'une enfant Lisle. Je comprends à présent. » Grania prit la main de sa mère. « Et je suis désolée si mes liens avec cette famille t'ont blessée et ont ravivé de vieilles blessures.

— Comme n'a cessé de me le répéter ton père, le passé n'a rien à voir avec toi. Mais cette histoire a détruit ma famille. Mes parents n'ont plus jamais été les mêmes. Et puis, il ne s'agissait pas uniquement de Lily, mais d'Anna, la sœur de maman, qui a refusé de parler en faveur de son neveu. Ma mère l'a suppliée de dire aux gardes que Joe était inoffensif mais Anna n'a rien voulu entendre. Pourtant, si elle avait parlé, ils auraient peut-être écouté. Après tout, elle était l'épouse d'un homme influent, du grand propriétaire terrien de la région, sa parole avait certainement plus de poids que la nôtre.

— Mais, Maman, dit Grania en soupirant, comment aurait-elle pu faire une chose pareille ? Gerald était son beau-fils. Elle était mariée à son père. Oh mon Dieu, quel gâchis !

— Oui, admit Kathleen et bien sûr, tu as raison. Tante Anna a toujours su où était son intérêt. Sebastian lui offrait une vie confortable et toute la liberté dont elle avait besoin. Après l'incident, elle n'est quasiment plus revenue en Irlande. Elle passait le plus clair de son temps à Londres. Les deux sœurs ne se sont plus jamais reparlé. »

Grania resta silencieuse pendant quelques secondes, prenant le temps de réfléchir à ce que sa mère lui avait dit. « Je comprends que tu détestes Lily pour ce qu'elle a fait à Joe, mais au fond, Maman, était-ce vraiment sa faute ? Elle a quand même été victime d'une terrible agression, quel qu'en soit l'auteur. Elle ne s'en souvenait peut-être vraiment pas, et même dans le cas contraire, aurait-elle pu accuser son demi-frère ? dit Grania l'air pensif. Et qui sait ? Gerald t'a menacée. Il a très bien pu faire la même chose avec Lily pour l'empêcher de parler. Je ne lui cherche pas d'excuses, Maman, s'empressa d'ajouter Grania, mais je ne vois pas comment elle aurait pu imposer sa version des faits.

— Tu as raison. C'est ce que ton père m'a dit pendant des années. Et, pour être tout à fait juste, quand Sebastian Lisle est mort, peu de temps après Gerald, et que Lily a hérité de Dunworley, mon père lui a écrit pour lui demander s'il pouvait enfin acheter notre ferme. Elle a accepté et a proposé un prix très raisonnable.

— Je ne veux pas être cynique, mais c'était peut-être pour réduire au maximum les liens entre ta famille et elle.

— Oui, probablement, reconnut Kathleen. Et peut-être aussi parce qu'elle se sentait coupable, quelque part.

— Il est évident qu'Alexander ne sait rien de tout ça, dit Grania.

— Oui, ça m'étonnerait que sa femme lui en ait parlé.

— Non mais ça pourrait certainement aider Alexander de le savoir. Il a toujours dit qu'il ne se sentait pas à l'aise à Dunworley. Et je pense que, même si on n'est pas responsable des problèmes de la personne qu'on aime, on a toujours le sentiment qu'on n'a pas fait assez pour l'aider. Et je sais, d'après ce qu'Alexander m'a raconté, qu'il a fait tout son possible pour soutenir Lily.

— J'en suis certaine. Et si tu veux tout savoir, Grania, j'ai arrêté d'en vouloir à Lily pour ce qui s'est passé. Mais la douleur d'avoir perdu mon Joe de cette manière restera toujours dans mon cœur.

— Bien sûr… Lily semble avoir payé le prix fort, elle aussi. La pauvre. Ça ne te dérange pas si j'en parle à Alexander quand l'occasion se présentera ?

— Non. J'ai eu soudain le sentiment qu'il était important que je te raconte cette histoire avant que tu n'ailles le retrouver demain. Le plus triste, reprit Kathleen en soupirant, c'est que je suis la dernière survivante de cette nuit sur la plage. C'est un peu comme si le monde s'était mis à mal tourner pour nous tous, ce soir-là.

— Maman, je suis là, Shane et Papa aussi, la taquina Grania. Ça veut dire que tout ne s'est pas arrêté pour toi ce soir-là. »

« Tu as raison, ma chérie. Et si ton père n'avait pas été là pour moi à ce moment-là, je pense que je serais devenue folle. Il a été merveilleux. Et il l'est toujours malgré ses manies énervantes, ajouta-t-elle en riant. Maintenant, je ferais mieux de te laisser dormir un peu avant ton départ. Promets-moi que tu feras attention à toi.

— Bien sûr, Maman, je suis une grande fille maintenant.

— Jamais trop grande pour se faire sermonner par sa mère, dit Kathleen en souriant d'un air las.

— Je sais. » Grania regarda sa mère se lever du lit et se diriger vers la porte. « Bonne nuit Maman, je t'aime.

— Moi aussi, je t'aime, Grania. »

Kathleen rejoignit sa chambre où John dormait à poings fermés. Après avoir déposé un tendre baiser sur le front de son mari, elle prit le petit ange en bois, magnifiquement sculpté, que Joe avait fait avec tant d'amour pour Lily. Elle l'avait trouvé dans le sable, juste devant la grotte où Lily avait été découverte par le fermier, quelques semaines après la condamnation de Joe. Kathleen le serra contre sa poitrine et leva les yeux vers le ciel.

« Dors bien maintenant, Joe », murmura-t-elle.

Aurora

Oh, chers lecteurs ! La pauvre Kathleen ! Je suis surprise qu'elle m'ait laissé franchir le seuil de sa maison, compte tenu du lourd héritage familial que je traînais derrière moi…

Et pauvre Joe… l'un des êtres les plus vulnérables du genre humain, incapable de se protéger ou de se défendre ; victime de la grande loterie du destin ; sans avoir commis la moindre faute. J'espère simplement que son esprit si gentil s'est réincarné en animal de compagnie chéri par ses maîtres, un chat par exemple ; et que l'Abominable Gerald était la souris que Joe le chat traquait partout, avec qui il jouait et qu'il a fini par tuer, juste pour le plaisir.

À mesure que je découvre mon passé, je m'inquiète de plus en plus pour les gènes dont j'ai hérité. L'Abominable Gerald était mon oncle ! Sans parler de ma grand-mère, Anna, dont l'égoïsme a privé Lily de ce qui est à mon sens l'élément le plus important de la vie d'un être humain : l'amour d'une mère. Et par conséquent, qui m'en a privé moi aussi. Jusqu'à ce que Grania vienne me sauver.

Au moins cette partie-là de l'histoire m'aura-t-elle aidée à mieux comprendre Lily. Je me suis demandé si, tout comme Joe était une victime parce qu'il n'avait pas reçu à la naissance tous les dons dont hérite un enfant, Lily n'avait pas été pénalisée par un don trop lourd à porter – sa beauté, qui l'a rendue si vulnérable. Peut-être qu'une trop grande qualité est aussi dommageable qu'un défaut. Elle était si fragile, aussi fragile que Joe, quoique d'une façon différente. C'est peut-être ce qu'il percevait en elle quand les autres ne s'attachaient qu'à son apparence extérieure. Trop de gens, comme la jeune Kathleen, associent la beauté et la richesse au pouvoir et à la force. Mais Joe, lui, voyait la vulnérabilité de Lily et voulait la protéger.

Entre autres choses, j'ai lu beaucoup d'ouvrages de philosophie religieuse récemment (si je parais plus sérieuse que d'habitude, ces livres y sont certainement pour quelque chose). La science a désormais identifié le maillon physique génétique que nous transmettons, mais je préfère penser que chaque nouveau-né est doté de son « propre » esprit et que, quelle que soit son éducation, il deviendra ce qu'il est prédestiné à devenir. Personnellement, je préfère voir les choses ainsi vu mon patrimoine héréditaire.

J'ai dit auparavant que le monde ne savait pas tirer les leçons de ses erreurs. Chers lecteurs, je pense que je me suis trompée. Depuis cinquante ans, des êtres comme Joe, qui pendant des siècles ont été soit noyés à la naissance, soit enfermés à cause de leurs imperfections, sont pris en charge par la société. Bien sûr, chaque médaille a son revers. Dans le monde occidental, en tout cas, les enfants ne sont plus envoyés à l'usine pour ramoner les cheminées mais sont traités avec gentillesse et considération. Ils sont aujourd'hui le centre de l'univers familial. J'ai croisé des enfants très gâtés il y a peu, et j'ai du mal à les imaginer dans un monde où ils seront capables de penser aux autres et pas uniquement à eux-mêmes. Ce qui signifie peut-être que le genre humain va entrer dans un cycle égoïste quand cette génération arrivera aux commandes, car nous changeons constamment.

Je suis vraiment contente d'être née à l'époque où je suis née. Aux siècles passés, je suis sûre qu'on m'aurait accusée d'être une sorcière et qu'on m'aurait noyée. Comme Kathleen, qui, grâce à son sixième sens, voit et sent les mêmes choses que moi, et qui comprend.

Pardonnez-moi si je suis plus longue que d'habitude. C'est sans doute parce que j'essaie de retarder l'instant où je vais écrire la suite de l'histoire. Cette partie ne va pas être facile pour moi…

34

Un chauffeur en livrée brandissait une pancarte sur laquelle figurait le nom de Grania quand elle sortit de l'aéroport de Genève.

« Si vous voulez bien me suivre, madame. »

Une Mercedes noire attendait dehors. Grania monta et le chauffeur démarra en silence.

Tandis qu'ils traversaient Genève, en route pour une destination inconnue, Grania se demanda si elle n'avait pas été naïve. Avait-elle eu raison de faire confiance à Alexander ? Elle savait si peu de chose sur lui. Il aurait pu tremper dans toutes sortes de trafics, d'armes, de drogues…

Après avoir quitté la ville et emprunté une route serpentant dans la montagne, la voiture s'arrêta devant un bâtiment moderne très éclairé. Le chauffeur ouvrit la portière côté passager et Grania sortit du véhicule.

« Je vous attends ici. Mr Devonshire est au deuxième étage. Demandez à l'accueil, les infirmières vous indiqueront où il se trouve. »

C'est alors que Grania se rendit compte qu'elle se tenait devant l'entrée de la clinique de Genolier. Instinctivement, elle porta la main à sa bouche. « Oh mon Dieu… » murmura-t-elle.

Hébétée, elle prit l'ascenseur jusqu'au deuxième étage comme le chauffeur le lui avait indiqué puis se dirigea vers le bureau des infirmières pour se présenter.

À l'accueil, l'infirmière, visiblement informée de sa visite, lui sourit. « Mr Devonshire vous attend. Suivez-moi, s'il vous plaît. »

Le cœur battant la chamade, Grania avança dans le couloir à la suite de l'infirmière et attendit pendant qu'elle frappait à la porte. Une voix faible répondit : « Entrez ».

L'infirmière fit signe à Grania de pousser la porte.

Alexander, ou du moins l'ombre vague de l'homme à qui elle avait dit au revoir quelques semaines auparavant, était allongé dans le lit. Complètement chauve, la peau grise, le teint cireux, il avait le corps relié à des tuyaux et des écrans bipaient en rythme monotone autour de lui. Il leva à grand-peine son bras décharné pour saluer son arrivée.

« Grania… merci d'être venue. »

Grania était clouée sur place, incapable de cacher le choc qui devait se lire sur ses traits.

« Je sais, dit Alexander d'une voix rauque. Je sais. Vous ne vous attendiez pas à… *ça* », dit-il en montrant son corps.

Grania secoua silencieusement la tête, s'intimant de ne pas craquer. Il fit un petit geste de la main. Quand elle s'avança vers lui, elle vit que ses yeux bleu marine étaient remplis de larmes.

Instinctivement, elle se pencha et déposa un baiser sur son front froid.

« Alexander, murmura-t-elle, que vous est-il arrivé ? Je ne comprends pas. »

Il lui fit signe de tirer un fauteuil et de s'asseoir à côté de lui. Une fois qu'elle fut installée, il tendit la main vers elle et elle la prit dans la sienne.

« Tumeur au cerveau. Je l'ai appris il y a un an. Quand je m'absentais, c'était pour le traitement. » Il sourit tristement. « Comme vous voyez, ça n'a pas marché. Je suis en train de mourir, Grania. Je pensais avoir plus longtemps,... – il passa la langue sur ses lèvres sèches pour mieux pouvoir parler – ... mais non.

— Je... » Les larmes coulaient sur les joues de Grania. Elle n'avait pas pu les refouler. « Je suis vraiment désolée, Alexander. Pourquoi ne m'en avez-vous pas parlé ? Je savais que quelque chose n'allait pas ; vous aviez une mine épouvantable à votre retour la dernière fois. Tous ces maux de tête... je comprends maintenant. Excusez-moi. » Elle fouilla dans son sac à main à la recherche d'un mouchoir pour essuyer son nez qui coulait. « Pourquoi ne m'avez-vous rien dit ? répéta-t-elle.

— Tant qu'il y avait de l'espoir, je ne voulais pas qu'Aurora sache. Ni vous, ajouta-t-il.

— Les docteurs ne peuvent vraiment... rien faire ? » Grania sut, en le regardant, qu'elle se raccrochait à de vains espoirs.

« Rien. Ils ont tout essayé. Je suis fichu, c'est tout.

— Combien de temps... » Grania n'eut pas le courage de terminer sa phrase.

« Deux semaines, trois... vu mon état, avant peut-être. Grania... » Elle sentit soudain sa main serrer la sienne. « J'ai besoin de votre aide.

— Dites-moi ce que je peux faire, Alexander.

— C'est Aurora. Je suis inquiet pour elle, il n'y aura personne pour s'occuper d'elle quand je ne serai plus là.

— Ne vous inquiétez pas pour ça. Je serai là, ma famille aussi. Vous savez que nous ne la laisserons pas, Alexander. » Grania vit qu'il était épuisé à force de parler en plus des émotions qui le submergeaient.

« Ma pauvre petite fille... elle a déjà connu tellement de souffrances. » Ce fut au tour d'Alexander de pleurer. « Grania, pourquoi la vie est-elle si cruelle ?

— Je ne sais pas, Alexander, je ne sais vraiment pas. Tout ce que je peux vous promettre, c'est qu'Aurora sera en sécurité, qu'elle sera bien traitée et *aimée.*

— Excusez-moi... Je suis si fatigué, les médicaments, vous savez. »

Grania resta immobile tandis qu'Alexander fermait les yeux et se laissait gagner par le sommeil. Elle était étourdie, abasourdie par le choc. Elle s'était attendue à beaucoup de choses mais certainement pas à se retrouver au chevet d'un mourant. Elle essaya de penser rationnellement mais son cerveau était engourdi. Elle se contenta de serrer la main d'Alexander, le plus fort possible, comme si sa santé, son énergie à elle pouvait le maintenir en vie.

Finalement, il ouvrit les yeux et tourna la tête pour se concentrer sur elle. « Je vous fais confiance, Grania. J'ai vu l'amour que vous portez à Aurora. Et votre famille... ce sont des gens bien. Je veux qu'Aurora soit avec vous et... eux.

— Je vous l'ai dit, Alexander, elle peut vivre avec nous. Elle *sera* avec nous.

— Non. » Alexander fit un effort pour secouer la tête. « Ça ne suffit pas. Je ne veux prendre aucun risque. Grania, je dois vous demander une faveur.

— Tout ce que vous voudrez Alexander, vous le savez.

— Vous voulez bien m'épouser ? »

De tous les chocs qu'elle venait d'avoir, c'était sans doute le plus gros. Grania se demanda sérieusement si Alexander était encore sain d'esprit.

« Vous épouser ? Mais...

— Je sais, ça ne fait pas franchement rêver, vu mon état. » Les lèvres d'Alexander se retroussèrent légèrement et il esquissa un semblant de sourire. « J'aurais aimé faire cette demande dans d'autres circonstances.

— Je ne comprends pas, Alexander. Pouvez-vous m'expliquer ?

— Mon notaire s'en chargera demain. Ensuite, je pourrai mourir en sachant... – Alexander prit une profonde inspiration pour essayer de contenir ses émotions – ... que ma petite fille est en sécurité.

— Oh, Alexander... » La voix de Grania se brisa.

« Vous voulez bien ? Faire ça pour moi ? parvint-il à articuler.

— Je... C'est un tel choc, j'ai... j'ai besoin de temps pour y réfléchir.

— Je n'ai pas le temps. S'il vous plaît, Grania, je vous en conjure. Je vous promets, je veillerai à ce que vous soyez à l'abri du besoin jusqu'à la fin de vos jours.

— Je ne veux pas de votre argent, Alexander.

— S'il vous plaît, Grania. Il faut absolument le faire avant qu'il… ne soit trop tard. »

Elle regarda son visage anxieux et sut qu'elle n'avait pas le choix.

— Oui, répondit-elle doucement, je suis d'accord. »

Le lendemain matin, au terme d'une nuit sans sommeil, bien qu'elle fût logée dans une magnifique suite d'un hôtel de Genève, Grania retrouva le chauffeur d'Alexander dans le hall à dix heures et fut conduite à l'hôpital.

Alexander esquissa un faible sourire quand elle franchit le seuil de sa chambre. Un homme d'âge mûr, aux cheveux grisonnants parfaitement coiffés, était assis dans le fauteuil à côté du lit. Il était vêtu d'un costume impeccable.

Il se leva et tendit la main à Grania, qui se sentit toute petite à côté de lui.

« Bonjour, miss Ryan, je m'appelle Hans Schneider. Je suis le notaire de Mr Devonshire, vieil ami et parrain d'Aurora, ajouta-t-il.

— Hans est là pour vous parler de ce dont nous avons discuté hier soir, dit Alexander. Vous… vous n'avez pas changé d'avis ?

— Pour être franche, je n'ai toujours pas vraiment… d'avis. Je suis encore sous le choc, répondit Grania.

— Bien sûr, dit Hans. Je vous propose que nous descendions au restaurant du rez-de-chaussée. Je pourrai ainsi vous expliquer tranquillement ce qu'Alexander attend de vous. »

Grania hocha la tête en silence. Elle avait le sentiment d'être un pion dans une partie d'échecs particulièrement complexe qu'elle ne comprenait pas.

Quand ils se furent installés dans l'agréable restaurant, Hans commanda des cafés et sortit d'épais dossiers de sa mallette. « À présent, miss Ryan..., commença-t-il avec son accent allemand saccadé, je peux vous appeler Grania ?

— Bien sûr, dit-elle en hochant la tête.

— Tout d'abord, il est important que vous compreniez que tout ce que nous faisons a pour but de protéger Aurora quand Alexander ne sera plus en mesure de le faire.

— Oui, mais ce que je ne comprends pas, Hans, c'est pourquoi Alexander tient à tout prix à ce que je l'épouse. Il suffirait sans doute qu'il stipule dans son testament ou peut-être sur un autre document légal qu'il souhaite que ma famille et moi adoptions Aurora ?

— Dans des circonstances normales, cela suffirait certainement. Mais le problème, Grania, c'est que ce sont des circonstances exceptionnelles, expliqua Hans. J'ai demandé à Alexander si je pouvais parler en son nom, il est trop faible à présent pour pouvoir vous expliquer tout en détail, et il est important que vous sachiez parfaitement ce qu'il attend de vous. Sa démarche est uniquement motivée par le fait qu'il veut garantir le bien-être et la sécurité d'Aurora. Il veut être certain, avant de mourir, qu'il a assuré l'avenir de sa fille. En épousant Alexander, vous deviendrez la belle-mère d'Aurora et si nous lançons le processus d'adoption tout de suite, il est peu probable qu'il soit annulé.

— Mais pourquoi quelqu'un voudrait-il l'annuler ?

— Grania, Alexander est un homme extrêmement riche. La fortune qu'il laisse reviendra à Aurora. À la mort de son père, elle héritera également de Dunworley House et d'autres propriétés de grande valeur, de sa mère Lily. Bien que la plupart de ces biens aient été transférés dans des trusts jusqu'à ce qu'Aurora ait atteint l'âge de vingt et un ans, il est évident qu'une somme importante va être confiée à la personne ou aux personnes qui vont l'élever. Mr Devonshire a un certain nombre de parents qui aimeraient mettre la main sur une telle somme. Sa sœur, par exemple, sa parente la plus proche, pourrait bien porter l'affaire devant les tribunaux pour essayer de contester le testament d'Alexander. Il ne lui a pas parlé depuis dix ans. Croyez-moi, Grania, insista Hans en haussant les sourcils, je l'ai rencontrée et je comprends pourquoi Alexander ne veut pas qu'Aurora et sa fortune finissent entre les mains de cette femme.

— Je vois.

— Vous pensez peut-être qu'Alexander est trop prudent, mais ça fait trente-cinq ans que j'exerce le métier de notaire et je peux vous garantir qu'après la mort d'Alexander, les vautours vont se manifester, fit remarquer Hans. Et il ne veut prendre aucun risque.

— Je comprends, dit Grania.

— À présent, en ma qualité de notaire d'Alexander mais aussi d'ami et de parrain d'Aurora, je dois vous demander si vous êtes prête à prendre la responsabilité de l'adopter.

— Oui, si c'est nécessaire. Je l'aime, répondit simplement Grania.

— Et c'est ça le plus important, dit Hans en souriant. La seule inquiétude d'Alexander, c'est qu'en adoptant Aurora, vous renonciez à une partie de vos projets. Il veut que vous sachiez que si vous souhaitez retourner à New York, il ne voit aucun inconvénient à ce qu'Aurora reste vivre en Irlande avec vos parents. Comment se positionne votre famille par rapport à Aurora, si je peux me permettre de vous poser la question ?

— Ils l'adorent et elle les adore. Elle est en Irlande avec eux en ce moment et je ne l'ai jamais vue si heureuse. Mais Hans, continua Grania en secouant la tête, désespérée, comment vais-je annoncer à Aurora que son père... » Grania eut immédiatement les larmes aux yeux en pensant à cette conversation.

« Je sais. » Hans tendit le bras et tapota la main de Grania. « C'est l'autre raison pour laquelle Alexander souhaite que vous l'épousiez. Oui, Aurora va perdre son père, *mais* – en même temps – elle aura gagné une mère. Il pense que ça atténuera peut-être le choc et la douleur. Il dit que c'est ainsi qu'elle vous considère de toute façon.

— C'est gentil à lui, répondit Grania, en essayant de ne pas se laisser submerger par l'émotion. Je l'aime comme si c'était ma propre fille. Il y a un lien très fort entre nous depuis le début.

— Je crois vraiment que les voies du Seigneur sont impénétrables parfois, dit Hans d'une voix posée. Et au moins, si vous acceptez la demande en mariage d'Alexander, il pourra mourir en sachant que sa fille adorée est en sécurité et qu'elle sera aimée. Vous n'imaginez pas combien il vous estime, Grania. Je peux juste vous dire que le temps presse, peut-être plus encore que ce que pense Alexander. Nous devrions prévoir la cérémonie pour demain. Je vais contacter l'officier d'état civil, il viendra jusqu'à l'hôpital. Malheureusement, Grania, votre mariage aura lieu demain. »

Elle hocha silencieusement la tête, l'ironie de la situation ne lui échappait pas : elle qui avait refusé d'épouser Matt pendant toutes ces années allait franchir le pas avec un autre le lendemain, dans des circonstances tragiques. Elle sentit sa gorge se serrer à cette idée.

« Je crois qu'Alexander vous a demandé d'apporter votre acte de naissance. Si je peux l'emporter avec votre passeport et si vous voulez bien signer ces documents que j'ai pris la liberté de remplir, je pourrai prendre les dispositions nécessaires. »

Grania signa document sur document sans réfléchir et les rendit à Hans.

Après avoir rassemblé les papiers et les avoir rangés dans sa mallette, Hans la dévisagea. « Vous ne savez rien de la somme qu'Alexander va vous laisser à sa mort, en votre qualité d'épouse. Et pourtant vous avez signé tous ces documents.

— Mais ce n'est pas l'argent qui compte ici. Je le fais simplement parce que j'aime Aurora et que j'ai beaucoup d'affection pour son père. »

Hans lui adressa subitement un sourire très chaleureux. « Je comprends désormais pourquoi Alexander souhaite que vous éleviez sa fille. Il a dit que l'aspect financier ne vous intéresserait pas et, ajouta-t-il en lui faisant un clin d'œil, vous venez de lui donner raison.

— Parfait, répondit Grania sur la défensive, réalisant qu'il venait de la tester. N'oubliez pas, s'il vous plaît, que je n'ai rien demandé, et que je gagne ma vie. Je n'ai pas besoin de l'argent d'Alexander.

— Ne m'en veuillez pas, Grania... Compte tenu de ce qu'Alexander va vous laisser, de la responsabilité qu'il vous confie, je devais m'assurer, vu son état, qu'il était encore sain d'esprit. Je peux désormais signer sans hésiter les papiers qui le stipulent. Je serai son exécuteur testamentaire et je gérerai ses placements financiers pour vous et Aurora à l'avenir. Je ferai tout mon possible pour vous aider. Et je vais vous dire maintenant que dans son testament, il vous a laissé...

— Ça suffit. » Grania était épuisée et ne pouvait pas en entendre davantage. « Pouvons-nous en rester là pour le moment ? Nous en parlerons un autre jour. J'aimerais retourner auprès d'Alexander à présent. »

« Alexander, murmura Grania en s'asseyant à côté de lui. Je voulais vous dire que Hans et moi avions tout réglé. J'ai signé les documents pour l'adoption et nous allons nous marier demain. »

Alexander tourna la tête à grand-peine pour la regarder et tendit la main pour que Grania la prît dans la sienne. « Merci, Grania. Je compte sur vous pour vous acheter une jolie tenue. Et bien sûr, il y a la bague. » Alexander montra le tiroir de la table de nuit à côté de lui. « Ouvrez-le. »

Grania s'exécuta et trouva à l'intérieur un coffret Cartier en cuir rouge. Alexander tendit la main pour prendre la boîte. Il fit de gros efforts pour se redresser, ouvrit le coffret et en sortit une bague solitaire raffinée et délicate.

« Grania Ryan, voulez-vous bien m'épouser ? »

Aveuglée par les larmes, Grania hocha la tête. « Oui, Alexander. »

Alexander rassembla toutes ses forces pour passer la bague à son doigt. « Une dernière chose, Grania. Pourrez-vous… rester avec moi… jusqu'à la fin ? Comme… le ferait ma femme. » Il sourit tristement.

« Bien sûr. Mais… qu'allons-nous dire à Aurora ?

— Que nous sommes en voyage de noces. Elle sera ravie.

— Oh, mais Alexander, que vais-je… *Comment* vais-je lui dire ?

— Je sais que vous trouverez les mots justes. Et au moins elle aura une nouvelle mère qu'elle aime. »

Les yeux d'Alexander se fermèrent. Assise à ses côtés pendant qu'il dormait, Grania regarda par la fenêtre la magnifique vue sur le mont Blanc au loin.

Elle allait se marier le lendemain et pourtant elle ne s'était jamais sentie aussi seule de sa vie.

Après avoir déposé Aurora à l'école, Kathleen revint à la ferme pour donner à manger aux poules et ramasser les œufs. Grania était partie depuis quatre jours et n'avait donné aucune nouvelle.

Kathleen avait maintes fois essayé de la joindre, mais son téléphone était toujours éteint.

« Cette fille a besoin d'une bonne correction, marmonna-t-elle en entrant dans la maison d'un pas lourd avec les œufs. Elle s'en va et ne prend même pas la peine de dire à sa mère comment elle va, ni où elle va. Et moi, je me fais un sang d'encre pendant ce temps. »

Plus tard dans la journée, Grania appela enfin.

« Grania ! Mon Dieu ! Je me suis imaginé toutes sortes de choses.

— Désolée, Maman. Je peux dire que la réalité dépasse sans doute tout ce que tu as pu imaginer, mais je ne peux pas parler maintenant. Aurora est là ?

— Non, c'est lundi, au cas où tu l'aurais oublié. Elle est à l'école.

— Bien sûr, dit distraitement Grania. Écoute, j'essaierai de lui parler plus tard, mais c'est difficile en ce moment. Maman, j'aimerais que tu lui dises quelque chose de ma part.

— Et quoi donc ?

— Dis-lui que... son papa et moi nous sommes mariés et que je vais être sa nouvelle maman. »

Kathleen eut l'impression d'avoir reçu un coup de poing dans le ventre et de ne plus pouvoir respirer. « Quoi ? Tu es en train de me dire qu'Alexander Devonshire et toi vous êtes mariés ?

— Oui, mais Maman, c'est une très longue histoire. Je ne peux pas t'expliquer maintenant. Je te promets que ce n'est pas ce que tu crois.

— Ah vraiment ? Et toi qui me disais la nuit avant ton départ que tu pensais encore à ton Matt. Qu'est-ce qui t'a pris ma fille ? Tu as perdu la raison ?

— Maman, pour une fois dans ta vie, fais-moi confiance. Il faut que tu dises à Aurora que son papa et moi sommes partis en voyage de noces. Nous ne savons pas… – sa voix s'étrangla tout à coup – … pour combien de temps.

— Je vois. Et tu peux me le dire à moi pour combien de temps ?

— Si seulement je le savais, Maman.

— Grania Ryan… oh pardon… Grania *qui* ?

— Devonshire. Je suis Mrs Devonshire.

— Eh bien au moins tu ne portes pas le nom des Lisle.

— Écoute, Maman, il faut vraiment que j'y aille. Je te promets que je te raconterai tout à mon retour. Embrasse fort Aurora pour moi et dis-lui que son père et moi l'aimons beaucoup, beaucoup. Je te rappelle bientôt. »

Elle raccrocha sans que sa mère n'ait eu le temps d'ajouter quoi que ce soit. Kathleen regarda le combiné dans sa main.

Ce n'était pas dans les habitudes de Kathleen de boire, mais elle se rendit directement au salon et se servit un verre de sherry. Elle le descendit d'une seule traite puis retourna vers le téléphone pour appeler son mari.

35

Matt avait la sensation d'avoir sombré dans le malheur et la confusion. Pour quelqu'un qui avait consacré sa vie à enseigner aux autres le fonctionnement de l'esprit humain, qui écrivait régulièrement des articles sur le sujet et avait même publié un livre chez Harvard Press, il avait complètement déraillé.

Quand Charley lui avait appris la nouvelle, Matt avait été à court de mots… et même de pensées. Il l'était toujours. Il savait qu'il avait mal réagi. Charley avait quitté le restaurant en larmes ce soir-là. Après avoir réglé l'addition, il avait rejoint Charley à l'appartement, mais elle avait déjà disparu dans sa chambre. Il avait frappé à sa porte mais n'avait reçu aucune réponse.

Il avait fini par ouvrir la porte. Charley était blottie sous les couvertures, le visage strié de larmes.

« Je peux m'asseoir ?

— Ouais, avait-elle répondu d'une voix étouffée.

— Charley, je suis vraiment désolé. Tu as... réfléchi à ce que tu voulais faire ? Je... Tu le veux ? »

Charley avait soudain repoussé la couverture et s'était redressée. Ses yeux lançaient des éclairs.

« Tu es en train de me demander d'avorter ?

— *Non.* Merde ! Non, je n'ai encore même pas réfléchi à ce que je veux. C'est de *toi* qu'il s'agit.

— Quoi ? Eh, Matty, tu étais là toi aussi, tu sais ! Il ne s'agit pas uniquement de moi, mais de nous ! »

Quoi nous ? avait pensé Matt sans le dire tout haut car il n'avait aucune envie d'affronter encore le courroux de Charley.

Charley avait ramené ses longues jambes sous son menton, enserrant ses genoux de ses bras dans un geste protecteur. « Comme cette fameuse nuit, tu as juré que tu m'aimais, alors oui, je devrais me réjouir à l'idée que toi et moi ayons un bébé. Mais ce soir, tu m'as bien fait comprendre qu'en fait tu ne m'aimais pas, donc je ne sais pas ce que je veux.

— Peut-être qu'on a tous les deux besoin de temps pour réfléchir.

— Sauf que je n'ai pas beaucoup de temps à ma disposition. Le bébé grandit en moi et je ne veux pas m'attacher à lui si je dois... »

Matt s'était approché d'elle pour passer le bras autour de ses épaules. « Ne pleure pas. On va trouver une solution, je te promets. Je pars demain, ce qui est peut-être une bonne chose. On a tous les deux besoin d'un peu de temps et d'espace pour réfléchir. Si on en reparlait calmement à mon retour ?

— D'accord », avait accepté Charley d'une voix larmoyante.

Matt avait déposé un baiser sur son front puis s'était levé.

« Matty ? Tu le veux, ce bébé ?

— Je suis vraiment désolé, Charley, mais pour être honnête, je n'en sais rien. »

Une semaine plus tard, Matt était de retour et n'était pas plus avancé qu'en partant. En fait, pensa-t-il, en tournant la clé dans la serrure, à qui voulait-il donc faire avaler ça ? Il était *absolument* certain qu'il n'aimait pas Charley et qu'il ne voulait pas un bébé avec elle. S'il acceptait d'assumer sa paternité, ce serait uniquement parce qu'il était un gentleman et qu'il avait fait une erreur irréversible. Il ne serait pas le premier à avoir été pris en défaut dans les mêmes circonstances et à devoir prendre ses responsabilités. Charley était une amie d'enfance, dont les parents voyaient régulièrement les siens. Il frémit en pensant aux haussements de sourcils que susciterait sa conduite au country club si le bruit courait que Charley était enceinte de lui et qu'il l'avait laissée tomber.

Le problème, se dit Matt en allant déposer son sac dans sa chambre, c'était qu'elle avait toutes les cartes en main. Si elle décidait de garder le bébé, Matt n'aurait pas d'autre choix que d'essayer de donner une chance à leur relation. La situation pourrait être pire, se consola-t-il : il la connaissait bien, ils s'entendaient bien, ils venaient du même milieu, avaient les mêmes amis.

Peut-être devrait-il considérer cette union comme un mariage arrangé ? Ce concept avait fait ses preuves. Après tout, son histoire avec Grania n'avait pas marché. Matt regarda la photo posée sur sa table de chevet et eut soudain la gorge serrée. Grania semblait à peine plus âgée qu'une adolescente dessus. La photo avait été prise devant le Dôme pendant leurs vacances à Florence et Grania souriait tandis que les pigeons qu'elle nourrissait affluaient autour d'elle.

Matt se laissa tomber lourdement sur le lit qu'ils partageaient autrefois, le lit dans lequel il l'avait trompée – à son insu pratiquement – avec Charley. Il n'avait sans doute plus qu'à attendre la décision de Charley. Comme Grania lui manquait en cet instant ! Le pire était qu'il avait vraiment ressenti le besoin de lui parler de ce qu'il lui était arrivé. Non seulement Grania était sa compagne mais aussi sa meilleure amie. Son bon sens irlandais lui avait toujours remis les idées en place. Pris d'une envie soudaine, Matt chercha son téléphone et composa le numéro de Grania, ignorant ce qu'il lui dirait si elle répondait. Il avait simplement besoin d'entendre sa voix. Comme son téléphone portable était éteint, il composa le numéro de ses parents.

On décrocha à la deuxième sonnerie.

« Allô ? » C'était une voix d'enfant que Matt ne connaissait pas.

« Allô, répondit-il, qui est à l'appareil ?

— Aurora Devonshire et à qui ai-je l'honneur ? répondit la voix avec un accent anglais saccadé.

— Je m'appelle Matt Connelly. Je ne suis pas certain d'avoir composé le bon numéro. J'aimerais parler à Grania Ryan.

— Vous avez fait le bon numéro, Mr Connelly. Mais malheureusement Grania n'est pas là.

— Sauriez-vous par hasard où elle est ?

— Oui, elle est en Suisse. En voyage de noces avec mon papa.

— Pardon ? Vous voulez bien répéter ce que vous venez de dire, mademoiselle ?

— Oui. J'ai dit que Grania était en voyage de noces en Suisse avec mon papa. Je peux lui transmettre un message si vous voulez. Elle devrait bientôt rentrer.

— Non… Je… Est-ce que Kathleen, sa mère, est à la maison ?

— Oui. Vous voulez que j'aille la chercher, Mr Connelly ?

— Oui, ça serait très gentil à vous. » Matt attendit dans l'angoisse, priant pour que Kathleen contredise les propos de l'enfant.

« Allô ?

— Kathleen, c'est Matt…

— Oh… Bonsoir Matt. Comment allez-vous ?

— Bien, répondit-il machinalement. Je suis vraiment désolé de vous déranger mais la petite fille à qui je viens de parler m'a dit que Grania était en voyage de noces. Elle s'est mariée ? C'est vrai ? »

Il y eut un silence à l'autre bout de la ligne. Puis Matt entendit Kathleen pousser un profond soupir. « Apparemment oui, Matt.

— Grania est… *mariée* ? » Matt ressentait le besoin de répéter le mot plusieurs fois comme s'il n'arrivait pas à en saisir le sens.

« Oui, Matt. Elle est mariée. Je suis… désolée.

— Il faut que je file, Kathleen. Merci de… me l'avoir dit. Au revoir.

— Prenez soin de vous, Matt », répondit Kathleen, mais il avait déjà raccroché.

Matt resta immobile, abasourdi. Grania… *mariée* ? Après avoir refusé pendant toutes ces années de l'épouser lui. Elle était partie et l'avait quitté sans explication, puis quelques mois plus tard s'était mariée avec quelqu'un d'autre. Le cœur de Matt tambourinait dans sa poitrine et il sentait le sang affluer dans son corps, il en avait presque le tournis. Il ne savait pas s'il devait en rire ou en pleurer. C'était surréaliste…

Matt décida d'opter pour la troisième option et de se mettre en colère. Il prit la photo de Grania sur la table de nuit et la jeta contre le mur où le verre se brisa en mille morceaux. Haletant d'émotion, il entendit la porte d'entrée s'ouvrir.

« Mon Dieu ! cria Matt en passant la main dans ses cheveux. Foutez-moi la paix à la fin ! » Inhalant profondément, il tenta de retrouver son calme.

Cinq minutes plus tard, Charley apparut dans la chambre. À son grand soulagement, il constata qu'elle avait bien meilleure mine.

Elle lui adressa un grand sourire. « Matty, ça va ? Tu as l'air mal fichu, mon chou.

— Merci Charley, c'est exactement comme ça que je me sens.

— La semaine a été difficile au travail ?

— On peut dire ça comme ça, oui.

— On dîne dehors ce soir ?

— Oui, c'est ce qui était prévu, non ?

— Oui, je vais prendre une douche. On se retrouve dans un petit quart d'heure.

— Très bien. »

Pendant que Charley prenait sa douche, Matt s'installa au salon avec une bière. Il alluma la télévision et cherchait quelque chose qui puisse détourner son attention de la douleur qu'il ressentait quand on sonna à l'Interphone.

« Salut Matt, c'est Roger. Grania m'a prêté un livre et j'avais promis de lui rendre dès que je l'aurais fini. »

Roger était un ami de Grania avec qui elle avait partagé un appartement quand elle s'était installée à New York. Matt l'aimait bien. Il lui ouvrit et trois minutes plus tard il offrait une bière à Roger.

« Qu'est-ce que tu fais dans le quartier ? demanda-t-il.

— Je viens de visiter une piaule à louer dans un loft à deux blocks d'ici. Je crois que je vais la prendre. J'aime bien le coin. Grania n'est pas là ?

— Non, maugréa Matt.

— Bon, comment ça va au travail ? Grania m'a dit que tu étais en train de te faire un nom dans ta spécialité.

— Vraiment ? Elle t'a dit ça ? Il faut bien gagner sa vie, non ? Tu es toujours interne ?

— Ouais et avec les heures que je passe à l'hôpital, je commence à me demander si je ne devrais pas opter pour une vie plus facile, dit Roger en haussant les sourcils.

— Je n'aimerais pas être à ta place, en convint Matt.

— Et comment va Grania ?

— Je... » Matt soupira. « À vrai dire, je ne sais pas, mon pote.

— Ah. »

Un silence embarrassé s'installa entre eux tandis qu'ils buvaient chacun une gorgée de bière.

« Je suis prête ! » Charley sortit de sa chambre et s'arrêta net quand elle vit Roger. « Qui est-ce ? demanda-t-elle.

— Salut, je m'appelle Roger Sissens, dit-il en tendant la main. Et vous êtes… ?

— Charley Cunningham, ravie de vous rencontrer.

— Moi aussi, dit Roger en la dévisageant un peu trop longuement. Dites-moi, on ne se serait pas déjà rencontrés quelque part ?

— Non, rétorqua Charley d'un ton catégorique. J'ai une très bonne mémoire des visages. Et je ne me souviens pas du vôtre. On y va, Matty ? »

Matt ne savait plus où se mettre. Il pouvait deviner ce que Roger pensait…

« Je ne veux pas vous retarder, déclara Roger en vidant sa bière aussi vite qu'il le put. Je descends avec vous. »

Ils sortirent du loft et attendirent l'ascenseur en silence.

« Ravi de vous avoir rencontrée, Charley, dit Roger qui avait repris le livre de Grania. À bientôt Matt.

— À bientôt Roger. »

Charley glissa son bras sous celui de Matt et l'entraîna rapidement sur le trottoir. « Bizarre ce type, fit-elle remarquer. Je ne l'ai jamais vu de ma vie. »

Pendant le dîner, Charley parla de choses et d'autres. Enfin, Matt prit le courage d'aborder le sujet dont ils devaient discuter.

« Alors, Charley, que veux-tu faire avec le bébé ?

— Oh je le garde, bien sûr. J'ai trente-cinq ans et j'ai toujours voulu des enfants. La question ne se pose même pas en fait.

— Vraiment ? Si tu le dis…

— Et je voulais te dire que j'étais désolée pour le drame de la semaine dernière. Je venais d'apprendre la nouvelle et je pense que j'étais encore sous le choc. Je me suis comportée comme ces femmes en mal d'affection que j'ai toujours méprisées. Je suis une grande fille, j'ai un bon job et un appartement, dans lequel, soit dit en passant, je pourrai réemménager la semaine prochaine. Alors d'une façon ou d'une autre, tu seras débarrassé de moi plus vite que tu ne le penses.

— Tu es en train de me dire… Que tu vas avoir ce bébé quoi qu'il advienne, que je sois ou non à tes côtés ?

— Ouais, dit Charley en hochant la tête. On est au vingt et unième siècle après tout. Les femmes n'ont plus besoin des hommes pour avoir des enfants. C'est sûr que ça va provoquer quelques haussements de sourcils au country club et Papa et Maman ne vont pas apprécier, mais ils devront s'y faire.

— Très bien.

— Eh Matty, dit Charley en tendant les mains vers lui. Ne sois pas si choqué. Je t'ai vraiment bousculé la semaine dernière et je comprends. Je n'ai pas envie de te piéger. Tu m'as bien fait comprendre que c'était une erreur, un malentendu… vraiment, j'ai tourné la page. On est tous les deux adultes et on trouvera une solution, d'une manière ou d'une autre. Peu importe à quel niveau, ajouta-t-elle d'un ton plein de sous-entendus.

— Qu'est-ce que tu veux dire ?

— Je crois que c'est à ton tour de me dire ce que tu veux. Si tu considères que tu n'es pas prêt à assumer ton rôle de père, je ne t'en voudrai pas. D'un autre côté, je serais ravie que tu veuilles un droit de visite et que tu t'impliques dans l'éducation du bébé. Mais on pourra parler de tout ça au fur et à mesure, poursuivit Charley avec un grand sourire.

— Bien sûr, dit Matt en hochant la tête. J'en conclus que tu as tiré un trait sur l'option "On élève l'enfant tous les deux, comme un vrai couple" ?

— Bien sûr, dit Charley en levant un sourcil. J'ai tiré un trait dessus après ce que tu as dit la semaine dernière, et aussi ce que tu n'as pas dit d'ailleurs. Tu m'as bien fait comprendre qu'une relation avec la mère du bébé n'était pas à l'ordre du jour. »

Matt la regarda. Et il eut soudain un coup de sang. Il n'aurait su dire si c'était à cause de la douleur qu'il venait de ressentir ou si c'était un instinct primitif qui le poussait à faire souffrir Grania comme elle l'avait fait souffrir. Mais Grania était partie, et la femme assise à table en face de lui, qu'il connaissait depuis toujours, allait avoir son enfant. Pourquoi ne pas donner une chance à leur relation ? Il n'avait pas grand-chose à perdre.

« J'ai changé d'avis, annonça-t-il.

— Ah oui ?

— Je t'ai dit que j'avais besoin d'un peu de temps pour réfléchir. Et je pense que toi et moi, ça pourrait marcher.

— Vraiment ? dit Charley d'un ton dubitatif.

— Ouais.

— Et Grania ? »

Le nom resta suspendu en l'air comme un nuage noir.

« C'est fini.

— Tu es sûr ? » Charley parut en douter. « On n'aurait pas dit la semaine dernière. Qu'est-ce qui t'a fait changer d'avis ?

— J'ai réfléchi et je me suis dit que toi et moi, on a toujours été proches, on est même sortis ensemble, il y a longtemps… Et maintenant… » Il montra le ventre de Charley. « On dirait que le destin nous pousse dans la bonne direction.

— Ah. Tu en es sûr, Matty ? Comme je te l'ai dit, je suis prête à élever ce bébé toute seule. Je ne te mets pas du tout la pression. Je veux juste savoir, c'est tout.

— Je le sais, Charley et j'apprécie. Mais je te le répète, je suis prêt à essayer. Et toi ?

— Cette volte-face est un vrai choc pour moi. Je… » Charley était troublée. « Je ne veux plus que tu me fasses du mal.

— Je sais. Et je te donne ma parole, sur la vie de notre bébé, que je ne te ferai plus jamais de mal, Charley.

— J'étais persuadée que tu ne ressentais pas pour moi ce que j'ai toujours ressenti pour toi. » Charley baissa les yeux, embarrassée. « Tu sais, Matty, que je t'ai toujours aimé, tu le sais, n'est-ce pas ?

— Moi aussi, je t'ai toujours aimée. » Matt s'entendit mentir avec une surprenante aisance. Quelque chose avait basculé en lui.

« Comme amie tu veux dire ?

— On est amis depuis longtemps, Charley. Et je pense que c'est une bonne base pour aller plus loin.

— D'accord, dit doucement Charley. Alors qu'est-ce que tu proposes ?

— Tout d'abord que tu ne déménages pas et que tu restes dans le loft avec moi.

— Dans ma chambre ? demanda Charley.

— Non. » Matt prit une profonde inspiration et tendit la main. « Dans la mienne.

— On peut dire que tu sais comment choquer une fille, toi ! C'est bien la dernière chose à laquelle je m'attendais ce soir.

— Tu me connais, je suis un homme plein de surprises », répondit Matt avec une pointe d'amertume dans la voix.

Charley n'y prêta pas attention. Elle prit sa main tendue. « À nous, dit-elle doucement. Et au petit gars ou à la petite fille que nous avons conçu ensemble.

— Oui. » Matt avait la nausée. « À nous. »

36

Deux semaines après son départ pour la Suisse, Grania apparut dans la cuisine juste après le déjeuner, sans avoir prévenu personne de son retour. Kathleen trouva sa fille effondrée sur la table, la tête posée sur ses coudes. Elle la considéra longuement avant d'annoncer sa présence.

« Bonjour, Grania.

— Bonjour, Maman », répondit Grania d'une voix étouffée. Elle ne leva pas la tête.

« Je vais mettre l'eau à chauffer pour le thé, tu veux bien ? » dit Kathleen.

Elle n'obtint pas de réponse. Kathleen remplit doucement la bouilloire et la posa sur le feu. Puis elle s'assit à côté de Grania et posa délicatement sa main sur son épaule. « Qu'est-ce qui s'est passé, Grania ?

— Oh, Maman…

— Viens ici, ma fille. Je ne sais pas ce qui te met dans cet état, mais laisse ta maman te faire un câlin. »

Grania releva la tête avec lassitude et sa mère contempla son visage pâle aux traits tirés. Kathleen serra sa fille dans ses bras et Grania se mit à sangloter. La bouilloire sifflait depuis deux minutes quand Kathleen se décida enfin à bouger. Elle remplit les tasses en silence puis en déposa une devant Grania, assise bien droite désormais, le regard perdu.

« Grania, je ne veux pas me mêler de ce qui ne me regarde pas, mais mon Dieu, tu as une mine épouvantable ! Est-ce que tu veux bien me dire ce qui s'est passé ? »

Grania ouvrit la bouche pour essayer de parler mais échoua plusieurs fois. Finalement, elle parvint à articuler : « Il est mort, Maman. Alexander est mort. »

Kathleen porta une main à sa bouche et se signa avec l'autre. « Oh non ! Non, non… mais comment ?

— Il avait… une tumeur au cerveau. Chaque fois qu'il s'absentait… c'était pour se soigner. Il est mort… il y a quatre jours. Comme je suis sa femme, j'ai dû rester… pour organiser les funérailles. Et signer tous les papiers. » Elle parlait comme un automate.

« Ma chérie, tu devrais boire un peu de thé. Je crois que tu as besoin de sucre. Et j'ai autre chose qui devrait nous aider toutes les deux. » Kathleen ouvrit le placard et en sortit le brandy dont elle se servait pour cuisiner. Elle en versa une bonne quantité dans leurs tasses. Elle porta la tasse de sa fille à sa bouche. « Bois. »

Grania but trois gorgées, puis toussa et refusa d'en prendre une quatrième.

« Grania, je sais que tu as une histoire à me raconter, mais... » Elle leva les yeux sur la pendule de la cuisine. « Aurora sera à la maison dans moins d'une heure. Veux-tu que j'appelle Jennifer, la maman de la meilleure copine d'Aurora, et que je lui demande d'aller la chercher à l'école et de la faire goûter ? Je pense qu'il ne vaut mieux pas qu'elle te voie dans cet état.

— Oui, s'il te plaît, acquiesça Grania. Je ne me sens pas capable... je ne peux pas... non. » Une larme coula sur sa joue.

« On dirait que tu n'as pas dormi depuis une semaine. Et si tu allais te mettre au lit et que je t'apportais une bouillotte bien chaude ?

— Ça m'étonnerait que je puisse dormir, répondit Grania, tandis que sa mère l'aidait à se lever et la conduisait dans les escaliers.

— Non, mais tu peux toujours essayer. »

Kathleen aida Grania à se mettre au lit. Elle s'assit ensuite au bord, comme elle le faisait quand Grania était enfant, et caressa le front de sa fille. « Essaie de dormir maintenant, ma chérie. Je suis en bas, si tu as besoin de moi. » En se levant, elle vit que les yeux de Grania se fermaient déjà. Kathleen s'arrêta sur le palier, les larmes aux yeux. Sa famille se moquait peut-être gentiment de son sixième sens, mais son intuition ne l'avait pas trompée.

Deux heures plus tard, Grania réapparut dans la cuisine, un peu désorientée.

« J'ai dormi combien de temps ? Il fait presque nuit.

— Le temps qu'il fallait, dit Kathleen. Ne t'inquiète pas, je me suis arrangée avec Jennifer, Aurora dort chez eux. Ton père y est allé déposer ses affaires pour la nuit, puis il est parti au pub avec Shane. Personne ne viendra nous déranger.

— Merci, m'man. » Grania s'assit à table, toujours aussi lasse.

« Je t'ai fait du ragoût d'agneau, ton plat préféré. J'ai comme l'impression que tu n'as pas pris un repas complet depuis ton départ. Grania, je ne veux pas te forcer à parler, mais tu sais que je suis là pour t'écouter si tu veux.

— Je… je ne sais pas par où commencer.

— Prends ton temps. Pendant que tu dormais, j'ai réfléchi et j'ai compris. Quand Alexander est venu chez nous, le soir où Aurora avait disparu, il avait le teint gris… j'ai tout de suite vu que quelque chose ne tournait pas rond. Je pense qu'il savait depuis longtemps qu'il était gravement malade.

— Oui. Mais quand les docteurs ont découvert le problème, ils n'ont pas pu opérer à cause de la taille de la tumeur et de sa position dans le cerveau. Il ne restait plus qu'un espoir : la chimiothérapie. Ça n'a pas marché.

— Non.

— Il a réalisé qu'il devait accepter l'inévitable il y a quelques semaines, quand il a commencé à décliner. Et c'est là qu'il a pris des dispositions pour Aurora. Je…

— Prends ton temps, ma chérie. » Kathleen s'assit à côté d'elle et posa ses mains sur les siennes.

Un peu hésitante d'abord, Grania commença à faire le récit des quinze derniers jours. Kathleen écouta calmement, enregistrant et analysant tout ce que Grania lui disait. Elle se maudit intérieurement d'avoir critiqué ce qu'elle avait d'abord pris pour une certaine versatilité chez Grania quand sa fille lui avait annoncé qu'elle avait épousé Alexander.

« Hans, son notaire, doit venir ici dans les deux prochaines semaines. Il apportera les cendres d'Alexander. Il a dit qu'il voulait qu'elles soient dispersées sur la tombe de Lily. » Grania marqua une pause et poussa un long et profond soupir. « Oh, Maman, le voir mourir ainsi… c'était affreux. *Affreux.*

— D'après ce que tu dis, la mort a été une délivrance pour lui.

— Oui. Il a tellement souffert ! » Elle leva soudain les yeux vers sa mère et esquissa un sourire. « Tu sais, Maman, tu as bien fait de te fier à ton intuition et de me raconter l'histoire de Lily avant mon départ pour la Suisse. J'ai pu expliquer à Alexander ce qui était arrivé à Lily quand elle était plus jeune. Il a dit que ça l'avait aidé et je pense que c'est vrai. Il l'aimait tellement.

— Espérons qu'ils sont ensemble à présent, quelque part là-haut et qu'ils sont libérés de la douleur de vivre, dit Kathleen sombrement. Et que de là où ils sont, ils peuvent voir que leur chère fille est en sécurité ici avec nous.

— Oh, mon Dieu, Maman. » Grania secoua la tête désespérée. « Comment vais-je lui annoncer ?

— Grania, malheureusement je n'ai pas la réponse. Et je pense que son père t'a confié une terrible tâche.

— C'est vrai, admit Grania. Mais si tu avais vu l'état dans lequel il était… Il n'était plus que l'ombre de lui-même. Et même s'il aurait aimé voir Aurora une dernière fois, il tenait absolument à la préserver et était persuadé que ça ne ferait qu'accroître sa douleur. Nous savons tous qu'Aurora a été très perturbée par la mort de sa mère. Je pense qu'il a pris la bonne décision.

— Tu as déjà une idée de ce que tu vas lui dire ? demanda Kathleen.

— Je ne pense à rien d'autre depuis des jours, répondit Grania. Tu as un conseil à me donner, Maman ?

— Je pense qu'il est préférable de ne pas mentir si tu peux l'éviter. Je dirais la vérité avec le plus de précautions possible.

— Oui, acquiesça Grania. Mais je ne veux pas qu'elle sache qu'il a atrocement souffert.

— Il t'a laissé un terrible fardeau. Tout ce que je peux dire, c'est que nous serons là pour elle une fois que tu lui auras annoncé et que nous lui donnerons, ainsi qu'à toi, tout l'amour et le soutien que nous pourrons. Tu sais, Grania, quoi que tu décides de faire de ta vie, Aurora aura toujours un foyer ici avec nous.

— Merci, Maman. Alexander était un peu inquiet à ce propos. Il ne voulait pas qu'en adoptant Aurora, je renonce à mes projets.

— Et ta mère veillera à ce que ça ne se produise pas, dit Kathleen avec fermeté.

— Enfin, dit Grania en soupirant, je ne suis pas prête de partir. Je n'ai nulle part où aller », dit-elle en haussant les épaules. Puis elle bâilla et se leva. « Je suis épuisée, je crois que je devrais essayer de dormir un peu si je dois annoncer la nouvelle à Aurora demain. »

John et Shane arrivèrent à la maison une demi-heure plus tard. Kathleen leur répéta la terrible histoire que Grania lui avait racontée.

« Pauvre petite, dit John en essuyant discrètement une larme au coin de son œil. Heureusement que nous sommes là pour Aurora.

— Oui, ajouta Shane. Et nous l'aimons tous comme notre propre fille.

— Elle aura bien besoin de tout cet amour, souligna Kathleen. Grania aussi. Elle a vécu des moments terribles.

— On dirait qu'une fois de plus, ton sixième sens avait raison, reconnut John. Tu as dit dès le départ que tu avais un mauvais pressentiment.

— Tu es une sorcière, m'man, il n'y a pas de doute », renchérit Shane en lui tapotant affectueusement le bras.

Plus tard, quand les deux époux se mirent au lit, John demanda : « Quand est-ce que Grania va le dire à Aurora ?

— Quand la petite rentrera de l'école, demain après-midi. Ça laisse un jour de plus à Grania pour reprendre ses esprits.

— Viens ici, ma chérie. » John tendit ses bras puissants et enlaça sa femme. « Ne t'inquiète pas. Essayons de voir le côté positif. Même si Aurora va avoir un choc terrible demain, au moins son avenir est assuré. Elle saura qu'elle a un foyer ici avec nous. Et malgré tout ce que Grania a dû endurer, j'admire Alexander pour sa prévoyance. Il a veillé à ce qu'Aurora ait une famille. »

En fermant les yeux pour essayer de dormir, Kathleen repensa tout à coup à l'appel de Matt.

Le lendemain matin, Grania se réveilla un peu revigorée. Allongée dans son lit, elle essaya d'analyser ce qui lui était arrivé, pas seulement au cours des deux dernières semaines, mais ces quatre derniers mois. Aurora était arrivée comme une tornade dans sa vie et l'avait changée irrévocablement. À tel point qu'elle s'appelait désormais Mrs Devonshire, qu'elle était la belle-mère d'une enfant qui deviendrait bientôt officiellement sa fille. Elle était veuve aussi…

Tout comme Mary avant elle.

Grania essaya de se concentrer sur les mots qu'elle allait choisir pour parler à Aurora de son père, puis décida que c'était inutile. Elle ne pouvait rien prévoir car elle n'avait aucune idée de la façon dont Aurora allait réagir. Il lui faudrait improviser le moment venu. Et le plus tôt serait le mieux.

Grania ressentit le besoin urgent de sortir de la maison et d'aller remplir ses poumons d'air frais après ces deux semaines enfermée dans un hôpital étouffant. Elle enfila son bas de survêtement, son sweat-shirt à capuche et ses baskets puis descendit au rez-de-chaussée. Elle commença son jogging sur la route devant chez eux puis tourna à droite pour s'engager sur le sentier de la falaise en direction de Dunworley House. Il faisait très beau et la mer était d'huile.

Hors d'haleine, Grania s'assit sur le rocher moussu à l'endroit où elle avait vu pour la première fois la petite fille au bord de la falaise. Elle leva les yeux vers la maison au-dessus d'elle, une maison dans laquelle Aurora pourrait vivre si elle le désirait.

Hans avait finalement indiqué à Grania la somme qu'Alexander lui avait léguée dans son testament. Si elle le voulait, elle pourrait s'arrêter de travailler tout de suite, elle était à l'abri du besoin jusqu'à la fin de ses jours. Elle était riche.

« Oh, Matt », dit soudain Grania d'une voix étranglée. Sa mère avait été merveilleuse, mais en cet instant, elle aurait donné n'importe quoi pour sentir la chaleur, la compréhension et l'amour de l'homme qu'elle avait toujours considéré comme son âme sœur. Il lui manquait tellement qu'elle en souffrait presque physiquement. Et le fait que leur histoire était terminée et qu'il ne la réconforterait plus jamais comme il savait si bien le faire l'attristait profondément.

Grania se leva et continua à gravir la colline en direction de Dunworley House. Elle ne devait pas s'appesantir sur le passé… Sa vie avait pris un tour inattendu et elle ne pouvait pas revenir en arrière. Elle ouvrit le portail et traversa le jardin à l'avant de la maison. Alexander avait stipulé dans son testament que la maison appartiendrait à Aurora le jour de son vingt et unième anniversaire. Ce serait alors à sa fille de décider si elle voulait la garder ou si elle souhaitait la vendre. Il avait mis de côté une somme confortable pour la rénover mais Grania discuterait de tout cela avec Hans quand il viendrait à Dunworley.

Après avoir atteint la cour à l'arrière de la bâtisse, Grania récupéra la clé de son atelier sous la grosse pierre. Une fois à l'intérieur, elle contempla les sculptures sur l'établi. Et pour la première fois depuis deux semaines, elle ressentit un soupçon de joie. Elles étaient aussi belles que dans son souvenir mais elles étaient encore perfectibles.

« Mon Dieu, Grania ! Mais où étais-tu passée ? s'exclama Kathleen quand Grania entra dans la cuisine.

— Désolée, Maman, j'étais dans mon atelier et j'ai perdu la notion du temps. Il y a quelque chose à manger ? Je meurs de faim.

— Je vais vite te préparer un sandwich, dit Kathleen en regardant nerveusement la pendule. Tu sais qu'Aurora sera à la maison dans une demi-heure ?

— Oui, répondit Grania dont l'estomac se retourna à cette idée. Dès qu'elle arrivera, je partirai me promener avec elle. »

« Grania ! » Aurora se jeta dans les bras de Grania et la serra très fort. La mère et la fille échangèrent un regard triste et angoissé.

« Ça me fait tellement plaisir de te revoir, ma chérie, dit Grania. Comment vas-tu ?

— Très bien. Shane t'a dit que Daisy, le chien de berger, va avoir des chiots ? Il a dit que je pourrais être là quand elle mettra bas même si c'est au milieu de la nuit, ajouta-t-elle en jetant un regard furtif à Kathleen. Et j'ai dit à toutes mes copines à l'école que tu es ma vraie maman à présent. » Aurora lâcha Grania et se mit à faire des pirouettes dans la cuisine. « Je suis tellement heureuse ! » Puis elle s'arrêta au milieu d'un tour et demanda soudain : « Où est Papa ?

— Aurora, si tu allais chercher Lily ? On pourrait l'emmener en promenade sur le sentier de la falaise, proposa Grania.

— D'accord, je reviens dans une minute.

— Je t'attends dehors », lança Grania mais Aurora avait déjà tourné le dos.

Kathleen s'avança vers sa fille et posa la main sur son bras pour la réconforter. « Bonne chance, Grania. On sera là pour vous quand vous reviendrez. »

Grania hocha la tête en silence et sortit de la cuisine.

Aurora ne cessa de babiller sur le sentier tandis que le chiot chassait les papillons, puis revenait dans les jambes de sa maîtresse avant de repartir à toute vitesse.

« Tu sais, l'autre jour je me suis dit que j'aime beaucoup plus ma vie de maintenant, déclara Aurora avec cette façon si particulière, adulte et presque désuète, qu'elle avait de s'exprimer. J'étais si seule avant de vous rencontrer, toi, Kathleen, Shane et John. Et j'adore vivre à la ferme. Et maintenant que tu as épousé Papa, ils font aussi partie de ma famille, non ?

— Je vais m'asseoir un peu, Aurora, dit Grania quand elles atteignirent le rocher moussu surplombant la mer. Tu veux bien t'asseoir avec moi ?

— Oui. » Aurora se laissa tomber gracieusement sur le sol et Lily vint se blottir sur ses genoux. La fillette remarqua alors le visage grave de Grania. « Qu'est-ce qui se passe ? Tu as quelque chose à me dire, c'est ça ?

— Oui, Aurora. » Grania prit la main de l'enfant.

« C'est à propos de Papa ? demanda Aurora soudain sérieuse.

— Oui. Comment as-tu deviné ?

— Je ne sais pas… j'ai deviné c'est tout.

— Aurora, ma chérie, je ne sais vraiment pas comment t'annoncer ça, alors je vais le dire très vite…

— Papa n'est plus là, c'est ça ?

— Oui, Aurora.

— Il est au ciel ?

— Oui. Il est tombé très malade juste après notre mariage et… il est mort. Je suis vraiment désolée.

— Oui. » Les yeux d'Aurora restèrent rivés sur le chiot qu'elle continua à caresser comme si sa vie en dépendait.

« Mais je veux juste te dire, ma chérie, ma chère Aurora, que nous serons tous là pour toi. Ta nouvelle famille va prendre soin de toi. Et, insista Grania, je suis désormais ta belle-mère mais ton père et moi avons signé les papiers pour que je puisse t'adopter légalement aussi vite que possible. Tu seras alors ma fille et plus personne ne pourra t'enlever à moi. »

Jusqu'à présent, Aurora n'avait montré aucun signe de détresse. Les yeux de Grania étaient brouillés de larmes. « Tu sais que je t'aime comme ma propre fille, depuis toujours, poursuivit Grania, regrettant de ne pas avoir la même force que la petite fille devant elle.

— Oui, je comprends. Je savais qu'il allait bientôt partir mais j'ignorais quand exactement.

— Aurora, comment est-ce que tu l'as su ?

— Maman – Aurora se reprit – mon *ancienne* maman me l'a dit.

— Vraiment ?

— Oui, elle a dit que les anges viendraient le prendre pour l'emmener au ciel, comme ça, il serait avec elle. » Aurora se retourna et regarda Grania. « Je t'avais dit qu'elle se sentait seule.

— C'est vrai. »

Aurora resta silencieuse pendant quelques instants avant d'ajouter : « Il va me manquer. Beaucoup. J'aurais aimé lui dire au revoir. » Elle se mordit la lèvre et Grania vit les premières larmes briller dans ses yeux.

« Chérie, je sais que je ne peux pas remplacer ta mère et ton père mais je ferai de mon mieux. »

Aurora regardait de nouveau la mer. « Je comprends que Maman voulait l'avoir auprès d'elle mais pourquoi tous ceux que j'aime me quittent ? »

Puis elle se mit à pleurer, des sanglots déchirants secouant tout son corps. Grania l'attira dans ses bras, l'assit sur ses genoux et la berça comme un bébé.

« Je ne te quitterai pas, moi, ma chérie, je te le promets, répéta-t-elle plusieurs fois. Et ton papa ne voulait pas te quitter non plus, crois-moi. Il t'aimait tellement ! Il t'aimait tant qu'il a tout fait pour que tu puisses rester avec moi et ma famille. C'est pour ça que nous nous sommes mariés. »

Aurora leva les yeux vers elle. « Je crois qu'il t'aimait un peu aussi. » Elle essuya ses larmes avec son avant-bras et demanda : « Tu es triste, Grania ? Tu es triste qu'il ne soit plus là ?

— Oh oui, dit Grania. Je suis très triste.

— Tu aimais Papa ? questionna Aurora.

— Oui, je pense. Je suis triste de ne pas avoir pu passer plus de temps avec lui. »

Aurora prit les doigts de Grania et les serra très fort. « Alors on l'aimait toutes les deux et il va nous manquer à toutes les deux.

— Oui.

— Comme ça, chaque fois que l'une de nous sera triste, l'autre pourra essayer de la consoler. »

Le courage et la force d'Aurora étaient encore plus poignants que ses larmes. « Oui, dit Grania en serrant Aurora contre elle. On pourra faire comme ça. »

« Où est Aurora ? demanda Kathleen quand Grania entra dans la cuisine.

— Elle est allée coucher Lily et elle a dit qu'elle voulait aller voir les moutons avec Shane.

— Vraiment ? dit Kathleen en haussant les sourcils. Tu lui as dit, n'est-ce pas ?

— Oui, je lui ai dit.

— Et comment a-t-elle réagi ?

— Maman, répondit Grania à la fois surprise et troublée, elle a dit qu'elle savait déjà. »

Aurora

Oui, je savais.

Même s'il est presque impossible d'expliquer comment je l'ai su. Si je dis que des voix m'ont prévenue, vous penserez certainement, et à juste titre, que je souffre des mêmes troubles mentaux que ma pauvre mère, Lily. Disons juste que j'ai eu une « prémonition ». Je suis loin d'être la seule à en avoir, non ?

Pourtant, ce fut un choc terrible, juste au moment où tout allait si bien. Grania avait épousé mon père… C'était ce que je voulais et oui, je l'admets, j'avais un peu manigancé pour que les choses se passent ainsi.

Je suis passée de la joie à la tristesse en un clin d'œil. Pourquoi n'aurais-je pas pu savourer le moment pendant quelques mois, ou même quelques semaines ?

Papa avait fait tout ce qu'il pouvait pour me protéger en épousant Grania, facilitant ainsi le processus d'adoption. Il montrait son amour pour moi en prenant des décisions pratiques, comme beaucoup d'hommes le font. Mais j'aurais aimé lui dire au revoir, même s'il avait changé physiquement.

Je savais de toute façon qu'il était malade. Et quand on aime quelqu'un, on se fiche pas mal de son apparence dans ces instants… on veut juste sentir sa présence, une dernière fois.

Avec le recul, je pense que Grania a traversé une période tout aussi difficile. Sa vie avait été entraînée dans le tourbillon de notre tempête familiale et elle avait été forcée de s'adapter par un père cherchant désespérément à protéger sa fille.

J'ai lu un livre il n'y a pas longtemps qui expliquait comment les esprits voyagent en « groupes » à travers le temps. Ils changent de rôles mais sont inexorablement attirés les uns vers les autres par un lien invisible.

Voilà qui expliquerait pourquoi Kathleen avait le sentiment que l'histoire se répétait avec Grania et moi. Après tout, Grania avait bon cœur et elle avait besoin d'un enfant à aimer quand elle m'a trouvée, j'étais l'orpheline, qu'elle a prise sous son aile. Oh, chers lecteurs, j'espère que je n'ai pas été cynique avec Grania, comme Anna l'a été avec Mary. D'après les bouddhistes, nous devons revenir sur Terre tant que nous n'avons pas tiré toutes les leçons de la vie et j'espère que j'ai toujours traité Grania avec gratitude et amour. Oui, parce qu'en fait, j'aimerais bien atteindre le palier suivant après ce passage sur Terre. Le Nirvana m'a l'air très agréable. Il me reste peut-être encore un peu de chemin à parcourir, mais j'ai toujours essayé d'être une bonne personne. Et j'aurais bien besoin d'un nouveau corps, plus fort…

Je vais retourner à New York à présent, où Matt s'est mis dans un drôle de pétrin.

À ce stade, je pense pouvoir dire sans l'ombre d'un doute que tout va mal. Matt va-t-il pouvoir faire en sorte que tout aille bien de nouveau ? C'est la question qui se pose…

37

Charley avait emménagé dans la chambre de Matt le soir où ils avaient décidé de donner une chance à leur relation. Elle refusait cependant toute forme de contact physique en raison de sa grossesse, ce qui était un soulagement pour Matt. Il n'avait pas gardé un souvenir impérissable de leurs ébats, à l'époque où ils étaient en couple, plutôt ennuyeux et mécaniques, pour lui. Rien à voir avec ce qu'il avait connu plus tard avec Grania, avec leurs étreintes délicieuses, durant lesquelles il avait vraiment le sentiment que leurs âmes s'unissaient aussi.

Matt chassa ces pensées de son esprit. Il se leva et entra dans la salle de bains pour prendre une douche. Il se dit que le nouveau statut de Charley avait d'autres conséquences pour le moins ennuyeuses. D'abord, son immense collection de produits de beauté – des lotions et des potions qui auraient pu approvisionner le rayon beauté chez Saks et qui encombraient désormais le lavabo et les étagères. Le naturel de Grania, qui se contentait d'un pot de crème hydratante pour le visage, sa seule concession à la cosmétique, lui manquait terriblement et ne faisait que souligner le contraste entre les deux femmes. Sans compter que les vêtements de Matt n'occupaient désormais que le huitième de l'armoire, envahie par ceux de Charley.

Tandis qu'il cherchait son rasoir, renversant par la même occasion une trousse à maquillage dans le lavabo, il eut le plus grand mal à contenir son irritation. C'était pourtant lui qui avait proposé cette période d'essai. Charley ne lui avait pas mis la pression, elle n'avait même pas cherché à le faire culpabiliser. Il ne pouvait pas lui en vouloir.

Toutefois, elle avait déjà laissé entendre qu'elle aimerait déménager à la campagne. Elle envisageait d'acheter une maison à Greenwich près de chez leurs parents. Une idée qui n'enthousiasmait pas du tout Matt. Mais si Grania et lui n'avaient pas songé une seconde à quitter la ville, il comprenait néanmoins les motivations de Charley : elle voulait que son enfant respire le bon air de la campagne et c'était tout à fait légitime. Quand Matt avait répondu qu'il n'avait pas les moyens de leur acheter une telle demeure, Charley avait balayé ses objections d'un geste de la main.

« Papa et Maman vont nous aider, Matty, tu le sais bien. »

Matt comprenait mieux à présent ce que Grania avait dû ressentir quand ses parents avaient proposé leur aide. Il ne voulait pas que les parents de Charley lui offrent quoi que ce soit. Charley lui avait aussi demandé s'il refusait toujours catégoriquement de reprendre la société de son père.

« Je vais devoir arrêter de travailler quand le bébé sera là, au moins pour quelques mois. Et peut-être pour toujours, avait ajouté Charley en haussant les épaules. Excuse-moi de te dire ça, Matty, mais avec ce que tu gagnes c'est tout juste si on pourra se payer une femme de ménage philippine trois fois par semaine. Moi, il me faut une employée à domicile à plein temps. »

Matt s'habilla rapidement, heureux que Charley se soit rendue à son appartement en centre-ville pour payer le dernier chèque à son décorateur d'intérieur. Elle avait emmené Matt le voir la semaine précédente. Il avait ouvert de grands yeux devant l'intérieur ultra-chic. C'était le règne des surfaces vitrées, du chrome et du blanc, un endroit aussi chaleureux qu'une salle d'opération. Matt se demanda comment Charley pouvait supporter de vivre dans ce loft. Il se prépara un café et trouva un bagel rance dans le réfrigérateur. Charley n'était pas un cordon-bleu – ils avaient commandé des plats cuisinés durant les deux dernières semaines – et Matt se mit à saliver en repensant au colcannon au jambon que Grania cuisinait régulièrement.

« Merde ! » Matt se sermonna. Il ne pouvait pas continuer à comparer les deux femmes. Elles étaient différentes, un point c'est tout. Le vrai problème, c'est que Charley était toujours la grande perdante à ce jeu des comparaisons. Matt s'assit à son bureau et alluma son ordinateur. Il travaillait sur un article qui aurait dû être terminé depuis trois semaines. Sa concentration avait sérieusement pâti de cette succession d'événements malheureux. Il relut ce qu'il avait écrit et dut admettre que ce n'était pas encore au point. Il se cala dans son fauteuil et soupira. Il voyait très clairement où sa vie était en train de le mener. Après avoir tout fait, pendant des années, pour ne pas suivre le modèle de ses parents, il avait fini par capituler. Si seulement il pouvait se confier à quelqu'un... Il était désespéré. Et la seule personne disponible depuis le départ de Grania, c'était sa mère.

Il prit son téléphone et sélectionna le numéro de ses parents. « Maman ? C'est Matt. Je me suis dit que ça me ferait du bien de passer quelques heures hors de la ville. Tu as un week-end chargé ?

— Demain, nous recevons quelques amis pour un barbecue, mais aujourd'hui ton père joue au golf, alors je suis là, toute seule. Tu veux manger avec moi à midi ?

— Parfait, Maman. Je m'en vais de ce pas. »

La circulation était fluide sur la Westside Highway et, trois quarts d'heure plus tard, Matt s'engageait dans l'allée de Belle Haven, la demeure de ses parents.

Elaine l'accueillit sur le seuil et l'enlaça chaleureusement. « Quelle agréable surprise ! C'est rare que j'aie mon garçon pour moi toute seule. Entre. »

Matt traversa l'entrée spacieuse et suivit sa mère dans la cuisine, remplie de tous les équipements ménagers possibles et imaginables. Son père, Bob, adorait les gadgets. Il en achetait à sa femme à chaque Noël et pour chaque anniversaire. Elaine ouvrait ses cadeaux avec un sourire résigné, disait

« Merci » et les rangeait avec les autres dans l'un des vastes éléments de la cuisine.

« Qu'est-ce que je te sers à boire, chéri ?

— Une bière fera parfaitement l'affaire. » Matt, toujours debout, hésitait. Maintenant qu'il était là, il ne savait plus quoi dire. Sa mère savait que Grania était partie, mais rien de plus.

« Comment va la vie en ville ?

— Je… merde, Maman ! » Matt secoua la tête. « Je ne vais pas te mentir. Je suis vraiment dans le pétrin.

— Bon, dit Elaine en posant la bière devant son fils, les yeux pleins de compassion maternelle, raconte tout à ta mère. »

C'est ce que fit Matt, en essayant d'être le plus honnête possible, même s'il omit de mentionner le fait qu'il n'avait aucun souvenir de la nuit en question. Il préférait ménager la susceptibilité de sa mère.

« Laisse-moi résumer, reprit Elaine. Grania disparaît peu après son retour de l'hôpital. Elle part pour l'Irlande et refuse de te dire ce qu'elle te reproche. Vous ne vous parlez pas pendant des mois. Et ensuite tu apprends qu'elle s'est mariée avec quelqu'un d'autre.

— Ouais, en gros c'est ça, admit Matt en soupirant.

— Ensuite, Charley s'installe dans ton appartement pour te tenir compagnie pendant qu'elle fait rénover le sien. Vous devenez proches et vous commencez une relation… Et tu es en train de me dire que tu n'es pas sûr d'avoir des sentiments pour elle ?

— Oui, reconnut Matt. Je peux avoir une autre bière ? »

Elaine alla lui en chercher une. « En fait tu penses que tu as entamé cette relation sur le coup de la déception sentimentale que tu venais de vivre ?

— Ouais et… Il y a autre chose.

— Tu ferais mieux de passer aux aveux, chéri.

— Charley est enceinte. »

Elaine le regarda bizarrement avant de reprendre. « Vraiment ? Tu es sûr ?

— Évidemment que je suis sûr ! Elle va passer une échographie dans deux semaines. Je dois l'accompagner.

— D'accord, dit doucement Elaine. J'ai préparé une salade pour le déjeuner. Allons la manger sur la terrasse. »

Matt l'aida à dresser la table dehors. Quand ils s'installèrent, il vit que sa mère était ébranlée.

« Je suis vraiment désolé, Maman.

— Pourquoi, Matt ? Je suis une grande fille, je suis capable de tout entendre. Ce n'est pas ça, c'est juste… » Elle fronça les sourcils. « Il y a quelque chose qui cloche. Mais laissons ça de côté pour le moment. La question, c'est de savoir si tu aimes Charley.

— Je l'aime comme une amie, peut-être comme une partenaire… Je ne sais pas encore, Maman, vraiment pas. Bien sûr, nous avons grandi au même endroit, nous connaissons les mêmes personnes, vous êtes amis avec ses parents… Qu'est-ce qui pourrait me déplaire ? C'est facile, soupira-t-il.

— C'est toujours plus facile d'épouser quelqu'un du même milieu que soi, Matt. Bien sûr. C'est ce que j'ai fait. C'est confortable et cette familiarité peut engendrer l'amour. Mais ce n'est pas… – Elaine chercha le terme adéquat – … grisant. C'est le choix de la sécurité. »

Matt était surpris par l'empathie de sa mère. « Oui, tu as parfaitement raison, Maman.

— Ne crois pas que je ne comprends pas, Matt. Grania t'ouvrait de nouveaux horizons. C'était l'appel de l'aventure, une incursion hors des sentiers battus, et je t'ai admiré d'avoir fait ce choix. Elle était ta passion. Elle te faisait voir le monde autrement.

— Oui, c'est ça. » Matt avait la gorge serrée. Il savait qu'il était au bord des larmes. « Et depuis qu'elle est partie, j'ai réalisé combien je l'aimais… combien je l'aime.

— J'ai aimé quelqu'un autrefois… avant ton père. Il ne plaisait pas à mes parents… c'était un musicien. J'ai rompu, je l'ai quitté…

— Je ne savais pas. » Matt était déconcerté par la révélation de sa mère. « Tu regrettes ?

— À quoi bon regretter ? répondit amèrement Elaine. J'ai pensé faire ce qu'il fallait pour contenter tout le monde. Mais pas un jour ne passe sans que je pense à lui, sans que je me demande où il est… » Sa voix se perdit dans un murmure puis elle se ressaisit. « Désolée, Matt, je ne devrais pas te raconter des choses pareilles. Ton père et moi avons mené une vie agréable ensemble. Et je t'ai eu. Alors non, je ne regrette rien.

— Il y a quand même une différence : je n'ai pas renvoyé Grania.

— Non, et maintenant elle est mariée.

— C'est ce que sa mère m'a dit quand je l'ai appelée.

— Je suis vraiment surprise. Je sais qu'elle ne se sentait pas à l'aise dans notre milieu, Matt, elle pensait sûrement que nous ne l'aimions pas. Mais j'ai beaucoup de respect pour elle et pour son talent. Et je savais qu'elle aimait mon garçon. Pour ça, j'aurais pu tout lui pardonner.

— Oui, mais Grania est partie, Maman. Et elle ne va pas revenir de sitôt. Il faut que je reprenne ma vie en main. La question est de savoir si je veux construire quelque chose avec Charley.

— C'est un choix difficile. Charley est très belle, intelligente et du même milieu que toi. De plus, il faut prendre en compte le bébé… Tu es sûr qu'elle est enceinte ?

— Oui, Maman !

— Dans ce cas, dit Elaine en soupirant, je crois que les dés sont déjà jetés. Et je sais que ça t'a brisé le cœur quand vous avez perdu votre bébé avec Grania. Même si je…

— Quoi, Maman ?

— Rien, rien, s'empressa de répondre Elaine. Si tout s'est passé comme tu dis, je crois que tu n'as pas vraiment le choix.

— Non, en effet, confirma Matt d'un air morose. Et il va falloir que je change de style de vie. Elle m'a déjà demandé si je ne voulais pas reprendre la société de Papa. Une fille des quartiers chics comme Charley ne pourra pas se contenter d'un revenu de maître de conférence en psychologie.

— Tu sais que c'est le rêve de ton père ! Mais, Matt, si ce n'est pas ce que tu veux…

— Maman, rien ne se passe comme je veux en ce moment. » Matt jeta un coup d'œil à sa montre. « Il faut que je file. Charley va se demander où je suis. » Il haussa les sourcils.

« J'aimerais pouvoir te dire autre chose mais si Grania est mariée…, commença Elaine.

— J'ai réussi à tout gâcher et je ne sais même pas comment j'ai fait.

— Tu sais, chéri, je comprends. Et tu finiras par aimer Charley. Moi aussi, j'ai dû apprendre à aimer ton père, dit Elaine avec un sourire ironique.

— Je suis sûr que tu as raison. En tout cas, merci de m'avoir invité à déjeuner et de m'avoir écouté. Au revoir, Maman. »

Elaine regarda la voiture de son fils descendre l'allée. Elle ferma la porte et retourna sur la terrasse. Rompant avec ses habitudes, elle ne débarrassa pas immédiatement la table. Elle s'assit et repensa à ce que son fils lui avait dit.

Une demi-heure plus tard, Elaine en était arrivée à la conclusion qu'il lui fallait faire un choix : elle pouvait suivre la ligne du parti et taire ce qu'elle savait. Non seulement, elle préserverait le *statu quo* mais aussi elle pourrait vivre à proximité de son fils et de ses futurs petits-enfants, ce qu'elle avait toujours souhaité égoïstement. Elle n'avait aucun doute que Charley traînerait Matt à Greenwich une fois que le bébé serait né. Ou alors, elle devait confirmer ses soupçons…

Elaine entendit la Jeep de son mari s'arrêter devant la maison.

Et elle opta pour le *statu quo.*

38

Les Ryan guettaient le moindre signe de désespoir chez Aurora. La petite fille était incontestablement plus calme que d'habitude et sa *joie de vivre*[1] semblait éteinte, mais quand Kathleen lui avait demandé si elle souhaitait rester quelque temps à la maison avant de retourner à l'école, Aurora n'avait pas voulu manquer un seul jour de classe.

« Papa a toujours souhaité que je me concentre sur mes leçons et en plus, Emily pourrait se trouver une autre meilleure amie si je ne suis pas là », avait répondu Aurora.

« Je tire mon chapeau à cette petite, dit Kathleen de retour à la cuisine après avoir souhaité bonne nuit à Aurora. J'espère que ce n'est pas trop beau

1. En français dans le texte. (NdE)

pour être vrai pour le moment et qu'elle ne va pas s'effondrer plus tard.

— Oui, admit Grania qui venait de rentrer de son atelier. Elle ne montre rien pour l'instant, c'est presque comme si elle s'y était préparée.

— Je l'ai toujours dit, malgré son jeune âge, elle a beaucoup vécu. C'est une vieille âme. Elle comprend des choses qui ne sont peut-être pas accessibles au commun des mortels. Au fait, il y a des saucisses pour toi, je les ai gardées au chaud dans le four.

— Merci, m'man, je ne me suis pas rendu compte qu'il était si tard.

— Qu'est-ce que tu fais dans ton atelier ?

— Ce que je fais toujours », répondit Grania d'un ton qui ne tolérait aucune discussion. Elle n'avait jamais aimé discuter de son travail tant qu'il n'était pas terminé. Et ce projet lui tenait tellement à cœur – comme si elle avait versé toute son âme dans l'argile même – qu'elle ne pouvait pas le dévoiler tout de suite. « Hans arrive demain.

— Demain, déjà ? » Kathleen sortit les saucisses et la purée du four et posa l'assiette devant Grania.

« Il dormira à Dunworley House. J'ai préparé une chambre pour lui aujourd'hui.

— Très bien. » Kathleen s'assit à côté de Grania et l'observa tandis qu'elle picorait dans son assiette. « Et toi, comment te sens-tu ?

— Ça va. Je suis un peu fatiguée mais j'ai travaillé dur, dit Grania en secouant la tête. Je crois que j'ai trop attendu pour manger, je n'ai plus faim. » Elle reposa ses couverts.

« Ça ne te ressemble pas de ne pas manger. »

Grania se leva et posa son assiette dans l'évier. « Je vais me coucher, m'man, bonne nuit ».

« Et moi qui croyais que c'était Aurora qui serait perturbée ! On dirait qu'elle réagit mieux que notre fille, fit remarquer Kathleen.

— Dis-toi qu'Aurora a perdu son père mais qu'elle a trouvé une nouvelle vie. Grania, elle, a perdu sa vie », répondit John en tendant le bras pour éteindre la lumière tandis que sa femme se mettait au lit à côté de lui.

Kathleen haussa les sourcils dans l'obscurité, épatée par la perspicacité de son mari. « Je me fais du souci pour elle, John. C'est la meilleure période de sa vie. Elle est dans la fleur de l'âge. Elle devrait s'épanouir. Et elle est perdue, John, elle est vraiment perdue.

— Laisse-lui un peu de temps, chérie. Elle a traversé beaucoup d'épreuves, la pauvre.

— Qu'est-ce que je t'avais dit ? C'est la malédiction de la famille Lisle. Je…

— Ça suffit, Kathleen. Tu ne peux pas rejeter la responsabilité sur les autres. Grania a agi comme elle l'a entendu, en toute connaissance de cause. Bonne nuit, chérie. »

Kathleen n'en dit pas davantage. Elle savait qu'il était inutile de poursuivre une conversation dans laquelle son mari n'avait aucune envie de se laisser entraîner. Mais, allongée dans l'obscurité, elle n'arrivait pas à trouver le sommeil, trop inquiète pour sa fille adorée.

Grania se sentit bizarrement soulagée et réconfortée à la vue de la silhouette massive de Hans

Schneider qui venait de garer sa voiture dans la cour de Dunworley House. Elle essuya ses mains recouvertes d'argile sur son tablier, ouvrit la porte de son atelier et sortit pour l'accueillir.

« Comment allez-vous, Grania ? » demanda-t-il chaleureusement en l'embrassant sur les deux joues.

Après avoir vécu ensemble l'expérience traumatisante de la mort d'Alexander, qu'ils avaient vu décliner et souffrir jusqu'au bout, ils s'étaient naturellement rapprochés et leur relation n'était plus exactement celle d'un notaire et de sa cliente.

« Je vais bien, merci Hans, vous avez fait bon voyage ?

— Oui. » Hans se retourna pour observer Dunworley House. « On dirait que cette bâtisse a besoin d'un nouveau toit.

— Probablement. On entre ? »

Une heure plus tard, ils dégustaient des huîtres fraîches que Grania avait achetées sur les quais à Ring plus tôt dans la matinée. Grania avait aussi pillé la cave, demandant conseil à Hans, sur le choix du vin.

« Alors, comment va Aurora ? s'enquit Hans.

— Elle est étonnante, répondit Grania. Peut-être trop, mais on verra. Malheureusement, ajouta-t-elle en soupirant, ce n'est pas la première fois qu'elle perd un être cher. Et elle a une vie bien remplie : entre l'école, les cours de danse, la vie à la ferme, elle n'a pas vraiment le temps de broyer du noir.

— Et vous ?

— Pour être honnête, j'ai du mal à chasser ces derniers jours à l'hôpital de mon esprit.

— Oui, je vois ce que vous voulez dire. C'était… difficile. J'ai apporté les cendres, au fait.

— Je me demande si je dois demander à Aurora de m'aider à les disperser sur la tombe de Lily…

— Ça ne risque pas de la perturber ?

— Je ne sais pas, mais elle était très contrariée de ne pas avoir pu dire au revoir à son papa. Ça pourrait l'aider à faire son deuil. D'un autre côté, ce n'est peut-être pas bien pour elle de voir son père réduit en cendres.

— D'après ce que vous m'avez dit, vous avez très bien géré la situation jusqu'à présent. Peut-être devriez-vous encore une fois faire confiance à votre instinct.

— Merci, Hans. En fait, c'est surtout Aurora qui a bien réagi. Et mes parents et mon frère ont été merveilleux. Ils l'adorent.

— D'une certaine façon, même si c'est une tragédie qu'Alexander et Lily ne soient plus là, la vie qu'Aurora mène à présent, la stabilité qu'elle a trouvée au sein d'une famille normale lui font sans doute énormément de bien, dit Hans l'air songeur. Elle a eu une enfance très difficile.

— En effet. Et d'après ce que j'ai appris de l'histoire de sa mère, Lily a connu une enfance tout aussi compliquée. » Grania frissonna tout à coup. « C'est peut-être cette maison. Il y règne une atmosphère très étrange.

— Je suis sûr qu'une fois qu'elle aura été rénovée, ce sera différent. Aurora vous a dit si elle souhaitait vivre ici ? Ou préfère-t-elle rester à la ferme avec vous ?

— Pour l'instant, rien ne pourrait la séparer de ses chers animaux, répondit Grania en souriant. Mais elle changera peut-être d'avis.

— Je vais profiter de cette semaine pour essayer de trouver un expert qui pourra recenser les travaux nécessaires, dit Hans. Il m'indiquera peut-être une entreprise de construction et de maçonnerie. Quand il s'agira de choisir les nouvelles peintures pour la maison, je ferai appel à votre œil d'artiste, enchaîna Hans en souriant.

— Bien sûr, acquiesça Grania.

— Il faut entreprendre ces travaux qu'Aurora décide ou non de vendre la maison, poursuivit Hans. Je vais aussi me rendre à Cork pour voir où nous en sommes avec le dossier d'adoption. Mais il ne devrait pas y avoir de problèmes. Alexander a été très efficace, comme à son habitude. Il a tout préparé avec le soin qu'il mettait à toutes ses affaires. C'était impératif, compte tenu des circonstances. Comme je m'y attendais, sa sœur m'a déjà contacté pour connaître le contenu du testament d'Alexander. » Hans esquissa un sourire sans joie. « Je vous l'ai déjà dit, je crois : l'odeur de la mort attire les vautours. Et vous, Grania ? demanda-t-il en scrutant son visage. Avez-vous eu le temps de penser à votre avenir ?

— Non, répondit-elle brusquement. Je me suis simplement consacrée à Aurora, à son bien-être, et à mon travail.

— J'ai toujours trouvé que le travail était un bon remède pour soigner les blessures de l'âme. J'aimerais voir certaines de vos sculptures, Grania. Alexander m'a dit que vous étiez extrêmement talentueuse.

— Il était très gentil…, dit Grania en rougissant. J'ai l'impression, après ce que j'ai vécu ces derniers mois, qu'il ne me reste plus que mon travail. Je vous les montrerai plus tard. Je m'étais dit que je pourrais vous amener Aurora. C'est samedi demain, alors elle n'a pas école.

— Ça me ferait très plaisir, en effet. Je ne l'ai pas revue depuis deux ans au moins. »

Grania débarrassa les assiettes et les déposa dans l'évier. « Ça ne vous dérange pas de rester tout seul dans cette maison ?

— Non, bien sûr que non, répondit Hans en souriant. Pourquoi cette question ?

— Oh, juste comme ça. Il y a du lait dans le réfrigérateur, du pain, du bacon et des œufs pour le petit déjeuner.

— Merci, Grania. Je suis impatient de vous voir, Aurora et vous, demain. »

Grania le salua avant de quitter la maison et Hans se dit qu'il était bien dommage qu'Alexander n'ait pas eu le temps de profiter plus longuement de l'adorable femme qu'il avait prise pour épouse.

Le lendemain matin, Grania conduisit Aurora jusqu'à Dunworley House.

« Tonton Hans ! s'exclama Aurora en se jetant dans ses bras. Ça fait des années que je ne t'ai pas vu. Où étais-tu passé ?

— Nulle part, Aurora, répondit-il en souriant. Comme d'habitude, je travaillais dur en Suisse.

— Pourquoi les hommes passent-ils leur vie à travailler ? demanda Aurora. Pas étonnant qu'ils tombent malades.

— Je pense, dit Hans en regardant Grania avec des yeux pétillants, que tu as tout à fait raison, *mein Liebchen.*

— J'espère que tu vas prendre un jour de congé, Tonton Hans, comme ça je pourrai te montrer mes animaux. Les nouveaux chiots de Maisie n'ont que deux jours. Ils n'ont même pas encore ouvert les yeux !

— Je trouve que c'est une très bonne idée, intervint Grania. Aurora, si tu emmenais Hans à la ferme pendant que je travaille un peu ? Vous n'avez qu'à revenir au moment du déjeuner, comme ça on pourra aller pique-niquer sur la plage.

— Grania, dit Aurora en faisant la moue. Maintenant, c'est toi qui travailles ! D'accord, je vais m'occuper de Tonton Hans et on viendra te chercher plus tard. »

Ils partirent à pied et descendirent la colline jusqu'à la ferme. Depuis la fenêtre de son atelier, Grania regarda Aurora qui virevoltait autour de Hans. Elle étudia ensuite la sculpture devant elle et espéra qu'elle avait réussi à reproduire la grâce aérienne et naturelle d'Aurora.

La matinée passa à toute vitesse et bientôt on frappa à la porte.

« On peut entrer ? J'ai tout fait visiter à Tonton Hans et je meurs de faim ! » lança Aurora en faisant irruption dans l'atelier. Elle passa les bras autour des épaules de Grania et déposa un baiser sur sa joue en s'asseyant sur le banc. Ses yeux se posèrent sur les sculptures de Grania. Elle les observa, détourna le regard, puis les observa à nouveau.

« C'est moi ? »

Grania n'avait pas voulu les montrer à Aurora avant qu'elles ne soient terminées. « Oui.

— Tonton Hans, viens voir ! Grania m'a transformée en statue !

— *Mein Gott !* » Hans s'avança se pencha pour les examiner de plus près. « Grania, elles sont… incroyables ! Quel dommage que… » Hans dévisagea Grania avec un respect grandissant et elle sut immédiatement ce qu'il pensait. « Alexander les aurait toutes achetées. Vous avez saisi l'énergie d'Aurora dans l'argile. Et vous en avez fait quelque chose de magnifique.

— Vous pouvez arrêter de parler de mes statues et me dire ce qu'il y a à manger ? » demanda Aurora d'une voix suppliante.

Ils passèrent tous les trois un après-midi agréable sur la plage d'Inchydoney. Aurora bondissait, sautait et tournait dans les vagues peu profondes tandis que Hans et Grania profitaient de la chaleur du soleil assis sur les dunes.

« Vous avez raison. On dirait, de l'extérieur du moins, qu'elle n'est pas trop affectée, fit remarquer Hans. Elle semble… heureuse. C'est peut-être parce qu'elle n'a pas eu toute l'attention dont elle avait besoin quand elle était petite. Et maintenant, elle en a beaucoup au contraire.

— Et elle aime avoir un public. » Grania sourit tandis qu'Aurora exécutait un jeté fluide. « Sa professeure de danse pense qu'elle a un énorme potentiel, ajouta-t-elle. Et bien sûr, sa grand-mère était une grande danseuse.

— Si elle souhaite poursuivre dans cette voie, il faut absolument qu'elle le fasse. Tout comme vous avec vos sculptures. Où exposez-vous ?

— Dans une galerie à New York. Mais je dois dire que ces dernières années, j'ai surtout travaillé avec des clients qui me passaient des commandes. Ce n'est pas vraiment ce que je voulais faire, mais au moins je savais que j'aurais de quoi manger, répondit honnêtement Grania.

— Cette période difficile aura au moins eu un côté positif. Et vous savez que vous êtes une femme riche à présent.

— Et vous savez, Hans, que je ne souhaite pas prendre cet argent. » Grania changea immédiatement de ton dès que Hans aborda la question de sa fortune.

Hans la toisa. « Grania, si vous me permettez de dire les choses franchement, j'ai l'impression que votre fierté l'emporte parfois sur votre bon sens.

— Je… » Grania fut décontenancée par la remarque de Hans. « Qu'est-ce que vous voulez dire ?

— Qu'y a-t-il de mal à accepter le cadeau qu'une personne souhaite vous faire ?

— Rien Hans. C'est juste que…

— Que quoi, Grania ? Dites-moi ! lança-t-il d'un ton de défi.

— Eh bien… »

Soudain Grania repensa à tout ce qui s'était passé avec Matt. Elle avait refusé catégoriquement l'aide de ses parents et, pire, elle n'avait pas voulu l'épouser. Ces décisions avaient été dictées par sa fierté. Ce n'était pas nécessairement ce qu'elle voulait. Ni ce qu'il fallait faire, pensa-t-elle avec le recul. Après tout, si elle avait épousé Matt, ils n'en seraient peut-être pas là. Et il était évident que s'ils avaient accepté le soutien financier des parents de Matt, qui, comme Matt l'avait souligné, voulaient simplement leur faire un cadeau, leur vie aurait été plus facile.

« Vous avez peut-être raison, reconnut Grania, ébranlée par cette soudaine prise de conscience. Mais je ne peux pas m'en empêcher, j'ai toujours été comme ça. »

Hans l'observa en silence avant de dire. « C'est peut-être tout simplement votre personnalité. À moins que ça ne soit lié à un manque d'assurance. Vous devriez vous demander pourquoi vous ne pouvez pas accepter l'aide des autres. Peut-être pensez-vous que vous ne la méritez pas.

— Je... ne sais pas, répondit honnêtement Grania. Mais vous avez raison, je crois que ma fierté a gâché ma vie d'une certaine façon. Bon, assez parlé de moi. En tout cas, merci, Hans, d'avoir été honnête. Ça m'a aidée, vraiment. »

Le lendemain matin, pendant que sa famille était à la messe, comme à l'accoutumée le dimanche, Grania resta à la maison pour garder Aurora.

« Ça te dit de monter à l'église de Dunworley avec moi plus tard ? Hans a apporté une urne de Suisse, elle contient... » Grania choisit ses mots avec soin. « ... Ce qu'on pourrait peut-être appeler la poudre magique de ton papa.

— Ses cendres, tu veux dire ? fit Aurora en mordant dans sa tartine.

— Oui, je me demandais si tu voulais m'aider à les disperser.

— Bien sûr, accepta Aurora. Je peux choisir où ?

— Oui, mais ton papa voulait qu'elles soient dispersées sur la tombe de ta maman.

— Non, dit Aurora en avalant sa tartine et en secouant la tête. Ce n'est pas là que je veux le mettre.

— Très bien.

— Là-bas il n'y a que les vieux os de Maman. Ce n'est pas là qu'elle *vit.*

— Très bien, Aurora, tu me montreras alors. »

À la nuit tombante, Aurora annonça qu'elle voulait accompagner Grania à l'endroit où elle souhaitait disperser les cendres de son père.

Après avoir mis l'urne d'Alexander dans un sac, Grania suivit Aurora dehors. La fillette l'entraîna alors sur le sentier de la falaise en direction de Dunworley House. Quand elles atteignirent le rocher moussu, Aurora s'arrêta.

« Assieds-toi là, Grania. À l'endroit habituel. » Aurora ouvrit le sac et en sortit l'urne. Elle ôta le couvercle et regarda à l'intérieur, fascinée.

« On dirait du sable granuleux.

— Oui. »

Aurora se retourna et s'approcha de la falaise, ne s'arrêtant qu'à quelques centimètres du bord. Soudain, elle se retourna. Elle paraissait nerveuse. « Grania, tu peux venir m'aider ?

— Bien sûr. » Grania fit quelques pas et s'arrêta à côté d'Aurora.

« C'est là que Maman est tombée. Je la vois ici, parfois. Maman ! cria-t-elle. Je te donne Papa. » Aurora regarda à l'intérieur de l'urne, les yeux voilés de larmes. « Au revoir, Papa, va rejoindre Maman, elle a besoin de toi. » Aurora jeta les cendres par-dessus la falaise, où elles furent cueillies par le vent qui les poussa vers la mer. « Je t'aime, Papa. Toi aussi Maman. On se reverra bientôt au ciel. »

Face à un tel courage, à un tel stoïcisme, Grania sentit sa gorge se serrer. Finalement, elle retourna s'asseoir sur le rocher pour laisser Aurora seule. Elle la vit s'agenouiller, peut-être pour prier en silence, dans la nuit à présent complètement noire.

Quelques minutes plus tard, Aurora se releva doucement. Elle se tourna vers Grania. « On peut rentrer à la maison, je suis prête. Ils veulent partir. »

Aurora tendit la main et Grania la prit dans la sienne. Elles rebroussèrent chemin et descendirent lentement la colline.

Soudain, Aurora se retourna. « Regarde, regarde ! dit-elle en pointant du doigt. Tu les vois ?

— Je vois qui ?

— *Regarde…* »

Grania se força à tourner la tête et à regarder au-delà de la baie, dans la direction qu'indiquait Aurora.

« Ils volent, dit Aurora fascinée. Elle est venue le chercher et ils montent au ciel ensemble. »

Grania scruta l'horizon et ne vit rien d'autre que des nuages courant dans le ciel poussés par le vent. Grania tira doucement sur la manche d'Aurora et l'entraîna en bas de la colline vers un nouvel avenir.

39

Matt regarda l'image mouvante et floue en clignant des yeux. Là, sur l'écran, il y avait la preuve vivante de la nuit dont il n'avait aucun souvenir…

« Vous voulez le voir en 3D ? demanda le radiologue.

— Bien sûr, répondit Charley tandis que le radiologue déplaçait la sonde sur son ventre.

— Voici la tête… et le bras… s'il arrête de gigoter, nous pourrions avoir une belle image…

— Waouh », souffla Matt en fixant l'écran. L'image était en couleur, c'était le genre de prestations proposées par les cliniques privées ultramodernes. L'image qu'il avait vue sur l'écran lorsque Grania avait passé son échographie à l'hôpital du quartier, en bas de leur rue, ressemblait à un film en noir et blanc des années quarante à côté du film à grand spectacle qu'il avait sous les yeux.

Plus tard, Charley, serrant dans une main les clichés, prit de l'autre le bras de Matt.

« Ça te dit d'aller déjeuner quelque part ? J'ai très faim tout à coup.

— Bien sûr, comme tu veux. »

Pendant le déjeuner, Charley se chargea de faire la conversation. Matt comprenait. Quels que soient ses sentiments à lui, c'était le premier enfant de Charley et elle avait tout à fait le droit d'être excitée. Le lendemain, les parents de Charley organisaient un barbecue chez eux pour annoncer que Matt et leur fille vivaient ensemble. Et qu'ils attendaient un bébé. Il soupira. Même les dates que le radiologue avait données correspondaient parfaitement. Il lui fallait désormais accepter que c'était *ça*, sa vie. Celle qu'il avait créée, qu'il le veuille ou non. C'était ainsi.

Tandis que Charley parlait du lendemain, de son impatience d'annoncer la bonne nouvelle à tous leurs amis, Matt capitula. Il regarda Charley. Elle était incontestablement la plus belle femme du restaurant. Comme sa mère le lui avait dit, il apprendrait certainement à l'aimer et à apprécier leur vie commune. Il apprendrait aussi à aimer le bébé qu'ils avaient conçu ensemble.

Grania était partie… Matt prit une profonde inspiration.

« Charley, avant demain, j'aimerais te demander si… tu me ferais l'honneur de m'épouser.

— Vraiment ? *Vraiment* ? répéta Charley. Tu viens de me demander en mariage ?

— Oui.

— Tu es sûr ? » Elle fronça les sourcils.

« Je suis sûr, chérie. Alors, qu'est-ce que tu en penses ? On donne mon nom de famille au bébé ? On officialise ? On annonce notre futur mariage au barbecue demain ?

— Oh, Matty… tu n'imagines pas combien… » Charley secoua la tête, les larmes aux yeux. « Ne fais pas attention à moi. C'est les hormones. Je veux juste être sûre que tu le fais pour les bonnes raisons. Pour *nous* et pas pour le bébé. Parce que si ce n'est pas le cas, tu sais que ça ne va pas marcher.

— Je pense…, commença Matt en se grattant la tête, qu'on est faits l'un pour l'autre.

— C'est ce que j'ai toujours pensé, mais j'avais trop peur de le dire, répondit-elle calmement.

— Alors ? dit Matt en levant son verre. C'est oui ?

— Oh Matty bien sûr ! Oui !

— Dans ce cas, on ferait mieux d'aller faire du shopping tout de suite et choisir une bague de fiançailles que tu pourras montrer demain. »

Trois heures plus tard, Matt était de retour au loft avec Charley. Il était épuisé. Il l'avait emmenée chez Cartier, Tiffany, puis de nouveau chez Cartier où elle avait essayé toutes les bagues de la fichue boutique. Il lui semblait que la seule différence entre ce qui lui avait plu à l'origine et ce qu'elle avait finalement choisi, c'était le prix… encore plus exorbitant. Le résultat lui avait coûté presque six mois de salaire – il avait sorti une carte de crédit à débit différé – et la ravissait.

Tu vas apprendre à l'aimer…

Quand Matt posa la tête sur l'oreiller ce soir-là, les paroles de sa mère furent le seul réconfort qu'il put trouver.

Le cadre du barbecue organisé pour fêter la bonne nouvelle, l'ambiance et les invités étaient ce que Matt avait toujours connu. Il but beaucoup plus qu'il ne l'aurait dû – ils allaient dormir chez ses parents, de toute façon –, et quand il annonça leurs fiançailles, ses yeux s'emplirent de larmes. Pas une personne observant la scène n'aurait pu douter de l'amour que Matt éprouvait pour la femme qu'il s'apprêtait à épouser. Charley était resplendissante dans sa nouvelle robe Chanel qu'elle avait achetée pour l'occasion. Matt avait mal au dos à cause de toutes les tapes amicales et chaleureuses qu'il avait reçues. Plus tard, après le départ des invités, quand il ne resta plus que les futurs mariés et leurs parents respectifs, le père de Charley dit quelques mots.

« Je ne peux pas exprimer la joie que je ressens en ce moment. Et je sais que tes parents, Matt, nos chers amis, Bob et Elaine, la partagent. Nous avons décidé, tous les quatre, que nous voulons faire un cadeau de mariage à nos enfants. Il y a une maison, pas loin d'ici, dans Oakwood Lane, qui serait vraiment parfaite pour vous. Elle est très spacieuse et il y a un grand jardin où votre enfant pourra jouer… Matt, ton père et moi allons parler à l'agent immobilier demain matin. Et nous allons l'acheter pour vous ! »

Charley, aux anges, se tourna vers Matt et lui prit la main. « Oh, Matty ! N'est-ce pas merveilleux ?

Imagine les deux paires de grands-parents à deux pas de chez nous pour garder le bébé ! »

Tout le monde se mit à rire, sauf Matt, qui reprit un peu de champagne.

Plus tard, quand ils furent rentrés chez les parents de Matt, lesquels habitaient à dix minutes en voiture de ceux de Charley, Elaine trouva son fils, seul sur la terrasse.

« Tu es heureux, chéri ?

— Oui, Maman », dit Matt qui perçut le timbre morose de sa voix. Il se ressaisit. « Bien sûr, pourquoi ne le serais-je pas ?

— Il n'y a pas de raison, en effet. » Elle posa la main sur l'épaule de Matt. « Je veux juste que mon fils soit heureux. »

Elaine traversa la terrasse. Elle se retourna et observa Matt. Son langage corporel contredisait ses paroles. Elaine soupira. Elle se dit que la vie était tout simplement ainsi.

Plus tard, couchée dans son lit au côté de son mari, alors que le sommeil tardait à venir, elle repensa aux trente-neuf dernières années de sa vie, qui, de l'extérieur, semblait parfaite. Pourtant, son cœur lui disait tout autre chose, parce que son mariage était une imposture, le triomphe du conformisme.

Et son fils semblait condamné à vivre la même chose.

L'été se déroula paisiblement dans la baie de Dunworley. Certains jours, il faisait suffisamment chaud pour que Grania emmène Aurora se baigner dans la mer, d'autres une légère bruine tombait, mais elles pouvaient tout de même se promener sans craindre de se faire tremper. Aurora semblait heureuse et satisfaite. Elle passait beaucoup de temps à la ferme avec John et Shane, allait à Cork avec Kathleen pour s'acheter de nouveaux vêtements, et partait avec Grania à la découverte des magnifiques coins de la côte. Quand elle n'était pas avec Aurora, Grania s'enfermait dans son atelier pour parfaire les six études de son sujet dans différentes positions gracieuses.

Un jour d'août, Grania s'étira et se leva. Elle ne pouvait plus travailler sur ses sculptures sans courir le risque de les abîmer. Elles étaient terminées. Grania ressentit une certaine euphorie en enveloppant chacune des sculptures avec soin. Elle devait les emporter à Cork pour les tremper dans le bronze. Elle se sentait vide et perdue tout à coup. Ce projet lui avait permis de penser à autre chose et de sortir de la torpeur dans laquelle elle avait tendance à sombrer en ce moment. C'était comme si elle ne pouvait pas communiquer avec le reste du monde, comme si elle voyait la vie défiler derrière un voile ; ses émotions si passionnées d'ordinaire étaient en sourdine. Grania avait l'impression d'être une copie en noir et blanc de la version colorée qu'elle était autrefois.

Bien sûr, Aurora allait bientôt devenir sa fille – elle avait déjà été interrogée par les autorités irlandaises avec Aurora – et c'était là quelque chose de merveilleux et positif dans sa vie. Elle essayait de se concentrer là-dessus, plutôt que sur d'autres aspects plus difficiles qu'impliquait cette situation. En effet, si elle adorait ses parents, elle n'avait pas l'intention de rester sous leur toit indéfiniment. Dunworley House était en pleine rénovation, mais même quand les travaux seraient finis, Grania n'était pas sûre de se sentir à l'aise dans cette demeure. De plus, Aurora était très heureuse à la ferme et n'apprécierait pas de devoir déménager. Et, alors qu'elle se remettait tout juste de la disparition de son père, ce ne serait certainement pas bon pour elle de quitter la ferme.

Ainsi, pour l'heure, Grania n'avait pas d'autre choix que de rester là où elle était.

En septembre, Hans revint en Irlande et ils se rendirent tous les trois au tribunal de grande instance de Cork pour signer l'adoption officielle.

« Alors, Aurora, s'enquit Hans plus tard pendant le déjeuner, tu as officiellement une nouvelle maman. Qu'est-ce que ça te fait ?

— C'est merveilleux ! s'exclama Aurora en étreignant Grania. Et une nouvelle grand-mère, un nouveau grand-père, et... Je pense que Shane est mon oncle maintenant, c'est ça ?

— Oui, c'est ça, répondit Grania en souriant.

— Tu crois qu'ils seront d'accord pour que je les appelle Mamie et Papy... et Tonton Shane ? demanda Aurora en pouffant.

— Je pense qu'ils seraient très contents, dit Grania.

— Et toi, Grania ? continua Aurora, soudain intimidée. Je peux t'appeler « maman » ?

— Ma chère Aurora, fit Grania, émue. Si tu veux m'appeler comme ça, je serai très honorée.

— Maintenant je me sens exclu, dit Hans en faisant la moue. Je suis le seul à ne pas être de ta famille.

— Mais si, tu es mon parrain ! Et tu seras toujours mon Tonton Hans !

— Merci, Aurora, répondit Hans en regardant Grania les yeux pétillants. J'apprécie vraiment ! »

Hans prit part au repas de fête que Kathleen avait préparé en l'honneur d'Aurora. Après le dîner, il annonça qu'il devait retourner à son hôtel à Cork car il repartait pour la Suisse dès le lendemain matin. Il embrassa Aurora, remercia Kathleen et John, et Grania le raccompagna jusqu'à sa voiture.

« Ça fait plaisir de voir Aurora si heureuse ! Et elle a de la chance d'avoir une famille si unie et si aimante.

— Comme ma mère dit, Aurora leur a insufflé une vie nouvelle.

— Et vous, Grania ? » demanda Hans alors qu'il s'apprêtait à monter dans sa voiture. « Où en sont vos projets ?

— Je n'en ai pas, répondit-elle en haussant les épaules.

— N'oubliez pas, s'il vous plaît, qu'Alexander tenait absolument à ce que vous poursuiviez votre vie. La présence d'Aurora ne doit pas vous restreindre, lui rappela Hans. J'ai vu de mes propres yeux combien elle est heureuse de vivre ici. Si vous décidez de vivre une vie différente ailleurs, je ne pense pas qu'elle en sera affectée.

— Merci, Hans. Mais je n'ai plus de vie « différente ». C'est ma vie.

— Alors vous devez en trouver une. Vous devriez peut-être retourner un peu à New York ? Grania, poursuivit Hans en posant la main sur son épaule, vous êtes trop jeune et trop talentueuse pour vous enterrer ici. Et ne vous servez pas d'Aurora comme prétexte pour renoncer. C'est à nous de construire notre destin.

— Je sais, Hans, reconnut Grania.

— Pardonnez-moi, vous avez sans doute l'impression que je vous donne des leçons. Mais je pense que vous souffrez. Et les derniers mois vous ont plus affectée que vous ne le croyez. Je crains que vous ne soyez tombée dans une ornière et vous devez en sortir. Pour y parvenir, il faut parfois ravaler sa fierté. Je sais que c'est particulièrement difficile pour vous, Grania. » Il sourit, l'embrassa sur les deux joues puis monta dans sa voiture. « Faites attention à vous et n'oubliez pas, vous pouvez m'appeler à tout moment. Je serais heureux de vous apporter toute l'aide dont vous avez besoin aussi bien sur le plan personnel que professionnel.

— Merci. » Grania fit signe à Hans, triste de le voir partir. Ils étaient devenus très proches au cours des derniers mois et elle respectait son opinion. C'était un homme d'une grande sagesse. Il avait le don de comprendre les peurs et les doutes de Grania.

Peut-être devrait-elle retourner à New York...

Grania bâilla. Comme Scarlett O'Hara l'avait si bien dit, elle y penserait demain. La journée avait été longue.

Tandis que les vents froids de l'Atlantique se remettaient à souffler sur la côte ouest du comté de Cork et qu'on rallumait les feux dans les cheminées, Grania se lança dans une nouvelle série de sculptures. Cette fois, elle se servit de la grand-mère d'Aurora, Anna, comme sujet d'étude. Elle avait pris le tableau *La Mort du cygne*, accroché dans la salle à manger à Dunworley House, et s'attachait à donner une forme physique à la danseuse représentée dessus. Elle se souvint que c'était sa sculpture du cygne qui lui avait permis de croiser la route de Matt. Il y avait une triste ironie dans le titre de son œuvre en cours. Mais au moins avait-elle trouvé son point fort. L'élégance et la grâce des danseuses l'inspiraient et seyaient particulièrement à ses talents de sculptrice.

L'anniversaire d'Aurora tombait à la fin du mois de novembre et quand Grania avait appris que le Ballet national anglais allait se produire à Dublin, elle avait acheté en secret deux billets pour les neuf ans de la petite fille. Comme elle s'y attendait, Aurora était tout excitée.

« Grania ! C'est le plus beau cadeau que j'aie jamais eu. Et c'est *La Belle au bois dormant, mon* ballet ! »

Grania avait aussi réservé une chambre au Jurys Inn Hotel à Dublin, pensant qu'elles pourraient profiter de l'occasion pour faire un peu de shopping. Elle fut encore plus touchée par l'expression de ravissement sur le visage d'Aurora que par le ballet en lui-même.

« Oh, Grania, dit Aurora l'air rêveur quand elles sortirent du théâtre. J'ai décidé : même si j'adore les animaux à la ferme, je crois qu'il faut que je devienne danseuse. Un jour, je veux interpréter le rôle de la princesse Aurore.

— Je suis sûre que ton rêve se réalisera, ma chérie. »

De retour dans leur chambre d'hôtel, Grania embrassa Aurora pour lui souhaiter bonne nuit et se coucha dans le lit à côté du sien. Quand elle éteignit la lumière, une voix s'éleva dans l'obscurité.

« Grania ? Je sais que Lily a toujours dit qu'elle détestait la danse classique mais alors pourquoi m'a-t-elle donné le nom d'une célèbre princesse dans un ballet ?

— C'est une très bonne question, Aurora. Peut-être qu'elle ne détestait pas vraiment la danse au fond.

— Non… »

Il y eut un silence de quelques secondes, puis Aurora reprit : « Grania, tu es heureuse ?

— Oui. Pourquoi cette question ?

— Parce que… parfois je vois que tu as l'air très triste.

— Vraiment ? demanda Grania, choquée. Bien sûr que je suis heureuse, ma chérie. Je t'ai toi, j'ai mon travail et ma famille. »

Il y eut un autre silence. « Oui, je sais. Mais tu n'as pas de mari.

— Non.

— Eh bien, tu devrais. Je ne pense pas que Papa serait très content s'il savait que tu es seule. Et que tu te sens seule, la réprimanda Aurora.

— C'est gentil à toi de dire ça, ma chérie, mais je vais bien.

— Tu as aimé quelqu'un avant Papa ? interrogea encore la petite fille.

— Oui.

— Et qu'est-ce qui s'est passé ?

— Eh bien, c'est une longue histoire et à vrai dire… Je ne sais pas exactement.

— Oh, et tu ne crois pas que tu devrais découvrir la vérité ?

— Aurora, il est temps de dormir, dit Grania qui souhaitait mettre un terme à la conversation. Il est tard.

— Désolée. Plus que deux questions, je te promets. Où vivait-il ?

— À New York.

— Et comment s'appelait-il ?

— Matt, il s'appelle Matt. Bonne nuit, Aurora.

— Bonne nuit, Maman. »

40

Charley était enceinte de six mois. Elle était resplendissante de santé et sa garde-robe de maternité était aussi en pleine expansion. Comme ils l'avaient promis, leurs parents avaient acheté pour eux la maison située à trois rues de leurs demeures respectives. Charley travaillait dur pour redécorer la villa, que Matt trouvait pourtant parfaitement à son goût telle qu'elle était. Elle était déjà en congé maternité et passait le plus clair de son temps chez ses parents pour superviser la rénovation. Matt s'accommodait très bien de ses absences. Au moins avait-il ainsi quelques moments de répit et du temps pour se concentrer sur son travail. Ils avaient eu quelques discussions animées car Matt avait refusé d'entrer dans la société d'investissement de son père ; il sentait qu'il devait au moins tenter de sauver quelque chose de la personne qu'il était autrefois – l'identité qu'il avait mis si longtemps à forger semblait se disloquer un peu plus chaque jour.

Il était en train de se perdre.

Il avait également commencé à faire le tri dans ses effets personnels en vue de son prochain déménagement. Les affaires de Grania étaient toujours là. Matt ne savait pas qu'en faire. Peut-être devrait-il simplement les ranger dans des cartons et les entreposer dans un garde-meuble, puis écrire à Grania chez ses parents pour lui indiquer où elles se trouvaient. Si elle ne les avait pas récupérées jusqu'à présent, elle ne viendrait certainement jamais les chercher. De plus, pensa Matt froidement, son nouveau mari l'avait sans doute aidée à remplacer tout ce qu'elle avait laissé à New York.

Si seulement l'amour qu'il ressentait pour elle, la douleur qu'il avait de l'avoir perdue pouvaient se transformer en colère. Il lui arrivait parfois d'être vraiment furieux contre elle mais ça ne durait pas longtemps.

Matt décida d'aller prendre son petit déjeuner dehors. Il s'installa dans un petit café et prit un *latte* accompagné d'un bagel.

« Salut, Matt, comment ça va ? » Matt leva les yeux et vit Roger, l'ami de Grania, posté devant lui.

« Bien, bien, dit-il en hochant la tête avec tout l'enthousiasme dont il était capable. Tu habites dans le coin maintenant, Roger ?

— Ouais, j'adore le quartier. Comment va ton amie ? demanda Roger.

— Charley, tu veux dire ? Elle va bien. On va… se marier, dit Matt en rougissant.

— Vraiment ? Félicitations.

— Quand Charley aura accouché, en fait. » Matt se dit qu'il valait mieux cracher le morceau tout de suite. Il était inutile de mentir de toute façon.

« C'est une excellente nouvelle ! dit Roger en souriant. Pour tout te dire, je savais que vous essayiez d'avoir un enfant. Quand j'ai vu Charley dans ton loft l'autre soir, je me suis souvenu de l'endroit où je l'avais rencontrée la première fois. Je travaille au centre de procréation médicalement assistée et c'est là que je l'ai vue. Tu pourras lui dire de ma part qu'elle a de la chance. Malgré les progrès de la science médicale, seul un petit nombre de femmes dans son cas parviennent à concevoir, même avec les meilleurs traitements. »

Matt secoua la tête, abasourdi. « Tu as vu Charley à la clinique de procréation médicalement assistée ?

— Oui, je suis sûr que c'était elle. Je l'ai aidée à enfiler sa blouse. Mais je comprends que la plupart des couples ne veuillent pas ébruiter une démarche aussi intime. En tout cas, bonne chance pour tout.

— Merci. Euh… Roger ? Tu te souviens quand c'était à peu près ?

— Mi-mai, je crois.

— Tu es sûr ?

— Oui, pratiquement sûr… il y a un problème ? » Roger semblait perplexe.

« Non… je… ça n'a pas d'importance. »

Matt rentra chez lui, repensant à ce que Roger lui avait dit. Ce n'était pas possible, il s'était sûrement trompé. Pourquoi Charley se serait-elle rendue dans cette clinique à la mi-mai ? À moins que…

Son téléphone sonna et il répondit machinalement.

« Salut Matt, c'est Maman. Comment va le futur papa ?

— Hum… Tu veux que je te dise, Maman ? En cet instant précis, je n'en sais rien. Je viens d'entendre quelque chose…

— Quoi ? Qu'est-ce qui s'est passé, Matt ?

— Mon Dieu, Maman, je ne crois pas pouvoir te le dire.

— Matty, tu sais que tu peux tout me dire.

— D'accord, mais je précise que je n'ai aucune preuve de ce que j'avance. J'ai rencontré un interne, qui m'a dit que Charley était allée dans le centre de procréation médicalement assistée dans lequel il travaille. Il l'a reconnue quand il est passé me rendre un truc l'autre jour. Il a dit que c'était en mai, environ à l'époque où… merde, Maman. Il a sûrement fait une erreur mais… je suis vraiment perturbé. Il avait l'air plutôt sûr de lui. Tu crois que… ? »

Elaine mit quelque temps à répondre. Finalement elle soupira et dit : « Non, je ne crois pas. Écoute, Matt, il y a quelque chose que je sais et que je ne t'ai pas dit. Tu veux venir ?

— J'arrive. »

« Charley a eu un problème à l'adolescence, au moment de la puberté, si tu vois ce que je veux dire. » Les joues d'Elaine rosirent légèrement. « Elle avait d'affreuses douleurs tous les mois et était souvent absente au lycée à cause de ça. Sa mère a fini par l'emmener voir un spécialiste en ville. Il a diagnostiqué une endométriose, ce qui signifie qu'elle avait des kystes sur les ovaires. Le spécialiste a dit à Charley qu'elle ne pourrait probablement jamais avoir d'enfant sans assistance médicale et que même avec un traitement les chances étaient faibles. Si je le sais, c'est parce que sa mère est venue me voir. Elle était désemparée. Ils n'en ont parlé à personne d'autre. Ce n'est pas le genre de choses qu'on ébruite au country club, en particulier quand on espère que sa fille fera un bon mariage. Charley a pris la pilule pour atténuer les douleurs. Et sa mère ne m'en a plus jamais reparlé. »

Matt laissa échapper un sifflement. « Je vois.

— S'il te plaît, Matt, dis-toi que je viens de trahir la confiance d'une personne qui m'est chère en divulguant son secret et que je pourrais bien perdre son amitié. Alors si tu décides d'en parler à Charley, essaie dans la mesure du possible de ne pas dévoiler ta source. Tu me promets, Matt ? le supplia Elaine. Car ton ami interne te dit sûrement la vérité. Si la mère de Charley découvre que je t'en ai parlé, je risque de passer un sale quart d'heure, mais je ne peux pas tolérer qu'on mente à mon fils sur un sujet aussi important. »

Les yeux d'Elaine se mirent à étinceler de colère. Matt ne l'avait jamais vue ainsi. Il lui tapota la main. « Ne t'en fais pas, Maman. Je ne dirai rien. Et il faut que je réfléchisse à ce que je dois faire. Si Charley a… si elle a… Mon Dieu, Maman ! Je ne comprends pas, vraiment pas ! J'ai besoin de temps pour réfléchir avant qu'elle ne rentre à la maison. » Matt se leva et serra sa mère dans ses bras. « J'apprécie vraiment que tu m'en aies parlé. Je t'appelle dans un ou deux jours. »

Quand Matt prit le chemin du retour, il avait l'esprit complètement embrouillé. Il ne savait plus que penser, que ressentir… Au mieux, par une malheureuse coïncidence, Charley avait décidé d'avoir un bébé au moment où il s'était saoulé cette fameuse nuit. Bon sang ! Il était incapable de se souvenir s'il avait couché avec elle… Avait-elle préparé son corps pour optimiser ses chances ? Avait-elle tout manigancé ? Matt comprit, en ouvrant la porte du loft, qu'une seule et unique personne pourrait répondre à ces questions. Et il n'était même pas certain d'obtenir la vérité en l'interrogeant.

Charley rentra un peu plus tard dans la soirée, tout excitée par son entrevue avec le décorateur d'intérieur qu'elle avait choisi. Ils s'étaient parfaitement entendus et avaient d'excellentes idées pour la nouvelle maison.

Matt eut le plus grand mal à se contenir. Il voulait mettre un peu d'ordre dans ses idées avant de lui demander des comptes. La colère, il le savait, n'était pas le meilleur état d'esprit pour aborder la situation. Charley serait alors sur la défensive et probablement moins honnête.

Matt parvint à passer la soirée sans trop parler, hochant la tête et souriant aux moments appropriés. Quand ils se mirent au lit, Charley se pencha pour l'embrasser.

« Bonne nuit, chéri. Je suis tellement excitée quand je pense à notre avenir. » Elle éteignit la lumière.

C'est à cet instant que Matt craqua. Il ralluma la lumière.

« Charley, il faut qu'on parle.

— Bien sûr, chéri. Tu es nerveux à l'idée de devenir papa ? Ne t'inquiète pas, Matty, le docteur dit que c'est parfaitement normal que tu aies des appréhensions. Il a expliqué…

— Charley, il faut que je te demande quelque chose. Et il faut que tu me dises la vérité, dit Matt en la regardant intensément. Quelles que soient les conséquences, il faut que tu le fasses pour moi, d'accord ?

— Bien sûr, chéri, je ne te mentirai jamais.

— D'accord… » Matt prit une profonde inspiration. « Es-tu allée dans un centre de procréation médicalement assistée en mai pour suivre un traitement augmentant tes chances de concevoir un bébé ? »

Matt la fixa sans ciller. Il savait que durant ces premières secondes, alors que le cerveau n'avait pas encore eu le temps de concocter une histoire, la vérité apparaîtrait dans les yeux de Charley.

« Je… Mon Dieu… chéri. » Elle sourit nerveusement.

Et à cet instant, Matt sut qu'elle lui avait menti.

« Bon sang, Charley ! Je ne sais pas comment ni pourquoi, mais tu es allée dans ce centre pour suivre un traitement ! Il faut que tu sois honnête avec moi parce que je dois savoir ! » Matt soutenait toujours son regard. Charley vacilla pendant quelques secondes avant de fondre en larmes.

« Oh, Matty… Comment est-ce que tu l'as su ?

— J'ai vu ce type, Roger, dans un café hier. Il nous a félicités pour la conclusion heureuse de notre projet…

— D'ACCORD ! Oui, j'ai suivi un traitement, mais je n'ai pas essayé de te duper ni de te piéger ! J'étais prête dès le départ à avoir ce bébé toute seule, tu te souviens ? insista-t-elle d'une voix désespérée. Quand on en a parlé, je t'ai dit que j'aurais le bébé quelle que soit ta décision. C'était un miracle, Matty, pendant des années, j'ai cru que je ne pourrais pas avoir d'enfants. Alors quand je suis tombée enceinte... Oh, Matty ! Pardonne-moi, s'il te plaît, je t'aime !

— Regarde-moi, Charley ! Était-ce une coïncidence que tu tombes enceinte après la nuit que nous avons passée ensemble ou était-ce calculé ?

— Matt, je sais que j'ai mal agi mais...

— Charley, je dois savoir... Ce bébé est-il de moi ? » Il soutint son regard mais elle détourna les yeux. « Est-ce que nous avons... ? insista-t-il. Cette nuit-là... ? Merde, Charley ! J'ai besoin d'une réponse honnête. *Suis*-je le père de ce bébé ? »

Charley cessa de pleurer. Elle resta silencieuse, ses yeux fixant le mur. Matt se leva et se mit à arpenter la pièce. « Il faut que je sache *maintenant*, tout de suite. Et je compte sur toi pour me dire la vérité. »

Charley sembla se vider de toute son énergie. Elle secoua doucement la tête. « Non, Matt, tu n'es pas le père.

— *Merde !* » C'est tout ce qu'il put faire en cet instant pour ne pas la frapper. Il prit de profondes inspirations dans l'espoir de se calmer. « Alors si ce n'est pas moi, qui est-ce ?

— Je ne connais pas son nom, répondit-elle en haussant les épaules. Mais ce n'est pas ce que tu penses, Matty.

— Tu peux me dire comment ça ne peut pas être ce que je pense, Charley ? Tu as couché avec un autre et tu allais faire passer ce bébé pour le mien !

— NON ! Ça ne s'est pas du tout passé comme ça, fit Charley d'une voix qui trahissait sa souffrance. Je ne connais pas le nom du père parce que le sperme qui m'a fécondée n'avait qu'un profil ADN. Rien de plus.

— Quoi ? dit Matt en secouant la tête.

— D'accord. Le père du bébé est un doctorant de vingt-huit ans qui vit en Californie. Il a le teint mat, des yeux marron et il mesure un mètre soixante-dix-huit. Il n'a jamais été atteint d'une maladie grave et il a un QI supérieur à la moyenne. C'est son profil génétique et c'est tout ce que je sais.

— Je vois. » Matt s'assit au bord du lit, il commençait à saisir. « Tu es en train de me dire que tu es allée dans une banque de sperme et que tu as choisi un donneur anonyme ? Et ensuite tu as eu recours à une fécondation *in vitro* ?

— Oui. »

Ils restèrent tous deux silencieux quelques instants. Matt avait du mal à digérer ce qu'elle venait de lui dire. « Et moi, je sers à quoi dans tout ça ? Quand est-ce que j'entre en scène ? Je faisais partie du plan dès le départ ?

— Matty. » Charley avait versé toutes les larmes de son corps, elle avait à présent les yeux secs et le visage pâle. « Je veux que tu saches que j'avais décidé de faire cette démarche il y a des mois, avant que je n'emménage ici avec toi…

— Alors disons les choses simplement : j'étais juste un type qui s'est trouvé là au bon moment, un con que tu pourrais faire passer pour le père ? l'interrompit Matt d'une voix pleine d'amertume.

— Non ! Je t'aimais Matty et je t'aime toujours, dit Charley en se tordant les mains. Et cette nuit-là, un jour après le traitement, oui, on peut dire que c'était une coïncidence. Tu étais ivre, affectueux, et tu m'as dit des choses vraiment gentilles. Et j'ai pensé…

— Charley, est-ce qu'on a fait l'amour, cette nuit-là ? Parce que je ne me souviens vraiment pas d'avoir couché avec toi. J'étais peut-être complètement saoul, mais ça ne m'était jamais arrivé auparavant.

— Non… du moins pas d'une façon qui nous aurait permis de concevoir un enfant, avoua Charley. On s'est embrassés, mais tu n'étais pas en état de…

— Mon Dieu ! Alors pourquoi m'avoir dit que je l'avais fait ? Pourquoi m'avoir fait culpabiliser ?… Pourquoi ces mensonges ? Merde, Charley ! C'était si cruel.

— Ça suffit ! » Les yeux de Charley lançaient soudain des éclairs. « Je veux bien assumer ma part de responsabilité, mais ce que je t'ai raconté n'était pas complètement faux. Tu étais affectueux, tendre… Tu m'as embrassée, tu m'as touchée… Tu m'as dit que j'étais belle et que tu m'aimais. » Sa voix s'étrangla tout à coup.

Matt était gêné. « Tu as raison. Je me suis comporté comme un pauvre type, Charley. Et je m'en excuse. Mais cela te donne-t-il pour autant le droit de me mentir à propos de *ça* ?

— Je te jure que je ne savais pas que j'étais enceinte, j'ignorais que la FIV avait marché. Je l'ai appris peu de temps avant que tu ne reviennes de ta série de conférences, et le soir où on est allés dîner dehors… j'étais tellement blessée par la façon dont tu m'avais traitée, Matt… Je pense que j'ai voulu te punir. »

Matt, plus calme à présent qu'il connaissait les faits, écoutait en silence.

« Et ensuite, quand j'ai réalisé que tu aimerais toujours Grania et pas moi, j'ai commencé à prendre des décisions pour moi. J'allais garder le bébé quoi qu'il advienne comme je te l'ai dit une semaine plus tard. Je m'étais résignée à continuer toute seule, comme je l'avais prévu au départ. Et puis tu m'as dit qu'on pourrait essayer. Tu ne voulais pas seulement t'impliquer dans l'éducation du bébé mais aussi tenter de construire quelque chose avec moi. J'étais aux anges, Matt. Tous mes rêves se réalisaient. Soudain, tout paraissait si juste. Après avoir passé toutes ces années à t'aimer… » Charley soupira. « Et puis tu m'as demandé en mariage et j'ai vraiment commencé à croire que notre histoire avait une chance. » Elle s'approcha de lui, soudain, et l'enlaça, le serrant très fort dans ses bras. « Et ça peut encore marcher, Matty. S'il te plaît, je sais que je t'ai menti mais… »

Matt se dégagea de l'étreinte de Charley. « Il faut que je sorte d'ici, j'ai besoin de prendre l'air.

— S'il te plaît, Matty. Tu ne vas pas me quitter ? On a annoncé notre mariage à tout le monde, la maison a été achetée, et le bébé… »

Matt enfila des vêtements à la hâte, claqua la porte derrière lui et prit les escaliers pour descendre jusqu'au rez-de-chaussée. Une fois dehors, il se mit à courir le long du trottoir, foulant les rues d'un pas lourd, jusqu'à ce qu'il se retrouve dans Battery Park. Il s'appuya contre la rambarde et contempla le reflet des lumières sur l'Hudson. À cette heure, le parc était fréquenté par ceux qui appréciaient le refuge que leur offrait l'obscurité : des silhouettes fantomatiques d'ivrognes, d'amants, d'adolescents agités grouillaient autour de lui. Il se mit à respirer plus lentement et tenta d'analyser les récents événements.

Ce n'était pas uniquement ce que Charley *avait fait*, mais les motifs qui l'avaient poussée à agir ainsi. Avait-elle prévu de le piéger dès le départ ? Sa décision de tenter une FIV n'avait-elle vraiment rien à voir avec lui ? Elle vivait déjà sous son toit quand elle avait commencé le traitement… Elle avait avoué qu'elle l'aimait… Pouvait-il réellement croire que le timing était une pure coïncidence ?

Même si c'était le cas, cela n'innocentait pas Charley pour autant, elle avait soutenu catégoriquement que le bébé était le sien. Elle avait menti de façon éhontée. Elle était même allée jusqu'à l'accuser d'un acte qu'il n'avait pas *commis*.

Le psychologue en lui comprenait que tout être dans son tort faisait son possible pour minimiser la portée de ses actions. Il y avait toujours une excuse parfaitement valable, une raison à laquelle croyait le coupable, qui justifiait son comportement. Mais Matt avait beau essayer de considérer les faits sous différents angles, il ne trouvait aucune excuse à Charley. Pire encore, elle était prête à vivre dans le mensonge pour le reste de leur vie. Il n'aurait peut-être jamais su que l'enfant qu'il aurait sans doute aimé comme le sien n'était pas de lui.

Matt eut la nausée en y pensant.

Il réalisa qu'il devait aussi accepter le rôle qu'il avait joué dans cet immense gâchis. Quand il avait appris que Grania était mariée, sa blessure avait été telle qu'il avait eu cette réaction primaire au restaurant. Sa volonté soudaine d'épauler Charley n'avait fait qu'exacerber la situation et avait contribué à les emmener là où ils en étaient aujourd'hui.

Elle lui avait en effet dit ce soir-là qu'elle était prête à avoir ce bébé toute seule et il avait rejeté cette option. Il comprenait à présent, qu'il n'avait jamais réalisé ce que Charley ressentait pour lui. Quand il avait rencontré Grania, il avait été aveuglé par ses sentiments pour elle et avait mis un terme à sa relation avec Charley sans s'inquiéter de ce qu'elle éprouvait pour lui.

Matt frémit en pensant à la situation grotesque qu'ils avaient créée tous les deux. Mais à quoi bon s'appesantir davantage ? Il lui fallait décider à présent ce qu'ils allaient faire.

Il était possible de poursuivre leurs projets. Comme Charley l'avait dit, il connaissait la vérité à présent. Il ne l'aimait pas, ne l'avait jamais aimée, et en ce sens, il vivait déjà dans le mensonge. Ce qui avait changé toutefois, c'était que le bébé dans le ventre de Charley n'était pas le sien.

Matt soupira en songeant à cet instinct protecteur qu'il avait eu durant les premières semaines de grossesse de Grania. Chaque fois qu'il pensait à leur bébé, à sa naissance imminente, l'impatience le gagnait. Il voulait protéger Grania avec toutes les fibres de son corps quand elle était la plus vulnérable. Il n'avait rien ressenti de tel ni pour Charley ni pour le bébé qui grandissait en elle. Le sentiment qui dominait chez lui, c'était la résignation. Pourrait-il apprendre à aimer un bébé qu'il élèverait comme le sien ou nourrirait-il un certain ressentiment à son égard ? Il parlait très régulièrement dans ses conférences de l'impact des péchés du père sur l'enfant. Il connaissait les effets qu'ils pouvaient avoir et il n'avait pas l'intention de tomber dans le même piège.

Finalement, tandis qu'un soleil timide se levait dans le ciel du New Jersey, Matt repartit lentement en direction du loft. Il n'était pas plus avancé et ne savait pas vraiment ce qu'il allait dire à Charley. Mais au moins, il était plus calme.

L'appartement était désert. Sur son bureau, il trouva une enveloppe qui lui était adressée.

Matt,

Je suis partie. Je suis vraiment désolée de t'avoir menti mais tu as aussi ta part de responsabilité dans ce gâchis. Je vais nous faciliter la tâche à tous les deux, et au bébé aussi. Nous méritons tous beaucoup mieux que ça.

À bientôt,
Charley

Matt poussa un soupir de soulagement. Charley avait pris la décision pour lui. Et il lui était reconnaissant, pour ça au moins.

41

L'hiver s'était abattu sur Dunworley. Devant la fenêtre de l'atelier de Grania, les nuages qui couraient dans le ciel peignaient la palette brute de la baie en différentes teintes de bleu et de gris. La collection de sculptures de Grania s'agrandissait. Elle travaillait sans relâche jusque tard dans la nuit parfois.

« Qu'est-ce que tu vas faire avec ces sculptures, Grania ? interrogea Kathleen un après-midi alors qu'elle était montée à l'atelier en compagnie d'Aurora. Je ne suis pas une experte en art et pourtant je peux te dire qu'elles ont quelque chose de spécial. » Kathleen se tourna vers sa fille les yeux remplis de fierté et d'admiration. « Et ce sont sans doute tes plus belles œuvres.

— Elles sont magnifiques, Maman, dit Aurora en traçant le contour des figurines avec ses doigts. Mais Mamie a raison. Ce n'est pas bien qu'elles restent ici, il n'y a que nous pour les regarder. Tu devrais les exposer dans une galerie où des gens pourraient les acheter. Je veux que les gens me voient », pouffa-t-elle.

Grania, plongée dans sa nouvelle sculpture, hocha distraitement la tête. « Oui, peut-être.

— Tu descends à la maison pour le dîner, Grania ? demanda Kathleen.

— Dans un moment, je voudrais juste finir ce bras, Maman.

— Ne sois pas trop longue. Tu nous manques à table, pas vrai, Aurora ?

— Oui, acquiesça Aurora. Tu es pâle, Maman, tu ne trouves pas Mamie ?

— Oui, tu as raison.

— J'ai dit que je descendrais dans un moment, dit Grania en riant. Mon Dieu ! Comme si je n'avais pas assez d'une mère qui me houspille ! Il faut que ma fille s'y mette aussi.

— À tout à l'heure », lança Kathleen en entraînant Aurora vers la porte.

Un vent froid soufflait sur le sentier de la falaise quand Aurora et Kathleen repartirent en direction de la ferme.

« Mamie ?

— Oui, Aurora ?

— Je m'inquiète pour Maman. Qu'est-ce qu'elle a ? Tu sais, toi ?

— Eh bien… » Kathleen avait appris qu'il était inutile de servir des platitudes à Aurora. « Si tu veux mon avis, je pense qu'il lui manque un homme. Ce n'est pas sain pour une femme de l'âge de Grania d'être seule.

— Tu sais ce qui s'est passé avec l'homme qu'elle aimait avant de rencontrer Papa ? Maman m'a dit qu'il s'appelait Matt. Pourquoi est-ce qu'elle l'a laissé à New York ? Pourquoi est-ce qu'elle est revenue en Irlande ?

— Ah, Aurora, si je savais, je serais plus heureuse. Mais quand ma fille a quelque chose en tête, rien ne peut lui faire changer d'avis. Et elle ne dit pas un mot en plus.

— Il était gentil ?

— C'était un vrai gentleman, dit doucement Kathleen. Et il aimait Grania comme la prunelle de ses yeux.

— Tu crois qu'il l'aime encore ?

— Je dirais qu'il l'aimait encore quand elle s'est enfuie de New York parce qu'il appelait très souvent à la maison. Quant à aujourd'hui…, dit Kathleen en soupirant. Qui sait ? C'est dommage que Grania ait refusé de lui parler alors de ce qui s'était passé. On peut régler beaucoup de problèmes autour d'un thé et avec une bonne discussion.

— Mais Grania est très fière, n'est-ce pas ?

— Oui, c'est vrai. Si on se dépêchait un peu ? » Kathleen frissonna alors que le vent se renforçait. « Ce n'est pas une nuit pour traîner dehors. »

Hans appela Grania quelques jours plus tard pour prendre des nouvelles et savoir où en étaient les travaux de rénovation à Dunworley House.

« Je me demandais aussi si vous pouviez me retrouver à Londres la semaine prochaine. J'ai un ami qui tient une galerie dans Cork Street. Je lui ai parlé de vous et de votre nouvelle série de sculptures et il est impatient de vous rencontrer. De plus, ajouta Hans, ça vous ferait peut-être du bien de partir quelques jours… Je pourrais en profiter pour vous montrer la propriété qu'Aurora a héritée de sa mère, à Londres.

— C'est gentil à vous Hans, mais…

— Mais quoi, Grania ? Vous n'allez pas me dire que vous avez un emploi du temps trop chargé ?

— Seriez-vous en train de me forcer la main, Hans ? fit Grania en souriant.

— Un peu, peut-être. Mais comme tout notaire qui se respecte, je suis simplement les instructions qui figurent dans le testament de mon client. Je vais vous réserver un vol pour mercredi prochain ainsi qu'un hôtel et je vous enverrai les informations par e-mail.

— Si vous le dites, Hans », dit Grania en soupirant. Elle comprit qu'elle n'avait pas d'autre choix que de capituler.

Quelques jours plus tard, Grania consulta ses e-mails et les informations sur le vol pour Londres que Hans avait réservé pour elle.

Aurora arriva derrière elle et passa les bras autour de ses épaules.

« Où vas-tu Grania ?

— À Londres, je vais voir Hans.

— C'est une bonne idée ! Il est temps que tu prennes un peu de vacances. » Aurora scruta l'écran de l'ordinateur pendant que Grania tapait le numéro de son passeport pour s'enregistrer en ligne.

« Je peux le faire pour toi ?

— Tu sais faire ?

— Bien sûr. J'aidais tout le temps Papa. »

Grania se leva du fauteuil et laissa Aurora s'asseoir à sa place. Aurora rit en voyant la photo du passeport de Grania puis continua à entrer les informations avec un grand sérieux. « Tu as une drôle de tête.

— Excuse-moi, répondit Grania en souriant. La tienne n'est guère mieux.

— Tu as mon passeport ?

— Oui, il est dans mon portefeuille, rangé avec le mien.

— Voilà, c'est fini. »

Grania remit son passeport dans le portefeuille avec celui d'Aurora et le rangea dans le tiroir du bureau. « C'est l'heure d'aller te coucher, jeune fille. »

Aurora gravit les escaliers à contrecœur, se brossa les dents et se mit au lit. « Je plaisantais tout à l'heure à propos de la photo de ton passeport, déclara Aurora. Je trouve que tu es très belle, Maman.

— Merci, ma chérie. Moi aussi, je trouve que tu es belle.

— Mais j'ai peur que si tu ne trouves pas bientôt un amoureux, tu sois trop vieille après et que les hommes ne t'aiment plus. Aïe, pouffa Aurora quand Grania la chatouilla.

— Merci, c'est gentil ! Le problème, Aurora, c'est que je ne trouve personne à mon goût.

— Et Matt ? L'homme dont tu m'as parlé et qui vit en Amérique ? Tu l'aimais, non ?

— Oui.

— Je crois que tu l'aimes toujours.

— Peut-être, admit Grania en soupirant. Mais ce qui est fait est fait. » Elle embrassa Aurora. « Bonne nuit, ma chérie. Fais de beaux rêves.

— Bonne nuit, Maman. »

Le mercredi matin, Grania se rendit à l'aéroport de Cork et prit l'avion pour Londres. Hans l'attendait au terminal des arrivées et ils montèrent dans un taxi qui les déposa devant l'hôtel Claridge.

« Mon Dieu ! s'exclama Grania quand elle pénétra dans la magnifique suite que Hans avait réservée pour elle. Voilà qui a dû coûter une fortune ! Vous me gâtez beaucoup trop.

— Vous méritiez bien un petit plaisir. De plus, vous êtes une femme riche dont la fille sera à la tête d'une grande fortune et c'est en gérant votre patrimoine que je gagne ma vie. Bon, à présent, je vais vous laisser vous préparer comme il se doit avant le dîner et je vous retrouve au bar à huit heures où Robert, le propriétaire de la galerie, nous rejoindra. »

Grania se prélassa dans son bain, s'enveloppa dans le peignoir tout doux et but une coupe de champagne offerte par la maison dans le salon magnifiquement aménagé. Et elle décida, malgré son antipathie pour le luxe à outrance, que c'était plutôt agréable. Après avoir passé la petite robe de soirée noire qu'elle avait trouvée dans une boutique de Cork la semaine précédente – quand elle était partie de New York, elle n'avait pas pris de vêtements élégants avec elle –, elle mit un peu de mascara et appliqua une touche de rouge à lèvres sur sa bouche. Puis elle prit la sculpture d'Aurora qu'elle avait emportée avec elle pour la montrer au galeriste et descendit rejoindre Hans au rez-de-chaussée.

Ils passèrent une soirée agréable. Robert Sampson, le galeriste, était de bonne compagnie et enthousiasmé par le travail de Grania. Elle avait aussi apporté des photos des autres œuvres de la série qu'elle venait de terminer.

« Grania, dit Robert autour d'un café et d'un armagnac, je pense que si vous pouviez réaliser encore six sculptures dans les prochains mois, nous aurions assez d'œuvres pour organiser une exposition. Vous êtes inconnue à Londres et j'aimerais vous lancer en faisant une grosse campagne de publicité auprès d'un public averti. Je pourrais envoyer des invitations aux grands et riches collectionneurs qui figurent dans ma base de données et vous présenter comme l'artiste du moment. Ce qui est très intéressant, c'est que vous avez trouvé votre point fort et que vous l'exploitez à merveille. La fluidité de vos sculptures est exquise. Et rare, ajouta-t-il.

— Vous pensez vraiment que mon travail justifie une telle exposition ? » Grania était flattée par son enthousiasme.

« Oui, bien sûr. J'aimerais naturellement me rendre à Cork pour admirer le reste des séries, mais d'après ce que j'ai vu, je serais très heureux de vous accueillir dans ma galerie.

— Et ça ne gâche rien que Grania soit jeune et relativement photogénique aussi, fit remarquer Hans en faisant un clin d'œil à Grania.

— Bien sûr, acquiesça Robert, si vous êtes prête, naturellement, à faire un peu de publicité.

— Oui, si ça peut aider, accepta Grania.

— Parfait. » Robert se leva et embrassa Grania sur les deux joues. « J'ai été ravi de faire votre connaissance, Grania. Réfléchissez à ce que je vous ai proposé et si vous êtes intéressée, envoyez-moi un e-mail. Je viendrai alors à Cork et nous pourrons discuter des détails. »

Une fois Robert parti, Hans l'interrogea : « La soirée a-t-elle été fructueuse pour vous ?

— Oui, merci de me l'avoir présenté », répondit Grania en se demandant pourquoi elle n'était pas aussi ravie qu'elle le devrait. Robert Sampson était un personnage influent dans le monde de l'art. C'était très gratifiant de voir ses nouvelles œuvres appréciées par un homme de cette trempe.

Hans remarqua immédiatement son hésitation. « Il y a un problème ?

— Non… je pense que… dans ma tête, je n'avais pas complètement fermé la porte à New York et à ma carrière là-bas.

— Eh bien, dit Hans en lui tapotant la main tandis qu'ils se dirigeaient vers l'ascenseur, il est peut-être temps d'avancer et de passer à autre chose.

— Oui.

— Je suggère que, demain matin, vous fassiez un peu de shopping dans Bond Street, qui regorge de boutiques et se trouve à deux pas d'ici. Ensuite, nous pourrions nous retrouver pour le déjeuner, je dois examiner quelques documents ennuyeux avec vous. Et demain après-midi, je vous emmènerai voir la maison d'Aurora. Bonne nuit, Grania.

— Bonne nuit, Hans et encore merci. »

Le lendemain matin, Grania regardait distraitement les vêtements élégants sur les portants de la boutique Chanel, tout en se disant qu'elle pourrait s'acheter tout ce qui lui ferait envie si elle le désirait, quand son téléphone sonna.

« Allô, Maman, dit-elle d'une voix distraite. Ça va ?

— Non Grania, ça ne va pas. »

Grania perçut la panique dans la voix de sa mère. « Qu'est-ce qui se passe ?

— C'est Aurora, elle a encore disparu.

— Oh non, m'man », dit Grania soudain abattue. Elle jeta un coup d'œil à sa montre. « Il est onze heures et demie. Depuis combien de temps a-t-elle disparu ?

— On ne sait pas vraiment. Tu sais qu'elle avait dit qu'elle dormirait chez Emily hier soir ?

— Bien sûr, je l'ai déposée hier matin à l'école avec son petit sac pour la nuit.

— Eh bien, apparemment, elle n'a pas dormi là-bas. L'école m'a appelée il y a vingt minutes pour me demander si elle était malade puisqu'elle n'était pas venue ce matin. J'ai immédiatement appelé la maman d'Emily qui m'a dit qu'il n'avait jamais été prévu qu'Aurora dorme chez eux hier.

— Oh mon Dieu ! Alors quand est-ce qu'elle a été vue pour la dernière fois ?

— D'après Emily, Aurora est sortie de l'école hier après-midi à l'heure habituelle. Elle lui a dit qu'elle rentrait à la ferme à pied parce que tu étais à Londres.

— Et personne ne l'a vue depuis ?

— Non. Je ne sais pas où elle a passé la nuit. Oh, Grania..., gémit Kathleen d'une voix étranglée. Où est-elle allée cette fois ?

— Écoute, Maman, dit Grania en sortant de la boutique Chanel, je ne t'entends pas à cause de la circulation. Je retourne dans mon hôtel. Je te rappelle dans dix minutes, le temps de réfléchir à l'endroit où elle pourrait être. C'est entièrement ma faute. Je n'aurais pas dû la laisser. Regarde ce qui est arrivé la dernière fois. Je te recontacte dans un moment. »

Deux heures plus tard, Grania arpentait la suite, tandis que Hans essayait en vain de la calmer. John, Shane et Kathleen avaient fouillé les environs de la ferme et inspecté chaque endroit que Grania avait suggéré mais aucune trace d'Aurora.

« Mon père va alerter la police, dit Grania dont le cœur battait comme un tam-tam irrégulier. Oh mon Dieu, Hans ! Pourquoi Aurora est-elle partie ? Moi qui croyais qu'elle était heureuse à la ferme. Je n'aurais pas dû la laisser… je n'aurais pas dû la laisser… »

Grania s'effondra sur le canapé et Hans passa un bras autour de ses épaules. « S'il vous plaît, ne vous accablez pas de reproches, Grania.

— Si. Je m'en veux parce qu'à l'évidence, j'ai sous-estimé l'impact de la mort d'Alexander sur Aurora.

— Je vous avoue que je ne comprends pas non plus, dit Hans en soupirant. Elle semblait si heureuse, si équilibrée.

— Le problème, Hans, c'est qu'il est très difficile de cerner Aurora. Elle est si indépendante et semble particulièrement mûre pour son âge dans bien des domaines… Mais elle a peut-être enfoui son chagrin et sa souffrance. Et si… si elle avait cru que je l'avais quittée et qu'elle s'était mis en tête de rejoindre ses parents ? Je lui ai dit que je ne la quitterais jamais Hans, je lui ai promis... Je... » Grania se mit à pleurer, la tête nichée contre l'épaule de Hans.

« Grania, s'il vous plaît, essayez de garder votre calme. Je n'ai jamais vu une enfant moins suicidaire qu'Aurora. De plus, c'est elle qui vous a encouragée à venir à Londres, non ? ajouta Hans.

— Oui, confirma Grania, en se mouchant le nez, c'est vrai.

— Et j'ai comme l'impression que ça n'a rien à voir avec l'instabilité d'Aurora, ajouta-t-il.

— Alors, si ce n'est pas ça, qu'est-ce qui a pu lui arriver ? » Grania plaqua soudain la main contre sa bouche. « Oh non, Hans ! Et si elle avait été enlevée ?

— Cette idée m'a traversé l'esprit, je vous l'avoue. Comme vous le savez, Aurora est une jeune fille extrêmement riche. Si, dans une heure, elle n'a pas été retrouvée, je parlerai à mes contacts à Interpol et je leur demanderai de faire des recherches au cas où.

— Je vais prendre le prochain avion pour l'Irlande. S'il lui est arrivé quelque chose, Hans, je ne me le pardonnerai jamais », dit Grania en se tordant les mains. Son téléphone sonna à ce moment et elle décrocha immédiatement.

« Tu as des nouvelles, m'man ?

— Oui. Dieu merci ! Aurora est saine et sauve.

— Oh, Dieu merci, Dieu merci ! Où était-elle ?

— Ah, c'est là que ça devient franchement intéressant... Elle est à New York.

— À New York ? Mais comment... pourquoi... où ?

— Elle est avec Matt. »

Grania mit quelques secondes à saisir ce que sa mère venait de lui dire. « Elle est avec Matt ! *Mon* Matt ? répéta-t-elle.

— Oui, Grania, ton Matt. Il a téléphoné il y a dix minutes environ. Il a dit qu'il avait reçu un appel de la compagnie aérienne qui lui demandait pourquoi il n'était pas venu chercher une enfant du nom d'Aurora Devonshire à l'aéroport comme convenu.

— Quoi ! s'exclama Grania. Comment a-t-elle pu… ?

— Grania, ne me pose pas de questions. Je ne connais pas la réponse. Matt doit me rappeler dans un moment mais je voulais te dire tout de suite qu'Aurora allait bien. Chaque chose en son temps ! Nous finirons bien par savoir ce qui lui a pris d'aller là-bas. »

Grania poussa un long soupir. Elle était à la fois soulagée et perplexe. « Heureusement, elle est saine et sauve. »

42

Matt avait effectivement reçu un appel d'Aer Lingus à dix heures ce matin-là. Il avait entendu une voix lui reprocher de ne pas être venu à l'aéroport JFK comme convenu pour retrouver une petite fille du nom d'Aurora Devonshire, qui avait voyagé seule depuis Dublin, en Irlande.

D'abord, Matt n'avait pas su quoi dire, se demandant si quelqu'un était en train de lui faire une farce. La compagnie aérienne semblait avoir son nom, son numéro de téléphone et son adresse, mais il n'avait aucune idée de qui était l'enfant. Il avait répondu qu'il n'était au courant de rien et avait perçu la nervosité de la représentante d'Aer Lingus à l'autre bout du fil.

— Vous êtes en train de me dire que vous ne connaissez pas cette enfant, monsieur ?

— Je… » Matt savait que ce nom lui disait quelque chose mais il n'arrivait pas à le situer.

— Excusez-moi, monsieur. Miss Devonshire dit qu'une certaine miss Grania Ryan a réglé tous les détails avec vous.

— Vraiment ? avait demandé Matt, estomaqué.

— C'est ce que dit la petite fille, monsieur. Si vous ne pouvez pas venir chercher miss Devonshire, nous allons avoir un gros problème.

— Non... c'est bon, j'arrive. Je serai à l'aéroport dans quarante minutes. »

En route pour l'aéroport, Matt se demanda ce qui l'attendait. Toutefois, le nom de Grania l'avait interpellé. Il devait au moins essayer de découvrir ce qui se cachait derrière tout ça.

En arrivant à JFK, Matt se rendit au lieu de rendez-vous prévu où il trouva une petite fille magnifique avec des boucles rousses, en train de manger un pot de crème glacée. Elle était accompagnée de la représentante de la compagnie aérienne et d'un agent de sécurité de l'aéroport.

« Bonjour, je suis Matt Connelly », annonça-t-il d'une voix hésitante.

La petite fille posa immédiatement son pot de glace et se jeta dans ses bras. « Tonton Matt ! Comment est-ce que tu as pu oublier que je venais ? Grania m'avait promis que tu serais là. Vraiment – elle se tourna vers la représentante de la compagnie aérienne et l'agent de sécurité et soupira –, Tonton Matt est tellement distrait. Il est professeur de psychologie, vous savez. »

L'agent de sécurité et la représentante sourirent avec indulgence, littéralement sous le charme de la petite fille. Elle se tourna de nouveau vers Matt, qui compris à son regard qu'elle le mettait en garde. « On peut rentrer chez toi, dans ton loft, Tonton Matt ? Je suis impatiente de voir les sculptures de Grania. Mais je suis très fatiguée, continua Aurora en bâillant.

« D'accord… Aurora, commença Matt qui avait compris le message. Désolé de vous avoir causé des ennuis. Comme Aurora l'a dit, je suis un peu distrait. Où sont tes bagages, ma chérie ? lui demanda-t-il.

— Je n'ai que ça, répondit-elle en lui montrant son petit sac à dos. Tu sais que je ne prends jamais beaucoup d'affaires quand je viens chez toi, Tonton Matt. J'aime bien quand tu m'emmènes faire du shopping. » Aurora mit sa petite main dans la sienne et lui sourit gentiment. « On y va ?

— Bien sûr. Au revoir et excusez-moi d'être arrivé si tard. Merci de vous être occupés d'elle.

— Au revoir, Aurora, dit l'agent de sécurité en lui faisant signe tandis que Matt entraînait la fillette vers la sortie. Prends bien soin de toi. »

Dès qu'ils furent hors de vue et de portée de voix, Aurora dit : « Désolée, Matt, je t'expliquerai tout une fois qu'on sera arrivés chez toi.

— C'est moi qui suis désolé, petite demoiselle, mais on n'ira pas plus loin tant que tu ne m'auras pas dit qui tu es et ce que tu fais ici. Je n'ai aucune envie qu'on m'accuse d'avoir enlevé une enfant. Tu ferais mieux de parler et vite !

— D'accord, je comprends, Matt, mais c'est une longue histoire.

— Contente-toi de me dire l'essentiel. Vas-y, crache le morceau.

— Tu vois..., commença Aurora, j'ai rencontré Grania en haut de la falaise chez moi près de Dunworley, et ensuite, comme mon papa a dû partir, c'est Grania qui s'est occupée de moi pendant son absence. Et puis mon papa a découvert qu'il allait mourir alors il a demandé à Grania si elle voulait bien l'épouser pour devenir ma belle-mère et pour pouvoir m'adopter facilement. Alors ils se sont mariés et il est mort, et maintenant Grania est ma nouvelle maman et...

— Doucement, Aurora ! » Matt avait le plus grand mal à suivre, dérouté par l'histoire d'Aurora. « Si j'ai bien compris, Grania t'a adoptée, c'est bien ça ?

— Oui, j'ai une preuve si tu veux voir. » Aurora donna un coup d'épaule pour enlever son sac à dos, fouilla dedans et sortit une photo d'elle et de Grania.

« D'accord. Et maintenant deuxième question : qu'est-ce que tu fais à New York ?

— Matt, tu te souviens quand tu as appelé chez Papy et Mamie pour parler à Grania ? Et que c'est moi qui ai répondu au téléphone ? »

C'était donc pour ça que son nom lui disait quelque chose ! « Oui, je me souviens, confirma Matt.

— Je t'ai dit que Grania était en voyage de noces avec mon papa. Bien sûr, à l'époque, je ne savais pas que Papa était si malade et que Grania l'avait épousé pour pouvoir m'adopter et pour que je puisse vivre à la ferme avec sa famille. »

Matt hocha la tête, déconcerté par la façon dont Aurora s'exprimait, presque comme une adulte. « Ouais, je te suis jusque-là.

— En fait, Grania avait l'air très triste après la mort de Papa et ça ne s'est pas arrangé depuis. Je n'aime pas la savoir seule. Alors je lui ai demandé si elle aimait quelqu'un. Et elle m'a dit qu'elle t'aimait toi. Et c'est alors que j'ai réalisé que je t'avais dit qu'elle avait épousé mon papa et qu'elle était en voyage de noces. Et que tu avais peut-être pensé qu'elle ne t'aimait plus. Ce qui, bien sûr, n'est pas vrai, ajouta Aurora. Alors je me suis dit que je ferais mieux de venir te dire en personne qu'elle n'était plus mariée et qu'elle t'aimait toujours.

— Je comprends, dit Matt en soupirant. Bon, troisième question : Grania sait-elle que tu es ici ?

— Hum… Non, elle ne sait pas. Je savais qu'elle ne me laisserait pas venir, j'ai dû tout planifier en secret.

— Aurora, *quelqu'un* sait-il que tu es là en ce moment ?

— Non, répondit Aurora en secouant la tête.

— Bon sang ! Ils doivent être morts d'inquiétude ! Je vais appeler Grania tout de suite. Et tu lui parleras, comme ça je saurai que tu me dis la vérité.

— Grania est à Londres en ce moment, dit Aurora, nerveuse tout à coup. Et si tu appelais Kathleen ? Elle est toujours à la maison.

— D'accord. » Matt composa le numéro de la ferme et entendit l'immense soulagement dans la voix de Kathleen. Il lui passa Aurora.

« Bonjour, Mamie… oui, je vais bien. Quoi ? Oh c'était trop facile de venir ici. Je l'ai déjà fait. Papa me mettait toujours dans des avions et je voyageais seule. Mamie, maintenant que je suis là, est-ce que je peux rester un peu dans le loft de Matt avant de rentrer à la maison ? Je suis très fatiguée. »

Il fut donc convenu que Matt emmènerait Aurora chez lui. On s'occuperait de son retour en Irlande plus tard, une fois qu'elle aurait dormi un peu. Durant le trajet jusqu'à New York, Aurora regarda par la vitre les immenses gratte-ciel. « Je ne suis jamais venue à New York mais Grania m'a beaucoup parlé de cette ville.

— Bon, ma puce, dit Matt tout en conduisant. Est-ce qu'on pourrait revenir au début quand tu as rencontré Grania sur la falaise ? »

Aurora lui raconta de nouveau l'histoire et Matt lui posa une quantité de questions.

« Et Grania est si adorable et si mignonne et je me suis sentie très mal quand j'ai réalisé que je vous avais peut-être empêchés de vous remettre ensemble, expliqua Aurora quand ils appelèrent l'ascenseur pour rejoindre le loft. Elle a été tellement gentille avec moi et je ne voulais pas la voir passer le reste de ses jours toute seule. Ou je ne voulais pas qu'elle finisse vieille fille à cause de ce que j'avais dit. Tu comprends, Matt ?

— Ouais. » Quand il fit tourner la clé dans la serrure, Matt considéra cette petite fille extraordinaire avec étonnement. « Je crois que j'arrive à me faire une petite idée, ma puce.

— Oh, Matt ! » Aurora admira le salon spacieux. « C'est magnifique et exactement comme je l'imaginais.

— Merci, ça me plaît à moi aussi. Je peux t'offrir quelque chose ? Un verre de lait peut-être.

— Oui, s'il te plaît. » Aurora s'assit tandis que Matt remplissait un verre de lait qu'il lui tendit. Elle le but puis posa ses petits coudes sur ses genoux, se pencha en avant et contempla Matt. « Maintenant, il faut que je te pose une question très importante, Matt. Tu aimes toujours Grania ? Parce que si ce n'est pas le cas, ajouta-t-elle, soudain troublée, je ne sais pas ce que je vais faire…

— Aurora, j'ai toujours aimé Grania, dès l'instant où j'ai posé les yeux sur elle. Rappelle-toi que c'est elle qui s'est enfuie en Irlande et qui m'a quitté. Pas l'inverse, dit Matt en soupirant. Parfois, les histoires d'adultes peuvent devenir très compliquées.

— Mais si vous vous aimez tous les deux, je ne vois pas où est le problème, fit remarquer Aurora tout à fait logiquement.

— Non, tu as tout à fait raison », souffla Matt. Il avait déjà renoncé à traiter Aurora comme une enfant et s'adressait à elle comme à une adulte. « Si tu pouvais dire à ta nouvelle maman qu'elle doit m'expliquer ce que j'ai fait de mal il y a des mois et pourquoi elle s'est enfuie en Irlande, on pourrait peut-être arriver à quelque chose.

— Je lui dirai, assura Aurora qui se mit à bâiller. Oh, Matt, je suis très fatiguée. C'est un long voyage pour arriver jusqu'ici.

— C'est sûr. Tu vas aller te reposer un peu et essayer de dormir. Je ne sais toujours pas comment tu as fait pour venir d'Irlande toute seule.

— Je te raconterai quand je me réveillerai, promit Aurora tandis que Matt la conduisait dans une chambre.

— D'accord, ma puce. Dors bien, on parlera plus tard.

— Oui, répondit Aurora d'une voix endormie. Matt ?

— Ouais ?

— Je sais pourquoi Maman t'aime. T'es chouette. »

« Apparemment, Aurora a pris votre numéro de carte de crédit et a réussi à réserver et à payer en ligne un vol pour Dublin, puis pour New York à l'aide de votre ordinateur. » Hans répéta ce que Kathleen venait de lui raconter au téléphone. « Elle a pris un bus pour Clonakilty, et de là un taxi jusqu'à l'aéroport de Cork. Elle s'est présentée comme une enfant non accompagnée, elle a dit qu'elle l'avait fait très souvent avec Alexander, puis elle a changé d'avion à Dublin. En arrivant à New York, elle est parvenue à convaincre Matt de venir la chercher.

— Je vois. »

Hans avait incité Grania à s'allonger un peu pour se remettre du stress qu'elle avait subi dans la matinée. Elle n'était pas parvenue à s'endormir, trop perturbée par la conduite d'Aurora. L'endroit où elle se trouvait et surtout la personne avec qui elle était en cet instant ne pouvaient pas la laisser indifférente.

« Reconnaissez que c'est une enfant pleine de ressources, poursuivit Hans. Pourquoi a-t-elle ressenti le besoin de faire ce voyage, c'est la question qui se pose. » Il toisa Grania dans l'attente d'une réponse.

Grania était réticente à lui avouer la vérité. « Qui sait ? dit-elle.

— À l'évidence, Aurora pensait qu'elle avait une très bonne raison de le faire. Je suppose que Matt était l'homme dont vous partagiez la vie à New York ?

— En effet. » En cet instant, Grania aurait pu étrangler Aurora.

« Pourquoi votre histoire s'est-elle terminée ? insista Hans.

— Si vous voulez bien m'excuser, je préfère ne pas subir d'interrogatoire pour l'instant, répondit Grania sur la défensive. Il faut que je réfléchisse au meilleur moyen de ramener Aurora à la maison. Je me demande si je dois sauter dans le premier avion pour New York pour aller la chercher.

— Je pense qu'Aurora a déjà sa petite idée. Elle a l'air d'être entre de bonnes mains. Votre mère a dit que Matt était un homme digne de confiance. Et si elle le dit, je la crois, déclara Hans en souriant pour tenter de détendre l'atmosphère.

— Oui, c'est vrai, admit Grania à contrecœur.

— Et je suis sûr qu'Aurora aimerait vous parler. Si vous l'appeliez ? Vous pourriez ainsi vous assurer qu'elle va bien.

— Il faudrait pour ça que… je parle à Matt. Je préfère attendre qu'elle m'appelle. Elle dort peut-être.

— Très bien, Grania. J'ai compris, je vous laisse tranquille. Mais je ne suis pas plus avancé que tout à l'heure. J'ai un peu de travail. Appelez-moi dans ma chambre, si vous voulez vous joindre à moi pour le dîner. »

Hans tapota l'épaule de Grania et quitta la suite. Une fois la porte fermée, Grania se leva et se mit à arpenter la pièce. À présent qu'elle était un peu remise du choc initial, elle était en colère... oui, furieuse contre Aurora. Qu'est-ce qui lui avait pris de s'immiscer dans sa vie ? Ce n'était pas un conte de fées ni un jeu d'enfants où toutes les héroïnes trouvaient leurs princes et vivaient heureuses... C'était la *réalité.* Et quand les choses tournaient mal, on ne pouvait pas toujours les réparer, quoi qu'Aurora puisse en dire. Elle voulait simplement qu'Aurora rentre au plus vite et s'éloigne de Matt le plus rapidement possible. Elle ne pouvait pas supporter de les savoir ensemble, de les imaginer en train de parler d'elle. Juste au moment où elle s'efforçait de tourner la page, comme Hans lui avait conseillé de le faire... le passé la rattrapait. D'une façon ou d'une autre, elle devrait parler à Matt. Matt qui devait vivre avec *cette* fille dans leur loft...

Grania laissa échapper un grognement désespéré. Elle savait qu'il lui fallait parler à Aurora sans attendre, s'assurer qu'elle allait bien, pour sa propre tranquillité d'esprit. Elle prit le téléphone et composa le numéro puis mit fin à l'appel avant la première sonnerie. Non. Elle ne pouvait pas s'y résoudre. Aussi composa-t-elle le numéro de sa mère à la place.

« On est tous tellement excités ! s'écria Kathleen d'une voix euphorique. Tu te rends compte ! Notre petite puce est allée à New York toute seule !

— Elle est maligne, c'est sûr, dit Grania d'un ton impassible. Maman, j'aimerais que tu appelles Matt et que tu t'arranges avec lui pour qu'Aurora prenne le premier avion à destination de Dublin. Tu peux faire ça pour moi ?

— Si c'est ce que tu veux, Grania. Quand j'ai parlé à Aurora tout à l'heure, elle envisageait de rester deux jours de plus avec Matt. Maintenant qu'elle est arrivée jusque là-bas – Dieu merci –, autant qu'elle en profite pour visiter New York. Matt a l'air d'être tombé sous le charme.

— Eh bien, moi, j'aimerais qu'elle rentre à la maison le plus tôt possible. Elle manque l'école, m'man.

— Et alors ? répliqua Kathleen. C'est une expérience qui vaut bien toutes les leçons qu'elle apprendra à l'école. Et en plus, elle aura la chance de visiter avec quelqu'un du pays.

— Bon, je te laisse t'en occuper, trancha Grania. Je t'envoie un e-mail avec le numéro de ma carte bleue pour payer le billet retour.

— Très bien, dit Kathleen. Je demanderai à Shane de lui réserver une place. Les ordinateurs, ce n'est pas mon truc. Grania, tu vas bien ?

— Oui, bien sûr que ça va, m'man, rétorqua-t-elle d'un ton brusque. À plus tard. »

Grania reposa bruyamment le combiné et alla dans la chambre. Elle se jeta sur le lit et mit un oreiller sur sa tête pour essayer d'anéantir la frustration et la douleur.

Aurora et Matt passèrent les quarante-huit heures suivantes à arpenter New York. Comme l'avait soupçonné Kathleen, Matt était tombé sous le charme de la petite fille, elle l'avait ensorcelé. Elle était un mélange de naïveté et d'intelligence, d'innocence et de maturité… il comprenait pourquoi Grania s'était entichée d'elle.

Le dernier soir, Matt l'emmena dîner et lui offrit un hamburger comme elle l'avait demandé. Il devait la remettre dans l'avion le lendemain matin. Jusqu'à présent, ils avaient soigneusement évité d'aborder le sujet Grania.

« Matt, est-ce que tu as un plan pour reconquérir l'amour de Grania ? interrogea Aurora en mordant dans son burger.

— Non, dit-il en haussant les épaules. Elle m'a bien fait comprendre qu'elle ne voulait pas me parler. C'est sa mère qui m'a contacté pour organiser ton retour.

— Grania est très têtue, déclara Aurora. C'est ce que dit Mamie en tout cas.

— Je sais, ma chérie. » Matt sourit à l'idée d'être conseillé par une petite fille de neuf ans.

« Et fière, ajouta-t-elle.

— Oui, tu as raison.

— Mais nous savons qu'elle t'aime toujours.

— Vraiment ? fit Matt en haussant un sourcil. Tu veux que je te dise, Aurora ? Je n'en suis plus si sûr.

— Mais moi, je sais. » Aurora se pencha au-dessus de la table avec un air de conspiratrice. « Et j'ai un plan… »

Grania avait passé les deux derniers jours à errer comme une âme en peine dans la suite de l'hôtel Claridge. Puisque Aurora était en sécurité à New York, elle avait décidé de ne pas retourner en Irlande immédiatement. Elle ne voulait pas affronter sa mère qui la harcèlerait jusqu'à ce qu'elle contacte Aurora. Elle ne voulait pas entendre qu'elle passait un séjour merveilleux avec Matt. Et peut-être Charley…

Une fois qu'Aurora serait dans l'avion le lendemain, elle pourrait rentrer à la maison.

Hans et elle dînèrent ensemble ce soir-là et discutèrent calmement. Il partait lui aussi le jour suivant pour la Suisse.

« J'espère que je pourrai vous montrer la maison d'Aurora, la prochaine fois que vous viendrez à Londres, dit Hans. Elle est très belle.

— La prochaine fois, oui, répondit distraitement Grania.

— Grania, pourquoi êtes-vous si en colère ? demanda Hans en la dévisageant.

— En colère ? Je ne suis pas en colère. Bon, peut-être un peu contre Aurora parce qu'elle nous a fait une drôle de frayeur. Et puis aussi parce qu'elle s'est immiscée dans ma vie, ajouta-t-elle honnêtement.

— Je comprends votre point de vue, la réconforta Hans, mais nous avons déjà parlé de votre difficulté à accepter les cadeaux que vous font les autres. Ne voyez-vous pas qu'à sa façon, Aurora essayait de vous faire un cadeau ? Qu'elle essayait de vous aider ?

— Oui, mais elle ne comprend pas.

— Grania, je ne veux pas me mêler de ce qui ne me regarde pas, surtout pas de votre vie sentimentale, l'interrompit Hans, mais votre colère trahit les sentiments très forts que vous ressentez pour cet homme. En d'autres termes, vous devez soit l'aimer, soit le haïr, c'est à vous de décider. »

Grania soupira. « Je l'aime, admit-elle tristement. Mais il y a quelques mois, les choses ont commencé à mal tourner. Et il est avec quelqu'un d'autre, à présent.

— Vous en êtes sûre ?

— Certaine, dit Grania en hochant la tête.

— Mais peut-être qu'il n'aime pas cette autre personne ?

— Hans, vous êtes adorable, mais vraiment je ne veux plus en parler. Et je suis désolée que ma vie amoureuse ait causé tout ce tracas. Je suis très gênée, même.

— Peut-être qu'Aurora essayait juste de vous rendre un peu de l'amour que vous lui avez donné, de prendre soin de vous comme vous avez pris soin d'elle. Ne lui en voulez pas et ne la grondez pas quand vous la reverrez, Grania, s'il vous plaît.

— Bien sûr que non. Croyez-moi, Hans, je n'ai qu'une envie : oublier cet épisode », répondit Grania avec émotion.

43

Quand Grania arriva à Dunworley, le lendemain à midi, elle se rendit directement dans son atelier. Aurora ne serait pas de retour avant quelques heures et elle n'avait aucune envie que sa mère l'assaille de questions. Elle s'assit devant son établi et commença à esquisser le contour d'une nouvelle sculpture. À l'heure du goûter, Grania partit à contrecœur en direction de la ferme.

« Maman ! » Une petite tornade sortit de la maison et se jeta dans ses bras. « Tu m'as manqué.

— Toi aussi, tu m'as manqué ! » Grania sourit tout en l'étreignant.

« C'était super à New York ! Je t'ai rapporté plein de cadeaux. Mais je suis très contente d'être de retour et de te revoir, dit Aurora en l'entraînant vers la maison. Et tu ne devineras jamais qui a décidé de venir avec moi ?

— Salut, Grania. »

Grania s'arrêta sur le seuil de la cuisine quand elle vit qui était assis à la table. Son cœur se mit à tambouriner dans sa poitrine. Elle resta silencieuse quelques secondes puis retrouva l'usage de la parole. « Qu'est-ce que tu fais là ?

— Je suis venu te voir, chérie. »

Grania regarda sa mère qui semblait s'être figée, tenant la théière en suspens au-dessus de la tasse de Matt tandis qu'elle fixait sa fille, guettant sa réaction.

« Il voulait te voir », dit Aurora en haussant les épaules. Sa voix résonna dans le silence ambiant. « Ça ne te dérange pas ? Pas vrai, Maman ? »

Grania était trop choquée pour répondre. Elle vit Aurora s'avancer vers Matt et le serrer dans ses bras.

« Ne t'inquiète pas, Matt, je t'avais dit qu'elle serait surprise, mais je suis sûre qu'au fond elle est heureuse. C'est ça, Maman ? »

Aurora, Kathleen et Matt la dévisagèrent dans l'attente de sa réponse. Grania se sentait comme un animal acculé, pris au piège. Et faillit suivre son instinct et s'enfuir.

« Je suis sûre que c'est un choc pour Grania de voir son… son ami assis à la table de notre cuisine, déclara enfin Kathleen à Aurora, faisant de son mieux pour détendre l'atmosphère.

— Maman, s'il te plaît, ne te mets pas en colère, la supplia Aurora. Il fallait que j'aille voir Matt à New York, vraiment. Il a téléphoné ici, tu vois, quand tu étais partie en voyage de noces avec Papa. Et je lui ai dit que vous étiez mariés. Mais tu ne l'es plus. Et je ne voulais pas que Matt pense que tu étais encore mariée… J'ai dit à Matt qu'au fond, tu voulais vraiment le voir et donc j'ai…

— Aurora, *s'il te plaît* ! » Grania ne pouvait en entendre davantage.

« Grania est fatiguée, comme nous tous ici, intervint Matt gentiment. Et je pense qu'il faut qu'on discute tous les deux, tu n'es pas d'accord, Grania ?

— Et si tu montais prendre un bain, miss. Il faut enlever la crasse de tous ces avions et ensuite, au lit ! » Kathleen prit la main d'Aurora et l'entraîna hors de la cuisine, fermant la porte derrière elle.

Grania poussa un profond soupir et fit un pas de plus dans la cuisine. « Alors, qu'est-ce que tu fais là ? demanda-t-elle froidement à Matt.

— C'était l'idée d'Aurora au départ, reconnut Matt. Mais elle a raison, Grania. Il fallait que je vienne te voir pour que nous puissions parler, j'ai besoin de comprendre pourquoi tu m'as quitté. »

Au ralenti, Grania sortit une tasse du placard et la remplit de thé.

Matt l'observait. « Alors ?

— Alors quoi ? demanda-t-elle en buvant une gorgée de thé tiède.

— On peut parler ?

— Matt, je n'ai rien à te dire.

— D'accord. » Matt savait combien Grania pouvait être têtue quand elle se retranchait dans le silence. Il devait y aller doucement. « Dans ce cas, peut-être que tu pourrais me donner une chance et écouter ce que, moi, j'ai à dire. Après tout, je viens de traverser l'océan pour te voir.

— Vas-y », dit Grania en haussant les épaules. Elle posa son thé et croisa les bras, dans une posture défensive. « Je t'écoute.

— Et si on allait marcher un peu dehors ? J'ai comme l'impression que les murs ont des oreilles dans cette maison. »

Grania hocha imperceptiblement la tête, se retourna et se dirigea vers la porte de la cuisine. Matt la suivit dehors et la rattrapa.

« Autant te le dire tout de suite, si tu t'attends à de grandes révélations, tu vas être déçue, commença-t-il. Je ne sais toujours pas ce qui t'a énervée au point que tu décides de me quitter comme ça. Et je ne le saurai pas tant que tu ne m'auras pas donné un indice. » Matt la dévisagea mais vit qu'elle avait la mâchoire serrée, ne trahissant aucune émotion. « Très bien, reprit-il en soupirant, alors je vais te dire comment j'ai vécu les choses, de mon point de vue. D'accord ? »

Toujours le même silence. Matt se lança.

« J'étais sous le choc quand tu es partie comme ça, sans prévenir. Je me suis dit que c'était lié à la fausse couche, que tes hormones devaient te rendre particulièrement émotive. Et que, peut-être, je n'avais pas grand-chose à voir là-dedans, que c'était surtout le fait d'avoir perdu le bébé, et que tu avais besoin de partir un peu. J'ai compris. Mais après t'avoir appelée plusieurs fois, j'ai réalisé, en te sentant si froide, que ton départ avait bien quelque chose à voir avec moi. Je te l'ai demandé plusieurs fois mais tu as toujours refusé de m'expliquer. Et puis tu as carrément refusé de me parler. » Matt soupira. « Je ne savais plus quoi penser. Les semaines passaient, je n'avais aucune nouvelle et tu ne revenais pas. Alors, je me suis torturé l'esprit, je n'arrêtais pas de rejouer dans ma tête les derniers jours avant ton départ. J'ai essayé de trouver ce que j'avais pu faire de mal, mais surtout, j'ai réalisé combien je t'aimais, combien tu me manquais. Si tu savais, Grania, ma vie est un véritable chaos depuis que tu es partie. Une catastrophe, tu n'imagines même pas.

— Pareil pour moi, admit Grania à contrecœur.

— Quand Aurora a proposé que je la raccompagne en Irlande, je me suis dit qu'elle avait raison, poursuivit Matt. Que si la montagne ne venait pas à Mahomet... Il fallait que je saute dans un avion et que je vienne te voir. Pour avoir au moins une explication, ainsi je pourrais arrêter de me torturer et peut-être retrouver le sommeil. »

Matt se tut et resta silencieux en suivant Grania sur le sentier de la falaise. Il n'avait rien d'autre à dire. Quand ils parvinrent en haut de la falaise, Grania s'assit sur son rocher habituel. Elle appuya ses coudes sur ses genoux et regarda la mer.

« Eh, chérie, s'il te plaît, j'ai besoin de savoir. » Matt s'accroupit à côté d'elle et leva le visage de Grania vers le sien. « S'il te plaît, dit-il doucement, mets fin à mon supplice. »

Il vit dans ses yeux un éclat de colère. « Tu veux dire que tu peux encore me regarder dans les yeux et affirmer que tu ne sais pas ?

— Tu as toujours trouvé que j'étais mauvais acteur, chérie. Je ne pourrais pas jouer la comédie.

— Très bien. » Grania prit une profonde inspiration. « Pourquoi est-ce que tu ne m'as pas dit que tu étais sorti avec Charley avant notre rencontre ?

Ou plus exactement que tu étais avec elle quand on s'est rencontrés ? Combien de temps ça a duré encore après ? Et qu'est-ce qu'il y a entre vous, maintenant ? »

Matt la regarda, étonné. « C'était donc pour ça ? Parce que je sortais avec Charley quand on s'est rencontrés et que je ne te l'ai pas dit ?

— N'essaie pas de minimiser ce que tu as fait. Matt, je déteste les menteurs. Je déteste les menteurs plus que tout.

— Mais je n'ai pas menti, Grania. J'ai juste…

— Oublié de le mentionner, termina Grania. Rayé cette relation de ta biographie même si elle n'était pas terminée quand on s'est rencontrés ?

— Mais, Grania, tu ne comprends donc pas ? Je n'avais pas le sentiment que c'était important. Ce n'était pas de l'amour, juste une relation comme ça.

— Qui a quand même duré dix-huit mois, d'après ce que j'ai compris quand j'ai surpris la petite conversation entre tes parents. »

Matt la regarda avec curiosité. « Tu as entendu mes parents parler de ça ? Quand ? Où ?

— Quand ils sont venus me voir à l'hôpital après la fausse couche. J'étais dans la salle de bains quand ils sont arrivés. Ils ne savaient pas que j'étais là. Ta mère a dit que c'était triste que j'aie perdu le bébé et ton père a ensuite fait remarquer que ç'aurait été plus facile pour toi si tu étais resté avec Charley. » Des larmes brillaient aux coins de ses yeux. « Je pense qu'ils sous-entendaient que mes gènes issus des marécages irlandais n'étaient pas à la hauteur de ton sang *royal*.

— Tu m'as quitté parce que tu as entendu mon père dire ça ? » Matt s'assit sur l'herbe et prit sa tête dans ses mains. « Bon sang, Grania ! Je veux bien admettre que tu n'aurais jamais dû entendre une telle conversation, mais je pense que tu as eu une réaction exagérée. Tu connais mon père, depuis le temps : il est aussi chaleureux et délicat qu'un frigo.

— Je sais, répondit Grania avec véhémence. Peut-être que je n'aurais pas réagi de cette façon si j'avais eu la moindre idée que Charley et toi aviez été en couple. Mais voilà, je n'étais pas au courant. En tout cas, tu peux continuer à fréquenter ta princesse au sang noble maintenant que je ne suis plus là pour faire obstacle à votre relation, ajouta-t-elle avec amertume.

— Merde, Grania ! Je ne sais pas ce qui a pu te passer par la tête, mais je te jure, en toute honnêteté, que Charley ne m'intéresse pas. Et qu'elle ne m'a jamais intéressé !

— Alors pourquoi a-t-elle répondu au téléphone quand j'ai appelé à la maison quelques semaines après mon départ ? lança Grania avec mépris.

— Oh, chérie... » Matt poussa un profond soupir. « C'est une longue histoire. » Ce fut au tour de Matt de garder le silence et de regarder la mer. Au bout de quelques instants, il reprit la parole. « Je peux juste t'assurer que Charley est sortie de ma vie pour de bon.

— Tu reconnais donc qu'il s'est passé quelque chose entre vous dernièrement ?

— Grania... » Matt secoua la tête, au désespoir. « Tu risques d'avoir un choc, comme moi quand j'ai appris que tu étais mariée... Ma vie a été compliquée… aussi. Naturellement, je peux te raconter l'histoire mais elle est tellement bizarre que je doute que tu la croies.

— On a au moins ça en commun, dit Grania avec calme. Je ne pense pas que ton histoire puisse être plus compliquée que l'année que je viens de vivre.

— Non. » Matt leva les yeux vers elle. « Et le père d'Aurora… vous avez… vous étiez… ?

— Oh, Matt, dit Grania en soupirant. L'eau a vraiment coulé sous les ponts depuis que j'ai quitté New York.

— Peut-être que si tu avais eu suffisamment confiance en mon amour, que si tu avais compris que j'aurais pu avoir ma « princesse au sang noble » comme tu l'appelles, si je l'avais voulu, rien de tout cela ne serait arrivé.

— Oui mais c'est arrivé, Matt. Et je reconnais que quand j'ai entendu ton père parler de Charley, j'étais dans tous mes états. Je n'arrivais plus à penser rationnellement. Quand j'ai perdu le bébé, toutes mes craintes, tous mes doutes ont ressurgi. Je souffrais tellement que j'ai pris peur, j'ai fui. Hans dit que ma fierté me fait faire des choses stupides… Et il a probablement raison, reconnut Grania.

— Je ne sais pas qui est ce Hans mais j'aimerais beaucoup le rencontrer, fit remarquer Matt d'un ton ironique.

— Mais tu ne comprends pas ? Quand je me suis calmée et que j'ai réalisé que ma réaction avait sans doute été exagérée, je t'ai appelé, mais c'est Charley qui a répondu et là, ça m'a rendue dingue. Mes pires craintes venaient de se confirmer.

— Oui, je comprends ce que tu as dû ressentir. » Matt tendit une main hésitante vers Grania. « Écoute, chérie, c'est vrai que j'ai des choses à te raconter. Mais je frôle l'hypothermie ici. On ne pourrait pas aller discuter ailleurs et grignoter quelque chose en même temps ? Je crois que j'ai besoin de manger quelque chose. »

Grania emmena Matt dans un pub à Ring où on servait des fruits de mer pêchés du jour. Elle s'assit en face de lui, mal à l'aise. Matt lui était à la fois familier et étranger.

« Alors, qui de nous raconte son histoire en premier ? demanda-t-il.

— Puisque j'ai commencé, je vais poursuivre, répondit Grania en le fixant. Et je veux qu'on soit tous les deux honnêtes, sincères. Après tout, on n'a rien à perdre et on se doit bien ça.

— D'accord, dit Matt. Il y a beaucoup de choses qui ne vont pas te plaire mais je t'assure que tu pourras croire tout ce que je dirai.

— Toi aussi, déclara Grania calmement. Bon, je suppose qu'Aurora t'a raconté comment je l'avais rencontrée. Tu veux en savoir plus sur ma relation avec Alexander, c'est ça ?

— Oui. » Matt se prépara à entendre ce qu'elle avait à dire. Et en écoutant Grania raconter les événements dramatiques des derniers mois, il constata qu'elle était différente, plus mûre et plus douce aussi. Même quand elle lui parla de la relation qu'elle avait avec Alexander, de leur proximité, Matt se surprit à l'aimer davantage encore. Pour sa bonté, pour sa générosité et la force dont elle avait fait preuve dans des circonstances horribles.

« Voilà, tu sais tout ce qui s'est passé jusqu'à aujourd'hui, conclut Grania en haussant les épaules.

— Quelle histoire ! Merci d'avoir été aussi honnête. Écoute, reprit-il à contrecœur, comprends que je ne suis qu'un homme et que je veux vraiment croire que votre relation n'est pas allée plus loin… Mais si c'est le cas, j'ai besoin de le savoir…

— Matt, on s'est embrassés, c'est tout. Je te le jure. Il était si malade. » Grania rougit. « Mais pour être honnête, je ne sais pas ce qui se serait passé s'il avait été en bonne santé. Il m'attirait. »

Matt frémit à cette idée, mais il savait qu'il devait l'accepter. « D'accord… donc tu t'appelles Grania Devonshire maintenant, tu es veuve et tu as une petite fille de neuf ans. Et tu es riche, par-dessus le marché ! Dis donc, il faut le faire ! Et tout ça en l'espace de quelques mois.

— Je sais… Mais je te promets que j'ai dit la vérité. Aurora et mes parents pourront confirmer. Bon, je pense qu'on a tous les deux besoin d'un autre verre. Ensuite, tu pourras me parler de Charley. »

Matt se dirigea vers le bar et réalisa, le cœur serré, que chaque mot qui allait sortir de sa bouche ne ferait que confirmer les préjugés et les appréhensions de Grania.

Grania l'observa pendant qu'il discutait avec la serveuse, avec ce naturel et cette spontanéité qui le caractérisaient. Il paraissait plus vieux que dans ses souvenirs. Peut-être était-ce le stress des derniers mois qui avait imprimé sa marque sur les contours de son visage, conférant à ses traits une plus grande maturité. Il avait en tout cas perdu son air de jeune garçon. Quoi qu'il en soit, pensa-t-elle en soupirant, il n'en était que plus séduisant.

« Je me suis dit que j'allais essayer le breuvage local, annonça-t-il en posant deux Murphy's sur la table. Bon, je t'ai prévenue, ça ne va pas être agréable, mais voilà ce qui s'est passé… »

Matt parla avec réalisme et honnêteté. Il ne s'épargna pas, parce qu'il savait que si cette femme, la femme qu'il aimait, et lui voulaient essayer de construire un avenir ensemble, il devait dire la vérité. De temps à autre, il l'observait tout en parlant, tentant de deviner ce qu'elle pensait mais son visage ne trahissait aucune émotion… une page blanche.

« Et voilà, je t'ai tout raconté, souffla Matt, visiblement soulagé d'avoir terminé son histoire. Je suis désolé, je t'avais dit que ce n'était pas joli.

— Non, en effet, confirma Grania en secouant doucement la tête. Où est Charley maintenant ?

— Ma mère m'a dit qu'elle vivait dans la maison de Greenwich. Et qu'elle sortait avec mon vieux pote Al, qui a pratiquement emménagé avec elle. Il a toujours eu un faible pour elle, dit Matt avec un sourire sans joie. Le bébé doit naître dans quelques semaines. Je passe pour le pire des salauds au country club mais je m'en fiche.

— Et tes parents ? La situation doit être difficile à vivre pour eux.

— Eh bien, on dirait que ma mère a tiré les leçons de mon histoire et a l'intention de les appliquer à sa propre vie. J'ai une nouvelle coloc à partir de la semaine prochaine.

— Qu'est-ce que tu veux dire ? demanda Grania en fronçant les sourcils.

— Apparemment, ma mère n'était pas heureuse avec mon père depuis des années. Comme tu peux l'imaginer, il a très mal réagi quand il a appris que Charley et moi nous séparions. Il a dit que j'aurais dû rester avec elle, pour sauver les *apparences*. C'est la goutte d'eau qui a fait déborder le vase pour ma mère. Elle le quitte. » Matt secoua la tête. « Elle a dit qu'elle en avait assez de toujours se conformer à la pensée dominante dans son milieu. Elle veut vivre un peu pendant qu'il en est encore temps. Tu sais, Grania, malgré ce que tu penses d'elle, elle te trouvait parfaite. Elle m'a même dit que tu étais une source d'inspiration pour elle.

— Vraiment ? dit Grania, sincèrement surprise. Mais tu dois être triste. Ça faisait si longtemps qu'ils étaient mariés.

— Oui, je pense qu'elle finira par revenir vers lui, mais ça ne fera pas de mal à mon père d'être séparé d'elle quelque temps. Peut-être qu'il commencera à l'apprécier à sa juste valeur, qu'il s'adoucira un peu et qu'il arrêtera d'être aussi à cheval sur les convenances afin de construire une vraie relation avec elle. Et avec son fils aussi, ajouta Matt en haussant un sourcil. Mais on n'est pas là pour parler du mariage de mes parents. C'est de toi et de moi qu'il s'agit. Qu'est-ce que tu en penses, chérie ? demanda-t-il doucement.

— Honnêtement, je n'en sais rien, Matt. » Le regard de Grania se perdit dans le vague. « Ça fait beaucoup de choses à digérer pour un soir.

— Mais tu ne trouves pas que c'est bien qu'on ait au moins pu discuter ? On aurait dû le faire il y a des mois, reprit Matt avec émotion.

— Je sais.

— Et ta petite fille a tout fait pour nous en donner l'occasion, ajouta Matt. C'est un peu notre bonne fée.

— Oui, admit Grania, mais…

— Mais quoi ?

— On ne pourra pas transformer le mal en bien, ni effacer le passé.

— Qu'est-ce que tu entends exactement par "mal" ? interrogea Matt en la fixant. Je ne vois que du bien entre toi et moi.

— Je suis fatiguée, Matt, dit Grania en soupirant. On peut rentrer ?

— Bien sûr. »

Ils retournèrent à la ferme en silence, Grania regardait la nuit par la vitre.

Quand ils pénétrèrent dans la cuisine, Matt demanda « Où est-ce que je vais dormir ?

— Sur le canapé, j'en ai bien peur. Je vais te chercher un oreiller et des couvertures.

— Grania, s'il te plaît, bébé, laisse-moi te serrer dans mes bras. Je t'aime… je… » Il tenta de lui prendre la main quand elle passa devant lui mais elle l'ignora. Elle monta à l'étage et prit dans le placard les affaires dont Matt avait besoin.

« Tiens, dit-elle en jetant la pile de couvertures sur la table de la cuisine. Désolée, ce n'est pas un cinq étoiles ici.

— Ça fera parfaitement l'affaire, répliqua-t-il avec froideur. Et ne t'inquiète pas, demain tu seras débarrassée de moi. J'ai une série de conférences à assurer à partir de mercredi.

— Très bien. Bonne nuit, Matt. »

Matt la regarda quitter la pièce. Il comprenait son choc, que les choses qu'il lui avait racontées ce soir étaient difficiles à entendre, mais ça n'avait pas non plus été agréable pour lui d'écouter l'histoire de Grania. Pourtant, il était toujours prêt à lui tendre la main, à accepter, à tirer un trait sur le passé. Tout simplement parce que son envie d'être avec cette femme surpassait tout le reste.

De son côté, elle était froide et refusait de céder d'un pouce. Il avait fait l'effort, encouragé par Aurora, de traverser la moitié de la planète pour la voir, pour essayer une dernière fois de sauver leur relation. Quand il se jeta sur le canapé avec sa couverture, Matt poussa un profond soupir. Peut-être était-il seulement fatigué du voyage, mais ce soir il n'avait plus aucun espoir.

Grania était couchée dans son lit, les yeux ouverts, sans arriver à trouver le sommeil. Certes, elle croyait l'histoire de Matt, mais la partie la plus désagréable ne cessait de la hanter. Que Matt ait été ivre ou non, Charley avait quand même atterri dans son lit. Et y était restée pendant les cinq mois qui avaient suivi. Elle avait pendu ses affaires dans l'armoire où ses habits à elle étaient rangés. Matt et Charley avaient une maison tous les deux et avaient annoncé leurs fiançailles. Le scénario correspondait à ce qu'elle avait toujours redouté. Grania frémit en pensant combien le père de Matt avait dû se réjouir, elle imaginait parfaitement l'air suffisant qu'il avait dû arborer, quand il avait appris que son fils avait pris une femme plus « appropriée ».

Pourtant, elle savait aussi que beaucoup de couples s'entendaient à merveille même s'ils n'étaient pas issus du même milieu. Et la plupart des femmes aimaient se faire enlever par leur prince. Grania soupira. Pourquoi n'y parviendrait-elle pas, elle ? Matt n'avait rien d'un prince, au fond. Son père était peut-être un type arrogant, pompeux, étroit d'esprit, qui ferait toujours sentir à Grania – et apparemment à sa femme aussi – qu'elle n'était pas à la hauteur, mais son fils n'était responsable ni du caractère ni de l'attitude de son père. Grania ne put s'empêcher de sourire en pensant qu'Elaine avait décidé de quitter son mari. C'était bien la seule chose qui la réjouissait un peu en cet instant.

Et si Matt avait parcouru la moitié de la planète pour la voir, c'était qu'il n'avait pas renoncé à elle. Parce qu'il l'aimait encore.

Tandis que les heures interminables de la nuit s'égrenaient doucement et que le matin approchait, Grania, assise dans son lit, les genoux repliés sous le menton, comprit tout à coup. Elle réalisa que Matt avait choisi d'être avec elle quoi qu'ait pu en penser son père. En fait, c'était Matt qui, dès le départ, avait souhaité cette relation. Elle ne l'avait jamais contraint à vivre la vie qu'ils avaient construite ensemble. C'était ce qu'*il* voulait. C'était lui qui avait dû se mettre en quatre pour s'adapter à ses peurs et à ses complexes. Il avait accepté qu'elle s'entête à refuser l'aide de ses parents même quand leur situation était désespérée, il avait compris qu'elle n'appréciait pas ses amis et s'était finalement éloigné d'eux, il avait consenti à vivre en concubinage avec elle plutôt que de l'épouser.

« Oh mon Dieu... »

Grania voyait clairement à présent que ce n'était pas Matt le problème mais *elle.*

Sa fierté stupide, bornée, ridicule, destructrice. Et son manque de confiance en elle ! Voilà ce qui l'avait rendue aveugle à l'amour de Matt. Et cette conversation qu'elle avait entendue à l'hôpital alors qu'elle se sentait si faible et si vulnérable avait tout fait basculer. Elle avait eu le sentiment d'avoir tout raté en tant que femme, partenaire, être humain tout simplement.

Grania soupira en repensant à ce que Hans avait dit. Il l'avait parfaitement cernée. Elle avait appris beaucoup sur elle au cours des derniers mois. Ce qu'elle avait pris à tort pour sa force se révélait aussi être sa plus grande faiblesse. Matt avait eu une relation avec Charley avant de la rencontrer ? Et alors ? Il ne l'avait pas mentionné avant tout simplement parce que ce n'était pas important à ses yeux. Et non pas parce qu'il continuait à aimer cette fille en secret.

Elle réalisait à présent que Matt n'avait absolument rien à se reprocher.

L'aube se levait quand elle se laissa enfin gagner par le sommeil. Elle fut réveillée peu de temps après par un petit coup frappé à sa porte. « Entrez », dit-elle d'une voix endormie.

Aurora, vêtue de son uniforme d'écolière, passa timidement la tête dans l'embrasure de la porte. Elle s'avança d'un pas hésitant vers le lit de Grania et s'assit dessus. « Je voulais juste te dire que j'étais désolée.

— Désolée ? Pourquoi ?

— Mamie m'a dit hier soir que ce n'était vraiment pas une bonne idée de se mêler de la vie des autres. Je pensais que je faisais quelque chose de bien pour toi, Grania, mais je me trompais, c'est ça ?

— Oh, chérie, viens là, viens me faire un câlin. »

Aurora alla se blottir dans les bras de Grania et se mit à sangloter sur son épaule. « Je trouvais que tu avais l'air si seule et si triste. Et je voulais que tu sois heureuse, comme tu m'avais rendue heureuse… Je voulais faire quelque chose pour *toi.*

— Chérie, c'est merveilleux ce que tu as fait. Et courageux. Et aussi un peu dangereux, ajouta Grania.

— Et tu es en colère contre moi, maintenant ? » Aurora la regardait avec des yeux remplis de larmes.

« Non, je ne suis pas du tout en colère, c'est juste que… » Grania soupira. « Parfois, même les bonnes fées ne peuvent pas arranger les choses.

— Oh, dit Aurora, je croyais que vous vous aimiez.

— Je sais, ma chérie.

— Et Matt est si gentil, si beau, bien que pas aussi beau que Papa, s'empressa-t-elle d'ajouter. Et vous avez parlé longtemps hier soir.

— Oui, c'est vrai.

— Bon… » Aurora s'extirpa des bras de Grania et se leva. « Il faut que j'aille à l'école, maintenant. Je te promets que je ne dirai plus un mot. Comme dit Mamie, c'est à toi de prendre ta décision.

— C'est vrai, mais merci d'avoir essayé de m'aider. »

Aurora s'arrêta devant la porte. « En tout cas, je trouve que vous allez très bien ensemble. À tout à l'heure. »

Grania se laissa retomber sur ses oreillers, elle voulait mettre un peu d'ordre dans ses idées avant de descendre au rez-de-chaussée.

Même si Matt et elle parvenaient à franchir l'eau qui avait coulé sous leurs ponts, comment parviendraient-ils à combiner leurs vies désormais si différentes ? Matt vivait de l'autre côté de l'océan Atlantique, mais elle était coincée ici avec Aurora. Elle était devenue maman – quelle ironie, compte tenu des circonstances – depuis qu'elle avait quitté Matt. Elle ne savait pas s'il accepterait ou serait capable d'assumer cette nouvelle situation.

Grania se doucha, s'habilla et descendit à la cuisine. Aurora était déjà partie à l'école avec Kathleen. Matt était assis à la table, devant le déjeuner copieux que Kathleen avait préparé pour lui.

« Ta mère sait vraiment gâter ses invités, fit-il remarquer. Ta cuisine m'a manqué aussi, chérie.

— Je suis sûre que Charley a su te la faire oublier avec des plats tout prêts de chez Dean & DeLuca, le top du top », lança Grania. Elle le regretta immédiatement. Elle avait laissé échapper ce commentaire acerbe sans réfléchir.

« Grania, dit Matt en soupirant, ne t'aventure pas sur ce terrain-là, s'il te plaît. »

Un silence tendu s'installa entre eux. Elle se prépara une tasse de thé pendant que Matt terminait son café. Puis il se leva et se dirigea vers la porte de derrière avant de s'arrêter juste au moment où il mettait la main sur la poignée.

« Écoute, chérie, j'ai essayé mais il est évident que tu ne parviendras pas à faire une croix sur le passé. Et après tout, tu ne veux peut-être même pas prendre un nouveau départ. » Matt haussa les épaules. « Pour être honnête, je suis fatigué de livrer cette bataille tout seul. Et ce matin, c'est exactement ce à quoi ressemble notre relation, à une bataille à sens unique.

— Matt…

— Ne t'en fais pas, tu n'as pas besoin d'expliquer. Toutes ces histoires sur nos origines différentes, Charley, le mariage que tu as refusé, Grania, ça veut dire que tu ne m'as jamais suffisamment aimé pour donner une chance à notre relation. Tu sais, tout le monde est confronté à des difficultés, à des situations merdiques dans la vie. C'est justement ces moments-là qui peuvent renforcer une relation. Ça et les compromis. Je m'aperçois que tu n'as jamais été prête à en faire – c'était toujours *à ta façon.* Et au premier problème, tu prends tes jambes à ton cou et tu me quittes. Je n'en peux plus. » Il jeta un coup d'œil à sa montre. « Il faut que je file. À plus. »

Matt quitta la cuisine en claquant la porte derrière lui. Grania entendit la voiture de location descendre la petite route. Sous le choc, elle sentit des larmes lui picoter les yeux. Pourquoi Matt s'en était-il pris à elle de cette façon ? Certes, elle avait laissé échapper un commentaire caustique, mais pourquoi avait-il dit qu'elle ne l'aimait pas assez pour donner une chance à leur relation ?

Et maintenant il était parti.

Et c'était fini. Il avait atteint sa limite. Il le lui avait bien fait comprendre.

Grania quitta la maison pour se rendre à son atelier. Elle conduisit, l'estomac noué, plongée dans un état d'hébétude. Quand elle s'assit devant son établi, les larmes continuaient à brouiller sa vision. Elle n'était pas habituée à ce que Matt se défende. Il était si doux, si accommodant, si raisonnable. C'était elle qui était fougueuse et versatile. Et après toutes ses belles intentions de la nuit, il avait suffi d'une seule phrase pour tout gâcher.

« Espèce de crétine stupide et bornée ! Tu l'aimes ! » gémit-elle. Ses larmes dégoulinaient à présent sur sa nouvelle sculpture, mouillant l'argile. « Matt s'est battu pour toi et maintenant il est parti ! Et c'est toi qui l'as repoussé ! » Elle se leva, essuya ses larmes du revers de la main et se mit à faire les cent pas dans l'atelier.

Que devait-elle faire ?

L'ancienne Grania, toujours prisonnière de sa fierté, lui disait de le laisser partir.

Mais la nouvelle, celle que Hans et les événements des derniers mois l'avaient aidée à découvrir, lui conseillait de ravaler sa fierté et d'aller le chercher. Et de le supplier de leur donner une nouvelle chance.

Elle perdrait tant si elle ne le faisait pas. Bien sûr, beaucoup de questions restaient en suspens : où vivraient-ils, Matt était-il prêt à accepter Aurora et à être un père pour elle ? Mais comme il le disait lui-même, quand on aime quelqu'un, il faut se donner toutes les chances et avoir le courage d'essayer.

« Je croyais que vous vous aimiez… »

Grania revit le visage triste d'Aurora quand elle était venue la voir avant de partir à l'école. Pourrait-elle rompre avec ses habitudes, ravaler sa fierté, et courir après l'homme qu'elle aimait ?

Vas-y… vas-y… vas-y…

Était-ce le vent qui mugissait autour de l'atelier ou Lily qui lui disait d'avoir confiance en l'amour ?

Grania prit ses clés de voiture et partit en trombe en direction de l'aéroport de Cork.

Durant le trajet, elle tenta plusieurs fois de joindre Matt, en vain. Elle roula beaucoup trop vite. Mais quand elle arriva au terminal des départs, elle constata que les passagers du vol pour Dublin étaient déjà en train d'embarquer. Elle se précipita vers le comptoir d'enregistrement et se mit dans la file d'attente, impatiente de pouvoir parler à l'hôtesse.

« Mon… petit ami… est sur le point d'embarquer dans l'avion à destination de Dublin. J'ai quelque chose à lui dire. Y a-t-il un moyen de le contacter ? demanda-t-elle à la jeune fille d'une voix désespérée.

— Avez-vous essayé de le joindre sur son téléphone portable ? répondit l'hôtesse avec sagesse.

— Bien sûr que j'ai essayé ! Il est éteint, sans doute parce que mon ami est sur le point de monter dans l'avion justement. Ne pourriez-vous pas lui transmettre mon message par les haut-parleurs ?

— En fait, ça dépend du niveau d'urgence, dit doucement la fille. C'est urgent ?

— Bien sûr que c'est urgent ! répliqua Grania qui avait le plus grand mal à contenir son irritation. Pourriez-vous transmettre un message à Matt Connelly, de la part de Grania Ryan… Dites-lui qu'elle l'attend à l'accueil… Et s'il pouvait au moins la rappeler avant de décoller. »

Et qu'elle l'aime, qu'elle a besoin de lui et qu'elle est vraiment, vraiment désolée…

Grania le pensa mais ne le dit pas, attendant le verdict de l'hôtesse qui parlait avec son supérieur. Elle avait l'impression que ça durait une éternité et des larmes de frustration lui montèrent aux yeux.

Finalement, l'appel retentit, bien fort et très distinctement, dans le petit aéroport. Grania attendit, au comble de la tension, fixant son téléphone dans la paume de sa main. C'était la preuve tangible et silencieuse de l'erreur qu'elle avait commise.

« Madame, l'avion vient de décoller, déclara l'hôtesse derrière le comptoir. Je ne pense pas qu'il vous appellera désormais. »

Grania se retourna et regarda par la vitre. « Merci », marmonna-t-elle avant de partir en chancelant en direction de sa voiture.

Sur le chemin du retour, elle conduisit beaucoup plus lentement, consciente qu'elle avait récolté l'avenir qu'elle méritait. Matt ne voulait plus d'elle et elle n'était pas surprise. C'était comme si, jusqu'à aujourd'hui, elle avait été enfermée dans une bulle d'hébétude, dont les parois étaient recouvertes d'un vernis épais de doute et de fierté. Maintenant que le vernis s'était enlevé, elle voyait ce qu'elle avait perdu. Et pourquoi.

Elle arrêta sa voiture devant la ferme puis franchit la porte de la cuisine, inconsolable. Elle avait l'intention de monter directement dans sa chambre.

« Où étais-tu donc passée, Grania ? On était fous d'inquiétude ! » Kathleen se leva de la table de la cuisine où toute la famille était réunie autour d'un thé. Le soulagement se peignait sur tous les visages maintenant que Grania était de retour.

« C'est vrai, Maman, dit Aurora. Je comprends ce que tu as dû ressentir quand j'avais disparu, ajouta-t-elle.

— Viens t'asseoir, ma chérie, et prends un thé avec nous », l'encouragea John en tapotant la chaise à côté de lui.

Grania s'assit, l'accueil chaleureux de sa famille l'emportant sur son envie de fuir. Sa famille l'aimait à l'évidence malgré ses nombreux défauts. Elle but une gorgée de thé pendant que le reste de la famille continuait à la dévisager en silence pour tenter d'évaluer son état d'esprit.

« Le prix d'un veau a augmenté de dix pour cent, annonça soudain John sans s'adresser à quelqu'un en particulier, simplement pour détendre l'atmosphère. Quand je suis allé au marché aujourd'hui à Cork, les autres gars ont dit que leurs troupeaux seraient plus petits l'année prochaine si les prix continuaient à augmenter. »

La porte des escaliers s'ouvrit derrière Grania, mais elle ne se retourna pas.

« La douche vous a fait du bien ? demanda John en levant les yeux. Ces marchés aux bestiaux vous imprègnent d'une odeur qui peut vous coller à la peau pendant des jours.

— Oui, merci, dit la voix derrière Grania. C'est vraiment gentil à vous de m'avoir emmené, John. C'était très intéressant d'assister aux enchères. »

Une main toucha l'épaule de Grania. « Salut, chérie, tu es de retour ? Tes parents et moi étions inquiets pour toi. »

Elle se retourna et regarda Matt dans les yeux. « Je… je pensais que tu étais parti.

— Ton père m'a proposé de me montrer les enchères de bétail à Cork, répondit-il en tirant une chaise vers Grania et en s'asseyant. Je me suis dit que j'aimerais bien voir un peu de traditions locales avant de partir. Et je n'ai pas regretté, pouffa Matt.

— Mais… ton vol… Je croyais que tu partais aujourd'hui. C'est ce que tu as dit hier soir.

— Ton père m'a proposé d'aller avec lui à Cork ce matin pendant le petit déjeuner alors j'ai repoussé mon départ. » Matt passa le bras sous la table et serra la main de Grania dans la sienne. « En plus, on s'est dit avec tes parents que ça serait peut-être une bonne idée si je restais un peu plus longtemps, compte tenu des circonstances. Ils pensaient que tu avais besoin de temps et de tranquillité pour réfléchir, alors j'ai tout fait pour ne pas être dans tes pattes aujourd'hui. Ça ne te dérange que je sois toujours là, Grania ? »

Tous les regards se posèrent de nouveau sur Grania. Elle avait la gorge serrée par une immense boule d'émotion. Avec l'aide de toutes les personnes présentes autour de la table, Matt l'aimait suffisamment pour lui donner une dernière chance.

« Oh, Maman, allez, dis-lui que ça ne te dérange pas ! dit Aurora en levant les yeux au ciel. On sait tous que tu aimes Matt à la folie et il faut qu'on rentre les vaches pour la nuit. »

Grania se tourna vers Matt, les yeux emplis de larmes, et lui sourit.

« Non, Matt, ça ne me dérange pas du tout. »

Aurora

Oui, chers lecteurs, je l'ai fait.

Oui, je sais, ma disparition a été une nouvelle source de stress, en particulier pour Grania, et je suis désolée d'avoir causé tout ce tracas. Mais vous savez combien, à différents stades de cette histoire, j'ai eu envie de réécrire l'intrigue et de trouver une nouvelle fin. Le moment était venu pour moi d'entrer en scène, de faire ce que n'importe quelle bonne fée ferait, et de surgir dans un nuage de fumée pour arranger les choses.

Et les fées volent toujours. Tout comme moi… jusqu'en Amérique.

Je n'ai pas eu peur du tout.

Les gens me demandent souvent pourquoi je n'ai pas peur. C'est apparemment ce qui empêche nombre d'entre nous de faire ce qu'il faut pour mener une vie plus heureuse. En réalité, je n'ai pas de réponse, mais peut-être que quand on n'a pas peur des fantômes, ou de la mort elle-même, qui est ce qui peut arriver de pire à un être humain, il n'y a pas grand-chose d'autre à redouter.

À part la douleur…

J'ai passé la majeure partie de mon enfance entourée d'adultes et j'ai toujours été surprise par les difficultés qu'ils ont à dire ce qu'ils pensent. La communication ne passe plus, bien qu'ils souffrent au fond d'eux-mêmes, bien qu'ils s'aiment. La fierté, la colère, le manque de confiance en soi menacent souvent le bonheur.

C'est vrai, ma tentative aurait pu se solder par un échec cuisant, mais parfois il faut faire un acte de foi et croire tout simplement que ça va marcher. Au pire, j'aurais au moins essayé, et je crois que c'est tout ce qu'on peut faire dans la vie. Parce qu'elle est si courte et, comme je le sais, quand il nous reste peu de temps et que nous regardons en arrière, il vaut mieux avoir le moins de regrets possible.

Et bien sûr, Grania m'a aidée. J'ai dit plus tôt qu'il fallait tirer les leçons de la vie et Grania a identifié et accepté ses défauts, juste à temps. Il s'en est fallu de peu, mais espérons qu'à présent sa vie sera plus facile, et la prochaine fois elle se réincarnera peut-être en une adorable créature. Personnellement, j'aimerais bien prendre la forme d'un oiseau, d'une mouette par exemple. J'aimerais pouvoir prendre mon vol, me lancer des falaises et décrire des cercles au-dessus de l'océan.

Et Matt est exactement le genre d'homme que j'aurais aimé épouser. J'étais sûre qu'il ferait un très bon papa pour remplacer celui que j'avais perdu. Je sais que beaucoup de femmes aujourd'hui pensent qu'elles n'ont pas besoin d'un homme dans leur vie, mais ne sommes-nous pas destinés, nous les humains, à trouver notre âme sœur ? Ne passons-nous pas la majeure partie de notre vie à courir après l'amour, à vouloir vivre cette magie ?

J'ai regardé beaucoup de films dernièrement et j'ai réalisé qu'ils tournent majoritairement autour de trois sujets : la guerre, l'argent et l'amour. Même quand il est question de guerre, l'amour finit toujours par se glisser quelque part.

Et il y a tout ça dans cette histoire.

Nous nous approchons de la fin à présent.

Je ferais mieux de me dépêcher.

44

Londres, un an plus tard

Grania et Aurora se tenaient devant l'élégante maison blanche et levèrent les yeux.

« C'est magnifique », souffla Aurora. Elle se tourna vers Hans. « Elle est vraiment à moi ?

— Oui, elle est à toi, Aurora. Tu as hérité de cette bâtisse et de Dunworley House de ta mère, répondit Hans en souriant. Vous voulez jeter un œil à l'intérieur ?

— Oh oui ! », s'écria Aurora.

Grania s'arrêta sur les marches du perron et posa la main sur le bras de Hans. « Quelle est l'adresse de cette maison ? »

Hans consulta ses documents. « Cadogan House, Cadogan Place.

— Oh mon Dieu ! lâcha Grania en portant la main à sa bouche. C'est la maison où mon arrière-grand-mère Mary a travaillé comme domestique. Et où Anna Langdon, la grand-mère d'Aurora, a été emmenée par Lawrence Lisle quand elle était bébé.

— Très intéressant, dit Hans. Un jour, vous pourrez peut-être raconter à Aurora ce que vous savez du passé de sa famille. » Ils entrèrent dans le vestibule plongé dans la pénombre, et Hans renifla. « C'est l'humidité, conclut-il. Cette maison est vide depuis des années.

— Je sais que Lily a vécu ici avec sa mère après les problèmes en Irlande, confirma Grania en essayant d'assembler les pièces du puzzle. À la mort de Lawrence Lisle, Sebastian, son père, a hérité de la maison ayant appartenu à son frère.

— Alexander, Lily et Aurora ne vivaient pas ici quand ils étaient à Londres. Alexander avait une maison très agréable juste en haut de la rue à Kensington. Pas de cette taille, il faut le dire, mais beaucoup plus accueillante, sans aucun doute.

— C'est immense ! s'exclama Aurora presque intimidée quand elle pénétra dans l'élégant salon tandis que Hans ouvrait les volets pour laisser entrer la lumière.

— En effet, jeune fille, admit Hans. Mais tout comme pour Dunworley House, il faudrait débloquer des fonds pour lui faire retrouver sa splendeur d'antan. »

Quand Grania suivit Hans et Aurora à travers les nombreuses pièces, puis à l'étage, elle eut le sentiment que la maison avait été plongée dans le formol et qu'elle avait été conservée en l'état comme une relique du passé. Aurora s'amusait à faire sonner les cloches et ils entendirent un léger tintement au-dessous d'eux dans la cuisine.

« Mon arrière-grand-mère Mary était l'une des domestiques qu'on appelait avec ces cloches », fit remarquer Grania tandis qu'ils redescendaient les escaliers.

Hans frissonna quand ils arrivèrent dans le vestibule. « Aurora, à mon avis, nous ferions mieux de choisir la maison de ton père comme résidence quand vous venez à Londres. » Son goût typiquement suisse pour l'ordre et la propreté n'était pas étranger à cette suggestion. « On pourrait peut-être vendre celle-ci ?

— Oh non, Tonton Hans, ça me plaît trop ici ! » La fillette retourna dans le salon en esquissant quelques pas de danse et montra un objet posé sur un bureau.

« Qu'est-ce que c'est ?

— Ma chère Aurora, c'est un très vieux gramophone. » Hans et Grania échangèrent un sourire. « C'est ce qui nous permettait à nous, les ancêtres, d'écouter de la musique. »

Aurora regarda le vinyle poussiéreux posé sur le plateau. « C'est *Le Lac des cygnes* ! Regarde Grania ! C'est *Le Lac des cygnes.* C'est peut-être ma grand-mère Anna qui l'a écouté là pour la dernière fois. C'était une danseuse célèbre, Tonton Hans.

— Peut-être. Bon, je pense que nous avons vu tout ce qu'il y avait à voir. Je suis sûr que les promoteurs se bousculeront pour mettre la main dessus. On pourrait aménager trois ou quatre appartements dans cette maison. Elle est idéalement située. La vente pourrait rapporter plusieurs millions.

— Mais Tonton Hans, si je décide de vivre ici avec Matt et Grania pendant que je prends des cours à l'école de danse, est-ce que ça coûtera beaucoup d'argent de la rendre plus gaie ?

— Oui, ma chère Aurora, ça coûtera très cher. Beaucoup d'argent », confirma-t-il.

Aurora le regarda, les bras croisés. « Et j'en ai assez pour transformer cette maison en un endroit agréable ?

— Oui, tu en as assez, répondit Hans. Mais je te le déconseille. D'autant plus que tu as une maison parfaitement confortable à quelques mètres de là, à Kensington.

— Non, j'ai décidé que c'est là que je voulais vivre. » Elle se tourna vers Grania qui se trouvait sur le pas de la porte pendant que Hans fermait derrière eux. « Qu'est-ce que tu en penses, Maman ? Après tout, tu devras vivre ici, toi aussi.

— C'est une très belle maison, Aurora, et bien sûr, je serais heureuse de vivre là avec toi. Mais comme le dit Tonton Hans, ce serait peut-être plus raisonnable de la vendre.

— Non, dit Aurora d'un ton catégorique. C'est là que je veux être. »

Ils quittèrent tous les trois Cadogan House et prirent un taxi pour retourner à l'hôtel Claridge. Autour d'un thé et de gâteaux, Aurora ordonna à Hans, avec une autorité toute naturelle, de prendre les dispositions nécessaires pour commencer à rénover la demeure.

« On pourra vivre dans la maison de Papa à Kensington en attendant que l'autre soit restaurée. Pas vrai, Grania ?

— Si tu es certaine que c'est ce que tu veux, Aurora, alors oui. » Le téléphone de Grania sonna. « Excusez-moi. » Grania quitta le salon et se rendit dans le hall de l'hôtel pour répondre.

« Salut, chérie, comment ça va ? Tu as vu la maison ?

— Oui. Elle est magnifique et immense et il faut à peu près tout refaire pour qu'elle soit habitable. Mais Aurora a décidé que c'était là qu'elle voulait vivre.

— Et comment s'est passée l'audition à la Royal Ballet School hier ?

— Aurora a dit que ça s'était bien passé mais on n'aura pas la réponse avant une semaine.

— Et toi, chérie ?

— Je vais bien, Matt. Tu me manques. » Grania avait encore un peu de mal à dire des paroles affectueuses, mais avec le temps elle s'améliorait.

« Toi aussi. Plus que quelques jours et je serai là avec toi.

— Tu es certain que c'est ce que tu veux, Matt ?

— Absolument certain. En fait, je suis impatient de quitter New York et de commencer ma nouvelle vie avec mes deux femmes. D'ailleurs, tu embrasseras mon autre petite femme. Et Grania… Tu ne vas pas renoncer à notre accord à la dernière minute ? Je n'ai pas envie de tout larguer ici et de découvrir dans trois mois, quand mon visa aura expiré, que tu as changé d'avis et que tu ne veux plus m'épouser.

— Je ne changerai pas d'avis, Matt, promit Grania. Je n'ai pas le choix, d'ailleurs, tu seras expulsé du pays si je ne me marie pas avec toi.

— Exactement. Dis-toi que cette fois, je veillerai à ce qu'il n'y ait aucune clause de rétractation. Je t'aime, chérie, et je serai avec vous très bientôt.

— Moi aussi, je t'aime, Matt. » Grania raccrocha en souriant et alla rejoindre Aurora et Hans. Voilà un an qu'ils faisaient les allers et retours entre New York et l'Irlande, mais ils avaient finalement trouvé une solution pour combiner leurs trois vies et construire un avenir ensemble. La décision avait été prise quand Aurora avait annoncé qu'elle voulait essayer d'entrer à la Royal Ballet School, située à Richmond Park, à la périphérie de Londres.

L'exposition de Grania, qui avait eu lieu trois mois auparavant, avait été un immense succès et elle passait de plus en plus de temps à Londres, elle aussi. Il ne restait plus à Matt qu'à trouver un poste de professeur de psychologie et il avait réussi à décrocher une place au King's College trois semaines auparavant. Durant les longues vacances scolaires, Matt, Aurora et Grania pourraient retourner à Dunworley et profiter de la maison magnifiquement restaurée en haut de la falaise. Ainsi, Grania pourrait travailler dans son atelier et Aurora passer du temps avec sa famille d'adoption et ses chers animaux.

Grania savait ce que Matt sacrifiait en quittant New York, mais comme il l'avait dit lui-même, Londres était peut-être le compromis parfait ; ils seraient tous deux en territoire neutre – aucun d'eux n'était natif de la ville et du pays – et ils pourraient bâtir une nouvelle vie ensemble.

« Je viens de dire à Tonton Hans que nous devrions vendre la maison de Papa à Kensington une fois que Cadogan House sera rénovée. Ça nous aidera à payer les frais, expliqua Aurora.

— La fille de son père, dit Hans en haussant les sourcils. Douée pour les finances dès l'âge de dix ans. Aurora, comme tu es ma cliente et donc mon patron, je dois me plier à tes volontés. Et oui, en ma qualité de fidéicommissaire, je peux te dire qu'elles sont parfaitement sensées.

— Si vous voulez bien m'excuser, je dois aller me refaire une beauté, comme dit Mamie », annonça Aurora.

Une fois qu'elle fut partie, Hans demanda : « Comment va Matt ?

— Il va bien. Il fait les cartons, vide le loft et s'apprête à quitter la Grande Pomme.

— C'est un pas important qu'il s'apprête à franchir, un gros changement. Pour vous deux d'ailleurs. Mais je pense que vous avez pris la bonne décision. Un nouveau départ ne peut être que positif.

— Oui, en convint Grania. Et je crois que je ne vous ai jamais remercié de m'avoir mieux connue que je ne me connaissais moi-même. Vous m'avez fait prendre conscience des erreurs que j'avais faites.

— Ah, ce n'est rien, répondit Hans avec modestie. Il ne suffit pas d'identifier ses faiblesses, il faut aussi s'efforcer de les corriger. Et c'est exactement ce que vous avez fait, Grania.

— J'essaie, mais ma fierté ne disparaîtra jamais complètement, dit-elle en soupirant.

— Vous êtes avec quelqu'un qui vous comprend, probablement beaucoup mieux qu'auparavant encore. Matt est un homme bien, Grania. Vous devez prendre soin de lui.

— Je sais, Hans, et je ferai tout mon possible, je vous le promets.

— De quoi parlez-vous tous les deux ? demanda Aurora, de retour à leur table. On peut remonter dans la chambre maintenant ? J'aimerais téléphoner à Mamie et lui parler de ma nouvelle maison. »

« Aurora me dit qu'elle a décidé de vivre à Cadogan House, dit Kathleen, une fois qu'Aurora eut fini de lui décrire la demeure et qu'elle eut passé le téléphone à Grania. Tu sais que c'est là que Mary, ton arrière-grand-mère…

— Oui, je sais.

— Tu te souviens, quand tu as lu l'histoire de Mary, que Lawrence Lisle avait ramené ce bébé avec lui et qu'il avait demandé qu'on range la valise au grenier en attendant que la maman de la petite fille vienne la chercher. Tu crois que…

— Il n'y a qu'un moyen de le savoir, répondit Grania. La prochaine fois que j'irai, je jetterai un œil. »

Une semaine plus tard, Grania et Aurora retournaient à Cadogan House avec Matt. Aurora fit une visite guidée de la maison à Matt après quoi il descendit à la cuisine et passa ses bras autour de la taille de Grania.

« Dis donc, chérie, c'est une bonne chose que je n'aie pas le même problème que toi, dit-il en laissant échapper un sifflement. Même mon père serait impressionné par cette bâtisse. C'est incroyable ! Et dire que je vais vivre là-dedans sans même payer un loyer, poursuivit-il en souriant. Je ne sais pas si je vais m'en remettre !

— Elle n'est pas à moi non plus, Matt. Elle appartient à Aurora.

— Je sais, je te taquine, dit Matt en la serrant dans ses bras.

— Tu es sûr que ça te convient, Matt ? demanda Grania en levant les yeux vers lui. Tu penses que tu te sentiras à l'aise ici ?

— Je vais vivre avec toi et exercer un métier que j'aime. Et si ma femme et ma fille peuvent m'offrir en plus un certain confort matériel, ça ne me pose aucun problème.

— Dans ce cas, tu pourrais peut-être te rendre utile et monter avec moi au grenier. J'ai apporté une lampe torche. Je cherche quelque chose, en fait. »

Une fois Aurora bien installée au salon, occupée à écouter un *Lac des cygnes* à peine audible sur le gramophone, Matt et Grania gravirent les marches jusqu'au dernier étage de la maison.

Grania montra une trappe découpée dans le plafond. « Ça doit être là.

— Il faut que je monte sur quelque chose pour pouvoir l'atteindre », dit Matt en levant la tête.

Ils dénichèrent une chaise en bois dans l'une des chambres du grenier. Matt se retrouva en équilibre précaire dessus puis se débattit avec le loquet rouillé de la trappe. Il tira dessus, le verrou finit par céder et la trappe s'ouvrit dans un nuage de poussière et de toiles d'araignées.

« Je crois que personne n'est monté ici depuis des décennies, dit Matt en passant la tête dans le trou.

Donne-moi la lampe. » Grania la lui tendit et Matt dirigea son faisceau dans tous les recoins du grenier. « Je ne pense pas que ça te plaise là-haut. Dis-moi ce que tu cherches, je vais voir si je peux le trouver.

— D'après ce que ma mère m'a dit, nous recherchons une petite valise très vieille.

— D'accord. » Matt se hissa sous les combles à la force de ses bras. « Reste là, je vais jeter un œil. » Il bascula les jambes et se redressa avec précaution. « J'ai l'impression que certaines planches sont pourries. Dis donc, cet endroit est bourré de vieux trucs. »

Grania écoutait le bruit des pas de Matt au-dessus d'elle.

« Bon, j'ai trouvé deux coffres… mais ils sont vraiment lourds.

— Non, cria Grania. C'était une *petite* valise.

— Qu'est-ce qu'il y avait de si important dedans ? demanda-t-il. Merde, ces toiles d'araignées sont dignes d'un film d'horreur. Elles me fichent presque la frousse. »

Grania entendit des bruits sourds tandis que Matt déplaçait des objets au-dessus d'elle. Puis il lança : « Je crois que j'ai trouvé quelque chose, du moins ce qu'il en reste. Je vais te le passer. »

Les mains de Matt apparurent dans le trou, chargées d'une petite valise, à la couleur indéterminée à cause des couches de poussière qui la recouvraient.

« Bon, j'en ai assez. Je sors d'ici. » Matt émergea, les cheveux couverts de toiles d'araignées qui leur donnaient une teinte grise. « Mon Dieu, dit-il en s'extirpant du trou et en se laissant glisser jusqu'au sol. C'est vraiment par amour que je l'ai fait.

— Merci, chéri », dit Grania en reportant son attention sur la valise. En enlevant la poussière sur le cuir usé, elle crut voir deux initiales gravées dans le cuir en haut. Matt s'agenouilla à côté d'elle.

« Je crois que c'est un L et un K, dit-elle.

— À qui appartenait cette valise au fait ?

— Si c'est la bonne, elle appartenait à la grand-mère d'Aurora. Lawrence Lisle est revenu d'une de ses missions à l'étranger avec un bébé, expliqua Grania. Il a dit à son personnel que la mère reviendrait chercher Anna *et* la valise. Elle n'est jamais réapparue et Anna n'a jamais su qui était sa vraie mère.

— Si tu veux mon avis, ça ne va pas être facile d'ouvrir ces vieux cadenas rouillés. Laisse-moi essayer. »

Finalement, ils descendirent la valise dans la cuisine et cherchèrent un outil adéquat pour l'ouvrir. Grania trouva un couteau dans un tiroir et Matt parvint à faire céder les cadenas.

« Bon, tu es prête à regarder à l'intérieur ?

— Je pense que ça devrait être à Aurora de le faire. C'est théoriquement la sienne, après tout. » Grania alla chercher Aurora dans le salon et redescendit à la cuisine avec elle.

« Qu'est-ce que c'est ? » Aurora regarda la valise en cuir crasseuse avec répugnance.

« Nous pensons qu'elle appartenait à ton arrière-grand-mère qui n'est jamais revenue la chercher. Elle a été déposée ici il y a près de cent ans, expliqua Grania. Tu veux l'ouvrir ?

— Non, fais-le. Il y a peut-être des araignées à l'intérieur », dit Aurora en fronçant le nez.

Grania n'avait pas l'air franchement enthousiaste non plus.

« J'ai compris, mesdames, c'est l'homme de la maison qui va s'en charger. » Matt ouvrit la valise avec précaution, dans un craquement de cuir.

Ils regardèrent tous trois à l'intérieur.

« Beurk, ça sent le vieux, dit Aurora. Il n'y a pas grand-chose dedans, si ?

— Non. » Grania était déçue. La valise ne contenait qu'un petit paquet couvert de soie, rien d'autre.

Sentant la réticence des deux filles, Matt prit le paquet et le posa sur la table. « Vous voulez que je le défasse ? »

Les filles hochèrent la tête.

Doucement, Matt ouvrit le paquet de soie fine aux couleurs passées.

« C'est une paire de chaussons de danse », murmura Aurora émerveillée. Elle en prit un pour l'examiner. En le soulevant, elle fit tomber une enveloppe moisie qui virevolta jusqu'au sol.

Grania se pencha pour la ramasser. « C'est une lettre et elle est adressée à… » Grania tenta de déchiffrer l'écriture, l'encre étant à moitié effacée.

« Je dirais que c'est *Anastasia*, dit Matt qui regardait par-dessus l'épaule de Grania.

— Anna, ma grand-mère s'appelait Anna ! dit Aurora tout excitée.

— Oui, Lawrence Lisle l'appelait peut-être par son diminutif, suggéra Grania.

— C'est un nom russe, non ? demanda Aurora.

— Oui. Mary, qui s'occupait d'Anna quand elle était bébé, a toujours pensé que Lawrence Lisle avait ramené Anna de Russie.

— J'ouvre la lettre ? interrogea Aurora

— Oui, mais fais attention, elle a l'air très fragile », la mit en garde Matt.

Aurora défit l'enveloppe avec ses petits doigts. Elle regarda les mots et fronça les sourcils. « Je ne comprends pas ce qui est écrit.

— C'est parce que c'est écrit en russe, décréta Matt derrière elles. J'ai appris le russe pendant trois ans au lycée, mais c'était il y a longtemps, alors je suis rouillé. Je pense qu'avec l'aide d'un dictionnaire, je pourrais peut-être la déchiffrer.

— Je ne connaissais pas tous tes talents cachés, chéri. » Grania se retourna et déposa un baiser sur la joue de Matt. « Et si on s'arrêtait dans une librairie sur le chemin du retour ? »

Quand ils arrivèrent à Kensington, dans la jolie maison de ville d'Alexander, où ils habiteraient en attendant que Cadogan House fût rénovée, une autre lettre, adressée à Aurora, les attendait sur le paillasson.

« C'est la Royal Ballet School ! » Aurora la ramassa et regarda Grania, les yeux pleins d'espoir et d'appréhension. « Tiens, dit-elle en la lui tendant. Tu peux l'ouvrir pour moi, Maman ? Je suis trop nerveuse.

— Bien sûr. » Grania déchira l'enveloppe, déplia la lettre et se mit à lire.

« Alors, Maman, qu'est-ce que ça dit ? » Aurora serrait les poings sous son menton, le visage tendu.

« Ça dit… que tu ferais bien de préparer tes bagages parce qu'ils t'offrent une place dans l'école et que les cours commencent en septembre.

— Oh, Maman ! » Aurora se jeta dans les bras de Grania. « Je suis *si* heureuse !

— Bien joué, ma chérie », la félicita Matt en se joignant à leur étreinte.

Quand ils se furent remis de leurs émotions, Matt monta à l'étage, muni de son nouveau dictionnaire, pour essayer de traduire la lettre.

Aurora était assise à la table de la cuisine, les chaussons de danse à la main, et parlait de l'avenir avec enthousiasme, tandis que Grania préparait le dîner. « J'espère que Matt va se dépêcher, je suis impatiente de découvrir qui était mon arrière-grand-mère. Surtout maintenant que je vais suivre ses traces, ajouta-t-elle.

— Tu sais, Aurora, il y a beaucoup de choses que tu ignores concernant l'histoire de ta famille. Et un jour, je prendrai le temps de te raconter ce que j'ai appris. Et le plus étrange, c'est que pendant près de cent ans, nos deux familles ont eu des liens, leurs destins étaient liés. Mary, mon arrière-grand-mère, a finalement adopté Anna, ta grand-mère.

— Ah bon ? dit Aurora en ouvrant de grands yeux. Quelle drôle de coïncidence ! Parce que tu as fait la même chose pour moi, Maman.

— En effet. » Grania déposa un tendre baiser sur la tête d'Aurora.

Deux heures plus tard, Matt redescendit et annonça qu'il avait réussi à déchiffrer la majeure partie de la lettre. Il tendit à Aurora la traduction qu'il avait tapée et imprimée.

« Voilà, ma puce. Ce n'est pas parfait mais j'ai fait de mon mieux.

— Merci Matt. Vous voulez que je la lise à haute voix ? demanda Aurora.

— Si tu veux, dit Grania.

— D'accord. » Aurora s'éclaircit la voix. « Écoutez. »

Paris, le 17 septembre 1918

Ma chère Anastasia,

Si tu lis cette lettre, tu sauras que je ne suis plus de ce monde. Mon grand ami Lawrence a eu pour consigne de te la donner si je ne revenais pas pour la récupérer, quand tu seras en âge de comprendre. Je ne sais pas ce qu'il t'aura dit à propos de ta maman, mais l'important c'est que tu saches que je t'aime plus que n'importe quelle autre mère le pourrait. C'est pour ça que j'ai voulu veiller à ce que tu sois en sécurité pendant que notre chère Russie sombrait dans le chaos. Mon bébé, il aurait été facile pour moi d'accompagner Lawrence en Angleterre, de fuir le danger comme nombre de mes compatriotes l'ont fait. Mais si je dois quitter Paris pour retourner dans notre pays, c'est qu'il y a une raison bien précise. L'homme que j'aime, ton père, est en grand danger. En fait, j'ignore s'il est encore en vie. Je dois absolument aller le retrouver. Je sais que je risque une arrestation immédiate, et peut-être même la mort, mais je ne peux qu'espérer que quand tu seras grande, ma chère Anastasia, tu auras toi aussi le bonheur de connaître le plaisir et la souffrance de l'amour véritable.

Ton père est issu de la plus grande famille de Russie mais notre amour a dû rester caché. J'ai honte de te l'avouer : il était déjà marié.

Tu es le fruit de notre précieux amour.

En voyant les chaussons que j'ai joints à ma lettre, tu comprendras que je suis danseuse. J'ai dansé avec le Kirov et je suis célèbre dans notre pays. Et c'est ainsi que j'ai rencontré ton père. Il est venu me voir dans Le Lac des cygnes *et m'a fait la cour.*

Si je suis à Paris, à présent, c'est parce que j'ai compris que nos liens avec la famille impériale nous mettent toutes les deux en grand danger. J'ai donc signé un contrat avec les Ballets russes fondés par Diaghilev pour pouvoir quitter la Russie et t'emmener dans un endroit sûr.

Mon ami Lawrence, mon gentil gentleman anglais (je pense qu'il est aussi un peu amoureux de moi) a été mon sauveur et a dit qu'il t'emmènerait à Londres et qu'il s'occuperait de toi pour moi.

Ma chère enfant, j'espère de tout cœur que la folie qui s'est emparée de notre pays cessera bientôt et que je pourrai venir te chercher à Londres pour te ramener dans notre chère patrie et te présenter à ton père. Mais tant que le chaos règne, je sais que je dois sacrifier mes sentiments et t'envoyer loin du danger.

Que Dieu te garde, ma fille adorée. Dans quelques heures, Lawrence Lisle viendra et t'emmènera en lieu sûr. Le sort décidera si nous nous reverrons un jour, alors je te dis au revoir, ma chère Anastasia, que la chance te sourie tout au long de ta vie.

N'oublie jamais que tu es le fruit d'un très grand amour.

Ta mère qui t'aime,
Leonora

Le silence régnait dans la cuisine.

Matt s'éclaircit la voix et essuya subrepticement une larme. « Waouh », murmura-t-il ne sachant que dire d'autre.

Grania passa le bras autour des épaules d'Aurora tandis que les larmes coulaient aussi sur ses joues.

« C'est… c'est beau, Grania, tu ne trouves pas ? murmura Aurora.

— Oui, c'est vrai.

— Leonora est morte quand elle est retournée en Russie, c'est ça ?

— Oui, je pense. Si elle était vraiment célèbre, nous pourrons sans doute découvrir ce qui lui est arrivé. Et peut-être aussi l'identité de son père, dit Grania l'air pensif.

— Si le père d'Anastasia était bien un membre de la famille impériale russe, il a été abattu peu de temps après que Leonora a écrit cette lettre, intervint Matt.

— Leonora aurait pu s'enfuir, partir avec le bébé et Lawrence en Angleterre, dit Aurora. Mais elle ne l'a pas fait parce que son amour pour le papa d'Anastasia était trop fort. » Aurora secoua la tête. « Elle a fait un choix terrible, elle a dû confier son bébé à un étranger.

— Oui, dit Grania, mais chérie, je suis sûre que Leonora ne croyait pas vraiment qu'elle allait mourir. Nous prenons tous des décisions comme si nous allions vivre éternellement. Elle a fait ce qui lui paraissait le mieux sur le moment, pour s'assurer qu'Anastasia soit en sécurité.

— Je ne sais pas si j'aurais été aussi courageuse, murmura Aurora pensive.

— Eh bien, déclara Matt en passant le bras autour des épaules de Grania et en déposant un baiser sur la tête d'Aurora, c'est parce que tu n'as pas encore appris ce que les humains sont capables de sacrifier par amour. N'est-ce pas, Grania ?

— Oui, répondit Grania en souriant, tu as raison. »

Aurora

Ne serait-ce pas la fin parfaite ?

L'instant où on pourrait conclure par : « Et ils vécurent heureux… » Les fins que j'aime !

Grania et Matt réunis commencent une nouvelle vie ensemble, à l'abri du besoin jusqu'à la fin de leurs jours. Et moi avec eux, en train de réaliser mon rêve, celui de devenir un jour une grande danseuse, au sein d'une famille aimante et stable dont j'avais tant besoin.

Qu'est-ce qui pourrait être plus parfait ?

Je sais ! Un bébé pour eux et un frère ou une sœur pour moi ? Eh oui, un an plus tard, c'est arrivé aussi.

À présent je me demande si je dois terminer mon histoire ici, ne pas la gâcher avec ce qu'il s'est passé ensuite.

Mais, vous voyez, ça ne finirait pas mon histoire.

Et je dois vous avouer que j'ai cherché à vous induire en erreur.

Je ne suis pas vraiment vieille, bien que mon corps me donne l'impression de l'être.

J'ai le sentiment d'avoir cent ans au moins.

Mais au contraire de la princesse Aurore dans le conte de fées, je vais dormir cent ans – pour l'éternité en fait – et aucun prince charmant ne sera là pour me réveiller...

Pas sur cette Terre en tout cas.

Chers lecteurs, je ne veux pas vous déprimer. Seize ans d'une belle vie, c'est mieux que rien.

Si vous avez eu la sensation durant cette histoire que j'ai décrit mes personnages avec un peu trop de romantisme et de naïveté, vous me pardonnerez j'espère. J'ai seize ans.

Je suis trop jeune pour que les histoires d'amour qui tournent mal aient déteint sur moi.

Je vais mourir. Avant d'avoir été contaminée. Ainsi, je peux encore croire à la magie de l'amour. Pour moi, dans la vie, comme dans les contes de fées – ces histoires écrites par les humains et qui sont le fruit de leur expérience –, il y a toujours un héros et une héroïne, une bonne fée (la marraine) et une méchante sorcière. Et l'amour, la bonté, la foi et l'espoir finissent toujours par l'emporter.

Bien sûr, même la méchante sorcière est l'héroïne d'une histoire, mais là n'est pas la question.

Et il y a un côté positif à toute chose quand on regarde bien. Ma maladie m'a permis de consigner l'histoire de ma famille. L'écriture a été mon amie et une fidèle compagne pendant des moments difficiles et douloureux. J'ai aussi beaucoup appris sur la vie – une sorte de cours intensif pendant le peu de temps qui m'a été accordé sur cette Terre.

Grania et Matt – mon père et ma mère – ont plus de mal à accepter l'inévitable. Je suis calme parce que je suis heureuse. Je sais que je ne serai pas seule une fois que je serai passée de l'autre côté du voile. Il y aura des bras aimants pour m'accueillir.

Esprits... Fantômes... Anges... Appelez-les comme vous voulez, chers lecteurs, mais sachez qu'ils existent. Je les ai vus toute ma vie mais j'ai appris à ne rien dire.

Et à l'adresse des cyniques, je dirais juste que, d'un côté comme de l'autre, il n'y a pas de preuve. Alors j'ai choisi de croire. À mon avis, c'est la meilleure solution.

Comme je l'ai dit dès le départ, je n'ai pas écrit pour être publiée.

Mes parents m'ont vu griffonner, m'ont demandé ce que j'écrivais mais j'ai refusé de répondre. C'est mon secret, cette histoire m'appartient jusqu'à la fin, qui est très proche, je pense.

Ainsi, chers lecteurs, mon histoire est presque terminée.

Ne vous inquiétez pas pour moi, ne soyez pas tristes. Je m'apprête à me lancer dans la prochaine étape de mon voyage et je suis heureuse de l'entreprendre. Qui sait quelles merveilles je vais découvrir de l'autre côté du rideau.

S'il vous plaît, si vous le voulez bien, souvenez-vous de moi et de l'histoire de ma famille dans un recoin de votre esprit. C'est votre histoire aussi, parce que c'est celle de l'humanité.

Et par-dessus tout, ne perdez jamais foi en la beauté et en la bonté de la nature humaine.

Elle est toujours là même si, parfois, il faut se donner un peu plus de mal pour la trouver.

Maintenant, il est temps pour moi de vous dire au revoir.

Épilogue

Baie de Dunworley, ouest du comté de Cork, Irlande. Janvier

Grania, debout en haut de la falaise, sentait le vent mugir dans ses oreilles, comme l'après-midi où elle avait rencontré Aurora, huit ans auparavant.

Ses épaules se soulevaient, secouées par des sanglots silencieux, tandis qu'elle repensait à la petite fille qui était apparue si soudainement derrière elle, comme un lutin, et avait changé sa vie irrévocablement.

« Je ne comprends pas, hurla-t-elle à l'adresse des vagues furieuses qui s'écrasaient contre les rochers au-dessous. *Je ne comprends pas.* » Elle tomba à genoux, ses jambes ne la soutenant plus, et prit sa tête dans ses mains.

Des images d'Aurora défilaient devant ses yeux, toutes marquées par la vitalité de la petite fille. Aurora en train de danser, de tourner, de sauter le long de la falaise… sur la plage… Son énergie, son optimisme, son goût inaltérable pour la vie, toutes ces qualités définissaient son essence. Durant les huit ans que Grania s'était occupée d'elle, elle ne l'avait pratiquement jamais vue pessimiste ou triste. Même au cours des derniers mois, alors qu'elle n'avait pratiquement plus de forces, Aurora, radieuse, lui souriait depuis son lit d'hôpital, pleine d'espoir et de rires, même pendant les pires moments de la maladie.

Grania releva la tête et se rappela combien Aurora avait été courageuse à cet endroit même, quand elle avait dû lui annoncer la mort de son père. Aurora avait accepté et avait su, malgré sa tristesse, rester optimiste.

Grania savait qu'elle aussi devait trouver la force intérieure qu'Aurora possédait pour traverser cette épreuve. Aurora n'avait jamais ressenti le besoin de demander *pourquoi*, ne s'était jamais torturée en pensant à l'injustice de la grande loterie de la vie. Peut-être parce qu'elle avait cette certitude, cette croyance profondément ancrée en elle, que la vie qui se terminait sur Terre n'était pas la fin de la vie.

Aurora lui avait laissé une lettre. Mais durant les dix jours terribles qui s'étaient écoulés depuis sa mort, Grania n'avait pas eu le courage de l'ouvrir.

Elle se leva, retourna vers le rocher moussu sur lequel elle s'était si souvent assise et sortit la lettre de la poche de sa veste. Elle l'ouvrit maladroitement avec ses doigts engourdis par le froid.

Maman,

Je sais où tu es allée te réfugier pour lire cette lettre. Tu es assise sur le rocher en haut de la falaise de Dunworley et tu regardes la mer. Je te manque et tu te demandes pourquoi je suis partie. Maman, je sais que tu seras triste. C'est toujours douloureux de perdre quelqu'un, mais encore plus quand il s'agit d'un enfant, parce que ce n'est pas dans l'ordre des choses. Mais ce sont nous, les humains, qui avons inventé le calcul du temps. Je crois que ce sont les Romains qui ont élaboré le premier calendrier et qui nous ont donné des jours, des mois et des années. Maman, j'ai l'impression d'avoir vécu une éternité.

Et peut-être que oui après tout.

Je n'ai jamais eu le sentiment d'appartenir complètement à cette Terre, de toute façon.

N'oublie pas, ma chère Maman, que nous finirons tous là où je suis à présent, et que ce n'est que notre peau et nos os, notre être physique, qui nous rend visibles aux autres.

Mais notre esprit ne meurt jamais. Qui peut dire qu'en ce moment, alors que tu es assise sur ton rocher, je ne suis pas à tes côtés, en train de danser autour de toi, de t'aimer comme je t'ai toujours aimée ? Ce n'est pas parce que tu ne peux pas me voir que je ne suis pas là.

Maman, ne laisse pas la tristesse causée par mon départ t'empêcher d'aimer Papa et Florian et de t'occuper d'eux. Merci d'avoir appelé mon petit frère comme le prince dans La Belle au bois dormant. *J'espère qu'un jour il trouvera sa princesse et qu'il la réveillera par un baiser. S'il te plaît, serre bien fort Papy, Mamie et Shane pour moi. Dis-lui que je le regarderai de là-haut pour m'assurer qu'il s'occupe bien de Lily. Elle vieillit et elle a besoin de plus d'attention.*

Maman, essaie de croire que rien n'a de fin, surtout pas l'amour.

Tu as certainement parlé avec Tonton Hans et découvert que je t'ai laissé Dunworley House et Cadogan House. Je trouve que c'est normal que ces deux maisons te reviennent. Elles font partie de notre histoire familiale commune et j'aime à penser que notre lignée de femmes fortes continuera à évoluer et à vivre dans ces murs. Quant au reste de mon argent… Tonton Hans sait ce que je veux faire avec et je lui fais confiance pour établir mon œuvre de charité avec sa prudence habituelle.

Au fait, je t'ai laissé un autre présent. Il se trouve dans le tiroir spécial que Papa laissait toujours fermé dans son bureau. Tu vois celui que je veux dire. Je l'ai écrit pour nous et pour nos deux familles. C'est la preuve du lien qui nous unit, toi et moi, depuis plus de cent ans.

Maman, je sais quelque chose que tu ignores encore. À ta place, je vérifierais le mois prochain. Mais le petit esprit est déjà là, blotti au fond de toi. Et ça sera une petite fille.

Maman, merci pour ce que tu m'as donné.

À très bientôt,

Aurora

Grania leva doucement la tête, les yeux embués de larmes. Et vit une petite mouette blanche en train de l'observer du bord de la falaise, la tête penchée d'un côté.

« Grania ? »

Elle se tourna doucement dans la direction d'où venait la voix. Matt se tenait à quelque distance de là.

« Ça va, ma chérie ? »

Incapable de répondre, elle hocha la tête en silence.

« J'étais inquiet, on dirait qu'une tempête se prépare… Je peux te prendre dans mes bras ? »

Elle tendit les mains vers son mari.

Il se pencha et passa ses bras puissants autour de ses épaules et l'étreignit.

Il regarda ce qu'elle tenait dans les mains.

« C'est la lettre qu'elle t'a laissée ?

— Oui.

— Qu'est-ce qu'elle dit ?

— Oh… beaucoup de choses. Elle était – elle *est* – extraordinaire. Si sage, si forte. Comment a-t-elle pu être tout cela si jeune ?

— Peut-être que, comme dit ta mère, son âme est vieille, murmura Matt.

— Ou que c'est un ange… » Grania s'appuya doucement sur l'épaule de Matt. « Elle dit qu'elle a écrit quelque chose pour moi et qu'elle l'a laissé dans le tiroir du bureau.

— Si on rentrait à la maison pour voir ce que c'est ? Tu as les mains toutes bleues, chérie. »

Matt l'aida à se relever et passa un bras autour de ses épaules puis ils commencèrent à remonter le long de la falaise.

« Aurora a dit autre chose dans sa lettre… »

Une rafale de vent souffla tout à coup, arrachant la lettre des mains gelées de Grania et l'emportant vers le bord de la falaise.

Grania se tourna et vit la lettre se déployer, danser et virevolter dans le vent, effrayant la mouette qui prit son envol avec elle et la suivit dans les airs puis en direction de la mer.

Grania fut soudain habitée par un sentiment de paix. « Je comprends à présent.

— Tu comprends quoi, chérie ?

— Elle sera toujours avec moi », murmura-t-elle.

Remerciements

C'est la page que je me réjouis tout particulièrement d'écrire. Elle signifie que le livre est terminé et qu'il va être publié grâce au soutien sans faille, aux conseils et aux encouragements des personnes ci-dessous.

J'aimerais tout d'abord remercier ma superbe éditrice, Mari Evans, chez Penguin, pour ses précieuses « modifs ». Toute l'équipe de Penguin qui a défendu ce livre avec passion, en particulier Roseanne Bantinck, Anna Derkasz et toute l'équipe des droits étrangers qui a permis à mes histoires d'être lues dans le monde entier. Karen Whitlock, ma secrétaire d'édition, Pat Pitt, ma dactylo, et toutes ces personnes qui travaillent en coulisse et dont la contribution est inestimable.

Jonathan Lloyd, mon merveilleux agent et ami, dont la patience (et les énormes notes de frais à cause de moi) a fini par porter ses fruits. Susan

Moss et Jacquelyn Heslop, qui sont les seules à qui j'ai accepté de faire lire mon manuscrit avant de l'envoyer, et qui m'ont rassurée avec leur optimisme en attendant le verdict professionnel. Helene Rampton, Kathleen MacKenzie, Tracy Blackwell, Jennifer Dufton, Rosalind Hudson, Adriana Hunter, Susan Grix, Kathleen Doonan, Sam Gurney, Jo Blackmore, Sophie Hicks et Amy Finnegan… Les filles, qu'est-ce que je ferais sans vous ? Danny Scheinman, dont les conseils ont été très précieux, Richard Madeley et Judy Finnigan, dont le « Richard and Judy Bookclub » a été une merveilleuse plate-forme pour lancer mes futurs romans. David Makinson de la librairie Holt Bookshop, Richard, Anthony et Felicity Jemmett, Moreno Delise, Patrick Greene, et un grand merci à vous deux, Isabel Latter, ostéopathe géniale et amie, et Rita Kalagate, qui m'ont aidée à rester en forme durant les phases de relecture et de corrections.

Un grand merci à ma famille, qui nous supporte, moi et mes drôles d'habitudes d'écriture, tous les jours et sans (trop) se plaindre. Ma mère, Janet, qui m'a toujours soutenue, ma sœur Georgia, et Olivia, dont les qualités éditoriales et dactylographiques, alimentées par un verre de vodka sont impeccables. Merci aussi à mes merveilleux enfants, Harry, Isabella, Leonora et Kit (qui a droit à une mention spéciale pour m'avoir autorisée à voler la première phrase de ses histoires), dont les noms figurent par ordre d'âge et non d'importance. Je vous aime tous, chacun de vous m'a donné, à sa façon, de l'amour, de la joie et de la vie. C'est un honneur pour moi d'avoir eu le privilège de vous mettre au monde, tous les quatre.

Et enfin, mon mari Stephen ; pour une fois je ne trouve pas les mots pour exprimer ce que je ressens. Je peux juste te remercier, pour tout ; cette histoire est pour toi.

Bibliographie

La Jeune Fille sur la falaise est une œuvre de fiction nourrie d'éléments historiques. Pour me documenter sur l'époque et les circonstances dans lesquelles vivaient mes personnages, j'ai consulté les ouvrages suivants :

Juliet Nicolson, *The Great Silence 1918-1920. Living in the Shadow of the Great War*, John Murray, 2010.

Virginia Nicholson, *Singled Out*, Penguin Books, 2008.

David Stevenson, *The Outbreak of the First World War: 1914 in Perspective*, Palgrave Macmillan, « Studies in European History », 1997.

Jim Eldridge, *The Trenches: A First World War Soldier, 1914-1918, My Story*, Scholastic, 2008.

Sebastian Faulks, *Birdsong: A Novel of Love and War*, Vintage, 2007.

Tim Pat Coogan, *Michael Collins. The Man who Made Ireland*, Arrow, 1991.

Joseph J. Lee, *Ireland 1912-1985: Politics and Society*, Cambridge University Press, 1990.

Orlando Figes, *La Révolution russe 1891-1924 : la tragédie d'un peuple*, Denoël, 2007.

Lynn Garafola, *Diaghilev's Ballets Russes*, Da Capo Press, 1998.

Serge Lifar, *Serge Diaghilev*, Putnam, 1945.

Meredith Daneman, *Margot Fonteyn*, Penguin Books, 2005.

Ninette de Valois, *Invitation to the Ballet*, The Bodley Head, 1937.

Lutz Röhrich, *Und weil sie nicht gestorben sind... Anthropologie, Kulturgeschichte und Deutung von Märchen*, Böhlau, 2002.

VOUS AVEZ AIMÉ CE LIVRE ?

Découvrez la saga événement de Lucinda Riley, *Les Sept Sœurs*

À la mort de leur père, énigmatique milliardaire qui les a adoptées aux quatre coins du monde lorsqu'elles étaient bébés, les sœurs d'Aplièse se retrouvent dans la maison de leur enfance, Atlantis, un magnifique château sur les bords du lac de Genève.

Pour héritage, elles reçoivent chacune un mystérieux indice qui leur permettra peut-être de percer le secret de leurs origines…

Dans cette ambitieuse série, inspirée de la légende et de la constellation des Sept Sœurs, Lucinda Riley fait preuve de son incroyable talent de conteuse.

« Un page-turner incroyable mêlant drame et romance. »
Daily Mail

Tournez la page pour découvrir sans plus attendre le premier chapitre du tome 1 !

Je me souviendrai toujours de l'endroit où je me trouvais et de ce que je faisais quand j'ai appris que mon père venait de mourir.

J'étais à Londres, chez Jenny, une vieille amie d'école, et je profitais du soleil de juin, assise dans son joli jardin, un exemplaire de *L'Odyssée de Pénélope* ouvert sur les genoux, pendant qu'elle était allée chercher son petit garçon à la crèche.

Je me sentais calme, heureuse de m'être échappée pour passer quelques jours de vacances ici. J'étais en train d'admirer la clématite en boutons qui dépliait ses fragiles bourgeons roses, donnant naissance à un tumulte de couleurs, lorsque mon portable a sonné. D'un coup d'œil sur l'écran, j'ai vu que c'était Marina.

— Allô, Ma, ça va ?

J'espérais que, dans ma voix, elle entendrait aussi la belle chaleur estivale.

— Maia, je...

Marina a marqué une pause, et, à cet instant, j'ai compris qu'il était arrivé quelque chose de terrible.

— Qu'est-ce qui se passe ?

— Maia, je ne sais pas comment te le dire, mais ton père a eu une crise cardiaque ici, à la maison, hier après-midi. Et aujourd'hui... tôt ce matin, il... est décédé.

Je suis restée silencieuse, un million de pensées disparates et ridicules me traversant l'esprit, l'une d'elles étant que Marina, pour une raison ou une autre, avait décidé de me faire une blague de mauvais goût.

— Je ne l'ai pas encore annoncé à tes sœurs, Maia. Comme tu es l'aînée, il m'a semblé que c'était toi qui devais l'apprendre en premier... Je voulais te demander si tu préfères les appeler, ou si tu souhaites que je le fasse.

— Je...

Aucune parole cohérente ne me venait aux lèvres, tandis que je commençais à réaliser que jamais Marina, ma chère et bien-aimée Marina, la femme qui avait été pour moi la personne qui se rapprochait le plus d'une mère, ne me mentirait. Il fallait donc que ce soit vrai. Et brusquement, tout s'est effondré en moi.

— Maia, s'il te plaît, dis-moi que ça va. Oh, c'est vraiment l'appel le plus terrible que j'ai jamais eu à passer, mais j'ai pensé qu'il valait mieux me tourner vers toi... Dieu seul sait comment tes sœurs vont réagir.

C'est à ce moment que j'ai entendu la souffrance dans sa voix. J'ai compris qu'elle aussi avait besoin de parler, de partager son fardeau, d'être réconfortée.

— Bien sûr, Ma, je vais prévenir mes sœurs. Sauf que je ne suis pas certaine d'avoir toutes leurs coordonnées sur moi... Ally n'est-elle pas partie faire une régate ?

Et pendant que nous discutions de l'endroit où se trouvait chacune de mes sœurs cadettes, comme s'il fallait les réunir pour fêter un anniversaire plutôt que de pleurer la mort d'un père, la conversation a pris un tour surréaliste.

— Quand faut-il prévoir l'enterrement à ton avis ? ai-je demandé. Avec Électra à Los Angeles et Ally quelque part en mer, on ne peut certainement pas l'envisager avant la semaine prochaine, au plus tôt.

— Eh bien…

J'ai perçu l'hésitation de Marina au bout du fil.

— Le mieux serait peut-être qu'on en parle toutes les deux quand tu rentreras à la maison. Mais rien ne presse pour l'instant, Maia. Aussi, si tu préfères rester encore un peu à Londres… Il n'y a plus rien à faire pour lui ici…

La voix de Marina s'est brisée.

— Ma, je saute dans le premier avion pour Genève ! Je vais téléphoner à la compagnie aérienne et je te donnerai l'heure du vol. Entre-temps, j'essaie de contacter tout le monde.

— Je suis vraiment désolée, ma chérie, a soupiré Marina. Je sais que tu l'adorais.

— Oui…

L'étrange sérénité que j'avais ressentie pendant que nous débattions des préparatifs m'a soudain abandonnée, comme le calme avant la tempête.

— Je t'appelle plus tard quand je saurai à quelle heure j'arrive.

— Très bien. Maia, prends soin de toi. C'est un choc terrible…

J'ai raccroché. Puis, avant que les nuages noirs, dans mon cœur, ne percent et ne menacent de m'engloutir, je suis montée dans ma chambre pour téléphoner à la compagnie aérienne. Pendant que j'attendais qu'on prenne mon appel, j'ai regardé le lit dans lequel, le matin même, j'avais tout simplement ouvert les yeux sur un autre jour. Et j'ai remercié Dieu que les êtres humains n'aient pas la faculté de prévoir l'avenir.

La femme qui a répondu au bout d'un moment n'était pas très aimable et j'ai compris, tandis qu'elle me parlait de vols complets, de coûts supplémentaires et de coordonnées de carte de crédit, que mon barrage émotionnel était prêt à craquer. Finalement, une fois qu'elle m'eut alloué de mauvaise grâce une place sur le vol de seize heures pour Genève, ce qui signifiait que je devais me dépêcher de rassembler mes affaires et prendre un taxi pour Heathrow, je me suis assise sur le lit et j'ai contemplé le motif du papier peint pendant si longtemps que le dessin a commencé à danser devant mes yeux.

— Voilà, il est parti, ai-je murmuré, parti pour toujours. Je ne le reverrai plus jamais.

Je m'attendais tellement à éclater en sanglots à cause de ces paroles prononcées tout haut que j'ai été surprise qu'il ne se passe rien, et je suis restée là, immobile, hébétée, mais la tête toujours pleine de détails pratiques. À l'idée d'appeler mes sœurs – toutes les cinq –, j'étais terrifiée. Laquelle prévenir en premier ? J'ai pris en compte tout un éventail de paramètres et la réponse n'a pas tardé à s'imposer : Tiggy, bien sûr, la seconde de la fratrie, celle dont je me sentais la plus proche.

Les doigts tremblants sur mon téléphone, j'ai fait défiler les numéros jusqu'au sien. En entendant sa messagerie vocale, j'ai bafouillé quelques mots confus lui demandant de me rappeler d'urgence. Elle se trouvait quelque part dans les Highlands, en Écosse, où elle travaillait dans un centre qui recueillait des cervidés malades.

Quant à mes autres sœurs... leurs réactions seraient diverses, en apparence du moins, allant de l'indifférence à un dramatique épanchement d'émotion.

Ne sachant pas trop de quel côté je basculerai sur l'échelle du chagrin quand je leur parlerai, j'ai choisi la lâcheté et je leur ai envoyé un texto à chacune, les priant de me contacter le plus vite possible. Je me suis ensuite dépêchée de faire mon sac et je suis descendue à la cuisine où j'ai laissé un mot à Jenny lui expliquant pourquoi j'avais dû partir.

J'ai décidé de héler un taxi dans la rue et j'ai marché d'un pas rapide le long du parc de Chelsea, comme n'importe qui, par une journée banale. Je crois que j'ai même salué quelqu'un qui promenait son chien et que je lui ai souri.

Personne ne pourrait deviner ce qui m'arrive, me suis-je dit en montant dans le taxi que j'ai réussi à arrêter sur King's Road, où le trafic était intense.

J'ai indiqué au chauffeur l'aéroport d'Heathrow.

Non, personne n'aurait pu deviner.

* * *

Cinq heures plus tard, alors que le soleil descendait tranquillement sur le lac de Genève, je suis arrivée à notre ponton privé pour la dernière étape de mon voyage.

Christian m'attendait déjà dans la vedette. À son regard, j'ai compris qu'il savait.

— Comment allez-vous, mademoiselle Maia ? a-t-il demandé en m'aidant à monter à bord, ses yeux bleus pleins de compassion.

— Je suis… contente d'être ici, ai-je répondu d'une voix neutre, puis je suis allée m'asseoir à l'arrière du bateau, sur la banquette en cuir crème qui suivait la courbe de la poupe.

En temps normal, je m'installais à l'avant, à côté de Christian, pour fendre les eaux calmes pendant les vingt minutes de la traversée. Mais ce jour-là, j'avais besoin de solitude. Christian a démarré. Le soleil se reflétait sur les fenêtres des somptueuses demeures qui bordaient le lac. Souvent, en faisant ce trajet, il me semblait franchir le seuil d'un monde féerique, un univers éthéré sans aucun rapport avec la réalité.

Le monde de Pa Salt.

À l'évocation du surnom de mon père, que j'avais inventé quand j'étais enfant, des larmes m'ont picoté les yeux. Il avait toujours adoré faire de la voile et quand il revenait dans la maison du bord du lac, il sentait l'air iodé et la mer. Avec le temps, mes jeunes sœurs aussi s'étaient approprié ce surnom.

Alors que le bateau prenait de la vitesse et que le vent chaud agitait mes cheveux, je me suis remémoré des centaines d'arrivées à Atlantis, le château de Pa Salt. Situé sur un promontoire adossé à un croissant de terrain montagneux qui s'élevait en pente abrupte, il était inaccessible par la route ; on ne pouvait y accéder qu'en bateau. Les voisins les plus proches se trouvant à des kilomètres, Atlantis était un peu notre royaume privé, à l'écart du reste du monde. Tout ce qu'il renfermait était magique… comme si Pa Salt et nous, ses filles, avions vécu dans un endroit enchanté.

Nous avions toutes été choisies par Pa Salt quand nous étions bébés et adoptées aux quatre coins du monde. Pa aimait dire que nous étions ses filles « spéciales ». Il nous avait donné les noms des Pléiades, les Sept Sœurs, sa constellation préférée. Maia était la première.

Quand j'étais petite, il m'emmenait sous le dôme en verre de son observatoire, tout en haut de la maison, et me soulevait dans ses bras puissants pour que j'observe le ciel, la nuit, à travers son télescope.

— Elles sont là, me disait-il une fois qu'il avait aligné l'objectif. Regarde, Maia, regarde la belle étoile brillante dont tu portes le nom.

Et je la voyais, oh oui. J'écoutais à peine tandis qu'il me racontait les légendes à l'origine de mon nom et de ceux de mes sœurs, mais je savourais le plaisir de sentir ses bras autour de moi, consciente de vivre un moment rare et précieux, avec mon père pour moi seule.

Quant à Marina, que j'avais longtemps prise pour ma mère – j'avais même raccourci son nom à « Ma » –, j'ai compris plus tard qu'elle n'était qu'une simple nourrice, embauchée par

Pa pour s'occuper de nous lors de ses nombreuses absences. Mais évidemment, Marina était beaucoup plus que cela pour nous toutes. C'était elle qui essuyait nos larmes, qui nous grondait lorsque nous nous tenions mal à table. Elle nous a guidées sereinement durant ces années difficiles à l'issue desquelles l'enfant devient une femme.

Ma a toujours été là, et je ne l'aurais pas aimée davantage si elle m'avait donné la vie.

Pendant les trois premières années de mon enfance, il n'y avait que Marina et moi dans notre château magique sur les rives du lac. Et puis, une à une, mes sœurs ont commencé à arriver.

Normalement, Pa m'apportait un cadeau quand il rentrait de voyage. J'entendais le bateau arriver, je m'élançais sur la vaste pelouse et je courais jusqu'à la jetée pour l'accueillir. Comme tous les enfants, je voulais voir ce qu'il avait caché dans ses poches magiques. Je me souviens du jour où, après qu'il m'eut offert un ravissant renne en bois sculpté en me jurant qu'il venait du Père Noël, une femme en uniforme s'est avancée avec un paquet dans les bras. Et le paquet bougeait.

— Je t'ai rapporté un autre cadeau, Maia, le plus extraordinaire qui soit. Une petite sœur. Maintenant, tu ne seras plus seule quand je dois m'absenter.

Pa m'a souri et serrée contre lui.

Ma vie a changé ensuite. La puéricultrice que Pa avait amenée avec lui a disparu quelques semaines plus tard et Marina a pris la relève pour s'occuper de ma sœur. Je ne comprenais pas comment cette chose qui braillait, qui sentait souvent mauvais et me privait de l'attention qui m'était due pouvait être un cadeau. Jusqu'à ce matin où Alcyone – à qui on avait donné le nom de la deuxième étoile des Sept Sœurs – m'a souri, assise dans sa chaise haute.

— Elle me reconnaît ! ai-je lancé, émerveillée, à Marina qui lui donnait à manger.

— Bien sûr qu'elle te reconnaît, ma chérie. Tu es sa grande sœur, celle qu'elle admirera toute sa vie. Ce sera à toi de lui enseigner beaucoup de choses que tu sais et qu'elle ignore.

Et, en grandissant, Alcyone est devenue mon ombre, toujours sur mes talons, ce qui m'enchantait et m'agaçait tout autant. « Maia, attends-moi ! » exigeait-elle d'une voix forte en me suivant d'un pas mal assuré.

Bien qu'Ally – comme nous l'avions surnommée – ait au départ quelque peu perturbé mon existence dorée à Atlantis, je n'aurais pu souhaiter une compagne plus adorable ni plus aimable. Elle pleurait rarement, voire jamais, et ne faisait aucun de ces caprices réservés aux bambins de son âge. Avec ses boucles d'un roux doré qui tombaient en cascade et ses grands yeux bleus, Ally possédait un charme naturel auquel mon père était le premier à succomber.

Quand Pa Salt rentrait à la maison après l'un de ses longs voyages à l'étranger, je remarquais combien ses yeux s'allumaient dès qu'il la voyait. Il la regardait comme jamais il ne m'avait regardée, j'en étais sûre, moi qui étais timide et réservée alors qu'Ally débordait d'assurance.

Elle était aussi un de ces enfants qui semblait exceller dans tout – en particulier la musique et les sports nautiques. Quand Pa lui a appris à nager dans notre grande piscine, elle a aussitôt maîtrisé la technique – un vrai poisson dans l'eau –, tandis que je barbotais avec peine, redoutant à tout instant de couler.

Et puis, alors que je n'avais pas le pied marin, même à bord du *Titan*, le superbe yacht de Pa, Ally, elle, le suppliait de l'emmener sur le dériveur qu'il gardait amarré à notre jetée. Je me souviens que je m'accroupissais dans l'espace exigu de la poupe pendant que Pa et Ally s'affairaient aux commandes et que le bateau filait sur les eaux miroitantes du lac. Bref, je ne partageais aucune passion avec Pa qui aurait pu me rapprocher de lui comme ma sœur.

Ally avait étudié la musique au Conservatoire de Genève. Excellente flûtiste, elle aurait pu poursuivre une carrière dans un orchestre professionnel, mais elle avait ensuite choisi la vie de marin à plein-temps. Elle participait régulièrement à des régates et avait représenté la Suisse à plusieurs occasions.

Ally avait presque trois ans quand Pa est arrivé un jour avec une autre sœur pour nous, à qui il a donné le nom de la troisième des Sept Sœurs, Astérope.

— Mais nous l'appellerons Star, a-t-il dit en nous souriant à Marina, Ally et moi, tandis que nous observions cette petite chose, couchée dans le couffin, qui venait agrandir notre famille.

Je prenais alors des leçons chaque matin avec un professeur particulier, aussi la venue de Star m'a-t-elle moins perturbée que celle d'Ally. Et puis, à peine six mois plus tard, un autre bébé nous a rejointes, une petite fille de douze semaines prénommée Célaéno, un nom qu'Ally a immédiatement raccourci en CeCe.

Trois mois seulement séparaient Star et CeCe et, du plus loin que je me souvienne, elles ont toujours été très complices. Comme des jumelles, communiquant avec leur propre babillement, qu'elles utilisent encore aujourd'hui. Elles vivaient dans leur monde à elles dont nous étions exclues, et même à présent qu'elles ont une vingtaine d'années, rien n'a changé. CeCe, la plus jeune des deux, était toujours celle qui avait le dessus, son corps trapu et sa peau noisette contrastant avec la pâleur et la minceur de Star.

L'année suivante, un autre bébé arriva encore. Taygète – que j'ai surnommée « Tiggy » à cause de ses cheveux courts et noirs qui se dressaient sur sa toute petite tête et me faisaient penser au hérisson de la célèbre histoire de Beatrix Potter.

J'avais alors sept ans et je me suis tout de suite sentie proche de Tiggy. Elle était la plus fragile d'entre nous, affligée de toutes les maladies infantiles les unes après les autres, mais elle demeurait stoïque. Quand Pa a encore ramené à la maison une autre fillette, nommée Électra, Marina, épuisée, m'a souvent demandé de m'occuper de Tiggy qui avait continuellement la fièvre, ou toussait, et qui fut finalement déclarée asthmatique. On ne la sortait pas beaucoup dans le landau pour éviter que l'air froid et le brouillard épais de Genève ne lui fragilisent les poumons.

Électra était la benjamine et son nom lui allait à la perfection. Je m'étais maintenant habituée aux bébés et à leurs exigences, mais ma plus jeune sœur était sans aucun doute la plus difficile. Tout ce qui se rapportait à elle était « électrique » ; en un instant, elle pouvait passer d'une humeur sombre à une humeur légère et vice versa, de sorte que notre foyer, auparavant calme, retentissait quotidiennement de ses cris perçants. Ses caprices résonnaient dans ma conscience d'enfant et, en grandissant, sa personnalité impétueuse ne s'adoucit guère.

En secret, Ally, Tiggy et moi la surnommions « Tricky », qui signifie difficile, délicat. Il nous fallait toujours la prendre avec des gants pour ne pas déclencher un brusque changement d'humeur. Franchement, il y a eu des moments où je la détestais tellement elle perturbait notre vie à Atlantis.

Cependant, quand Électra sentait que l'une de nous avait des problèmes, elle était la première à offrir son aide et son soutien. Elle pouvait se montrer d'un égoïsme excessif, ou bien, à d'autres occasions, d'une générosité sans limite.

Après Électra, nous avons toutes attendu l'arrivée de la septième sœur. Puisque Pa nous avait donné le nom de cette constellation, sans elle, nous n'aurions pas été complètes. Nous connaissions même son nom – Mérope – et nous nous demandions à quoi elle ressemblerait. Mais une année passa, puis une autre, et une autre encore, et notre père ne rapportait toujours pas de bébé.

Je me souviens parfaitement de la conversation que j'ai eue avec lui dans son observatoire. J'avais quatorze ans et allais bientôt entrer dans ma vie de femme. Nous guettions une éclipse qui, d'après lui, signait un moment précurseur pour l'humanité.

— Pa, ai-je dit, amèneras-tu un jour notre septième sœur à la maison ?

En entendant cela, tout son corps a semblé se figer pendant quelques secondes. D'un coup, il a eu l'air de porter le poids du monde sur ses épaules. Il ne s'est pas retourné, car il se concentrait sur son télescope, mais j'ai compris instinctivement que mes paroles l'avaient bouleversé.

— Non, Maia, je ne la ramènerai pas. Parce que je ne l'ai jamais trouvée.

* * *

Quand est apparue la haie d'épicéas qui protégeait notre maison des regards indiscrets et que j'ai vu Marina, debout sur la jetée, la mort de Pa s'est imposée à moi avec son implacable réalité : l'homme qui avait fait de nous les princesses de son royaume n'était plus là pour garder l'enchantement.

DE LA MÊME AUTRICE

Quand la célèbre actrice Rebecca Bradley passe les portes en fer forgé d'Astbury Hall, le domaine anglais qui sert de lieu de tournage à son prochain film, elle est subjuguée par cette propriété sortie d'une autre époque. Loin des paparazzis et du glamour d'Hollywood, elle éprouve immédiatement une curieuse sérénité.
Mais le jour où elle découvre sa troublante ressemblance avec lady Violet, la grand-mère de l'actuel propriétaire des lieux, elle décide d'en savoir plus sur le passé de cette étrange famille. Aidée par un jeune homme originaire de Bombay à la recherche d'informations sur son aïeule, qui aurait vécu à Astbury Hall, Rebecca perce peu à peu les secrets qu'abritent les vieilles pierres du manoir. Seulement, les ombres qui hantent la dynastie des Astbury pourraient bouleverser bien des destinées…
Une étourdissante fresque multigénérationnelle, qui nous fait voyager des splendides demeures de la campagne anglaise aux palais des maharadjahs du début du XXe siècle.

Trente ans ont passé depuis que Greta a quitté Marchmont Hall, une magnifique demeure nichée dans les collines du Monmouthshire. Lorsqu'elle y retourne pour Noël, sur l'invitation de son vieil ami David Marchmont, elle n'a aucun souvenir de la maison – le résultat de l'accident tragique qui a effacé de sa mémoire plus de vingt ans de sa vie.

Mais durant une promenade dans le parc enneigé, elle trébuche sur une tombe. L'inscription érodée lui indique qu'un petit garçon est enterré là. Cette découverte bouleversante allume une lumière dans les souvenirs de Greta, et va entraîner des réminiscences.

Avec l'aide de David, elle commence à reconstruire non seulement sa propre histoire, mais aussi celle de sa fille, Cheska…

Rosanna n'a que onze ans lorsqu'elle pose les yeux pour la première fois sur Roberto Rossini, un brillant ténor, aussi beau que charismatique. La fillette se fait alors un serment : un jour, elle l'épousera. Elle ignore qu'un douloureux secret lie déjà leur destin…
Six années plus tard, Rosanna, devenue une belle jeune femme, débarque à Milan. Son talent prodigieux de chanteuse lui permet d'intégrer la célèbre école de La Scala… et de revoir Roberto.
De Milan à New York, en passant par Londres et Paris, commence alors entre les deux artistes une passion tumultueuse et obsessionnelle. Mais les mensonges du passé menacent de faire voler leur vie en éclats.

Dans la campagne du Suffolk, Admiral House trône. C'est la maison de famille de Posy Montague, l'endroit où elle a passé son enfance à courir après les papillons avec son père, avant d'y élever ses propres enfants. À près de 70 ans, elle doit pourtant se résoudre à se séparer de cette demeure qui a abrité ses plus grandes joies et ses plus grandes peines.

Mais la réapparition soudaine de Freddie, son amour de jeunesse qui lui a brisé le cœur cinquante ans auparavant, va tout bouleverser. Car il se pourrait bien qu'Admiral House n'ait pas encore révélé tous ses secrets…

Gassin, sud de la France, printemps 1998.
Alors qu'elle a tout fait pour prendre ses distances avec ses origines aristocratiques, Émilie de La Martinières se retrouve seule héritière de l'imposant château familial : un cadeau empoisonné dont elle se serait bien passée. Et pourtant, de retour au domaine, elle est troublée par les souvenirs qui lui reviennent. Les volets bleu clair, la cour qui embaume la lavande, les vignobles alentour… Tout la ramène à son enfance.
Mais Émilie comprend bientôt que ces vieilles pierres cachent de nombreux secrets. Et quand elle découvre un recueil de poèmes écrit par sa tante Sophia, dont la seule mention était proscrite dans sa jeunesse, Émilie met au jour la tragique histoire d'amour qui a bouleversé sa famille sous l'Occupation…
De la Provence au Yorkshire, une émouvante fresque multigénérationnelle à travers les destinées entremêlées de personnages pris dans les tourments de la guerre.

1995, Londres.
Joanna Haslam, brillante journaliste londonienne à qui rien ne semble sourire dernièrement, se retrouve tirée du lit par son patron pour aller couvrir les funérailles de sir James Harrison, célèbre acteur britannique, qui vient de s'éteindre à l'âge vénérable de 95 ans. Un reportage mondain qui a peu de chances de lancer sa carrière…
Et pourtant, sous le luxe et le glamour qui entourent la dynastie Harrison, Joanna ne tarde pas à remonter la piste d'un secret. Déterminée à lever le voile sur plus de soixante-dix ans de mensonges et de mystère, la jeune femme comprend qu'elle est devenue la cible de personnes haut placées, prêtes à tout pour empêcher la vérité d'éclater. Marcus Harrison, le charismatique – et très troublant – petit-fils du grand acteur, sera-t-il un allié ou un ennemi dans cette quête de vérité ?

Wharton Park… Julia Forrester n'a jamais oublié les étés idylliques de son enfance, passés à arpenter la somptueuse propriété où son grand-père prenait soin des plantes exotiques, si rares dans cette région du Norfolk. Aussi est-ce tout naturellement qu'elle vient y chercher refuge après le terrible drame qui a bouleversé sa vie.
Mais si ces terres sont chargées de souvenirs, Julia ne tarde pas à découvrir qu'elles abritent aussi bien des secrets. C'est dans le journal intime tenu dans les années 1940 par son aïeul qu'elle perce peu à peu le mystère d'une histoire d'amour qui a presque détruit le domaine plus de cinquante ans auparavant…

Helena n'a jamais oublié la beauté de Pandora, la majestueuse demeure chypriote de son parrain, dont elle vient d'hériter. Vingt-quatre ans après y avoir vécu un été inoubliable, elle revient sur l'île, ravie de faire découvrir la splendeur de la mer d'Émeraude et des champs d'oliviers à son mari et à leurs enfants, notamment Alex, son fils aîné si précoce et sensible. Mais quand Helena croise par hasard son premier amour, c'est tout le passé qu'elle croyait enfoui qui resurgit.
Entre secrets et sentiments, Pandora va offrir à Alex et Helena le plus bouleversant des étés…

Au sein du prestigieux internat privé de St. Stephen, dans l'idyllique campagne du Norfolk, se dresse une austère bâtisse victorienne assez laide et en manque cruel d'entretien : le dortoir de Fleat House. Lorsque le corps sans vie d'un élève y est découvert, le directeur s'empresse de conclure à un tragique accident. Mais l'enquêtrice londonienne Jazz Hunter n'est pas de cet avis. En tentant de pénétrer le microcosme fermé que constitue le pensionnat, celle-ci apprend que la victime était un jeune homme arrogant qui avait beaucoup d'ennemis…

Tandis que les mystères et les mensonges se multiplient, Jazz se retrouve plongée dans un monde fait de jeux de pouvoir, de dépendances émotionnelles et d'affaires inachevées. Bientôt, ce sont des secrets vieux de plus de trente ans qui refont surface, bien plus sombres que ce qu'elle aurait pu imaginer.

Cet ouvrage est composé de matériaux issus de forêts gérées durablement certifiées PEFC™.

Le Programme de reconnaissance des certifications forestières (PEFC™) est le plus grand organisme mondial indépendant de contrôle pour une gestion durable des forêts. Pour en savoir plus, consultez le site

www.pefc-france.org

PEFC™ PEFC/14-38-00277

Achevé d'imprimer en mars 2024
par Novoprint
Dépôt légal : avril 2024
Imprimé en Slovaquie